U0940545

〔中 册〕

【崔伟栋◎著】

中国社会科学出版社

图书在版编目（CIP）数据

冼夫人．中册/崔伟栋著．—北京：中国社会科学出版社，2015.2
ISBN 978-7-5161-5467-0

Ⅰ.①冼…　Ⅱ.①崔…　Ⅲ.①传记小说—中国—当代
Ⅳ.①I247.5

中国版本图书馆 CIP 数据核字（2015）第 006365 号

出 版 人　赵剑英
责任编辑　郭晓鸿
特约编辑　王　彬
责任校对　韩海超
责任印制　戴　宽

出　　版　中国社会科学出版社
社　　址　北京鼓楼西大街甲 158 号（邮编 100720）
网　　址　http://www.csspw.cn
　　　　　中文域名:中国社科网　010-64070619
发 行 部　010-84083685
门 市 部　010-84029450
经　　销　新华书店及其他书店

印刷装订　北京君升印刷有限公司
版　　次　2015 年 2 月第 1 版
印　　次　2015 年 2 月第 1 次印刷

开　　本　710×1000　1/16
印　　张　23.25
插　　页　2
字　　数　381 千字
定　　价　45.00 元

凡购买中国社会科学出版社图书，如有质量问题请与本社联系调换
电话:010-84083683

目　录

水声愈来愈近。果然，前面一条大沟壑呈现眼前，但见悬崖壁顶上，瀑布倾泻而下，有如白练乱舞。落水击撞山石，荡为玉珠乱迸，震山作响。众人脱鞋下到水溪中，掬水洗脸，困顿为之一消。严光文大口吃着溪水，一边赞道：“好水呀，甘甜醇美，无与伦比，无与伦比呀！今日必当牛饮。”（见第十三章）

曾孝摛见陈三官牵着一头大猛虎在旁边立着，便走近前来，俯下身子，双手撑着地，眼瞪瞪地与那虎对视，问：“五哥呀！这山猫是老姐大人养的？不会抓人吧？”冼飞道：“便是。”曾孝摛伸手去摸那虎的头时，那虎举爪“扑”的一声拍了曾孝摛脸上一掌。（见第十三章）

第十三章

寻仙歌咏浮山岭　认义威扬黑竹庄

自褚俭与张昌举起兵围攻高州，高凉府尉党世钧即调一百军士驻入恩铭居，昼夜更值护卫。袁夫人整日提心吊胆，不让几个孙儿离开半步。冯仆平日喜欢和韦放之女韩儿玩耍，袁夫人率性让韩儿及寿儿之女永儿、云儿都过来一起住了。这日，冯仆仰头问袁夫人："阿嬷，我娘怎么还不回家来?"袁夫人笑道："你娘杀贼去了，杀尽贼人就回家呐。"韩儿笑道："仆儿想娘啦，我也想，但我不哭鼻子。"袁夫人道："韩儿是好孩子，多懂事。想娘好了，就不哭鼻子。"永儿、云儿都依偎近来，倚着袁夫人的膝头道："我们也不哭鼻子。"袁夫人连连点头，抚着她们的小脑瓜道："都是好孩子，都是好孩子……"双眼不觉润湿了。

忽然丫环因里入来报道："太夫人，老爷、夫人回来啦!"袁夫人惊喜之下，不觉站起身来："怎不早报我知道呢，也好让我迎出去呀!"说着话时，冯宝与冼夫人进来了，后面跟着若砚。袁夫人见冼夫人眼睛红红的，似是刚流过泪，急问："好媳妇儿，想死为娘啦，你既然回来了，怎不早让我知道呢?"冼夫人忙与冯宝迎面跪下。若砚道："夫人回来，先要去叩拜太老爷神位，不让奴才通报，所以来迟。"冼夫人道："媳妇不孝，惭愧难当，无地自容呐!"袁夫人双眼泪下，颤声道："好媳妇大忠大孝，为国平叛，为民操劳，冯氏为此沾光，太老爷在世时赞不绝口，说宝儿不知哪世修来的福，讨了个好媳妇，从此家道中兴呐!噢噢，光顾着说话呢，典儿、细儿、仆儿，你们都快过来，帮阿嬷扶你娘起来!"

这时，丫环温弈、幸睢搬过座椅来，冼夫人与冯宝先扶袁夫人坐了，

然后夫妻俩才又坐下。申雉早沏好热茶，冯仆硬要端茶凑到母亲口边，一边道："娘口渴了，小仆儿喂娘吧。"喜得袁夫人又流下泪来，口里直叫乖心肝儿。

冼夫人让韩儿、永儿、云儿都站到身旁。韩儿看着冼夫人问："姑姑，我爹、我娘呢，怎不见他们？"冼夫人愣了愣，拉着韩儿的手，笑道："韩儿也想爹娘啦！姑姑告诉韩儿，你爹娘和永儿、云儿的爹娘让陈都督留在军中杀贼呐。"韩儿又问："那爹娘什么时候回来？"冼夫人搂紧韩儿，柔声道："快啦，等陈都督他们杀尽那些贼人，我一定让你回到爹娘身边，还有永儿、云儿。"说到这里，又把永儿、云儿揽到面前，摩挲着她俩的小脑瓜："都让你们回到爹娘身边。"

冯宝笑道："快都别想着爹娘啦，在这里，你们姐弟一大群，玩耍才有趣呢！"永儿嘟着嘴道："仆儿不喜欢我，只和韩儿姐好。"冼夫人哑然失笑道："有这事，仆儿是这样么？"典儿、细儿咯咯笑道："仆儿是和韩儿好。"冯仆一骨碌滚入袁夫人怀中，袁夫人又叫心肝宝贝，一边笑道："哪有这样的事，姐弟们都好，都好呀。"

冼夫人又和袁夫人说了好一会儿体己话才和冯宝退了出来。见身后跟着阳芯，冼夫人道："阳芯呀，你翻翻书架，帮我把那本《广交越桂十三州地图会辑》找出来，我有用处。"阳芯点头答应了。冼夫人笑对冯宝道："三官儿在这里没亲没故的，你安排安排，在恩铭居腾间屋子住下吧。"冯宝笑道："这好办，有的是屋子。"

次日一大早，陈三官便手提铁扁担，身背着包裹，住入恩铭居。

午后，冼夫人、冯宝带猛虎花儿与几个孩子在院子里嬉闹。忽报武哥与众姐妹来见，冼夫人正要迎出，说笑声里，武哥一班姐妹已闯了进来。夫辛叫嚷道："好呀，夫人只顾和老爷、孩子们快乐，就不管我们啦。"孟娘笑道："我说是不，夫人刚回来，该让她与老爷说些体己的话儿，你们偏要来搅局。"夫辛笑道："她有老爷，我们便没有了，我今天来，便是和夫人说一句，我也要回家去看老爷呢。"七儿刮着脸笑道："亏她不害羞，一口一个老爷。"武哥抱起冯仆，亲了亲脸蛋："才一年吧，小仆儿便长高了许多。"夫辛把韩儿、永儿、云儿拉在一起，蹲下身来问道："你们想娘么？"阿秀骂道："胖娘你要死了，你要惹她们哭么？"三彩儿笑道："大家别闹了吧，我们先进去拜过太夫人才是正经。"

冼夫人、冯宝忙引着众姊妹向后堂去了。

次日，众姊妹别过，夫辛自带从人回光寿庄，武哥、三彩儿、阿秀、孟娘、七儿自回山兜大堡。

一个月过去。这天，冼夫人正在书房里翻阅《广交越桂十三州池图会辑》，旁边还有一本《百越十问》，几上另置一白纸，上面已写画得密密麻麻，依稀可见落金岛等字样。忽然冯宝进来，冼夫人头也不抬，只顾执笔在纸上写着。冯宝笑道："夫人又在用功了。"冼夫人"嗯"了一声，道："下衙啦？"冯宝道："今日本没有甚么要紧事，傍午时钱生畏过郡衙来，和我商议王望如父子的事呢！永宁郡百姓知道王望如拒交军粮获罪一事后，上万名状保王望如，还举荐王拙出仕呐。"冼夫人抬起头来，饶有兴致地笑道："王望如确是好官，实至名归呀！我说冯宝，你得小心呢，迟早将你比下去呐。"冯宝笑道："我才不担心。让王望如来当高凉太守，我也心甘情愿，人家事实是德才双馨嘛！"冼夫人笑道："钱生畏对这事怎么看？"冯宝道："钱生畏提议暂署王拙为齐安主簿，协助三哥、甘将军治齐安，钱生畏让夫人定夺这事。"冼夫人笑了笑，道："你们都商定好了，这才来问我呀？"冯宝道："夫人若认为不妥，可再行商议。"冼夫人紧盯着冯宝道："钱生畏是高州首揆，他举用职官是分内的事，哪有不妥的？只是有一桩，我也不知与你说过多少遍了，别让人家顺着杆子上嘛，人家说让我定夺，你竟也点头了，也说要回来问我。若说不妥，这才是真真不妥呢！我虽有诰封，但那只是浮名，并非职官除授，你又不是不知道，不能干预政事的，所以凡事我都不宜出头露面，为着正人心而靖浮言呐。既然这次你答应回来问我了，我就斗胆领命吧，你去对钱生畏说，干脆让王拙为齐安郡太守。三哥、甘弁、廖明等在齐安驻军是非常时之所为，岂能长期军管郡治呢。"

五天后，冯宝会同高州刺史钱生畏、宋康郡守严光文、杜陵郡守潘肃，前往永宁公干，陈三官、若砚诸仆从应侍二十多人随行。过午时分，众官员到了永宁城，郡守王望如与儿子王拙早迎候出东城门外。众人入至官署，钱生畏宣布荐举王拙为齐安太守毕，王望如谦辞一番，便教儿子王拙拜谢了。见王望如已盛备酒宴候着，冯宝笑道："王太守素来不兴局筵应酬，今日如何客气起来了？"王望如拱手一揖，"诸大人千万别笑话下

官，惶恐！惶恐！”潘肃笑道：“下官历尽多少艰辛，才得郡守一职，如今永公老父子一同入仕，真是老子圣儿子贤哪，羡煞下官呀！今日前来庆贺，讨杯酒吃也不为过。”王望如忙作揖不已：“那是，那是。”

席间王望如私下问陈三官道：“你在冼夫人那里还好吧？”陈三官道：“夫人待我很好，还让我住进恩铭居哩。”王望如道：“那很好，跟着夫人好好做事吧，准有出息。你现在算是官衙里的人，早晚用心些，不要老惦着老娘，你老娘那里的吃用使费，我自会定时送去。”陈三官道：“这次回来，夫人让我给老娘带了好些物件衣裳。我时刻离不开冯老爷，恩相差人帮我送回家去吧。”王望如答应了。

席筵散时，王望如站起身来笑道：“下官有个不情之请，诸大人驾莅永宁，公事已毕，就请诸大人作浮山一游，如何？”冯宝听了一笑，望着钱生畏。钱生畏还未开口，严光文笑道：“永公老这是报恩呢，知道钱大人、冯大人还未上过浮山，故有此雅邀呐！”潘肃笑道：“严大人怎知二位大人不曾登浮山？”严光文笑道：“道上我见二位大人不时问三官一些浮山的景况，因此胡猜呐。”冯宝笑道：“严大人所说不差。既然王太守相邀了，刺史大人就答应了吧，盛情难却呢。”钱生畏也笑道：“好好，恭敬不如从命。”

当晚，众官员在馆舍里歇下。

天色破晓，冯宝、钱生畏、潘肃、严光文、王望如、王拙已起来了，都着微服，作文士打扮，匆匆用过早点，率陈三官、若砚等十数随从连骑向浮山而来。辰初时分，早至浮山脚下。王望如吩咐本郡数个衙役把马匹牵至南麓等候，然后即引众官从西面登山。

不到半个时辰，登上鹰爪冈，众官已是大汗淋漓，喘息吁吁。冯宝笑道：“伴矣尔游矣，优游尔休矣。这一路走来，我见永公老健步如风，我们这些后生辈难以望尘呢。”严光文笑道：“不得不佩服。我听说永公老曾十数次上浮山啦，一草一木，一石一洞，无不了然在目呐。”王望如笑道：“敬宗兄夸大啦！没那么多，与这一遭该有九回了吧。人老了，更要走动走动，我上浮山，首要想着练练脚力罢了，至于赏玩山色，老朽愚蒙不堪，哪知清雅哟！”

潘肃挥了一把汗，道：“登浮山，我这是第二回了，我敢说，在百越地当数此山第一。记得上回来时，我眺望四顾，但见满山青翠，其中玄洞

飞瀑，你莫想数得过来，真真恍若梦中。所谓人在此山，神游太虚呀。”冯宝笑道：“子兰兄所言不差。我这一脚深一脚浅地走着，只顾眼前奇景，再也顾不上说话啦。我们这走到哪儿啦?”王望如笑道：“早着呢，这浮山连绵数十里，非一日之功所能游遍呐，望山走死马，我们只能信步随路，走到哪儿算哪儿，日落前必须下山呢。”严光文拨着齐腰深的茅草，笑道：“我也看不出哪里是路来，只觉口渴得紧，让我吃口水吧。”侍从刚要取过水袋，王望如打手势拦住：“先不要吃水，我已听到水响声，转过这一山冈，前面便是白布涧，有的是水，只怕你喝不完哩。”

水声愈来愈近。果然，前面一条大沟壑呈现在眼前，但见悬崖壁顶上，瀑布倾泻而下，有如白练乱舞。落水击撞山石，荡为玉珠乱迸，震山作响。众人脱鞋下到水溪中，掬水洗脸，困顿为之一消。严光文大口吃着溪水，一边赞道：“好水呀，甘甜醇美，无与伦比，无与伦比呀！今日必当牛饮。”王望如笑道：“严大人也不可贪口，泉水毕竟清冽，虽然甘美，亦不可多吃，小心闹肚子呀!”众人都笑了起来。

一名侍从摘来许多野果，放置在青石上面。严光文笑道：“永公老会做家，你请我们游山，喝水不花钱，又吩咐手下摘些野果来打发我们呐。永公老呀，我们当中，可能孟怀公不知这野果为何物。”冯宝笑道：“难不倒我，这野果我吃过，是山稔与山竹呀，这山竹，吃时连核吞下，甚为有趣，极能消暑解渴呐。连江、海昌、南巴、永宁一带农谚云：七月七，山稔黑龙眼结。七月正是采摘山稔、龙眼的季节呐。野果中还有酸藤子、胶篮篾子等，都是消暑解渴之佳品，樵子药农入山劳作，常采来吃，困乏顿消。酸藤子、胶篮篾子在四五月份才有，漫山都是，现在没有喽。”潘肃嘿嘿笑道：“听听，敬宗兄‘出错蹄’了，当心翻下山去……”众人又笑。

众人都吃些山稔、山竹，稍自休息，继续向东北方攀登。此时已是巳中时分。王望如用手指道：“前面一座山峰又有景观呐。”众人听了，并力前行。半炷香功夫，只见山坳密林掩映中一巨石突兀而起，近六丈高矮，其形肖似一金刚模样，顶部尚有水珠下滴，整块石藓迹斑斑。众人无不称奇。王望如笑道：“此石土人称为神石。数年前，我遇见一僧，与他说起此石时，僧人大为吃惊，说这是南天王菩萨。我问他出自何典，他竟说不出所以然来。我想也是胡诌哩。”潘肃道：“天地造化之功，比喻一山一水，一草一木，自有其道理，轻易怎能参详出来呢?”冯宝朝着这巨石定

神注目，好一会儿才轻轻点了点头，叹息一声。

一阵樵歌从远处飘来，隐隐约约，动人心魂。王望如抬首望了望天空，笑道："该是晌午时分了吧，我们不能久留，还要赶路呐。"又翻越两座山冈。众人实在疲劳不堪，刚要在一林荫下歇息，忽然对面传来鸡犬啼叫声，众人精神为之一振。王望如微微笑着，也不说话，与众人向对山走来。

转过山背，冯宝等人眼都直了，原来这里却是一座小山寨，数十间草舍依山傍水，错落有致。寨周围竹林成荫，涧溪长流，野花常开。忽见竹林下石径中走出一山民来，肩上抬着锄头，后面还有一童子骑着牛儿跟着。冯宝与钱生畏对望一下，疾忙迎了上去。那山民见有人来，忙停立道边。钱生畏上前作了一揖，笑着问道："乡亲劳作不易。我们是游山来的，可否讨碗水吃？"那山民笑道："易事，都请跟我来吧。"走过一条小溪，铺着石板处一片竹篱，上面爬满瓜蔓。来至竹门下，一只大黄狗摇着尾巴走到山民身旁，屋内一村妇迎了出来，接着又有一老婆婆牵着两个年约三四岁的孩童出来。那山民道："来客人啦，烧火下米呢。"村妇满脸笑容，忙着答应。冯宝忙道："快别张罗，我们只是讨碗水吃便可，千万别劳费。"

院子倒也阔达，几只山羊悠闲地吃着草，还有一群鸡鸭鹅在随地觅食。靠右设着一大石板为几，那村妇与放牧的童子搬出七八张竹椅，都放置在石板几四围。钱生畏、冯宝众人先让老婆婆坐下，又谢过后，才坐下来，其余从人都垂手站立一旁。俄顷，村妇提着一大瓦提壶出来，看那童子在石板几上放好十数只粗瓦碗，便逐碗斟满开水。然后又入厨房里端出一大瓦锅甘薯、香芋来，顿时，香气四溢。村妇笑道："这是早起煮好了的，又温热了，客人若不嫌弃，就请先用些。"冯宝先拿了一只甘薯，三两下剥下薯皮，即往口里送，连声赞叹道："这才是好东西啦，真好吃！哎，你们怎么不吃？"众人笑声大作，各自在锅里拿薯芋吃起来。严光文望着王望如笑道："永公老呀，您这东真易做呢，我这肚子咕咕叫啦，这只甘薯无济于事哩。"王望如赶紧道："不用慌，有你吃的。九柱，快将东西呈上来。"九柱与两个仆从搬来几个大布袋，从里面取出几个大食盒来，揭开盖子，却是上十只大烤肥鸡、诸般果点食物，还有一坛老酒，都摆置在石板几上。冯宝撕下几只大鸡腿，递到那老婆婆及三个童子手里，笑

道："老婆婆，这三个是您的孙儿吧？"老婆婆笑道："便是。"又往豇房指去，"那是我儿子和儿媳。"冯宝听了连连点头。邻舍数个孩童听到热闹声，都跑来篱笆外张看，冯宝让若砚都分别发给一些果点。老婆婆吃着肥鸡腿，满口流油，一边道："秀才公定是城里来的爷们，这东西我们山里人不会弄。"冯宝笑问："婆婆高寿？"老婆婆笑答："秀才公问我今年多大啦是不？该有七十八了吧。"冯宝笑道："山里真好，婆婆如此高寿，身体还是这般健朗呐！"老婆婆笑了起来，道："我不算呢。我年轻时见过邻里石狗仔的太太祖爷爷，他直活到一百二十三岁呐，那才叫高寿哩。"冯宝心里一动，又问："山里可有神仙出没？"老婆婆笑起来："没有呀！我们世居这山里，怕有数十代人啦，从没听说有神仙呢。"老婆婆顿了顿，又道："要是有，我们也见不着哩。"冯宝再也不问。

众人就着烤肥鸡吃了些酒。村妇也煮好大钵米饭，还有一盘酱干肉，再就是一大盘腌制酸素菜，都端了上来。大伙儿吃过饭，钱生畏即催着上路。王望如让仆从将余下的两只大肥烤鸡及果食留下给这家人，另加些碎银两。那山民不肯要银两，经不住王望如强塞硬劝，只好收下。那山民千谢万谢，直把众人送出门去。王望如让那山民止步，笑道："这山路我熟悉，你也无须送了，让我们边走边看景致才好呢。"

穿过寨子，见那山腰之处，梯田鳞次栉比，山中溪水淙淙流入，山民并不费多大气力便可灌溉田亩。山坡上那牧养的牛羊，只是低头吃草，客人从它们身旁走过，也不见有丝毫惊动。冯宝叹道："山民自有山民乐，不羡富贵不羡仙呀。"王望如道："永宁置郡时，这浮山村寨也征赋，我来任后，斗胆都免了。"冯宝看了一眼王望如："太守做得好呀，如若征赋，我现在就让你免呢。"

转过一座山峰，严光文四面环顾，道："永公老呀，这又游哪处胜迹呢？我都辨不清东南西北啦。"王望如笑道："你也不要管。浮山著称山冈尚有许多，如南蛇冈、剪石冈、鱼苟缺、蛮冈等，我们不可一日尽游。今日天色不早啦，还有两个要紧去处，我们必要走走，说不得辛苦哩。"潘肃笑道："永公老的体魄，在下今日算是领教啦，我都感觉有些疲倦，您老却是愈走愈健哪。"王望如道："说哪里话来，今日钱刺史、冯太守诸大人清雅如此，我敢叫苦叫累么？说不得，我这是舍命陪君子呀！"

前面这山峰便是浮山第一高峰，土名大尖峰，其山势陡峭奇崛，山石

嶙峋怪异，非笔力所能形容。上到绝顶之处，众人顿生出世离群之感。更奇的是，霞停山巅，云凝目前。极目东南，阡陌如棋盘，琅水若游丝，帆影点点，随烟而逝，此时仿佛悬身霄汉，恍如梦境。忽然之间，一阵毛毛细雨轻飘而至，倏忽之间，又无影无踪。钱生畏喜得狂呼不已，朝冯宝道："天地造化竟至于斯乎！"冯宝也呆了，一时竟说不出话来。

王望如笑道："奇景还在后面呢，众大人快随我来。"众人走过山背，竟见一约两亩大小的湖泊映入眼帘。冯宝两眼放光："如此崱屴的山顶上竟有湖泊，若非亲眼所见，有谁相信呢！无可思议，无可思议呀！"王望如笑道："这湖泊土人称为龙潭，据说深不可测，通连大海呢。这湖边四周翠绿的席草，土人称为龙须神草，据说轻易拔不得的，一拔即天昏地暗，万道电光穿裂长空，雷声大作，震天动地呐。我还听说，当时置电白郡即以此说为郡名。唔，这里往北望去，便是电白郡治境，为这事我曾问温绍熙，他也说缘由于此。"

未时将尽时分，众人登上鸡笼尖峰。王望如松了口气，道："这鸡笼尖岭是浮山南峰，下去便是南山口。此峰中奇洞幻穴难以数计，据说随有缘人而现，遇无缘人而没。其中玄妙，难以尽信。从前我登浮山，每回必到此峰，所见洞府，番番迥异于前，我深以为怪，请教于樵夫药农，也说不出所以然来。三官在浮山奇遇，究是何洞？竟是何仙？三官呀！你算是有缘人了，能否寻到你先前所住的仙府，看你的造化啦。"陈三官环顾四周，怅然道："我自下山回家后，曾又多番上山，满山走遍，始终寻不到旧洞，也再没见着道长。"王望如叹了一声，道："我们随山走走吧。"

前面荆棘载途，陈三官持铁扁担开路，众人小心翼翼相扶而行。忽然若砚惊叫一声，冯宝忙回头问："怎么了？"若砚道："雨伞让荆棘弄破啦！"冯宝道："破就破了，这也值得大惊小怪的。"

一阵山风卷过，松木深处惊起一只黄鹤，唳鸣一声，直朝东北向涧边飞去。众人来到涧边，只见霞光流彩，映照水涧，峭壁下显出一个洞口来。大伙惊叫声起，凝眸注目处，霞光隐然消失，峭壁下依旧是峭壁。又一阵山风透来，隐约听到对山鹧鸪啼叫声。

大伙儿默不出声，呆立一会，才慢慢走下山来。沿途冯宝感叹不已。转过一山坡，大松树下一块平滑大青石搁在道旁，钱生畏笑道："自古走路人最是精明，把路从这里经过，也好在松下石头上歇歇脚呐。"王望如

笑道："这下去不足半顿饭功夫便是南山脚下了，干脆我们歇会儿再走不迟。"

大伙在青石上坐下，都称累得要死。若砚、九柱等仆从取过水袋，让大伙都吃水消渴。严光文笑道："昔时谢安石虽身在仕中，而心系东山；伯夷宁愿在首阳山采薇而食，而拒食周粟。这事呀都让世人知道了，你说偌大一座浮山，我们便寻不着仙家呢。"潘肃笑道："你我都无缘呀，奈何？"钱生畏道："依我说，山居遗民与隐逸何异？今日见着他们，我心中慢慢想着，如今犹觉缠绕在胸呐！"王望如笑道："我们寻仙不遇，似乎感慨良多。我提议，我们各诌几句如何？"严光文道："我可不会，你别作弄我。"潘肃笑道："应景罢了，又不是什么大文章，永公老今日如此破费，父子卖命，我们事实享用多多，不答谢几句如何说得过去呢？"

王拙忙让九柱取出笔墨纸砚侍候。纸笔分到冯宝时，冯宝笑道："你们做你们的，不必管我，我现在想休息会儿呢。"

潘肃先写好了，念道：

> 百越高凉地，自古说浮山。万仞承天汉，四时裹云烟。山椒觅仙迹，霞洞水声潺。鸡犬隔山啼，炊烟竹篱边。桑禾栽绝壁，落日牧笛咽。莫道山民苦，自在即为仙。

钱生畏看了冯宝一眼，笑道："子兰兄挺快的，我也胡诌几句吧。"抖了抖手中的纸笺，念道：

> 浮山曰古岭，功德天下仪。身伴大舟行，我今登天梯。脸拂蕉竹风，寻仙入茅茨。遗民笑我痴，荷锄肩头嘻。无期天上云，恍惚飘雨丝。蓦然意惙惙，衣湿浑不知。何处归帆影？日落更依稀。田畴渐茫茫，琅水仍依依。

王望如笑问严光文："敬宗兄有了吧？请，请！"严光文手中执笔，抬头笑道："你这是逼牛上树呐，我早说我不会弄这东西。还是永公老先请吧。"王望如笑了笑，道："既然敬宗兄要我现丑，只好从命。"他看着王拙道："我念你写吧。"随即清了清嗓子，念道：

天地钟正气，古岭出南疆。黄沙绕汀转，琅水白帆扬。殊众何所由？昔时化慈航。尔今岁未老，犹胜昔时妆。群壑障石径，百泉映霞光。听得樵歌起，童子唤牛羊。迟迟日将暮，烟雨归途茫。是为神仙境，终生自徜徉。

王望如念完，王拙也誊录好了。王望如朝严光文道："敬宗兄，该你了吧。"严光文笑道："永公老收笔，便该补之兄啦。"王拙推辞道："我其实不会，严大人别笑话我。"王望如笑道："敬宗兄别为难他啦。他装谦藏拙，还算他识趣。就是会做，也轮不到他在诸大人面前卖弄，算了吧，敬宗兄请！"

严光文伸了伸腰板，"好吧，好吧，我也交差啦！"接着照笺念道：

古岭连涨海，何时一舟浮？飞霞溢照日，鼓浪百松呼！心怀动静至，来去无牵扶。笑问避秦者，尝思渡海无？

钱生畏见冯宝与若砚在纸笺上已涂抹好一会儿了，又好像在商量斟酌。便笑问："孟怀公该有了吧？众人洗耳已久矣！"冯宝笑道："好啦！本来我没心思的，大伙诗兴大发，我若再推，未免太不近人情，没奈何说上几句，以博一笑。"便念道：

其一：

越地浮山岭，南天一臂挑。仙镜沉西岳，幻魂逝北霄。问声范夫子，夷光可曾邀？

其二：

三番寻旧径，野草仍萋萋。无限关情处，百看惹我痴。秋风不觉冷，犬吠日已西。

其三：

访仙无踪迹，霞洞隐奇观。一叹情缘绝，回头望落川。仿闻草深处，虎吼声声传。

其四：

山高度信鸟，百世寄楚情。越王今已老，何事铁弓鸣？安得天公手，岱宗一脉萦。

冯宝甫一念毕，喝彩声大起。严光文赞道："孟怀兄究天人之际，通古今之变，成一家之言呐，行文纵横排奡，一泻千里，不似别人沮涩呆滞，扭捏作态。"潘肃心里暗笑："严光文这小子何时起亦学会拍马啦！"然自己私下钦服，亦赞道："相比之下，我们的东西就不该拿出来看呀！"王望如笑道："确实奇妙，'仿闻草深处，虎吼声声传'，我们怎么想得出来？"钱生畏点头道："别的不说，我偏爱下阕，确实做得好了，只一句'安得天公手，岱宗一脉萦'，足可笑傲古人啦！"冯宝摇头不已，摆手道："我其实只是乱说一通，诸公却当真了，甚么笑傲古人，笑煞古人啦！哈哈！"

众人休憩过后，又寻路下山。前面尽是开阔缓坡，数十头牛羊在坡地里吃草，既不拴缰，更不见牧人。冯宝边走边自语道："天色已晚，牛儿走散了怎么办？"王望如笑道："你这样问时，令我想起一段古来，就是这山坡的掌故呐。传说这里有个牧牛的女孩儿，名字刘三妹的，长得很俏俏，常在这山坡牧牛。她善唱山歌，过路人听了，如痴如醉呐。某日一大户游浮山，见到这刘三妹，竟起坏心要玷污她，命众恶奴去捉刘三妹。刘三妹吓坏了，情急之下爬上一大青石顶，不慎滑下来跌死啦。从此之后，凡在这坡地里牧牛，都不用人看管，就是过夜不归，牛儿亦不会走失。乡老都说是刘三妹显灵，帮乡亲看牛呐！更有奇者，自刘三妹死后，那大青石顶上竟渗滴出甘美无比的泉水来哪。那泉水四时不竭，乡老说这是刘三妹的眼泪呢。那些牧牛人还有樵夫都吃这水解渴。不幸的是，不知何方好事者偏要在滴水处凿一龙头，龙头凿成了，可那水却再没滴出啦。唔，就是前面这块高大的青石，乡老称为企石，我们过去看看吧。"

大伙来到大石旁，见周围插满香烛，王望如道："这是乡老记念刘三妹，不时香火祭祀呐。"冯宝抬头望着大青石，轻轻点点头，深深叹息一声。王望如又道："听乡老说了，在这山坡坐着，只要不出声儿，还有可能听到刘三妹的歌声呢。"

王望如刚说到这，柔风中传来隐约的歌声。若砚吃惊道："莫非真是刘三妹显灵了？"众人循声走来，那歌声益发清楚，原来却是男子的声音，

正唱道："日晏姊妹停歇处，船中有瓜船中煮。瓜子海中如饭米，忽然骤有祸端起：乌云密布恶风生，天廷震怒施雷雨，叱咤声里渔舟覆，姊妹双双遭荼毒……"

严光文笑道："竟是孟怀公的《姊妹歌》呐，唱得如此凄美铿锵，令人动容呀！"钱生畏叹道："能将孟怀公此作入歌，这人不俗呀！"潘肃笑道："我们快赶过去，看是何人。"

顺坡走了七八百步远近，众人已走出南山口。却见数株亭亭如盖的野荔枝树下，倚石蹲坐着一个砍柴的老汉，模样儿似有七十开外了，柴担搁在道旁，正在用荆条捆箍一只爆裂的瓦坛子。原来本土进山砍柴的樵子，担挑上都带有这样一口盛着白米稀粥的粗陶坛罐，另备有数枚自家腌制的咸辣酸三味黄榄。砍柴中途困倦饥饿时，先咀嚼咸辣酸三味黄榄，再喝了这坛子的稀粥，既可解渴消暑毒，又可抵饿困呢。老汉手里一边摆弄，口里一边唱完末尾一句："可知山石斑驳处，便是姊妹血泪凝——"便停了下来。

潘肃拱手问道："老人家唱得好歌呀！请问可是自做的吧？"那老汉抬头望了潘肃一眼，眯眼儿笑道："说得轻巧，自做的？老头儿可没那本事。请问秀才公，你可做得出来这般好歌？"众人不禁大笑。严光文笑道："他是做不出来，可我们这位秀才却可做出来呢。"冯宝忙使眼色打住。那老汉摇了摇头，笑道："这歌儿是老汉听别人所唱，因此学会了。你们能做出这般好歌？老头儿不会信呐。刚才我从山上下来，听到你们的歌啦，那是甚么歌呐，摇头晃脑的，听着呀，就像吃了松尾庄招六顺的酒——酸死人啦。"众人愣了愣神，不禁又一阵爆笑。

严光文又笑问："老人家呀，你一个人上山打柴，就不怕遇着猛虎？"老汉头也不抬，继续箍他的瓦坛子，口里道："我砍我的柴，它走它的路，有甚么相干的……"老汉说到这里，仰起头来："呵！是了，你们都说会做歌儿，那好，老汉刚才打柴时碰裂瓦坛子啦，正在这里捆箍着呐，忽然想到一句歌儿，便是，瓦坛爆，山藤箍，坛爆藤箍藤箍坛。正想不到下面词儿呐，哪位秀才公帮我说了下一句吧？"王望如问："老人家您认字么？"老汉笑道："哪有这个福呐。"

大家你看我，我看他，许久没有吭声。王拙看着若砚手中那柄破雨伞，出了一会神，忽然道："老人家，雨伞烂，麻线补，伞烂线补线补伞，

可好？”老汉双目放光，拍腿赞道：“这小哥就是聪明呐，我怎么就想不出来呢？”潘肃皱眉道：“以俚语入文，鄙俗不堪，且违悖法则，怕是不妥吧？”冯宝笑道：“子兰兄差矣！大俗即大雅呢，他这方土语，坛与藤音同，伞与线音同，这就有趣。俚语入文，更显高古呀！”

老汉已箍好坛子，拍拍双手，站起身来道：“太阳已落山，你们也该回去啦，老头儿得挑这柴担回家去哩。”说着话时，把那瓦坛子系在柴担上，躬身挑起，笑道：“回家去喽！”众人随那老汉的背影望去，前面广袤无际的野地里，蕉竹掩映，荔树成林，看不到首，也见不到尾，眨眼功夫，老汉的身影已没入荔林之中。

王望如感叹道：“登浮山数番，唯此番大殊于前。蕉荔之乡，竟闻弦诵之音呐。”钱生畏也欷歔不已：“这其实并不奇怪，究其缘由，都是护国夫人之功德呀。护国夫人威信礼义镇于俗，文华士生，才彦辈出，以至渐袭华风，侏离化为弦诵，荒梗之俗为之一变。今日所遇，实缘于斯。”

潘肃见冯宝只顾望着前面荔林出神，对众人所议了无经意，便问道：“孟怀公在想什么呢？”冯宝笑道：“我在想，这里山好水好，甚么时候，我退休了，能在这里结庐一间，没事时读读书，心满意足矣！”钱生畏接口咏道：“瞻彼淇澳，菉竹猗猗。有斐君子，如切如磋，如琢如磨。瑟兮僩兮，赫兮喧兮……”冯宝笑着打住：“汗颜，汗颜，我一时失言，险贻笑柄啦！”

张昌举败回落金岛，很是沮丧，他懊悔不已，直到半月后才上朝听事。这天午后，张昌举午休方起，觉得身子懒懒的，正欲到后花园走走，忽报相国许践求见。张昌举稍整衣冠，过海母殿三金堂来，许践已在那里候等。许践行过常朝礼，然后起来，道：“大王自高凉归来，齐安太守褚俭一直居留岛中，大王准备如何安置他呐？”张昌举坐着不动，好一会儿才道：“褚俭是落金岛的客人，如今他已无家可归，我也不好赶他走吧？”许践欲言又止。张昌举道：“你有甚话就说吧。”许践挪近两步，道：“前者攻高凉，我们与冼氏的仇更深了。不过，我们如若不再登人高凉之土，冼氏再怎么仇恨，亦不会轻易奈何落金岛。海途之险，有如天堑呀，高凉军绝不敢步当年萧映之覆辙。然则褚俭不去，鲁难难绝呀！褚俭本系齐安郡守，不安分而图大计，以下犯上，已负背反萧梁之罪名。再者褚俭昔日与冼氏早有仇怨，如今国恨家仇，冼氏怎肯放过。臣以为褚俭万不能再留

在岛中，望大王明鉴。”

张昌举搓了搓手，缓慢声调道：“前者攻高凉，我也有失察之处，不能全怪褚俭。褚俭劝我向高凉用兵，也不是一点道理都没有呐。这都过去了，暂且不再理论。褚俭现已不再是甚么太守啦，他肯附我，我怎能拒之门外呢？好了好了，这事以后再说吧。”许践不好再言，只能退了出来。

一日，褚俭将一交州妖姬送入宫中。这女子不唯体态绝伦，且房中术迥异人间，张昌举如获至宝，竟又连续十数天不上朝。众官议论纷纷，相互猜测。平波将军祝冲直闯后宫，劝谏张昌举不能沉溺女色，荒废国务。张昌举大怒，把祝冲打了五十大板，还警告，有谁再乱说胡道，定斩不赦。

褚庥这日过褚俭府邸中来，侍从把他引至密室。这密室有三丈见方，四周窗户都用布幕蒙遮得密不透光，然而灯光通明。褚俭正在室内演练射箭，居然每箭都射中靶心。褚庥吃惊道：“我从未听说兄长会射，你是甚么时候学会的？这倒奇了，你既然会射，怎不到外面开阔处，却在这狭窄地方射，不能施展手脚呐，窗户又苫了幕布，你不想让人知道？”

褚俭不答，又射了数十箭，才放下弓来，抹抹额上汗水，笑道：“进里面说话吧。”褚俭推开东壁一扇门板，褚庥看时，竟是室中室。褚庥跟褚俭入去，褚俭掩上门，然后点着灯烛。这暗室很是窄小，只靠西壁摆放着一柜台，上面尽是些坛罐瓶瓯之类的器皿，弥漫着一股极为难闻的气味。褚庥甚为惊奇，见柜台一口罐子倒插数支箭矢，近前看时，似有药液浸泡，便欲伸手触摸那罐子。褚俭见了疾忙止住：“千万别乱摸这东西，你看好了，小心送了小命。”褚庥惊道：“遮莫这东西是毒物？”褚俭笑道：“奇毒无匹呐。”

褚俭早在十八九岁时便随人往交州做着珠宝买卖，他结交了一个土著异人，下重金求得炼毒术。中大同元年，褚俭托人贿赂高州刺史兰裕，荐为阳春主簿，不到半年升擢为齐安太守。褚俭工于心计，炼毒之事秘不外传，平日习练弓箭都在绝僻无人之处暗地里进行，外人眼中，他只是文士模样，哪里知道他竟是身怀绝技、毒如蛇蝎的人呢。

褚庥看着褚俭：“兄长自高州回来后，很少外出，你可知道外面怎么议你？”褚俭笑道：“知道一些，不足为奇。这帮海盗，平日里横惯了，自以为天下无敌，如今吃了亏，自然心里气闷，这罪责呀都推到我身上来

了。看样子要逐客呢，我们也得准备准备，往哪里安家才好。哎！你日前不是说你与朱崖洲大酋有交情么？”褚庥道：“是大酋手下大管家。”褚俭笑道：“不能谋万世者不能谋一时，不能谋全局者不能谋一隅呀！我把你找来，就为这事。这两天你就动身往朱崖洲公干……”褚俭压低声音，与褚庥说了好半天，褚庥才出府去。

当晚，褚庥、褚见、褚品及原齐安主簿马兆，郡尉曹重，助防卑将毛臣、丁椿，幕僚徐恬、丘极、江岐子等一班心腹都聚入褚俭府中议事，直至三更尽才散去。

三天后，褚俭请镇海将军伍尚礼来府中宴饮，伍尚礼当日未牌时分带着八名亲兵近从践约而来。酒宴设在深室，伍尚礼只带一近从入席，余下七个近从都在外室招待。褚俭满脸堆笑，躬身拱手相迎：“承蒙大将军恩顾，得以在落金岛避难栖身。俭今日略备小酌，叙叙旧情，大将军屈尊驾临，俭不胜惶恐呐。”伍尚礼坐下了，那随从只在身后侍立。作陪的有褚庥、马兆、毛臣三人，都次第入座。俄顷，入来十数个歌姬，弦丝响处，翩翩起舞。伍尚礼笑道：“太守好雅致哦！”褚俭笑道：“不成体统，恐怕污了大将军耳目呐。”便举盏道：“大将军请，大将军请！”伍尚礼浅尝即止。褚俭笑道：“还是让侬若出来助酒吧。”声音甫落，一阵叮当环佩声响起，帷帐下轻飘飘地趋入一个美娥来。那女子合十向伍尚礼行过礼，随即舞动身姿，立时异香四溢，沁人骨髓。

伍尚礼大吃一惊，又盯着那女子看了好一会儿，才招手道：“太守公，下官有一事请教。”褚俭忙起身过来。伍尚礼低声问：“这女子不是你献给大王的那个美人么？你如何让她在府上宴客了，这事若传了出去，恐怕不妥吧。”

褚俭献与张昌举的妖姬，伍尚礼先是在朝堂见过，后又在后宫里见过数次，因此认得。褚俭笑道：“大将军误会啦！下官托人在交州寻得两个美姬，却是孪生姐妹，献与大王的是姐姐，叫佤仑。这个是小妹，名侬若。姐妹俩长得一模一样，难怪大将军认不出来。”伍尚礼笑道：“这样说时，我才放心。”褚俭笑道：“下官有多少个脑袋，大王的爱姬，我再敢私自接出来？”才又坐回席中。

伍尚礼摇首叹道：“天生尤物呀！太守公哪世修来？”褚俭笑道：“大将军说甚话来，下官没福消受呀。这女子正是要送与大将军的。”

伍尚礼哈哈大笑。随即道："为贞兄是性情中人，事实爽快。我与你深交多年，有些事不必隐瞒。近来岛上对你颇有微词呐……"褚俭敛住笑容，深叹一口气道："大将军所说我何尝不知。所以我自高州败回，便深居简出。"伍尚礼笑道："你知道便好，你知道便好。"

褚俭看了看伍尚礼，欲言又止。伍尚礼问："你想说什么？"褚俭挪了挪身子，道："大将军可知道相国欲认祝戬为义子一事么？"伍尚礼笑道："这事落金岛上上下下几乎都知道了，有何稀奇？这许之约亦真是，祝戬本是祝冲收的螟蛉，他还认甚么义子！"褚俭笑道："我怕认义子是假，拉拢才是真呐。"伍尚礼看着褚俭："此话怎讲？"褚俭笑道："大将军真是不问世事的大善人呐。我听得说，当日大王并未决意拔祝戬为卫海大将军，怕众人不服，都是相国爱才如命，三番求见大王才有此结果呢。"伍尚礼脸色开始难看，微微气喘。褚俭又道："智武将军宓子川、定边将军束盖、略远将军孟汤本在举擢之列，可相国说这三人过于暴残，类如盗匪，不宜付与重权。"

伍尚礼猛拍几案，怒道："混账老东西，为一己之私，说得好公道话呐。做海贼的不暴残吃海风呀！当了甚么屌相国，就不记得自己是海贼啦！说真的，当初老子就不愿意立甚么国，做了这个官呀，说话都走样啦，浑身上下不顺畅，闷得慌。好呀！许践老不死的，竟拉起帮拳来啦。"褚俭忙劝阻道："大将军用不着动气，我现在为落金岛，舍弃身家性命，连家乡亦回不去啦，我这丧家犬就全指望大将军看顾啦！"

伍尚礼"哼"了一声，立起身来，大手一挥，道："说甚么闲话，谁也不敢赶你。老混账，想去掉我的臂膊，想得倒美。"

褚俭笑逐颜开，忙又把伍尚礼劝入座上，让依若来身边陪了吃酒。伍尚礼直吃得酩酊大醉，至酉时方携依若并轿回府。

已是二更初，钱生畏刚沐浴毕，忽报冯宝夫妇来见，已在花厅侍茶。钱生畏二话不说，忙整衣冠迎出花厅，礼毕，都坐下了。冼夫人笑道："钱大人日里忙于公务，百合只好夜里造访啦。钱大人不会见怪吧？"钱生畏连连摆手："说哪里话来，夫人日理万机，这时过来，定有大事无疑，就请明示吧。"冼夫人看着钱生畏，一脸严肃，毅然道："我提议攻打落金岛！"

钱生畏大吃一惊，愕然站起："攻打落金岛？兹事体大，兹事体大

呀！”冯宝道：“我乍闻夫人要攻打落金岛，老大吃惊不小。落金岛自为逆贼张文德所据，横行海隅，残害百姓，岂止一端。张文德死后，其子张昌举更为猖獗，比其父有过之而无不及，竟自封甚么南海威义王，造宫室，置百官，裂土分疆，乱我神州。更为甚者，张昌举既据孤岛，而贪残图暴之心无稍遏减，乘着我朝多故，国祚衰微之机，勾结逆贼褚俭侵掠高州，作乱岭表。若非我州军民殊死抵抗，高凉境几为颠覆。张昌举、褚俭贼党如虺之毒，若不去除，岭南再无宁日呀！”

钱生畏搓着双手，重又坐下，呼口气道：“逆贼之害，生畏至今犹如在目呀！只是逆贼势大，据险于海，殊非一般，昔日萧广州起大兵征剿，尚且失利。我州军民虽然同仇敌忾，可是敌我军力悬殊，我担心难以奏功呀！”

冼夫人轻抿一口茶，笑道：“落金岛就像长在人身上的毒瘤呐，若要去除，受些皮肉之苦自是难免。钱大人但请放心，事有一定，机无常理。铲除落金岛一事，百合心存已久，若无一点把握，怎会轻举妄动？怎会图一时之快而驱军民于战火之中呐？当然喽，怎么打？何时打？我们还须再三斟酌而后定。”

钱生畏看着冼夫人：“这么大的事，要不要先报广州？”冼夫人摸了摸几中茶碗，道：“报！当然要报，而且要及时。”

冯宝道：“这几天我一直在忙于筹粮一事，前日听潘肃派人来通报，今次筹粮都让永宁郡包揽啦！永宁百姓感王望如之德，踊跃交粮，比预定限额超出一大截呢。”钱生畏笑道：“我也听说了。为了筹粮，王拙连续数天不能休息，居然累倒了。呵！是了，王拙的任状这几天也应该下来了吧。”冼夫人笑道：“百姓看人再不会错。王拙能快点赴任最好，好替出甘弁、廖明及三哥来。”

直谈到二更尽时，冼夫人及冯宝才辞了出来，钱生畏送出府门，陈三官、若砚早候在门口，众人上马回恩铭居去了。

大宝二年八月二十八日，落金岛海盗突袭齐安郡沿海驻鹤庄，劫掠财物无数，掠走男丁六百余人。

大宝二年九月十六日，落金岛海盗乘夜突袭海昌郡沿海，掠走男丁三百余人。

大宝二年九月十九日，落金岛海盗袭高凉郡沿海，遭军民抗击，海盗

退去。

高州沿海诸郡接连遭海盗袭击，文牍火急报入高州府衙。钱生畏惊懵了，他把案几拍得山响：“落金岛海盗，穷凶极恶，天地不容。我钱生畏不荡平此寇，还有甚么面目见州治父老！”

钱生畏即请冯宝、冼夫人、冼挺、冼操、张融来衙里议事。冼挺两眼喷火，朝钱生畏道：“三处遭袭，齐安郡最为严重。此郡虽有甘弁、廖明及三弟把持，可等到接报救援，海盗早跑得没影儿啦！既然王拙是个人材，即刻起用，还等甚么狗屌文批呐？让他即时赴任，我们好专心一意杀贼！”

冼夫人道：“非常之时，亦应行权宜之计，就让王拙到任，换出军管人等吧。援助陈霸先的军粮亦已筹妥，四哥明天即可押粮上路，途中不能滞留，军粮交割陈都督营中即速赶回。请刺史命高州所辖诸郡即日起警禁，军马随时听调。沿海各郡速调防卫署肆屯传移驻沿海，沿海村寨精壮男丁俱入编联防。”

冼挺问道：“妹子，我们准备何时才攻落金岛？依我说，马上起兵揍他，我肚子都气炸啦！”冼夫人笑道：“暂时不可，我们高凉地沿海诸郡，历来就少水军，这也是海盗胆敢肆虐的缘故。齐安只有三艘战船，高凉郡有两艘，别的郡都没有，且这些战船日久失修，残破不堪。齐安的战船我已命甘弁让当地船坞修理补欠。高凉这两艘，水辛洲船坞营头也答应帮忙修补，这营头也是热心人，还说要送两艘新船与我，前几天，三官回来报，这四艘船都有啦，只等使用呢。还有光寿庄庞靖也答复赠我四艘大船，听他们说大概也有了。就这十一艘船还远远不够呢，还得想办法呐。”冼挺道：“妹子，要不在大堡提银子修造几艘如何？”冼夫人笑道：“你能拿多少银子？就敢说这般大话？”冼挺发狠道：“妹子你别管啦，那个营头，还有庞庄主都恁般慷慨，我们怎么说得过去呐，好啦，这事我去办就是了。”

冼夫人笑道：“即使有了船，还要练兵呐。海盗谙熟水性，在船上行走腾挪自如，如履旱地。我们呢，只怕是上了船，浪头一滚，船一颠簸，便站立不住了，还能打仗么？所以必须练好水战，方能战胜水贼呀！”

又商讨半个时辰，会议才散去。

次日辰牌时分，援助陈霸先的军资已在州衙待发，一共一百五十六部

马车，都插上“高州援粮”“勤王平叛”的旗号。冼操整束齐备，率领六百军士就要开拔，钱生畏、冯宝、冼夫人等送行壮色。冼夫人把一个年纪约四十上下的老成军汉叫到一边，低声道：“牛章呀！你已随三将军押过两回军粮啦，路径也应熟知。这回是四将军押粮，他可是头一回哪，凡事必要小心在意，切勿差池知道么？”牛章笑道：“夫人尽管放心，勤王援粮，何等重要。只要亮出大堡之名，一路何人不敬？”冼夫人笑道：“只要没事就好。”

一声号角响过，援粮队当即起行。只两天功夫，早过了阳春地界。途中冼操问牛章道：“你已两番押粮，路上可遇过甚么掌故？”牛章笑道：“也没甚掌故，一路平安无事。上回途经哨草山时，山上一好汉叫郑道培的，使一口大砍刀，聚有上千人马，遇上我们运粮队，知道大堡名头，也未敢动手，还挺客气地要请我们三将军上山歇马。我们三将军是何等机灵的人，怕中他机关埋伏，便不答应，谢别上路了。”冼操笑道：“甚么山贼，敢打大堡主意。”牛章道：“我们这回途经哨草山，说不定又会遇上郑道培，他要是请四将军上山吃酒，四将军切勿答应，只客套数句便是了，我们赶路要紧。”冼操哈哈大笑：“我会上山贼的当？”把大铁枪扫了一拍马后股，“驾”的一声，策马走前队来。

又走了五日路程。这天晌午时分，进入成州地界。前面便是落虎岭，山道两旁荆棘丛生，树木茂密，道路迂回崎岖，足足走有半个时辰，才见道路渐渐阔展。前面岔路口大树下有三个山民搁着锄头歇脚闲谈，见车队往左道过去，一个老成的山民道：“客人要往哪去？”牛章忙答道：“我们往五峰岭走呐，这道我们熟悉。”那山民笑道：“幸好我问了。那条道走不了啦，两月前山洪暴发，把山石都冲下来，堵死了道，走不了啦。如今过往客人都走右道，路途是远了点儿，却好走多啦。往五峰岭去，就走右道吧。”

牛章在马上忙着作揖，道：“多谢父老指路啦！”冼操即命车队拐了回来，直朝右道走去，果然道路很是平直。牛章叹道：“这里的乡老厚道呀，要不是他们指路，今儿可要走大段枉路呐。”

运粮队来到一开阔处，四面望去，尽是竹林。冼操刚要命军士歇息，忽听一阵号角响起，竹林里涌出大队人马来。冼操命军士都不要动，然后问牛章：“这是郑道培山贼么？”牛章道：“不是，这条道我未走过。郑道

培在哨草山，怎么会跑这里来。”

说着话时，只见一条脸色黑油发亮的大汉，约有八尺长短，十八九岁年纪，手提一柄大板刀，骑着一匹雪花也似烈马，立在队前。冼操暗笑道：“这山贼也奇，脸黑似炭的人，却骑一白马。”随即拍马上前，大喝道：“官军平叛援粮你也敢抢，不要命了?”那黑大汉大吼道：“甚么贼官军，吓不倒老爷。看你的号旗，可是甚么大堡冼家军?”这问声一出，有如疾雷之势，轰鸣震响。冼操大喝道：“看你也是一条好汉，既知大堡名头，还敢截路剪径?”

那黑大汉又问道：“你可是甚么冼飞?”冼操喝道：“冼飞是你叫的么?你敢截劫军粮，便是死罪，还不下马受死!”那黑大汉大怒，大吼一声，飞马舞刀杀了过来。冼操怒起，跃马提大铁枪向那黑大汉迎面疾刺。黑大汉见枪刺到，大喝一声，大板刀望横劈出，只听轰当一声，冼操大铁枪脱离左手，那枪头砸在地里一块石上，火星迸射。冼操手心一阵发麻，只右手还抓住枪柄。冼操大惊失色，只叫得一声不好，黑大汉大喝一声，翻手一刀背砸在冼操背上，冼操翻身下马。那黑大汉勒住马，大喝道：“拿了!”即时涌上数十丁勇，绑了冼操。

这边军士就要扑去救人，却被牛章阻住。黑大汉呵呵笑道：“这般武艺竟也敢称甚么冼家军，还百战百胜呢。好啦!”他手指牛章道：“你像个小头儿，你就带几个败卒回去报信，说军粮让黑竹庄夺啦，让对头冼飞来找我，其余人众及车仗全留下。我可不会为你们喂马，时限只是十日，过了十日，我要见不着冼飞，我把他们都杀啦！好了，你滚吧!”

牛章再不敢说什么，只好带八名军士匆忙策马奔高凉而来。

冼夫人这天带着陈三官来到海岸署卫，顺便看望君圣庄霍廷昭调来的三千庄兵。党世钧忙陪冼夫人检查了五座哨营。冼夫人与党世钧说了好一阵话，才又带陈三官朝水辛洲海边走来。只见一老渔人驾着一小舟已靠岸上，冼夫人走了过去，笑问一句：“老人家好呀!”那老渔人答应一声，将一小箩小鱼虾端上沙滩里搁着，抬头望着冼夫人，笑道：“你们贵人眷属怎么跑这里来了？海边风大，小心着凉哩。”冼夫人笑道：“不碍事，只走走便回啦！老人家偌大年纪了，还出海打鱼?”老渔人叹了口气道：“本来前年我就不出海啦，平日都是后生精壮出海呐。可是近来水贼又来啦，郡里警禁，还让精壮后生都联防海贼去了。老汉坐不住，又出近海捉些小鱼

小虾，动动筋骨也好。”冼夫人笑道：“我想请教老人家，用木头做成筏排，可否在海中行驶？”老渔人想了想，答道：“可以呀！只是湿脚，再就是比船只行驶慢些，不过若遇顺风，也挺快的。”冼夫人听了连连点头。那老渔人又问道：“尊夫人可是想出海玩儿？若是出海玩儿，我劝你不去也罢，现在正闹着水贼，那水贼见人杀人，可不是玩的。”冼夫人笑道：“谢老人家啦！这样说时，我现在不去，等水贼平静了再去吧！”老渔人念叨着：“这样才好！这样才好！”

别过老渔人，冼夫人又与陈三官在海滩上信步近一个时辰，未牌时分，才回到恩铭居。正要更衣，冯宝闯了进来，道：“夫人往何处去了？我们好找。”见冯宝惊慌的样儿，冼夫人问：“有事么？”冯宝跌足道：“岂止有事，出大事啦！四哥押粮至成州地界，被黑竹庄强盗夺了，四哥也被擒捉去了，只有牛章与八名军士逃回报信呐。”冼夫人大吃一惊：“快把牛章找到书房来，我有话问他。”外屋仆从应声急赶出去。

冼夫人与冯宝紧步来到书房，牛章已在候等。冼夫人听牛章把过程都说了，缓缓舒了一口气，笑对牛章道：“你下去吧，这事我自会处理。另，让三官速去署卫找五将军回我书房来。”

冼飞闻报急匆匆赶来恩铭居，仆从即带他入到书房里。冼夫人与冯宝在说着话，让冼飞坐了。冼飞忙问：“妹子找我有事？”冼夫人笑道：“五哥在成州可有仇家？”冼飞眨眼想了想，摇头道：“并无仇家。前番勤王北伐，虽经成州而过，但并不停滞，沿途也没遇到甚么麻烦，不会和别人结仇。”冼夫人笑道：“刚才牛章回来报信，四哥押粮至成州黑竹庄时出事了。黑竹庄首领擒了四哥，扬言五哥是他的对头，要你去会他，期限是十日。而五哥说在成州并无仇家，这事奇了。”

冼飞站起身来，“我去救回四哥吧，再顾不得对不对头了。”冼夫人笑道：“好！五哥即可动身，听说那首领身手极为了得，且有近两千人马呐，五哥多带些人马去吧。”

当晚饭毕，冼飞与牛章率五百精骑，连夜向成州飞奔而来。只三天，冼飞率队入至成州境。冼飞命军士在落虎岭下埋锅造饭，休歇一个时辰后又起程。走过落虎岭，牛章望了望天色，对冼飞道：“五将军，这里离黑竹庄不足十五里了。”

午时刚过，军马早到那岔路口，远远望见大树下三骑掉头望黑竹庄方

向飞驰而去。牛章忙道："五将军，这三骑准定是黑竹庄的探哨，见我们来了，报信去啦！"俄顷，只闻得前面号角声大起，继而人喊马嘶声盖地传来。冼飞哼了一声，双腿一抖马肚，率队驰来。刚踏入那大坡地，早见黑竹庄人马已列成阵势，那黑大汉全身披挂，持刀勒马立在阵前。冼飞勒住马，环顾四周一眼，命军马准备战斗。

只听那黑大汉大喝道："来的可是冼飞么?"冼飞策马上前，道："我便是冼飞。你我并不相识，怎么说我是你的对头了?"黑大汉大笑道："你是冼飞便好，我叫曾孝擒，今日便要捉你。"冼飞怒道："就凭你?"曾孝擒笑道："就凭我，有帮拳不算好汉。"说着话时，曾孝擒跃马挥大板刀劈头便砍，冼飞挺狼牙棒架过，叫声"好力气"。曾孝擒那柄大刀翻转如风，迅猛无匹，接连砍来。两军阵上喝彩声大起。冼飞暗暗吃惊，"这小子真是好气力、好武艺呀，比萧摩诃还好呐!"

两人战有近三百回合，竟然不分胜负。大草坡被两战马蹄儿掀得泥土飞扬，变成一片洼地。冼飞暗道："这样斗下去不是办法。"忽然冼飞露出破绽来，曾孝擒顿时大喜，大喝一声，尽气力一刀砍下。谁知冼飞却不接这刀，身躯向右疾闪。曾孝擒一刀砍空，上身向前猛俯。就这一瞬间，冼飞翻手一棒重压在曾孝擒后背心上，曾孝擒翻倒头跌下马来，那大板刀丢在一旁。冼飞喝叫军士绑了曾孝擒。

忽见黑竹庄阵中走出三个人来，中间那人有七十多年纪，须发尽白，拄拐杖嘶哑着嗓门大叫道："冼五将军手下留情!"冼飞道："你们这群强盗，竟敢截抢勤王军粮，胆子够大啦！快把众官兵放了，都随我到州里服罪去吧。"那老汉已来到冼飞马下，仰头拱手道："冼五将军切勿误会，我们都不是强盗，我这里是黑竹庄，老朽便是这黑竹庄庄主曾品。老朽生有三男一女。"曾品回头指去，"那两个便是长儿孝成、次儿孝厚。"又回转身来，指着被绑的曾孝擒道："这便是小儿孝擒。"见冼飞翻身下马来，曾品又道："老朽虽薄有田地山岭，也养有庄兵，但从不欺凌弱小，附近乡邻还算看得起黑竹庄。唯有小儿生来好斗，不愿读书，老朽百般劝诫，总不见改，无奈送到新州他娘舅冯起文那里管束……"冼飞打断话头，问："庄主说的新州冯起文，可是土龙冈冯起文大老爷?"曾品道："正是此人，冼五将军认识他?"冼飞道："早听说他好名声。"曾品"哦"了一声，又道："谁知十数年来，小儿还是不改野性，倒是学得一身武艺。不知他哪

里听得说大堡冼家军的名头，说要投奔大堡去，冯老爷只是笑笑，并不答理他。前两月小儿才从新州回来庄里，先是打走了庄里的两个教师，说要由他教庄兵习武。又听得说哨草山大王郑道培武艺了得，便不服气，上月中带数百庄兵寻到哨草山，听说又打败了那郑道培，占了人家的山寨，从此要哨草山按月缴例银，不然不能在哨草山扎脚。近日，小儿嚷嚷要打点行装带庄兵去投大堡冼家军，谁知他竟捉了冼四将军哪。”冼飞听到这里，双眼直瞪着曾品。曾品忙道：“冼五将军无须担心，我们并不敢伤害四将军，四将军与六百军士都安然无恙。”

听这般说时，冼飞的脸上才露出一丝笑意。这时，曾孝成、曾孝厚兄弟也徒步走了过来，连连向冼飞打拱作揖。曾孝擒大嚷道：“我绑你兄长才有一刻功夫，你恁地绑我半天呀！阿爹，你快叫五将军放了我，我输是输了不行？”冼飞微微一笑，这才命军士把绳索解了。冼飞捡起地上那柄大板刀，见是刀头连柄锻造，掂量掂量，递给曾孝擒。曾孝擒接了，咕哝道：“掂甚么掂，足足九十斤，比关王的刀还要重呐。”牛章笑道：“五将军的兵器九十九斤呢。”曾孝擒嚷起来：“娘舅还说这刀够重啦，不行，改天我也将这刀加至九十九斤。”曾品忙道：“别瞎说，你又怎么能与冼五将军比呢？别瞎说啦，快请冼五将军入庄里吃茶才是正经。”说着欠身道：“冼五将军请，冼五将军请。”

冼飞率五百军士都入庄里来。曾品父子引冼飞来至校场，见冼操与众军士自在坐着，并不上绑囚禁。曾品忙让看护的庄兵尽数撤走开去。冼飞叫道：“四哥，你未有受苦吧？”冼操与众军士早迎了过来，笑道：“不曾受苦。”又指着曾孝擒笑道：“这小子与你是对头，却找我的晦气。”众人都笑了。

曾品命宰牛杀羊，大开筵席，为冼操压惊。席中，众人无话不谈，开怀畅饮。曾孝擒又缠着冼飞，非要认义他为兄长不可。冼飞略为迟疑，曾品忙道：“大不敬呐。你才十九岁，冼五将军年长你一大截，你怎么敢胡说？”曾孝擒嚷道：“咋啦？五将军年长，所以是长兄，我年纪小，因此是小弟，就这样定了。”冼飞笑道：“好吧，我认你这个兄弟啦。”曾品大喜，即命人设好香案。冼飞与曾孝擒歃血盟誓，祭过天地，从此结为兄弟。冼操笑道：“五弟呀，恭喜啦，我们就要攻打落金岛海贼了，正是用人之际呀！这般好兄弟，你哪找去，我稀罕着哪！”

众人重又入席。曾孝摘也不知吃了多少碗酒，直醉卧床上方休。

三天后，曾品又设酒宴，为冼操押粮队饯行。曾品向冼操、冼飞作了一揖，道："二位将军在上，小儿顽劣，幸今日得遇二位将军，得偿所愿，老朽亦放心了。小儿一意要投冼家军，今日正当其时，还望二位将军成全。老朽无以为敬，只备下五千斛粮食，军资一批，银子十万两，聊当援助讨海贼之用，还望二位将军笑纳。"冼操大喜过望，连连拱手道："冼操替高凉军民谢啦！攻打落金岛水贼，动众数万计，缺的就是粮草、银子呀。"

冼操押粮队刚走，冼飞便催曾孝摘动身。曾品还要挽留，冼飞坚辞要走，次日即与曾孝摘率五百精骑及一千庄兵，押着上百辆粮车回高凉来。

钱生畏命辖下沿海诸郡赶制两千具木筏。又命非海郡治官兵及西巩军尽数调出海边水训操练。冼夫人命将所制两千具木筏尽数放入州江漠阳水，由冼挺、冼定率上万军士更替驾木筏操练冲杀进退之法，一时喊杀连天，震天动地，两岸围观的百姓数以万计。

这天，冼夫人、冯宝、钱生畏、潘肃、温典言、张融等来江岸上巡检操练。温典言问："夫人呀！这样操练行么？大海里可不比江上。"冼夫人笑道："像你电白郡、永宁郡这些军士，很多人连海都没有见过呢，一下子让他们驾船在海上习训，我怕胆子小的站不稳脚哪。先让他们在江中习训，然后再到海中，自然而然，只要能吃苦，旱鸭子就会成蛟龙呐。"温典言又道："这木筏呀，在水上训练可以，可用来渡海攻落金岛，我担心不妥呢，昔日新渝侯举大兵驾大战船攻岛，尚且吃了败仗呐。"潘肃笑道："绍熙兄过虑了。此一时，彼一时也。新渝侯又岂能与夫人相比。当日陈霸先征讨交州，就是以木筏击败李贲大战船，事犹在目呢。"

忽见冼飞与一条黑大汉找了过来。冼夫人赶紧迎了上去，问："哦，五哥回来了。情况怎么样啦？"冼飞赶紧把经过述了，然后道："这黑大汉便是曾孝摘。"冼夫人望着曾孝摘，笑道："好呀，你肯来帮我，再好不过啦。还带来一千庄兵呀，真要谢你哪。我们现在正训练水军呢，就让他们过来一起练吧。真是太好啦！"曾孝摘跪下便拜冼夫人，道："老姐大人在上，请受老曾小弟一拜！"冼夫人一愣。冼飞笑道："我与曾孝摘已结为义兄弟。"冼夫人这才明白过来，哈哈大笑，道："这更好了，你这兄弟，我也认啦！好了，快起来吧。"曾孝摘又磕了头方才起来。钱生畏笑道："夫

人肯认你为兄弟，这辈子让你撞着啦。我们便想，也没这福分呀！”

曾孝摛见陈三官牵着一头大猛虎在旁边立着，便走近前来，俯下身子，双手撑着地，眼瞪瞪地与那虎对视，问：“五哥呀！这山猫是老姐大人养的？不会抓人吧？”冼飞道：“便是。”曾孝摛伸手去摸那虎的头时，那虎举爪“扑”的一声拍了曾孝摛脸上一掌。曾孝摛暴跳起来，铁青着脸大骂：“这畜牲竟敢打老曾，我打死你这不认主人的畜牲。”众人一阵爆笑。曾孝摛挠挠后脑勺，又看看冼夫人，笑道：“我不打你，暂不打你，老姐大人养的，比我强呀。”又俯身看着那虎道：“喂！你这是与老曾做见面礼吧？”众人又一阵爆笑声起。

众人说笑时，若砚气喘吁吁跑来，报道：“夫人，武哥、三彩儿、孟娘、阿秀、七儿等人都到了府中。光寿庄庞少庄主偕夫人率两千军马也到了，已在行营歇下。”冼夫人笑道：“知道了。先让他们休歇着，一会我就回。”若砚答应一声，又匆忙离去。

三天后，冼夫人派人给甘弁、廖明、冼齐去书，命其一月之内制大木筏一千具候用，尺寸规格附图。吃午饭时，冯宝道：“夫人呀，连日来，你不休不歇，我怕你吃不消哩。”冼夫人道：“你还不是一样。是了，近来我见你间或咳嗽，要担心呢，找郎中看看，吃些汤药吧。”冯宝道：“我没甚病痛，或是睡少些了，上火了吧。夫人呀，我与钱生畏一班人都不知兵事，攻落金岛之重担都落在夫人身上，我始终不放心呐。”冼夫人点点头，笑道：“打落金岛，难在渡海。海贼尤其善于海战，我命将士们操练水战即是这缘故。我敢说，只要我军登岸，歼贼那是一定的事。与海贼之战，必要在海中一鼓作气，使将士全数上岸。为了这，我确实费神呀，我们一下子哪来那么多船只呀，只好多造木筏，因陋就简啦。”

将近一月过去。冼夫人见水军渐渐练成，甚为高兴。这天，冼夫人又邀钱生畏来海边巡视水军操练。钱生畏甚为惊讶，道：“不到一月功夫呀，先时那些军士在木筏上还站不稳呢，如今个个生龙活虎呀！”冼夫人笑道：“我勤王北伐时，见陈霸先所领水军亦不过如此。只是时间过于短速，能练成这样，将士们说不得多吃苦啦！”钱生畏环顾四周，又问道：“夫人呀！军已练成，你准备何时攻贼呐？”冼夫人笑道：“大人也忍不住啦。现时还在十月，东北风、东风，甚或东南风都有，这不妥呀。我军攻贼，必要借助北风方可。进入十一月后，每天几乎都是北风。我军必须充分准

备，毕其功于一役呐。”

当晚已是丑时，冼夫人还在书房里看那张《落金岛地图》。这图是冼夫人依《广交越桂十三州地图会辑》摹绘在白绢上的，足有三尺见方，上面用朱笔又依《百越十问》作了补记。冯宝掀帘入来，道：“夫人呀，多早晚了，睡了吧。”冼夫人抬起头来，搓揉一下双眼，笑道：“你先睡吧，让我坐一会就好。”冯宝摇了摇头，叹口气，刚要出去，只听外屋若砚道：“三官，快报老爷夫人知道，君圣庄霍大爷与新州土龙冈冯起文大老爷到了。”

冼夫人惊喜不已，对冯宝道：“今夜谁都别想再睡啦，我们快迎出去吧。”

霍廷昭与冯起文已在便厅里吃着茶。见冼夫人与冯宝出来，慌忙都立起身来。冯起文呵呵大笑道：“夫人呀，起文可是不速之客呀，不知欢迎否？”冼夫人笑道：“十多年不见啦，冯大老爷依然健朗，依然风趣呐。”冯起文笑道：“夫人清德，天下传扬，岭南谁敢不服呀！我数番欲来大堡请罪，始终放不下老脸皮。”又指指霍廷昭，叹道：“多次与世侄通信，每谈起当年之事，惭愧欲死，惭愧欲死呀！唉！这次是曾孝摛这混小子使人来书，要我出力助夫人讨海贼。他在信中说，老父都掏银子、出粮草援助讨贼，如若娘舅再不出力，便是老混蛋。你们听听，这混小子真不像话……”这时，曾孝摛也闻讯赶来，刚一进厅，便大声道：“娘舅来啦，粮草可曾运来，银子可曾拿来？”大伙忍俊不禁，哈哈大笑。冯起文道：“你们听听，你们听听，这混小子当债逼哪。都运来啦，都拿来啦！放心了吧？这混小子在我那儿十数年，只粗略识几个字，又不肯用心学艺，我教他学射，他死活不肯，说这是娘们儿的手艺。我气糊涂了，只好由他去。幸好生得好力气，只学成一套刀法。这混小子多番说要来大堡投冼家军，这回如愿啦。他还说与冼五将军拜了把子，打死我也不信，可有这回事？”冼夫人笑道：“是有这事，好得很呢。我们征讨落金岛，孝摛便可大显身手。”

冯起文又道：“说起落金岛海贼，早该征讨啦。褚俭这奸歹小人，迟早不得好死。其实他早已跟海贼来往，专事贩销贼赃，那年他硬要安定庄梁显帮他销赃，梁显不肯，险些让他害死呐。这回引海贼袭击齐安沿海，弄得老百姓妻离子散，惨不忍睹呀。乡老都说，这褚俭良心让狗吃啦，怎

会带贼盗劫掠故里乡亲呢。”说到这里，冼挺也进来了，报道：“君圣庄运来粮食五千斛，军资一大批。土龙冈运来粮食五千斛，军资一大批。另，收齐安郡出据，齐安郡受土龙冈冯起文大老爷、安定庄梁显大老爷军马五千，粮五千斛，大船六艘。全部交割毕。”

冼夫人笑道：“冯老爷呀！大恩不言谢呀！百合只能率将士们奋力杀贼，方能报答啦。”

冼挺清清嗓子，又报道：“另，夜里在水辛洲又接渔民乡老呈状，共捐出大渔船六十六艘，近百名身手不凡的渔民愿充当渡海舵公。众乡亲还请求让他们一同讨伐海盗。”冯宝激动得全身抖颤，冼夫人只说得一个“好”字，再说不出别的话来。

安顿了客人后，天将亮了。冼夫人正欲偷空趴几案上打个盹儿，忽然冼定使人报来，请冼夫人速至郡衙。冯宝也惊醒了，在床上翻身起来：“我们过去，看又是甚事。”

冼夫人与冯宝匆忙赶过衙署，冼定已接在门口，道：“刚才我率军士巡查到水辛洲附近时，见海上爬起三个人，一个已昏迷，另两个也筋疲力尽了。救了半晌，那个才缓过气来，称是交州官员，在落金岛经过时遇上海盗，只说要见地方官长，别的就再没有说。我把他们带回，换过衣服后，正在衙里便厅休歇。”

冼夫人道：“好，进去看看。”便与冯宝、冼定来到便厅，见那三个人正在慢慢地吃着姜汤。冯宝道：“三位客人受惊了，我便是高凉郡守冯宝。”那三个人都抬起头来，中间那人便要站起，冯宝忙道：“使不得，客人坐着说话便可。”

那人放下姜汤，抹抹口角，看着冯宝，有气无力道：“我是交州九真郡府尉助防文剪……这……这位是荆钺……水军副将……这位是滕并……水……水军副将……九真……九真郡太守裴伋与……与陈霸先甚为相得……在……在交州时已为刎颈之交……太守知得……知得陈霸先北伐平叛……在交州筹得珠宝金银……值……值三百万两呀……命我们送至陈霸先军中……我们率四百军士……分乘六艘大……大船取海路北上……途经落金岛时……突遇大队海贼截劫……我们寡不敌众……军士们全都战死……幸得荆钺……滕并二位将军深谙水性……拼死护我逃了出来……我三人已在……已在海中漂了一夜……幸好遇你们救了……只可惜……只可

惜那三百万……三百万两银子尽落海贼之手……下官纵然……纵然万死也不足抵呀……”冼定望了望冼夫人冯宝两人，又听文剪叹口气道：“唉……文牍……我收在身上……不知……不知浸湿了没有……”便又颤抖抖地在身上摸出一个油纸袋来。打开油纸袋看时，里面文牍封皮完好。文剪把这文牍递给冯宝，冯宝接来看了，封皮上交州九真郡封的印文清晰，漆封尚在。

冯宝又把文牍交回文剪手中，劝慰道：“府尉大人亦不要太伤感。交州将士为押军饷，殁于王事，虽死犹荣呀！我们不日正要攻打落金岛海盗，海盗作乱海疆，残害高凉，死期指日可待。诸位放心在高凉住下，破岛之日，援银定能取回。”

文剪三人惊喜不已。文剪道：“你们……你们要攻打落金岛……这真是太好啦……要能夺回援银……这……这可是不幸中……之……之大幸呀……庶几可告慰……告慰死去的将士呀……”

冯宝与冼夫人、冼定辞了出来。冼定问：“会不会是诈?”冯宝道：“不会，样子不像。”冼夫人笑道：“就算是诈，也是徒劳。我早决破贼之计，岂会让贼牵着我的鼻子走呐。他们既称是交州官员，自然不知落金岛情况底细，又怎能乱说，又怎能弄出甚么圈套来？若是奸细，来了也是白来。放心吧，他们不是海贼。好了，去报钱生畏，一个时辰后我带交州官员去州里见他。”

冼挺见众敢死都站在后面五具空木筏上了，随即大喝一声，一剑挥断连接尾部五具大木筏的系缆，那艘大船早乘着风势，拖曳着二十只大木筏，像狂怒的大火龙呼啸而去。（见第十四章）

陈霸先领军出南康。赣石有二十四滩，甚为险恶，为行船大忌。刚好这时赣水上游连日暴雨，江水突然涨高数丈，三百里远近，巨石都被淹没，陈霸先乘机率船队进扎西昌。（见第十四章）

第十四章

落金梦断火龙发　赣石波生战舰行

大宝二年十一月初九日，冼夫人命冼挺、冼定、冼飞、曾孝擒、冼奉义、冼奉捷、冼奉达、冼奉超、冼奉民等将佐率九千军马，分乘大小船只八十余艘，在水辛洲取海路直抵齐安郡湾头洲。冼夫人自率武哥、三彩儿、阿秀、孟娘、七儿、夫辛、陈三官、九真郡水军副将荆皲、九真郡水军副将滕并等将佐，领八千军马取旱路向齐安郡进发。电白郡守温典言、阳春郡守何子哲、宋康郡守严光文、九真郡府尉文剪、光寿庄少庄主庞靖及张融等领三千军马助钱生畏、冯宝镇守州郡。

起初，荆皲、滕并请求参与攻打落金岛，钱生畏不允。文剪道："这番我们押运援银，把银子丢了，这差是交不了啦，真是生不如死呐。荆皲、滕并食不甘味，坐不安席，就让他俩一同讨贼吧，多少也是一份力呐。"钱生畏只好征询冼夫人，谁知冼夫人竟一口答应。

军马待发时，滕并见冼夫人马前拴着一头猛虎，忙拉荆皲看去。荆皲在马上摇首道："领虎随征，亘古未闻呀！冼夫人为主帅，钱生畏等高州官员奉若神明，个中缘由，我们做客人的一时也不能明了。但看她行止风范，乃至今日军旅调遣，是有雄霸之气呢。"

第二天晌午，冼夫人率军来至齐安湾头洲，齐安太守王拙率僚属与冼齐、甘弁、廖明早在那儿迎接。冼齐告诉冼夫人，冼挺所部天刚亮时就到了，现在大营都已扎好。冼夫人笑道："大哥行军向来迅捷，别人都不及他。"又对王拙笑道："太守老爷，你刚上任，便要打仗，很不公平呀！"王拙赶紧道："夫人公忠体国，为岭南清除毒瘤，诚乃万世之功。就说现

在，落金岛就在齐安鼻子底下，若不荡灭，早晚骚乱，防不胜防呀，又怎能一心治政事民呢?”冼夫人笑道：“好个治政事民呀！难怪别人都称你爱民如子，有乃父之风。好了，这个日后再慢慢请教。这数日来天气突然寒冷，将士征战不易，你这东道主只得劳苦奔波啦，给我多弄些猪肉、牛肉，将士们吃了御寒。”王拙连连应允。

冼夫人看了看天色，对冼齐道：“三哥呀！趁着现在扎营，你去通知大哥过来，还有甘将军、廖将军，你们都陪我到海滩上走走。”

褚俭数番率海盗掠劫高州沿海郡治，令张昌举十分恼火。廷议时，张昌举问伍尚礼：“褚俭数番用兵，你都知道么?”伍尚礼答道：“都知道了。”张昌举不悦，道：“先王把我托付给你，便知你才德为能，乃落金岛镇岛重臣。先王临终嘱咐，不可离岛用兵，想来你是忘记啦。当初褚俭出于一己之私，借我岛之力为其所役，我如今想来，犹是后悔。这倒也罢了，褚俭如今沦为丧臣，我不忍追其咎，随其留岛避祸。谁又知他竟敢私自用兵，四处惹火呐?你身为一岛总兵，难道不晓得这是有百害而无一利之事?”伍尚礼不敢答言。

高凉沿海设防卫署练兵，张昌举以为仅是高凉防卫所需，殊不为意。直到齐安沿海岸屯扎万数军马，停泊百数船桅，张昌举这才慌了神，速调一万五千精锐军马防御大落金岛北岸沿线。北岸水寨原有六十余艘战船驻防，张昌举不放心，又从小落金岛水寨调战船三十余艘前往增援。调度停当，张昌举亲率百官来至北岸，在密林背风处扎下行营。伍尚礼劝道：“高凉若是来攻，自应臣下领军抗御，我王无须御驾亲征呐。”张昌举哼了一声：“当日萧映起大军来攻我岛，我还不是一样前往御敌?我岛天险雄关，唯北岸而已，北岸若失，举岛无存呀！高凉军虽然悍勇，只是善于陆战，水战非其所长。我只要把其挡在海中，彼则无能为力。让他做个萧映第二吧。”伍尚礼口里赞道：“我王英明若此，高凉军若是来犯，必败无疑。”然心里暗暗叹息。

大宝二年十一月十六日夜丑中时分，北风清劲，天气甚为寒冷。冼夫人传令起军。右军冼挺、冼定、冼齐、冼飞、甘弁各率两百敢死分别登上五艘领军大船。这五艘领军大船都有五道大桅帆，每艘船上遍立数百个草人，身着军士服装，灌饱油膏，舱底下装满油膏、焰硝、硫黄等引火之物料。每只大船尾部用大缆逐节驳系着二十具大木筏，木筏上各竖立上百个

草人，都身着军士服装，并灌以油膏等物。尾节草人木筏后又系驳五具大木筏，却不载人。然后又是后军二十艘大船，也是五桅帆，每船各乘三百军士，船尾各拖驳五节大木筏，每筏乘军士三十人，都由曾孝摛、荆韨、滕并、冼奉义、冼奉捷、冼奉达、冼奉超、冼奉民等指挥。左军由冼夫人领武哥、三彩儿、阿秀、孟娘、七儿、夫辛、陈三官等率八千军马，分乘大小战船四十余艘。廖明领一千军马，乘十艘战船为后应。

一切准备就绪，寅初时分，冼夫人立在船头，一声令下，先率左军向东南海面绕去。接着，只听冼挺一声大喝："开拔！"右军就像五条出海蛟龙，顺着风势，并驾直向南面逐浪而来。

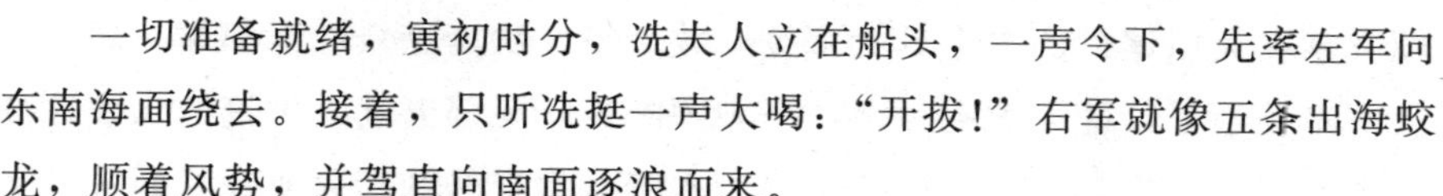

落金岛水军已在北岸严阵以待，黑压压近百艘战船依次排列在海上。领军的便是镇海大将军伍尚礼，他立在大帅船望楼，双眼紧盯着前方，旁边立着卫海将军祝戬，落金七蛟之老大孟汤，老二孟泽，老四孟泓，老五孟滔，老六孟洛五个兄弟。老大孟汤恨道："前番攻高州时损了我两位兄弟，今日我必要报仇雪恨！"伍尚礼道："这役必是恶战呀！大伙切不可轻敌呐！"老四孟泓抖着手中的分金戟，傲然道："昔日萧映举广州之兵来犯，还不是片甲不还？今次高凉军是自寻死路，怨得了谁？"伍尚礼望了孟泓一眼，道："今非昔比呀！冼家军可不比萧映，高州一战，足见其悍喽！"

寅时将尽，探哨又报来，高凉军船队已不足五里了。伍尚礼深呼一口气，命："等高凉军逼近约半里远近时，前排船队发箭射他，然后出击。"传令官领命去了。

隐隐已见高凉水军乘浪而来，祝戬凝望着前方，忽然对伍尚礼道："这时正吹着北风，要提防高凉军火攻呢！"伍尚礼心里一动，刚要传令，忽听孟汤道："我已看清楚啦，高凉军大船上尽是军士。放心吧，火攻必要轻舟装载引火之物。似此站满军士的大船，怎样火攻呐？"伍尚礼道："你看清楚了？我怎么看不见，大船上都是人？"老四孟泓道："大将军放心啦，我大哥这双眼睛，雾天里尚可看见二三里远近景物，何况现在。呵！我也看到了，大船上尽是人呐，还在走动呢。"

冼挺所率右路船队已逼近北岸，离落金岛船队不足半里。忽然对面鼓噪声起处，箭像蝗虫一般飞射而来，眨眼间冼挺身旁数个敢死倒了下去。冼挺俯身大吼道："准备点火！"众敢死即时各自点着火把，依次从船首到

船尾，燃着船上数百个草人。冼挺快步赶至船尾，抓着绑系在大桅杆上面的十根绳索尾端，用力向后面大木筏甩去，大木筏下十个敢死接着，快速绑系在木筏上。即时十根绳索自大桅杆至大木筏之间像弓弦一般拉起。冼挺用手拨拨紧绷的绳索，大喝道："快!"船上那群敢死左手持火把，右手拿着尺许大的绳环往那悬绳一扣，纷纷从高处依次顺悬绳滑落下面大木筏中。敢死们脚刚着木筏，又持火把点燃木筏上的草人，接着往后跑，俄顷，系在大船尾后的二十具大木筏全数点燃。冼挺见众敢死都站在后面五具空木筏上了，随即大喝一声，一剑挥断连接尾部五具大木筏的系缆，那艘大船早乘着风势，拖曳着二十只大木筏，像狂怒的大火龙呼啸而去。

几乎在同时，冼定、冼齐、冼飞、甘弁所领的大火龙也一并断缰而去。顿时，五条大火龙席卷北岸落金岛船队，落金岛船队来不及散去，已被火龙卷住。刹那间，风声、火声、爆炸声、惨叫声充满海疆。

冼挺立在大木筏上，挥剑大呼："冲呀——杀呀——"所领五具大木筏借着风势，率先冲向落金岛北岸。后面冼定、冼齐、冼飞、甘弁、曾孝摛、荆钺、滕并、冼奉义、冼奉捷、冼奉达、冼奉超、冼奉民等所率的船队、木筏接踵而来，喊杀声中，扑向对岸。

落金岛船队已烧成一片火海，近万在战船上的将士被烧得焦头烂额，叫苦连天，海盗将校典求及褚俭族弟褚见当场毙命。没烧死的海盗都跳下海中，溺水而死的不计其数。大火随着风势，直向岸上卷去，这时正值冬季，草木干枯，那烈火一触即着，整个北岸烧成火山，扎在密林里的大营也烧成灰烬。落金岛海盗溃不成军，四散乱窜，不论伍尚礼等将帅如何喝叫弹压，都已无济于事。伍尚礼策马率败军退至张昌举行营附近，遇着褚俭、褚品等率残部逃至。褚品还为褚见的死去伤心不已，褚俭吼道："还哭什么！富贵险中求，打仗哪能不死人?"伍尚礼道："北岸守不住啦，奈何?"褚俭道："快南撤，不然高凉军淹来，想退都难啦。"这时祝戬、庾季籍、李绩、周景恭及落金五蛟兄弟诸将也各率残部赶至。众将赶入张昌举帐内，伍尚礼大呼道："高凉军已烧我水寨船队，攻陷北岸，大王快随我退回岛南吧!"张昌举与百官惊得呆了，手脚颤抖，脸色苍白，都说不出话来。众将把张昌举扶出帐外，牵过马来，张昌举三次都上不了马背。伍尚礼喝叫亲兵扶张昌举爬上马背去，随即与众将翻身上马，狠抖一鞭，大喝道："撤!"率队望南奔来。

走有十里地，前面便是断金岭。这岭虽不甚高峻，然林木茂密，荆棘丛生，道路迂回复杂，为落金岛第二道天然雄关险隘。伍尚礼率队逃至山腰下，刚松了一口气，突然鼓噪大起，两边山道密林里杀出大队人马来。伍尚礼大惊失色："怎么这里又有伏军?"只见"护国夫人"四字大旗下，一女帅身骑菊白马，手提洒金刀，还带着一只斑斓猛虎，厉声大喝道："海贼已无路可逃，还不下马受缚么?"孟汤大叫道："大伙拼命吧!"挥断金刀跃马率先突来，后面孟泽、孟泓、孟滔、孟洛分别执点金枪、分金戟、定金锤、捣金棍随声而上，拼命向前冲杀。武哥执长枪、阿秀舞双剑、三彩儿挺钩连枪、孟娘持长枪、七儿挥双刀分别截住落金五蛟，厮杀起来。伍尚礼大叫道："将士们冲呀——杀过岭去便是活路——"数千海盗喊杀声起，拥着张昌举及众官向前冲杀。夫辛大呼道："还想逃么？让姑奶奶收拾你吧。"她看出伍尚礼是主将，挥大刀照伍尚礼当头劈来，伍尚礼见来势凶猛，忙挺大刀抵住厮杀。祝戬见伍尚礼甚为吃力，疾挺枪跃马来战夫辛。陈三官见了，大吼一声，提马挥铁扁担向祝戬横扫过来，祝戬听到呼的一声风响，回枪疾刺陈三官，陈三官翻手一铁扁担砸下，把祝戬的枪震向一边。祝戬大惊："这野汉是哪里来的？如此神力悍勇。"再不敢大意，使出浑身解数，与陈三官大战起来。

伍尚礼被夫辛杀得手忙脚乱，虚晃一刀，策马便逃："祝将军不可恋战，后面追兵将至，快冲过岭去。"这时数千海盗被高凉军杀得七零八落，抵抗乏力，听到伍尚礼将令，拼死向前猛冲，突出重围时，又伤亡一半。

夫辛还要率队追杀时，冼夫人笑道："好了，暂不追杀，让他走吧。"夫辛道："我们乘势追杀，可把海贼杀个精光。"阿秀笑道："穷寇莫追，胖娘就知道杀。"冼夫人笑笑，道："从昨夜到现在，我们一粒米都未有下肚呢。将士们渡海已够劳乏，现在又大杀一阵，你还让他们饿着肚子跟你追杀呀!"众人都笑了。冼夫人传令，就地安营，埋锅造饭，游哨十里，定哨五里戒备。

饭还未好，冼挺、冼飞、廖明、曾孝摘、荆钺、滕并率五千军马来到营前。夫辛劈头一句问冼挺："你们真是赶来吃饭的呀，怪道夫人让下你们的米呢。刚才我们与贼军大战一阵，等你们来救援，怕是没指望啦!"众人大笑。冼夫人看着冼挺问："将士们伤亡怎样?"冼挺道："伤亡五百多人，还有三弟受了轻伤，箭射在右脚小腿，已让廖明用过金疮药了。别

的将佐无一伤亡。”夫辛道：“我们这里只有八十多个兄弟负些轻伤，海盗可惨啦，大约才有四千残兵回去。”曾孝摘笑道：“这海贼怕有一万五六千军马，如今只有四千号人逃回，是够惨啦！我们起先也够惨的，将士们立在木筏上，全身都湿透了，冻得直打哆嗦。好在那遍天遍海的大火，才暖和起来。”众人又笑起来。荆铍叹道：“卑职在交州多年，素治水军，从不知有如此出神入化的水战火攻，夫人用军，实臻化境呐。”冼夫人笑道：“大哥先将军马在这里扎下，然后赶快让将士们吃饭。饭后我即与你们上这断金岭查探一个要紧去处。”

刚入巳时，冼夫人手牵猛虎花儿，与冼挺、冼飞、廖明、荆铍、滕并、武哥、陈三官、曾孝摘等率三百军士上了断金岭。在岭顶上竟可尽览落金岛全境，烟云朦胧处，依稀可见岛南的城郭，周边树木掩映下还可见村落棋布，田畴阡陌。再往远眺，四面海水如烟似雾，与天一色。冼挺道：“岛南这城池定是张昌举的都城了吧？”冼夫人没有作声，又引众人向南面山腰下走来。忽然前面有士兵道：“这里有大坟地。”众人过去看时，这坟占地十来亩，近两丈高的石牌坊上凿有“诚武王陵”四字。众人近前看了碑铭，才知是张文德的寝宫。有大堡来的军士便要砸陵，曾孝摘大嚷着就要动手。冼夫人连忙劝止：“不要动吧，人都死了，让他安息吧！”

将至山下，林木越来越茂密，荆棘草丛齐腰深浅，竟辨不出哪是路来。冼夫人与将士们停住脚步。武哥见冼夫人手指有血，忙问：“夫人，你手指怎么了？”冼夫人笑道：“刚才让荆棘刺儿拉破了手指。”武哥道：“要不要包扎包扎？”冼夫人道：“扎甚么扎，只是破了点皮，大惊小怪干么。”似听得远处隐约有樵歌声传来。再往前探，竹蕉林下一片沼泽地，杂草覆在上面，也寻不出路来。花儿低头嗅着草地，刚要往前探爪，冼夫人道：“花儿别乱走！”冼夫人命军士砍来百十根竹竿，将士们各持一根探路。忽然荆铍叫道：“请夫人过来。”众人围了上去看时，只见荆铍持着那竹竿轻轻插入草地里按下，那竹竿不一会儿便没过尾端。荆铍道：“这根竹子有一丈长短，还未到实地呢，该有多深呐。”冼夫人命军士沿这泥潭各朝东西两边查探。一炷香光景，军士们先后回来，报说这原来是条淤泥河，弯弯曲曲，有十里以上。

冼夫人深思了一会，点头道：“是了，这淤泥河就是断金岭的断金沟呀。”廖明问：“断金沟？”冼夫人笑道：“《百越十问》里记载说，大落金

岛中部有断金岭，断金岭南向山麓有断金沟，沟宽或数丈，或数尺，各不尽同，这断金沟东西走向，横断大落金岛。土人称这断金沟为黑金河，据说深不可测，直通大海呢，也不知是真是假。”滕并道：“好险恶的去处！今日我们若穷追海贼，恐怕都陷落这淤泥河里去呢。”武哥咂舌道：“夫人早时不让我们追击海贼，就是为这条淤泥河吧？”冼夫人点点头，自语道：“海贼熟悉地形，自然有其路径，我们贸然赶来，必落陷阱无疑呐。”

冼夫人命军士快去寻土人来问话。片时，军士带回一个樵子，将近五十年纪。冼夫人笑问：“正在打仗，大叔还在山中打柴呀！”那樵子道：“精壮的后生都打仗啦，我不做点活，家里还有老幼一大帮哩。”

冼夫人笑问：“落金岛时常打仗，老百姓日子不好过吧？”樵子道：“我们大王只是截劫海上商船，夺取财物粮食，对岛中百姓秋毫无犯，规则严着哪。”冼夫人心中一凛，问：“岛中征赋不？”樵子道：“征。不过挺轻微的，百姓交得起。遇着荒年歉收，大王全免了。”冼夫人心中抽紧，好一会，又笑道：“我们来到这里，遇上这条淤泥河，不知如何过去，请大叔教我。”樵子道：“这淤泥河险哪，好在你问我啦，是挺难过去哪。”冼夫人问：“那你们平日是怎么走呢？”樵子道：“这淤泥河虽长，可到岛东西两头却没有了，都是实地呢。”荆铍笑道：“原来并不贯通东西两岸。我在想，若是贯穿，海水一滚涮，淤泥都没有啦，怎么能成泥潭呢？”武哥笑道：“夫人平日教我们不要尽信书上说的，夫人说不读书准吃亏，尽信书也吃亏。”

冼夫人又问那樵子：“那你们大王的军马是如何过去呢？”樵子道：“就从这邻近来往，他们知道淤泥河哪里最窄，上面架了木头木板便可行人走马。”

冼夫人谢过，命武哥掏些碎银赏了樵子。见那樵子去了，冼夫人道：“我们即速赶回营地。”

伍尚礼率落金岛败军逃回岛南都城，喘息未定，褚俭便来找他。伍尚礼一言不发，只是呆呆地坐着。褚俭笑道：“大将军安闲若定呀。须知落金岛雄关险隘，全仗北岸水军，如今水军覆没，就像老虎被剜了眼睛，剁去了爪子，牙齿再锋利亦无能为力啦。”伍尚礼心知肚明，落金岛已土崩瓦解，再难作为，可口里迸出一句：“我军虽败，尚有近万军马可战，何必丧气？”褚俭笑道：“可战？在海中尚且不是高凉军对手，遑论陆战。我

们现在躲入孤城，固守得了么？若高凉军围了这座城子，无须攻城，不出一月，我们都得饿死。外无援军，坐吃山空呀。”

伍尚礼抬起头来：“依你说怎么办呐？”褚俭道：“为今之计，只有逃，别无他法喽。”伍尚礼双眼迷惘，道：“逃？逃哪儿去呐？”褚俭笑道：“这个大将军先不必问。只要逃出海中，大海茫茫，海阔凭鱼跃，哪里都可为家。”伍尚礼摇摇头：“落金岛拱手让人？张氏数世家业呀！只怕我肯丢弃，大王也不肯呐！”褚俭阴笑道：“他不肯？若再犹豫不决，高凉军越过断金沟，另遣一军绕至岛南，其时想哭都来不及呢。”

伍尚礼站起身来，呼口气道：“这般大事，你叫我如何向大王开口呐？亦应召百官商议呀。”

褚俭道：“即报大王便可，百官商议免了吧，当断即断，不容再疑。”

伍尚礼与褚俭在北门城楼上寻到张昌举。只见张昌举扶着堞墙，自言自语，叹息不已。伍尚礼轻声道：“大王在这儿呐，老臣不在我王身边，该死呀！”张昌举回过身来，苦笑道：“我心里气闷难耐，跑上这里透透气。”伍尚礼小心道：“落金岛遭此厄难，臣等罪该万死。”张昌举道：“听别人说，祝戬曾告诫提防高凉军火攻。”伍尚礼脸上一红，支吾道：“军中瞬息万变，谁也难以预料呀！”张昌举问道：“我们尚可战否？”伍尚礼叹道：“北岸一役，我军伤亡一万多人马，将士们再无斗志，沮丧之余，很难抗敌高凉乘胜之师呀！岛南并无屏障，光是一座孤城为凭借，若是拼尽仅余军马，那时……”张昌举颤声道：“我亦知道落金岛乃弹丸之地，孤飘海中，海防若失，实难再存。原以为落金岛以海为防，固若金汤。想不到呀，只一日，只一役，竟至亡国。你来找我，便是劝我弃岛是么？”说到这里，张昌举脸色苍白，冷汗从额头渗出。伍尚礼不敢与张昌举对视，把头来低了，叹口气道：“我王亦不必过于伤感，古来兴替，自有一定。况我们只是暂退海域，再图良策罢了。”张昌举凄厉惨笑，双手捶着胸脯，嘶哑大呼：“父王呀！不肖儿对不起列祖列宗呀！败家子，败家子呀，呀——呀——”

张昌举呼天抢地，放声大哭。忽然一箭飞来，射在张昌举的后背心上，张昌举啊的一声，转过身来看时，射他的竟是褚俭。张昌举目眦尽裂，抖手指着褚俭：“是你……你……你这狗奸贼呀……我恨……恨不听许……许戬之言……引狼入室……你……你不得好死呀……”

张昌举身旁两名侍卫拔剑大呼：“快来人呀——褚俭刺杀大王——”飞身上来护住张昌举。

突见右边女墙上两人飞奔而来，却是祝冲祝戬父子。祝冲父子领着二十名亲兵，巡查城墙防务来至这里，听到呼叫声，当即双双拔剑来救。祝冲朝褚俭大吼：“你这奸贼，竟敢谋害大王，我把你斩了！”褚俭见是祝冲父子，惊得连忙闪到柱后，尖声大叫道：“祝冲逆贼行刺大王——快来人呀——”

城楼下上百禁卫涌了上来，四面围住了祝冲父子及二十名亲兵。落金五蛟也赶了上来，纷纷拔剑出鞘。孟汤大喝道：“祝冲反贼还不弃剑受缚?”祝冲大叫道：“你们这班奸贼早已串通好啦，大王死得好冤呀!”护着张昌举的两名侍卫大叫道：“是褚俭杀了大王——”孟汤大骂道：“你这两个叛贼伙同祝冲父子谋反，还敢胡说八道呐，斩了你的狗头!”伍尚礼突然吼道：“祝冲父子谋反弑君，快与我拿了。”

禁卫军各挺兵器扑了过来，祝冲气得脸色铁青，浑身发抖，振剑大叫道：“奸臣篡国，君亡臣死。戬儿！拼了吧!”说罢，挥剑直刺伍尚礼。祝戬双目喷火，挺剑抵住落金五蛟。那二十名亲兵无一退缩，以一当十，与禁卫军杀成一团。城楼上霎时刀剑交击，血肉横飞。

祝冲宝剑横挥，逼退数名禁卫，大叫道：“龙大石，你快领大伙护少爷突出去，逃命去吧!”那个叫龙大石的亲兵大叫道：“老爷，逃哪去呀?”祝冲一剑挥断一禁卫的臂膊，嘶声大叫：“投大堡冼家军呀!”伍尚礼大骂道：“没有杀错你，你果然是叛贼！将士们拼上去呀！别让奸贼逃了。”祝戬大喝一声，一剑刺中孟泽左腿，张口大呼：“爹呀！我与你一起杀出去!”祝冲大骂：“混小子，别婆妈，快逃！我给你放下吊桥!”龙大石大叫道：“田威！我带十个兄弟护少爷冲出去，你与兄弟们保护老爷!”那个叫田威的亲兵大声应道：“知道啦，快逃吧，一定保护好少爷呀!”

祝戬叫声“阿爹”，当即大吼一声，宝剑抡起一道光圈，落金五蛟与众禁卫惊退数步。就这一瞬间，祝戬和龙大石等亲兵已跃到城楼走道下。褚俭一箭向下面射去，正中祝戬左胳臂，祝戬头也不回，直向楼下奔出。

祝戬与众亲兵冲至拴马栅，见二十多匹战马都在，疾忙各自解下缰绳，翻上马背。祝戬提起长枪，“驾”的一声，率亲兵直奔北门而来。

伍尚礼见祝戬与亲兵逃下楼去，急得跺脚大叫：“快追下去，别让这

反贼逃了。”孟汤大叫道：“众禁卫快上，杀了祝冲几个反贼，吊桥放不下去，祝戬小子插翅难飞。”祝冲已杀得双眼发红，回头望时，身旁仅剩的几个亲兵与那两个忠诚的侍卫相继倒下。祝冲热血贲张，拼尽全力，挥剑刺倒孟滔，一步蹦到吊桥悬绳绞车前，一剑下去，悬绳立断，那吊桥呼的一声向楼下护河坠落去。祝冲哈哈大笑，被孟汤赶上去一剑刺死。伍尚礼七窍生烟，大呼：“快赶下去，把门的军士挡不住祝戬。”

众人奔到堞垣往下看时，只见祝戬与六个亲兵早已跨过吊板桥，连骑望北逃去。伍尚礼恨道：“你们这班酒囊饭袋！”褚俭笑道：“大将军不必气恼，祝戬这小子已中了我的毒箭，这毒只要一见血，准死无疑。让他逃吧！”

伍尚礼把褚俭叫到一旁，压低声音怒道：“你怎敢杀了大王？”褚俭阴笑道：“不杀不好办呀！万一张昌举留恋基业，死缠不放，那我们就只有坐以待毙的份儿。我不杀他，你一样杀他，我为你代劳罢啦！这事又正好让祝冲父子赶着，弑君恶名想不到让他受去，岂非天意？”

伍尚礼知道自己已落褚俭套中，一时酸、甜、苦、辣、咸五味俱全，喜、怒、哀、惧、爱、恶、欲七情齐至，真是百感交集，欲哭不能。他朝躺倒地上的张昌举望去，心如刀绞：“大王呀！是我害了你了。若不是我引褚俭来落金岛，你断不会有今日悲惨下场。我一念之差，被人牵着鼻子，身不由己呀！看今日这势头，落金五蛟兄弟已和褚俭串通一气了，连那一百禁卫也尽在褚俭掌控之中，好阴毒的人物呵！我要不顺从，怕也难逃厄难喽……”

见伍尚礼还在懊恼，褚俭又笑道：“大将军应下令三军即时撤出落金岛。行军之害，犹豫为大呀！其他事宜，上船再商。如今落金岛唯你为尊，有不服大将军军令者，格杀勿论。”

落金岛都城一片大乱。百官俱被军士驱赶出府，容不得争辩，惶恐之中只能携老小涌向南门。只见许践在大街口扯住范大均、何杳两个官员，声音嘶哑，痛哭流涕，沿街大呼：“这是干什么呀——我不相信呀——”褚俭对伍尚礼道：“大将军看到了吧，今日你不动手，恐怕明日人家动手哩。一会西渡时，你让三王眷属与相国一家乘一艘大船，要做得干净，不留根苗。”伍尚礼打个寒战，眼神怨怼，恨道：“太守老爷，你真够狠毒呀！你让人灭了国，还让人灭了门！”褚俭冷笑：“为势所逼，你我彼此彼

此，说不得啦！无毒不丈夫呀！”又悄悄堵住褚品的耳朵道：“秘密把佤仑从王宫里接出来，用心照管。”褚品应允去了。

当日正午时分，冼夫人命冼挺、冼飞率一千军马回北岸，即领船队绕至岛南会合。自己亲率廖明、陈三官、曾孝摘、荆韨、滕并、武哥、三彩儿、阿秀、孟娘、七儿、夫辛诸将，领一万二千军马越过断金岭断金沟，直向岛南进发。

来至沙榄川，都是一片平缓的坡地，满目竹蕉椰棕，清气惹人。最有趣的是道旁铺地盖野的仙人掌，顺坡走势，起伏逶迤，蔚为观止。冼夫人忍不住赞叹道：“好美的景色呵！若不是征战，我真以为进入仙境呢。”

忽见前面探哨领着数骑飞奔回来，直来到冼夫人马前才停步。探哨下马报道：“夫人，这几个人说要投奔大堡冼家军。”冼夫人哦了一声，问：“你们是……”那个四十多岁的军校赶忙下马来，把长枪插在草地里，抱拳拱手道：“你可是大堡冼夫人？”冼夫人点点头：“我就是。”那军校道：“我叫龙大石，是落金岛威海将军祝冲麾下将佐。镇海将军伍尚礼与褚俭杀了威义王，栽赃诬陷威海将军谋反弑君，威海将军命我们护少爷卫海大将军祝戬投奔大堡冼家军安身立命。我们有幸逃出，只怕我家老爷这时已遭毒手了。”龙大石说完，忙与众亲兵从马背上扶下祝戬。众人看时，祝戬已昏迷了，手里犹是握紧那杆大铁枪。

龙大石扶祝戬坐在草地里，然后用自己的肩膀倚靠着祝戬的后背，使他不致歪倒。冼夫人下马来，蹲身看着祝戬问道：“他就是祝戬？”龙大石点头道：“就是我家少爷祝戬。”冼夫人一边为祝戬拔下胳臂上那支箭，一边道：“快到后军找廖将军过来。”

廖明与车颖、师仲、任山麒三个医佐提着药箱急奔过来。廖明一看祝戬的脸色，再看祝戬的箭伤，口里道：“箭射在胳臂上，又没失多少血，似他这般体健，怎会昏迷不醒？”随即失惊道：“这箭可能有毒，大伙千万别乱动这杆箭矢。”廖明再把了祝戬脉息，点头道：“果然是中了毒了。快把他的衣服解下，取水过来，我得给他疗治。”师仲除下祝戬的衣服，只见那条臂膊已是青紫肿胀。廖明打开药箱，取出一柄锋利的小尖刀，去祝戬的伤口里交叉拉了两刀，然后两手挤逼那毒血流出。任山麒调好了药末在碗里，一点一滴往祝戬口里送下。约有半刻工夫，只听得祝戬喉咙里发出声音来，看那伤口时，血水直冒气泡儿。廖明呼了一口气。冼夫人问：

“不碍事吧？”廖明点头道：“不碍事，好在箭毒未有攻心，施治及时了。没事啦，喉咙发声，回过气来啦！”

武哥对冼夫人道：“军马还在行进，祝戳怎么办呢！”冼夫人道：“用担架抬着他走，随在军中方好照顾。”龙大石大喜过望，朝着岛南喃道：“老爷呀！少爷有着落了，冼夫人已收留他啦！”

龙大石请求为向导引路，军马继续行进。走有近二十里路程，见前面坡地里围着近百百姓，有的口里念诵着甚么，有的手中还挥撒着冥钱。龙大石折回冼夫人马前，已是眼泪汪汪，泣不成声。冼夫人问：“大石，怎么啦？”龙大石哭道：“我主人果然让伍尚礼、褚俭给害了。百姓们把主人和威义王葬在前面山坡上。”冼夫人略一沉吟，翻身下马，道：“我们也过去看看吧！”便带着廖明、武哥、陈三官、曾孝摛诸将向坟地走来。看时，祝冲那座坟却有六杆引魂幡插竖在上头。龙大石哭道：“我主人五位夫人也让伍尚礼、褚俭二贼命人杀了。百姓可怜，便把她们和主人合葬在一起。”冼夫人点着头，轻轻叹息。龙大石哭道：“少爷还未醒来，知道了还不哭断肠子。”冼夫人道：“现在未醒最好，伤心太过，不利箭伤痊愈呀！我们走吧。”廖明心里暗想：“看这光景，如果张昌举不死，夫人未必会杀他呢！”

前面便是落金岛城都。探马报回，落金岛城都北门洞开，百姓随意进出，并无把守军马。荆铍疑惑道：“会不会是空城计？”冼夫人笑道：“甚么空城计呀！张昌举已死，伍尚礼、褚俭早率军马逃之夭夭啦！这贼走得挺快呀！”随即传令，不得侵挠城内外百姓，违者律按军法论处。各将校分头传令去了。

滕并失惊道：“海盗逃去，那我们的援银……”冼夫人没有理他，率军马进入城来。

当晚戌初时分，诸将相继入至禁宫禀报冼夫人，查遍整座城都、百官府邸，伪职人等一个也找不到，全跑光了。亥中时分，冼挺与冼齐来见冼夫人，报说登上小落金岛，并不见半个海贼影儿，查问了老百姓，都说早逃遁海中去了。忽见陈三官跑入报道：“龙大石已找到落金岛藏宝库。”冼夫人道：“好，我们都过去看看。”

落金岛藏宝库到底有多少处，恐怕只有张昌举知晓。龙大石只是找到一个，里面金银珠宝已经无法计算。大家都惊呆了，冼挺道：“过去常听

说落金岛富可敌国，今日见了才知是实，也不知张家祖上是如何积攒下来的。”一个军校过来报道：“廖将军在金库里寻到交州九真郡军银，请夫人过去。”滕并双眼放光，连道：“夫人呀，我们快过去看看吧！”

众人过来看时，全都惊奇不已，原来数十口援银箱子一个不少，连箱子上的九真郡封条都未揭去。滕并几乎要朝冼夫人跪下，冼夫人笑道：“打开来看看吧。”荆铍道：“这是郡里上的封，我怕……”冼夫人笑道：“不碍事，打开看了才放心，我再让高州给你上封，且去书陈霸先说明这桩子事。”荆铍与滕并这才让军士把这数十口箱子都打开了，清点完毕，分毫不少。荆铍、滕并喜得流出眼泪，笑道：“卑职这回捡回了性命，一生难报夫人的恩德呐。”冼挺哼了一声，心里骂道：“这两个家伙心里就挂着这银子，须知我们数万军马攻岛灭贼，不是为这几个臭钱。”

三更尽时，祝戬苏醒过来。他知道父亲已死，当即放声大哭，龙大石几个亲兵无法劝止，只能跟着哭泣。冼夫人还未睡下，得报忙与诸将过来看望。祝戬见冼夫人来了，才止住哭声，挣扎要起床来，无奈浑身乏力，始终坐不起来。冼夫人劝道：“你未痊愈，不能乱动，慢慢调养方可。”廖明又为祝戬细细把过脉息，笑道：“夫人放心，就这两天，祝将军即可康复如初。”曾孝摛走近榻前，看着祝戬笑道：“好兄弟，你千万不要再难过啦！那几个奸贼害了你老爹，迟早我老曾捉住他们，挖眼剜心，方解老曾心头之恨。好兄弟，我听得说，你武艺好得出奇，我便不信，像个小娘的模样。等你伤好了，赢了我手中大刀，老曾便服你。”

众人正在劝慰祝戬时，忽见冼夫人脸色惨白，额头冷汗直冒。武哥急来扶着，问：“夫人，你怎么啦？”冼夫人双眼半闭，吃力道：“我……我忽然感到头晕目眩……胸闷难受起来……”廖明道：“快扶夫人坐下，让我看看。”夫辛搬过一把椅，扶冼夫人坐了。廖明仔细看了冼夫人的脸色，再请了脉息，吃惊道：“夫人中毒了。嗯？奇了，怎么中的毒与祝戬一样呐！”武哥失惊道：“不好啦！日间夫人的手指儿让荆棘刺拉破一道口子，遮莫是帮祝戬拔箭时染了那血啦？”廖明点头道：“这就是了。大伙无须惊慌，尽管放心好了，我这就为夫人施治。”

不一会，廖明取了药箱过来，让夫人服了药，又让祝戬服一次药。廖明道：“扶夫人去歇下。夫人不唯中了毒，且劳心太过，让夫人好好歇息，明天就好啦！”

次日巳牌时分，冼夫人召诸将在王府会议。冼夫人命：立即散发钱银、粮食诸物，安谕落金岛百姓；在齐安郡遣驻军前，先由冼定、冼齐、冼飞、甘弁领六千军马、船二十六艘防卫落金岛，其余军马三日后即拔营回高凉。会后，冼夫人把甘弁、冼定叫过一边，又吩咐了一番。末了冼夫人道："岛中百姓感张昌举之恩，一时言行抵触不足为奇，应宽怀抚安，切勿律规伤民。百姓家中无壮丁者尤要抚恤体贴，年关已近，务必保证其不受饥寒之苦。二哥凡事须与甘将军商议，若遇疑难，即速报我知晓。"

第三日午时刚过，冼夫人率军出城。至十字大街口，见有千数百姓手捧食具，立道旁为高凉军送行。冼夫人惊喜不已，又传令，军马不能停下，有拿百姓一物者，立斩！至北门大街，又见上百精壮后生拥一白发老者立在道旁。祝戬对冼夫人道："那白发老者便是我的恩师仇晷。他本是成州人氏，年轻时被奸人所害，只身逃来落金岛避难，与我父亲已有数十年的交情，我的武艺便是他所传授。父亲保他官职，他坚辞不肯，宁愿务农授艺。"冼夫人笑道："你怎不早说呢？你随我走了，还未向你师傅辞行呐，还不快去拜见。"来到那白发老者面前，冼夫人与诸将翻身下马。祝戬向仇晷拱手一拜，鼻子一酸，喉咙发哽道："师傅！我父亲死了……"仇晷呼一口气："我也知道了……"伸手轻轻拍了拍祝戬的肩膀。祝戬道："这位便是大堡冼夫人！"冼夫人笑道："老人家，百合请安啦！"说着也抱拳一拜。仇晷连连点头还礼不迭。祝戬道："父亲死前嘱我投奔冼夫人，我中了褚俭毒箭，一直在军中休养将息，夫人行命离岛，徒儿待要向师傅辞行，又怕违了军令，幸好今日能见到恩师……"仇晷道："你早为将帅了，军中怎许诸多儿女之情呐。不辞行便不辞行呗，又有甚么，戬儿既然投冼家军了，小孩子脾性更要改。"祝戬连连点头。仇晷又道："唉！仇晷躲在这岛里数十年了，幸得父老照顾，苟延残生，世上有何奇事，无一知晓。上月石州李殿让儿子李光略带一封书来，说落金岛不日大难临头，要我躲一躲，怕我这老骨头也无葬身之地哩，我说我不怕，官军来杀的是贼，与我这小百姓何干？"冼夫人笑道："老人家说的石州李殿，可是石州里山庄庄主？"仇晷道："正是此人……"武哥道："这李员外可是做……"见冼夫人打眼色，忙停口不说了。仇晷问道："夫人认识李殿员外？"冼夫人笑道："我们有一面之交。"仇晷道："我听说戬儿投了大堡冼家军，今日也想来看看热闹，算是送行吧。这两天，众乡亲跑来我家里，谈论冼家

军如何神勇，如何军纪严明，对百姓丝毫无犯，听得老头儿耳都聋啦。这帮小伙又约好了要投冼家军，因为我与祝戬有师徒交情，死缠着要我引荐呐。老头子有多大面子，没法儿斗胆试一试喽！”

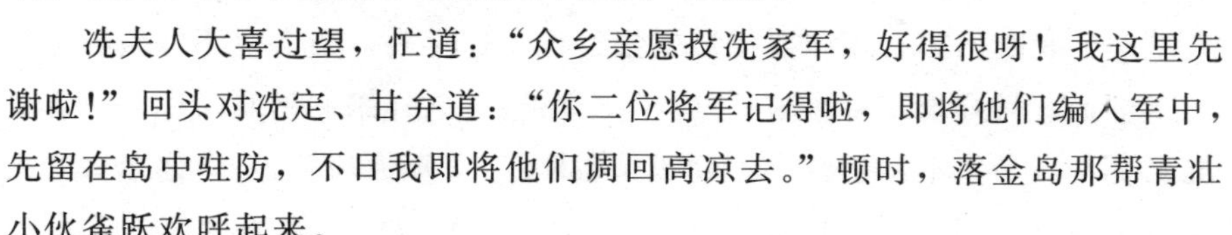

冼夫人大喜过望，忙道：“众乡亲愿投冼家军，好得很呀！我这里先谢啦！”回头对冼定、甘弁道：“你二位将军记得啦，即将他们编入军中，先留在岛中驻防，不日我即将他们调回高凉去。”顿时，落金岛那帮青壮小伙雀跃欢呼起来。

祝戬对仇暑道：“师傅，我请求过夫人，离岛前让我到父亲坟前烧炷香，叩个头，然后随夫人回高凉去，从此，要见师傅怕是难了。”仇暑道：“戬儿，你说这话师傅不爱听，高凉郡离这里有多少路程？就把你难成这样？就算你有出息，事务繁多啦，抽不出空来，师傅也可以去看你。你虽然没了父亲，我又没儿没女，你把我当父亲好了。”冼夫人忙笑道：“你师傅这样说了，祝戬还不跪下？”祝戬忙跪了下去，连叩三个响头。仇暑笑道：“快起来吧，真是小孩子呀！”说这话时，眼睛早润湿了。

冼夫人率军马渡海回到齐安郡湾头洲时，才是寅时光景。王拙早率众僚属迎在那里。冼夫人命船队都泊在湾头洲，不准军士登岸。王拙对冼夫人道：“大军破贼归来，其实劳苦了，就让下官尽尽地主之谊，犒劳庆贺也好！”冼夫人笑道：“现在仗已打完，还留这大队军马在这里，极为不便。我只与太守打个招呼，破了张昌举，齐安便要管治落金岛。你得准备准备，州里文牍一到，你便调兵驻岛，这事有你忙的。”王拙慌忙应允。

别过王拙，冼夫人即命回师。次日未牌时分，大军回到高凉郡治。高州刺史钱生畏、高凉太守冯宝率众官员与万民百姓夹道欢迎。钱生畏命杀牛宰羊，犒劳三军。

正在饮宴时，忽报冼操押粮回来，钱生畏笑道：“快请四将军。真是巧啦，夫人破贼归来，四将军也押粮归来，双双凯旋而归呀！”说着话时，冼操已快步入来，身后还跟着一条大汉。冼夫人笑道：“四哥回来好了，路上平安吧？”冼操道：“还算平安，我押粮至成州哨草山时，遇着山上头领郑道培。”冼操指着身边的大汉道：“便是这位兄弟。郑家兄弟知道我们是冼家军时，定要我收留他，一起护粮北上。”冼夫人满心欢喜，忙让冼操与郑道培入席吃酒。

旁席曾孝摘与冼奉义、冼奉捷众兄弟划拳行令，大吹特擂，吃得来

劲，听说冼操与郑道培回来了，即捧着大酒碗，摇摆着走来，大嚷道："四哥回来啦，怎不告知兄弟一声。郑家兄弟，你也来啦，好好的强盗怎不做啦？"众人见他这醉样，莫不掩口想笑。郑道培道："你还说呀！你带人去砸了我的山寨，还硬要我缴例银给你。这年头，强盗也不好做呀！我没路可走，只好投四将军啦。"曾孝摛骂道："放你娘的狗屁，你既然要投冼家军，当日怎不跟老曾说，分明是假话了。"郑道培笑道："你当日的模样，和强盗不相上下，我又何曾知道你改邪归正啦！"众人大笑。曾孝摛不理郑道培，问冼操道："四哥呀，你这回押粮到军中，见着陈霸先了吧，他长得甚么模样？"冼操笑道："陈都督睛光如电，不可逼视呀！"

曾孝摛扯着座上温典言，喷了一口酒气，问道："太守老爷子，你是读书人，甚么叫睛光如电，你说与老曾听。"温典言笑道："睛光如电，就是眼睛放光闪亮呐。"曾孝摛骂道："放他娘的狗屁，放光闪亮？有老曾的眼睛放光闪亮么？"何子哲听了，忍受不住，一口酒从鼻孔里喷出。众人一愣，随即爆笑起来。

两天后，在落金岛缴获的钱银财物与高州衙署交接完妥。追回交州九真郡援银重又由高州上封，并置了文案随行，冼夫人另有书信同达。由冼操、郑道培协九真郡府尉助防文剪、副将荆钺、滕并领两千军马护送至陈霸先军中，即日起行。各郡所属征讨落金岛军马即日返回原驻地。

已是二更时分，广州刺史、曲阳侯萧勃府中的栖温园渡月阁亮着灯火，萧勃与长史封亭茂，广州助防、平越将军顾道，给事中徐应，主簿曾文举，典事、羽骑将军史直元等正在议事。

曾文举神情激动，道："昔日新渝侯曾举大兵征讨落金岛，结果败北。想不到呀！如此强悍的海贼，竟为高凉军一役而破之，令人难以置信呐。"顾道恨道："我早说应及早剪除大堡冼氏。如今虽说落金岛收复了，这便宜反倒落在冼氏身上，助长了大堡气焰呐。"萧勃打手势拦住，道："这事早已过去，不必再论。只是现下形势，冼氏势力日盛，我益发感觉艰难。诸公就这事议论吧。"封亭茂道："道理明摆着，岭南能沮制我主大计者，首是陈霸先，再是大堡冼氏。如今陈霸先虽北去，而与冼氏因缘并未绝断。冼氏源源不绝援其军粮，个中因由千丝万缕，数句语言难以尽述。陈霸先受湘东王节度，而湘东王自称承制续大统，故大堡冼氏之举，都可说是圣谕煌煌、王德巍巍之下所为。如向属郡征粮，如向属郡调兵，凡此种

种不一而足。高州治下属郡能俯首低眉于冼氏，理由千百种，而此由为最。冼氏最使人担忧者，处事从不从权、必定从经。我听说冼氏攻袭李迁仕时，高州百姓本奉冯宝为高州牧守，而冯宝竟让钱生畏受任。这样一来，冼氏以下犯上，图谋己私之名涤荡得一干二净。钱生畏呢，一个名不见经传的小人物，一夜之间成为大州首揆，他除了对冼氏感恩戴德，复敢存忤逆之心么？又如立钱生畏为高州牧守，立严光文为宋康郡守，立何子哲为阳春郡守，立王拙为齐安郡守，甚至攻打落金岛，都备文牍报请广州，没稍舛漏。冼氏如此霹雳手段，我主不得不虑呀！”

徐应道：“依封大人之言，大堡敢威逼我主？”封亭茂笑道：“我主身系皇室枝叶，冼氏再胆大，亦暂时不敢妄为。日后呢，不好说。冼氏高明之处便在这里。我估摸着，昔日我主调李迁仕抗阻陈霸先北上，此事必为冼氏所知晓。冼氏在高州破了李迁仕，而又即报广州，使我主陷入跋前疐后的困境。冼氏明知其故，却不捅破这层薄纸呀。话说回来，我主为图大计，事实也应忍让一时。现在诸王闹得正欢，我主正好乘机养息，待他们筋疲力尽之时，便是我主振举之日。”

萧勃问道：“湘东王能成事否？”封亭茂笑道：“难以预料呀，我倒是怕陈霸先这人，此人处事，实难以常理度之，虽曹阿瞒亦不可及呐？”

陈霸先破刘蔼、蔡路养、李迁仕后，准备北进。

这日，只潘如复陪陈霸先在英湖垂钓。潘如复向陈霸先建言：“主公北去之日，当记得南归之时，如此方能进退稳妥，游刃有余呀！”陈霸先连连赞许：“这个，沈定从也与我提过，英雄所见略同呀！你与沈定从都是英雄。本来么，刘蔼拥有有恩公及沈定从、褚义、颜机、丁渐、魏鸿基、吴子度等俊彦大才，应该有一番事业，只是放着这许多才俊，刘蔼都不能用呀！如今只有君与沈定从、吴子度随我，其他一概不知下落，可惜喽！”

湘东王萧绎承制改始兴郡为东衡州，授欧阳頠持节、通直散骑常侍、云麾将军、东衡州刺史、新丰县伯，邑四百户，都督东衡州诸军事；王怀明为衡州刺史。欧阳頠笑对陈霸先道：“陈都督不让我随军哪？”陈霸先笑道：“不瞒靖世兄，霸先一心讨贼，此去成败难料，万一主不留客，我只能回来，终不成连个落脚点也不准备？衡州及东衡州实属重地，非靖世兄与念宗兄不能看守。”欧阳頠笑道：“尽力而为，弄丢了可不能怪我。”陈

霸先看着欧阳颜，道："时下朝局不稳，不唯外患，且有内忧呀！我虽受制湘东王，其实内心犹是不安，还望靖世兄教我。"欧阳颜道："兴国公欺负小弟啦！你早成竹在胸，反倒问起我来了。"陈霸先摇头道："也不能这样说。剪灭侯景那是迟早的事，不在话下。我头痛的是诸王争斗，不好对付呢，须知诸王都有所恃。"欧阳颜道："兴国公过虑了。我看湘东王必能成事，兴国公得其主矣！"陈霸先笑道："但愿如此。画虎不成反类犬，霸先死无葬身之地呀！"

邵陵王萧纶、湘东王萧绎、武陵王萧纪、河东王萧誉、鄱阳王萧范、寻阳王萧大心、岳阳王萧督等兄弟叔侄为争皇位，各操纵手下大军，借讨侯景之名，同室操戈，血肉相残，展开一场又一场的大决战。岳阳王萧督更是丧心病狂，不惜割让领土给西魏，换取梁王封号，为附庸国，以求取得西魏的帮助，达到夺位目的。自侯景乱起，江南大地已是千疮百孔，体无完肤，经诸王连年交兵，更是雪上加霜，江南百姓陷入空前大灾难之中。

至大宝二年，河东王萧誉，鄱阳王萧范、邵陵王萧纶等在争战中先后战败死去，一班主要争位人只剩下据有荆州的湘东王萧绎，据有益州的武陵王萧纪和据有雍州的梁王萧督了。

湘东王萧绎授王僧辩为大都督，率巴州刺史淳于量、定州刺史杜龛、宜州刺史王琳、郴州刺史裴之横诸路大军东下攻伐侯景。还命岳阳太守徐嗣徽，武州刺史杜崱各引大军与王僧辩会师。

王僧辩字君才，是前右卫将军王神念的次子。王僧辩本为太原祁地人，早在天监六年，就随父亲叛魏投梁。王僧辩甚有才干，自跟随萧绎，一路升腾显赫。萧绎为湘东王镇荆州时，王僧辩代柳仲礼为竟陵太守，进雄信将军。侯景反时，萧绎命王僧辩总督水军一万，兼押粮赴援京都建康。到京都时，台城已沦陷，王僧辩与柳仲礼兄弟屈膝投降了侯景。不久，侯景遣王僧辩回竟陵去，王僧辩寻便逃到荆州，而萧绎并没有怪罪他。及至萧绎承制继统，拔王僧辩为领军将军之职。

还在太清三年萧绎准备讨伐侯景时，曾派使者去催湘州刺史、河东王萧誉发兵发粮。萧誉不买账，哼着鼻子道："各管各的军马，怎么来指挥我了？"使者往返三次，萧誉都不肯听命。萧绎大怒，即命第四子安南侯萧方矩为湘州刺史，取代萧誉。并派遣世子萧方等率两万精兵护送萧方矩

上任。萧方等领军至麻溪时，遭到萧誉的抗击，萧方等军大败，萧方等也落水溺死，萧方矩只好率败军逃回江陵。

萧绎怒不可遏，便命竟陵太守王僧辩、信州刺史鲍泉起军攻打湘州。

王僧辩当时是打算等待竟陵属部齐集后才进兵的，他对鲍泉道："我与君俱受命南征，可是我们军容这个样，如何破敌?"鲍泉倒是轻松："我们既然受了庙堂之命，就应率军攻敌，如汤沃雪，哪来许多思虑?"王僧辩道："话可不能这样说。河东王很有武略才干，军马又强盛。他新近破了世子，正在养精蓄锐待敌。我们若没有一万精兵，很难对付呀！我竟陵军马不日可至，虽说湘东王限了起军日期，我们还可以请求延期呢。我想与你去见湘东王，希望你能帮我。"鲍泉道："成功与否，就看这一仗啦，该怎么着，我都听你的。"

萧绎这人素来性暴多疑，见王僧辩按兵不动，早已不高兴了。王僧辩、鲍泉一到，萧绎劈头便问："你的军马何时才能进发?"王僧辩便把要等竟陵军马齐集才能进军这话说了。萧绎勃然大怒，手按宝剑厉声道："你无故推托，是不是不想打这仗?"说了这句，萧绎拂袖入内室去。鲍泉吓得脸色大变，不敢作声。只一会儿功夫，即进来数十禁卫，把王僧辩五花大绑捆缚了。萧绎出来，狠盯着王僧辩，喝道："你竟敢抗命，是与反贼串通一气啦！看来你是想死呐！"王僧辩道："僧辩屡受我王恩顾，只是忧虑责任重大，因此处事谨慎。大王今日要杀我，我不会怨恨的，遗恨的是再也见不着老母亲啦！"萧绎见王僧辩竟不讨饶，更是气怒，当即拔剑砍下，却砍着王僧辩的左大腿，当时血流如注，王僧辩痛得昏死过去。

萧绎气怒不息，命人将王僧辩投入大狱。鲍泉惊呆了，哪里还敢说话。王僧辩母亲知道儿子闯了大祸，疾忙赶至江陵，徒步入见萧绎，责备自己没有教好儿子。萧绎见她哭得泪人一般，火气才稍解，命人取出良药，送去狱中给王僧辩疗治，王僧辩才保住一条命。

侯景接得萧绎遣王僧辩领大军来犯的消息，即命王伟留守建康，自率大军西上征讨萧绎，并把太子萧大器带在军中。侯景起军建康，自石头至新林，舳舻相接，桅帆如云。侯景军到了西阳，和荆州军隔江相望，筑垒对峙。

侯景命丁和领五千军马守夏首，命宋子仙领一万军马为前驱取巴陵，命大将军任约领军直指江陵，然后亲率水步大军跟进。沿江两岸州郡望风

而降，侯景大军轻易攻至隐矶。

王僧辩据巴陵城固守，偃旗息鼓，旁若无人。众将官私下猜疑，甚为担忧，唯王琳信王僧辩能守城拒敌。王琳对众将官道："王领军非常人可比，他敢领命，不会拿性命开玩笑，诸公只要同心，贼军断不能前进一步。"王僧辩见众将官愁眉苦脸的样子，笑道："贼若水步两道，直指江陵，此为上策。如贼据夏首，积兵粮，就是中策。贼若悉力攻巴陵，这真真是下策呀！巴陵城虽小，而墙高城固，我看足可坚守。贼军攻城不下，野外又无处掠掳，时下暑疫又起，贼食尽兵疲，破之必矣！"众将官听了，将信将疑。

宋子仙大军自隐矶渡江，派轻骑来至巴陵城下，大声朝城上喊话："城内将军是谁？"城上答道："是王领军。"轻骑又问："为何不及早投降？"王僧辩在城上笑答："你们大军只管向江陵攻去好了，这小小巴陵城大概阻不住你们吧？"轻骑离去，俄顷，绑押梁降将王珣来到城下，命他劝兄弟王琳投降。王琳站在城楼上，张口大骂道："兄长受命讨贼，不能死于国难，不觉得愧疚吗？今日反来诱我投降呐？"王琳说完，取弓箭要射王珣，王珣脸红耳赤，惭愧而退。

宋子仙领军围了巴陵，下令攻城。城上鼓噪大发，矢石雨下，宋子仙军死伤惨重，被逼退去。王僧辩派轻骑出战，共十多次往返冲击，都斩敌获胜。宋子仙气坏了，亲自披甲在城下督战，却无济于事。王僧辩身披绶带，乘车奏鼓乐巡城，宋子仙见了，叹道："这个王僧辩，胆略过人呀！"

梁王萧詧接到侯景军攻克郢州的消息，派大将军蔡大宝领一万军马乘机进据武宁，还厚着脸皮派使者到江陵，说是赴援萧绎。萧绎只是干笑。僚属建议对萧詧称侯景军已破，令其退军。萧绎笑道："你们还不知道这小子，现在请他退军，简直是促他进军呀！"于是派使者去见蔡大宝道："岳阳王屡次要和湘东王连和，从此互不侵犯。将军为何又占据我武宁呐？现在湘东王已遣派天门太守胡僧祐领精兵两万，铁骑五千屯扎湕水，待命进军呐。"萧詧听这样说时，忙命蔡大宝引军退出武宁。

宋子仙日夜急攻巴陵，始终不能克。军中粮食已尽，且军士又患疾疫，死者过半。宋子仙一筹莫展，进退两难。

萧绎担心巴陵有失，又遣派晋州刺史萧惠正领军援巴陵。萧惠正推辞自己不堪领命，便举荐胡僧祐代他领军。当时胡僧祐因谏议忤旨下在狱

中。萧绎当即释放胡僧祐出来，拜为武猛将军，命他领军赴援，并嘱道："贼军若是水战，你用大舰和他对阵，必胜。贼军若是陆战，你即鼓棹取道巴丘，无须与他交锋。"

胡僧祐领军来到湘浦，侯景即命任约率五千精锐军马据白堵阻击。胡僧祐不去理他，另寻路径西上。任约以为胡僧祐不敢与他交战，即率军马急追胡僧祐军，追至芊口，任约望着胡僧祐大呼道："吴儿，为何不早投降，你想逃哪去呀？"胡僧祐不去理他，自引军秘密来到赤沙亭。刚好信州刺史陆法和领军来援，胡僧祐便与他会兵一处。

这个陆法和学有异术，过去一直隐居在江陵百里洲，衣食居处，一如沙门苦行僧。他预言吉凶，十中八九。侯景包围台城时，有人问他："事态发展如何？"陆法和道："大凡人们摘取果实，应在果实熟时，不应待到果实熟到掉下地时才去拾取。"别人不明白这话，又问他。陆法和才笑道："亦克亦不克。"原来陆法和说克是指侯景攻破台城，不克是指侯景最终败亡，成不了大事。任约领军攻江陵，陆法和请缨阻击任约，萧绎答应了他的请求。

任约大军扎在赤沙亭。大宝二年六月初十日，胡僧祐、陆法和挥军攻击，任约军大败，战死的、落水溺死的不计其数，大将军任约也被生擒。胡僧祐大喜之下，即把任约押送江陵。侯景乍听得这消息，竟惊得跌坐地上，半天才说出一句："这是真的么？"侯景再也不敢攻江陵，便任丁和为郢州刺史；留下宋子仙等将官率两万军马戍守郢城；命支化仁镇守鲁山；命范希荣领江州事；命仪同三司任延和、晋州刺史夏侯威生守晋州。都安排妥了，侯景才带着数千军马顺流而下，逃回建康。

任约被押送到江陵。众官劝萧绎赶紧杀掉任约，萧绎笑道："任约是侯景第一名将，是大老虎呀！我暂时不能杀他，抓扑猎物，还得靠这大老虎。"

萧绎除王僧辩为征东将军、尚书令，胡僧祐等都晋擢级品，即命领军东下。陆法和请求回江陵，萧绎也同意了。到江陵后，陆法和对萧绎道："不消说，消灭侯景已成定局，可是我们更要提防蜀贼呀，应据险而拒之。"萧绎当然不放心在益州的武陵王萧纪，听了陆法和的建言，便命在峡口扎军防卫。

王僧辩大军到了汉口，先攻克鲁山，擒获支化仁。继而攻郢州，克其

罗城，斩杀敌兵上千人。宋子仙退据金城，王僧辩令四面垒土山包围宋子仙军。

宋子仙内无粮草，外无援军，孤守金城是再也没指望了。宋子仙忧心忡忡，对丁和道："王僧辩真是个人物呀！我们从来不知此人，看来我朝气数尽了。"丁和苦笑道："江山代有人才出。过去只知有韦睿，只知有慕容绍宗，只知有羊侃，此辈俱称为军中能者。依我说，都不及王僧辩呀！"两人感叹一番。宋子仙别无他法，只好修书给王僧辩送去，声称若肯放他回建康，愿献出郢城。王僧辩阅过书信，当着使者的面一口答应了宋子仙的请求，还命人给宋子仙送去一百艘船只，让宋子仙引军回建康。

部将周铁虎不解，问王僧辩道："宋子仙穷途末路，再难挣扎，我们一鼓即可荡平，王领军怎么答应放他走啦?"王僧辩笑道："宋子仙是到嘴的肥肉啦，我不会让他走的。他求我放他，我干脆答应了，让他不提防，好从中取事。"

次日，宋子仙接到王僧辩送来的一百艘船只，甚为高兴，赞道："这王僧辩真是守信用的君子，如果不是敌人，我们一定能成为好朋友。"城里将士上上下下都暗自庆幸。宋子仙传令准备上船退军。忽然一声炮响，鼓噪大起。原来是杜龛率领精勇兵士一千人攀上城墙，打开了城门，王僧辩挥军掩杀进来，城里顿时大乱。宋子仙猝不及防，惊得不知所措。丁和大叫道："我们让王僧辩骗了，如何是好?"宋子仙拔出剑来，大呼道："拼死突出城去！"宋子仙率领军马冲出重围时，三停去了一停。宋子仙再顾不得许多，率败军逃至江边，乱纷纷抢上船去，即扯帆张桨，数十艘大船急忙沿江向东逃去。还未逃出数里路程，荆州军水军主帅宋遥率领大队楼船追杀过来，这楼船多到难以胜数，几乎把长江都遮暗了。宋子仙暗暗叫苦，命军士狠命划桨，扯尽风帆逃命。眨眼工夫，宋遥大船队乘流赶上，那箭矢像雨一般盖来。宋子仙军中箭落水者不计其数，犹是且战且逃。到了白杨浦，宋子仙船队被宋遥大楼船冲击得七零八落，上下进水，将士们呼天抢地，溃不成军。宋子仙帅船被宋遥帅船拦住，再也无法逃去。只听得宋遥大喝道："贼将还不投降——"宋子仙未及答话，周铁虎乘驾的大楼船撞击过来，即时把宋子仙的帅船撞覆江中，宋子仙及船中将士全部落水。周铁虎生擒了宋子仙及丁和。至此，宋子仙全军覆没。

王僧辩命，在俘虏中寻得宋子仙书记官沈炯者，酬赏铁钱十万。沈炯

找到了，王僧辩甚为高兴，笑对沈炯道：“君有隽才，僧辩闻名已久。你那支笔，比宋子仙之辈的头贵重多啦，跟我吧。”

王僧辩命将宋子仙、丁和押送江陵。萧绎下令斩杀宋子仙、丁和。临刑时，宋子仙问监斩官员：“我与任约都是战时被俘，不杀任约，为何杀我？”监斩官道：“任约是只老虎，你是甚么东西，顶多算是一只狗，怎能相提并论？”

陈霸先领军出南康。赣石有二十四滩，甚为险恶，为行船大忌。刚好这时赣水上游连日暴雨大发，江水突然涨高数丈，三百里远近，巨石都被淹没，陈霸先乘机率船队进扎西昌。

王僧辩乘胜攻下湓城，陈霸先率所部三万人将要和他会师，便屯兵巴丘。王僧辩军这时缺乏粮草，闻得陈霸先军扎在巴丘，便召众将商议，准备向陈霸先借粮。杜龛道：“这陈霸先，我们都没有会过他。陈霸先孤军出岭南，一路直捣江右，尽歼蔡路养、李迁仕、刘蔼诸军，确实也是个人物。”宋遥道：“我听说陈霸先进军西昌时，有龙见于水滨。这龙五丈长短，五彩鲜耀，斑斓夺目。当时有数万军民看到，这……”王僧辩笑道：“甚么龙了？是龙卷风呀。不是还说赣水暴涨数丈么？准定是上流头下暴雨啦。下雨天出现龙吊，更是常有的事，有何稀奇？”周铁虎道：“武皇帝在时，曾称此人为妙人。说我在则为我安，我不在则为我乱。武皇帝当不是戏言，或者此人不是等闲之辈。”王僧辩笑道：“陈霸先昔日平交州立功，盛名行遍江南，实为我朝忠义能臣。自侯景乱起，诸王内战交兵，说实在的，谁都会彷徨迷惑，难定去从。然陈霸先于诸王中独受我王承制节度，足见其胆识过人，我王有此能臣，亦是天意，可知平贼复国，为期不远啦！陈霸先初来乍到，我们凡事应以礼为先，切勿存有不恭之意。同为我王出力，便是手足之谊。”王琳道：“先问他借粮，看是如何。”王僧辩修了书信，命人送去陈霸先营中。

陈霸先看了王僧辩来书，当即答应五日内三十万石军粮运到王僧辩军中。也修了回书，让信使带回。

杜僧明听说陈霸先借粮给王僧辩，便入帐来见陈霸先，问：“主公借粮给王僧辩啦？我们只有五十万石，你倒借了三十万石给他，你也真够大方。”陈霸先笑道：“连杜爷也知军中粮饷底子，大好事呢！”殷外臣道：“别说杜爷，我们都有看法。王僧辩工于用计，善忍容物，其人不可度量，

我怕诛秦事易，楚汉难和。都督不可不虑。”陈霸先笑道：“我不是项籍，也不是刘邦，你太抬举我啦。这话在自家人中说说可以，可不能传了出去。我自受湘东王节制，一心只是讨贼，以复国为终极。至于荣辱成败，霸先从不放在心中。庸智兄，我与你都未见过王僧辩，不兴议说人家。王僧辩是湘东王倚重之臣，当非常人，能一路大破侯景军，试问当今诸王军中谁能比肩。单凭这一桩，足够霸先佩服一辈子啦！”众官再不复言。陈霸先私下问韦放对此有何看法，韦放看了看陈霸先，许久才道：“都督高瞻远瞩，以大局为重，原本不错。”

八月中，王僧辩前军攻袭默城，守将于庆弃城逃走，守寻阳的范希荣闻讯亦弃城逃走。萧绎命王僧辩暂且屯军寻阳，等待诸路大军会合。

起初，侯景攻陷建康时，曾经说吴儿怯弱，容易攻取，必要扫平中原，然后才称帝号。侯景尚帝女溧阳公主，十分痴迷，经常不理政事，只是与公主寻欢作乐。王伟屡次劝谏侯景，道：“从来女色误事。”侯景与公主说起这事，公主说王伟管得也太多了。王伟怕被公主谗言所害，于是劝侯景除去简文帝。侯景从巴陵败归，猛将如任约、宋子仙之辈大半伤亡，担心不能长久，也想早登帝位。王伟道：“自古移鼎，必须废立，既示我之威权，又绝彼之民望。”侯景答应了，即命前寿光殿学士谢昊起诏书，以为“弟侄争立，星辰失次，皆由朕非正绪，招乱致灾，宜禅位于豫章王栋”。侯景命吕季略入宫去见简文帝，逼他如文书诏。豫章王萧栋是华容公萧欢的儿子，亦即昭明太子的孙子。

侯景命卫尉卿彭隽等人率甲兵入殿，废简文帝为晋安王，幽禁在永福省，把内外侍卫全部撤换，另派铁骑军左右守护，墙垣布满枳棘，闲杂人休想随意出入。不出半月，下诏迎豫章王萧栋入禁城。

侯景下令杀太子萧大器、寻阳王萧大心、西阳王萧大钧、建平王萧大球、义安王萧大昕以及在建康的王侯二十余人。

萧栋即皇帝位。大赦，改元天正。太尉郭元建知道了，急从秦郡赶回建康，对侯景道：“主上是先帝太子，又没有失德，为何废了呢？”侯景道：“王伟劝我，说早除民望，所以除去他以安天下。”郭元建道：“我们挟天子以令诸侯，还怕无济于事呀！现在无故废帝，这是自己生乱致危呐，何安之有？”侯景后悔了，当即要迎简文帝回来复位，让萧栋为太子。王伟可不同意，道：“废立大事，怎能反反复复改来改去呢。”侯景以为也

有道理，于是打消这个念头。

王伟到底不放心，怕节外生枝，干脆撺掇侯景把简文帝杀了。

湘东王萧绎授尚书令王僧辩为江州刺史，原江州刺史陈霸先为东扬州刺史。

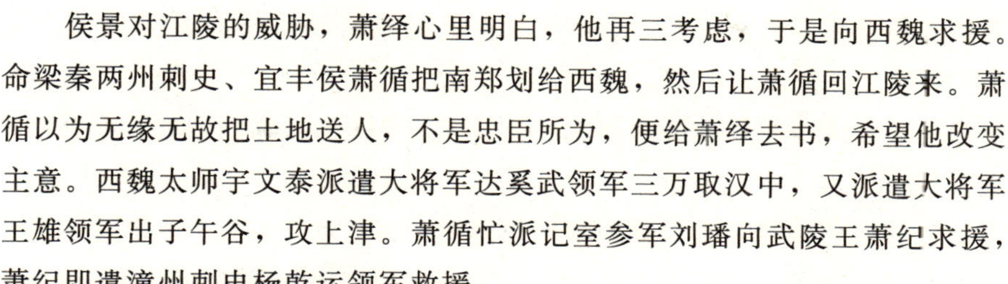

侯景对江陵的威胁，萧绎心里明白，他再三考虑，于是向西魏求援。命梁秦两州刺史、宜丰侯萧循把南郑划给西魏，然后让萧循回江陵来。萧循以为无缘无故把土地送人，不是忠臣所为，便给萧绎去书，希望他改变主意。西魏太师宇文泰派遣大将军达奚武领军三万取汉中，又派遣大将军王雄领军出子午谷，攻上津。萧循忙派记室参军刘璠向武陵王萧纪求援，萧纪即遣潼州刺史杨乾运领军救援。

王僧辩等得知简文帝死了，即命沈炯制表，请萧绎上尊号，萧绎大称这表文辞甚工，但却不答应称帝。

司空、东道行台刘神茂见侯景军接连失利败绩，便准备背叛侯景，吴中士大夫全都支持他。刘神茂和仪同三司尹思合、刘归义、王晔、云麾将军元頵等据东阳以应江陵。刘神茂派遣元頵及副将李占扎兵建德江口；派遣张彪攻取永嘉。新安程灵洗等也起兵据郡城响应刘神茂。至此，浙江以东都归附江陵，萧绎即除授程灵洗为谯州刺史、新安太守。

当年十一月，王僧辩众官又上表劝萧绎进皇帝位，萧绎还是推辞。萧绎除湘州刺史、安南侯萧方矩为中卫将军，而让南平王萧恪为湘州刺史。萧绎这样安排，显然是为了加强江陵防务起见。

刘神茂背反，令侯景大伤脑筋，即命赵伯超为东道行台，据钱塘；命田迁为军司，据富春；命李庆绪为中军都督，谢答仁为右厢都督，李遵为左厢都督，大举讨伐刘神茂。

当月，豫章王萧栋禅位侯景。侯景不再客气，在南郊祭天毕，登太极殿即皇帝位。大赦，改元太始。所部数十万将士尽皆欢呼万岁。

王伟请侯景立七庙，侯景问："甚么是七庙呀？"王伟道："就是七世祖考呐，天子必要祭祀的。"王伟又要侯景请取七世祖考名讳。侯景挠挠后脑勺儿："前几世我不记得他们的名字啦，只是记得我老父名标，可是他在朔州呀，怎能来这里呐？"众官不禁在肚里暗笑。在侯景的党羽中查来查去，只有人知道侯景祖父名乙羽周，其余祖考的名字都是王伟胡乱杜撰出来的。于是侯景追尊父亲标为元皇帝。

侯景当丞相时，以西州为相府，手下文武不论尊卑大小都可自由出入。自当了皇帝，居住在深宫里，非故旧一律不能出入，手下诸将多有怨望。侯景生平好独个儿骑着小马，出野外弹射飞鸟，可是当皇帝后，王伟却不准他有这个嗜好了，轻易再不能出禁宫去。侯景非常不自在，自觉失落，常常自言自语："我没来由当甚么皇帝呀，与被人拘禁有什么两样呀!"

王僧辩来书请陈霸先联名上表劝萧绎进皇帝位，陈霸先想都不想，就署了名讳。

这天，雪下得很大，陈霸先把殷外臣、周文育、韦放、徐度诸将找来帐里围着火盘闲谈。陈霸先笑道："王僧辩三番四次劝湘东王进位续大统，我刚刚又在联名表上署名。"殷外臣笑道："王僧辩这人求进心切呀!"周文育道："我看湘东王也有此意吧。"徐度道："若是续统，必是建都江陵。荆州只是边镇，历来非王者之宅，我看不妥。"陈霸先看着韦放笑道："韦将军作何看法?"韦放笑道："诸大人在此议国家大事，我怎敢乱说话呀。"陈霸先哎了一声，道："韦将军再不必与我客气了吧，这里又没外人，但说何妨！我就想听听你的。"

韦放环视众人一眼，笑道："陈都督非要我说，我不说也不行了。韦放斗胆一言，以现在之态势，湘东王未宜续统上尊号。侯景反叛作乱，是为天下公敌，人人得而诛之。故湘东王鼓呼平贼复国，天下无不响应。尔时上帝号，易为奸人所乘，救国演为私夺，上下离散，军民背德，再想剪灭侯景，恐怕不是易事呀！昔时我随父母长住荆州，地形有所了解，确实不利防守，正如徐将军所说，非王者之宅。且西有武陵王待机在即，东有侯景仇视不休，北有齐、魏虎视眈眈，岳阳王尚在游弋窥觑，若有不慎，危机重重呐。湘东王暂不号尊九鼎，一意讨贼平叛，诸王就有怨恨，也不敢公然以私废公，与湘东王争锋，如此，则湘东王虽未进位，而实膺天下大任矣！再者，湘东王应天顺人，一路大破侯景军，吴中刘神茂又反戈奋起，正是侯景内外交困之时，湘东王应把握战机，挥师东下，扑灭侯景才是要义。"殷外臣道："湘东王现下会不会登位，很难说。臣子劝得多了，君王也觉顺理成章呀，这类事前朝并不鲜见。"徐度叹道："很有可能。湘东王受诏承制，本有名分，若文皇帝尚在，自然不敢，现在大不一样呢。"

众人许久再不出声，都望着陈霸先。陈霸先拿火钳拨了拨面前火盘上

炭火，笑道："翻大庾山时，我在山脚下抬头仰望大庾山顶，山再高，天还是在其上面。上到山顶最高峰，我朝远处望去，怎么感觉天倒像在山脚底下了。"

忽报冼操押军资来至大营，陈霸先即与众将迎出辕门。冼操满身是雪，一见陈霸先，即咧嘴大叫道："禀报陈都督，落金岛海盗日前已被荡平啦。"陈霸先惊喜不已，忙把冼操一行将佐接入大帐。还未坐定，陈霸先急道："冼四将军，快把经过说我知道。"冼操将攻打落金岛一役述过。陈霸先叹道："护国夫人此举，千秋奇功呀！自海盗据有落金岛始，涨海再不平静，广州通交州海路绝商达上百年之久，天监四年，干陁利国进方物朝圣，被落金岛海盗截劫，四王子与使臣护卫近两百人全部罹难，为此事，武皇帝颇费周折，但亦无可奈何哟！当年新渝侯倾全力讨贼，竟致败北。之后我也曾谋过讨落金岛之计，然始终未果。惭愧呀！唉，霸先又怎能与护国夫人相比呢！"

这时，两个军士取温酒来与冼操一行将佐吃了暖和身子。冼操连吃下三四盏，抹嘴笑道："说起落金岛，我倒把要紧事忘啦。这次所押军资，却是交州九真郡太守裴大人为都督筹的军饷，押至落金岛时，为海盗劫去，破岛后，原银一文不少，全都运过营来。"才又站起引见文剪、荆鈹、滕并三人，陈霸先一一叙礼。冼操取出冼夫人书信，呈交陈霸先。陈霸先即命大摆筵宴，为冼操、郑道培及交州官员一行洗尘。席间，陈霸先甚为高兴，不觉大醉，挥手道："非至公无以主天下，非博爱无以临四海呀，我王上膺天命，天下归心，荡贼复国，指日可待。"

当晚，冼操来到韦放营帐。韦放、赵媚娘正与寿儿、子正围着火盘与韦粲玩耍。子正笑道："四爷，我知道你必要来找我们说话，我与寿儿干脆来媚娘帐里等你啦！"冼操笑道："这样也好，费事我逐个串门。"冼操抱起韦粲，亲了亲脸蛋儿，对赵媚娘、子正笑道："我这番来，就想把韩儿、永儿、云儿带来。可妹子还是不许，说你们军旅征战，居无定所，还是待日后再说。韩儿、永儿、云儿又长高了许多，挺懂事的。听说韩儿与仆儿最是投趣，整日形影不离。"韦放笑笑，道："我估摸着消灭侯景已为期不远了，那时你再带韩儿回来吧。"赵媚娘笑道："我说呐，干么要带韩儿过来，留在姑娘身边就挺好，跟着姑娘准有出息，这里有甚么强处？能回大堡我还是想回去呢，四哥，你回去与姑娘说，不用送韩儿啦，长大了

找个人家完事。”韦放看着赵媚娘，道：“哪有当娘的说出这般话来，孩子是你养的，你就不疼？难怪人家都说你心肝头硬呢。”赵媚娘笑道：“哟哟，就你疼孩子，这般疼法，小子也让你疼成丫头了。”韦放笑道：“你还好意思说？今后得注意呢，别老把野性子抖出来，迟早惹麻烦，你呀……那天真把我吓坏了。”冼操忙问：“何事？”韦放笑道：“那日王僧辩派使者来见陈都督，在营里见到媚娘和子正，随行的两位军校说几句不中听的语言，媚娘发火了，一把竟将那两名军校翻倒头扯下马来，陈都督乐得哈哈大笑，说，媚娘、子正两员女将双刀一枪，威震敌胆，讨伐侯景不光是爷们儿的事，小女子也有责任呐。”冼操也忍不住笑了。

这铜鼓形如腰鼓，遍体铸有花草虫鱼为饰，通体厚薄两分上下，甚为均称。铜鼓只一端有鼓面，鼓面圆两尺许，鼓面与鼓身相连而铸，全是铜制，故谓铜鼓。梁伯会用鼓棰击敲，鼓声响裂，甚为悦耳。梁伯会笑问冼夫人：“似这铜鼓，夫人军中有几只？”冼夫人笑道：“有数十只吧。”（见第十五章）

椰树林下，冼夫人看了通潮湾地形，笑道："这通潮湾倒像一月牙儿呢。白承权所说可见有理，不一定要走老路呢。"（见第十五章）

第十五章

歃血会盟讨叛逆　上书请命领朱崖

萧绎览了众官劝进表，微微笑道："王僧辩劝我进位，这个陈霸先也凑热闹。武皇帝昔日盛赞陈霸先，据说还画了图形真貌，称之为妙人。我倒想见见这个陈霸先呢。"随即又道："不诛杀侯景，雪我国耻，决不为帝！"

萧绎命王僧辩等东下攻侯景。承圣元年二月十一日，王僧辩所部诸路大军从寻阳举兵，沿江大楼船相接达数百里。陈霸先率甲兵三万，战船两千艘，从赣水出湓口，在白茅湾与王僧辩会师。王、陈两军欢声雷动，震荡郊野。王僧辩紧握陈霸先双手，细细端详，点头道："兴国公呀，僧辩想见你一面，今日如愿以偿呐！兴国公乃国之利器，唯有德者方可执之，僧辩今日信然！"陈霸先尤其激动，声音颤抖道："君才兄取笑霸先啦！自侯景乱起，江南破碎，百姓倒悬。我王受命于危难之时，挽狂澜于既倒，伸正义于乾坤。将军明达律允，韬略克能，彼沐猴而冠，群丑逆行，偷日之技能弄几时？将军荡寇东来，霸先应命北上，忧国忧民，皆同此心呀！"

王僧辩命筑起八十一尺高坛，又命沈炯制作盟文。是日，王僧辩与陈霸先歃血奉天，共证盟文。二人慷慨陈词，涕泪四流。坛下十数万将士振臂高呼，誓言杀贼。

王僧辩扎军在大雷，命侯瑱攻袭南陵、鹊头两个戍镇，俱克。二月二十三日，兵发鹊头。二十六日，侯子鉴自合肥赶来战鸟拒敌。王僧辩军淹至，侯子鉴惊恐不已，慌忙引军奔回淮南。侯景仪同三司谢答仁与刘神茂战于东阳。程灵洗、张彪等领军救援刘神茂，刘神茂想独得大功，便不让

程灵洗等军来援。刘神茂把大营扎在下淮，刘归义劝道：“侯景军长于野战，下淮地势平坦，四面受敌，我们不如把营扎在七里濑，贼军便不能得势。”刘神茂不听劝告。刘神茂手下偏裨副将多是北方人，与刘神茂并不齐心，裨将王晔、郦通两人扎军外营，寻机投降了谢答仁；刘归义、尹思合等人也弃城逃走。刘神茂势孤无援，没奈何只好向谢答仁投降了。

王僧辩诸路军攻至芜湖，侯景守将张黑弃城逃走。侯景得报很是惊慌，急下诏赦免湘东王萧绎、王僧辩的罪名。王伟叹气道：“糊涂，这是助长王僧辩气焰呀！”

侯子鉴领五万军马据姑孰抗击王僧辩、陈霸先军，侯景又遣党羽史安和等人领军两千助之。三月中，侯景诏令亲自去姑孰抗敌，遣人告诫侯子鉴道：“西人善于水战，切勿与之争锋，当日任约之败，即因水战呀！若使用步军与之交战，必当破敌。你只要在岸上立营，将船只都泊入湖口待敌即可。”侯子鉴于是舍弃战船登岸，闭营不出。王僧辩与陈霸先诸路军停在芜湖十数日，似乎并无动静，侯子鉴大喜过望，遣人报告侯景道：“西军果然怕我们强大，看样子似是要退走呢，若不乘机出击，坐失良机呀。”于是侯景又命侯子鉴做好水战准备。

王僧辩、陈霸先率部到了姑孰，侯子鉴领马步军万余人乘数百艘鸼舠战船渡洲，上对岸挑战。王僧辩笑对陈霸先道：“好大的排场呀，这鸼舠战船，两边共八十棹，行走如飞呀。兴国公教我，该如何破敌？”陈霸先笑道：“尺有所短，寸有所长，鸼舠战船虽然样子凶恶，然而船身太长，不容易掉头转向，这便是短处，若是水战，侯景军必败无疑。”又堵着王僧辩的耳朵说了一番，王僧辩连连点头，大笑道：“兴国公呀，侯景遇上你，日子不好过呀！”

王僧辩把大战舰都夹泊在两岸边，命小战船尽数往西退走。侯子鉴以为王僧辩军真是退去，传令鸼舠舰队飞速追来。待侯子鉴舰队追过去，韦放、侯安都、杜僧明、宋遥、王琳各领军士登上泊在岸边的大战船，错落排列江中，堵死了侯子鉴的归路。王僧辩与陈霸先立在岸上，指指点点，谈笑风生。

侯子鉴率领鸼舠大船队眼看就要追上前面王僧辩船队。侯子鉴立在帅船上，扯嗓子高呼：“王僧辩，你逃得了么？赶紧投降，饶你不死！”忽听一声炮响，前面船队里冒出上百只火船，乘流飞奔而下，直向侯子鉴舰队

扑来。侯子鉴惊得拔剑大叫："快掉头退军——"可是这长船又怎么能说掉头就掉得了头呢，只是横在江中，一时相互碰撞，不少船先就进水了。那上百只火船突来，顷刻把鹢舸船队烧成火海，侯子鉴军烧死的、下水溺死的有上万人之多。侯子鉴叫苦不迭，惊慌之中领余下二百多艘未有着火，但已残破不堪的鹢舸船突离火海，顺江退走。忽又听得一声炮响，堵在下流的王僧辩、陈霸先部水军鼓噪大发，截住侯子鉴船队。双方陷入混战，侯子鉴军大败，只剩数十只船，不足两千军马逃回建康。

王僧辩留下虎臣将军庄丘慧达镇守姑孰，自引诸军乘胜进击，历阳戍不战而降。

侯景听说侯子鉴战败，惊得手足无措，放声大哭，与溧阳公主用被子盖住头脸，躺在床上，半天才起身叹道："误杀你老爹啦!"

王僧辩督诸路军来到张公洲，乘潮入淮河，开进禅灵寺前。侯景急召石头津主张宾，命他领淮河水军把大批舣䑣船、海艟舰都集结在一起，用石头缒定在河中，堵塞淮河口。又据淮河筑城防，自石头至朱雀街，十余里城墙相接，壁垒森严。王僧辩问计于陈霸先，陈霸先道："我听说从前柳仲礼领数十万军马会集建康讨侯景时，竟然隔水安营，没有渡过岸去，对岸侯景军登高而望，我军表里内外都让贼军看个透彻，所以才被贼军击败。现在我军包围了石头，必须渡过北岸去，才是稳妥。诸将如若不敢充当先锋，就让我领军打头渡岸立营吧。"次日，陈霸先领所部在石头城西落星山筑营立栅，诸路军这才接连渡过对岸，筑成八座大营城，一直延伸至石头城西北边去。侯景担心西州路被堵绝，便命王伟守台城，自率侯子鉴等也在石头城东北边筑五座大营城遏阻大道。

王僧辩进军招提寺北，侯景领军万余列阵在西州拒敌。陈霸先与韦放、徐度、周文育等前来观察侯景阵势，韦放对陈霸先道："我众敌寡，我们应分散其兵力，然后以强制弱，从容破敌，为何聚其锋锐，让敌致我于死地呢?"徐度亦以为不妥。陈霸先忙命周文育："韦将军所见甚是，快命诸将分置兵力，切勿结成一团。"侯景军首先攻击王僧辩弟王僧志军阵，王僧志抵敌不住，便要退缩。徐度急命两千弓弩手横截侯景后军，一阵疾射，侯景军被逼退去。陈霸先与韦放、周文育、杜僧明、侯安都、张偲、萧摩诃等将率铁骑军乘胜冲击敌阵，王僧辩领大军跟进，侯景军大败，直退至西明门。陈霸先军占据了侯景军营。侯景仪同三司卢晖略守石头城，

见大势已去，即开北门投降，王僧辩挥军入据之。

侯景逃至阙下，不敢入台城，急召王伟过来，责备道："你让我做皇帝，今日害死我啦！"王伟无法应答，只能绕着阙下闪躲。侯景看着王伟的狼狈样，叹一口气，即准备逃走。王伟拉着侯景马笼头，谏道："皇帝不能逃呀！自古以来哪见过有叛天子呀？宫中卫士，犹足一战，丢了这家业，往哪去安身呐?"侯景恨道："我昔日败贺拔胜，破葛荣，扬名河、朔。渡江平台城，降柳仲礼如反掌，今日却败在王僧辩、陈霸先这两个无名之辈手下，这是天亡我呀!"侯景仰首凝望石阙，叹息良久，随即用皮囊装着他在江东所生的两个儿子，挂在马鞍后面，与房世贵等百余骑往东突走，意欲投吴郡谢答仁去。侯子鉴与王伟、陈庆随后亦奔逃朱方而来。

王僧辩命侯瑱等将率五千精甲追击侯景；命裴之横、杜龛屯兵杜老宅；命杜崱入据台城。王僧辩不戢军士，三军乘乱剽掠居民，致令居民百姓不论男女，全都裸露身体，从石头城至东城，一路哭声连天。当夜，军士不注意火种，导致太极殿及东西堂起火，所有宝器、羽仪、辇辂诸物一并焚毁殆尽。

赵媚娘对韦放道："怎么王僧辩的军马与强盗一般呀！百姓遭殃啦!"韦放把这事对陈霸先说了，陈霸先深深叹息，道："这事我知道了。我们是客军，王僧辩是主军，我不宜议论呀。这，这真是后门才去了狼，前门便来了虎哩。我们先管住自己的军士，绝不允许伤害百姓，违者律斩!"

王克、元罗等官员率领台城旧臣夹道欢迎王僧辩。王僧辩朝王克拱手道："啊呀！你们事奉夷狄君主，很是辛苦呢!"王克一时脸红耳赤，无言以对。王僧辩笑笑，又问道："玺绂在哪呢?"王克低着头，道："侍中、平原太守赵思贤取去了。"王僧辩讥讽道："王氏百世卿族，一朝而坠喽!"王僧辩即命迎简文帝梓宫升朝堂，随率百官哭拜祭奠。

王僧辩、陈霸先等又上表劝萧绎进位，且请萧绎定都建康。萧绎复书："淮海长鲸，虽云授首，襄阳短狐，未全革面。太平玉烛，尔乃议之。"淮海长鲸是指侯景，襄阳短狐是指萧督。

王僧辩在江陵发兵时，曾问萧绎："平侯景之后，不知如何对待嗣君呐?"萧绎答："六门之内，自极兵威。"六门便是指台城大司马门、万春门、东华门、西华门、太阳门、承明门。萧绎说台城以内的事都由王僧辩拿主意，王僧辩可不敢领情，推辞道："歼灭侯景贼党，不用吩咐，做臣

子的自会去想办法。但是……但是成济之事……我王最好还是找别人去办。”昔日成济杀魏高贵乡公，被人骂不绝口，王僧辩不愿担负弑君之罪名，故有此说。萧绎不敢再难为王僧辩，于是密谕宣猛将军朱买臣，让他担当这不讨好的差使。

侯景败逃后，豫章王萧栋与两个弟弟萧桥、萧樛相互搀扶着走出禁室，迎头遇上杜崱，杜崱即命人为萧栋三人去除锁链。萧桥喜道：“从今以后不用横死啦！”萧栋道：“别高兴得太早了，是祸是福还未知呐，我还是担心呀！”数日后，朱买臣请萧栋兄弟仨上船饮宴，酒酣时，朱买臣突然变脸，命手下将萧栋兄弟都溺杀在水中。

王伟与侯子鉴走散，被直渎戍主黄公喜擒获，遣送到建康。王僧辩笑问王伟：“你是侯景丞相，今日不能死节，尚求活在世间么？”王伟答道：“废兴之事，是命所安排，如果侯景早听王伟之言，明公能有今日？”尚书左丞虞骘曾受王伟所辱，今见王伟成了阶下囚，便乘机唾其脸出口恶气。王伟显得甚为平静，道：“你不读书，没资格与我说话。”虞骘一时语塞，惭愧而退。

四月中，王僧辩向萧绎上表，让陈霸先领所部镇守京口。

侯景逃至晋陵，赖田迁余军立足，又强命当地百姓从军，然后奔吴郡来。谢答仁讨伐刘神茂回到富阳，听得侯景败走的消息，便率领万多军马准备北上迎接侯景，不想遭到据守钱塘的赵伯超抗阻，一时无法脱身。侯瑱追击侯景来到松江。这时侯景还有战船两百余艘，军马数千人，便硬着头皮抵抗。侯瑱发起攻击，侯景大败而逃，属将彭隽、田迁、房世贵、蔡寿乐、王伯丑都被侯瑱俘获。谢答仁见大势已去，只好向侯瑱投降了。

侯景命所剩残兵都上船逃亡。侯景父子三人与羊鹍、王元礼、谢葳蕤等数十名心腹近卫同乘一艘战船，为了逃得快，侯景竟把两个儿子都推落江里，众将士无不心寒。看着战船终于出到海中，侯景松了口气，对舵公道：“把船朝蒙山驶去。”这日，趁着侯景在船中午休时，羊鹍对舵公道：“这里哪有蒙山呀？你听我吩咐好啦。”羊鹍指挥船只直向京口方向行驶。来到胡豆洲，侯景才醒过来，大惊道：“怎么逃到这里来啦？”侯景向岸上居民查探，有人称郭元建还在广陵，侯景大喜，即准备投奔郭元建去。羊鹍拔刀朝舵公喝道：“你给我把船开向京口，不然我杀了你。”侯景大惊，知道不妙，指着羊鹍喝问：“你想干什么？”羊鹍道：“我们这些年为你效

了不少力，时至今日，终无所成。我们不为别的，只想借你的首级取富贵。”侯景还未来得及回答，羊鹍、王元礼、谢葳蕤几个人早已刀剑齐下。侯景刚要跳落水中，羊鹍一刀劈来，慌乱中竟被侯景躲过。侯景鼠窜入船舱里，拼命用佩刀挖凿舱板，企图从船底下逃走，被羊鹍赶入来，一刀斩杀。尚书右仆射索超世在另一艘船上，谢葳蕤假称侯景传他过来，索超世不知是诈，也被擒了。羊鹍命军士抬着侯景尸体，押着索超世来投南徐州刺史徐嗣徽。徐嗣徽当即斩了索超世，又命人把盐放置在侯景腹中，以防腐臭，然后押送建康。

王僧辩看着侯景尸体，笑道：“你逞暴江南，杀人如草芥，命党羽部将凡攻城略地，均老少杀尽，鸡犬不留，使天下知道你的威名云云。你恶贯满盈，擢发难数，我知道你必死，却不知道你是如此死法。”即命砍下侯景首级送往江陵；剁下侯景的双手，让谢葳蕤送到北齐；然后将侯景无头无手尸体暴之于市。建康市民对侯景恨之入骨，纷纷涌来争抢侯景尸体吞吃，眨眼功夫，连骨头都抢光了。

萧绎命将侯景属下尚书仆射王伟、左民尚书吕季略、少府周石珍、舍人严亶并斩于市。王伟在狱中上五百多字诗句给萧绎。萧绎不得不服其才，打算宥他不死。有嫉妒者对萧绎道：“王伟不只作诗好，且过去所作檄文更好呢。”萧绎命人取来王伟所作檄文，见上面写到：“项羽重瞳，尚有乌江之败，湘东一目，宁为赤县所归？”萧绎勃然大怒，命把王伟的舌头钉在柱子上，继而剜腹，凌迟处死。原来萧绎小时患眼疾，梁武帝虽命人百般疗治，最后还是盲了一只眼睛。王伟骂他一目，怎能不怒？

承圣元年四月，广州刺史、曲阳侯萧勃接交、越两州报，前齐安郡守褚俭与落金岛海盗伍尚礼率近万军马逃至朱崖洲，褚俭自立为朱崖元始承德大帝，伍尚礼为相佐，煽惑朱崖洲百酋附之反叛，前朝留岛遗老遗少一概驱赶出境，合州齐康郡已接纳逃渡遗吏难属近六百余人。

萧勃大为吃惊，思虑半日，才召百官商议。萧勃道：“接得交越报来，褚俭与海贼伍尚礼原来逃朱崖洲去啦，文牍写得清楚，你们都看看吧。”百官当即传阅了。萧勃道：“中原鼎沸，诸王争雄，无不为己谋私。勃不为所动，报国之功，莫大于安民，故愿身居恶地，一任荒漠之浸。今褚俭反贼，冒天下之大不韪，此等无耻之尤，实为岭南大患，必当铲而去之。”众官见萧勃态度坚决，自然一齐附和。

钟休悦与封亭茂最为友善，这晚他过封亭茂府中来。钟休悦问："主公向来拘谨内藏，但凡处事，必三思而后行，容忍度量比勾践有过之而无不及，缘何今日雷厉风行？"封亭茂笑道："处逆境者必敏。你说我们主公算不算身处逆境？主公身世庶出，广州之职亦非朝廷旨意，这便是主公心病所在呀。又，抗陈霸先北出，已不再是秘密。陈霸先现时已与王僧辩一样成为湘东王之宠臣，侯景一平，诸王一灭，主公的日子便不好过。主公在岭南自立，如今障阻只是高凉冼氏，早晚必当去之，奈时机未便，主公只能暂忍一时。褚俭与落金岛交通，于主公来说，并非大事，那只是横行海疆的一群强盗而已，所谓疥癣之患。如今褚俭与伍尚礼率大队军马立足朱崖洲，便非同小可啦！朱崖洲是进可攻，退可守的险要所在，历来为朝廷必争之地。历朝在朱崖岛建置所以风雨飘摇，其实都是治之不法所致。时置时废之尴尬局面，实是出于无奈，并非朝廷善罢甘休之举呐！朱崖之重，重于泰山，主公安得不知？朱崖本是主公领地，怎能拱手相让？真要让褚俭据了朱崖，那还了得？有朝一日高凉冼氏灭了，主公岂不是又要与朱崖洲争锋？所以必要在褚俭尚未立固根基之时即摧毁之。此诚为上计呐。"

钟休悦连连点头。封亭茂又笑道："我估摸，主公此番用兵，必效陈霸先当年起用冼家军之故事。"钟休悦疑惑道："不会吧？你都说了，冼氏之患，迟早去除，这番怎么可能用冼氏？"封亭茂笑道："主公不喜冼氏，大家都明了。冼氏助陈霸先出岭北，主公没齿难忘呀！可主公是何等英明之人，就不揭穿这层薄纸。不要忘记冼挺在西巩养军，便是主公的任状。此番主公起用冼家军，平了褚俭，即可立威于岭南，把握得度，还可笼络冼氏呀。所谓一石二鸟。"

钟休悦佩服不已。封亭茂叮嘱道："此话说过就好，切勿传了出去，主公性疑善变，起题承题，也许出你我之意料也未可知。"钟休悦应允了，这才辞了出来。

去年十一月破落金岛海贼，冼夫人与祝戬被褚俭毒箭所伤，经廖明用药治疗，似已痊愈。岂知半个月后，冼夫人与祝戬箭毒复又发作，先是连续数日迷糊若睡，服药后，神志是清醒了，却又浑身发冷，要三五天才能止住。大伙都吓懵了。冯宝搓手道："这如何是好？这如何是好？"廖明忙着安慰众人："夫人与祝戬绝无生命之虞，这只是余毒作怪，廖明慢慢调

理，自然好转。”直到次年五月，都是每隔十五天左右便发作一次，丝毫没有起色。廖明与数个医佐每日四出查访民间偏方，晚上又翻阅药典医案，调试汤头丸药，每有感悟，即记在本上。

这天，冼夫人刚停住发冷，脸色苍白，浑身无力，只能靠在榻上休歇。忽报冼挺从西巩赶来，冼夫人喘着气道：“大哥从西巩来，一定有事，让他进来吧。”

冼挺入来，看着冼夫人，关切道：“妹子，你这伤真让人担心。唉！廖明怎么搞的，明知是箭毒，就没办法？”冼夫人强坐起来，笑了笑，道：“这箭毒虽然厉害，但没有逐日加重，我就知廖明施治奏效。迟早会好起来的，大哥放心好了。”

冼挺道：“妹子，褚俭反贼与落金岛海盗神秘失踪，原来逃往朱崖洲岛去啦！”冼夫人忙问：“哪来的消息？”冼挺道：“刚接到广州都督府军书，说褚俭与伍尚礼率部逃至朱崖洲，褚俭自立为帝，朱崖洲百酋也纷纷随其反叛呐。广州遣典事、羽骑将军史直元为平南大都督，新州刺史莫启、双州刺史方人杰为副都督，领军两万讨伐褚俭、伍尚礼反贼。还征调西巩五千防军南征，我与二哥、三哥、五哥四个昔日助陈霸先平交州的职勋人员都在征调之列。”冼挺取出军帖，递给冼夫人。冼夫人阅过，沉吟道：“番禺至朱崖岛，千里多路程，怎么取道海路呐？哎！大哥去准备行程，我再将朱崖洲地形图摹绘一套给你，军中方便使用。”

承圣元年六月十三日，平南大都督史直元取海路领大军至高凉郡水辛洲下碇，冼挺领西巩军与之会合。高州刺史钱生畏、高凉郡守冯宝引众僚属前往劳军。史直元客套一番，命收下军资粮草，道：“下官军务在身，不容歇脚，哪日凯旋归来，定与众大人好好叙叙。”当即传命启碇起锚，五百多艘战船扬帆举桅，向西而去。

冼夫人由丫环搀扶着，跟在百姓后面目送南征军远去，直到帆影消失在茫茫大海之中。

这晚已是三更尽了，冼夫人躺在床上辗转反侧，就是不能入眠。冯宝问：“你不舒服？”冼夫人道：“不知怎的，自大哥他们南征去后，我就感觉心惊肉跳，精神恍惚。”冯宝道：“你被箭毒所伤，整个身子都弄弱啦，致有此伤神之症。”冼夫人叹道：“不是这个缘故。这两天廖明变了方子，似乎感觉好多了，虽然一下未能见好，总会痊愈的。我只是觉得心里空洞

洞的，有时又闷得慌，接不上气来。”冯宝没法儿，只能说着话儿安慰冼夫人。

次日，冼夫人与祝戬、陈三官、曾孝摛带着十数个军士来到水辛洲。冼夫人伫立在海滩边，听凭海风吹拂，只是望着大海西边远处发呆。忽然祝戬神情紧张，走近来道：“夫人，西南海上可能三天内有台风。”冼夫人大吃一惊。祝戬能预测风雨之技，冼夫人已听龙大石多番说过，此时南征军正在海中行进，她如何不惊？忙问：“确切在甚么地方？”祝戬道：“西南八百到一千二百里海面。”冼夫人跌足道：“天呀！若是真实时，南征军就惨啦！”

第五天，派去打探消息的人飞报回来，西南海上果然台风大发，齐康等郡渔民伤亡近千人。冼夫人心头抽紧，更为担忧了。又过三天，合州报至高州，史直元所部南征大军至大洲屿附近时，遇台风袭击，将士两万多人全部罹难海中。钱生畏与冯宝急奔入恩铭居。冼夫人看着两人神色大变，已知不妙，看过文牍，冼夫人浑身发抖，脸色青紫，呆在那里，突然哇的一声，一口鲜血喷了出来，颓坐在地上。

钱生畏忍不住哭道：“如此塌天之灾，国之不幸，民之不幸呀！”曾孝摛听得噩耗，大叫：“我的大哥、二哥、三哥、五哥呀！”像疯了一般夺门而出，直向水辛洲海边狂奔，陈三官紧跟在后面奔跑。来到海滩时，曾孝摛向西南海上招手号叫，声音凄厉，穿空裂云。曾孝摛跌跪海滩上，双拳捶着胸口，泪流满脸，嚎啕大哭。

冼操、武哥、三彩儿、孟娘、阿秀、七儿得报从山兜大堡赶来恩铭居。高凉郡百姓万民自发在各自家中设了冼挺、冼定、冼齐、冼飞之灵位，服丧七日祭灵。大堡内外更是哭声震地，邻近庄寨百姓无不悲伤。

广州刺史萧勃接到海难报告，大为震惊，半晌说不出话来。众官劝了半天，萧勃才道：“这海盗是我家克星喽！前后两次大征剿，都以失败告终呀！”百官告退时，封亭茂留了下来。萧勃有气无力道：“你还有甚么想说的？我很是疲倦呐！”封亭茂道：“此番征朱崖，未果而损兵将，虽是大悲，亦复有一喜呀！”萧勃看着封亭茂，冷然发笑道：“我听说你平日与史文羽不睦，是不是他死了，你心下安乐呢？”封亭茂打了一下自家嘴巴，正色道：“主公冤杀卑职了。我与史文羽虽不合，只是个人恩怨，但我们绝不敢以私废公，辜负主公恩托呀！今日史文羽殁于王事，死得其所，我

当为之一哭，怎敢存一己之私，幸灾乐祸呐？卑职所言一喜，另有所指呢。”萧勃脸色温和了许多，笑道：“竟有何喜，请说。”封亭茂道：“能抗主公大谋者，唯冼氏大堡也。卑职听说，冼氏军卒训练有素，可以一当十，可以一当百。如今冼氏如此悍勇之军一旦之间便灰飞烟灭，若在战场之中，恐非数万军马所能奏功呀！广州军损失重大，固是大悲，然而冼氏精锐梁骨却因此役而遭没顶之灾，能将逆党斩杀于无形之中，是可遇而不可求之事呀！岂非天意？冼挺辈作古，冼氏欲复有昔日之盛，怕是不能了。”

萧勃瞪了封亭茂一眼，道：“你亦太自以为是，恐怕不是你说的一样。”说罢拂袖入内室去了。

益州刺史、太尉、武陵王萧纪，字世询，是梁武帝第八子。萧纪颇有文才武略，在蜀十七年间，南开宁州、越巂，西通资陵、吐谷浑，内修耕桑盐铁之政，外通商贾远方之利，故能殖其财用，器甲殷积。台城沦陷后，湘东王萧绎传檄天下讨伐侯景。萧纪看不起萧绎，对群僚道：“七官是个文士，只知读书，哪能匡扶社稷，复我山河呐？”萧绎是梁武帝第七子，字世诚，小名七符，故弟萧纪称为七官。承圣元年五月，萧纪内寝宫殿柱子忽然绕节生花，萧纪以为是自己进帝位的瑞兆，便迫不及待即了皇帝位，改元天正，立世子萧圆照为皇太子，余儿萧圆正为西阳王、萧圆满为竟陵王、萧圆普为南谯王、萧圆肃为宜都王。除巴西、梓潼两郡太守、永丰侯萧㧑为征西大将军，益州刺史，封秦郡王。

司马王僧略，直兵参军徐怦屡谏萧纪暂不称帝，但萧纪就是不从。这个王僧略便是王僧辩之弟，徐怦便是梁初贤相徐勉的从子。还在侯景包围台城时，徐怦曾劝萧纪从速调军入援，萧纪本不想援台，因而对徐怦早已心存不满，早想除掉他，奈无借口罢了。这次徐怦又阻萧纪称帝，萧纪恨得直咬牙：“是可忍，孰不可忍！”刚好这时有人告徐怦造反，萧纪暗喜：“昔日给我出难题，今日又反对我称帝，这回你还不死？”即命抄了徐怦家。查得徐怦与将帅往来书信中有“事事往人口具”这句话，萧纪便认定徐怦有造反的根缘，随即下令捉拿了徐怦。萧纪对徐怦道：“看在我们过去的情分上，我不会杀你那几个儿子的。”徐怦冷笑道：“多谢啦！我生的儿子都像殿下您呐，留着又有何益呢？”这是徐怦讥讽萧纪当日不能救君父之过，正好说中萧纪的痛处。萧纪勃然大怒，把徐怦父子全都杀了，且

把首级悬市示众。萧纪怒气不息，又杀了王僧略。永丰侯萧㧑叹道：“王事不成矣！徐怦、王僧略都是德才兼备的人物，国之利器呀！国之基石呀！今日先将他们杀了，这个国想不亡都不行了。”

萧纪决意要与萧绎争天下，八月中，命永丰侯萧㧑留守成都，又命儿子宜都王萧圆肃为副将助防，然后自率大军由外水东下，进逼江陵。

陈霸先驻军京口，治军抚民，甚有法度，至八月底止，江北已有万多民众陆续逃归江南附陈霸先。

陈霸先探得萧纪大军出益州，很是担忧，对韦放道：“侯景虽平，天下未定呀！齐未敢轻易大举犯边，我与王僧辩两军都在东线御齐，其实不必。湘东王未肯还建康，长住江陵势为不妥。此时武陵王东下，江陵以何拒敌？湘东王应调王僧辩，或调我回守江陵呀！”忽接江陵下来诏命，除陈霸先为征北大将军、开府仪同三司、南徐州刺史；除陈霸先世子陈昌为散骑常侍，陈霸先兄子陈顼为领直，即征入江陵领职。

众官纷纷向陈霸先贺喜。陈霸先苦笑道：“树大招风，我陈霸先这棵树尚未长成呀，怎么就招风啦？”徐度道：“陈都督到底是外藩，入子为质也是常事呀，不必见怪。只是此诏命下后，主公请缨回江陵之想暂时怕得搁下喽！”

又报高凉大堡冼操押粮来营。陈霸先听了，摇了摇头：“前番我已向冼四将军说了，我们现在脚跟已站稳，再不要继续送粮啦！唉，结果还是送来。没有冼氏大堡，怎能有霸先今日哦？讨平侯景反贼，我朝功勋账应重重记上冼氏一笔哪！哎，不说啦，你们都随我出迎冼四将军去吧。”

冼操见了陈霸先，寒暄过后，取出两封书札，陈霸先都接了。陈霸先阅着书信，失惊道：“噩耗呀！护国夫人在书里告知，齐安太守褚俭率落金岛海贼潜逃到朱崖，自立帝号。曲阳侯遣军前往征剿，调西巩军同征，不料海中遇着台风，全军殉国，冼挺、冼定、冼齐、冼飞诸兄弟同时遇难啦！”众官一齐惊叫起来。韦放看着冼操，不禁落泪，道：“天不佑仁呀！冼家兄弟承祖德，袭华风，保国护民，屡建奇功，不料遭此厄难……”

陈霸先眼睛泪湿，道：“回想当年征交州，若没大堡冼家兄弟，霸先恐怕要死在异乡了……还敢望建功报国么？天呀……痛杀霸先啦……”陈霸先又拿起另一封书札道：“这是护国夫人上湘东王《领朱崖洲表》，托我务必亲呈湘东王。护国夫人至圣丕德，虽悲失兄长，仍不忘忧国呀，那帮

只想着争抢皇位的宗室兄弟，怎不害羞呢？”

承圣元年九月十七日，陈霸先率世子陈昌、兄子陈顼往江陵，韦放同行。

起初陈昌听说萧绎征他入江陵时，很不愿意。陈霸先知道儿子的心思，笑道：“你不必往坏处想，你老子不是奸雄，你当然平安无事。”陈昌道：“父亲忠君报国，谁人不知？可我听说湘东王多变善疑，寡恩薄义呀！当日湘东王命王僧辩率军攻河东王，王僧辩因为诸军未聚，略作迟疑之故，湘东王便要杀他呐。父亲军旅之中，难保没有一丝差错，妒嫉者搬弄是非，湘东王纵然英明神武，也有顾及不周之处呐。”陈霸先骂道：“好没出息的东西！大丈夫当在危难中取富贵，温柔乡里哪有成事者？一日事君，当存死志，临危逃脱岂是我辈所为。你若再有他言，现在我就不认你这个儿子。”陈昌见父亲发怒，再不敢吭声。

途中陈霸先见韦放落寞寡欢，眉宇间透出一丝悲凉，不由叹一口气道：“韦将军呀！我这番让你陪我来江陵，其实是让你知道，你父母……你父母已在八年前先后去世了……”说到这，陈霸先望了韦放一眼。韦放低着头，道：“我也知道了。”陈霸先“哦”了一声：“你也知道了？”韦放道：“都督之恩，韦放感激不尽。还在白茅湾时，吴子度就对我说，都督让他与袁玠兄弟往荆州去了一趟，已查得我父母在大同十年相继去世。”陈霸先叹道：“当时我让他们先不要告你知道。唉！韦将军呀！你父母虽然故去，清德芳名将万世流传。”韦放泪落伤感，道：“韦放最终做了不忠不孝之人喽！”陈霸先道：“公务一完，我与你去老父母坟前烧一炷香吧！”

萧绎亲率百官至东郊迎接陈霸先，甚为恭敬礼重。萧绎握着陈霸先的手，一同登舆驾回宫。萧绎设宴为陈霸先洗尘，继又在光复园独诏陈霸先入见。萧绎上上下下，再一次仔细端详陈霸先，笑道：“君父在时，曾惊叹兴国公为妙人。我神驰日久，今日终于见面。说句实在话，兴国公千万别见怪呵！我横看竖看，你并不见有甚特别之处呀！”陈霸先也笑道：“霸先一介武夫，事实没有一长可言，武皇帝当日赞誉，霸先也自惶恐。霸先矢志，只为报国剿贼，因此理直气壮，胆雄无惧。”萧绎道：“好个理直气壮，胆雄无惧呀！我受诏承制，号令讨贼，你远在岭南，闻声响应，足见你胆雄无惧。我还听说，你出军岭北，曾为曲阳侯所阻，而你悲壮陈词，痛斥不臣，其理亦直，其气亦壮呀！我虽在江陵，闻兴国公之言，亦拍案

而起，为之动容呀！相比之下，宗室操戈，反目为仇，置国家大局而不顾，争小利于目前，扪心自问，可有愧乎？”陈霸先奋然道：“非至公无以主天下，非博爱无以临四海。我王承续天命，平乱定邦，是以万民呼应，天下归心！霸先能一路斩棘披荆，全凭岭南百姓滚烫之忠君情，报国心呐！别的不说，霸先援粮滔滔不绝，来到我王军前，便是高凉冼氏之功呀！”

萧绎点点头，道：“你说的高凉冼氏，可是我朝护国夫人，保护侯夫人？”陈霸先道：“正是此人，可谓允明允哲，克文克武呐，为其报国护民之功，得国朝屡次彰表。护国夫人本要随霸先继续北上讨贼，遇前齐安郡太守褚俭勾结落金岛海盗反，护国夫人回师击贼，继破落金岛贼穴。褚俭率贼众逃至朱崖洲，割据自称帝号。护国夫人特上表请命在朱崖洲置州，托臣呈启呐！”陈霸先取出表疏，原封呈给萧绎。

萧绎即启阅冼夫人上《领朱崖洲表》。表曰：

自汉初元罢珠崖，于今凡六百年矣。期间朱崖洲名为遥领，实为弃置。或曰，南方百越蛮邦，圣人起则后服，中国衰则先畔，动为国家难，自古而患之久矣。又言，朱崖洲之民暴恶，性喜相攻击，数年一反，殊难治制于吏禁。又言，朱崖洲之地非冠带之国，不服王化，父子同川而浴，兄死则弟以嫂妻，相习以鼻饮，无异之禽兽者，不足以郡县置。又言，朱崖洲颛颛然孤悬于海中，雾锁云凝，气湿雨濡，多虫蛇毒草水土之害，弃之不足惜。

言者是有所闻，是有所见乎？盖自附会穿凿，以偏赅全，谬舛传讹者也，武断塞责者也。妾闻朱崖洲本为赤县之土，雕题、离耳、扬越荒徼是谓古称。始皇开疆，定土百越，置建桂林、南海、象郡，徙中县之民与粤杂处，朱崖洲有名象郡外徼。是时矣，天下万国，无复与夺。汉武建极开化，珠崖、儋耳治焉。遐迩商贾，兴贩货积业，朱崖洲土著，傍善人杂居，融融可及数万人口。世云骆越之人，实出广交越徙迁之民，孰谓不为华夏之子民乎？非之，则妾不敢苟同者也。

古云山薮藏疾，川泽纳污，瑾瑜匿恶，国君含诟。荒蛮野僻，宁不见容于泱泱中土欤？曩赵佗语书汉帝，高后自临用事，近细士，信谗臣，别异蛮夷，出令毋予蛮夷外粤金铁田器，马、牛、羊即予，予

牡，毋予牝。若此，则蛮夷何日能脱侏离冥顽？何日能沐中原教化？龙生九子，其形貌各异，其志趣各异，未闻其状不类龙母，而为龙母所离弃者。山泽草野，亦为大宅之孕，女娲氏补天之漏，未闻为其恶而恶之，为其好而好之。福泽万物，有如一心也。二伏波征剿无功，贾捐之、薛综妄言弃置，谓之为布行王德，广伸大义，得乎？若然，则妾不敢苟同者也。

昔班定远安抚羁縻西域，尺度得宜，百番诚服，佥谓之曰能。及离任，任尚问治夷之计，班定远告之曰，蛮夷难养易败，今君性严急，水清无大鱼，察政不得下和，宜荡佚简易，宽小过，总大纲而已。班定远之言实为至理，然任尚谓之平平，安能不败事乎？孟子云，君之视臣如土芥，则臣之视君如寇仇。是矣！赵佗历五世，南方长治之，甚有文理，粤人相攻击之习日止。何故？怀集百越是也。武林侯交州乱起，致有李贲之变。何故？以刻暴失众心者是也。西域之治，功在蛮夷乎？功在班定远乎？西域之乱，过在蛮夷乎？过在任尚乎？吏者不察民意，不尊民风，滥行权威，获罪于民致不治，不省其身，不问己过，托言废领珠崖。如罄使作，则妾不敢苟同者也。

妾为蛮荒之族，俚酋之女，亦知不敏，倚王恩化，略知礼义。自归冯宝，益知国家要义在于安民。子曰，道得众则得国，失众则失国。妾既为官眷，戚戚然于终日，如临深渊，如履薄冰。唯恐伤民众而损王德也，唯恐羡浮名而招民怨也。若然荒梗能袭华风，椎跣变为冠裳，侏离化为弦诵，是妾所望。妾德薄望寡，才疏见浅，枉负我朝赐护国夫人。圣封渡岭，海隅腾欢，孰谓穷幽之乡不彰王德者也？妾涕泪相交，五脏惶恐，虽肝脑涂地，无报我朝巍巍之永德，悠悠之圣泽也。帝之圣明隆炫荒漠，妾复敢一丝宽怀者耶？

前高州刺史李迁仕与侯景交通，图谋既破，高州军民一举而歼之。王旨勤王，妾本率健儿北出讨贼，会陈都督于赣石，以期悬旗于台城，斩顽于淮海，是妾之志也。遇齐安太守褚俭结落金岛海贼反，高凉乱起，妾不得不还。继之尽臣所责，摧毁贼穴，还王疆土。

彼褚贼无耻之尤，率残部窜逃朱崖，割据号帝，蛊惑人心，朱崖土著长酋罔为所役，相继反叛。其声势浩大，两岸鼎沸。曲阳侯遣广州军剿贼，妾胞兄挺、定、齐、飞以勋职应征在列。水师始发，不图

造化乖张，陡生恶台之灾，二万余健儿均殉国于海域。英魂长逝，征帆不归。悲矣！痛矣！复而尤忧。朱崖之境，本为王土，失之贼手，功过千秋，回归王躬，天理昭然。妾是王之子民，五内俱焚，能视叛逆肆虐而不顾者哉？冒死请命置州治于朱崖洲，止数百年之颓废，复大垓之光被。天使至日，妾当竭尽所能，拱卫侍抚于始末。如右，妾百死顿首！

萧绎览毕，不由叹道："身在江海之上，心居乎魏阙之下呀！贤哉护国夫人！"他看了看身旁的陈霸先，道："你也看看吧。"陈霸先赶忙双手接过《领朱崖洲表》，阅览起来。萧绎喃喃自语："如护国夫人所言，朱崖置州，理所当然。可是方今江南局势尚难控总，二丑凶焰方兴未艾呀！我哪有分身之术，只怕顾此失彼哟。"

陈霸先抬起头来，道："正是因为局势未定，我王更应顾及岭南。诸藩虽然眼下负隅顽抗，不日即可平定。自侯景乱起，国朝大半州郡沦为西魏国土。自巴陵以下直至建康，以长江为界，我王目前所役荆州疆土，不过北至武宁，西接峡口，只有千里远近，民众入户籍者不足三万户而已。如若再由岭南自立割据，赵佗之祸，今又重现，我王尤难治制呀！朱崖虽是孤岛，素为华夏之土，只因前朝失察于长久，顾利于目前，才有遥领的失策之举。况当今天下争雄，奸人无不铤而走险，置国家利益而不顾，分祖宗土地而为王。小小郡守褚俭尚且欲裂土为王，称霸于海岛。我朝若置之不理，任其胡来，别人还不群起而效之。那时，天下帝王恐怕是难以数计呀！我王讨了这个，那个又起，没完没了，国将不国，民望断绝呐。岭南曲阳侯早已心怀不轨，野心勃勃，虎视眈眈。我朝若有疏忽，由阳侯必定乘机而起。不若扶高凉冼氏加以牵制，曲阳侯庶几未敢作为。"

承圣元年十月三日，萧绎诏令在朱崖洲置崖州。除黄门侍郎沈炯为崖州刺史，给事中梁伯会为行军参军事、镇府长史，太府戴嗣为崖州别驾，中书舍人侯净藏为治中，太子舍人文琅为崖州司马，员外散骑侍郎邢恭为崖州记室，公车令贾子才为崖州主簿。随任官员尚有程尚、曾忌、韦应泉、陶显德、庄玄如等一百三十九人。诏高凉太守、卫海将军冯宝为平越将军、瞫都侯，邑五百户，前职如故。册冯宝妻冼氏宣义绥安护征将军、崖州助防，率高凉西巩防军随入朱崖洲平叛。高州、罗州、合州军马随时

听调不误。另赐冼氏渴盘陁国毛毡三件，波斯国玛瑙狮子镇纸一对，于阗国琉璃罂二口，西域玉佛三尊，东园秘器若干。

贞威将军、治中从事史张种私下问信州刺史陆法和："王崇尚文学，凡秀才必招揽而用之，此番征朱崖，我朝俊彦之士都用上了，你看能成事否？"陆法和笑道："必成！且载得异花归呐。"张种又问："何为异花？"陆法和笑笑，背手而去，只听得他笑道："奇风迁大屋，猴子摘仙桃。"

沈炯率众官员，领三千荆州军马十一月八日来到高州。钱生畏之前已接得侯景已平通告及领朱崖诏诰，早与冯宝、冼夫人及属郡众吏员在郊外迎候。沈炯宣读了诏文，冯宝、冼夫人起拜领诏。

沈炯看着冼夫人笑道："郡主名驰九州，炯今日有幸参谒，足慰平生。炯奉命治朱崖起，至今无小宽心，夜不成眠呀。自知才不及用，学非所长，恐负朝廷重托。此番入朱崖，唯望夫人之力矣！"冼夫人笑道："上使承奉天命，被光朱崖，扬我国威，汉夷瞩目，普天同志呀！百合虽为夷女，亦华夏之子民，敢不竭尽全力，报国尽忠乎？"沈炯叹道："兴国公赞夫人允明允哲，克文克武，傲历代之须眉，标万世之清风。今日信然。"大家客套了一番，才一齐进入州城。

一连数日准备，山兜大堡、西巩及高州属郡军马汇聚高州城下。承圣元年十一月十八日吉时，南征军鸣炮建牙。冼夫人与冯宝率张融、时元、洪通、龚自明、甘弁、廖明、祝戬、陈三官、曾孝摘、郑道培、武哥、三彩儿、孟娘、阿秀、夫辛、七儿、冼奉义、冼奉捷、冼奉达、冼奉超、冼奉民、冼奉展、冼奉焦、冼奉敏等领一万六千军马拱卫沈炯所部，取旱路向朱崖进发。冼操助钱生畏留守州郡。若砚本要跟冯宝往朱崖，冯宝不让，道："你留下吧，恩铭居老老小小全要你照顾呢。"

冼奉展是冼挺第三子，年方十五岁；冼奉焦是冼定第四子，年方十四岁；冼奉敏是冼齐长子，年方十二岁。还有冼挺第四子冼奉德，冼齐次子冼奉全，冼操长子冼奉匡，冼飞长子冼奉并，都要随军出征，只因年龄不到十岁，冼夫人不知费了多少口舌，才把他们哄住了。

途中程尚几个官员见高凉军将士多数佩着杯口粗的耳环，觉得很是可笑，时而指指点点，时而交头接耳，议论不休。有高凉将士不乐，报告冼夫人。冼夫人笑道："他们中原人未见过岭南人，故而奇怪，别管他们，过几天就见怪不怪啦！"沈炯带来的荆州军士见高凉军中的铜鼓有趣，都

围而观之。这铜鼓形如腰鼓，遍体铸有花草虫鱼为饰，通体厚薄两分上下，甚为均称。铜鼓只一端有鼓面，鼓面圆两尺许，鼓面与鼓身相连而铸，全是铜制，故谓铜鼓。梁伯会用鼓棰击敲，鼓声响裂，甚为悦耳。梁伯会笑问冼夫人："似这铜鼓，夫人军中有几只？"冼夫人笑道："有数十只吧。"梁伯会笑道："此物可是贵族祭祀鼓乐呀，用之行军，怕是……"冼夫人笑道："这是祖宗代代所传，我们行兵便是使用这铜鼓。"梁伯会摇头微笑，再也不问。

沈炯把众官员叫到一边，道："我们都未到过岭南，事事都觉新鲜。看着便罢了，不宜随便评说，百越地禁忌挺多的。"韦应泉咂舌道："奇！奇！护国夫人马前的猛虎，我问过了，竟是护国夫人所蓄养的。这事只是《万国异录》里的仙人才有呀！"侯净藏笑道："我听说百越俚僚人多会巫术邪门，驱魔赶兽，都是其类惯用之伎俩。"沈炯看看左右，低声道："哎呀！我才说呢，怎么侯大人又有此话。"

侯净藏是武臣将军、南兖州刺史、郫县侯侯瑱的儿子，年方二十五岁。侯净藏美丰姿，风流倜傥，善于迎合，自征入宫中，风月赋诗，野郊弹射，不离萧绎左右。萧绎这番让侯净藏随沈炯入朱崖，沈炯便不赞同，道："朱崖海外孤岛，地恶天险，贵人如何去得。"萧绎对侯净藏道："我便抬举你，你也要讨个出身。去朱崖后，凡事在意经心，局势稳了，我再让你回来。"沈炯知道侯净藏宠幸有加，既然萧绎决意让他一同赴朱崖，再不敢多说。

军马行进中，孟娘看见甘弁项上系一串珠串，直垂至胸口，甚为奇怪，笑问道："甘将军从不戴这东西，怎么今天系上这宝贝？"甘弁有些不好意思，笑道："早年我往朱崖做着贩卖营生，一次海中遇上台风，船上伙伴们都死了，幸得朱崖土著救了我一命，还送我一串珠子作念心儿，我却从未系戴。如今随夫人往朱崖，不知怎么就想起这串珠儿来，今儿系在身上，图个吉利吧。"七儿在马上哼了一声，讥讽道："念心儿，怕是那个念心儿吧？朱崖女子好着呢。"甘弁一时语塞，窘得脸红起来，大伙不禁大笑。孟娘道："七儿比胖娘还会看管男人呀。七儿呀！你说话也真够噎人的，说着念心儿，你怎么就想到那去了？夫人平日说的由此及彼，让你学会啦。"众人又笑。

三日后，军马到了合州，在城外扎下。合州刺史段岿率属僚劳军，又

引从朱崖来的前朝遗吏承嗣公孙承、崔简、赵公党、李则、文伟等数十人来见冼夫人、冯宝、沈炯。段岿道："护国夫人所要的朱崖户籍、地理、方物等文案都齐备了。还有通事向导人等也备了。海安港泊下三百多艘大舰，随时听用。"冼夫人赶忙谢过，又笑对公孙承道："百合虽是越人，可未到过朱崖，朱崖风土人情及地理河川山岳一无所知。此番奉旨护天使赴朱崖复统置州，责任重于泰山呀！诸公系前朝遗贤，心维华夏运承生息，是为国朝福庆。自今尔后，百合当随时听教。"公孙承及众遗吏忙肃然谦谢。

朱崖古称雕题、离耳。所谓雕题，即文身绣面之意；所谓离耳，即以耳环垂肩为饰之意。至唐虞三代时，则称朱崖为扬越荒徼。秦始皇二十六年，朝廷遣屠睢领五十万大军分五路南下经略岭南。秦始皇三十三年，设置南海、桂林和象郡。时朱崖属象郡外徼，故秦代谓之象郡外境或南越外境。朱崖虽是荒远穷幽之地，然从秦时开始已属华夏之土，只不过尚未在岛内建置罢了。

汉武帝元鼎五年秋，朝廷派遣伏波将军路博德、楼船将军杨仆等率大军顺牂柯江而下攻讨南越，破南越王。汉武帝元封元年，将南越地置儋耳、珠崖、南海、苍梧、郁林、合浦、交趾、九真、日南九郡，儋耳、珠崖两郡便在朱崖岛内。时珠崖、儋耳两郡隶交州所辖。珠崖郡领瞫都、玳瑁、苟中、紫贝、颜卢、山南、临振、乐罗等十一县，儋耳郡领儋耳、至来、九龙等五县，合两郡十六县，珠崖郡治在瞫都县，儋耳郡治在儋耳县。当时汉朝廷在朱崖建置，首要当然是为了巩固边地陲疆，其次是冲朱崖珍奇方物而来，珠崖、玳瑁、紫贝等地名便是以当地物产而署。朝廷派来的官员，大多乘机渔利，中饱私囊，无形加重对当地百姓的盘剥，以致引起民变。开置朱崖后二十多年间，岛内竟接连发生了三十六次规模较大的杀官赶吏事件。汉元帝初元元年，朱崖民众又反，朝廷又举大军镇压，无奈此地方平，彼地又反，反反复复、连年不定。汉元帝没法可施，问计于臣子，有人主张最好的办法还是遣军镇压，但金马门待诏贾捐之却认为：朱崖人父子竟敢在河里一同洗浴，习惯用鼻子吸饮汤汁之物，和禽兽没有两样，这样的地方，本来就不应设置郡县。又说，朱崖岛孤悬海中，潺湿多雨，毒草虫蛇水土之害比比皆是，派去征战的将士，还未见到敌人的影子，先自染病死去。珍珠、犀角、玳瑁诸物，又不是朱崖才有出产，

在朱崖置郡县，实在得不偿失，干脆放弃算啦。

汉元帝同意了贾捐之的意见，于是下令罢朱崖诸郡县。

汉光武建武十六年，交趾女子征侧、征贰姐妹俩举兵造反，自立为王。建武十八年，汉光武遣派伏波将军马援、楼船将军段志等率军征讨“二征”，汉军又进入朱崖，复置珠崖县，隶合浦郡所辖，由交州统领之。

三国时，岭南统而称为交州，归属吴国疆土。吴大帝黄武五年，分交州为交、广二州。

赤乌五年，吴大帝孙权遣将军聂友、校尉陆凯领三万军马征讨朱崖岛，改在齐康设珠崖郡，统齐康、朱卢、朱官三县。朱卢、朱官二县在朱崖岛内，初由交州领，后改属广州辖。此期间，交州境内极不稳定，时治时乱。薛综上书孙权，指出交州祸乱，“高凉宿贼”之害，言语中对朱崖岛建置郡县也持可有可无的态度，所以朱崖置县也是徒有其名而已。

晋时撤珠崖郡，在朱崖岛内设朱卢县统辖全岛。后又改朱卢县为玳瑁县，隶属合浦郡。刘宋元嘉八年，宋文帝在齐康复置珠崖郡，朱崖岛内撤玳瑁县，复置朱卢、朱官二县。不久又废珠崖郡，朱卢、朱官改隶于越州合浦郡。

自汉初元罢珠崖，至梁承圣元年，整六百年，朱崖建制时置时弃，时复时罢，名是遥领，实是弃置。褚俭能在朱崖割据裂土为帝，煽惑土著渠帅长酋反叛自立，便是借朱崖境内长期官无所禁，民无所附之局面而得逞。

冼夫人攻打落金岛之前，褚庥已奉褚俭之命，领数十深谙朱崖风习的亲兵密党，装扮成商贩买卖人，携金银珠宝若干渡海入朱崖。几经周折，褚庥来到乐罗，他先让手下人分别到独岭、尖峰岭、后山岭、曚瞳岭、猴猕岭、只考岭、南碎岭、北同岭等山顶水溪里投放了慢效毒药。手下人行踪诡秘，做得手脚干净，他人莫想知晓。数天后，褚庥才带手下来投乐罗抱由洞渠帅德羌府中大管家步赤。

步赤五十上下年纪，早在大同十年，他在合浦买卖时，落了局诈，幸得褚庥救了一命，自此与褚庥结为深交。步赤见着褚庥，甚是高兴，自然盛情款待。步赤笑问：“自上回见了你后，不觉又五年多啦！这些年来，兄弟应该顺心趁手吧？”褚庥摇首道：“不瞒兄长说，自侯景入主江南，天下大乱呀！到处都在打仗，生意不好做呢。”步赤道：“兄弟所说，我也有

所闻。这几年，我也不大往上头走了。说起来，朱崖虽然是穷远孤岛，长酋百洞时有争斗，比你所说战乱之苦好多了。”褚庥笑道：“那是那是。小弟这番来朱崖，恐怕要小住一时，道上的买卖，就望兄长照顾啦。”步赤忙答应了。

步赤为褚庥引见了渠帅德羌。德羌生性贪婪，见褚庥送上的银子厚礼，自然高兴不已，拍着胸口表示，今后褚庥在朱崖买卖上的往来，他都会帮忙。

一个月后，尖峰、天池、南崖、只考、南碎、北同等数十洞报来，乡民陆续染疾生病者近千人数，病人都是头晕目眩、呕吐下痢，手脚发软之症，一些老弱者竟致不治死去。各洞神司巫者请圣驱邪，符水点化，给药施治，一概无效。乡民百姓祖祖辈辈都是吃着山溪下来的水，哪里知道是褚庥在溪水里下了毒，因此致病呢？德羌连日来领诸酋长巡视各洞疫情，愁得胡须都快白了。

不到两个月，诸洞乡民相继死了数百人。乡民恐慌起来，纷纷逃走他方避疫。九龙乙洞渠帅元牙乘机收聚灾民，扩占了德羌的地域。德羌数番使人去与元牙交涉无果。元牙道：“德羌气数已尽，所以瘟神降临其地。”德羌气得吹胡子瞪眼，就要起兵讨伐元牙。步赤劝道：“这时瘟疫正盛，民众恐慌不安，人心不定，起军攻元牙，恐非上策。”德羌只好权且忍了下来。

传来消息，只考岭南向石壁上有蜜蜂集成数个大字，近千乡民去观看了，却不晓是甚么，后有通文字者说，是“元始灭瘟”四字。又有消息说，曚瞳岭下野地里，有乡民月影中见一白灰怪物啼叫着“元始……元始……”，有如鬼哭，直向曚瞳岭奔去。德羌更为忧愁：“莫非真是天要绝我？有此神灵之兆。”忙传神司巫师设牛酒神案，供奉祭天祷神，德羌亲登神坛，跪叩福祝。

德羌作神事九日，也无效验，乡民又死数百人。又传来消息，千龙洞一带又发疫情，已有上千人染病，近百乡民死去。德羌大哭道：“天绝朱崖，天绝朱崖呀!”

一日，褚庥来见德羌，称接得族兄齐安太守褚俭来书，说岭南大乱，不轨之徒乘机勾结侯景反叛，褚俭不做贰臣，难容于故地，已率义师赶赴朱崖，寻机养息，招义汇正，以图北上讨伐平叛，复我家邦。为正人心，

凝天德，褚俭称元始承德大帝云云。德羌听得“元始”二字，惊问：“元始承德大帝？”褚庥道：“正是。大渠帅何故失惊？”德羌道：“尊客定是不知。自发瘟疫之灾，乡民大批死去，我百般祭神驱邪，都未显灵呀！有人报说只考岭石壁上蜜蜂成字为‘元始灭瘟’，无人可解其意。今日听你说元始承德大帝，莫非应在这里。”褚庥吃惊道：“真有此等事？我兄长承天举义，号元始承德大帝，我因远在海疆，也是今日始知。”

德羌两眼放光，喜道：“快使人与褚庥大老爷去拜见元始承德大帝，就说德羌焚香设案，率万民候迎神驾义师入朱崖。”褚庥见德羌如此心切，忙俯首领命。

大宝二年十二月十日，褚俭与伍尚礼率一万军马在朱崖乐罗望楼湾登岸。德羌与众酋帅领数千百姓盛接褚俭大军。褚俭命先把军马扎在港湾附近，然后引众部属将佐随德羌回抱由洞寨府。德羌命宰牛摆宴，为褚俭洗尘接风。宴后，德羌迫不及待，说起瘟疫伤民经过。褚俭脸色庄严，称自己得神人所授，可禳瘟神。德羌惊喜不已，道：“元始尊驾若能消灾解难，老酋带百姓磕头服顺。”褚俭道：“消灾安民本是我之所任，渠帅之情，我岂敢担当。”

褚俭即选吉日登坛祭神。法坛依二十八宿排布，法四方五斗铺张，又命军士演天罡地煞之数分立，诸天地神祇护法无不应位。一时幡幢竖帜，旗旆横飘，香烛明炊，祭器喧鸣。褚俭披头散发，扮成元始天尊模样，诵咒烧符，鼓捣一番，即命将所请之神水让众百姓饮用。众百姓服了神水，病疾顿愈，即时奔走相告，远近沸腾，无不扶老携幼，四乡八寨来拜求神水。

刘宋遗吏承嗣是传仁叹道：“朱崖百姓，也是华夏子民呐，虽然愚昧无知，亦不应如此戏弄呀！朱崖何其不幸，遇此妖人垂降。”这话被传了出去，褚俭闻报大怒，即率军围了乐罗故官署，鞭杀了是传仁。是传仁已是六十多岁年纪，至死骂不绝口。

褚俭杀了是传仁后，随即下命将所有前朝遗吏嗣属尽数驱赶出朱崖，抗拒者一律杀无赦。

褚俭命在乐罗故官署起造宫殿，置百官。承圣元年二月八日，褚俭等不及宫宸殿宇落成，即出郊祭天登帝位，改元元越。立长子褚督为皇太子，次子褚省为临振王，三子褚眷为儋耳王，四子褚看为九龙王。进伍尚

礼为尚书左仆射、元始大将军、乐罗侯；德羌为大司马、镇卫大将军；褚庥为尚书右仆射、吏部尚书；褚品为太宰、骠骑大将军；马兆为太傅；曹重为太保、车骑大将军；徐恬为太尉；丘极为司徒；范大均为司空；孙会为靖海将军，开府仪同三司；庾季籍为左光禄开府仪同三司、征东将军；何杳为尚书令、征南将军；江岐子为太子太傅；李绩为左光禄大夫、征西将军；鲍举晖为中书监；夏侯孺为特进、领军将军；周景恭为护军将军；毛臣为太子詹事；丁椿为金紫光禄大夫、征北将军；伍算槐为中书令、中卫将军；伍算傣为祠部尚书；宓子川为五兵尚书；束盖为度支尚书；孟汤为左户尚书、中抚将军；孟泽为都官尚书、中护将军；孟泓为太常卿、镇东将军；孟滔为国子祭酒、镇南将军；孟洛为宗正、镇西将军；山南隆广洞渠帅抱艮为太府卿、镇北将军、陵州刺史；九龙陀兴洞渠帅班月为安东将军、乐州刺史；临振毛感洞渠帅尼崂为安西将军、苟中太守；白沙南山洞渠帅樊贾为安南将军、玳瑁侯、南州刺史；白沙迷马洞渠帅关砮为安北将军、迷马郡太守；紫贝潭牛洞渠帅扶丹为平东将军、潭牛太守；乌石湾岭洞渠帅木牙俐为侍中、北山太守；九龙板桥洞渠帅则元为平南将军、板桥太守；毛番毛卓洞渠帅区景为平西将军；临振三道洞渠帅罗泉为瞫都令；临振田独洞渠帅赵昝为平北将军、湾艾太守；乌石乌石洞渠帅力龙为乌石令；九龙罗带洞渠帅英天为罗带令；至来叉河洞渠帅荣打炳为翊左将军；毛番南圣洞渠帅过氿为翊右将军；山南三才洞渠帅压并为散骑常侍、翊前将军；儋耳龙兰洞渠帅光奇为龙兰太守；儋耳那昌洞渠帅晋先纳为那昌太守；苟中龙河洞渠帅利丑为龙河太守；紫贝会山洞渠帅楚触为左卫将军、会山郡太守、紫贝侯；乐罗志仲洞渠帅丁刚为翊后将军；毛番毛阳洞渠帅玖弥为山南太守；乐罗抱旺洞渠帅卫佬为忠武将军、龙浩太守；山南什玲洞渠帅李真为军师将军；儋耳中和洞渠帅且灵为儋耳太守；紫贝万全洞渠帅滚宾为万全令；毛番番阳洞渠帅蒙腾为武臣将军；乐罗野龙洞渠帅菊枚为爪牙将军、令章太守；九龙冲峨洞渠帅黎邗为龙骑将军；临振海棠湾洞渠帅苏明为云麾将军；至来乐安洞渠帅温哳为乐安令；紫贝嘉积洞渠帅史泉为紫贝太守、嘉积伯；临振三母洞渠帅古媲为卫尉卿、镇兵将军、临水太守；儋耳有伦洞渠帅博臣为有伦令；紫贝抱罗洞渠帅教敦为抱罗令；儋耳水尾洞渠帅贯征为翊师将军；山南六弓洞渠帅裴青为宣惠将军；紫贝三乐塘洞渠帅者敫为三乐塘太守；临振文门洞渠帅刁权为宣毅将军；

苟中瑞溪洞渠帅甲咸为瑞溪令……凡落金岛随来职官及朱崖百洞帅长均擢职进品，不能一一列来。

德羌起军讨伐元牙。元牙抵敌不住，忙请求山南响水洞渠帅日信出兵相助抗德羌。日信知道德羌势力已今非昔比，便不肯出兵。元牙孤军难敌德羌，被迫放弃大片土地。德羌深为得意，向众酋帅吹嘘道："天予有德，再也不错。自祖宗至今，抱由洞从来没有如此强盛呀！"

伍尚礼劝谏褚俭，不能让德羌势力过大，怕不能控制局面。褚俭笑道："我们初到朱崖，根基未稳，必要依靠德羌而立足。德羌再强，亦犹如禽兽鱼鳖，随我所养蓄，尽在我掌握之中。德羌今又是我朝职官，渠帅长酋若不服我朝辖治，我即可驱德羌辈攻之，无往而不利，所谓以夷制夷，符合民心者。我现在最为担心的倒是朱崖前朝那帮遗老遗少，如是传仁之辈，必要赶尽杀绝，方能施政治民。当务之急，应让举岛洞帅渠长响应我朝立国，驱赶前朝余孽，正我朝纲，归我所统。其时，顺我者存之，逆我者则去之，不出数年，远交近攻，或蚕食，或鲸吞，如臂使指呐。"伍尚礼深为叹服。

至承圣元年三月底，除朱崖北部儋耳、苟中、瞫都、玳瑁、颜卢诸地四百多洞酋帅不肯随褚俭反叛外，其余九百多洞大小渠帅长酋先后自立反叛，响应褚俭，大肆驱赶前朝遗吏职属。一时间，一千多遗官眷属尽集结至瞫都官署，部分人员寻船舟回合州，大部分遗吏不肯离岛渡海。至来遗吏高达哭道："朱崖自古为华夏之土，我祖父辈奉朝命领朱崖民众守之。后辈今日弃而逃去，哪有面目复对祖宗呐！"儋耳遗吏蒋子定道："褚俭反贼分疆裂土，如此大逆不道，我就不信朝廷会置之不理。"儋耳有伦洞渠帅博臣，水尾洞渠帅贯征，庙陀洞渠帅雅查戈等表示，众遗吏若有不愿离去的，尽可在儋耳住下，先等待朝廷消息，然后再作打算。众遗吏听这般说时，才稍为安心，纷纷向博臣等渠帅致谢。

承圣元年十二月四日未牌时分，南征大军悉数在苟中通潮湾下碇登岸。

西汉元封元年汉武帝遣伏波将军路博德、楼船将军杨仆等领军赴朱崖开置郡州时，军马在瞫都烈楼嘴登岸。今日南征大军渡海，沈炯亦想依路博德旧路登岸，冼夫人却依向导白承权建议，以为通潮湾风平浪静，且海岸水深，易于靠岸。朝廷既定于旧儋耳郡治三都置崖州，通潮湾亦比烈楼

嘴往三都近便多了。椰树林下，冼夫人看了通潮湾地形，笑道：“这通潮湾倒像一月牙儿呢。白承权所说可见有理，不一定要走老路呢。”

次日午时刚过，南征大军开至三都，都驻扎在郊野外。百姓们站立在远处观望，却不敢走近。冼夫人向甘弁道：“再传令三军，有侵挠百姓者律斩！”冯宝笑道：“这里也是百越地，风俗却与高凉不同，这衣着令我开了眼界。”冼夫人笑道：“又想着搜神哩。我到过交州境，交州百姓服饰与这里大致一样，都是椎结徒跣，贯头左衽，以文身为美。我劝你快些随乡入俗吧，别眼神怪怪地看着人家，这可不好。历朝朱崖不治失控，自然原因颇多，不尊重民风，我看是首要一款哪。”

冯宝命两千军士给邻近庄寨百姓送粮食诸物。儋耳龙兰洞渠帅光奇甚为感叹：“若是前朝官吏都能如此爱民，何至于弄到今日如此地步。朝廷这番征讨，大不一样呀！”

儋耳遗吏方鼎率僚属迎沈炯众官住入儋耳郡城里。众官看着破败不堪的衙署府邸，无不叹息吁嘘。侯净藏苦着脸道：“今后我们就住这地方？”戴嗣笑道：“有这地方住算好了。遗吏们想住都住不了呀，让褚俭赶得无路可逃呐？”方鼎等人脸红起来，只好恭维道：“上使所言极是，若非圣朝英明，遣天兵剿贼平叛，我们将是无处容身呐！”梁伯会道：“仗还未打呢，苦是不消说啦，但愿能生入玉门关就是造化。”

当晚，侯净藏来沈炯下处坐谈。侯净藏道：“刺史公，我听说冼夫人拨粮赈民，不知这番是来剿贼，还是来笼络民心呢？”沈炯笑道：“此话不妥，请勿再提。我看护国夫人绝非一般人物，通古融今呀！你所说一事，便是护国夫人效班超之法治夷呀！不战而屈人之兵，说着容易，古今兵家真有谁做到了？收取民心便是致胜之第一步呀！怎能责备呢？有些话我本不宜说，但你是湘东王倚重之人，与你说了也无妨。朝廷今番遣我们来朱崖，不只是你不愿意，我与众官都不愿来呀！圣命所在，谁敢悖违？过去朱崖历次反叛，其实都是一般民事争纷，说到底是吏治不法而致呐。这般叛乱，无纲领可挈提，无鹄的可望眺，实属乌合，只要天兵一至，一击即溃，自然平服。可今日不同呀！是齐安太守发难策反。这褚俭深谙官道，通晓执控，中原夺霸之机，他了如指掌，朝代兴替之妙，他洞达无遗。你不听遗吏所言，高祖斩白蛇起义，陈涉狐鸣篝火之技，他褚俭如今有过之而无不及。褚俭虽立帝号，犹知羁縻百酋，投其所好，馈其所无，软硬兼

施，恩威并举，致使百酋受其所惑，群起反叛。这次征讨褚俭，平定朱崖，成败与否，是为未可知之数。我王既授命护国夫人护使入朱崖，护国夫人之命无疑便是君命，再不能随心悖违呐。我等唯有同心共济，有望早日回朝面圣呀！”沈炯说这一通话，侯净藏哪有心思听得进去，唯有不断颔首而已。

冼夫人笑道：“廖将军，你为老婆婆看看眼睛，看否能治。若治好了，我重重赏你。”廖明走近老婆婆面前，蹲下身来，用两手指去老婆婆眼睑上掰开看了，又把起老婆婆的手听了脉息。（见第十六章）

力龙先让冼夫人入席坐了。祝戬、陈三官在冼夫人身后站立，猛虎花儿伏在冼夫人案前，眼瞪瞪地只是看着力龙。（见第十六章）

第十六章

明义开宗母子论　心诚恩结汉俚情

这日，冼夫人率陈三官、曾孝摘、武哥、夫辛、七儿，另带通事向导白承权，遣吏公孙承、李则及十数个亲兵出巡。来到州城北郊十多里外的峨蔓龙门，已是海边，一带虽有村寨，但却人口稀少，甚为穷困。冼夫人与众人都下马来，步行入村寨中去。椰树下两条黄犬见着生人，吠叫着逃离开去。

走过对面竹林石阶，只见一低矮草屋檐下，一个老婆婆手里端着一只大瓦盆放在地里，立时有十数只鸡鸭围来抢食。

冼夫人上前拱手笑道："老婆婆好！您老人家在喂鸡呐！"那老婆婆口里应着，慢缓缓地抬起头来，眼神呆滞，脸色木然。武哥看着道："夫人，这老婆婆怕是眼睛失明了呢。"忽见一个汉子自外面回来，肩上扛着一把锄头，有四十上下年纪，眼睛惊疑地望着客人，道："这是我阿妈，眼睛已盲啦。"冼夫人笑道："原来老妈妈失明了，有多久啦？"那汉子道："前年生病发烧后就盲了。"冼夫人朝七儿道："你与几个军士快回大营里找廖将军过来，让他看看老妈妈的眼疾。"七儿应声带军士上马去了。

那汉子听冼夫人要为他老娘治眼病，心里高兴，便放下锄头，入草屋里去扛出数把小竹木椅凳来，先让冼夫人等人坐了。又从屋里扛出几大串椰子，放在地上，然后从腰身取下一把大钩刀，蹲地里，手脚麻利极了，眨眼间便砍开十多个椰子。那汉子先捧一个大椰子给冼夫人，道："这是早起摘下的红椰子，水汁很清甜，很能解渴。"冼夫人捧起椰子，美美地喝了一口，笑道："真甜呀！大哥尊姓大名？"那汉子答道："我叫做厚

罗。”冼夫人又问：“你家里共有几口人？”厚罗答道：“本来还有一个兄弟，数年前和老爹都病死了。”冼夫人叹了口气，又问：“这里地势形貌应是好的，怎么人烟稀少呢？”厚罗道：“不好呢，近着海边，风沙又多。这还不算，这地方十年九旱，任是甚么庄稼都无收获呢，百姓都跑别的地方去啦。”冼夫人点着头，叹道：“怪不得呢，原来是这样呀！”

众人说着话，近半个时辰过去，七儿与廖明等人都赶回来了。冼夫人笑道：“廖将军，你为老婆婆看看眼睛，看否能治。若治好了，我重重赏你。”廖明走近老婆婆面前，蹲下身来，用两手指去老婆婆眼睑上掰开看了，又把起老婆婆的手听了脉息。廖明脸上浮起笑容来，道：“老婆婆，你这眼睛能治，你放心好了。”冼夫人大喜过望：“廖将军，你可要尽力。”廖明去马背上取下药箱子，打开箱盖，取出好几瓶药末、药水来，都调配好了，又另用两只小瓶盛了，交与厚罗，吩咐道：“这是三日的药量。这瓶内服，每日分早晚两次服用。这瓶呢是外用药水，用公鸡尾毛蘸了药水，搽在阿妈眼睛里，也是每日早晚两次。好，三日后，我再来看望老婆婆。”厚罗忙点头躬身，连连言谢。

冼夫人起身笑道：“厚罗大哥，你照顾好你老妈吧。我们还得到处走走，改日再来看望老妈妈。”厚罗又连忙点头应谢，目送冼夫人一行去了。

这天冼夫人刚从沈炯那里议事回到大营，迎面遇着廖明。廖明笑道：“夫人回来了。”冼夫人问道：“情况怎样？”廖明道：“这几天，我与军中数个医生走了几个村寨，发现乡民都是患这病哪，光是用药是治不断根的。我仔细查问了，原是饮水问题，乡民们吃的都是小沟渠、小洼坑所积的浊水，怎能不得病呢。”原来冼夫人这些天查访邻近村寨时，见到许多乡民脸黄肚肿，浑身乏力，痛苦不堪，于是命廖明领众军医下去查访疗治。经廖明再三查验，才知乡民病根是因饮用水不洁所致。

冼夫人沉吟一会，道：“病源找到了，这就好办。快命军士分头到各村寨帮乡民挖井取水，再不要吃沟渠污水啦。”廖明领命去了。

连着一个月来，留在朱崖的遗吏及儋耳、苟中、瞫都、颜卢、玳瑁境内诸洞渠帅长酋都要来谒见冼夫人，无奈冼夫人军务在身，且又连着领众将巡查问访各处村寨，因此多难会面。

这天，冼夫人、冯宝与沈炯、侯净藏、戴嗣、梁伯会、陶显德等众吏在军营里议事。忽报十多个村寨近六百百姓牵猪抱鸡鸭诸物，汇至大营拜

谢冼夫人。冼夫人立起身来，笑道："沈刺史及诸位大人，百姓要来见我，说不得，我们一同迎出去如何？"沈炯赶紧站起："那是当然，那是当然。"一齐随冼夫人出大帐来。

廖明、甘弁、武哥、夫辛、七儿诸将已在辕门外迎着众百姓，可是就不让军士收下礼物，百姓们不依，吵吵嚷嚷，理论不休。不知哪个乡民叫道："大家别嚷啦，冼夫人出来啦！"霎时，喧闹的场面静了下来。冼夫人满脸笑容，走上前去，道："乡亲们哪，你们来军营见我，我呀！太高兴啦！我们见面的机会多着哪，只要有时间，我随时都会去探望你们。你们的心意，我永远都会记住，今天人太多啦，我一时也无法招待乡亲们，我很是不安，望乡亲们谅解。我们见了面就好了，带来的礼物，我绝不能收。乡亲们养家过活不易，我要是收下这礼物，心里不好过。不如这样吧，我有空了，逐家逐户去探望你们，你们再请我吃饭好么……"人群中一个约七十多岁的老汉大声道："天老爷开眼呀！我活了一大把年纪，从没见过这般好的官军呀！"

冼夫人见人群里站着厚罗和他的老妈，手里也提着两只鸡。冼夫人忙走近前去招呼。厚罗道："夫人呀！我老妈的眼病全好啦！她今天非要来看你呐！"厚罗老妈忙把起冼夫人的手，左看右看，笑得见牙不见眼："好俊美的娘子呵，我这眼睛今天有福，算见着天上的人啦！"冼夫人见老婆婆身旁站着一个三十多岁的妇人，还有两个小孩依偎着老婆婆，便笑问："你们是……"老婆婆笑道："她本是同寨子西根的女人，前几年西根得大肚病死了。这两年，多亏她来照顾我。我眼睛好后，托人说合，让她带孩子来一起凑合过了。"冼夫人忙笑道："真是大好事呀！我也高兴呢。"老婆婆道："我眼睛好后，整日想着闺女你，总想认你做女儿呢，又怕……"冼夫人忙答道："老妈要认我做女儿，好得很呀，我答应啦。老妈没有女儿，我自小又没了娘亲，好！老妈呀，从今以后你就是我娘啦！"说着便要下跪，老婆婆忙急急扶住，连道："你是大贵人，怎么能……"冼夫人笑着，硬是跪了下去。顿时人群里响起雷鸣般欢呼声。

沈炯在一旁目睹了这场面，心里道："冼夫人真是玄圣呀！无怪乎陈霸先极力推崇，五体投地呐。"

承圣二年元月十六日，冼夫人、冯宝与沈炯宴请儋耳、苟中、瞫都、玳瑁、颜卢、紫贝诸地渠帅长酋及前朝遗吏。这日，赴会者达二百余人，

都集至军营大帐篷里饮宴。绝大多数长酋尚未认识冼夫人，至知道冼夫人是南征军统帅时，不免啧啧称奇，惊疑不已。苟中瑞溪洞渠帅甲咸问："听说护国夫人亦是南越俚人，可是真的？"冼夫人笑答："百合正是高凉俚人。"紫贝潭牛洞渠帅扶丹问道："历代朝廷视南越为异族，恨不能斩尽杀绝。你既是南越俚人，怎么当了朝廷的鹰犬啦？"程尚大喝道："你是甚么人，竟敢蔑视朝廷，侮辱护国夫人？"

扶丹刚来赴宴时，门官要他除下佩刀，扶丹不从。程尚在旁道："不准带兵器赴宴，这是规矩。"扶丹怒起，嚷道："老爷就是不除，你能怎么样？"正在争执时，冼夫人来了，与程尚说了一番话，这才让扶丹进去。于是入会客人除不除兵器，听其自便。

这时扶丹见程尚冲他而来，大怒道："元始帝请我当他朝廷里甚么潭牛太守，平东将军，我也不放在眼里。你们发柬请我，有朋友劝我别来，说不是甚么好会，我偏来了。你们狗官杀了我太祖爷，这笔账还未算呐。"文琅问道："你太祖爷是何时被官府杀的？"扶丹道："至今八十一年啦！太祖爷被害时才三十出头，怎么样？"文琅大笑道："八十一年前的账怎么算到我们头上来了？那时还是宋朝，与我国朝风马牛不相及呀！"韦应泉哈哈大笑："真是不知礼义的蛮夷！"苟中龙河洞渠帅利丑冷笑道："你们知礼义呀？说我们是鸟兽之族，男女不分，拿鼻子饮食，这不是胡说么？你们呢，见着年轻貌美的姑娘就抢，见着珍珠宝贝就拿，除了这些，还会做些甚么？"沈炯怒道："就因这些，你们便要反叛朝廷喽？"座中十数个渠帅先后立起，道："你们不让我们活，就得造反。"

冼夫人笑道："你们说的话，我都听明白啦，说起来呀，其实这都是家里的事务罢了，因处置不当以致争吵，不足为奇。一国亦如一家，长辈有爱幼之责，晚辈有敬老之义。君当爱臣子，臣子当忠君，天经地义；官爱民如子，民敬官如父，亦天经地义。"说到这里，冼夫人脸容肃凛，道："前朝在朱崖的吏员中，确有不法之徒，不知尊民风，不知顺民意，胡作非为，草菅人命，这般害群之马，实在令人不齿。我敢说，纵然百姓放过他们，朝廷也一定严惩不贷！"

紫贝抱罗洞渠帅教敦道："在汉人眼中，朱崖人恶地险，可有可无呀！"冼夫人笑道："神州赤县，莫非王土。五岳之中，或雄奇而高险，或秀气而妩媚。江河湖海，或源远而流长，或风和而浪静，或汹涌而澎湃。

这山川河泊呀，各有所长，各显奇趣，还没听说国人有所重，有所轻。自古朱崖便为华夏之土，朱崖之民便为华夏之民。同为华夏之民，哪有轻重之分呢？自汉至今，历朝在朱崖置郡立州，便知朝廷所重，哪有丢弃之理？”

教敦道：“褚俭自是汉民，朝廷官吏，他现在朱崖自立为帝，应作何评论？”冼夫人道：“褚俭既是汉民，且又是朝廷命官，更应忠君报国。如今他自立为帝，背反朝廷，便是叛国之臣，叛民之贼，但为华夏之民都可诛之。早时扶丹大老爷问我既然是南越俚人，为何做朝廷之鹰犬呢？我是俚人，也是华夏之子民，朝廷之子民。天下兴亡，匹夫有责，百合怎能例外？敢不为国平叛，为民讨贼么？华夏之土，自古不容分割，分割则必乱。国家乱起，连年征战，民不聊生呀！褚俭反贼数典忘祖，裂土为王，为国民所不齿、为国家所不容。你们本是华夏子民，在朱崖世代为酋，乐土安居，虽身处边陲之境，亦应心系国家之念呀！怎能听由褚俭反贼煽惑，背国叛君呐！须知背反朝廷，分疆裂土，犹儿离母之怀抱呀！儿不知悲，母何堪受？”

冼夫人言毕，在会众人无不肃然注目，为之动容。刚才还气势汹汹，站立起来的十数个渠帅也相互对望一下，重又坐回座中。忽听儋耳中和洞渠帅且灵大叫道：“护国夫人是天使她在朱崖降福者，你们积年的气愤怎么冲她发泄呐？护国夫人奉朝命征讨褚俭，正大光明，顺应民心呀！你们是不知道，仗还未打，护国夫人为民众做了多少好事么？日前邻近十多村寨，数百乡民，携儿带女来大营拜谢护国夫人的恩德，那场面情真意切，令人感动呀。夫人别的恩德我就不说了，就说她为一老婆婆治好了眼病，重见光明，那老婆婆还认夫人做女儿呐！试问历朝有如此爱民的职官么？从来没有呀。扶丹老爷说褚俭让你当官儿，不只是你呀，他也曾请我呢，还是儋耳太守呐。不知你们怎么想，且灵今日面对天地，当着众人说，从今我只认护国夫人是从，夫人若肯让我随她征讨褚俭，我必万死不辞。”此言一出，众酋帅一片响应声起。沈炯心里吃惊不小：“冼夫人一席话，胜似十万甲兵呀！听来似平常之言，实为至圣之理，堪为讨褚俭檄呐。州城未得，民心已向矣！”

按朝廷的意思，崖州衙署就设在南滩浦故儋耳郡城址。故儋耳郡衙署历经年久，早已破败不堪，多数堂厅瓦面坍塌，风沙盖覆。冼夫人走访请

教当地百姓，都以为不宜在旧衙建州所。儋耳水尾洞渠帅贯征，峨蔓洞渠帅郎奇，立丁洞渠帅弗加都认为旧州所靠海多石，终年风沙漫天，旱灾频连，民众都不愿在此地居留，崖州府址是应另择别处建置。冼夫人汇集民众建议，与众酋长初选定中和高坡为州址。可是向沈炯报请时，沈炯却不认同。沈炯以为儋耳故址乃汉之首置，必有道理，不宜轻易改变祖制。又以为朱崖民众未知礼教者多，哪知其中道理，不应随其所欲，损朝廷之严威云云。冼夫人提议州址一事可再请命朝廷，沈炯驳回："州址设在儋耳旧衙，本来就是朝廷所定，无须复议。"

贯征、郎奇、弗加诸酋帅与方鼎、蒋子定、孟苟等遗吏又去见沈炯，劝他不要再在旧儋耳郡城置崖州府衙，应从冼夫人之建议在中和高坡设州治。沈炯很不乐意，道："建州城不是小可之事，怎么能随意呢。"方鼎道："我在旧郡城已居住三十年了，这里沿海多石，天气恶劣，十年九旱，风沙袭人。民谚云：'北石南草，苦我到老。'百姓都移居他处啦。州尊入旧郡那天，已知居民稀少，没人住的房屋也多倒坍了，似废墟一般。既然朝廷置崖州，不如趁这机会寻个吉址，奠万世基业。"贯征等酋帅还称愿筹银两为建州衙之费，沈炯就是不从。

其实，沈炯在旧衙住下后，也知这里是不宜为州衙，准备从冼夫人之议，在中和建衙署的。与众官商议时，侯净藏道："冼夫人虽是护征主帅，这政事嘛……似乎她不该都管吧？在甚么地方为州址，州尊还不能拿主意？"沈炯不出声。戴嗣道："这个护国夫人是不简单呀！我听说高州刺史对她竟是言听计从，毕恭毕敬呢。"梁伯会笑道："冼氏在高凉地世代为酋雄，护国夫人颐指气使惯啦，连冯宝从来也不敢说个不字呢。我还听说，钱生畏这个高州刺史之职，还是护国夫人扶起来的呐。"沈炯道："你们这话是何处听来，可不能乱说。"梁伯会笑道："当日高州刺史李迁仕通侯景反，正好被冼夫人逮着了痛脚，一举歼灭。广州都督府正准备报朝廷补高州之缺，谁知让冼氏捷足先登，早填上去啦。这事湘东王曾致书陈霸先询问，大概是陈霸先解了围，湘东王也就不再理会……"沈炯赶紧打断，道："这话越说越不像样了，朝廷用人授职，何等大事，我们做臣子的怎能胡乱猜测？道听途说，本不足信，今后切不可再谈这话题。诸君不要忘了，护国夫人可是武皇帝册封的勋臣，今又受朝廷重托收朱崖，名重九州呀。我等应就事论事，绝不能由此及彼，生出枝节误会就不好啦。平心而

论，冼夫人之前的能耐我未曾见，可在朱崖这短短时日之行事，实非我辈所能及者。”

沈炯决定在旧郡衙置州署，行令依原建筑翻新修葺瓦面桁架门窗即可，且择定二月二十七日巳时升架栋梁，对外称崖州初建，不宜侈兴土木，凡事节省云云。

二月十八日刚过午，大堡兴儿与数个仆从来到大营。冼夫人甚为高兴，问了好些家乡里的事。兴儿道：“四爷吩咐，见了夫人、老爷即赶回去，不能逗留，怕妨碍夫人公务呢。”冼夫人笑道：“你回去告诉四爷，诸事切要与钱刺史商议，西巩防地，尤其重要。这家都靠他看顾了。这里随时准备打仗呢，我也不留你，见过老爷他们后，明天就动身回大堡去吧。”兴儿连忙答应。

这晚三更时分，冼夫人边看《崖州地图》，边吃着兴儿带来的家乡炒米饼。——这炒米饼大有名堂，制作甚为奇特。先是用料，其一，将淘洗干净的籼米置清水中浸泡两个时辰，以手指捏搓米粒成粉末为度，捞起滤干米中余水，下锅文火慢炒，至米色金黄，入口香脆即可，然后用石磨将炒米研磨成粉备用。其二是糖，将所需蔗糖一分为二，一半下锅加适量水熬成胶状，俗称“老鼠尾胶”，为“熟糖”，凉置备用；另一半捣碎为粉末备用，为“生糖”。其三是油，用猪肥肉煎成油凉置备用。这三者具备后，跟着是和料。按“八五一”之比，亦即八斤米粉，五斤蔗糖，一斤猪油的分量倒置案台揉和混合，然后用擀碾来回碾轧，再用手反复搓揉，直至这饼料手捏成团，离手即散，隐隐会“动”，即行语“粉生”的状态时，即可上饼模成形。俗称饼模为“饼印”，饼印为本土柚木所雕制，出印饼形或方或圆，各式不一，径大两寸许，厚约三分，饼面呈现花草虫鱼及偓佺之故事为饰。饼料上饼印时，用刮板压实，削去溢出饼印外之饼料，然后手执碗口大、溜滑的沙白蚌壳压住饼坯打旋儿砑碾密实，再以沙白蚌壳轻轻敲击饼印，使饼坯脱离饼印边缘，随之将饼坯覆置在备好的米筛上，上炉架用炭火自下烘烤，至饼坯硬实干脆，其功告成。此饼若置之瓦煲沙锅之中，盖口覆以油纸密藏，可保半年香味不败，为他类饼品所不能及。高凉地沿海百姓均会制作炒米饼，尤以海昌郡地所出为最佳者。

忽然冯宝入后帐来，笑道：“是兴儿带来的炒米饼吧，看你吃得多香甜。”冼夫人抬起头来，笑道：“我就喜吃这炒米饼，又香又甜又脆。只是

你怕热气，不能吃呢。”冼夫人又道：“是了，前两天我问过廖明，说起你老是咳嗽的事。他说已为你号过脉，只要不劳累太过，不妨事的。且又为你配了药，你吃过没有？中午时，廖明又配了药来，都是丸药，一会你拿去服用吧。这些天，我见你又常常咳起来，廖明医道精明，这药不可能不对你的症。你老实告诉我，你到底吃过这药没有？你从来不老实，我可知道你的底子。自小到大，非要拿棍子赶着不肯吃药……”冯宝笑道：“有病当然要服药，没病服它干么，是药三分毒……”冼夫人着急道：“这样说时，竟真是不服药啦！冯宝呀冯宝，平日在家时，我能管着你，可现在要打仗呢，我想管你也没有空呀！”冯宝见冼夫人着急如此，忙笑道：“得得，知道了，从今都听夫人的话，乖乖服药。”冼夫人又叮咛：“还有不要劳累太过。”冯宝笑道：“说到劳累，我哪有夫人劳累哪，不是这缘由。”冼夫人叹道：“我只是担心你。我这人可能是天生劳碌的命，闲不得的。唉！只愿苍天保佑，朱崖民众能早日摆脱褚俭反贼所惑，早日归化朝廷，我就放心啦，才好好睡个大觉。”冯宝打个哈欠，笑道：“快四更了，夫人也歇下吧，我今晚也在这里睡。”冼夫人笑道：“这可不行。你来时见到谁啦？”冯宝笑道：“在营帐外见到三彩儿和阿秀，每人都拿一只炒米饼吃出去呢。”冼夫人笑道：“这就是了。像三彩儿、阿秀她们夫妻都不住同一帐篷。我们……还不笑死人。”冯宝嚷嚷起来：“我可顾不得许多，都三个月了，我快憋不住啦……”冼夫人脸上泛红，嗔道：“快别嚷嚷！哎……把烛火吹了吧……”

这日，冼夫人把祝戬找到中军帐来。祝戬问：“夫人有事么？”冼夫人让祝戬坐下，道：“祝戬呀，你帮我看看天气，近期甚么时候有强风？”祝戬应允了，道：“我明天再来报告夫人。”说完即出帐去了。

时元小声问张融道：“打仗要看天气，现在军马未动，夫人何故问风雨之事？”张融笑道：“夫人处事，事实神机莫测，常常出人意料呀，你我怎能知道？你别问了，我也答不出来。”洪通笑道：“夫人让我依《广交越桂十三州地图会辑》这图本，用绫绢摹一幅足有五尺见方的《崖州地图》，我费时十多天才完工。现在你看那地图又密密麻麻地写满了字，夫人说是依《百越十问》，及当地土著乡民所说补上去的详细注解。夫人做事一丝不苟，这风范，令我们这些假读书人无地自容。”张融笑道：“你知道就好，想随夫人建功，确实得下些苦功夫，靠吹嘘弄不到饭吃呵！”

次日过午时分，祝戬来见冼夫人。冼夫人把他带入后帐密室，压低声音问：“怎么样，看出来了吧？”祝戬道：“看好了，二月二十七日正巳时有强风。”冼夫人惊喜道：“风力够不够大？”祝戬道：“怕是在地上竖旗也竖不稳呢。”冼夫人胸口突突直跳，心里暗叫惭愧。冼夫人叮嘱祝戬，此事不要与任何人谈起。祝戬走后，冼夫人深深透了口气，自言道：“莫非是天意？就在那天有强风？且时辰都不差毫厘？真有如此巧合的事？若真是这样，该省去我多少周折呀！”

二月二十七日晨牌时分，冼夫人、冯宝率众将，沈炯率众僚属，与儋耳旧郡众遗吏、众渠帅早在旧郡衙汇合。旧郡衙所有堂厅房舍的残破瓦面桁架都已拆除干净。工匠们早将油漆得光亮夺目的主栋梁搁置在两条大长板凳上，且在大梁中央系裹一宽三尺、长九尺的大红绸。神司绕大梁四围焚七炷通天大香，设好了祭梁神供品香案，只等吉时一到，即行升腾栋梁定乾坤之礼。

直到辰时将尽，竟无一点风来，冼夫人心里焦急，暗道：“莫非天有不测风云，祝戬看得不准？”

忽听礼司尖声长唱：“吉时到——大梁升腾如礼——”三十六名神司一齐诵念，鼓乐声一时大作，众官员，众将士，众遗吏，众渠帅及数百围观百姓无不肃然瞩目。数十工匠用悬绳绞车缓缓将大梁升至正堂山墙顶上。刚要定位稳固，忽然一阵狂风大起，沙尘铺天盖地而来，吹得众人眼睛也不敢睁开。忽然又听得工匠们大声惊叫，众人看时，只见裹住大梁的那幅红绸被狂风卷至半空，直朝东南方向飘荡而去。

众神司大惊失色，全都跪倒地里诵念不已。大神司哭丧着脸道：“如何是好？如何是好？在这里建州城，原来不合上天旨意呀！”又见他蹦跳起来：“快跟着那红绸追去，千万要找到红绸呀——”冼夫人高声道：“快扶州尊上马，大家一齐去追那红绸！”慌乱之中，沈炯与众官僚、诸洞酋长先后上马，望东南方向直赶过来。

数百人望着空中红绸奔跑近两个时辰，直来到数十里外的中和高坡，那风渐渐停了，空中的红绸才慢慢飘落地上，竟然正是冼夫人所选定的建崖州府衙之址。大神司气喘甫定，喜道：“呀！原来上天旨意在此建州城呀！州尊呀！真是好地方呀！上天旨意正合民意呢。”沈炯脸色难看，无可奈何道：“既然天意如此，那就在此建州署吧。”众遗吏渠帅纷纷向冼夫

人贺喜。贯征道：“夫人呀！老蛮夷不得不诚心归顺了，原来夫人真是奉天命而来，夫人之命即是天命，谁敢不从呀！”冼夫人笑道：“大渠帅千万别这样说，民心大于天呀。量地以制邑，度地以居人。天从民愿，设州衙于此，便是天人一意，可知朱崖必治矣！”

那天冼夫人到厚罗家中探望，问厚罗母亲：“妈呀！我们这里盖造房屋，有甚么忌讳？”厚罗老妈道：“最是忌升大梁时那幅包梁红绸被风吹走。如果风吹走了红绸，这房屋再不能要啦！最要紧的必要找到那幅吹走的红绸，如若找不到，祸可大了，灾难降临呀！那红绸落的地方，便是最吉的宅地，造的房屋便会顺人意呢。”冼夫人暗道：“这可不好，这个习俗能改掉才好。好不容易才造好屋墙，要是让风卷走红绸，所有付出都不存在啦！”冼夫人那天命祝戬测风，本希望在升架大梁之日有强风出现，侥幸让风卷走裹梁红绸，再与众酋劝谏沈炯易址，如此而已。没想到不仅有强风，且是强劲的西北风，且那红绸被狂风卷起后，竟在空中飘飞数十里才落下，且正落在中和高坡，又正是自己所选之址。众酋向她贺喜时，她自己也不禁暗暗吃惊：“这岂是人力可为？领朱崖之命重于泰山呀！百合若不努力，天地不容呐！”

承圣二年三月初六日，崖州衙署城卫在中和高坡破土兴造时，接到萧绎继承大统的文告。顿时，三军欢腾，震动郊野。冼夫人、冯宝、沈炯即上贺表。

冼夫人受命护征领朱崖一事，萧勃也接到朝廷告诏，他脑袋都大了，把众官召来，狠训一顿，道：“我们事事走在别人后头，而你们还喜欢做事后诸葛亮，不觉脸红么？请命于朝，在朱崖置州。多么大的题目，冠冕堂皇，光明正大呀！你们怎么就想不出来？前者我们征讨朱崖大军伤亡殆尽，大堡冼氏伤亡不过五千军马，你们就以为冼氏从此一蹶不振。如今怎样？高州、罗州、合州军马随时听调不误喽！不用等到明天，只如今这势头，冼氏大堡就足可与我抗衡。我担心呀！如若冼氏大堡领了朱崖，我在岭南真无立足之地啦！这个冼夫人呀，原来才是冼氏的脊梁呀！一个蛮女，怎么能有如此手段？”

封亭茂道：“主公呀！这个冼夫人能请命在朱崖置州，八成是陈霸先之功。陈霸先助湘东王戮灭了侯景，无疑便是第一功臣，湘东王自然言听计从。不消说，侯景现在灭了，湘东王必定继帝位，更不利于主公呀。前

陈霸先与欧阳𬱟、殷外臣、王怀明等受湘东王节度，北上勤王，在江右立住脚后，又调欧阳𬱟、王怀明回镇东衡州、衡州。陈霸先此举无非两个目的，一是制约主公。二呢，陈霸先奸猾之徒，怕万一不能逞己之计，好留条退路呀！衡州、东衡州乃进出岭南咽喉之地，据有此地，进则可攻，退则可守。陈霸先事实是乱世之奸雄，因此预作打算呀！主公与大堡冼氏乃君臣之分，冼氏纵有天大的胆子，亦不敢和主公明抗，只能暗地里抵触。冼夫人今番引大军远征朱崖，安知非避主公威福者乎？这便是冼氏高明之处。陈霸先其功愈大，与其爪牙党羽关系愈疏，所谓山高路遥，高不可攀，鞭长莫及也。主公应与欧阳𬱟、王怀明之辈修复旧好，笼络其心，收为我用。欧阳𬱟素有贤名，影响深远，若得此人，余不足论。”

萧勃从此与欧阳𬱟、王怀明互通庆吊，使者往来。

经不住公卿藩镇多次劝进，萧绎终于在承圣元年十一月称帝于江陵，便是世祖梁元帝，改元，大赦。立萧方矩为皇太子，并改名萧元良。萧方智为晋安王，萧方略为始安王，萧方等之子萧庄为永嘉王。追尊母亲阮修容为文宣皇后。

当月，梁元帝萧绎在朝堂中下令拘捕湘州刺史王琳，并杀其副将殷晏。

王琳是会稽人，出身兵家。早在萧绎为湘东王时，他的姐妹便都入在王宫里了，所以王琳很早就在萧绎左右随班。王琳生来好勇斗强，萧绎便让他任将帅领军。王琳甚是爱护士卒，凡所得赏赐，都分发给士卒，自家一个子儿都不留下，因而深受士卒拥戴。王琳麾下有万余军马，大多数是江、淮盗贼出身，因而军纪不好，累犯劫掠之案。王琳随王僧辩平侯景，与杜龛功居第一。攻下建康后，王琳恃宠纵暴，听任部属将士劫掠逞凶，祸害百姓，王僧辩也不敢管他。建康城宫殿被烧毁，王僧辩怕自己这个主帅脱不了干系，便把责任一股脑儿都推在王琳身上，于是密告萧绎，让他处死王琳。

还在王琳受任为湘州刺史时，已风闻朝野所议，他意识到自己灾难临头了，便命长史陆纳率军来湘州驻扎，然后到江陵向萧绎服罪。陆纳劝王琳别去江陵自投罗网。王琳苦笑道：“我若不回江陵，恐怕你们都活不成。”众属下都慷慨激愤，纷纷道：“要死大伙一起死吧！”王琳与众官相泣而别，到了江陵，果然被萧绎下在狱中。

萧绎即命萧方略为湘州刺史，取代王琳。又授廷尉黄罗汉为湘州长史，让他和太舟卿张载到巴陵，先控制王琳的军马。张载在萧绎面前虽然得宠，但为人刻薄寡恩，很不得人心。黄罗汉、张载等人来到巴陵王琳军营，宣布了王琳罪恶，并命陆纳交出军队。陆纳及将士们闻得王琳已被下在狱中，当即放声大哭。陆纳不肯听命，还下令拘捕了黄罗汉和张载。消息传来，萧绎忙派宦官陈旻前往巴陵安谕。陆纳铁了心不为所动，当着陈旻的面杀了张载，随即率军马袭取了湘州。

承圣二年正月，王僧辩在建康举兵讨陆纳。承制使陈霸先代镇扬州。

梁元帝萧绎知得武陵王萧纪大军东下，便命方士画着萧纪的肖像，他亲自用钉子钉着萧纪肖像各肢体以求镇压元神。又派人押解当日侯景军俘虏到萧纪营中，显示自己的实力。

萧绎清楚萧纪军力强大，始终担心独力难以应付，便给西魏去书，曰："子纠，亲也，请君讨之。"萧绎称自己与萧纪是兄弟，不好意思兄弟相残，于是引用《左传》里公子小白与公子纠争位的典故，请西魏太师宇文泰出军帮他击灭萧纪。宇文泰接到萧绎来书，当然高兴，道："取蜀制梁，在此一举呀!"当即答应了。宇文泰部属诸将都忌惮萧纪领地是天险难关，且财粮丰足，以为这事不大好办。唯独宇文泰的外甥、大将军尉迟迥以为可以取蜀。宇文泰心里道："后生可畏呀!"便问尉迟迥有何方略。尉迟迥道："西蜀与中原隔绝已经有百余年啦。所谓强大，只不过是恃着蜀道奇险，从来不考虑我们会去攻他罢了。如果我们大张声势，鼓而攻之，当然难于取胜。如果我们派铁骑精锐日夜兼程，出其不意，突然袭击，我看还是可以成功的。"宇文泰听从尉迟迥的建议，即派他督领开府仪同三司原珍等六军，驱铁骑一万二千人，从散关起程伐蜀。

陆纳据车轮地夹岸为城拒王僧辩军。陆纳手下将士都是身经百战的精锐，王僧辩确实忌惮，只作连营扎军，并不敢贸然进兵。陆纳以为王僧辩胆怯，竟毫不防备。五月十三日，王僧辩突然命各路军水陆并进，猛袭陆纳营寨。王僧辩亲自擂鼓调度，宜丰侯萧循冒矢石领军攻击，陆纳大败，丢下两座大营，领军退保长沙。

武陵王萧纪大军来到巴郡，听得魏军奔袭西蜀的消息，大惊之下，忙命大将谯淹回军救援。

尉迟迥命开府仪同三司侯吕陵始为前军攻至剑阁，连下安州、潼州两

城。尉迟迥分军据守，继而进袭成都。

当时成都军马不足一万，且仓廪空竭，由永丰侯萧㧑据城自守。尉迟迥举兵围了成都。回援成都的谯淹致书命江州刺史景欣，幽州刺史赵拔扈速援成都，可是两路援军在途中都被原珍等军击败了。

武陵王萧纪大军来到巴东时，知道成都告急，弄得他进退两难，不知所措。部属都以为蜀地才是根本，应先回兵救援，然后再图江陵未迟。太子萧圆照道："父亲已称了帝号，湘东王又进了帝号，天下该听谁的？父亲既已称帝，再不可复为人下啦！攻灭江陵，天下都是父皇的啦，还在乎小小的蜀地么？"萧纪最终听从儿子的话，决意东下攻灭江陵。宣言："我与湘东王势不两立，若有人再谏劝，必斩无赦！"

萧纪大军顺流直至西陵。江中楼船相接，连绵上十里，军势甚为盛大。荆州军护军大将陆法和在峡口两岸筑起两座土城抵御萧纪益州军。又命军士日夜不休运石填江，并用大铁链封锁江面，断绝益州军去路。

萧纪益州军声势浩大，萧绎害怕了，忙命人把任约从大牢里放了出来，即授为晋安王司马，助陆法和抗拒萧纪大军。萧绎对任约道："你罪不容诛呀！我不杀你，就是为了留在今日。我知道你善会用军，还号称无敌！益州军素来悍勇名世，与你正是倞敌呐！你可与宣猛将军刘棻一起领禁卫军去助陆法和，退敌回来，我自然有安排。"

六月六日，武陵王萧纪命筑立连营，继而破了陆法和江中铁链。陆法和抵抗乏力，接连告急。梁元帝慌了，又放出狱中谢答仁，任为步军校尉，领军援助陆法和。朱买臣对梁元帝道："非王僧辩不能退蜀军呀！请陛下快送王琳到长沙，陆纳自然平服，王领军便可率大军赶来，解陆法和之急呀！"梁元帝同意了，即派使者带王琳到了长沙。王僧辩命军士押着王琳来到长沙城下，城上陆纳及众部属见了，都跪在地里放声痛哭。陆纳派使者传话给王僧辩："朝廷若肯赦免王琳之罪，我陆纳即刻让王领军入城。"王僧辩不答应，又命人把王琳送回江陵。那边陆法和求救不已，梁元帝急得跺脚："王僧辩究竟干什么？陆法和告急，我要调你来救援，陆纳不平，你又怎能脱身？我把王琳送去长沙，自然是赦免他的罪啦！你把王琳送来送去，是甚么意思？"于是宣布赦了王琳之罪，让他去见陆纳。王琳入到长沙城中，陆纳果然降服，湘州终于平定下来。梁元帝干脆恢复王琳官职，命他领军西援峡口。

萧纪遣大将军侯睿领七千军马筑土城与陆法和对峙。梁元帝派使者带书信去见萧纪，答应让他回益州，从此专制一方。萧纪可不答应，回书时的语气竟如家人礼节，全没君臣之分，萧绎很是恼火。陆纳降服后，湘州诸路军相继西上，梁元帝缓过气来，又给萧纪去书道：“吾年为一日之长，属有平乱之功，膺此乐推，事归当璧。傥遣使乎，良所迟也。如曰不然，于此投笔。友于兄弟，分形共气，兄肥弟瘦，无复相见之期，让枣推梨，永罢欢愉之日。心乎爱矣，书不尽言。”

萧纪大军长期被阻，多次交战不能取胜。又报魏尉迟迥已攻破成都，永丰侯萧㧑及萧圆肃率文武百官投降，至此，益、潼等十二州尽数沦为魏土。萧纪乍一听闻，气急攻心，一口鲜血喷出，昏死过去。众人救了半晌，才苏醒过来，捶胸哭道：“天呀！老家没有了。”萧纪技尽计穷，只好派遣度支尚书乐奉业往江陵求和。乐奉业已料定萧纪必败无疑，竟对梁元帝道：“现在蜀军已将要断粮，士卒伤亡重大，败亡的时日就要到了。”梁元帝听了，便不答应萧纪求和。

萧纪将黄金、白银各铸造成大圆饼，每个饼重一斤。每百个金饼装为一箱，一共装了上百箱。银饼更多，一百个一箱，共有五百箱。其他诸如锦罽、缯彩等物品不计其数。萧纪准备好这些财物，每到战前，尽数拿出来给将士们看，但又不肯赏给有功的将士。宁州刺史陈智祖对萧纪道：“陛下既然有这许多财物，如今又让将士们知道了，何不赏给有功将士？”萧纪道：“当然要赏，未到时候哩。”陈智祖叹了口气，再不做声。他知道萧纪失败已成定局，因忧伤过度，不到半个月便死去。从此凡有人向萧纪建言，萧纪都称病不见，于是将士们都心灰意冷，再无斗志了。

七月初五日，谢答仁、任约举兵进攻侯睿，大破蜀军，占据了三座土城。接着蜀军沿江两岸十四座土城全都投降了。诸城已降，江道都被荆州军控制，萧纪这时想退兵都不能了，只好率败军顺流东下。游击将军樊猛率军顺水追击，萧纪军大败，投水溺死者近八千余人。樊猛军包围了萧纪军后，即时报告梁元帝。梁元帝命人送密书给樊猛：“生还，不成功也。”樊猛明白萧绎意思，即率军攻入萧纪水寨。萧纪余部溃不成军，四散逃窜。樊猛手持佩剑突入萧纪船中，萧纪无路可走，只能绕着宝座躲闪。他拿起一块金饼朝樊猛掷去，道：“我用这个雇你，送我去见七官好么？”樊猛喝道：“天子是你要见便能见么？我斩了你，这金饼还会跑么？”说罢手

起剑落，斩了萧纪。见萧纪幼子萧圆满也在旁边，樊猛也把他斩杀了。

陆法和收监太子萧圆照兄弟三人押送江陵。梁元帝即时废去萧纪本宗萧姓，赐姓饕餮氏。所谓贪财为饕，贪食为餮，将萧纪比做帝鸿氏不肖子。

至此，梁氏宗室争位人，只剩下愿为西魏附庸国的岳阳王萧督与萧绎抗衡了。

冼夫人自承圣元年十二月四日率军入朱崖，不到半年时间，儋耳、苟中、瞫都、玳瑁、颜卢、紫贝诸地三百多洞百姓无不威服归化。崖州新署在承圣二年七月十六日吉时开衙理事，诸官吏按部就班，造册建案，票拟批红，履行公务。沈炯亦即上表奏报及知。

沈炯七月十九日派遣三十七名使员各自持檄到崖州中南部安谕百姓，声讨反贼褚俭。至八月十一日，派出的使员只有六人逃回，其余使员全部被杀。沈炯震怒，召众官员商议后，即定八月二十一日发兵南下平叛定乱。

八月二十一日清晨，崖州刺史沈炯与冯宝率众官员、众遗吏、众酋帅与近五千百姓到南郊为南征大军饯行。只见“护国夫人”“宣义绥安护征将军”牙旗下，东、中、西三路军共一万五千军马已整肃列队候命。辰初时分，冼夫人疾步登上帅坛，厉声道：“甘将军听令——”东路军中随着一声“有”，站出主将甘弁来。冼夫人道：“甘将军为南征军东路军主帅，洪通、曾孝摘、郑道培、冼奉义、冼奉捷、冼奉达、冼奉超、冼奉民为副将，朱旷为向导参军，领五千军马由东路进军!”甘弁应命归队。冼夫人又厉声道：“武哥听令——”只听得一声“有”，西路军中站出主将武哥来。冼夫人道：“武哥为南征军西路军主帅，时元、龚自明、三彩儿、孟娘、夫辛、冼奉展、冼奉焦为副将，征轨为向导参军，领五千军马由西路进军!”武哥也应命归队。冼夫人道：“南征军中路军由廖明、张融、祝戬、陈三官、向导参军白承权、阿秀、七儿、冼奉敏随我率五千军马由中路进军!”

冼夫人司令完毕。沈炯、冯宝与众官吏、众酋帅各手捧大酒碗来到冼夫人面前。沈炯道：“夫人奉旨讨贼平叛，任重而道远呀！崖州百姓无不瞩目以待，望夫人早奏凯歌还，是国之庆，民之幸呐!”冼夫人接过大酒碗，一饮而尽。随即翻身上了菊白马，振剑高呼道：“三军进发——”鼓

角响处，猛虎花儿走在马前，大吼一声，顿时大队军马隆隆起动，旌旗飘舞，烟尘冲天。

冼夫人率中路军南下，经美万、当简、那昌、道殿、番三哥、石弄坡等四十多洞。沿途诸洞渠帅望风归义，没有丝毫抗阻。七儿道："阿秀呀！我们走有近两个月了，竟没动一枪一刀，看来没仗打啦！"阿秀笑道："你就知道打仗。也别太高兴早了，褚俭这反贼非同小可呀！他能在崖州立足，足见他早有预谋，才蛊惑得了众酋造反呀！当然喽，真正反叛朝廷的酋帅不会是多数，很多人是迫于褚俭的势力罢了。如我们一路南下，诸洞知道我们旨在讨伐褚俭，对他们既往不咎时，自然心里诚服。"向导参军白承权笑道："那昌洞渠帅晋先纳知道我们夫人也是百越俚人后，先是惊愕不已，继而倍感亲切呀！"

冼夫人引军马进入儋耳那昌洞境地时，那昌洞渠帅晋先纳见南征军对百姓秋毫无犯，便请冼夫人入寨府中做客。宴席中晋先纳感叹："元始帝派人来说，南征军见到百姓，奸淫掳掠，无所不为，原来不是这么回事呀！原来南征军和我们是一家子呐，老酋服啦！"冼夫人与廖明、张融、祝戬、陈三官都穿了那昌当地服装，然后让众人观看。冼夫人对晋先纳笑道："渠帅老爷请看，还看得出我们是外来的客人么？你们穿耳戴环，我们也是呀！你们文身刺绣，我们那里也有这习俗，只不过女孩子没有刺绣文身罢了。"晋先纳喜得手舞足蹈，大赞冼夫人几个是俊男俊女。晋先纳女儿晋先西吾才十五岁，她挨着冼夫人身旁，仿学冼夫人举止动态，惹得晋先纳乐不可支，大笑道："西吾呀！你要学仿护国夫人，怕是不容易呀！护国夫人是天上人呀，又怎能学得了。"晋先西吾朝他父亲挤眼睛，娇嗔道："阿爸，我要随夫人去，不在家里了。"晋先纳笑道："你想跟随夫人，阿爸也高兴，只是夫人不会要你呀。"晋先西吾指着阿秀、七儿道："阿秀与七儿姐姐都跟夫人了，我怎不能？"冼夫人拍着晋先西吾肩头，笑道："这样吧西吾，我回头再带你回州衙去，那里还有一班像阿秀、七儿这般的大姐姐呢，武哥最是心灵手巧，你想知道甚么，尽管问她们好了。"晋先西吾这才点头笑了。

冼夫人在那昌洞逗留八天，晋先纳与三个儿子晋先辞泉、晋先定并、晋先秀万及女儿晋先西吾陪冼夫人走了好几个村寨，冼夫人问了好些风土民情。临走时，晋先纳赠给冼夫人一对大象牙，冼夫人不肯收，晋先纳不

依，道："这象牙是交趾朋友所赠，我也存放多年啦！夫人要是不肯收下，老酋心里不安呀！"冼夫人再三推辞，最后只好收下了。

冼夫人这日率军马来至乌石洞境鸡咀岭下。前面一条山涧拦住去路。将士们都下马蹚水过涧，忽听前头龙大石大声道："这里有虎出没！"冼夫人与众将循声过来看时，涧边湿地上果然有清晰的虎脚印儿，且不远草地里还有一堆虎的粪便。冼夫人呼道："花儿过来！"花儿走到冼夫人身旁。冼夫人道："花儿在那脚印边走几步看看。"花儿去那脚印边走了几步，然后站到一边去。大家弯腰看时，花儿脚印与湿地里脚印一模一样。冼夫人喃道："果然有老虎呀！"张融惊讶道："这就奇了，《汉书》里竟说朱崖无虎，这是从何说起？"阿秀笑道："从何说起？这都是从你们这班读书人的书上说起呗。记得早先韦放将军刚来大堡，见到我们这班姐妹时，眼神就怪怪的。再后来赵媚娘才告诉我说，韦将军说书上记述我们百越人丑物异，他亲身经历了才知不是那回事。赵媚娘迷倒了韦放，终被他讨了去。出大庾岭时，陈霸先见了我们的夫人，眼也直了，话也不会说了，胡诌甚么，若为霸先所有，虽南面而不易也，脸皮够厚的。中原那些读书人呀！不是我说他们，书是读了不少，以为自己是圣贤了，什么都懂啦！不用出门，天下事都通晓啦！怎么想就怎么说，怎么想就怎么写。他们看不起我们百越地，尽兴儿胡说乱道。他们写的书只能糊弄那些住在深宅大户的富贵人，却骗不了我这下等百姓。你说气人不气人，把我们骂做高凉宿贼不算，还说我们用鼻子喝羹汁汤水哪……"七儿皱眉道："不会吧？把我们说成这样？"阿秀指了指张融道："你要不信，问他吧！"张融笑道："确有此说，就是我刚才说的那部《汉书》里就有记述，还有《三国志》这部书也有类此的记载。"七儿恨道："真真该死。"

冼夫人微微一笑，道："百越之地，相对中原而言，落后自不待言，但亦并非一无是处呀！就说崖州吧，这里的妇女带孩子就比我们强。我们背孩子用的是布背兜，把孩子绑得严严实实，大热天弄得孩子浑身长痱不算，还有的连腿脚都绑弯曲啦。这里便不同，背上一个藤或竹子编的背篓，孩子在里面，既能坐又能站立，自由自在，又通风透气，再也不会长痱子。多好呀！"

下午未尽时分，冼夫人命军马扎在南吕野地里。傍晚时，冼夫人还在营帐中与张融、白承权议事。张融道："愈接近褚俭领地，我们愈要小心，

这里的渠帅为其蛊惑者众多，不容易对付呢。”冼夫人摊开《崖州地图》，手指儿点丒着乌石洞，笑道：“这里的地势愈来愈险，真不好走呀。我们人地生疏，没办法，只能步步为营啦。”白承权道：“夫人说的甚是，我虽称为向导，并非尽所皆知，只能知道些大意罢了。好在夫人备有这《崖州地图》，真是应有尽有呀！图中所标细节，有好些承权也是第一次知道呢。”冼夫人笑道：“我从未来过崖州，若没这张图，要我来平褚俭，岂不成了盲子、聋子了。也不能尽靠这图，我们还可以查询土人呀！前日我在那昌就问了大意路径，不然我也不敢随意在此宿营。”张融道：“在州衙时，我听贯征说，乌石洞渠帅力龙势力甚为强盛，左近方圆都服其统制，力龙因武艺高强出众，素来狂妄。要紧的是力龙蓄有近五千军马，麾下能征惯战将佐不下百数，最为著名凶悍的是火民、贯亢、连宾逊等辈，据说都是万人之敌。”

将士们刚要吃晚饭时，忽然营里来了两个信使，自称是力龙大渠帅遣派来的。冼夫人看过书信，原来是力龙请她次日到洞府饮宴，冼夫人当即笑着答应了。

信使去后，众将甚为紧张，纷纷反对冼夫人赴宴。阿秀道：“夫人呀！这明摆着是鸿门宴，夫人怎么就答应啦！”白承权把张融、廖明拉到一边，低声道：“你们快劝夫人，确实不该赴宴。”张融、廖明还未开声，七儿嚷道：“也不用商量，也不用劝。甚么劳什子酒宴，答应了，不去也可以。打仗时，不用句句说真话，兵不厌诈，夫人答应赴宴不妨事，答应了也不能去，反正我不会让你去。我们把军马开进乌石去，力龙老实便罢，他若不老实，仗势耀武扬威，大不了大战一场，难道我们怕他不成。”

冼夫人笑道：“我上《领朱崖表》时，钱刺史曾经问过我，如若朝廷准了所奏，我该如何收朱崖？我当时就说了，安抚为主，征讨为次。今番不比昔时呀！过去崖州民众造反，多因官员贪婪残暴所致，反出自发，众聚乌合呀，所以官军一至，一击即溃。这次呢，是褚俭反贼叛逆作乱呀。这个褚俭蓄谋已久，从齐安抗交援粮开始，到煽动落金岛攻打高州，到挟持落金岛海盗逃入崖州，足见他用心良苦，机关算尽。褚俭在崖州扯起反旗，自称帝号，凡死心塌地随他的渠帅酋长都加封伪职。这样一来，崖州之乱就再不是乌合之乱，等闲之乱啦。凡在褚俭势力范围，褚俭均可掌控自如，分合节度，俨然一国之统呀！好在朝廷英明果断，及时征讨平叛，

如若延误时日，褚俭得以坐大，反叛势力扩布整个崖州，那时我们再来征讨，恐怕是立足之地都没有啦。褚俭从落金岛拉来的军马将近一万，从小处算，他现在可控军马不会少于三万。我们南征军不足两万军马，如果强征硬打，纵然攻占一地，打下一洞，就必要留军驻守，偌大一个崖州，大小一千多洞，试问我们有多少军马可用，有多少军马可留呀？民心可顺而不可夺呀？我军南下至今日止，已历两月余，未少一兵一卒，而所到之处，民心尽服。说实在话，我暗自庆幸呀！”

说到这里，冼夫人看着七儿，又笑道：“我必要取信于民。我们檄文上所宣的，我们沿途对百姓所说的，大义便是安抚民众百姓，讨伐褚俭反贼。要使百姓信服，首先我们得有诚意。如那昌、当简等洞渠帅请我到府中相见，我都应约，所以他们自然信服归义。我若不去，人家会怎么想？今天力龙洞尊宴请我，我同样要应约。你们担心力龙军力强大，怕他强留下我。我敢说，力龙不会这样做，你们放心好了。”

众将虽然不再语言，但始终不能放心。

次日辰牌时分，冼夫人与祝戬、陈三官只领二十名马军，带着猛虎花儿往乌石洞力龙府中赴宴。

沿途都是山岭，道路崎岖难走，至巳牌时，才到了力龙寨府。力龙的寨府就建在山腰上，参天古树下石径拾级而上，一座木牌楼映入眼帘。牌楼顶楣没有设字匾，倒是悬挂着七只大野水牛带角头骨，看去狰狞可怖。牌楼前左右两旁各立一根大柱子，将及两丈高矮，上面布满虫草纹饰，似是青铜所铸。二十位身穿一色牛皮短甲、手持大板刀的剽悍汉子齐列牌楼下，俱是横眉立目，肃然而视。冼夫人心里道：“看这模样，力龙果然势力盛大，与别的洞渠大不一样呀！”

冼夫人与众将士下马来，步行入寨府去。行有数百步远近，过了六道门阙，突听一阵大喝声起，闾阎处突跳出三十名武士来，各持刀叉之类，口里喃喃吼叫，煞是惊人。众武士舞蹈一番，又突然退到两旁站立，这时才见力龙领着数十名属将大步走出府门来。力龙哈哈大笑：“乌石县知县、大老酋力龙恭候护国夫人！”冼夫人这才看到大寨府正门楣额上悬着一块黑底靛蓝大书“乌石县衙署”的牌匾。冼夫人心里一沉，暗道：“这玩意儿不消说是褚俭所送了。”

各寒喧礼套一番，冼夫人命那二十名军士留在外面，才与祝戬、陈三

官随力龙入大厅堂来。力龙见冼夫人带着一头猛虎，笑问："这东西也能蓄养？"冼夫人笑道："这虎随我二十多年啦。大渠帅老爷但请放心，这虎甚知礼节，不会随便咬人呢。"力龙忙赔笑道："那是当然！"

席宴已设在堂厅里。力龙先让冼夫人入席坐了。祝戬、陈三官在冼夫人身后站立，猛虎花儿伏在冼夫人案前，眼瞪瞪地只是看着力龙。酒过三巡，力龙笑道："我今天请夫人来饮宴，有朋友说，夫人不会来。可是夫人还是来了，老蛮很是高兴呐！"冼夫人笑道："百合一路南来，沿途渠帅老爷都请我吃酒，百合也一一如约，从不落空呐，力龙大渠帅请我，我怎能不来呢？"力龙笑道："这些年来，众朋友都说力龙恃势霸道，轻易看不起人。这其实是乱说，没这回事。夫人今日单枪匹马闯乌石，胆气真正令人佩服。"力龙扫了冼夫人一眼，又道："老蛮平素最是敬重好汉子，我手下人也是这坏脾气。当年，加花洞日昂要吞并我的地盘，我若抵抗呢，百姓必跟着吃苦，想来想去，决定归服日昂了。我是答应了，可我的手下人不答应呀！结果双方争执起来，大战三年。后来如何？倒是日昂投了我的村寨啦，你说好笑不好笑？"

冼夫人笑道："大渠帅老爷过谦了，你正是为百姓着想，众人才敬重你呐。日昂后来服你，想来也是这缘故呢。"力龙心里暗道："顺耳！怪乎这女子能服人，一路顺风顺水来到这里，是有些特别。"脸上刚要浮出笑容，忽一转念："险呀！这女子是给我高帽戴呢，我几乎上她的当。老子可不比别人，三两句话就哄住了。"

站在力龙身后的贯亢是乌石洞第二员猛将，惯使一双重八十斤的铁鞭，远近罕有敌手。贯亢为人甚是好色，他听说冼夫人部下有很多女兵女将，今日见了祝戬，心里早就敲起了鼓儿："这女娘俊俏得很呢。虽然穿着男装，却也掩不住丰姿撩人。她既然女扮男装，我正好装着不知，且戏她一戏。"便走到力龙面前道："大老爷会客，怎能不乐一乐儿，我愿与夫人部下比试武艺，以助酒兴。"说着用手指了指祝戬。力龙也误会祝戬是女子，笑道："夫人手下可都是精兵猛将呀，你敢现丑？也好，取乐也好。这样吧，为不伤和气，就动动手脚，不用兵器吧。"贯亢正中下怀，连道："正是。只走路拳脚看看。"说着又朝祝戬看了一眼。冼夫人笑道："既然大渠老爷有此雅兴，玩玩也不妨事。"祝戬微微一笑，站出来朝贯亢拱了拱手。

贯亢早已手痒难忍，举手便向祝戬胸脯抓去。祝戬暗道："这人可恶。"不让贯亢那手抓到，早已欠身侧让，等贯亢和身压人，祝戬右肩抵住贯亢左肋一顶，贯亢收不住脚，扑地望后便倒。

力龙大吃一惊，脱口道："好武艺呀！这……"旁边火民是力龙第一员猛将，见贯亢败了下来，气呼呼大叫道："这是弄巧，算不得真好汉。"他指着陈三官道："这一场，我要与这位见个高低，怎样？这一场你要是赢了我，我就服。"陈三官刚要上场，火民摆手道："不在这里打，出到外面山地里打，才算真本事，真刀真枪战一场。"力龙看着冼夫人笑道："如何？我手下不服气呐。"冼夫人还是微笑着道："也好！我也吃了不少酒啦，出外面吹吹山风也好，看他们玩去。"

乌石洞上千将士听说第一猛将火民要与冼夫人部将比武，全都涌了过来观看。大队人随力龙、冼夫人来到一四面均是悬崖峭壁围着的空地里。大队人站成一大圈子，把火民、陈三官围在中间。火民手握一柄大砍刀，把那刀头上的铁环儿振荡得山响，大叫道："来吧！"陈三官手提铁扁担也已拉开架势。火民大吼一声，举刀朝陈三官劈头便砍下来，陈三官提铁扁担打横一拨，轰当一声，火星四射。火民大吃一惊；"这人劲力奇大，在平地里恐怕赢不得他。"火民拼死力与陈三官过了数招，随即虚晃一刀，大叫道："敢跟我来么？"腾身向山上峭壁跃去，眨眼功夫，早已上到三百尺高的悬崖上。众人喝彩声里，陈三官也随着跃上悬崖。火民又吃一惊："这人如此长大，想不到攀援峭壁险崖竟如猴子般灵巧呐！"

众人抬首朝悬崖上看去，火民与陈三官已在上面一来一往又斗了十数回合。忽然火民一脚蹬下一块大石，即时连人带石坠下悬崖，众人惊得大呼。突见陈三官飞身跃下，手中铁扁担已撑托住火民的腰身，陈三官右脚向悬崖石壁上一蹬，大吼一声，铁扁担一拨，将火民横带一送，火民借得这力，才逃过一劫，跌下草地里，那柄大刀也丢在一旁。陈三官手提铁扁担也落在地上，众人走近看时，幸好两人都无损伤。

忽然数个乌石寨兵翘首叫道："大将军的头盔。"众人往悬崖上看去，原来火民坠下悬崖时，头盔让峭壁上一树枝丫勾挂在上面了，头盔系带挂着树枝丫直晃荡呢。火民这时脸红耳赤，说不出话来。那几个乌石寨兵要爬上悬崖去摘取头盔，冼夫人笑道："不用上去，让我来吧。"说着从祝戬手中接过雕须弓，引弓一箭望上面射去，悬挂在树枝丫上的头盔系带立

断，那头盔滴溜溜地掉了下来，几个乌石寨兵争抢着接了，忙送呈给火民手中。

力龙笑对冼夫人道："夫人能让我看看宝弓么?"冼夫人笑着将雕须弓递给力龙。力龙接在手里，觉得很沉。他拈着弓弦用力一拉，谁知那弓弦竟纹丝不动。力龙这一惊可不小："我可开两石强弓，这弓却拉不动？这铁弓看去挺平常，却如此奇妙，这冼夫人当非常人。"

冼夫人去乌石洞赴宴，留在军营的将士，上上下下，无不把心吊在嗓子眼上，尤其是七儿，更是浑身烦躁，坐立不安。冼奉敏问七儿："七儿姑，我姑姑会有事么?"七儿不好气道："别问我，我不知道，我心里乱得很。"阿秀嗔道："七儿，你怎的这般说话？敏儿才多大年龄，你要吓着他，看不扒了你的皮。"七儿憋着气道："扒皮就扒皮。如果夫人少了根汗毛，我看大家都要扒皮，谁也脱不了干系。我们自小跟夫人长大，好听了，是姐妹，不好听呢是下人。我们的话，夫人听也可以，不听也是当然。也不见大老爷们那口闭合的找不出隙儿来，平日大道理一套一套的，到关口上却蹦不出一字儿。"

廖明知道七儿指桑骂槐，是责备他与张融不能劝阻冼夫人赴宴。他看了看张融，没有吭声。张融搓着手，道："七儿怪我没有劝止夫人，我得承认，确实是我之过。可夫人决意的事，也不是我们所能劝得了的，就……"七儿打断道："你劝不了？平日我们夫人也不知怎么赞你，说你读书多啦，见识渊博啦，处事明理啦，我也说不了许多。你要真是劝了，夫人不听，我也不会怪你，可如今，唉!"张融道："七儿你别太担心，我思量，力龙不会起歹心。力龙尽管势力强盛，但我听得说他性格狂妄豪爽，甚爱面子，虽然我不敢说看透他的心，这样的人一般不会弄甚么下作手段……"七儿道："一路南来，诸洞渠帅都请夫人宴会，可他们都是先来营中拜会我们夫人，然后我们夫人才赴约的。可你看这回，那个甚么力龙连脸儿都不露，却让两个小卒子来下书。这两个小卒子的模样儿呀，我一看就像贼，全没诚意。"张融笑道："这就足见力龙是狂妄之人，死要面子呢。"

申牌时分，冼夫人还未回营，大伙儿不由更为担忧了。七儿拔刀吼道："阿秀、敏儿，跟我率军攻入乌石，再不能等啦!"张融、廖明见这势头，也不敢拦阻。俄顷军马都集合了。七儿刚要发令进军，忽然探哨飞报

回来，冼夫人一行回来了，正在路途中。顿时整座军营欢呼声起，张融才深深地呼出一口气。

第三日晌午时分，力龙率儿子力惊比、力旱合及火民、贯亢、连宾逊诸将，领三百寨兵披红带彩，牵羊扛酒，来到南征军营前。冼夫人率众将迎出营门。力龙命寨兵抬来那块“乌石县衙署”牌匾，还有印信诸物，都放在地里。力龙笑道：“夫人呀！大老酋力龙服了。夫人是天上来的圣女呀！大老酋力龙不得不服了。褚俭反贼送我这个乌石县衙署牌匾，让我与南征军对抗，大老酋当时迷迷糊糊的，竟也答应啦！今日夫人来了，我才知抗夫人便是抗天呀！抗天不能活呀！大老酋祖传的家业，还不想死呢。夫人呀！褚俭送我的这套劳什子都在这里了。连宾逊！把你的大斧拿来，我要当着夫人的面砸了这套劳什子，然后一把火烧得干干净净，然后再做回我的大老酋。”连宾逊真的取来那柄金背大板斧，望着那牌匾抡斧便要砍，冼夫人笑道：“不要砸！力龙大老爷呀！这些都是褚俭的罪证呐，先不砸，我要收缴报朝廷呢。”

冼夫人大摆筵宴，招待力龙父子及众将士。席间力龙谈笑风生，大碗吃酒。他把所佩宝刀赍与冼夫人，冼夫人也接纳了。力龙见猛虎花儿走来他的面前，便夹了一大块肉塞到它口边，花儿只是望着，却不张口。力龙摸了摸花儿的头，笑道：“真是好虎呀！你前日初到我的家，整日紧盯着我不放松，是怕我会害你的主人吧？今天倒是怪了，你那眼睛一点凶气都没有啦，倒像是一只山羊儿哩！告诉你吧，前天是有人劝我害你主人来着。当时大老酋举棋不定呀！大老酋想，夫人敢领南征军来讨贼，不是等闲人物；才到朱崖，便有那么多百姓拥戴她，不是等闲人物；一路南来，不动一刀一枪，数十洞望风而降，更不是等闲人物。夫人若不是圣女，早在前头就让人打败了啦，还会跑长路来到这里才让我拾便宜呀？大老酋虽然糊涂，也不会笨到这步田地。结果呢，还是大老酋有福，不听那帮咬闲嘴人的坏话。我归服了护国夫人，也保住我大老酋一世英名呐！”七儿带头击掌欢呼。张融看了廖明一眼，两人不由会心笑了。

宴席散时，廖明对力龙道：“大渠帅老爷，廖明问句不该问的话，小公子是否身体欠安？”力龙吃惊道：“正是呢，将军怎么知道？”廖明笑道：“廖明得罪了。我见小公子脸色青黄，神情丧晦，不该是贵人所有的模样。刚才我留意小公子用膳，却是厌食的状貌，所以廖明斗胆一问。”力龙脱

口道："正如将军所说，将军……"冼夫人笑道："力龙大老爷，廖将军还是医生呐，他术精岐黄，我们军中称为神医呢。"力龙惊喜道："那真真好极。小儿确实患疾数年啦，请了多少名医左道，都不能治。大老酋最疼此子，廖将军若能妙手回春，大老酋给你下跪啦！"力龙说着就要跪下。冼夫人急道："千万不可，千万不可，廖明即可施治吧。"

廖明为力旱合把了脉息，又用指儿撑开力旱合上下眼睑看了眼睛，再看了舌苔，细细询问了一番，然后配了药。廖明道："这三副汤药，先煎水早晚分服。服过这三副汤药，公子恹惓乏力、胸闷腹胀、肋下隐痛症状即可消除，若不符即另换汤头。这瓶丸药，半年服完，即可望愈。"力龙赞道："确实高明，不愧神医之誉。廖将军呀！大老酋不知如何谢你才好呐？"

直到傍晚，力龙才辞了冼夫人，率部属回寨府去。

次日，火民、贯亢带着力龙的请柬拜帖，请祝戬和陈三官到乌石洞力龙寨府中传授武艺。冼夫人答应了。阿秀道："这武艺又非一朝一夕所能精通，我们行兵打仗，哪来这许多闲工夫。"冼夫人只是笑笑，并不搭言。

数天后，力龙又让人来请廖明过寨府去饮宴。原来力旱合自服过廖明配的三副汤药，病竟好了八成。力龙让力旱合给廖明叩过响头，连称神医。廖明叮嘱力旱合一定要服完所配丸药，方能断清病根，力旱合流着眼泪，连连点头答应。力龙高兴之下，赠送廖明大袋珠宝等物，廖明经不住力龙诚意，只能受了。

连日来，冼夫人到乌石诸村寨走访，常常很晚才回军营。又派遣军士到乌石诸村寨为乡民挖井，将近一个月时间，挖了一二十口井。七儿整日守着大营，自觉无聊，对张融道："夫人这番南征，怕为百姓挖了数百口井了吧，却不成了挖井大军？"张融笑道："崖州百姓自古来多是吃溪坑积水，这水不干净，吃了会患病呢，若是干旱天，吃水更为困难，挖了井，这一连串难题都迎刃而解。"七儿又道："大教授先生，你学问好，有时也得服你。你说我们夫人已降服了乌石洞力龙啦，夫人也该起军别处去，都一个月了，夫人似乎并无去意哩。你说是咋回事？"

张融笑道："人们称夫人为圣明，缘由就在这里。善行军征战者，要攻取一地不算难事，难就难在守成呀！昔时路博德、马援都是用军行家呐，都可称为百胜将军。这两人都征服了崖州。可是他们大军走后，留在

崖州的官吏不懂抚恤安民，不顾百姓疾苦，一味只知盘剥糟践百姓，结果百姓不堪其苦，不久又造反了。这样征而不服，反反复复，致使数百年来朝廷对崖州时置时废。乌石洞是崖州有名大洞，力龙势力遐迩闻名，深为影响呀！力龙反则四邻反，力龙服则四邻服。褚俭之所以让力龙为乌石令，原因其实就在这里。夫人服了力龙，本来是可以移师他向，但民心未定，容易反复呀！因而夫人不急着走。为老百姓挖井，你别看这是小事，谚语说，吃水不忘挖井人。现在夫人心中有百姓，将来百姓心中有夫人呀，那时，军民团结，汉俚一家，谁反谁呢。”

南焦与介罗二将一人执长矛，一人执大刀，吼声如雷，一齐拍牛冲了过来。陈三官大吼一声，挥铁扁担提马跃出迎敌。霎时，两军鼓角大鸣，喊杀连天。（见第十七章）

夫辛大喝一声，大刀闪电般横劈，刀比斧快，温朝雌还未反应过来，那刀已削在他的左肩上，劈去了半边护肩甲。（见第十七章）

第十七章

黎母岭中群虎吼　望儿洋上众龙吟

冼夫人中路军在乌石驻扎了近两个月才拔营西行。力龙赠冼夫人大批军资粮草，冼夫人不好推辞，只能收下。这天，南征军进入山北黎母洞地界，冼夫人命在大朗前坡扎下军营。黎母洞渠帅郎印领四千军马据大朗抗击南征军。

郎印势力与乌石力龙相仿，两洞历来不和。郎印当年侵占南吉洞阿不基领地，阿不基不敌郎印，请力龙出军相助，因而郎印与力龙结下仇怨。褚俭设国，授乌石力龙为乌石令，郎印极不受用，道："我军力不输力龙，凭甚么听他指使。"最近探得南征大军到了乌石，而力龙不战而降，郎印大笑道："力龙空有数千军马，却不敢与南征军接战，不知羞不羞？南征军不来则罢，若由我境经过，看我捉尽他们，再把乌石县衙署那块牌子拿来黎母洞挂上才称我意。"

力龙曾对冼夫人说起郎印不好对付，请她务必留意。其将不用说，个个剽悍凶猛，如英荼，用一把大刀；南焦，用一柄长矛；介罗，月一把大刀；昌博，用一柄长矛；丹花尾，用一双大铁锤。这五员大将被人称为"黎母五郎"。力龙还说，如若遇到抗阻，请冼夫人率军绕道过去好了。

冼夫人刚进入黎母境时，见田野龟裂，寸草不生，道："怎么这里如此干旱呀，怕是很久未有下雨啦！"祝戬抬头望天，道："五六天后，就有大暴雨啦，怕要连下十数天呢。"冼夫人心里一动，道："传令军中，调三百大堡军士即日赶回乌石洞去，请力龙老爷帮忙赶造一万斤炒米饼，务必要在五天内运来营中。"阿秀道："夫人呀，炒米饼好吃，怕是难做呢，要

石磨才能磨出米粉末来。”冼夫人笑道：“我见乌石很多百姓家中都有石磨，据说是当年伏波将军马援平南时，教他们打造的。炒米饼好吃，只是用炭火烤烘而成，怕吃多了会上火。”廖明笑道：“用绿豆研磨成粉，加入米粉中做成饼，就能削减热气。”冼夫人笑道：“好主意，到底是医生呀！就按廖将军的方儿做去，切记！五日内运至军营。”

南征军在大朗扎下营寨的次日，冯宝与梁伯会、程尚等官员率一千军马押粮草军资来到营中。冼夫人暗地里把冯宝叫到一旁，问：“这番来营，是州尊之命还是你的主意？”冯宝笑道：“当然是州尊指令呀！沈炯说，夫人征战日久，必要到军前慰劳慰劳，可是州城刚立，诸务缠身，事实走不开去。所以请我代劳了。”冼夫人笑道：“这就好。这里可不比高凉，朝廷派来的官员位尊职显，凡事务必上报商讨，切勿自作主张，相互猜疑就不好了。我知道你平日公心无所畏，据理不饶人，这可不好呢，有些人貌似不端，而心实公允呀！”冯宝笑道：“知道了，知道了。就算是我来看你，也不行吗？”冼夫人笑道：“当然不行，自古军中无眷随。”冯宝道：“这话不通，哪怕是谁说的，都要改。军中必要夫妻帅，上阵还须父子兵呀。”冼夫人笑道：“看你乱说。”冯宝笑道：“我也不是乱说。我还是平越将军呐，与夫人这宣义绥安护征将军正好夫妻同心，共赴国难呐？”冼夫人笑道：“看把你美的。好了，留下的药可曾吃了？”冯宝笑道：“吃了吃了。哎，我前月接到钱生畏来书，说萧广州与欧阳颜关系甚为密切，书使来往呐。”冼夫人哦了一声，道：“湘东王既续了大统，萧广州处境尴尬，极易铤而走险呐。高州必要慎重处事，千万不能浮躁。好，我抽空给钱生畏去封书子。”

冯宝道：“我这次来，其实还有一要紧事与夫人商议，我准备在罈都建一所学校。”冼夫人道：“这是好事，只是现在正在征讨褚俭叛军，银子不好筹呐。”冯宝道：“这事我也与沈炯议了，他也赞同。我提议将罈都食邑五百户用作办学之资，罈都美朗洞渠帅苏石、玳瑁云龙洞渠帅应周愿会集罈都、玳瑁、颜卢诸洞筹资助办学校。”冼夫人喜道：“若是这样，当然很好。”冯宝笑道：“遗吏都希望担当教书先生呐。”冼夫人笑道：“这更好了。你若将这事办成，其功不亚讨平褚俭呢？”冯宝笑道：“我哪敢与夫人相比？就办学一事，不过步夫人后尘罢了，并无新意呀！”冼夫人又问：“这数月来，州治建得怎样了，真想回去看看。”冯宝道：“众百姓争先恐

后在州治造宅居置业，今时已初成规模，将及三千户籍，人口一万多。州城墙围也造起来啦，四门之名还是沈炯让我制定，北为武定门，东为德化门，西为镇海门，南为柔远门。夫人，你觉得怎样？”冼夫人笑道：“很好！这文字上的功夫，你事实有些道理。”

这日巳时刚过，天色已阴暗起来。冼夫人接报，郎印领军马来战。冼夫人即率部出大营迎敌。梁伯会、程尚亦率所部一千荆州军助战。

双方刚列成阵势，忽然下起雨来。只见黎母洞军阵中郎印领着十数名将佐，全都骑着高大的水牛雄赳赳、气昂昂地奔出阵前。梁伯会抹了一把脸上的雨水，笑对冯宝道：“你们南越人真是怪呀，我就从来没见过骑水牛上阵呐！”冯宝笑道：“这有何奇？中原不是兴说北骑南舟么？北方人善骑马，江南人善驾舟，打起仗来，各显其威呀！南越人敢骑水牛作战，必有其妙处，我们且看好了。”

只听郎印大喝道：“你们甚么南征军，名声大得吓人，只能骗得了那些无用之辈，我郎印岂会怕你。谁是冼夫人？快出来与我交锋，胜了我手中大刀，我也像力龙一般服你。不然快躲回去吧。”雨声夹着大叫声，乱糟糟的，听来模糊不清。

南焦与介罗二将一人执长矛，一人执大刀，吼声如雷，一齐拍牛冲了过来。陈三官大吼一声，挥铁扁担提马跃出迎敌。霎时，两军鼓角大鸣，喊杀连天。

荆州军战鼓让雨淋了，竟敲不响，那鼓手用尽力气敲时，鼓面竟敲破裂开来。这边高凉军的铜鼓咚咚声大起。七儿大声对梁伯会笑道：“梁大人呀！你日前不是笑话我们的铜鼓么？如今怎样？你那皮蒙的鼓，在中原干燥少雨的天气自然有用，到了我们这多雨潮湿的地方，就成了哑巴了吧？我们夫人说了，大凡祖宗传下来的东西，都有其道理。你按理是个读书人，怎么如此不通呢？”梁伯会脸上飞红，只是讪讪地傻笑，一时答不出话来。

陈三官的本事本远在南焦与介罗之上，可坐骑见着两头大水牛却有些惧怕。那两头大水牛凶猛无比，瞪着大眼睛狠命举角顶来，陈三官的坐骑左右躲闪，踩在泥泞地里显得甚为吃力，所以，纵然陈三官武艺超人，一时也无法战败南焦与介罗两员猛将。

郎印见陈三官竟能力敌他两员猛将，不由心里发怵：“冼夫人果然名

不虚传呀！我还未知虚实，不宜与她硬战，我先引军退去，再图良策破她未迟。”郎印传令军马退回营中。程尚大叫道：“我军可乘胜追击！”冼夫人阻住了，笑道：“不必追赶，让他退回营里去，我们也收军吧。”

南征军全数收军回营寨。这雨越来越大，整个野外白茫茫一片，几成水乡泽国。军士进帐来报告，雨水直冲入帐内，莫想生火造饭。冼夫人笑道：“把我们的炒米饼取出来，分发给将士们充饥。”将士们每人吃下三四个炒米饼，喝了些水，便算一顿饭了。

一连两日，南征军将士都是靠炒米饼充饥。廖明道：“祝戬测得真准，果然连日暴雨，从不停歇呀！”七儿道：“若不是夫人神机妙算，早做好这些炒米饼，我们都得挨饿呢。”梁伯会笑道：“多亏这炒米饼呀！挨一天还可以，连着两三天不吃东西，那可不得了。”白承权笑道：“我们是不饿了，郎印若死撑着不退军，可就苦啦。”

郎印缩在营帐里发愁。寨兵没饭入肚，早饿得发软了。开始郎印还骂手下将士：“没饭吃算得了甚么，他们南征军不是也没饭吃么？大家都饿肚子，谁怕谁？再撑一天，南征军准得退走。我军坚决不退，别让人家笑话，今后才能立足黎母。”可是才到第二天，已经有近两千寨兵先后逃走了。剩下的将士早已饿得有气无力，全都瘫软在湿地里站不起来。郎印大儿郎由冈劝道：“阿爸，我们退去吧，再不退，军士就是不逃走，也没命啦！这雨还不知下到几时呢。”

第三天，郎印终于同意退军。郎由冈与英荼、南焦几个人扶郎印上了牛背，可是郎由冈几个人却无论如何也爬不上牛背了。郎印流着眼泪：“天呀！怎么会这样呵！”忽然一阵鼓角声起，大队南征军冒雨攻进营来，黎母洞军不能抵抗，全都被俘了。冼夫人看着郎印笑道：“我就是冼夫人。”郎印吃力地抬起头来：“你就是冼夫人？这两三天，你们南征军吃甚么充饥？”七儿笑道：“我们是护国天兵，天兵要吃东西么？”

冼夫人降服了郎印，消息传了开去，南吉、牙叉、牵裤、细水、南坤等三十多洞渠帅纷纷来降。冼夫人好自抚慰，待之以礼，令诸洞渠帅感动不已。冼夫人率南征军扎在黎母岭山麓，分派将士到各洞安谕百姓，不到半月，罗担、什寒、加钗等二十多洞又报归服。

前天，冼夫人接到乌石湾岭洞渠帅木牙俐拜柬，说今天亲来南征军大营拜谒冼夫人。冼夫人惊喜不已，道：“听力龙、郎印等渠帅说，木牙俐

德高望重，深为百姓拥戴，褚俭许他为北山郡太守，他竟拒而不受。我正欲在这两天去拜访他，谁知他竟先来了。”

湾岭洞渠帅木牙俐五十三岁年纪，十一岁时随他父亲老渠帅木牙得司在广州经商，拜姑孰人习满学了五年写算，木牙得司去世时，他才十九岁。木牙俐生得温文尔雅，略通诗文，时朱崖遗吏董状与他交友，称他为“朱崖文山”。褚俭据朱崖称帝，捣弄玄虚，木牙俐讥讽道：“元始毒皇帝。”褚俭得知大怒，要抓他问罪，被德羌等人劝止。褚俭大举驱赶朱崖遗吏出境，木牙俐把董状、司马臣、杨本忠、马子腾等遗吏留在府中，公开宣言：“褚俭凭甚么驱赶遗吏？”褚俭又气又怒，没奈何又授木牙利为北山太守之职。木牙俐笑道：“官职是朝廷所授，褚俭现在连齐安太守都不是了，又怎能授我太守之职呢，还不是糊弄人吗？”

今天才是辰牌时分，木牙俐便邀乌石水央洞渠帅金路格，乌石加章洞渠帅石白，乌石番沟洞渠帅昂尔托，遗吏董状、司马臣、马子腾、杨本忠等，率寨兵二十五名，前往黎母岭谒见冼夫人。巳时，木牙俐一行来到黎母岭。山路难走，木牙俐与众人下马步行。董状笑道：“木牙俐兄，元始帝封你北山太守，你不当一回事，今日徒步来拜谒护国夫人，又成一佳话矣！”木牙俐笑道：“太清三年十二月，我在俐门国经商，听当地百姓说，高凉来了一位护国夫人参加国庆，真真像天上的仙姬，西方的菩萨呐。我可惜无缘拜会。这番朝廷调军平南，听得说这南征军主帅便是高凉护国夫人，老酋也不知此夫人是彼夫人否？今日一见，当解疑团。”

马子腾笑道：“我听说这护国夫人是百越俚人呢，若是这样，那才真是古今第一奇闻呢，你见华夏历代有过如此豪杰女子么？”木牙俐道：“俚人又怎么啦？我说你们汉人就是怪，硬是把人分成阶级，弄出很多麻烦来。我在交州时，就听百姓说，昔日李贲谋士并韶本是交州名士，文章交州第一呐！可朝廷却说，前贤先哲，不见有姓并的，所以把并韶一笔抹倒，你说气不气人。你们几位都是前朝遗吏嗣承，这许多年，可还把老酋当异族看待么？”司马臣笑道：“文山兄问得好，我们真的忘记你是不毛之地的老蛮夷了。”众人哈哈大笑。

水央洞渠帅金路格道：“我听说护国夫人只领五千军马为中路南征，沿途各洞都是不战而降，以悍勇著称，平常看不起人的力龙也不战而降，那个郎印战是战了，只一役便被护国夫人擒去。这护国夫人南征军被百姓

称为天兵神将呢。”加章洞渠帅石白道：“听说力龙称护国夫人为圣女呢！”众人说说笑笑，不觉走过数座山峰，前头引路的寨兵说，过了前面乌头、黑地两座山峰，便是南征军大营。

忽然木牙俐道：“你们前头慢些走，我要小解。”董状笑道：“我也有了，我陪老兄吧。”木牙俐与董状走来南向草丛深处，分头背面方便，数个寨兵远远站着护看。木牙俐笑道：“护国夫人扎军黎母岭下，不知她曾登黎母岭否，黎母岭胜景甚多，真是好山呀！”董状笑道：“护国夫人若有这雅兴，文山兄尽可请她，我们都愿作陪的。”两人说着话时，忽地一阵狂风卷过，草丛里跳出一只斑斓大猛虎，一下扑倒木牙俐，董状与几个寨兵惊叫声中，那猛虎早叼起木牙俐朝对面密树丛中窜奔而去了。

冼夫人带着猛虎花儿，与冯宝、梁伯会、程尚、张融、廖明、白承权、阿秀、七儿、祝戬、陈三官、冼奉敏等众吏诸将，领五百军士前来迎接湾岭洞大渠帅木牙俐一行。来到黑地峰下，前面探哨飞报，木牙俐在明子峰下被一只大猛虎叼走了。听得这个消息，众人都惊呆了。冼夫人大叫道：“速传大营将士，全军赶赴明子峰搜索，一定要寻到木牙俐大老爷！”

霎时，锣鼓号角声震荡整座黎母岭，甚么飞禽走兽、兔狐獐鹿之类尽数驱赶出来，惊得漫山奔窜。南征军六千将士沿山喝搜，直寻到明子峰悬崖顶上，才见一百步远近的断涧边站着七只猛虎，竟是两大五小一窝儿呐。那只母虎口里叼着木牙俐，那只公虎带着几只小虎俱各张牙舞爪，惊视着包围上来的数千人马。冼夫人惊得浑身湿透，脸色都变了。她传命众将士切莫轻举妄动，都站定了待命。冯宝头上冷汗直冒，问冼夫人道：“怎么办呐？”冼夫人注视着那窝猛虎，喘息道：“你先别问我，我现在很乱，让我想想，让我想想……”廖明道：“夫人呀，我看着木牙俐大老爷手脚还会动，大概未死。”冼夫人慌乱地点头：“我也看到了，如何救人呀……”廖明道：“不能再迟疑了，让我与诸将攻上去吧！”说着，与祝戬、陈三官等将佐便要持兵器上前。冼夫人喝止，道：“这样不行呀！这虎已受了惊吓，我们强攻上去抢人，把虎逼急了，咬死木牙俐老爷怎么办？或者老虎受惊，衔木牙俐老爷跳下断崖，人与虎都得粉身碎骨，木牙俐老爷同样没救呀！这样不行，还得想想，还得想想……”

立在冼夫人身旁的猛虎花儿忽地向对面那窝虎走去，距离近两丈时，花儿站定了，张口大声吼叫起来，霎时那公虎也率众小虎放声吼叫。顿时

整个山谷虎吼声此起彼伏，震天动地。忽然虎吼声停了下来，花儿掉转身朝山下奔跑而去。冼夫人大叫道："三官，你快追花儿去，看它干甚么?"陈三官应命，提铁扁担箭一般随花儿飞奔山下来。

陈三官直追花儿回到大营。整座大营已空无一人，花儿蹿入大帐厨房，张口叼起案上半边猪肉，足有一百多斤重，转头蹿出帐营，直奔明子峰来。陈三官顾不得许多，原路随花儿飞奔而去。

山上众将士都不知猛虎花儿是何意，正在猜疑时，花儿又飞奔回来了。花儿叼着那半边猪肉走到那窝虎面前放下，又张口吼叫。那公虎与叼着木牙俐的母虎对视一下，那母虎竟轻轻地把木牙俐放在草地上，花儿走前两步，俯首轻轻衔起木牙俐，转身直跑到冼夫人面前，才又轻轻地放下木牙俐。数千将士大声呼叫，涌向前来看视木牙俐。人声鼎沸中，母虎叼起那半边猪肉，与公虎率小虎悄然离去。

廖明施救了半晌，木牙俐才苏醒过来，梦呓般道："我还在人世么?"冼夫人重重吐出一口气。冯宝抹了一把额头冷汗，道："好险呐!"冼奉敏弯下腰，搂着花儿的脖子，嘴对嘴亲了一口，对冼夫人道："姑姑，我知道了，起先花儿去问那窝虎，为何要抓木牙俐大老爷？那虎说，我们一家子肚子饿得不行，好几天没吃东西啦！花儿说，你们饿了，我给你们找东西吃吧，你们别吃木牙俐老爷子。花儿便去叼来猪肉，换回了木牙俐老爷子。"七儿笑道："应该是这样子，敏儿真听懂老虎说话啦!"

马子腾见冼奉敏也身着战袍盔甲，手执长枪，不觉奇怪，心里道："这孩子不过十三四岁吧，怎么也带在军中?"便笑问："小哥，你叫甚么名字，今年多大啦?"冼奉敏歪着小脑瓜，鼓着腮帮子道："我十四岁啦，叫冼奉敏。冼齐是我父亲，我父亲和大伯父、二伯父、五叔父前年来朱崖讨贼，为国尽忠啦！我姑姑是南征军大帅，我也要为国杀贼!"马子腾笑道："打仗要流血呢，你怕不怕?"冼奉敏道："不怕！大丈夫流血不流泪！我姑姑说，国家兴亡，匹夫有责，我也是匹夫，不是甚么小哥。"冯宝搂着冼奉敏的小肩膀，点头道："敏儿真是好样的!"

三天后，冯宝与梁伯会、程尚等官员率原一千押粮军回州治去了。

湾岭洞渠帅木牙俐诚服归化，北山境内震动。承圣三年一月底，牙寒、元门、南开、什运、南流等六十六洞渠帅先后归附冼夫人。

起初，冼夫人命武哥为西路军主帅，张融心下不安，三番找冼夫人理

论。张融道："夫人呀！平南收朱崖是何等大事，你怎么能让武哥独当一面，领西路军呐？"冼夫人笑问："是因武哥是女子，不能为帅？"张融脸红起来，忙道："我不是这个意思。我是说，夫人麾下将才颇多。如甘将军担纲东路军，那是再合适不过。像廖将军都是将才，还有祝戬，虽然年轻，也是处事稳重，行军老到的将帅之才，夫人何不择用？"冼夫人笑道："你说得不差，廖明、祝戬都是难得的人物，都可为帅，可武哥又何曾输与这两人？放心吧，武哥必不会令你失望。"

武哥自当了西路军统帅，南下途中，众将士都称呼她"武哥将军"。这天，龚自明对武哥道："将军既为一军之帅，三军再呼小名断然不妥，虽然亲切，但欠整肃呐。属下斗胆一问，将军尊姓氏是……"武哥见龚自明一脸严肃，一本正经的样子，忍不住想笑："哎呀！三军将士称我为武哥将军，我倒觉有趣，受用得很呢，让你这一雕琢呀，我倒觉得拗口别扭了。"龚自明道："在大堡时，随便怎么称呼，只要大伙高兴。可这是在军中，且在崖州呀！不大不小的，成何体统！"武哥道："我与三彩儿、七儿、夫辛、阿秀、孟娘，还有子正几个人都是六七岁时便卖入大堡。那时我们只知道自己的小名，却不晓得还有甚么姓呢。大老太爷说，'入得冼家门来，从此便是大堡的人了，过去的小名再不称呼啦，我给你们重新起名吧。'我们这几个女孩子的名字都是大老太爷给起的。记得是我十一岁那年，我哥曾来大堡看过我一次，才知道我本姓官，是双州平原郡人。大同十年，兴儿往双州公干，我托他寻到我家乡去，想不到我全家都在两年前水灾中死去了……"龚自明忙着道歉叹息不已，道："唉！我这一问，却勾起将军伤心处，是属下不是了。"武哥笑道："这有甚么……先生的话原本不错，只是我若称起甚么官将军、官夫人来，三彩儿这班姐妹怎么办呐？连你也不知道三彩儿姓甚呢！我说呀，这小事就别再去费神了。叫甚么就甚么吧，武哥将军！听起来多顺耳呐！"龚自明摇头道："顺耳是顺耳，只是从没听说有这先例。"武哥笑道："我听夫人说，陈霸先在来书中说起一个笑话，侯景曾自封自己为宇宙大将军，请问这有先例么？"龚自明大瞪着双眼："竟有这事？"

武哥西路军在至来邦溪宣义安抚，不到三个月时间，南岭、万信、保梅、付娥、查英、雅域、打安等八十三洞大小渠帅先后归义诚服。

至来乐安洞渠帅温昕军盛财雄，领地甚广，他生有五个儿子，长儿名

温别趵、次儿名温宩葵、三儿名温朝雌、四儿名温殚棱、五儿名温独佴，依次使用大刀、长矛、大斧、大戟、铁叉诸般兵器，个个剽悍鸷勇，罕有敌手。温吲与抱由洞渠帅德羌素来交好，因而被褚俭封为乐安令。为此，温吲乐得数天睡不着觉，逢人便吹嘘，道：“我虽富有家业，贵为渠帅，说到底还是个蛮夷，在汉人眼中猪狗不如，如今元始帝授我官职，称心如意啦。文莫宣算甚么东西，看不起我？他只是个背气的吏属，就敢与我拿架子？”原来在太清二年，温吲意欲将女儿嫁与至来遗吏文莫宣为媳，文莫宣却不答应，出言不逊，因而激怒了温吲，温吲率军攻入文莫宣府中，把文莫宣给杀了。

武哥半月前派信使带书来拜见温吲，温吲连书信也不看，当即喝令绑了两名信使。温吲大喝道：“你们甚么南征军，敢来犯我国境，还敢来书劝我投降？我堂堂乐安县令，会投降你们？我现在就砍了你两个狗头，再与你们南征军见个高低胜负。”温吲喝命将两名信使推出斩首。温吲大管家、乐安主簿孟信忙劝道：“县尊先不要杀这两个信使，有名两国交兵，不斩来使，暂留下他们性命，等捉了他们主帅，再杀未迟。”

这个孟信，本是宁州晋宁郡人，先祖孟获当年反叛，被蜀汉丞相诸葛亮率军征服。晋时，孟获后代蛮王部族每况愈下，到刘宋时为人所弃，已是分崩离析，沦为平民。孟信父亲孟玄明早年经商，做着贩卖珠宝的生意，宁州、广州、交州、越州诸地来往奔忙。孟玄明与温吲父亲大渠帅温呈哧瓜结为兄弟之交，往来频密，相互照应。后来，应温呈哧瓜之劝，孟玄明举家迁徙朱崖至来落户。孟玄明死后，温吲不忘父辈旧情，让孟玄明之子孟信做了府中大管家。孟信少年起便随父亲打理买卖，能写会算，因而深得温吲赏识。温吲接受褚俭所封官职，也让孟信任了乐安主簿，随时照看诸务。

温吲率五个儿子及孟信，领六千军马来攻西路军大营，武哥接报，即率军马迎敌。

两军阵上，温吲见西路军将佐多是女子，不禁放声大笑：“甚么平南天兵，尽是放屁！我说呀！你们的老公都哪去啦？我看你们老公八成是死啦，剩下一班寡妇，跑来这里讨老公嫁人来了。”夫辛大怒，拍马挺大刀冲出阵前，喝道：“贼老酋认得我么？”温吲喝道：“你便是冼夫人么？”夫辛大喝道：“放你娘的狗屁，冼夫人会见你这贼老酋？姑奶奶是夫辛大将

军！有胆量就与姑奶奶战三百合，然后叩一百个响头，姑奶奶就带你见冼夫人。”

温昕大怒，喝道：“甚么贼婆娘敢跑来我这里撒野？朝雌，你出阵去把她捉来！”温朝雌是五兄弟中的老三，最为凶悍，听得父亲之命，策马抡大斧抢出阵来，一言不发，那大斧望夫辛当头便劈。夫辛大喝一声，大刀闪电般横劈，刀比斧快，温朝雌还未反应过来，那刀已削在他的左肩上，劈去了半边护肩甲。温朝雌大吃一惊，回斧又砍。夫辛大喝道：“你小子还不怕么？”话音未落，一刀又劈中温朝雌右臂，好在有护甲挡住，不然，这条胳膊便没了。即便如此，温朝雌也不禁一阵麻痛，自知不敌，勒转马头跑回阵中。温昕倒吸了一口凉气：“这胖婆娘如此厉害！”

武哥拍马出列，笑道：“温昕大老爷，婆娘不可欺负吧？”温昕问道：“你是冼夫人？”武哥抱拳笑道：“惶恐，惶恐，小女子是冼夫人麾下先锋武哥，拜见大渠帅老爷！”温昕一时语塞，不知怎样应答。

身旁孟信拍马出列，道：“听说你们是高凉冼家军，本为俚人，怎么多管闲事，为朝廷卖命来啦？”武哥笑道：“我们确是俚人。不是多管闲事，为国平叛，为民讨贼来啦！朱崖本为我朝疆土，褚俭反贼图一己之私，裂土为王，难道不该来征讨么？”孟信道：“褚俭今为元始大帝，谋谁的国，裂谁的土？”武哥笑问：“先生可是孟信？”孟信道：“便是。有何指教？”武哥道：“我听说先生本是蛮王孟获的后人，不知可是真的？”孟信道：“千真万确，如假包换。这又怎样？”武哥笑道：“若真是孟获后代时，我真为你害羞呀！”孟信怒道：“我生平不做亏心之事，有甚耻辱？”武哥笑道：“你先祖孟获当年反叛，被诸葛亮平服后，曾发誓言，自此子孙后代永不背反。你如今认贼作父，违背祖训，便是不孝；你本是我朝子民，虽从宁州迁来朱崖，又怎能改得了根源？宁州朱崖都是我朝之土，你追随反贼褚俭叛国叛君，便是不忠。我听你说话，似乎读过几个字的模样，我且问你，不忠不孝之徒，人人得而诛之。如此还不算耻于人类，辱没祖宗么？”

孟信脸红耳赤，退回阵中，与温昕交头接耳一番，温昕即传令军马退回营寨去了。武哥也命收军回营。

时元暗地里对龚自明道：“平日我竟不知道武哥竟是这般人物。夫人的丫环，会武艺不足为奇，哪知竟也文武兼修哩。初时夫人让她统帅西路

军，我着实吃了一惊，本要劝谏，无奈武哥是夫人第一丫环，又是泰次兄夫人，贸然谏阻，很为不恭，因此不敢做声。羡死我啦！”

龚自明笑道：“羡甚么？夫人的丫环个个都是人杰，就像夫辛，其勇不亚陈三官、祝戬之辈呢，不亲见她阵中斗杀，不敢相信呵！”时元叹息道：“可知，这好姑娘都让你们得去了。”龚自明笑骂道：“你不用喊苦，屋里安着个美人儿，还不知足。”时元道：“我不是不知足，不瞒允君兄说，我一个穷读书的，做梦也想不到讨了锦儿，贤惠自不必说。只是怎及你们的夫人英风勃勃，驰骋沙场呐？”龚自明笑道：“不说了不说了，现在正在打仗，我们这行军参军竟议起儿女私情来，被人听去了，这是违军纪的勾当呢。”

温旳率军回到营寨，恨道：“今日本欲臭骂南征军一通，哪知你倒被那婆娘羞辱一场，你是沉得住气，我可气炸了肺啦。你若不劝阻我，定要与南征军大战一场。”孟信笑道：“大丈夫能屈能伸，这点子气都受不了还能做大事么？我思量过了，南征军兵强将勇，女的便如此了得，男的可想而知。我军不能力敌，必要智取。我祖上蛮王孟获与诸葛武侯拒战于泸水，虽然战败了，却习得诸葛亮的谋略。县尊想想，当年诸葛亮的军马比不上我祖强壮，怎么胜了我祖？便是用智呀！汉人常说将在谋而不在勇，便是这个意思。我祖学了诸葛亮的用军谋略后，都记在书本里留了下来，我小时听我祖父说过不少，因此熟记在心中。”温旳大喜道：“有甚么奇谋可破南征军，你快说出来我听听。”

孟信甚为得意，道：“就派军卒去南征军大营，说我们愿意降服了，次日先派五百军卒送粮食诸物来南征军大营劳军。南征军不熟悉地形，行军劳苦，见我们要送他许多粮食，必然欢喜，我们再举大军跟随送粮军卒，突袭南征军大营，必获全胜。这是我祖上所传第一奇计，旁人莫想得知。”温旳惊喜不已，赞道：“你果然是大人才，等破了南征军，我抬举你做县尉助防副将，共享富贵。”

商议停当，温旳即派两个会事的寨兵带书信去南征军大营。好半晌，两个寨兵方回来。温旳问道：“你们这时才回来，可办了大事？”送信的寨兵打着饱嗝，忙报道：“办了大事了，那个武哥大先锋看了老爷的书信，高兴得不得了，连声答应，连声感谢不已，还请我俩吃过酒才让回来。”

孟信脸有喜色，暗笑道：“南征军果然中计了。”

次日晌午时分，温哷长儿温别跔率五百军士，暗藏兵器在送粮车中，直来到南征军大营。只见三彩儿满脸笑容，与数个军士迎了出来。三彩儿拱手道："少渠帅亲自押粮来营，我先代武哥大先锋谢啦！少渠帅你且与众军士等待片刻，让我报与大先锋知道。"说完和那几个军士入营门去了。

温别跔见营栅门洞开，大喜之下，大叫道："众军士随我杀入！"即时五百寨兵纷纷从粮车上抽出兵器，呐喊声中，像蜂一般冲入大营里去。温别跔一见中军帐，心中大喜，挺大刀率先扑上前去。只听得轰隆隆连声响起，温别跔与跑在前头的近四百寨兵都陷落中军帐前大坑里去了。跑在后面的寨兵吓得连忙收脚，翻转身急慌慌朝营门逃出。

温哷和孟信率温宎葵、温朝雌、温殚棱、温独佴，领五千多寨兵，尾随送粮寨兵后面，到了南征军大营前。听得连片大叫声起，孟信大喜道："县尊呀，偷袭成功啦，前面杀起来了，我们快挥军杀进南征军大营！"温哷高声大叫："南征军已中了我们的奇计，将士们冲呀！"大队军马杀到大营栅门时，遇着逃窜出来的百多名寨兵，温哷问："你们不杀进去，怎么跑出来啦？"那百多名寨兵大声叫苦，乱哄哄道："我们中了南征军的埋伏啦，冲在前头的将士都陷入大坑里啦！"

温哷大惊，勒转马头大叫道："快撤！"五千多寨兵顿时像闹炸了的马蜂窝，惊叫声里，翻倒头就逃。忽听一声炮响，左边山坡地里涌出一队军马来，三彩儿持钩连枪，冼奉展挺大铁戟，领一千五百军马鼓噪杀来。又听一声炮响，右边椰林里涌出一队军马来，夫辛挥大刀，冼奉焦执三尖两刃刀，领一千五百军马喊杀声中奔涌而来。两支军马拦腰冲杀一阵，温哷寨兵四散逃窜，溃不成军。温哷父子及孟信拼死逃出，回头看所领寨兵时，已不足一千人。

温哷率残兵逃回本营前，惊魂未定，只听营里一声炮响，营门开处，涌出一队军马来，打头的大将正是武哥、孟娘。武哥笑道："大渠帅老爷还认得我么?"温哷大惊道："我认得你是武哥先锋，怎么端了我的大营啦?"武哥笑道："大渠帅老爷不是也去端我的大营么？所以我乘机夺了你大营。"温哷勒转马头还想逃。孟娘笑道："大渠帅老爷再逃不了啦！三彩儿、夫辛她们已领军追上来了。"只见尘土飞扬处，三彩儿、夫辛两支军马已四面围定了温哷寨兵。温哷惊得勒马原地打转。夫辛大笑道："大渠帅老爷，下马投降吧，转着圈儿也没用呀！"温哷望着孟信，不解地问：

"你不是说，这是你祖上第一奇计么，怎么不灵验呢？"孟信望着武哥问："你怎地识破我的谋略？"夫辛笑道："甚么谋略，小孩也知道呀！你大老爷连我们的两个信使都不肯放，又怎么会真投降了？"孟信听了，用手狠拍自己的额头，唉唉连声，自责道："学艺不精，百密一疏呀！"

南征军降服了温町，武哥即在大营设宴为温町压惊。席间，温町问温别跔："你的伤不要紧吧？"温别跔道："只是压着臂膊，不碍事。"武哥笑道："大渠帅老爷放心吧，我们查点过了，贵寨数千军马只是走散罢了，并没多大伤亡呀！大渠帅可再将他们召回即可！"温町摇首叹道："我军马比你南征军多，可就不济事。"夫辛笑道："兵在精而不在多呀！你的寨兵看起来凶猛，只是少调教习练，所以一遇变故，先自乱了，还怎么打仗呐。"温町连连点头称是。夫辛又问孟信："你祖上真是孟获？"见孟信点头肯定，夫辛疑道："你怎么一点儿也不像蛮王模样？听说蛮王凹眼睛，高鼻子，嘴巴像狮子呐。"武哥笑骂道："胖娘作死，你这话要让夫人听到了，还不扯下你的嘴唇来？这都是那些说闲嘴的人胡说的，你也相信了。很多中原人都说我们高凉人像妖怪呢，你信不？"温町与孟信都笑了。

武哥要将缴获的粮食军资交还温町，温町抵死不肯接。温町道："大先锋呀！大老酋是个战败被俘的人，蒙大先锋不罪不杀，这个恩德，大老酋一生也报不完，你还提这点子粮食么，你老这是不给大老酋台阶下啦！"武哥没了法子，于是命将这批粮都分发给邻近村民百姓，称是温町大老爷开仓赈灾，不明真相的村民自然感恩温町，说他是救苦救难的菩萨，喜得温町合不拢口。

武哥在乐安洞驻军两个多月。承圣三年一月十七日，西路军由叉河洞西进，扎在昌化。将及一个月时间，至来境内海头、海尾、乌高、南罗、乌烈、羌园、道隆等七十八洞先后归义诚服。

这天，武哥正与乌烈、浪炳、羌园诸洞渠帅商议南征军渡乐安水南下一事。忽报交州九真郡命荆铍、滕并率三百军士押大粮船六十九艘来援南征军，所有船只都已在昌化港靠岸下碇了。武哥大喜，即与众将及诸渠帅离营来迎九真郡押粮将士。

荆铍、滕并见了武哥，甚为高兴，寒暄过后，荆铍笑道："末将受太守之命，押粮来朱崖援南征大军，费了不少劲，才查探到南征军已到了至来境，更出末将意料的是，想不到西路军主帅竟是武哥大将军呢。"武哥

笑道："讨贼平叛，匹夫有责，所以武哥也得参与。我本不胜西路军主帅之任，可是护国夫人之命我又不敢悖违，只好勉为其难啦。怕就怕我一个弱女子空有报国之心，并无治军之才呀，弄不好坏了讨贼平叛大计，武哥岂不成了千古罪人了。"荆铍笑道："大将军过谦了。大将军之才略，末将早已领教。大将军今日能领军深入至来境，沿途听说并不动一刀一枪，诸酋望风而降，虽二伏波重生，亦不过如此，我辈只能称羡，不敢望尘呀！"

武哥设席宴为荆铍、滕并等将士洗尘。荆铍对武哥道："大将军，援粮已卸船交割完妥，末将亦应回九真缴命去了。"武哥笑道："二位将军在此，武哥有个请求，未知二位将军肯答允否？"荆铍道："大将军这就见外了。大将军但有何吩咐，末将没有不从。"武哥道："不日我们西路军便要渡乐安水，正为渡船一事发愁呐，想不到二位将军刚好押粮船来援，我欲借将军远粮大船为渡军之用，望二位将军助我。"荆铍忙道："这是甚么难事。收朱崖平叛乃国家大事，天下军马尽可调征呢。末将听命了。"武哥大喜，连忙谢过。

次日清晨，武哥召诸将及诸渠帅安排渡乐安水行程时，忽报儋耳旧洋、高山、红坎数洞派人飞马来报，今日寅末时分，约有一千人马的船队突然在红坎、高山沿海登岸，打着南征军旗号，大肆杀掠沿海村民，抢走近五百名年轻妇女，匆忙上船离去。

众将诸渠帅闻报大惊。乌烈洞渠帅鳞乍道："这队人八成是海贼了。为何打着南征军旗号行劫呢？"羌园洞渠帅且申道："海贼向来残忍狡诈，行踪诡异无常，甚么办法想不出来？"滕并道："这队人若真是海贼时，得手后必是朝南向行船。今日正好吹着强劲西南风，逆风行船，未能远遁，我们还来得及拦截。"武哥传令，龚自明、三彩儿、孟娘、夫辛、冼奉展、冼奉焦等将佐即随她率两千军马出海截击海贼。荆铍、滕并及诸渠帅请求随军杀贼，武哥也应允了。

武哥领六十九艘大船从昌化港出击，如群龙出海，顷刻一字儿横列望儿洋海面上候敌。半炷香功夫，隐约可见北面海中驶来上百艘船只。荆铍松了口气，暗道："滕并这小子算得真准，贼人果然没有走脱。"北面船队越来越近了，船上立的旗号也隐约可辨，真是大书"南征军""护国夫人"等字样。夫辛气得大骂道："这贼也不知是哪里来的，竟敢玷污我大堡冼家军名头，姑奶奶决不手软，非杀尽你不可。"那船队离西路军不足半里地

了，隐约可听到有妇女的号哭声。武哥大声道：“杀贼时，切莫伤了妇女。”

忽听见对面船队有人大声喊话：“我们是护国夫人南征军——专事讨贼平叛——你们是甚么人——赶紧闪避开去——”夫辛大叫道：“我们才是南征军——你们头儿是谁——还不出来答话——”领头船上站出一个人来，扯嗓子大叫：“甚么人敢冒充南征军……”弓弦响处，夫辛一箭向对面射去，只听得哎呀一声，那箭正射在那人的肩头上。武哥大喝道：“你们这帮海贼，竟敢冒充南征军残害百姓。南征军西路军武哥大将军在此，还不赶紧弃械投降？”

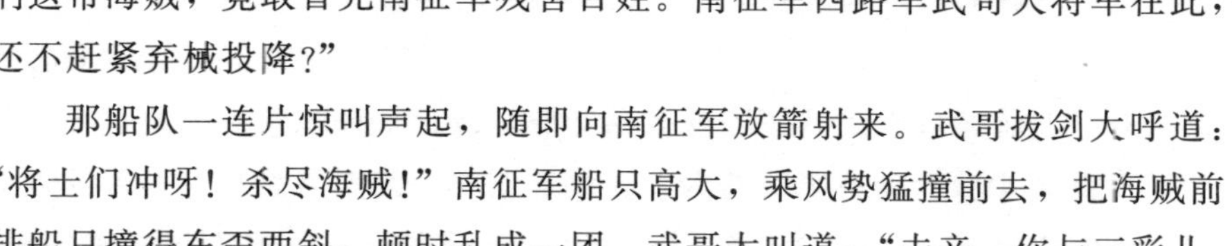

那船队一连片惊叫声起，随即向南征军放箭射来。武哥拔剑大呼道：“将士们冲呀！杀尽海贼！”南征军船只高大，乘风势猛撞前去，把海贼前排船只撞得东歪西斜，顿时乱成一团。武哥大叫道：“夫辛，你与三彩儿、孟娘领人去护住被捉的妇女。”

夫辛大声应命，振剑高叫道：“三彩儿，孟娘，领队跟我来！”随即率二十艘大船突入海贼船队中去。押载妇女的三十二艘船只都在后队，听得前面喊杀声大作，船上的数百名妇女顿时骚动起来，看押的海贼挥舞刀枪弹压吆喝，也无济于事。眨眼间，夫辛、三彩儿、孟娘领着二十艘大船撞至海贼后队，喊杀声中，夫辛提剑率先跃入一押载妇女的船上，十数名海贼执兵器围来拦截夫辛，夫辛大喝一声，一剑砍倒一名海贼，那十数名海贼忙退了开去。船中一名女子挣脱捆绑着的绳索，正为其他妇女解绳时，数名海贼冲了上来，挥刀便砍，那女子大喝一声，一脚把一名海贼蹬下海里，其余海贼见了，各自愣在那里，竟不敢上前。夫辛大叫道：“好姐妹，真是好样的！”一边呼叫时，早又把船上余下的海贼斩落海中。三彩儿、孟娘也已挥军杀尽看押妇女的海贼，被捉的四百六十二名妇女无一伤亡。

海贼抵挡不住西路军的猛烈攻击，不到半顿饭功夫便土崩瓦解。海贼被杀死、落水溺死的达八百人，余下不足两百人全都弃械投降了。

武哥传令，即押被俘海贼驾船望高山而来。

将近两个时辰，武哥所率西路军船队在高山靠岸。儋耳旧洋洞渠帅隆里、高山洞渠帅光南、海头洞渠帅聿位前来迎接。将士们看着在野地里停放的尸体，还有跪地而哭的村民百姓，不禁凄然伤感。被捉去的妇女虽然一个不少都救了回来，可她们中只有二十八人找到了幸存的家人，其他四百三十四人的家人都被海贼杀得精光。这几百妇女呼天抢地，哭声震荡郊

野。隆里对武哥道："清点过了，被杀死的寨民有一千三百六十三人，受伤的寨民有五十八人。这帮海贼真是灭绝人性呀！"武哥红着眼睛，说不出话来。只听夫辛大喝道："把海贼都押上来！"

近两百名海贼均捆绑着跪在地里，上千寨民狂呼着涌了上来，要杀这帮海贼。武哥大声道："乡亲们先不要动手，且听我说。海贼冒充南征军掠劫百姓，残杀无辜，最终被我们南征军一举歼灭，余下近两百海贼都押在这里，等我们当众审问明白了，再杀不迟。"

乌烈洞渠帅鳞乍道："众父老，我便是乌烈洞大酋鳞乍，与浪炳洞奂奇老爷、羌园洞且申老爷，还有诸洞老爷，连日来都在南征军大营中，与武哥大将军寸步不离。接得高山、红坎告急时，我们与武哥大将军及诸将官正在商议事宜。我鳞乍敢拿人头担保，南征军没有做对不住百姓的事。南征军接得急报，即挥军在海中拦截了海贼船队，救下被捉去的姐妹回来。鳞乍与诸洞老爷都随军杀贼。并无半句谎言。"

忽然，高山洞渠帅光南向跪在地里的那帮海贼走去，来到一个海贼面前，他伸手拍了一下那个海贼的肩膀，道："你抬起头来。"那海贼低着头，就是不肯抬起。光南狠拍那海贼的脑袋，道："你抬是不抬？"那海贼只得抬起头来。光南大惊道："果然是你呀！怪乎我总感觉眼熟呢！"光南一把将那海贼扯起，拉了出来，大声道："乡亲们请看，这是罗带洞大酋英天大老爷呀！怎么当了海贼啦？"

英天脸如死灰，乞求道："求乡亲父老饶了我吧，我是罗带洞英天，做了元始帝的臣子，被授为罗带县令。月前，元始帝弟、骠骑大将军、太宰、领九龙太守、儋耳侯褚品来镇九龙，与我密谋领一千军马，打着南征军旗号，洗劫红坎、高山等地，寄祸于南征军，好让众百姓与南征军为敌，不让南征军在朱崖立足。"

三彩儿问："你们捉了那么多妇女，打算做甚么？"英天道："褚品说把她们贩卖为奴，换取银两充实国库，好抵御南征军。褚品也被俘了，你要不信，可去问他。"

夫辛大叫道："哪个是狗贼褚品？"众俘虏纷纷把目光投向一个低着头、浑身发抖的人。夫辛上去一把抓起褚品，把他掼到草地里，大喝道："你就是褚品反贼？你坏事做尽，该有今日！"

众百姓激怒了，怒吼声中一齐扑向褚品、英天。武哥大声道："众乡

亲父老且听我说。褚俭逆贼蛊惑人心，背叛朝廷，残害朱崖百姓，罪不容诛呀！褚品、英天二贼假冒南征军杀害高山、红坎一千多百姓，罪恶滔天，二贼虽死百次不能抵命。南征军奉朝廷之命讨贼平叛，国法军规必当遵守。现在褚品、英天二贼已被擒获，我即报宣义绥安护征将军冼夫人知晓，再咎褚品、英天二贼之罪恶。”武哥说完，即命军士将褚品、英天及一百九十一名俘虏押去高山洞渠帅光南寨府中禁闭起来。

西路军在高山野地里立营。当晚，武哥正在吃着饭时，突然夫辛进来报告道：“武哥大将军呀，不好啦，刚才高山、红坎等村寨百姓及那几百名救回来的妇女，趁着看守军士不防备，冲入光南大老爷府寨中，把褚品、英天及那帮俘虏一个不留，都打死啦！”武哥惊问：“光南大老爷也阻不住么？”夫辛道：“光南老爷，还有隆里老爷、聿位老爷都在，却阻止不住呢！”武哥喃道：“虽说这帮逆贼罪有应得，但我如何向夫人交代呢？”夫辛出去时扔下一句：“不好交代就别交代好啦！”

二更时，武哥召众将及荆祓、滕并，还有乌烈洞渠帅鳞乍、涨炳洞渠帅奂奇、羌园洞渠帅且申、旧洋洞渠帅隆里、高山洞渠帅光南、海头洞渠帅聿位等在大营里会议。武哥道：“西路军本来就要渡乐安水南下了。实在想不到高山遭此惨劫。南征军本为讨贼平叛而来，却未能保护好百姓，这都是武哥之过呀！”光南道：“若这样说起来，便是光南的罪了。这帮反贼也真正令人胆寒，不只是杀人不眨眼，残忍至极，且行动神速呀！唉！我领寨兵赶来时，这贼已去得无影无踪啦！”隆里道：“光南老爷呀！死了那么多寨民，任是谁看了都痛心，只怪褚品、英天二贼心狠手辣，惨无人道罢了，你也不必太自责。只希望南征军早日荡平褚俭反贼，朱崖才有太平。”龚自明道：“南征军越逼近岛南，褚俭越发坐立不安，狗急跳墙，沿海诸洞更应戒备设防呐，不然，我们前头杀贼，后头生乱，南征军来回颠簸，奔忙无功呀！”夫辛笑道：“光南大老爷，早时寨民群情激愤，杀了褚品、英天那帮反贼，我们武哥大将军怕不好向护国夫人交代呢。”光南恨道：“杀人偿命，天公地道，用甚么交代不交代，若护国夫人怪罪下来，光南自去承担！”

武哥道：“还有一事。早时，那几百获救的姐妹来大营向我请求，让她们投南征军杀贼，报仇雪恨。我一时不敢答应……”聿位哑然失笑，道：“这确实不好办。这几百女子被反贼掳去，幸被南征军所救，她们把

南征军看作恩人啦！可是这女子呀……能做得甚么呢，还不是给南征军添乱，武哥大将军行军之中，又怎么能照管她们哪？难！难哪！"隆里忙看了聿位一眼，聿位自知失言，忙笑道："这帮女子又怎能与武哥大将军相比？"夫辛笑道："聿位大老爷也别太小看她们，今日海战时，那个叫庄牙的女孩子，不过十八九岁吧，她自己挣开了绳索，一脚就把一个贼兵踢下海中去哪！"聿位笑道："有这事？碰巧罢了。"

正在议说时，军士进来报，那几百获救的女子又来大营了，说不管武哥大将军答不答应，她们都要投南征军，再不走了。武哥笑了笑，对众人道："我们都出去看看如何？"

承圣二年八月初三日，梁元帝下诏返京都建康。领军将军胡僧祐、太府卿黄罗汉、吏部尚书宗懔、御史中丞刘瑴等大臣都劝谏，以为建康王气已尽，和北齐只有一江之隔，若有不测，悔之莫及。而且自古有谚语云："荆州洲满百，当出天子。"历来荆州只有九十九洲，现在枝江又生一洲，百数已满，正应天意民心，可在荆州立都。梁元帝命众朝臣会议。黄门侍郎周弘正、尚书右仆射王褒以为，现在天下百姓未见舆驾入建康，只当梁元帝是列国诸王之一，梁元帝应顺从四海之望，返都建康。当时群臣百官多是荆州人，都不同意在建康设都，指责周弘正等人本是东部人，世居建康，当然愿意东下回建康去，这只是一己之私，事实不是良策云云。周弘正脸红耳赤，争辩道："我们要东归，你们说非良计。你们想留在这里，难道就是长策了？"梁元帝见大臣们争得脸红脖子粗，各不相让，不觉好笑，于是又把会议拉到后堂继续，参会者有五百余人。

梁元帝道："朕的想法还是回建康好，你们说句公道话，这事可不可行？"这时众官倒不敢先开声了。梁元帝道："劝朕回建康的左袒。"结果左袒者过半。武昌太守朱买臣会后来见梁元帝，道："建康旧都，乃祖宗山陵所在，荆州边镇，历来非王者之宅呀！愿陛下再勿迟疑，以致后悔。臣家就在荆州，难道不想陛下留居此地？但这恐怕是臣之富贵，并非陛下之富贵呢。"

梁元帝请术士杜景豪占卜，结果东归建康不吉。梁元帝以为建康战后凋残不堪，而江陵却是全盛时期，自己事实也想留在这里，最终听从王僧祐等人的建议，定都荆州。

承圣三年三月二十一日，西魏侍中宇文仁恕为使来与梁通好，刚好北

齐使者也来江陵。梁元帝接待宇文仁恕的礼节不及齐使。宇文仁恕很不高兴，回去后报告了宇文泰。梁元帝又向西魏提出要根据旧地图重新定梁魏疆界，国书措辞颇为不逊。宇文泰笑道：“古人说，‘天之所弃，谁人兴之？’正是说这个萧绎呀！”西魏荆州刺史长孙俭屡向宇文泰陈述攻梁的策略。宇文泰以为长孙俭很有见地，即把他召入朝中，面对面长谈，之后又命他回还镇地，秘密准备攻梁计划。

北齐命大将军郭元建在合肥训练水军，遣将军邢景远、步大汗萨领军为后援，准备袭击建康。郭元建本为侯景心腹党羽，据有广陵。侯景败亡后，侯子鉴渡江逃至广陵，撺掇郭元建举城投降了北齐。

陈霸先在建康接到探报，即上报梁元帝。梁元帝诏命王僧辩镇守姑孰以为防备。

承圣三年四月十三日，梁大将军侯瑱与齐郭元建在东关会战，齐军大败，下水溺死者数以万计。

陈霸先举军乘势从丹徒渡江，包围北齐广陵城。侯瑱、张彪、严超达也分别领军包围泾州，为陈霸先声援造势。北齐冀州刺史段韶接到广陵、泾州告急文书，即起军援救，部属诸将怕陈霸先势大，很是担忧。段韶笑道：“诸君勿忧！梁氏丧乱，国无定主，人怀去就，强者从之！陈霸先虽对外称与梁朝同心同德，而骨子里实存异心，和王僧辩也不能同船而渡呢。这个梁国呀，分崩离析啦！”于是领军兼程赶赴泾州。侯瑱想不到齐军如此神速，突然杀到，只好引军退去。陈霸先见齐大军压境，忙命突围退军回丹徒。

梁元帝担心王琳部众强盛，又得人心，留在身旁始终不是好事。刚好接得广州刺史、曲阳侯萧勃请求入朝表疏。梁元帝同样不放心萧勃，干脆准了萧勃所求，授为晋州刺史。承圣三年五月，授王琳为广州刺史，让他离得远远的。

王琳与主书李膺交情很好，他私下找李膺诉苦：“我王琳是个出身低微的人，承蒙朝廷拔擢才有今日呐。如今天下未定，就迁我去岭南，朝廷如有不测，王琳想要效命都恐怕不能呀！我私下想来，朝廷不过是疑心我罢了。王琳分望有限呀！敢存非分之想，与今上争帝么？朝廷为何不把我调为雍州刺史，镇守武宁呢？我也可领军马垦荒屯田，为国家捍卫边疆呀！”李膺以为王琳说得在理，也很同情他的处境，可就是不敢向梁元帝

转陈王琳的心迹。

王琳事实不愿受广州刺史之职，但又不敢违抗皇命，他磨磨蹭蹭，并不动身，只命副将孙玚先行率军入岭南。曲阳侯、广州刺史萧勃虽从番禺迁出，也没有北上，只与部属引军马扎在始兴。

散骑侍郎庾季才深谙天文，他对梁元帝道："去年八月丙申日，月犯心中星。这个月丙戌日，赤气干北斗。心为天王，丙主楚分，臣担心会有外敌侵犯江陵呢！陛下宜留重臣镇守江陵，然后整旆回建康以避其祸。就算魏虏入侵，最多失去荆湘，对于整个国家来说，并没多大伤害呀！"梁元帝也通晓天文，也知楚地有灾，叹道："祸福在天呀，躲避有什么用呢？"

西魏命柱国、常山公于谨，中山公宇文护，大将军杨忠领五万大军攻梁，承圣三年十月初六日发兵长安。长孙俭问于谨："我们今番用兵，你说萧绎会怎样应付呢？"于谨笑道："萧绎么？如果他即速东还建康，起军汉、沔，席卷渡江，直据丹扬，这真真是上策呀！如果他即移都城内居民退入子城，然后加固城防等待援军到来，这便是中策。如果他既不想回建康，又不想挪出江陵，只是死守，那真真是下策了。"

长孙俭笑问道："你说的这上中下三策，萧绎会选择哪一种呢？"于谨笑道："萧绎还是会用下策的。"长孙俭又问："何故？"于谨道："萧氏保据江南能有数十年之久，不是萧氏有甚么能耐，实因中原多故，内乱迭出，不遑外侵呀。萧氏又以为我国有齐氏之患，也不能分心分力攻他。而且萧绎看似聪明，实际懦而无谋，多疑少断，荆州人怎么会为他设心处地，同心一气呢？荆州官员只眷恋自己的家乡，又怎么会跟他回建康去呐？所以萧绎必用下策，坚守荆州不动摇。"

十月十三日，武宁太守宗均报告魏军将至，梁元帝急召众公卿会议对策。领军胡僧祐、太府卿黄罗汉均以为梁魏两国通好，从没有大的摩擦冲突，不可能有这样的事发生。侍中王琛道："我去年通使魏国，揣摸宇文泰的举止动态，必无入侵我国之理。"梁元帝于是又派王琛出使魏国。十月十八日，于谨到了樊、邓两州，梁王萧詧忙率众官与他会见。

梁元帝喜好玄学，经常在龙光殿讲说《老子》，文武百官均来听讲。自从接得魏军犯境报告后，梁元帝不敢再讲说《老子》了，下令江陵台城内外戒严，气氛顿时紧张起来。王琛到了石梵，不见有魏军的影子，即驰

书飞报黄罗汉道："吾至石梵，境上贴然，前言皆儿戏耳。"梁元帝听这样说时，心里将信将疑起来。不到两天，又继续在龙光殿讲说《老子》，文武百官又戎服听讲。

梁元帝到底不放心，十月二十六日，派主书李膺来到建康，征调王僧辩为大都督、荆州刺史，即刻领军防卫江陵；命陈霸先徙镇扬州。王僧辩命豫州刺史侯瑱率程灵洗为前军，兖州刺史杜僧明率吴明彻为后军。王僧辩虽然做了这样的安排，却不命令大军赶赴江陵。

十月二十八日夜，梁元帝登上凤凰阁，倚靠在护栏上，静静地看着天上的星象，许久才叹道："客星入翼、轸，今日必败矣！"左右嫔妃们听了，全都惊恐落泪。

陆法和知得魏军犯境，忙率军从郢州入汉口，赶赴江陵。梁元帝派使者去拦住陆法和，说，"我自能破贼，你只要镇守住郢州就可以，无须来援江陵。"陆法和只好又率军回到郢州。他用白土浆涂抹整个城门，然后身穿麻衣，坐在苇席上整整一天才脱去。后来人们才明白，原来陆法和有先知先见之明，知道江陵必破，梁元帝必死云云。

承圣三年十一月，西魏军渡过汉江。于谨命宇文护、杨忠率精锐马军先据了江津，把东路断了。十一月七日，宇文护攻克武宁，生擒了宗均。这日，梁元帝乘舆出城巡视防御栅营，见将士们不辞劳苦，日夜不休，已在城外修筑起一道长达六十余里的营栅，心里略为欣慰。梁元帝命领军将军胡僧祐都督城东诸军事，尚书右仆射张绾为副都督；左仆射王褒都督城西诸军事，四厢领直元景亮为副都督；王公以下大臣都调遣各处守防。又命太子巡行各城楼，督令居民协助运木石上城墙作防御之用。十一月十三日，西魏军已到黄华，离江陵只有四十里。十一月十四日，西魏军终于掩至江陵城外栅营下。

梁元帝急调广州刺史王琳为湘东刺史，命他即速领军入援。当日，栅营突然起火，焚毁营城二十五座及百姓房屋数千户。梁元帝登上被焚毁的营城，眼光光望着西魏军继续渡江而来，只能四顾叹息。当夜，梁元帝再不敢入宫，在一户百姓家里住下了。次日又移到祇洹寺住下。于谨命西魏军赶筑长围，把台城包围起来，江陵城内外信息全被断绝了。

信州刺史徐世谱、晋安王司马任约等在江陵南岸马头筑营垒，虚张声势，但并不来援。这夜，梁元帝巡城，犹自口占作诗，群臣也有和者，倍

添伤感。梁元帝裂撕一块帛作书信促王僧辩入援："吾忍死待公，可以至矣!"梁元帝居无定所，在长沙寺、天居寺之间来回替换居留。十一月十六日，王褒、胡僧祐、朱买臣、谢答仁等领军开栅门出战，结果全都战败而归。朱买臣按剑入来对梁元帝道："唯有杀了宗懔、黄罗汉，才可以谢天下。"梁元帝苦笑道："没用了。当日不回都建康，事实是我的主意，不光是宗黄之罪呀!"宗懔、黄罗汉惊恐不已，急混入军中，再不敢出头。

王琳领大军赴援江陵，军马赶至长沙时，长史裴政提议由他抄捷径先通报江陵，王琳同意了。裴政来至百里洲时，不幸被西魏军抓获。梁王萧詧对裴政道："我，是武皇帝的孙子，难道不可以做你的君王么？你今日被擒，如果听从我的吩咐，将来贵及子孙。如若不然，则身首异处，你应该明白吧?"裴政假意答应道："好！唯命是从。"萧詧命军士把裴政押至江陵城下，让他对城上传话："王僧辩听说台城已被包围，私自称帝了。王琳势孤无援，也不能领军前来啦!"乘着监押的军士不防备，裴政又张口大呼道："刚才是我被逼说的假话，其实天下援军大至，请各思自勉，坚持抵抗。我因过来报信被捉了，今日唯有舍身报国啦!"监押裴政的军士狠狠抽打他的嘴巴，裴政满口是血，但毫无惧色，依然大骂不止。萧詧恼怒，命立即杀掉裴政。西中郎参军蔡大业劝谏道："裴政是个硬骨头，所谓忠直之士，众望所归呀，如果这时杀了他，很难攻下江陵呀!"萧詧这才放过裴政一条小命。

梁元帝四方征调勤王大军，可是都未到来。十一月二十日，西魏军百道攻城，城中军民以门板当盾牌，全力抵抗。胡僧祐亲冒矢石，日夜督战，赏罚分明。于是将士们同仇敌忾，抱着必死之心，无不以一当百，西魏军屡番攻击，都无功而退。两军鏖战中，胡僧祐不幸中流矢而死。这下不得了，梁军内外大乱。西魏军乘这机会，尽起大军攻破营栅，鼓涌而入。有人见大势已去，即开西门迎进西魏军。梁元帝和太子、王褒、谢答仁、朱买臣领军退保金城。

当晚梁元帝入东阁竹殿来，命舍人高善宝带人焚毁所藏古今图书。引火烧书时，宫人侍从都跪下求告，梁元帝脸色大变，吼道："烧!"又将佩剑拔出，狠命向石柱砍去，宝剑立断。梁元帝呆在那里，良久叹道："文武之道，今夜都没有了。"梁元帝命御史中丞王孝祀作降文向西魏投降。谢答仁、朱买臣等劝道："城中还有军马，魏军未知虚实，我们乘夜突围，必能成功。我们可渡江去寻任约呀！”当时任约在马头岸筑营扎军，与江陵只有一江之隔。梁元帝素来不会骑马，叹道：“这事肯定不成，我怕是自寻其辱呐！”

谢答仁道：“我扶陛下乘马突围。”梁元帝犹豫一下，望着王褒，征求他的意见。王褒道：“谢答仁本是侯景党徒，我们怎么能全信他的。万一他又起背反之心，岂不更糟。与其成彼之功，倒不如现在就降了魏军。”梁元帝决意不去投任约，谢答仁只好请求守子城，并称可以集结五千人马御敌。梁元帝这才答应了，即授谢答仁为城中大都督，还应允把公主配给他为妻。一会梁元帝又找王褒来商议，王褒又认为不妥。梁元帝又举棋不定了，谢答仁要入见梁元帝，被梁元帝拒之门外。谢答仁气急攻心，呕出一大口鲜血，大哭而去。

于谨接到梁元帝请降书，要求梁元帝派太子为质。梁元帝别无他法，只好让王褒为使送太子过去。于谨的儿子知道王褒工书，便拿来纸笔，让他题写。王褒写道：“柱国常山公家奴王褒。”当时于谨是西魏柱国大将军，封常山公，王褒自称是于谨的家奴以示顺服。

十一月二十五日，梁元帝去掉羽仪服饰，穿着白衣素服，骑着白马，由一侍臣牵引辔头徐徐而行，率百官走出东门。梁元帝抽出宝剑，狠击城楼门扇道：“想不到萧世诚竟至今日！”

西魏军士牵着梁元帝的白马，来到白马寺北，即刻把这匹骏马换掉，让梁元帝骑一匹驽马代步。又由高大雄壮的胡人军士扼着梁元帝的脖项，不让他抬头。一路走来，到了于谨大营时，胡人军士一把拉下梁元帝，让他跪拜于谨，于谨哈哈大笑。

梁王萧詧知道擒了梁元帝，大喜过望，即派铁骑押梁元帝来大营见面。梁元帝被囚禁在黑暗的幔帐里，受尽萧詧的侮辱。

于谨逼梁元帝写书信命王僧辩来降，梁元帝不答应。于谨笑道：“今日还由得你么？”梁元帝道：“今日由不得我，王僧辩自然也由不得我啦！”于谨又笑问：“平日你嗜书如命，自称博览，常命左右勤读书。听说你昼夜不停歇读书，就是睡着了，手犹不释卷呢，怎么今日把十四万卷书籍都烧毁了？”梁元帝道：“纵使读了万卷书，还是有今日，所以烧啦！”

承圣三年十二月九日，于谨杀了梁元帝。还把太子萧元良、始安王萧方略、桂阳王萧大成一并杀了。

西魏立梁王萧督为梁主，把荆州划为萧督之国土，延袤只有三百里地，其他诸如雍州一大片境土则归入西魏。萧督居住在江陵东城，西魏则在西城驻扎防军，名为助防，实际是不放心萧督，监视他罢了。于谨命把江陵府库所存珍宝诸如宋时的浑天仪，梁时铜晷表，直径四尺大玉璧等尽数运回西魏国去。又将王公以下被俘职官及挑选出来的百姓男女计有五万多人充为奴隶，分赏给三军将士，全数驱赶回长安。那些弱小病残者尽数杀绝，幸存者只有三万余户，而人马踩踏及冻死者又占三成，真是所剩无几了。

起初于谨率西魏军扎在江陵时，怂恿部属劫掠百姓，萧督部将尹德毅很是不忿，他暗地里对萧督进言："魏军贪残极恶，杀掠士民，罪不胜计。江东民众遭此涂炭，都认为是殿下所为呀。殿下既然担下杀人父母兄弟，使人妻离子散之罪名，你就是江东百姓的大仇人、大公敌了呀！天下再有谁承认我们这个国家呐？如今魏国精锐军马都集结在这里，如果殿下伪设宴会，请于谨等辈前来赴会欢庆，我们预先埋伏下武士，出其不意斩杀于谨等辈，然后命诸将领军分头袭击其营寨，把魏国群丑杀个精光，一个不留。再安抚江陵百姓，那时文武群僚，各按才能就班。这样一来，魏国震惊之中，断然未敢来军犯我。至于王僧辩、陈霸先之徒，殿下一封书子即可招服。然后朝服渡江，堂而皇之还都建康，入践皇极，晷刻之间，大功可立，名位分定。古人云：天与不取，反受其咎。愿殿下心怀天下，高瞻远瞩，切勿安于现状，做坐家翁呐！"

萧督道："唉！你这计策不是不好，可是魏国待我不薄，我暂时还不好背反呐！若现在就按你说的去做，将会怎样？人将不食吾余呐！还有人会相信我么？"竟是不从。后来整个江陵城不论老幼都被于谨掳掠清光，又失掉了襄阳时，萧督才知后悔了，叹息道："恨不能用尹德毅之言呀！"

绍泰元年一月，梁王萧督即皇帝位于江陵，改元大定，史称后梁。萧督追尊父亲昭明太子为昭明皇帝，立子萧岿为皇太子。

湘州刺史王琳领军从小桂岭南下，至蒸城时，知道江陵已沦陷，即命三军缟素，为梁元帝发哀。王琳哭道："江陵沦陷，岳阳王是首恶，琳若不能生擒岳阳王为圣上雪恨，决不立在人世！"随之命大将军侯平领水军进攻后梁。王琳屯军长沙，传檄所属各州郡，为进取之计。长沙王萧韶及上游诸将全数声援王琳，公推他为讨伐后梁盟主。

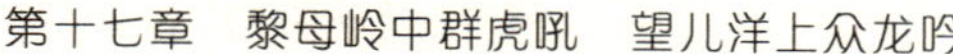

王僧辩、陈霸先等共奉江州刺史、晋安王萧方智为太宰、承制。萧方智字慧相，小字法真，是梁元帝第九子。绍泰元年二月十八日，萧方智从寻阳来到建康，入居朝堂，即梁王位，时年只有十三岁。授太尉王僧辩为中书监、录尚书、骠骑大将军，都督中外诸军事；加封陈霸先为征西大将军；任南豫州刺史侯瑱为江州刺史；湘州刺史萧循为太尉；广州刺史萧勃为司徒；镇东将军张彪为郢州刺史；其余有功将佐官僚职吏俱各升擢。

楚桑可捧水洗了洗脸，接泉水吃了几口，然后双手掬水来喂甘弁。楚桑可手中的水一滴一滴，慢慢地滴在甘弁嘴唇上，不大一会，甘弁的嘴唇会动了，显然吃到了水。楚桑可高兴道：“吃吧，吃吧，会吃水就不会死啦！”（见第十八章）

拳掌翻飞中，猛听得车孟一声断喝，一掌击中角扎胸脯，角扎庞大的身躯站立不稳，直向身后那棵椰树倒撞而去，嘭的一声撞在椰树干上，那椰树一阵抖动。座中喝彩声大起。（见第十八章）

第十八章

奇缘缔结苦水井　正气播扬椰风园

承圣三年二月二十七日傍晚时分，在黎母岭大营的冼夫人接到西路军主帅武哥的书信。冼夫人甚为欣慰，她把张融找来中军帐，笑道：“武哥大将军、武哥大先锋来书了，你这个大学究要不要看？”张融忙问：“她信里说甚么？该不是遇到麻烦了？”冼夫人笑道：“你不要把人看扁了嘛。在我身边，她是个调皮的小丫头，在你身边，是个不懂事的小娇妻，可在西路军将士眼中，她是大将军、大先锋呐。”张融笑笑，道：“这都是夫人让她为西路军主帅的缘故，自然是大将军、大先锋了。”冼夫人笑道：“不光是本部将士称她为大将军、大先锋呀！西路军南下沿途诸洞百姓对她无不诚服。你自己看看这封书便知。”张融接过书信，才看了数句，便不禁失笑：“我今天是第一次看她写的书信呢，不通，不通，笑死人了。”冼夫人笑道：“好得很呢，吃惊了吧？不要动不动将大学究的名头搬出来吓人。昔日鲁子敬连称吕蒙不是当日阿蒙，可知只要肯用心，没有甚么可以难人。起初我让武哥为西路军主帅，你诸般不放心，现在该放心了吧？不是我夸她，西路军所遇之事，件件都是大难事呀，她却处置得恰到好处。别的不说，就是救下那几百妇女一事，恐怕你也想不出办法来呐。”

张融已看完书信，抬头问冼夫人道：“不成真让这几百妇女随军征战？”冼夫人道：“南征军出征前，我是交代过，一般不收百姓入军中，就是渠帅寨兵也不能收，我怕军马逐日扩大，授人把柄，惹来不必要的麻烦。武哥来书谈及这几百妇女自愿随军，且诸洞渠帅也知这事之始末，则另当别论。我就给武哥回书，这几百妇女就收了，编成娘子军自成一队，

将官由谁来任，听武哥定夺。”张融道：“妇女为军，自古未有呀，还得由夫人定夺。”冼夫人笑道：“昔时孙武子都可练成女兵，武哥大将军就不成么？我看成。怕小孩童摔跤，父母老是抱在怀里，不敢放到地上去，这小孩童永远不会走路呀！当年诸葛亮屡伐中原，为何不能奏功？便是不信任别人。不是不信别人忠心西蜀，而是不信别人有能耐呀！结果呢，自个儿悬军深入敌境，遇些小挫折，便显得手忙脚乱。不说了，这个你比我懂。”冼夫人呼口气，又道：“武哥那边有了好消息，也不知甘将军那里怎么样了。把诸将都找来，让大家看看这书信，都高兴高兴。”

廖明数日前与颜准、宋一鸣、师象焱、管和子四个医佐到罗担、什寒等洞为乡民治病，还未回营。帐下众将看了武哥的来信，大伙儿七嘴八舌，莫不兴奋异常。阿秀笑道：“夫人呀！过去我们冼家军只有女将，从今以后也有女兵啦。娘子军，娘子军，多好听的名字。”七儿嘟着嘴道：“让武哥这死丫头赶着了，都成了武哥大将军、武哥大先锋啦！从今以后，我们不成了她的部属了？”冼夫人笑道：“眼红了吧？你甚么时候长进了，我也让你当大将军、大先锋。”阿秀弄个鬼脸：“就叫七儿大将军、七儿大先锋。”大伙都笑了。

龙大石进来报告道：“夫人，刚才有兄弟在帐营里铺盖下捉到一条大毒蛇，足有五斤重，拿去厨房煮了。”冼夫人皱眉道：“这里天气，大冬天还是这么暖和，常有毒虫蛇出没，现在是春季，更是多蛇虫，让军士们小心，晚上睡前都要抖过被盖方可。”龙大石答应去了。

忽然又有军士入来报道：“营里来了一位姑娘，说要见夫人。”冼夫人哦了一声，喃道：“多早晚了，会是谁呢？请她进来吧。”冼夫人声音未落，随着一阵轻风，一位姑娘早已闯进帐来。这姑娘头上一束长发虽然打了一个大发髻，然犹有一大截随脖项飘落垂肩，前额戴一个镶宝石抢彩九翅盘顶护髻箍，上插三根七彩雉羽，两耳垂穿悬碗口大金环圈，脖颈上六只九环玲珑赤金响圈，身着一套银丝环勾窄身紧袖短摆褂，外罩龙筋驳金犀牛软皮甲，脚穿一双绛红翻白牛皮靴，两手腕各有八只金银环，腰后处系一把宝刀。冼夫人看着这姑娘，心里道：“这姑娘皮肤黑里透红，脸上虽有纹绣，却丝毫掩不去俊俏呀！浑身上下还透出一股野气呢。”

那姑娘大眼睛左右一扫，翘起下巴问：“谁是冼夫人？谁是七儿？”大家吃了一惊。阿秀道：“这姑娘怎么如此无礼？”冼夫人微微笑道：“我就

是冼夫人……”那姑娘道：“哦，你是冼夫人，那谁是七儿？”七儿没好气道：“没教养的小丫头。我便是七儿，有何指教？”那姑娘道：“好！你两人都在，我要你两人答应让甘弁娶我！”此言一出，众人呀的一声，都惊呆了。

甘弁率东路军自颜卢、紫贝一路南下，历时半年，南扶、龙门、下寨、石马、罗宝、伍园、典昌、罗凌、长坡、曲溪、山牛田等二百七十六洞先后望风归义。东路没甚么崇山峻岭，唯有万全水出东海口，河深水阔，幸得紫贝嘉积洞渠帅史泉、万全洞渠帅滚宾、古调洞渠帅乎来什搜罗船舟渡过万全水，东路军得以顺利来到紫贝会山洞境地。

还在嘉积时，史泉就对甘弁道：“会山洞楚触老爷财雄势大，朱崖扬名。楚触生有四个儿子，个个武艺高强，都有万夫不挡之勇。老大楚傣比，惯用大刀；老二楚登岽，惯用铁棍；老三楚焚侯，惯用双叉；老四楚纮和，惯用大斧。还有一个女儿叫楚桑可，也会武艺，用一柄点金长矛。楚触蓄有近五千寨兵，其平日操练之法，大异朱崖土著习俗。三乐塘、龙滚、山根诸洞豪右与楚触数代结为深交，生死与共。若得楚触归义，诸洞自然降服。”东路军甫入会山，洪通道：“甘将军且把军马扎下，未宜急进，先派人送书信给楚触，晓之利害，看他怎么说。”甘弁便让洪通修书，着两个信使送呈楚触。

楚触已是六十出头年纪，早年常在广、交、越、宁诸州经商，专事贩卖珠宝、布帛、漆料。且为人厚道诚实，道上称为“衷公”。普通六年，宁州巨富陈迟死后，家道衰落不堪。数年前，楚触查账本尚欠陈迟一笔账未清，即遣人持银送往宁州陈迟府中。公干人回报陈迟子孙窘迫情形，楚触又遣人赠予巨资，其豪侠仗义如此。

楚触接到南征军书信，忙召几个儿子来商议。大儿楚傣比道：“元始帝封父亲为会山郡太守、紫贝侯，父亲都不接受，今日若归附南征军，怕……”楚触道：“甚么元始帝？能兴头几天？朝廷既然举兵南来，褚俭又怎能抗拒得了。听说南征军主帅冼夫人被称为圣女呐，岛北百姓奉若神明呢。南征军所向披靡，沿途南下诸洞均望风归义。我估摸着，不出两年，这个褚俭就得走路。”老二楚登岽道：“南征军能轻易南下，是因诸洞力量弱小，无力抵抗所致，也不见得南征军如此神奇。”楚触道：“所谓旗帜分明，出师有名呀。诸洞力量弱小？无力抵抗？南扶、嘉积、典昌、万

全诸洞力量也弱小么？万全洞比我们势力还大，怎么也归义了？”老大楚傣比道：“就算归义，也不能太轻易。”楚触道：“那你主意怎样？”楚傣比道：“我们家在朱崖有名人强马壮，众人无不侧目。我想先与南征军战一场，等我赢了他，再归义，那时别人也不敢小觑我寨。”楚触没有吭声。

甘弁见楚触没有回音，不禁焦躁起来，道：“若是会山洞与我为敌，麻烦可大喽！”曾孝摘道：“大个屁！朱崖蛮子个个那么听话，去封信就投降了，我老姐大人请一帮会写字的人，抄写上千封书子分送各洞蛮子，让他们投降算了，还用领军马来这里打仗么？”洪通笑道：“话可不能这样说呀，这个楚触自家就有五千军马，与我们东路军旗鼓相当呀！楚触与三乐塘、龙滚、山根等洞结为生死之交。楚触与我们抗争起来，这几洞肯定出来帮拳，我们如何应付？”曾孝摘瞪圆双眼：“如何应付？打呗！还未打呢，你就惊得屁滚尿流，自家吓起自家来了。我老姐大人也真是，打朱崖，让我们这帮厮杀汉来就成了，你们这帮读书人就该在家里教书，来这里干么？又不会打仗。”洪通被噎得满脸通红：“你……”

曾孝摘不理睬洪通，朝甘弁道：“甘将军老哥，明日你让我领五百军马去会山寨捉楚触老蛮子回来投降你。郑家兄弟，奉义老侄，你们敢随老曾去么？”甘弁笑道：“曾老弟呀！你不用急，看来这仗得打了，你先让我想想吧。”

这日，会山洞楚傣比与弟楚登峚、楚焚侯、楚纮和、妹楚桑可率四千军马，距东路军大营五里地大水坡立营挑战。甘弁即与众将领四千军马迎敌。甘弁见会山洞军马整肃规则，不由吃惊，暗道：“劲敌呀！”对阵楚傣比大叫道：“我是楚傣比，我听说南征军兵强将勇，所向无敌。我今日想见识见识。”甘弁还未答言，只听得一声大吼，曾孝摘飞马出阵，挥刀大叫道：“我叫曾孝摘，你们这帮贼蛮子是不认得老曾。我听说楚触老蛮子生的几个儿子好没家教，要与南征军作对，都出来和老曾拼三百合。”楚傣比大怒，持大板刀跃马奔来，大骂道：“你这大眼贼，敢辱我父，我先斩了你！”照头一刀砍下，曾孝摘举大刀相迎，立时大战起来。

两将战有十余合，未有胜负。甘弁吃惊道：“曾孝摘有冼飞之勇，这个楚傣比竟能与他战十多合不败，可知会山洞名不虚传。”又听得一声大喝，原来是会山洞老二楚登峚见兄长不能取胜，也挥大铁棍上来双战曾孝摘。曾孝摘大叫道：“你们几兄弟都上来，让老曾一齐了账了吧。”三将又

战了二十合，直杀得天昏地暗，还是未分胜负。忽然哗的一阵声起，下起大雨来。甘弁大叫道：“傣比兄弟，现在已下大雨，不若我们暂且罢兵，择日再战吧！我决不会乘机追杀你！”楚傣比虚晃一刀，退出圈来，叫道：“老二，我们暂且休战，容日再斩大眼贼！”曾孝摛杀得性起，大叫道：“厮杀还要择日呐，下雨天凉快，正好厮杀。”拍马又来赶楚傣比、楚登崇。郑道培、冼奉义两骑飞奔前来，双双截住曾孝摛，郑道培道：“曾将军快快停下，甘将军已命休战，将命不可违呀！”

楚傣比退回营寨，召弟妹前来中军帐议事。楚傣比道：“刚才与南征军斗将，我已尽知南征军虚实，那个叫曾孝摛的大眼贼确实武艺高强，我们切莫与之硬拼，等我用计擒他，捉得这人，余不足论。大水坡地势复杂，南征军人生地不熟，必不知晓。明天我们引南征军入困牛岭，设伏军捉拿大眼贼，不怕他飞上天去。”众兄妹商议一番，才各自去准备。

第二天巳牌时分，报楚傣比又领军来搦战。曾孝摛一蹦而起：“今日必要斩杀这几个蛮子！”甘弁道：“曾家兄弟，我自有计策破会山洞军，你切勿急躁，听我将令行事。”曾孝摛拍胸口道：“今番定听大将军军令了！”洪通笑道：“听才怪哩！”

甘弁率军马又来至阵前。见楚傣比只带一千多军马，甘弁笑道：“傣比呀！你只有一千多军马，怎么与我战呢？”楚傣比笑道：“昨日与你斗了一阵，已知你的底细，今日我有妙计破你，只一千军足够啦！”曾孝摛大叫道：“你是我手下败将，还敢吹牛皮么？”楚傣比笑道：“你只是一勇之夫，不懂谋略，胜了你也不算甚么，杀一只猪罢了。”曾孝摛大怒，大叫道：“你贼蛮子敢小看老曾？”正要拍马冲出，被甘弁叫住了。楚傣比大笑道：“如何？我说你只是一勇之夫，认了吧，人家叫你上就上，人家让你逃就逃，一些主见也没有，还不是猪啊狗的？”曾孝摛哪曾受过这气来，这时再也忍耐不住，大叫一声，一马飞出阵中，挥刀向楚傣比劈来。

楚傣比一边挺大刀招架，一边大声道：“众将士快退走，大眼贼来了！”老二楚登崇率军向困牛岭脚退走。楚傣比架过一刀，勒马便走，大叫道：“大眼贼，敢随我来么？”曾孝摛怒起，大骂道：“拿住你这贼蛮子，吃你的肉！”骂罢拍马赶来。洪通大叫：“曾将军切勿追赶，贼军用计赚你呐——”曾孝摛哪里听得见，早追楚傣比入到困牛岭去了。

洪通对甘弁道：“贼军分明用计，将军怎么不阻止曾孝摛？”甘弁笑

道："众将士且随我去援救曾孝擒！"甘弁率军来到困牛岭山口，令将士们都原地待命，他自己持戟一骑奔上岭去。这困牛岭虽然不算高峻，然山势错综复杂，山回峰转，草木茂盛，烟锁雾凝，扑朔迷离，甘弁跑来跑去，终致迷路。甘弁不由心慌，暗叫不好："曾孝擒追入这里来，定是吃亏了。"

忽见前面山石壁下，走出一位骑马持矛的姑娘来，看时，正是楚触的女儿楚桑可。楚桑可一见甘弁，勒转马头就走。甘弁策马赶去，叫道："我兄弟曾孝擒在哪里？"楚桑可笑答："早被我大哥们捉去啦！"甘弁心慌，拍马来赶，转过一座山峰，又不见楚桑可了。甘弁勒着马原地打转，四处张望，忽然哗啦一声，甘弁连人带马陷入脚下一深洞里去了。

楚桑可不见甘弁追来，勒转马头又往回寻来，可是再莫想见到甘弁的影儿。楚桑可疑道："刚才还追着我来，怎么一转眼便不见了？就是跑下山去也有马蹄声呐！"忽见草丛中有一大洞，足有五六尺阔大，深不见底。楚桑可下马来，把长矛竖插在草地里，俯身探头往洞口下望，什么也看不到，她大声朝洞下叫道："下面有人么？"却不见有人回答。楚桑可刚要上马离开时，见洞口那杂草都垂向洞下，洞口边一棵小树木枝丫也折断了。楚桑可点头道："看这样子，这人一定是掉入这大洞里去啦。"

楚桑可摸索着探身洞口，小心攀援着洞壁而下，慢慢踏着实地，抬头往上面洞口看去，这洞几乎是垂直的，就像一口井。楚桑可自语道："真深呵！怕有两三丈高吧，我下来了，一会我又如何上去呢？"楚桑可搓搓手掌，猫身看时，这洞黑咕隆咚，继续斜陡深入。楚桑可倒抽一口凉气："这是甚么洞呀，前面漆黑一片，也不知还有多深呀！又没有火烛，怎么走呢？"楚桑可抽出宝刀，弯着腰身摸索而进，走有三百步时，那洞愈来愈宽敞，竟隐约可见光亮。再走约一百步，拐过右边石壁，楚桑可眼都大了，面前竟是一座约三亩地大小的大洞府。楚桑可借着微弱的亮光看时，这大洞上下四面都是石，那石或如梁，或如柱，重叠相接，样子怪异无比，却莫想见到一些泥土。楚桑可抬头往上看去，地面距洞顶最高处足有四丈高矮。楚桑可摸着洞壁，感觉湿润阴冷，寒气逼人。楚桑可暗道："从来不知这里有个大洞呢！这洞一定还有别的洞口，不然怎么这里又会有亮光透进来。"忽然楚桑可一声哎呀惊叫，原来她看到前面地旦躺着一匹马，走近看时，这马头破血流，已经死了。楚桑可心口咕咚一声："这

肯定是那人的战马，战马摔死了，他肯定也受了伤啦，肯定就在附近。”楚桑可走过右边石壁下寻找时，果然看见甘弁躺倒在地里，那把大铁戟丢在一旁。楚桑可暗道：“还未死吧？”刚要用手去摸探时，楚桑可猛又惊叫起来，原来她见到甘弁身下压着一条五六尺长短的大蛇。那蛇还活着，被甘弁的身体压住了，再也逃不开去，只是口吐芯子，拼命挣扎。楚桑可挥宝刀斩断那条大蛇的头，蹲身屈膝，扶起甘弁的身来看时，模糊可见甘弁的脖颈有蛇咬的牙痕，那伤口还渗出些许血水来。楚桑可惊道：“这人还未死，伤得不算严重，肯定是掉下洞来时，压着了这条毒蛇，让毒蛇咬了，才昏死过去。”

楚桑可收刀回鞘，把甘弁抱移到最光亮的地方放下，仔细查看过了，甘弁只是手臂上弄破了皮肉，再就是脖颈上让毒蛇咬了一口。楚桑可四顾一下，低头用口贴着甘弁的脖颈伤口吮吸起来。楚桑可用劲吮吸一会，又吐出口中毒血。再吸，再吐，反复数十次，累得满头大汗。楚桑可喘了一会儿气，自语道：“这人中毒未深，及时把蛇毒吸出，大概死不了，能弄点水给他吃最好。”

楚桑可站起身来，在洞四周摸摸索索，苦苦寻水。终于在一黑暗的洞壁下找到一处泉眼，那泉水不大，只是顺着石壁往下滴。楚桑可心中大喜：“天从人意哩。”忙合拢双手去接那水滴。楚桑可捧水洗了洗脸，接泉水吃了几口，然后双手掬水来喂甘弁。楚桑可手中的水一滴一滴，慢慢地滴在甘弁嘴唇上，不大一会，甘弁的嘴唇会动了，显然吃到了水。楚桑可高兴道：“吃吧，吃吧，会吃水就不会死啦！”

喂甘弁吃过泉水，楚桑可又去把那支大铁戟捡来放到甘弁身旁，然后沿洞中所有通道搜索，希望寻到别的出口，可是寻了近半个时辰，偌大的洞寻了个遍，莫想找到第二个洞口。楚桑可疑惑道：“原来这个洞只有一个洞口呢，怎么会有亮光呢？这可奇了！”楚桑可坐回甘弁身边发愣：“没有别的洞口，只能从原洞口出去了，这个洞口又深又陡，我自己出去都怕不能，又怎能把他带出去呢？”

楚桑可始终想不出把甘弁弄出洞去的办法。她叹了口气，抬头时见到对面两丈远近洞壁上有三个甚么字在那里。楚桑可起身走近去看，原来石壁上凿着“苦水井”三个字。楚桑可喃道：“苦水井？我刚才吃过这水，一点也不苦，还挺清甜甘美呐，甚么人有这闲功夫，说颠倒话来愚弄人？”

忽然楚桑可满脸发烫，心口扑扑直跳，气促起来：“哎呀！莫非真的有这等事？要真是这样，那……”楚桑可回头朝甘弁望去，羞得低下头来，哧哧笑着。

楚桑可是楚触唯一的一个女儿，今年二十一岁了。楚桑可长得俊俏可人，甚得楚触疼爱，有如掌上明珠。楚触粗通文墨，自小教楚桑可写算，数年下来，楚桑可竟认了不少字。楚触叹道：“我女儿聪慧过人，生在朱崖可惜喽！”楚桑可十五岁那年，随父亲到宁州做买卖，遇到一个术士，那术士看着楚桑可笑道：“你的丈夫，便是一个掉落井里的男子。”楚触听了术士这话，只是笑笑，并不以为意。楚桑可却深记在心里，后来不论哪家来提亲说媒，楚桑可一概推辞。楚触开始还以为是女儿任性不懂事，后来屡次这样，楚触慌了，忙问女儿为何不肯嫁人。楚桑可道：“女儿不是不肯嫁人，只是必要遇到掉下井里的男人才嫁呢。”楚触哎呀一声，恍然大悟，跌足叫苦道：“我的心肝宝贝哎，原是这样呀！那术士说的疯话，你怎么当真了呀？害苦我女儿啦！”

山南隆广洞渠帅抱艮听说楚触的女儿楚桑可长得貌美贤惠，前年四月，也托人为三儿抱贤仓来说媒，楚触是同意了，可楚桑可死活不肯答应。抱贤仓得便偷看过楚桑可一面，弄得他心驰神往，茶饭不思，非缠着老爸讨楚桑可不可。抱艮恨道：“好你个楚触，恃着财雄一方，和我端甚么架子！”

忽然，楚桑可听到有人呼叫：“桑可妹子——你在洞里吗——”楚桑可认出是大哥楚傣比的声音，顿时惊喜不已，一蹦跳起答道：“大哥快来救我，我掉在洞里啦！”楚桑可急步朝洞口那端走去，拐弯处见楚傣比与老四楚纮和弯腰入来。楚桑可扑上去搂着楚傣比：“大哥呀，你可来了。”楚傣比问道：“妹子怎么掉进这大洞里啦？我们到处找不着你，可急死啦！要不是看到你的坐骑，我与老四还不知道你掉进洞里了……”楚桑可问：“那大眼贼捉到了吗？千万不要伤他。”楚傣比道：“这大眼贼你别看他粗鲁的模样，精灵着呐，我们引他来到山后，正要拉绊马索绊倒他时，他竟先预料到啦，猛地勒住马，转身逃去了。”楚桑可脸上浮起喜色，呼了口气，道：“那就好！”楚傣比不解：“捉不到大眼贼，妹子说好，这……”楚桑可脸上一红，却不说话。楚傣比关切地问：“妹子怎么掉进这洞里了，没有伤着吧？这困牛岭竟有这么个大洞，我却从来都不知道。”楚纮和道：

“大哥，找到妹子了，我们出去吧。”

楚桑可一把拉着楚傣比的手，“大哥、四哥，随我来！”楚傣比、楚纮和随楚桑可走进里洞。兄弟俩都惊呆了，楚傣比道：“啊呀！这是什么去处呀？我还从来没见过这么大的洞呢！”楚傣比兄弟边走边左右上下张望，惊讶不已。猛见地里的那匹死马，楚傣比大吃一惊：“这里怎么有马？”楚桑可还未答言，楚傣比举头又见前面地里躺着一个人，忙问：“这是甚么人？”走近看时，楚傣比大惊道：“是南征军主帅呐，妹子怎么和他在一起？”楚纮和道：“大哥呀，他还昏迷未醒呢。”楚傣比俯身捡起地上的大铁戟，掂了掂，大喜道：“想不到捉不到大眼贼，却捉了南征军主帅呀！老四，即刻把他弄出洞去，押回寨中！”楚纮和上前一把提起甘弁，就要往肩头上甩。楚桑可忙道：“四哥仔细了，不要弄伤他。”楚傣比见楚桑可焦急心疼的样子，自感莫名其妙：“妹子，你？他……”楚桑可臊得脸红耳赤，扭捏半天，迸出一句：“大哥你现在别问啦，好好带他回寨中便是了。”

一回到寨府，楚桑可便让父亲楚触派人为甘弁疗伤。当晚，楚桑可找着父亲，大着胆把心里话都说了出来。楚触眼睛瞪得老大，呆在那里，好一会才摇着头道：“好女儿呀！这，这事也太突然了呀！就算阿爸相信术士的话，这是天缘作合。这，这……我还没有见那个南征军主帅，听老大说，这人至少也有五十上下的年纪了，怕是他的儿女都比你大呢！这，这不是太委屈我女儿么？唉！”楚桑可不依，嘟着嘴道：“他正是女儿要等的人，别的我一概不管，我问过阿妈了，阿妈也同意啦！等他明天醒来时，阿爸与他说去。”楚桑可说完这话，转身去了。

楚触望着屋梁上的瓦面，自言自语：“过去我曾听得说，汉时的天竺婆罗门都毗耶大师游朱崖时，就在苦水井闭关面壁三年，这苦水井之名便是毗耶大师所起。又有别说，是汉伏波将军路博德征朱崖时，被土人赶进这洞中，土人不敢进洞，只在洞外守着。一直十多天，才被汉军赶走土人，救出路博德。路博德躲在洞里，就是赖洞中泉水而活。路博德有感于此，便命人在洞中凿书‘苦水井’。听桑可说这洞里的泉水并不苦，且甘美无比，名苦水井竟是何意呐？洞内并不透光，却可视物，这真是奇洞呢，怕有灵气了吧。本土人都传说苦水井便在困牛岭中，可谁都不知在何处，今日竟让桑可与那个南征军主帅无意撞着了，不是天意，还有何

解呐?”

甘弁经楚触派人疗治，才及三更时便醒转过来。甘弁外伤甚是轻微，只是中了蛇毒致昏罢了。甘弁本就身强体健，蛇毒一经退去，当即康复如初。甘弁既知自己被楚触擒获，一时也说不出是甚么滋味，只轻轻叹口气。当夜他吃点热粥，一觉直睡到太阳老高才起来。这时已是巳初时分，甘弁也用过早饭，仆人收拾碗筷去后，房门洞开着，甘弁也不去管它，只自个儿在房间里不时伸展肢体，来回踱步，外面虽有寨兵看守，甘弁并不经意。

忽听廊庑外面有人说话道：“将军果然是个人物，虽败不馁，气定神闲呀!”这说话的人便是楚触，他微笑着走进房来，道：“老蛮便是楚触，将军可曾安复了?”甘弁抱拳一揖，笑道：“大渠帅老爷胸怀宽广，非一般人可比。活命之恩，没齿难忘呀!”楚触看到甘弁颈上的珠串儿，眼睛一跳，道：“将军身上所系宝物，可否借老蛮一观?”甘弁见楚触只顾望着自己那珠串儿，恍然笑道：“这是朋友送的物件，大渠帅老爷但看不妨。”说着忙解下珠串，递到楚触手里。楚触看过珠串，大睁眼睛注视着甘弁：“将军高姓大名，可是甘弁老弟?”甘弁大惊道：“我便是甘弁。你……”甘弁上下打量一番楚触，大叫道：“你……哎呀！你不会是衷公大老爷吧?”楚触大喜过望，一把搂住甘弁，大笑道：“原来真是天意。我们该有……该有二十三年没有见面啦，当年你还是一个年轻小伙，转眼之间，老弟也有几根白发啦。唉！我那天接到你南征军的来书，署名只是南征军，怎知是你呵！你若不是戴着这珠串，老朽又哪里敢相认呐。”

甘弁甚为激动，笑道：“是呀，是呀！谁会想到大名鼎鼎的会山洞大渠帅竟是衷公大老爷呐，真是做梦也想不到呀!”楚触笑道：“年轻时我在广交越桂宁诸地来回奔走，虽然赚不了多少钱银，倒也结交了好些朋友，这衷公之名称，便是道上朋友们给我起的。那时候呐，上头生意场中人都叫我衷公衷公的，真名倒没有人称呼了。”甘弁感叹道：“大老爷为人忠直仗义，得如此盛誉，实至名归呀！记得你当年在海中救我时，是在苟中雷公岛附近呐，我又怎会想到紫贝会山洞呢?我这次来朱崖，本想完成使命后，再寻找衷公大老爷，叙叙旧也好，想不到呀，今天竟见着了。”楚触笑道：“天意这东西，有时也不由你不信，人隔千里，有缘则遇哩。”甘弁笑道：“大老爷所说甚是，就说衷公大老爷送我的珠串，我从来不曾系戴，

也不知怎的，这番来朱崖，竟想起它来，便系在身上，想不到为我找到衷公大老爷呢。”

楚触道：“我正要问甘老弟，你从前也经商，怎地弃商从戎了?”甘弁笑了笑，道：“甘弁生来命薄，才四岁时，便父母双亡，家里再没别的人。我孤苦伶仃，吃百家饭挨到六岁，才被一孤寡的好心人收为养子。我十四岁那年吧，养父死了，后经人介绍，随一帮贩马的客商走南闯北，倒是到过不少地方。二十岁时我回到家乡，与人合伙做了几年贩卖布匹、珠宝的买卖。那年衷公大老爷救了我，我见伙伴们都死了，因此心灰意冷。离了朱崖后，我便回会稽去，途经高凉冼家岭时，遇上山里的强贼章光先，章光先见我好武艺，便请我在山寨里做了二寨主。后来，因捉了山兜大堡冼来山的朋友，冼来山起军攻破了山寨，别的头领死的死逃的逃，只我投降了冼来山，至今已有十八年了吧，一直在大堡跟随冼氏。”

楚触感慨不已，随之又道：“你说的这个大堡冼来山，过去我认识他。真是个人物，敢作敢为，是个好男子。”甘弁叹道：“冼来山已故去多年啦！哎，我们这番奉朝命在朱崖置州，南征军的主帅便是冼来山之女冼百合，皇诰护国夫人。”楚触吃惊道：“这冼夫人就是冼来山之女呀？真正羡杀老朽啦，冼来山与我一般都是俚人呢，怎的他便有如此造化呀？听说岛北百姓都称冼夫人为圣女，这里也传开啦，非同小可呀！有这般人物来征剿褚俭，朱崖安定之日为期不远啦!”甘弁点头道：“但愿如此，早日剿灭褚俭，老百姓免受兵荒之苦哩。”

楚触笑道：“今天能遇甘老弟，是天意使然，必要好好叙叙，然后我再与甘老弟周遭走走。我们这里虽然是穷乡僻野，也有数处古迹胜景，颇能一游。”甘弁笑道：“昔日我来朱崖，只顾着买卖，并未留意当地胜迹，因此孤陋寡闻。”楚触笑道：“甘老弟行军之中，事务繁冗，别的景致一时也未能尽览，但苦水井必要看看。”甘弁哦了一声。楚触笑道：“苦水井是一个深不见底的大洞。当地百姓传说，汉伏波将军路博德平朱崖时，有一部将陷落此洞，幸得一渠帅女儿救了。起先那将军感渠帅之女活命之恩，信誓旦旦，答应要娶渠帅之女为妻，可后来这将军出去后，即随军走了，再无音讯。渠帅之女悲伤欲绝，一个人偷偷跳下苦水井自尽身亡。老百姓从此把这洞称为苦水井。”

甘弁笑道：“好凄美的故事呵！这将军也太不守信用啦！怎能如此忘

恩负义呢。”楚触看着甘弁，不动声色，许久才道：“甘老弟，老朽说句笑话。如若那位将军是你，如若那渠帅之女是老朽女儿，你又如何？”甘弁失声笑道：“传说罢了，哪有这事呀！若是我么，决不食言。”楚触一拍双掌，道：“将军果然是有情有义之人，桑可没有看错。那好，老朽实话告诉将军，你昨天并非落入陷坑，而是掉下苦水井去啦，又正是我女儿桑可救了你。你当时跌落苦水井，战马重伤而死，而你又让一条大毒蛇咬了，若不是桑可为你吸出毒血，你必死无疑。桑可已倾心于你，誓言非你不嫁！”

事出猝然，甘弁惊得站立不住，跌坐在椅子上。楚触怒道：“让你娶桑可，你竟惊成这样？我不嫌弃，你倒嫌弃啦！”甘弁冷汗直冒，两眼发直，语无伦次：“不……衷……衷公，甘弁不是听错了吧？怎……怎么有这般事，不……不是嫌弃，我已是有妇之夫了呀，拙荆便是冼夫人身边丫环七儿，我已有五个子女，这，这……怕是……”楚触道：“你不说我也知道你有家室啦，这有甚么……”甘弁跳起身来：“不成！不成！此事绝对不成，就算冼夫人答应，我那七儿性如烈火，那不翻了天？”楚触脸色铁青，怒道：“将军存心为难老夫啦！老夫虽是夷蛮，亦颇要面子呐！”甘弁连连摆手：“这事万万不可，这事……”啪的一声，楚触一掌击在几案上，抖手指着甘弁，双目圆睁；“你……”转身大怒而去。

甘弁颓坐在椅子上，脑子胀得斗般大，心里乱得像团麻。午饭送来了，甘弁不吃不喝；晚饭送来了，甘弁失魂落魄，呆看着这饭菜出神，好半天，才深叹一口气，端碗扒了一口，便又放下。甘弁愁苦不堪，焦躁万分，忽然想到什么，刚立起身来，忽然又摇了摇头，重重吐一口气，重又坐下椅上。整整一天，那房门一直洞开着，但甘弁始终没有迈出房门一步。

看护寨兵掌灯入来，甘弁还在呆坐。直到外面传入二更梆子声，甘弁才慢慢扶椅背起来，懒洋洋地和衣上床躺下。又报三更了，甘弁依然翻来覆去，莫想睡得着。忽听得房外面有女子的抽泣声，甘弁知道这女子必是楚桑可，憋住气再不敢吭声。只听得道：“我听阿爸说……说将军不肯娶我……你……你要不娶我……我……我只有一死……你要冼夫人、七儿答应才肯娶我么？我这就找她们去……”甘弁翻身起来时，听得脚步声急促去了。甘弁跺脚道：“我已年近半百，怎会遇上这事呀，要是桑可姑娘有

啥差池，甘弁怕要下地狱了。”

楚桑可把这一经过说完，七儿气得脸色苍白如纸，嘴唇发抖不已：“好呀！这串该死的珠子！甚么念心儿呀……我早说呢，甘弁花花肠子，你们还说他老实……”冼夫人看着楚桑可笑道：“甘将军若不答应娶你，我与七儿答应了也没用呀！这可是你与他的事呢！”楚桑可脸蛋一抖，道：“甘将军说过，只要夫人与七儿姐答应了，就娶我，所以我来找你们，今天夫人要是不答应，桑可……桑可就死在这里！”说完拔出宝刀，望脖子上就要抹，冼夫人一手抓住楚桑可的手臂，夺下宝刀来。七儿尖声叫屈：“哎呀！我也不要活了，甘弁让她讨了去，我孤儿寡母怎么活呀！我也死了干净！”说完也拔出宝刀来，就要往脖子上抹，阿秀一把夺下宝刀，笑道：“你真要自杀？”七儿大哭起来；“我不自杀……活着还有啥意思……又没人疼我……”冼夫人瞥了七儿一眼：“不至于吧，你也像一个小女孩闹起来啦……”七儿眼泪四溅：“你说得轻巧……反正……反正今天有我没她……有她没我……哇……”冼夫人道：“七儿快止住声了，又没有翻了天……”七儿哭得更凶了：“没有翻了天……这事……这事要是摊上你……你还没……”冼夫人道：“摊上我又怎样啦？七儿你说。”七儿大嚎起来：“不关你事……你……你当然不心疼……倒说起风凉话来了……当……当日我们还未嫁人时……冯宝只与我和武哥说几句话……你……你的脸色便像要下雨一样……”冼夫人听到这话，顿时浑身发软，说不出话来。

阿秀惊道：“七儿你要死啦，大伙儿都在这里，怎能说这话呢，看把……”七儿哎不出声，噎得满脸青紫，翻转身冲出帐营外去了。冼夫人急得跺脚，大叫道：“七儿你给我回来，这都二更天了，你还到哪去？阿秀快去找她！”阿秀听了，忙急步追出营帐去。

七儿一路狂奔，一直来到一座土坡上才停下脚步，蹲在地上喘着粗气。七儿在身旁一棵矮树上狠折下一根小枝丫，然后坐草地里。七儿越想越气，一边两脚乱蹭，一边执起小枝丫狠劲鞭打草地：“打死你没良心的甘弁，打死你这不要脸的小妖精……”

阿秀一路追来，边走边呼叫：“七儿——七儿——”却没人回应。阿秀来到那座土坡前，喃道：“这死丫头跑哪去了，黑灯瞎火的，可别让老虎叼去吃啦！”忽听得哎呀一声惊叫，阿秀听出是七儿的声音，忙大声问：

“是七儿么？”随即放步循声赶来。

原来七儿用小枝丫鞭打草地时，正好打在一条毒蛇的尾巴上，那毒蛇回头一口咬住七儿的右手腕，七儿惊叫声中，用力一甩，那蛇也不知甩到哪去了。阿秀赶了过来，喘着气问道：“七儿怎么啦？”七儿捧着右手腕，道：“我让蛇咬着啦！”阿秀哎呀一声：“蛇呢？”七儿道：“早跑啦！我手上痛得紧。”阿秀道：“别动，不要捏着伤口，你不能走了，我就背你回营里去。”说着话时，阿秀早把七儿背起，一路小跑，直奔大营而来。

阿秀一口气把七儿背回营中。龙大石领数名军士正在巡营，见阿秀背着七儿，极为慌张的模样，忙问：“出甚么事啦？”阿秀不答，气喘吁吁背着七儿箭步跨入冼夫人中军帐。阿秀尽气力大叫：“七儿让蛇咬了！”

众人大吃一惊，忙七手八脚把七儿放坐在椅上。冼夫人焦急道：“怎么好？怎么好？廖明等人都不在营中，如何办呐？”陈三官道：“我知廖将军他们在罗担洞，我这就去找他。”祝戬道：“半夜三更的，我与三官去吧。”冼夫人道：“好，你们快去快回。”祝戬与陈三官急步出帐去了。

楚桑可一把抓起七儿的右手来看，咂舌道：“是大毒蛇呀，晚了就没治啦！”说着一口含住七儿手腕上伤口。七儿虽然满头冒汗，痛苦不堪，见楚桑可用口含她的手，不禁一缩手，怒问：“你小妖精要干甚么？”楚桑可道：“七儿姐，我得把你伤口里的蛇毒吸出来，不然你就没命。”七儿把脸别过去：“我就是死了……也不用你猫哭耗子假惺惺，我不要你救我……让我死吧……”冼夫人厉声道：“七儿！就是天大的事，也等你活过来再说！听到没有？”

七儿再不挣扎，乖乖地让楚桑可吸吮那伤口。阿秀取来一只大饭碗，让楚桑可把那毒血都吐在大饭碗里，不大一会儿，已盛有大半碗黑血。慢慢地，七儿似乎不再那么痛苦了，楚桑可才吐出最后一口血，喘息道：“这血都不黑了，该没事啦！”阿秀取水来让楚桑可漱了口，洗了手。冼夫人问：“桑可姑娘，你这治蛇伤的法儿是从哪里学来的？”楚桑可笑道：“我们这里到处都有毒蛇虫，咬着了是平常事，只要及时弄出毒血来，不会死人的，谁都会呀！去弄点水来让七儿姐喝吧！”

大家在吃着晚饭时，廖明、祝戬、陈三官赶回来了。廖明看过七儿伤口，又把了脉，松口气道：“我听得七儿让蛇咬了，急得不行，又不知是甚么样的毒蛇，有些巨毒蛇咬了人，不到半个时辰便会死人。现在看了，

虽然这蛇有毒，也不致命，放心吧，我再让七儿服些药便好了。”阿秀笑道：“廖将军呐，你这神医的帽子，我看得摘掉哩，在你之前已有高手为七儿疗过伤，你得了便宜，还在耍嘴呢。”廖明笑道：“哦，是谁给七儿疗伤呢？”阿秀指着楚桑可笑道：“便是这位桑可姑娘。”冼夫人把廖明叫过一旁，把楚桑可的事说了。廖明笑道：“这怕不好办呐。”张融在一旁纳闷：“怎么甘弁夫妻俩都让毒蛇咬啦，又都让桑可姑娘救了。有这等奇巧的事。”

沐浴过后，冼夫人让七儿和她一起睡。楚桑可跟在七儿身边磨蹭，不肯离开。七儿没好气道：“你跟着我干甚么？虽然你救了我，我也不会对你好。”冼夫人笑道：“你这人也太霸道，人家愿跟你，那是给你面子呢。”冼夫人与七儿更衣上板铺去躺下。见楚桑可愣在地里，冼夫人笑道：“夜深了，桑可姑娘，你也躺下睡吧。”楚桑可点点头，去冼夫人、七儿脚边蜷缩着躺下来。冼夫人叹口气，道：“七儿呀！心肝儿也不要太硬哩，你看桑可姑娘多可怜，躺在你的脚下呢，你就一点也不心软？”七儿微微一笑：“哼！爱在脚下就在脚下好啦，我也管不得许多。喂，你要真想在这里睡，还不把外衣服脱了。”楚桑可哦了一声，忙起身脱衣。冼夫人强忍着不出声，心里暗暗好笑：“任你七儿刚似铁，遇上桑可这样的姑娘，你也得软化。”楚桑可脱了衣服，又在七儿脚下侧着身子蜷卧。七儿道：“喂，上这里睡吧，别明日去那个没心肝面前告状，说我如何整治你。”楚桑可又忙站起身来。冼夫人笑道：“桑可姑娘这身段不输你七儿年轻时呐。”七儿瓮声瓮气道：“这小妖精是长得好，不然又怎会迷倒那老不正经的花心汉。”楚桑可依偎在七儿身边躺下。七儿道：“你身上怎么有香味，涂抹着甚么东西了？”楚桑可道：“没有呀！我从来不涂抹甚么。”冼夫人笑道：“天生丽质呀！甘弁有齐人之福呢。”七儿问道：“甚么福？”冼夫人喃道：“睡吧，睡吧。”

那天甘弁命众将士都留在困牛岭脚下待命，他单骑跑上山去打探。半个时辰过去，还不见甘弁回来，众将不禁焦躁难耐。冼奉义道：“曾将军追赶楚傣比入这山中，至今不知下落，甘将军又没消息，我们在这里干等不是办法呀！我兄弟几个领军上岭查探，去接应二位将军回来。”向导朱旷对洪通道：“冼将军说得也是，洪参军就领将士们继续在山下候命，由我与冼将军众兄弟先上去打探。”洪通沉吟片刻，道：“只能这样了，你们

上岭去吧，不管怎样，速去速回。”

朱旷与冼奉义、冼奉捷、冼奉达、冼奉超、冼奉民领五百军马上了困牛岭。走了许久山路，只是不时听见传来鹧鸪啼鸣的声音，莫想见到一个人影。朱旷忽然惊慌起来，朝冼奉义道：“冼将军，你是否感觉，我们走了好半天，走来走去似乎都在这周围打转呐？”冼奉义惊道：“正是呢，我也感觉不对劲呢！”朱旷大声道：“将士们都停下，不要再走了，让我想想。”忽然听得一阵马蹄声传来，冼奉义提刀大喝道：“将士们准备战斗！”只见对面山峰下一骑奔跑而来。冼奉民大叫道：“是曾将军！”曾孝摛听到呼叫声，放马跑过来，看着冼奉义等人笑道：“你们在这里呀？甘老大呢？”冼奉义道：“甘将军让我们在山下候命，他一骑进山寻找你去了。怎么？你没有遇到他？”曾孝摛骂道：“他妈妈的扯淡，老曾也曾走过不少山，从没见有这鬼山，老曾走了大半天，就是认不得旧路来。我们快寻路下山去吧，别在这里啦，刚才老曾险些让楚傣比这小子绊马索绊了。”

冼奉达道：“我们走了，甘将军咋办？”朱旷道：“我们一边寻路下山，一边打探甘将军消息，我怕在这里待久了，楚傣比领军袭了我们的大营，就真的糟了。”大伙都以为有理，当即整队寻路下山。

转过一个山口，忽见前面一个樵子在林下砍着树木。朱旷喜道：“我们可走出这山啦，前面问路去。”来到那樵夫面前，朱旷赶忙下马来，作了一揖，笑道：“老哥砍木劳苦。”那樵子有五十多岁年纪，看着这队人马，吃惊道：“你们打哪来的？真大胆哩，敢上这岭来？若没熟悉路径的人引路，再也走不出这岭去。”朱旷道：“可不是，我们正好迷路啦！”那樵子道：“我这柴也有了，就带你们下山去吧。”朱旷忙又谢过。

那樵子挑起柴担，一头走，一头道：“你们不知道，这岭有名困牛岭，乡民的牛羊都不敢赶这里来牧养呢，你看这岭上的草多嫩绿肥美，可就不敢来牧牛呀！牛儿上这里来，都认不着路，非走失不可，所以称困牛岭。当年伏波将军路博德有位牛姓将军领大队军马上这困牛岭打仗，结果全军覆没啦，听说牛姓将军幸好躲入苦水井才逃过一命呐！”朱旷牵着马随那樵子步行，笑道：“我也听过这故事，但说的却是路博德被困在苦水井呢。为何有两种说法？”曾孝摛嚷道：“甚么两种说法，路博德在这困牛岭迷了路，像牛儿一般四面乱撞，就撞下苦水井去啦，牛将军就是路博德，路博德就是牛将军，这也不晓得。”那樵子吃惊道：“这将爷说得很有道理哩，

敢情是我爷爷记错啦。”

朱旷笑了笑，问：“老哥在这里砍柴，可否见到一位单枪匹马的将爷。”朱旷如此这般的比画一通。那樵子道：“哎呀！你说的这位将爷，我刚才是见来，他让傣比、纮和、桑可兄妹捉去啦，一定是他。那将爷昏迷不醒，躺在担架上让寨兵抬着走呢！”

曾孝摛大叫起来：“甘老大让楚傣比这贼子捉了，我们快领兵杀将去，救甘老大吧。”冼奉义兄弟也惊慌了，纷纷要领兵往会山寨去救人。朱旷道：“诸将军且听我说，甘大将军被会山寨捉去，我也心急呀！我们应赶回大营里去再想办法，在这山中连路也认不出来呢，一会天色晚了，更摸不着道儿啦。”曾孝摛瞪圆双眼：“等你回去想好计策，甘老大早死啦！”朱旷道：“曾将军不要焦急，且听我说，会山洞楚触可能暂时不会加害甘大将军，他们用担架抬着甘大将军，这不像要害甘大将军的样子。别说了，我们快赶下山去吧。”

傍晚时分，洪通、朱旷、曾孝摛、冼奉义等将佐领困牛岭下的军马回到大营。曾孝摛、郑道培及冼奉义众兄弟都要马上发兵去救甘弁，洪通、朱旷则劝众将不能贸然进兵，先等待消息再说。大伙儿吵嚷嚷的争辩不休，朱旷口水都说干了，也无法说服众将。洪通道：“甘大将军被会山洞捉去，我也方寸大乱啦，我这时事实也想不出好办法来。朱通事的话也不是没有道理，按理甘将军暂时是不会有事。起初嘉积洞渠帅史泉说起楚触，十分钦服。楚触若真像史泉说的那么豪杰仗义，我看九成未会害甘大将军。”曾孝摛道：“你说的话像放屁！九成不会害甘大将军，只是一成甘老大脑袋就得搬家啦！”洪通道：“我也未敢说十成呀！按这两天战况来看，会山洞似乎并未有决意与我们为敌。”曾孝摛又瞪起眼来：“你怎么知道？”洪通道：“你昨天出马叫阵，楚傣比只是斗将，并未斗兵呀！你想，楚傣比军马并不比南征军少呀！我估摸着楚傣比想扬耀他军马强壮罢了。甘将军也自然看出了门道，因此也未尽力逼他，故有雨天休战之说。今天更是明白了，你去追他时，他用绊马索捉你，便是不想置你死地呐。楚傣比若安排伏兵用箭射你，你还有命么？假如会山洞真要与南征军为敌，今天捉了甘将军，即可一刀斩杀，何必用担架抬回寨去呢？用担架抬回去，就不想让甘将军死，其意或是劝甘将军屈服投降，或是拘为人质，再与我们南征军讨价还价，逼我们退兵。我斗胆猜测，只在明天，必有消息。我

们现在若起军攻击会山洞，万一把他们激怒了，甘将军就真的吉凶难保啦！甘将军现在落在他们手里，会山洞掌着刀柄，我们不能不忍呀！”朱旷见曾孝摛不再出声，笑道：“洪参军说得甚有道理呀！我们且看明天如何，再作打算。”

直到第二天傍晚，甘弁是死是活都没消息。曾孝摛与冼奉义兄弟都坐不住了。洪通来回踱步：“且忍，且忍！”

第三天傍晚时，甘弁还没有消息。曾孝摛拔出宝剑，大吼一声：“奉义兄弟随我攻入会山寨去！”冼奉义兄弟跟曾孝摛就要出帐，洪通死命拦住曾孝摛：“甘大将军至今仍没有消息，我也心急如焚呀！现在天色已晚了，就算要攻打会山寨，也认不出路径来呀！贸然进兵，万一有甚么闪失，我如何向夫人交代呀！你们再听我一次，忍到明天吧，明天若再没有消息时，我亲自和你们突入寨中救甘大将军去。”曾孝摛暴跳起来：“甘大将军必是不肯投降，楚触老贼才把他拘下了，还不知怎么折磨他呐。我们现在去救，兴许还来得及。我老姐大人怪罪下来，有老曾顶着，怕甚么？放手！若再不放手时，休怪老曾翻脸啦！”洪通大叫道：“你就杀了洪通，也不让你们去。事关夫人平南大计呀！”

正在争执不下时，忽报会山洞有信使来到。洪通吼道：“快传信使进来。”这信使便是会山洞大管家观芥，身边只带着两名寨兵。观芥见帐中众将剑拔弩张，个个脸红脖子粗，他心中明白，不禁暗自好笑：“定是担心甘弁呢！坐不住啦，不出老爷所料呐。”观芥将书信呈出，道：“小的便是会山洞楚触大老爷管家观芥。楚触大老爷有书呈送南征军。”洪通接来阅了，脸色缓和起来。观芥笑道：“信已送达，小的这就告辞。”说着转身便要出帐。曾孝摛大喝道：“站住了！”观芥回转身来，笑问：“将军有事么？”曾孝摛捋着袖子，鼻子狠狠地哼了一声，上前一把揪住观芥胸襟：“你们要敢害了甘老大，我，我拧下你狗奴才的脑袋！”洪通急道：“曾将军快放手，休得无礼！”

曾孝摛转头问道：“他信里说甚么来着？”洪通道：“这书信是甘将军写的，说他在会山洞作客，楚触老爷以礼相待，一时半刻未能回来，吩咐众将士只在大营待命。”曾孝摛大声道：“看清楚了？别又中了楚触老贼的奸计！”洪通笑道：“看清楚啦，这是甘将军的笔迹，洪通认得。”曾孝摛放开观芥，笑道：“你这老奴才不会办事，怎不早说？”

观芥整了整衣裳，笑道："你们是放心啦，可我们不放心哩。桑可姑娘，就是我家小姐，我家大老爷视如命根子呀！她昨夜找你们护国夫人去了，至今未有消息。桑可姑娘好好回来，万事好商量，要是……"曾孝摛听了，一把又揪住观芥："桑可姑娘不好好归来，关我们屌事，你敢杀甘老大?"洪通问道："观芥大管家可否直言，桑可姑娘何事找护国夫人?哎！曾将军快放手了。"曾孝摛把手松开，狠瞪着观芥。观芥又掸了掸衣领，道："这事暂不好说，且观事态如何吧。奴才使命已了，走啦!"转身与两个寨兵出帐去了。

得到甘弁的消息，本来众将都松了口气，可听了观芥最后那句话，大伙儿的心又七上八下，打起鼓来。这晚大伙直议论到三更尽时，才各自回帐睡觉。

次日过午时分，冼夫人与七儿、阿秀、陈三官、楚桑可来到东路军大营。洪通忙与众将迎出辕门外。冼夫人指着楚桑可，对洪通诸将笑道："这是楚触大渠之女楚桑可姑娘，你们在阵上见过面了吧?"洪通瞥了楚桑可一眼，对冼夫人道："夫人呀！我正准备到夫人大营一趟，想不到夫人亲自来了。这个桑可姑娘，为何事找夫人?"冼夫人笑道："你们东路军的主帅哪去啦？甘将军不在，你们好像不怎么着急，倒问起桑可来了。"洪通脸红起来："桑可姑娘既然去找夫人，甘将军在会山洞作客的事夫人肯定也知道啦？这桑可正关系着甘将军的安危呐。"曾孝摛大叫道："老姐大人来了就好！正是这个甚么洪参军，一点儿义气也没有，甘老大被会山洞捉去，我们要去救人，他愣是不让。这样的人，我们东路军不要啦，老姐大人领回去吧!"冼夫人笑道："孝摛不得无理。我听桑可说，会山洞本要用计捉你，甘将军是为了救你才误入困牛岭的。洪参军不让你们贸然攻打会山洞，并没有错，你连路径都不明了，这仗怎么打呀！好啦，甘将军不用你们救啦！我今天是保媒来了。"洪通不解，忙问："保媒？夫人为谁保媒?"冼夫人笑道："为甘将军与桑可姑娘呀！他俩是天缘作合呢。"众将听了，大吃一惊。洪通道："玄之又玄呀！怪不得甘将军说在会山洞作客，又怪不得说桑可姑娘找夫人去了，原来有这事。"洪通看了七儿一眼，暗道："七儿性如烈火，看得出，甘弁平日必是顺着她，如何今日如此贤惠了?"他得便把阿秀拉到一旁，问："甘将军真要与桑可姑娘结亲?"阿秀把手一甩，嗔道："在军中可不兴拉拉扯扯的，你都是行军参军了，这规

矩也不懂。”洪通笑道：“末将知道了。不敢动问夫人，他俩真要结亲？”阿秀笑道：“是呀是呀！满意了吧。一说甘弁要与桑可结亲，看把你乐的，双眼都放出光来。”阿秀把脸一沉，“你是否亦有这心思，看中哪个姑娘啦？若有趁早说，让夫人也为你们撮合了。”洪通摇着头，看着朱旷一笑，道：“这真真是出乎意料之外呵！谁说金科玉律，不可变更哟！良将用兵如良医用药呀！病万变药亦万变呢！”

第二天巳时，冼夫人率陈三官、朱旷、冼奉义，领二十名军士护送楚桑可回会山寨。三天后，冼夫人一行才回大营来。冼夫人对众将笑道：“楚触请我与三乐塘洞渠帅者敫大老爷作保媒，定承圣三年三月初五吉日良辰大婚。你们都等着吃喜酒吧。”

大婚那日，楚触遍请龙滚、山根、三乐塘、龙江、石壁、南俸、双滩、牛路、闪罗、山牛田、嘉积、古调、万全等一百五十六洞渠帅前来赴会。冼夫人率洪通、阿秀、陈三官、曾孝摛、朱旷、冼奉义，领二十军士赴宴，七儿与郑道培、冼奉捷、冼奉达、冼奉超、冼奉民等领军马留守大营。楚触命大管家观芥领人送丰盛酒食来大营，众将士无不欢天喜地，尽情享用。七儿吃不下饭去，偷偷在一旁落泪。冼奉捷见了，忙走过来相劝，道：“姑姑临走时，吩咐我们兄弟好生照顾好七儿姑姑，让七儿姑姑不要伤心。”七儿那眼泪夺眶而出，只是不敢哭出声来。

会山洞楚触寨府中人山人海，来贺喜的诸洞渠帅长酋及宾客无论尊卑，都在楚触寨府椰风园落座饮宴。嘉积洞渠帅史泉捧着大酒碗来到楚触面前，跷起大拇指道：“大喜呵！楚触大老爷，你能与护国夫人结亲，为朱崖俚人争了光啦！”楚触微笑道：“史泉大老爷知道护国夫人是谁么？她就是高凉大堡冼来山之女呀！”史泉吃惊道：“护国夫人就是冼来山之女？哎呀！冼来山生出这般好女儿来？”

忽然观芥走来报道：“隆广抱良大老爷三公子抱贤仓也来赴宴，已进园来了。”楚触皱皱眉头：“我没有请隆广抱良，抱贤仓怎么来了？”

说着话时，隆广洞渠帅抱良的第三子抱贤仓走了过来，身后还跟着九条带着腰刀的剽悍大汉。阿秀失声惊叫道：“祝戬！”冼夫人及洪通等人都不禁惊呆了。原来这抱贤仓不论年龄相貌身高肤色竟与祝戬生得一模一样。冼夫人对洪通道：“这世上竟有长得如此相像的人呐，若不是在这宴会中，我真以为是祝戬啦！”阿秀道：“夫人呀！这桑可姑娘对甘将军

可谓一片痴心了呢，放着这么个美男子她也不要，却死心塌地跟甘将军，这……”冼夫人笑道：“换是你也做不到吧，这就是桑可姑娘可敬可爱之处呢。”

只听得抱贤仓朗声笑道：“我是隆广洞抱艮的小儿贤仓，我听得楚触老爷招得好女婿，所以也来贺喜。楚触老爷面子再大，也应该请我哟！”楚触拱手道：“会山洞山乡僻野，难容显要贵人，所以楚触不敢乱请，今日在座的都是楚触平日故旧兄弟，极亲密的人。世侄今日不请自来，那是楚触脸上有光呀！世侄一到，蓬荜生辉！就请饮水酒一杯吧！”抱贤仓笑道：“楚触大老爷不用客气，这酒一定要吃的。贤仓听说楚触老爷在困牛岭困住了一头笨老牛，拉牵回来招为女婿，贤仓不信，特来问楚触大老爷一句，可有这事？”此言一出，举座哗然。万全洞渠帅滚宾怒道：“隆广抱艮老爷是极有头脸的人物，我等无不敬佩，他的儿子怎么这般无礼。”抱贤仓呵呵大笑，道：“我无礼？诸老爷知不知？楚触老爷千金桑可，本该是贤仓妻子，隆广洞下聘在先呐，请问楚触老爷，可有这事？楚触老爷起初一口答应，但后来又爽信背约，是楚触老爷无礼还是贤仓无礼？”古调洞渠帅乎来什喝道：“抱贤仓少公子，你所说之事，在座众老爷都略有所闻，这又怎么啦？百年好合，皆由天定，岂是人力可为？桑可姑娘与你不能结为姻亲，必有理由，你不该耿介于怀，以致成仇吧？今日是南征军甘弁将军和桑可姑娘大喜之日，你今天是来吃喜酒呢，大伙都欢迎，若是来撒野，你可是找错了地方！我可认得抱艮大老爷。”抱贤仓哼了一声，眼光横扫座中宾客，傲然道：“强辞夺理，一派胡言！”三乐塘洞渠帅者敫阴沉着脸，道：“隆广抱艮老爷势力再大，也得讲理，抱贤仓少公子，到底想干什么？我们可经不住惊吓呵！”

抱贤仓冷笑道：“贤仓不想干什么呀！贤仓知道楚触老爷府上藏龙卧虎，兵强将勇。我又不是来比武斗强，所以今天只是带来牛上岭九牛兄弟。”

牛上岭“九牛兄弟”便是在牛上岭啃聚山林的九个强盗首领，依次是大牛角扎、二牛三眉太、三牛广孔、四牛闪道、五牛里沙姆、六牛加傩、七牛黑佛赤、八牛葛贡中、九牛田兰风。这九牛兄弟品性暴戾残忍，且个个力大如牛，武艺高强，清一色使用大砍刀，在牛上岭集结有六七百贼众，专事拦路剪径、打家劫舍，凡在牛上岭下过往商人，只要遇上这九牛

兄弟，休想幸免活命。太清元年，崇迈、大里、响土、加洞、内田诸洞渠帅联手攻打牛上岭，无奈牛上岭地形复杂，山高峰险，上山剿贼的三千多寨兵只有不足八百人逃回。自此，牛上岭九牛兄弟名声大振，没有谁再敢去惹他们。

隆广洞渠帅抱艮被褚俭封为太府卿、镇北将军，领陵州刺史。抱艮好大喜功，自忖虽然官俸显赫，但军马不足，亦难统治领地，于是大肆招兵买马，扩充实力。两月前，他派人携巨资去牛上岭见九牛兄弟，陈说利害。九牛兄弟贪得官职财物，当即率军马来隆广投了抱艮。

抱贤仓知道楚触把女儿楚桑可嫁给南征军主帅甘弁的消息，当时就气得暴跳起来，破口大骂道："好个楚触老贼，你不肯将女儿许配于我，倒把桑可嫁与南征军主帅，且这个人已有家室，年近半百将死之人，能与我贤仓相比么。不出这口恶气，誓不为人。"于是赶在甘弁与楚桑可成婚之日，领九牛兄弟闯会寻衅。

龙滚洞渠帅万绍积笑道："抱艮大老爷何止与褚俭反贼交通，且与牛上岭强盗为伍呐！"大牛角扎怒目而视，喝道："你是甚么人？"万绍积拍案而起，厉声道："我是龙滚大渠帅老爷万绍积，你这狗贼也配问我？"大牛角扎勃然大怒，大吼一声，跃身扑向万绍积。万绍积身后一大汉一声大喝，腾身挡住大牛角扎去路。角扎喝道："你是何人？"那大汉道："我是万绍积老爷随从车孟，怎么样？"角扎大怒："你找死么？"一手向车孟左臂抓来，车孟抵掌迎敌。眨眼间，两人已过了四五招。拳掌翻飞中，猛听得车孟一声断喝，一掌击中角扎胸脯，角扎庞大的身躯站立不稳，直向身后那棵椰树倒撞而去，嘭的一声撞在椰树干上，那椰树一阵抖动。座中喝彩声大起。

八牛见兄长不敌受伤，惊怒之下，哇哇怪叫，一齐抢向车孟。只见座中十多条大汉纷纷跃出，分别抵住八牛。一触即发之时，忽听得"住手"一声传来，却是女子的声音，众人不由循声望去，只见楚桑可与甘弁奔入园中来。山根洞渠帅篇芾忙迎上去道："贤侄女，你怎么与甘将军跑出来啦？快回屋里去，这里没你们的事！"楚桑可拉着甘弁的手来到众宾客面前，喘着粗气道："我楚桑可已是甘弁的妻子！"楚触铁青着脸，道："贤仓世侄，既然隆广洞要与会山洞为敌，老夫愿意奉陪。只怕勾结反贼，作乱朱崖者，必无好结果！"

抱贤仓向冼夫人座中扫了一眼，迸出一句："好，我在隆广等你！"说完，领九牛兄弟悻悻而去。

阿秀对冼夫人道："这个抱贤仓空生有一副好皮囊，原来却是个小人呀！他刚才那眼睛扫过来时，充满怨怼邪恶之气，我不禁打了个寒战呢。"曾孝摘恨道："若不是老姐大人强阻住我，我非打死那小杂种不可。好在桑可早看出他是个坏种，要是嫁给他，那，那叫天地不容，老曾不容！"

大婚第六天，冼夫人一行诸将，楚触父子及龙滚、三乐塘、山根、石壁、龙江、双滩、山牛田、嘉积、古调、万全等数十洞渠帅伴送甘弁、楚桑可夫妻回到东路军大营。楚触馈赠冼夫人金绿猫儿眼十二枚，夜明珠八枚，婆利国孔雀扇四柄，扶南国沉木香佛像一座。冼夫人不好推辞，只能收下了。

楚触一见七儿，长揖及地，道："嫂夫人呀！甘将军娶桑可，虽说是天缘作合，也是老蛮强横所致呀！此事不能怪甘将军与桑可，嫂夫人要怪就怪老蛮吧！老蛮给嫂夫人下跪了。"七儿连忙强颜笑道："楚触大老爷说哪里话来。甘弁出身卑微，自小孤苦，若非夫人眷顾，他今日可能还是山贼呢。他能与大老爷攀亲，那是八辈子也赶不上的福分，我是说，太委屈桑可姑娘啦！说真的，做人也不能没良心，昔日楚触大老爷救过甘弁一命，今日桑可姑娘又救了甘弁一命。甘弁这辈子呀，若不是遇上楚触大老爷，已死了数回啦！按理也该报恩呢。"

楚触笑道："嫂夫人客气啦！难得你如此通情达理、心胸宽广，老蛮自然放心啦！嫂夫人呀，桑可长在穷幽之地，未见旷达世面，能跟着嫂夫人过活，是她的造化，还望嫂夫人日后教导桑可，免使老蛮被人笑话。"七儿笑道："楚触大老爷放心吧！哎，可能楚触大老爷还不知，我那天也让毒蛇咬了，还是桑可姑娘救了我呢，后来我想想，这事真是奇呀！大老爷放心吧，我与桑可已情同姐妹，说不定谁教导谁呐？"说到这里，七儿瞄了甘弁一眼，脸上依然带着笑。甘弁赶忙把头低了。

阿秀暗地里对冼夫人道："这个七儿，今儿怎么啦？何时见她如此口齿伶俐来？"冼夫人低声笑道："醋意大发，妒火中烧之际，心智大异平时呀！七儿这死丫头今日这通话夹枪带棍呢，好在已和楚触大老爷结了亲，想来也不会见怪。让她出出气也好，说起来七儿是大功臣呐！"

冼夫人在大营设宴款待楚触及诸洞渠帅，席间众人无所不谈，尽情畅

饮。楚桑可挨着七儿坐在一起，放怀与七儿吃了好几大盏酒。楚桑可堵着七儿耳根笑道："他睡觉时吵死人了，这数夜我一直睡不着。"七儿呼口酒气，道："睡觉打呼噜才是真爷们，你慢慢就习惯了。最要命的是他不勤洗脚，臭得没法喘气呐。你今后得留意着点，必要他洗了脚才让上床，小心把你的香体熏臭了，我就再不与你同睡一铺床。"楚桑可忙着点头，又与七儿干了一大盏。

冼夫人在东路军大营逗留三天，即与楚触及诸渠帅辞别了，与七儿、阿秀、陈三官等人回中路军大营来。

冼夫人数骑刚踏入营门，只见张融手里拿着一封书札，与白承权、廖明、祝戬、冼奉敏飞奔出来。冼夫人见众将神色慌张，忙翻身下马，问："出甚么事啦?"张融道："夫人回来好了，刚接得州里传来加急书函，三月初九日，颜卢、玳瑁、紫贝境内抱罗、潭牛、昌洒、翁田、锦山、演丰、三江、三门坡等六十多洞反叛，治官吏职全数驱赶离境，州尊请夫人火速回军定乱。"

冼夫人眉头皱起，略作沉吟，道："快备纸笔!"随即与众将入中军帐来。冼夫人在案几坐下，即执笔书写起来。张融轻声问："甘将军的事完妥了么?"冼夫人笑道："完妥了，汉俚通婚，定崖州第一功呀!"张融又问："夫人回师定乱，这里怎么办?"冼夫人抬起头来，道："都说创业易，守成难哩，就算我们前头剿灭了褚俭，后院起火了，弄不好又出了几个褚俭，我们还不是徒劳而无功？我必须回去。这中路军由祝戬代为掌枢主帅，你与廖明、陈三官、阿秀、七儿、敏儿都随我领三千军马回颜卢、玳瑁、紫贝定乱。调西路军龚自明，东路军奉义、奉捷、奉达各领一千军马来助祝戬。三路军暂不进取，都在原地休军抚民，等我定乱回来再做打算。"

承圣三年三月十七日，冼夫人率军返回岛北。这天来到苟中龙河洞境内，突然下起大暴雨来，冼夫人道："大雨滂沱，山路泥泞难走。天色也不早了，就在这里扎营避雨，明天再走。"

这大暴雨直下了近一个时辰才慢慢减弱，但小雨依然淅沥不休。晚饭后，冼夫人与张融、廖明在帐里议着事，忽闻帐外有叫骂声，刚要问时，阿秀进来了，样子气鼓鼓的。廖明问道："外面为何吵嚷?"阿秀哼了一声，道："也不知哪里来的疯婆子，竟敢出言不逊，该她吃些苦头。"冼夫

人问：“到底怎么回事?”阿秀笑道：“也没甚么要紧事。早时七儿带着军士在营外巡逻时，遇见一个乡村疯婆子嚼舌根，七儿不忿，命绑在那里淋雨惩罚。”冼夫人道：“去把七儿叫来。”

俄顷七儿与阿秀进来了，七儿一头走，一头气呼呼道：“该死的贼婆子，气死我了。”冼夫人问：“七儿，听说你捉了甚么人了?”七儿恨道：“闲常总听说朱崖人野蛮，却未曾见，今儿让我逮着了。夫人，你说气人不气人，刚才我带军士巡逻时，在林子里见有一个小伙和一个婆子在树下避雨，他俩避雨便罢了，一阵雷声炸响，把近处一棵碗口粗的树木击为两截，你道那婆子说什么来着，这天杀的，老不死的竟诅咒说：天呀！快行雷劈死冼夫人吧！”

众人听了，都吃一惊。冼夫人脸色冷峻，道：“把婆婆带帐里来。不准难为她。把花儿牵入后帐去吧。”一会儿，那小伙扶着婆子进来了。两人衣衫褴褛，淋得像落汤鸡一般，冷得浑身直打颤，嘴唇都黑紫了。那小伙肩上搭着一个胀鼓鼓的大褡裢，还搭着两顶斗笠。大褡裢显然也湿透了，直往地里滴水。冼夫人道：“快扶老妈妈入后帐，取我的衣服让老妈妈换上再说话。”

看着两人跟阿秀入后帐去，冼夫人朝七儿道：“快去让厨房热饭菜过来。”七儿道：“好招待哩！”冼夫人笑道：“愣着做甚么?就是砍头还要吃一顿好的呢，还不快去。”七儿一头往帐外走，一头不满道：“骂你还高兴呢。好，撑死这遭瘟烂婆子！”

那婆子与小伙都换好了衣服出来，两个军士端来热好的饭菜，放在一儿案上。冼夫人笑道：“你们肚子饿啦，先吃过饭，然后再说话。”那婆子端起饭碗，想要说话，张了张口又不说了，呆了呆，与那小伙对视一眼，然后吃起饭来。

看他俩吃完饭，冼夫人笑问：“你们背着大背包，样子像赶远路的人，你们是……”那小伙嗫嚅道：“我叫喃来登丙，她是我阿妈，是紫贝翁田洞人。我们母子逃荒去哩。”冼夫人道：“哦！为何逃荒呢?家乡里遇灾啦?”喃来登丙道：“正是哩！自前年入秋以来，翁田四邻至今没有一滴雨水，地里都冒火啦，颗粒不收呀！地里连草都不长哩，家有的余粮早就吃光了，野菜也找不着，眼看着要饿死……”那婆子道：“我们村寨已饿死十多人啦，真可怜呀！”喃来登丙道：“前月衙里来了一班大官，贴告示要

征粮、征银，按人头收缴，我们吃的都没了，哪里找钱银、谷粮上交呐？那些大官说，冼夫人带数万军马在打贼，我们百姓要是不交粮、交钱，都要按律条处置哩，迟交的捉去坐牢，抗交的斩头示众。”那婆子咂着嘴巴，然后张开口，把一食指儿放入去，随牙缝抠了一阵，抠出一粒饭米来，看了看，又放入口里吃了，道：“冼夫人来打贼，贼在哪呢？我看这遭瘟的官就是贼哩。”七儿哪里还忍受得了，刚要发作，冼夫人狠盯她一眼，她才不敢动。

那婆子又道：“登丙阿爸气愤不过，带数十乡民与那班大官争执起来，结果都被抓去了，是生是死，至今也不知晓。又听得说，造反的家人全都要捉去问罪。登丙头上只有两个姐姐，没有兄弟，要是捉走了，我可怎么办呐？就与他匆忙收拾，南来投亲戚去避灾。我俩在林下避雨，结果冲撞了大贵人。我俩这就走，再不敢留在这里啦！”冼夫人问：“刚才有谁打你母子没有？”那婆子道：“打倒没打，只是绑了淋雨。”她朝七儿望了一眼，又道：“那娘子真凶啦，我俩在避雨，她二话不说，就叫人绑了我与登丙。你这娘子才是善良的大贵人，会长命百岁呐！”

廖明笑问：“你刚才骂冼夫人，你见过冼夫人么？”那婆子道：“啊哟！那是大官，我怎么能见呢？听说是个杀人不眨眼的黑大汉呐，胡须红赤，怕有一丈高矮吧。”七儿哑然失笑，骂道：“好没见识的疯婆子。”

冼夫人道：“阿秀，去挑几件衣服送与阿妈，另给些碎银两。先安排住一晚，明天走时，再给阿妈带些食物路上充饥。”那婆子听了，千恩万谢，跪下就给冼夫人磕头。冼夫人忙把那婆子扶起：“阿妈快去歇着吧，你俩明天还要赶路呢！”那婆子与喃来登丙随阿秀出帐去了。

七儿骂道：“这死婆子连夫人是男是女都不知晓，就如此诅咒，该给她两耳光，再告诉她。”冼夫人道：“你又来了，你能把老百姓的口都封了么？”

二更初时，苟中龙河洞渠帅利丑会同龙门洞渠帅山有、岭寨洞渠帅牛一光来营见冼夫人。冼夫人忙把他们迎进帐中。利丑问道：“夫人回师，是为颜卢、玳瑁、紫贝之乱否？”冼夫人点头：“正是呀！接得州里急书，说颜卢、玳瑁、紫贝反了，因由究竟，我还未知晓呢。还请诸老爷教我呐！”

利丑看了众人一眼，道：“颜卢、玳瑁、紫贝数十洞自前年入秋来就

没有下雨了，罕见大旱灾呀！田园无收，百姓苦不堪言，只能拖儿带女，逃荒他乡，据老酋了解，逃来我龙河境内的颜卢、玳瑁、紫贝灾民就有三百多人啦！夫人率大军南征后，州里行文命儋耳、苟中、瞫都、颜卢、玳瑁、紫贝诸地征缴平叛援粮，各洞无不响应。颜卢、玳瑁、紫贝事实无法再向百姓征缴，潭牛、抱罗、三江、三门坡、锦山、翁田、昌洒诸洞灾情最为严重，渠帅只能倾原蓄粮财上缴，并上书报告灾情请饶。州尊不准所告，派文琅、程尚、韦应泉诸大人来颜卢、玳瑁、紫贝催督征缴财粮。州里文告限死交征期限，违者一概律办。通告张贴出去后，民众愤懑激议不休，要与衙里论理。州里下令捉拿了八十六名带头闹事的百姓。扶丹老爷亲去州里求见沈大人，听说也被下在狱中，消息传来，颜卢、玳瑁、紫贝数十洞俱各民愤鼎沸，呼声震野。”

冼夫人脸色苍白，冷峻已极。利丑望了冼夫人座前的猛虎花儿一眼，又道：“利丑斗胆一言，并非为扶丹讨情。自夫人率义师入朱崖，百姓无不望风归附。这番颜卢、玳瑁、紫贝百姓只是迫于无奈，抗交援粮罢了，不是造反，不是鸟兽之心不死呀！”七儿恨道：“我们在前方拼死拼活，不就是为了消灭褚俭反贼么？他们倒好，在后方坐享其成不算，还瞎添乱。夫人呀！这仗没法打了，打到岛南，擒了褚俭又有何用，这帮不争气的官比褚俭好不到哪儿去。”

利丑道：“知得夫人领军回到龙河，利丑即与山有老爷、牛一光老爷筹了军资粮草，明天即可送来夫人大营中。夫人若不嫌老酋无用，利丑愿随夫人大军同往颜卢、玳瑁、紫贝。”山有、牛一光也表示愿意同往。冼夫人连忙站起，道：“利丑、山有、牛一光诸老爷，百合惭愧至极，无地自容呀！南征军自己弄污了面，还要你们帮着清除干净呐。”利丑甚为激动，也忙与山有、牛一光立起身来。

承圣三年三月二十一日，冼夫人率军来到紫贝潭牛洞夏兰园扎下大营。利丑道：“可通知诸洞渠帅来拜见夫人，知道夫人回到，他们不敢不来。”冼夫人道：“先不急。就把军马扎在这里候命。我这就去州里拜会州尊沈大人。我回来之前，不管遇着何事，切勿轻举妄动，都望利丑诸老爷费心了。”利丑道：“夫人放心去吧，我等不会误事！”冼夫人与张融、陈三官带二十名军士连骑往州治而来。

沈炯两月前接到广州刺史萧勃书信，萧勃信中着实把沈炯吹捧一番，

还表示愿结为知己。信中有数句语言："朱崖人易取难安，因其寡义贪残，数反阢乱，不为中原律吕所埽者。公系朱崖首揆、国之重臣，权由己出，名声在外。岂不闻虎不立威，山狐可欺？故有狐假虎威之笑耳。"沈炯翻来覆去，细细把玩这几句话。这天，沈炯与众官谈起冼夫人南征军节节胜利，频频奏功一事时，侯净藏笑道："州尊呀！我怎么越看越像我等陪冼夫人来领崖州，而不是冼夫人护我们来领崖州呐。"梁伯会道："朝廷封冼夫人为宣义绥安护征大将军，其意不辩自明，攻城略地的事，自然由冼夫人把舵。"侯净藏道："不管怎么说，我们一大帮朝堂来的正品吏员，随由一个蛮夷女子摆布，到底不成体统，本末倒置呀！"文琅道："朱崖蛮夷之俗，大异于中原民风，我们事实不知要领，无从下手哩。正因冼夫人是俚人，朝廷才假手于她，所谓以夷制夷，这便是朝廷英明之处。"沈炯道："能者为师呐。目今国家尚未安稳，正是用人之际，冼夫人若真有经世之才，讨平褚俭，征服朱崖，这是国家莫大之幸。当是时，即便炯屈之她下，又有何妨？昔吕不韦、范增俱有异才，所以嬴政、项籍尊为亚父；诸葛亮有立国之功，所以刘备命其子以父事之。诸公别扯得太远，留心妒火伤心呵！与其临渊羡鱼，不如退而结网呀！哎！我听说颜卢、玳瑁、紫贝数十洞不能如期征缴军粮，怎么回事呀？"

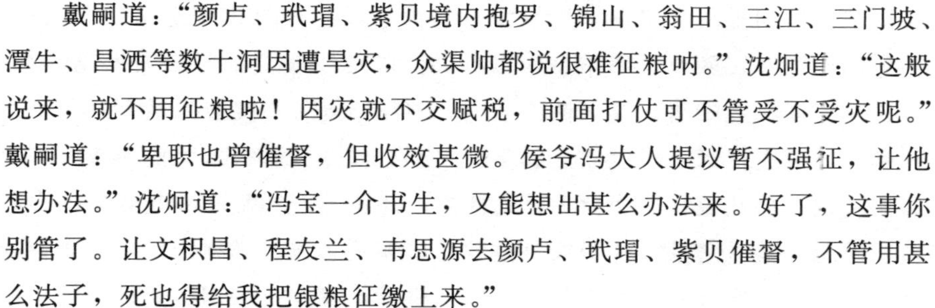

戴嗣道："颜卢、玳瑁、紫贝境内抱罗、锦山、翁田、三江、三门坡、潭牛、昌洒等数十洞因遭旱灾，众渠帅都说很难征粮呐。"沈炯道："这般说来，就不用征粮啦！因灾就不交赋税，前面打仗可不管受不受灾呢。"戴嗣道："卑职也曾催督，但收效甚微。侯爷冯大人提议暂不强征，让他想办法。"沈炯道："冯宝一介书生，又能想出甚么办法来。好了，这事你别管了。让文积昌、程友兰、韦思源去颜卢、玳瑁、紫贝催督，不管用甚么法子，死也得给我把银粮征缴上来。"

文琅、程尚、韦应泉等人领了命，不敢怠慢，即率五百军士来到瞫都，冯宝与瞫都美朗洞渠帅苏石、玳瑁云龙洞渠帅应周、瞫都敦木洞渠帅庄兆，及遗吏蒋子定、西门昌等人接入官署。文琅说明来意，诸酋及众遗吏均以为不妥。蒋子定道："我们走访了数十洞旱情最为严重的村寨，百姓事实交不出粮财来，如若强征，怕会致乱呐。"文琅笑道："也由不得我呀，上头催逼得紧，谁敢抗违呵！"冯宝道："这样吧，颜卢、玳瑁、紫贝灾民所欠的军粮由我去筹，先宽限数天，千万别死逼百姓。"文琅笑道：

“侯爷体恤民情，确实令下官感动。下官何尝不肯宽限，军中粮饷，生死攸关呀！若误了南征大计，谁负担得了？”云龙洞渠帅应周道：“听说翁田洞杨汤老爷不忍心寨民饿死，尽所有赈灾，几至倾家荡产，连嫁女都推迟了，这时若再催逼，不近情理吧？”程尚道：“南征要紧呢，还是杨汤老爷嫁女要紧？护国夫人带着将士在前方拼性命，我们出点粮食就诸多推诿？谁要再敢抗交军粮，就让他到岛南打仗去！”众人再不敢出声。

文琅、程尚、韦应泉一行来到紫贝，命人到各洞张贴了限期缴粮通告。百姓无不震恐，怕事的全都携男带女逃走他乡去了。接得报告，潭牛、抱罗、翁田、锦山诸洞所贴文告被百姓撕毁。文琅大怒，命军士把带头闹事的百姓捉了八十六人送州衙。潭牛洞渠帅扶丹怒气冲冲，找着文琅道：“百姓眼看着都要饿死，你们就视而不见么？”文琅亦怒，道：“寨民交不出粮食来，扶丹老爷爱民如子，那你也可代百姓交呐！”扶丹瞪着眼睛，道：“我府里积蓄都赈灾啦，拿甚么代交呀！”程尚笑道：“可又来，还火气旺哩！告诉你，护国夫人南征军粮，责比天大，任是谁也不能抗违，这是州尊下的死令！”

扶丹吼道：“我找州尊去！”文琅鼻孔喷着气，嘿嘿冷笑道：“好得很！扶丹老爷这是为民请命呀！”

扶丹到州里求见沈炯，沈炯没有露面，命把扶丹拘禁起来。三天后，消息传至瞫都、颜卢、玳瑁、紫贝，冯宝吃惊不小，忙赶去州里见沈炯，请沈炯立即释放扶丹。沈炯阴沉着脸，半天才道：“侯爷为难下官了。崖州刚立，百废待兴，我们才是起步呀！开始便令而不行，禁而不止。刁民违法乱纪，公然抗官，而吏者听之任之，还不天下大乱？太儿戏了吧。颜卢、玳瑁、紫贝之乱，这个扶丹是首恶，罪不容诛，必须定反叛之罪把他杀了。”冯宝满脸涨红：“州尊不能以偏概全，颜卢、玳瑁、紫贝这数十洞实是遭了旱灾，民众颗粒无收呀！许多百姓都逃荒他乡去啦。扶丹只不过说了大实话，并非反叛呀！怎能轻易定反叛之罪呢？扶丹不能杀呀！扶丹敢只身来州里见沈大人，又怎么会反叛呢？扶丹在颜卢、玳瑁、紫贝威望甚盛，他亲来州里报告灾情，求州尊宽延征粮期限，所谓为民请命呐！州尊还未杀扶丹，民众已哄动起来，如若杀了扶丹，把百姓往死里逼，人心似水，民动如烟呀！”

沈炯怒道：“侯爷此言，下官吃罪不起。炯奉朝命在朱崖立州，剿除

褚俭叛逆，是天大的责任。南征军在前方剿贼，倘若援粮不继，一切都是白谈。炯不敢以小废大，延误剿贼大计。若扶丹不能杀，恐怕再无可杀之人。这时若放了扶丹，不说我们南征军，就是国家之威亦不复存，今后如何统治崖州？扶丹这人狂妄至极，公然宣称褚俭逆贼授他伪职，只这一桩便可杀他。”

冯宝道：“扶丹最终不受褚俭所封，便不失为刚正之士。就算起初受了褚俭伪职之人员，天兵到日，若能反戈归义，我们亦应既往不咎。”冯宝呼了口气，道：“这样吧，先将我瞫都食邑顶上去，然后我回高凉调粮来援，以解燃眉之急。”

沈炯冷笑道：“侯爷这分明是挤兑下官喽。炯自奉命之日起，立志洁身自爱，坦荡胸怀，治政绝不投机取巧，务必脚踏实地。侯爷愿以食邑充公救民，炯莫大感动，且无地自容呀！炯虽职位低微，却是读书之人，尚知耻辱，不想做沽名钓誉、哗众取宠之事……”

冯宝憋得脸色青紫，即时气促咳喘起来。他只迸出一个“你”字，便痛苦地捂着心口退了出去。

两天后，冯宝向州里呈书告了假，与美朗洞渠帅苏石、云龙洞渠帅应周、敦木洞渠帅庄兆、遗吏蒋子定率三十名亲兵，匆匆取道奔高凉去了。

承圣三年三月初九日，紫贝抱罗洞渠帅教敦、翁田洞渠帅杨汤、锦山洞渠帅永必、昌洒洞渠帅周显及玳瑁三江洞渠帅过不及、三门坡洞渠帅祖民崇率寨兵及乡民五千多人，突然包围文琅行营，把程尚、韦应泉捆绑了。文琅惊得手足无措，道：“教敦，你敢聚众谋反，杀害朝廷命官？”教敦喝道：“要说谋反，也是你这班贼官逼出来的。我先把程尚、韦应泉这两个狗官留在这里，你给我滚回去，告诉沈炯老贼，他要敢动扶丹老爷及那数十乡民一根汗毛，程尚、韦应泉这两个狗官便得抵命。”文琅还要说时，教敦冷笑道：“你要活命，最好及早走人，不然乡民们涌上来时，很难说呀！”文琅惊恐之下，只好带随行吏员率五百军士离开了紫贝，仓皇逃州里去了。

十五天后，合州刺史段诮亲率五百军马运来一万五千斛粮食。扶丹喜得几乎跳起来，当着众人的面跪下给冼夫人叩头，冼夫人忙把他扶起来。（见第十九章）

说话时，祝戬的大铁枪已抖向盘肸脸门，盘肸暗吃一惊，喝道：“这女娘好枪法哪！”大铁叉用劲一拨，枪叉交击，轰当作响。（见第十九章）

第十九章

撕肝肺军民哭虎 逞异能猛狗驱蛇

自冼夫人往州治去后，利丑、山有、牛一光分头去拜会教敦、杨汤、永必、周显等渠帅。这天，教敦、永必、周显、杨汤、过不及、祖民崇来到潭牛夏兰园南征军大营，廖明忙与利丑、山有、牛一光、阿秀、七儿、冼奉敏等迎出辕门。祖民崇一见廖明，大笑道："廖将军真是神医，去年正月州里宴会时，你给我治手臂上的伤病，服了三个月的丸药，竟治好了。"说着抡了几下右手臂，笑道："我听牛一光老爷说，护国夫人与廖将军回到潭牛，我就备了老酒来营，今日定要与廖将军吃上两碗，算是谢医吧。"

杨汤问道："夫人还未回来？"廖明道："应该快了，都五天啦。"周显道："你们说，沈炯肯不肯放回扶丹老爷？"教敦笑道："夫人亲自去了，他敢不放？"过不及道："我听说瞫都侯去请沈炯放扶丹，沈炯就是不答应，侯爷气得呕血呐。侯爷请沈炯不要再逼颜卢、玳瑁、紫贝交粮，听说他和苏石、蒋子定等人半月前回高凉筹借援粮去了。"廖明吃惊道："有这事？夫人还未知道呢。侯爷体虚，太劳苦啦。"

永必道："文琅说我们反叛，我们若真是反叛时，还会把这贼官放回去？还会好酒好肉地管程尚、韦应泉撑肚子？早把他们杀啦！"教敦笑道："这中原来的官员，怎么累代都是这样，就是看着我们不顺眼，硬要摆出高不可攀的架子来。听我祖爷爷说，昔日紫贝令黄津贪婪无度，欺压百姓，无恶不作。一次出巡时，只因车驾摆设不够堂皇，便把一个本土人主簿给杀了，此事激起民变，黄津终被赶离朱崖。这都是些甚么事呵！"祖

民崇笑道："这就算稀奇了？听说过去珠崖郡一个长官是个秃头，看到一个百姓长着一头好发，便把这百姓抓来，硬是剃下这百姓的头发来做自家的假发遮丑，就因这事激起民变，珠崖郡便废置了。"阿秀笑道："这事我亦听家里的说过，还说是在一部甚么书里记载着呢！"教敦看着廖明，又道："自护国夫人领军入朱崖，我们静心观察，夫人所部与沈炯一班官员有如天壤之别。夫人与我们就像是一家子人，沈炯呢，始终像是客人。别看他客气的模样儿，骨子里就不把我们当一回事。有时我隐约感觉，沈炯那班官员不只是鄙视我们朱崖人，且对你们高凉军也存有戒备之心哩。开始我奇怪，怎么同是朝廷派遣的南征军不是一条心呢？后来我琢磨，护国夫人所部高凉军亦是俚人呀！唉！护国夫人境况该有多难。"

廖明笑道："众老爷能这样想时，护国夫人的一片苦心就算没有白费了。"七儿道："这事亦让众老爷看出来啦，我们是一家人，说出来也无妨，荆州来的这班官员，从一开始就看不起我们百越人呢，刚到高凉就指手画脚，把我们当成另类异族。有时我们将士心中有气，免不了会说一句，夫人听了就不高兴，说甚么要以大局为重啦！个人受点气算不了甚么啦！夫人的心呀，只有张融才能说得明白，我也说不清楚。我们侯爷在高凉可是一呼百应的人物，百姓无不敬仰。侯爷这人最受不得气，年轻时，他父亲是罗州刺史，为了百姓，侯爷也敢与父亲顶撞。这回为救扶丹老爷出来，定是受了沈炯的气啦，若真是呕了血，这可怎么得了。"

廖明设席款待教敦等诸洞长酋。傍晚时分，冼夫人、张融、陈三官一行与扶丹领被捉去的八十六名百姓回到营中。廖明诸将及众酋早已迎出营门，冼夫人看着众人，笑道："好呀！我去接扶丹老爷及众乡亲回来，路上大伙儿心急着回家，饭都没好好吃呢，你们倒个个吃到红光满脸，一身酒香呐。"廖明忙问道："扶丹老爷没有受苦吧？"扶丹笑道："沈炯虽然恨我，但也未敢加刑治我，这都是你们这班老朋友的义气所致呢。这数十乡民吃了不少苦头，都带了伤，廖将军是神医，就请帮乡亲们疗疗伤吧。"廖明赶紧答应了。

众人又重新入席，过不及笑道："扶丹老爷回来，这酒就更香了，扶丹老爷，快吃一盏压压惊。"扶丹笑道："我惊倒不惊，只是关在牢里气闷得紧，我最恨沈炯诬我叛反，气死我了。"说着狠狠地满饮一大盏酒。周显喝了不少酒，他眯眼笑道："夫人呀！你带三千军马就敢回紫贝平乱，

我们可有上万人马呐，你真不怕我们翻脸？”众人大笑。

冼夫人朝利丑笑道：“利丑大老爷，你与山有老爷、牛一光老爷送我的粮食，我可要借用了？”利丑笑道：“夫人也太见外了，这算甚么。”冼夫人笑道：“那好，明天让军士把这粮食都分送到乡民家里。另外，扶丹、教敦诸老爷尽快通知各洞逃荒在外的乡亲都回来，再不用逃别处去啦！至于粮食嘛，我即想法子去筹。泰次呀，你帮我修好书子，我先去向合州借粮解灾民燃眉之急。”众人都答应了。

次日，教敦把程尚、韦应泉两人放了。冼夫人好生安慰一番，即派二十名军士护送两人回州里去。

十五天后，合州刺史段岿亲率五百军马运来一万五千斛粮食。扶丹喜得几乎跳起来，当着众人的面跪下给冼夫人叩头，冼夫人忙把他扶起来。刚过三天，冯宝与苏石、应周、庄兆、蒋子定也押高州援粮一万斛回到紫贝。冼夫人一见冯宝，惊得叫出声来：“哎呀！你怎么憔悴成这般模样了？”冯宝整个人都瘦了，脸色暗淡无光，眼眶发黑，显得疲惫不堪。冼夫人眼泪夺眶而出，道：“才三个月呀，你竟……”苏石红着眼睛道：“夫人呀！自颜卢、玳瑁、紫贝乱起，侯爷日夜奔忙劳碌，从未合眼呀！任是铁人也挨不下去呢！”冯宝干咳一声，笑道：“也不必太夸张，哪有这事。”廖明把冯宝拉去椅上坐下，然后蹲着身为他把脉。廖明脸色严肃道：“侯爷，你真要保重身体，再不能操劳了。”冼夫人关切地问：“怎么样？不要紧吧？”廖明站起身来，笑道：“不要紧，侯爷这是过于劳碌，血气亏了，必要调养，切忌动怒。廖明这就开药给侯爷服用。”冼夫人点着头，喃道：“这两年，我见他总是咳嗽，廖明你得用用心。”

连着半个月，冼夫人命军士把粮食分发到颜卢、玳瑁、紫贝各洞受灾村民中去。诸洞逃亡外乡去的数千村民也陆续回来，村寨便又恢复了生机。

这天，冼夫人、冯宝率诸将及众渠帅来到灾情最重的翁田洞巡视。众人穿村入户，见每家每户都领到粮食，冼夫人方才放心。沿途见到不少村民挑着水桶，满头大汗地走着，冼夫人拦着一个村民问道：“你们这水是从哪儿挑回的？”那村民道：“平常我们都是在村寨边的水渠沟里挑水吃，连着两年不下雨了，溪沟里都干啦，我们只好到趵浒山上去挑山泉水回来吃用。”冼夫人问：“到趵浒山有多远的路程？”那村民道：“我们翁田这里

去有上十里路程呢。”冼夫人点了点头，叹道：“乡民们太苦啦!”

众人随冼夫人来到田野地里，看着寸草不生，龟裂如网的田野，冼夫人感叹不已，道：“这天再不下雨，这点粮食也吃不了多久。这些天，我走了数十洞，看了地势，很多地方都可修筑水库呢，有了水库，就是一年半载不下雨，也不会大片成灾呢。唉！平定了褚俭反叛，我把将士们调回来，在这里修一两座水库吧。”冼夫人弯腰在田地里捡起一块干硬的泥巴，边走边道：“廖明，你回营里带三百军士来翁田洞，分头为村寨百姓打上十口水井，越快越好。”廖明答应了。

次日，廖明率三百军士来到翁田洞，然后即分头到宝坡、东排田、南逢、周矩、龙兆、堆头、凤尾、抱锦等村寨去择地打井。

这天，冼夫人率众将及扶丹、教敦等渠帅巡视东排田寨水井挖掘情况。那里围着一百多百姓，无不兴高采烈，议论纷纷，一村民问道：“这深洞挖出水来，就可以吃呀?”一个军士道：“是呀！井水干净呢，比吃小河沟水强多啦！小河沟水不干净，吃了会得病呢。”

廖明走过来对冼夫人道：“夫人呀！真是太干旱啦，这井都打了近两丈深浅，还是不见泉水呐。”冼夫人道：“其他村寨差不多也是这样，继续挖，挖出泉水为止。”

忽听得村口那边有呼叫声传来：“冼夫人——冼夫人——”众人循声看去，原是一个小伙与一婆子边叫喊边跑过来。七儿笑道：“夫人呀！是那疯婆子哩?”冼夫人笑骂道：“再不许这样说啦，看我撕你的嘴巳!”等那两人走近，七儿叫道：“是登丙和阿妈呢，你们回来啦?”登丙阿妈上气不接下气，看着冼夫人就跪了下去，冼夫人忙把她扶起，笑道：“阿妈好，你们回来就好!”登丙阿妈喘着气笑道：“婆子真是瞎了眼呀！该遭雷劈呀！我和登丙回来后，才知冼夫人原来是个娘子，是个圣女，可不是甚么黑大汉哩。”登丙阿妈看见冼夫人身边的猛虎花儿，又道：“啊呀！怪不得娘子是圣女呢，山猫也可以养熟呐！那天娘子从我们村寨经过，我已认出娘子来啦，才知你便是冼夫人呐，我刚走上去时，你已骑马过去啦，老婆子追不上喽。今日听说娘子来到东排田，我便与登丙赶来了。”冼夫人笑问：“阿妈住哪条村寨呢?”登丙阿妈道：“便是抱锦寨呐。”冼夫人道：“哎呀！抱锦寨到这里有二十里路程呢，你怎么赶来了。哎！登丙阿爸我也认识啦!”登丙阿妈道：“若不是娘子，他阿爸怎么能放回来。他阿爸

说，自有天地以来，也未曾见过这般圣女呢。”七儿笑道：“圣女有红胡子呢！”登丙阿妈自打了一嘴巴，对七儿笑道：“老婆子该死，老婆子才知道那天娘子你为啥绑我与登丙淋雨呢，是该绑，是该淋雨。”大伙笑了起来。

三天后，东排田这口井终于挖出了泉水。

次日清早吉时，冼夫人与冯宝率诸将及扶丹、教敦、利丑、山有、牛一光、苏石、应周、庄兆、蒋子定、杨汤、永必、冷水金、周显、过不及、祖民崇等渠帅遗吏，还有近五百村民父老及一千军士都列队东排田水井周围，每人手上各捧一碗井水，整然肃穆站立，听神司祷祭井龙神。只等祷祭礼毕，冼夫人、冯宝与诸将、诸渠帅、诸遗吏及在场军民满饮一碗井水，此井便可开水使用。猛虎花儿在井口边走来走去，不时发出低沉的吼声，显得很是焦躁不安。七儿道：“花儿过来，别乱走啦，安静些好么？”那虎看着七儿，又吼叫一声，然后走来冼夫人身边，抬头望着冼夫人。冼夫人低声道：“花儿今天怎么不乖啦？”

神司念诵完毕，冼夫人双手举起手中那碗水，笑道：“大伙都喝一碗吧，从此紫贝风调雨顺，百姓安居乐业……”冼夫人说到这里时，突然花儿大吼一声，一跃而起，双爪扑下冼夫人手中那只碗，众人惊叫起来，花儿即俯下头去，把那嘴巴贴着地上余水吮吸起来。眨眼工夫，花儿口吐白沫，在地上翻滚挣扎，随着一声惨厉的哀鸣，花儿四脚一挺，气绝而亡。

廖明失声大叫：“井水有毒！”众人全都惊呆了。陈三官扑上前去，跪身地下拼命摇晃花儿：“花儿！花儿呀——”可是花儿再也不会动了。

冼夫人慢慢走近花儿，蹲下身去，那手轻轻摩挲着花儿的身体，良久，才立起身来，摇晃一下，双手下垂，全身抖动着，眼泪像断线的珠儿直往下掉，只是哭不出声来。阿秀、七儿、冼奉敏脸色惨白，忙过来搀扶着冼夫人。

杨汤浑身发抖，凄厉大呼：“是谁下的毒呀——”忽听得一阵急促的马蹄声传来，众人抬眼望去，尘头起处，一骑像箭一般奔来，大声呼叫着：“井水有毒——井水有毒——”随着呼叫声，这骑来到面前，马未勒定，这人已从马背上翻滚下来，喘着粗气道：“千万别喝井水……有奸细在井里下毒……已给捉住了……”

这人原来是周矩洞渠帅冷水金的家将芒尾。芒尾全身汗湿，道：“夫人与大伙都没事……万幸呀！奸细已押在路上……我先飞马来报。”冷水金问道："奸细是甚么人？"芒尾道："是我们村寨合泷乐全家侄儿合泷鲔。他离家已有十五年了，想不到做了褚俭的奸细。这家伙铁了心，不管我们怎样审他，起先抵死不认。我知道事态严重，再顾不得许多，便把他倒吊起来，近一个时辰，这贼子才招了，原来他已先在东排田水井下了毒。当时我们几乎吓掉了魂，夫人及众官、众将、众老爷都在东排田祭井开水呀！于是拼命飞马来报，幸好大家还没有喝这井水。"冷水金怒气冲天，吼道："我一定亲手宰了这贼子。"

大伙惊怒交集，纷纷议论时，数十寨兵与上百寨民押着合泷鲔来到。

合泷鲔自幼父母双亡，随着伯父合泷乐全过活。合泷鲔自小游手好闲，专事偷鸡摸狗的勾当，村民都视他为瘟神，看着他没父母的份儿上，只好忍气吞声。合泷乐全曾多次劝诫打骂合泷鲔，望他学好，可合泷鲔依然我行我素，丝毫不改劣性。合泷鲔十八岁那年离家出走，自始合泷乐全再也不知他的下落音讯。

合泷鲔流落到乐罗地，先是跟一些大户做着帮闲打杂的生业，都因手脚不干净，不能持久。后经人介绍给抱由洞渠帅德羌做从班。德羌见合泷鲔长得俊俏齐整，且又心灵手巧，一呼百应，倒看重了他，还为他成了家室。合泷鲔感激不已，逢人便称德羌待他胜似父母，将来必要报答。

德羌死心塌地拥戴褚俭立国，换得高官厚禄，自然对褚俭忠心耿耿，唯命是从。南征军分三路直下，沿途渠帅望风归义，令褚俭震恐不已。这天，褚俭把伍尚礼独召至宣德殿商量对策，褚俭道："这个冼夫人真是厉害呀！我本以为萧勃大军在海中全军覆没，冼家大堡也遭了灭顶之灾，从此一蹶不振。谁知这冼夫人居然撺掇得萧绎举兵前来。这冼夫人处事，神鬼莫测，大异往昔兵家呢。昔时路博德、马援之辈征朱崖，都是大举杀戮，残酷立威。这冼夫人呢，挥军南下时，诸洞真正与之交战者，微之又微，大多不战而降，甚或望风而降。她是安抚为主，征伐为辅呀！且不急于南下，每征服一地，即收买人心，以致诸酋为其所惑，不思再反，贴服其治。起先我不急于与南征军打硬战，本意为保存实力，先让岛中诸酋与其软磨硬缠，耗其军力气焰，然后我军奋起一战，将其击溃，现在看来，这策略似为不妥。"伍尚礼道："冼夫人奉朝命而来，理直气壮，听说沈炯这个崖州刺史也是言听计从，不敢说不呐。我确实担忧，原先我以为冼夫人率大军远征朱崖，彼若粮草不继，必定卷被盖走人。不料沿途诸洞渠帅

竟资以粮草军资，这……不得不担忧呀！”褚俭点着头，叹道：“生于忧患，死于安乐呐。我们再不能托大喽！如今南征军已深入朱崖腹地，必不能再让其肆意横行，直捣南下啦！须寻机与南征军决战，摧其精锐，才有转机。”

探得颜卢、玳瑁、紫贝出现大旱灾的消息，褚俭忙召百官廷议。五兵尚书宓子川道：“颜卢、玳瑁、紫贝闹旱灾，这是天灭南征军，神佑大越国呀！朝廷应遣精干之人往颜卢、玳瑁、紫贝，相机取事。颜卢、玳瑁、紫贝乱起，南征军还能下岛南么？”征西将军李绩道：“前者儋耳侯与罗带令英天之计，实是奇策，无奈百密一疏，儋耳侯殁于王事，如今犹刺痛在心呀！目今四方多虞，府库罄竭，而又未至决战之时，必要筹得万全之策，以保万无一失。我既无须劳师动众，又置彼于死地，此为上计。”众人议了大半天才散去。

德羌这日把合泷鲕找来，问道：“你自随我，我待你怎样？”合泷鲕见德羌神色肃然，忙敛衽答道：“老爷待我亲如父母呀！”德羌笑道：“你知道就好！人呢要知恩报德呀！自元始帝入朱崖立国，我被倚为重臣，入为将相，恩宠无以复加，朱崖诸酋无法与我争比。南征军逆天而行，妄图灭我大越国，其实是痴心妄想呀！如今探得颜卢、玳瑁、紫贝闹起旱灾，沈炯一帮鼠辈必定技尽计穷，无力应对，岛北复反，指日可待。我受大越国浩荡天恩，若不乘此机报国，决非大丈夫所为。我寻得一奇计，知你本是紫贝地人，熟悉当地民风，且又为人精细晓事，处事老到，诸般方便，因此在元始帝面前举荐你。你即日便可回颜卢、玳瑁、紫贝去，相机传谣取事。颜卢、玳瑁、紫贝百姓乱起，南征军就不得不撤军回去，元始帝之急当即可解，那时你就是大功臣，元始帝必授你官职。”合泷鲕答应了。

合泷鲕装扮成商贾模样回到紫贝周矩乡中。合泷鲕送了好些财物给伯父合泷乐全，合泷乐全乐得眯眼咧嘴；“我侄儿自小聪明伶俐，胆识过人，我就知道你准有出息，我们家今后就全指望侄儿啦！”合泷鲕笑道：“我当日离家出外闯荡，遇着一个好心的老爷，自始我跟着他打理账房，做着买卖的营生，广交越桂宁等地来回奔走。这次我本是往宁州去，路经家里，便回来看看，想不到乡中遭遇了大旱灾，乡老真是苦啦！”合泷乐全叹口气道：“侄儿如今是富贵人，是不知乡民日子难过，乡中已有两年没有下过一滴雨，田地里都冒火了，莫想生得一根草苗呀！乡民的余粮早吃光

啦，如今是有一顿没一顿，饿死很多人哩，有亲戚的都奔亲戚去啦！留在乡中的就惨喽，没吃的不算，如今州里催逼下来，要百姓交粮给南征军打仗吃用，百姓哪有粮交呵！”

合泷鲕叹道：“侄儿在外面走，听说南征军所到之处，烧杀抢掠，无恶不作呢。听说南征军首领冼夫人更是个杀人不眨眼的大魔头，生吃小孩的肉呢，耶耶，说起来都怕。伯父见过冼夫人么？”合泷乐全摇头道：“没有见过，这大官我们想见也见不了。朱崖人真遭罪，这日子没法过啦！”

近一个月，合泷鲕在颜卢、玳瑁、紫贝三地数十洞之间四处游窜，煽风点火。看着扶丹及数十百姓被州里捉去问罪，诸洞纷纷反抗，他暗自得意。才过数日，果然冼夫人率南征军回到紫贝，合泷鲕心中赞道：“德羌真是料事如神呢，这次还不牵着南征军的鼻子走？”合泷鲕再不出门，只在伯父合泷乐全家中待着。这天，合泷鲕打点行装准备离开时，忽然来了两个客人，合泷鲕认得是德羌的大官家步赤和一个仆从。合泷鲕把这两人让进内屋，看看四下无人，合泷鲕压低声音道：“你们真大胆，冼夫人已率军回来啦，我已大功告成，正准备离开呢，你们怎么来了？”步赤笑道：“数天前我已来啦！你做得好，回去老爷必有重赏。你乘机再做一件事，我敢包你回去做大官。”

合泷鲕疑惑道：“老爷所吩咐的事，我都做了，还要我做甚么呐？”步赤笑道：“你别急，且听我说。冼夫人回来了，好机会呢，查得冼夫人昨天已命人在翁田诸洞开挖水井，这水井不日即可凿成。取水饮用之日，必定祭井请神，那时冼夫人及众渠帅必定先饮水谢神，你只要在井里放下些东西，这功劳呀，再没第二个人及你。这药物我都弄来了。”步赤从身上取出一小布袋儿，递给合泷鲕。合泷鲕倒退一步，吃惊道：“你是要我在井中下毒？”步赤笑道：“你真是聪明，这也让你猜到了。这是大老爷吩咐的，你照办就是了。”

合泷鲕惊恐不已，连连摆手：“这是伤天害理之事呀！大管家放过我吧！”步赤冷笑道：“这事与我有甚么干系？我只是传命罢了。我告诉你吧老弟，元始帝已把你老小下在牢里。这事办妥了，凡事好商量，回去后老弟加官晋爵，老哥将来还望老弟看顾呢。如若不然，老弟心里明白，你看着办吧。这是国家大事哩，岂容儿戏。”合泷鲕冷汗直冒，由不得他不从。

合泷鲕查得冼夫人众将及诸酋次日定在东排田水井祭神取水时，当晚

四更时便先在这井里投了毒。他惊惊急急又摸黑赶来周矩这口水井投毒，不料被早起的乡民看到，当即大呼捉贼，合泷鲕惊得魂飞魄散，还未逃出周矩寨，便被寨军及乡民捉住了。

冷水金拔出宝刀，朝合泷鲕大吼道：“好你个奸贼，你竟下如此毒手呀！”便要砍下时，被翁田洞渠帅杨汤拦住：“先不杀他，这样太便宜他了。”随即命人把合泷鲕押回寨府中去。

第三天未时，猛虎花儿在翁田洞趵浒山下葬。冼夫人、冯宝领三千将士，诸洞渠帅领六千寨军围着花儿遗体肃然而立。颜卢、玳瑁、紫贝三地数十洞百姓近万人也涌来趵浒山，偌大一座趵浒岭已是人山人海。

起初为花儿择地下葬时，杨汤道：“夫人呀！就把花儿葬在趵浒山吧！趵浒山临海而立，气势磅礴，北看海涛，南观日出，石谷嶙峋，树木繁茂，山花四时争妍，确是好所在呀！花儿来自高凉，自小随夫人身边，未曾分离，走南闯北，累建功勋。今日为救紫贝百姓，天真灵性，毅然献身，情动天地，义感万民呀！花儿就葬在趵浒山吧，与高凉遥然相望，以寄哀思呐！”冼夫人心里凄楚万分，只能默然点头。

挖掘好的冢穴前已摆设香案，供上猪、牛、羊等诸祭品。花儿安卧在冢穴边一面锦毡上。这锦毡乃西域来的珍贵之物，价值万金，是扶丹所赙赠。未中时分，数百口号角吹起，顿时哀声大发，十六员神司齐声念诵。冼夫人缓缓走向花儿遗体，蹲下身，双手去锦毡上扶起花儿的脖项，把脸贴上去，口里低声念叨着。张融手持所作《哭虎辞》肃然站出，诵曰：

椰风起凊兮趵浒山，涨海茫茫兮恨无边，不见泐石兮缞服穿，摧心剖肝兮伪语酸，恸哭无泪兮昧云烟，俎豆常陈兮歆享延。兽与人别，皆由于天。促修有定，福种于田。混沌人世，黑白违颠。义者振臂，仁者涕怜。君今长逝，英杰泪潸。尚飨！

汝是高凉儿，伟哉丈夫奇！只知今日死，生日不能知。古松照月影，山鬼悲幽思，西山风声紧，定是汝生时。昔汝何不幸，嗷嗷待哺时，一箭夺母命，俄顷成孤儿。叹汝未断乳，失母复得母，阿母系谁人？高凉冼圣母。圣母方七龄，便知丧母苦，惜汝有襁褓，冷冱温胸脯。甜甜牛乳馨，切切北楼情，长成知母义，从此身不茕。临阵电目瞋，俨然一将军，夺旗虎威扬，驰骋卷沙场，卞庄惊弃剑，李广铁弓

藏。大堡愁云起，高凉台风猖，屋塀大水漫，地动天盘旋。救得婆孙俩，昏昏圣女眠，扁鹊难回春，华佗青囊焚。一日复一日，不闻圣女声。一月复一月，时时魂牵萦，焦思念阿母，断缰来相守，榻前泪潸潸，惧惧舔足手。神灵护佑无？花儿感天乎？入梦一年久，从比睡花苏。台城战鼓鸣，高凉狼烟生，中土方屠鲸，南天又缚鹰。寒月听铜鼓，雄风绕长缨，万全河中波未静，黎母岭上永结汉俚情。凿成三百井，欢笑万千人，魃魔于今绝，甘泉泽众民。不期惊毒虺，井底吐恶津，若为万民饮，冤魂入鬼门。闻汝一声吼，惊醒梦中人，以身尝毒水，呜呼成鬼魂！凄风紫贝境，吹角跔浒岭，军民尽伤悲，声声唤花儿：魂兮归何处？朱崖连北邙，泪尽断肠人，高凉两相望。海峡无隔阴阳路，英魂一缕可还乡……

张融咽喉发哽，泪流满脸，再也诵不下去。冼夫人抱紧花儿，放声大哭。扶丹大叫一声："义虎呀……"扑地跪下。即时两万军民伏地而跪，跔浒山上哭声震天动地。

教敦、永必、周显、杨汤、过不及、祖民崇抽泣着起身走来，从冼夫人怀中抱起花儿，缓缓放入冢穴。扶丹又用那面锦毡为花儿盖过遗体……

从此，当地百姓便将跔浒山称为抱虎山，或称抱虎岭。

一个月后，冼夫人辞了沈炯众官及诸酋，率军回黎母岭大营去了。

承圣三年六月底，瞫都学校落成。开学那天，沈炯率崖州官员前来参加典礼之庆。围观百姓有两千人之多，可是入学的孩童不足三十人，都是瞫都邻近渠帅子弟。沈炯摇了摇头，笑道："恐怕要负了侯爷一番热心呐。"文琅嘿嘿冷笑道："要知道读书，就不叫蛮夷啦！侯爷无须白费力气，我看想法子多运些粮米来是正经，我包管百姓欢喜。"冯宝捡色难看，把蒋子定拉过一旁，问道："怎么才不足三十学童？"蒋子定苦笑道："我请诸渠帅老爷让百姓子弟都来入学，文告也贴了，可就没人来。"西门昌道："可能百姓不愿子弟读书哩！"冯宝瞥了西门昌一眼，道："哪得这理！百姓还未知读书的好处呐。我们还得想法儿。"

这天一大早，冯宝与蒋子定、西门昌出门闲逛，来到梁沙洞一村寨时，见椰树下一老汉蹲坐着编织箩筐，空地里还有七八个孩童追嬉着玩耍。冯宝三人连忙下马。冯宝走近前来，朝那老汉笑道："老人家好！"那

老汉抬头笑道："噢！是侯爷冯大人呐！"冯宝笑道："老人家认得我？"那老汉笑道："认得哩，我们很多乡亲都认得侯爷，都知道侯爷是好官呢。"冯宝蹲下身来，笑道："老人家好手艺呀！今年多大年纪啦？"老汉笑道："该有七十五了吧，这两年渐渐觉着骨头懒了，没用啦！"

这时，那七八个孩童都围了上来。老汉道："吉达，有金，快家去搬几把竹墩来让大老爷坐。"叫吉达、有金的两个孩童应了一声，蹦跳着跑回屋里，眨眼间弄来三把竹坐墩，让冯宝与蒋子定、西门昌坐了。冯宝看着吉达、有金，笑道："吉达、有金是老人家的孙儿吧？"老汉笑道："正是呢，顽皮得紧。"

吉达立在冯宝面前，咧嘴笑问："侯爷，我听说你们南征军的人个个比牛的力气还大，一人可敌一百人哩，可是真的？"冯宝笑道："吉达真聪明。南征军中很多将领真的力大如牛呐。就说陈三官吧，更了不得呢。这人小时候让大老虎衔去虎窝里养，他是吃着老虎的奶水长大的哩，所以力大无穷，连说话、相貌都似大老虎呐。"接着，冯宝绘声绘色地说起陈三官的传奇，吉达、有金等七八个孩童围坐在地里，直听得嘴巴大张，眼睛放光。

冯宝从身上摸出一本手抄本来，正是《空翁杂记》。蒋子定接过来，翻了翻，笑道："是侯爷巨制吧？"冯宝笑道："闲来无事时，随手记下些趣闻，甚么巨制。这番我来朱崖，又见闻了好些传奇，不记下来可惜了。那次与你回高凉筹粮，顺便把这本子带来，看何时能把这空白纸页都填满。"西门昌笑道："这本已没多少空页了，得另结一册候用呢，还不是巨制？"

吉达又缠着冯宝说故事。冯宝笑了笑，翻开《空翁杂记》，又挑几个故事说了。吉达几个孩童还要听，冯宝摇头笑道："我已说得嘴巴累啦！可惜你们不识字，要是识字，我借你们看去，这册子里还有很多故事儿呢。"

吉达从冯宝手里拿过《空翁杂记》，也翻了几页，眉头皱着，一脸枉然。冯宝笑道："吉达呀！你拿颠倒啦！"吉达歪头问道："侯爷说的故事就在这里？都是黑麻麻的，甚么东西？"冯宝哑然笑道："这是字呀！你不认字，又怎能看得明白。"吉达道："那你教我认字好么？"冯宝笑道："好呀！瞫都学校就是教人认字的，你去那里学吧。"冯宝指了指蒋子定、西

门昌，道："这二位老爷就是学校里的老师，都会教你。"

有金晃着吉达的肩头，道："哥呀！我们都去学校里认字吧！"

老汉笑笑，道："侯爷的美意我们都知道的。只是我们庄稼人，终日在地里头做活，认不认字也不要紧哩。"

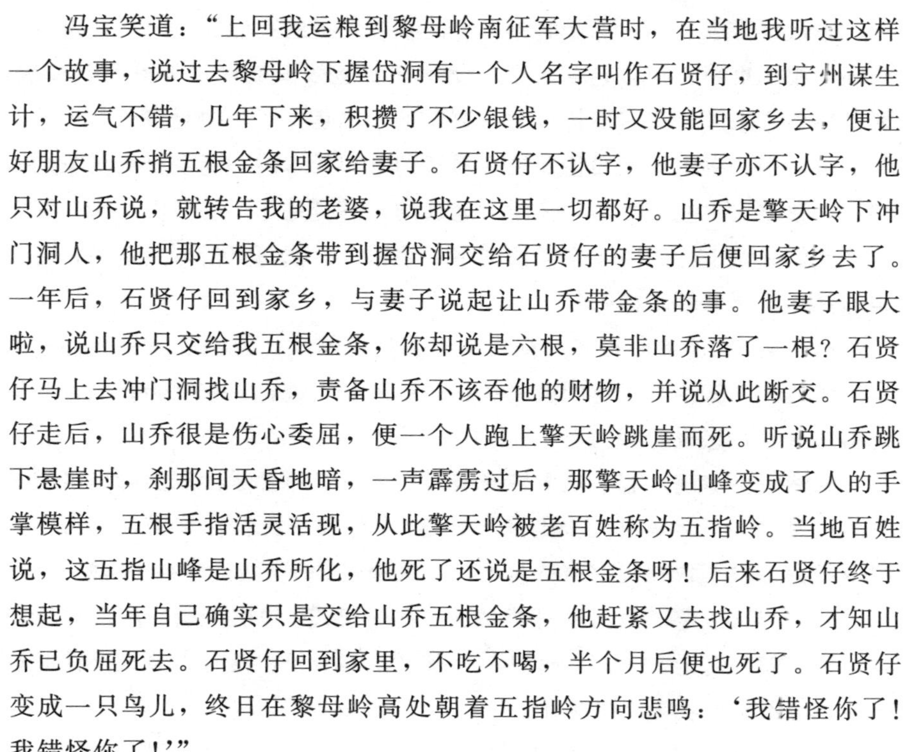

冯宝笑道："上回我运粮到黎母岭南征军大营时，在当地我听过这样一个故事，说过去黎母岭下握岱洞有一个人名字叫作石贤仔，到宁州谋生计，运气不错，几年下来，积攒了不少银钱，一时又没能回家乡去，便让好朋友山乔捎五根金条回家给妻子。石贤仔不认字，他妻子亦不认字，他只对山乔说，就转告我的老婆，说我在这里一切都好。山乔是擎天岭下冲门洞人，他把那五根金条带到握岱洞交给石贤仔的妻子后便回家乡去了。一年后，石贤仔回到家乡，与妻子说起让山乔带金条的事。他妻子眼大啦，说山乔只交给我五根金条，你却说是六根，莫非山乔落了一根？石贤仔马上去冲门洞找山乔，责备山乔不该吞他的财物，并说从此断交。石贤仔走后，山乔很是伤心委屈，便一个人跑上擎天岭跳崖而死。听说山乔跳下悬崖时，刹那间天昏地暗，一声霹雳过后，那擎天岭山峰变成了人的手掌模样，五根手指活灵活现，从此擎天岭被老百姓称为五指岭。当地百姓说，这五指山峰是山乔所化，他死了还说是五根金条呀！后来石贤仔终于想起，当年自己确实只是交给山乔五根金条，他赶紧又去找山乔，才知山乔已负屈死去。石贤仔回到家里，不吃不喝，半个月后便也死了。石贤仔变成一只鸟儿，终日在黎母岭高处朝着五指岭方向悲鸣：'我错怪你了！我错怪你了！'"

那老汉笑道："哎，侯爷，这故事我也听说过呢。说起来，这两个人都死得冤了。"

冯宝道："是死得冤呢。老人家，要是石贤仔夫妻认字，托山乔捎金时，带上一封书信，写得明白，是五根金条，他朋友俩就不会死啦！口说无凭，立字为据呀！"

那老汉似是明白，又似是不明白，只是咧着口笑。冯宝叹口气道："这是很远古的故事，那时他们不认字不足为奇。要是现在还因不认字导致命案，那就真真令人可叹。十几年前，高凉地还出了一件类似的故事呢。某甲看上某乙的女儿，便假意借银两给某乙。某甲欺某乙不认字，故意将借银条子写成了卖女儿的典身契，某乙不知就里，当然在典身契上画

押压指印儿。没几天某甲便持那典身契向某乙要女儿，某乙这才傻了眼。某乙女儿自小许了人家，一对有情人走投无路，竟双双上吊寻死，幸好及时让人救了，不然又是一对冤鬼呀！”

见老汉不吭声了，冯宝笑道：“不认字害死人的事，虽然有，也不常见。不认字带来麻烦，那是时刻都有的事呀！远的我们暂不说了，就说去年征军粮的事吧，很多老乡压根儿就不知要缴多少粮食，听得说要缴粮，便都挑谷子来了，大多不符该缴的数量呐，不是少了，便是多了，少了的又要走一趟，多出的又要往回挑，多费劲呀！敦木洞一老乡全家挑来七八担谷，整整多出三分之二，你说大老远的，满身是汗，筋酸肉麻呀！征粮文告我们是贴出去啦，乡亲们该交多少粮，上面都写得清清楚楚的，可乡亲们都不认字，看不懂呀！”

冯宝又道：“中原很多人都看不起我们南越人，说到底就是我们不认字的缘故。不认字，知道的事就少，只能听别人说，人家糊弄我们，我们也不知道呀，怎么行呢？”

忽然听得喧闹声起，众人转身看时，原来是瞫都梁沙洞渠帅毕巩带一班随从寻过来了。毕巩大步走来，笑道：“好侯爷呀！你来了，怎么不入我寨子去，也不告知我一声。若不是有人报告，毕巩成了甚么人啦！”

冯宝与蒋子定、西门昌赶紧站起。冯宝笑道：“毕巩老爷的耳目真灵哩，我们随处走走，正好在这里与小孩童说嘴耍子，又与老乡亲坐谈学校之事，想不到毕巩老爷寻来了。”

毕巩笑道：“侯爷怕学校修好了，没有孩童来读书呐？放心吧，读书无须交费，又管吃饭，这好事天下哪找去？我包管你学校里纳不下人来，到时又有侯爷忧愁的了。”

老汉疑惑道：“读书不用交费？还管吃饭？”蒋子定笑道：“是呀！老人家原来不知道呐！”老汉道：“若是这样时，吉达、有金呀！你们这班猴儿明儿都读书去，别在家里捣蛋啦！”

毕巩哈哈大笑，骂道：“梁舍仲老东西不知好歹，原来不看文告呀！”随即拍了额头一下：“你老东西不认字，又哪里看得明白，睁眼瞎一个！”老汉笑道：“老爷骂得好，老东西真是睁眼瞎呢！”众人都笑了。

九月二十五日，沈炯与侯净藏、梁伯会、贾子才、邢恭、程尚、曾忌一班官员来到瞫都。这天，沈炯众官员顺便又到瞫都学校看看，冯宝陪

行。见卿都学校有近三百名学童就读，沈炯不禁暗暗惊奇："想不到冯宝这纨绔子亦有如此能耐，竟真的办成学校！"沈炯满脸笑容，连连向冯宝称贺，叹道："但只用心，烂泥也可扶上墙呀！"

乘着冯宝走开之间隙，程尚对沈炯笑道："蛮夷顽劣本性，愚痴不化，又怎能读圣贤之书，明忠孝之义？这帮笨牛，时刻得管束严紧，若是少了牛鼻桊儿，还不四野乱窜。让他们读书，免费不说，还管吃的，劳民伤财呀！"沈炯摇着头，笑道："冯宝初办学校时，我也是这般心思。现在看来，或者是我们浅见了。过去我就听说交州叛逆并韶的大名，做的文章好得没法说，有谁相信他是蛮夷呐？护国夫人带来的张融、洪通、龚自明、时元等辈，我初看他们耳朵上的环儿，也觉不顺眼，后来才知他们都是博学之士呐。尤其是那个张融，不是我夸他，不是等闲之辈呀，怪不得护国夫人让他做了行军参军呐。此人处事安闲若定，藏而不卑，露而不亢。若将其耳上环儿去之，谁谓非中原俊彦者也。"

沈炯想了想，又道："护国夫人之智慧胆略我们都领教了，可又谁知道冯宝也非泛泛之辈呢。护国夫人在岛南武攻，冯宝却在岛北文治，遥相呼应，各呈所长呢。唉！说起来，我们也该用用心了。朝廷派我们来这里，也不能整日无所事事吧，若如此下去，我们真是可有可无哟！"

十一月十一日，侯净藏率一千军马押粮往东路军大营，崖州中直兵参军事万慎随行。侯净藏请缨押粮，沈炯初时不答应，道："侯大人是朝廷贵人，下官时刻不能分离，押粮的差事由别人去吧。"侯净藏笑道："州尊责我们无所事事，其实在理，我也觉脸红呐。不瞒州尊说，圣上也瞩我多经些事，不得推懒呢。让我走走吧，不敢说建功，为南征军出些力也是本分之事。"沈炯不敢过分拦阻，只由得他去。

自冼夫人率三千军马回到黎母岭大营，便命原调来协助祝戬的东西路军马都回原大营去，继续南下。

甘弁领东路军南进，十一月中扎军山南境牛上岭。这天，甘弁刚从响土洞渠帅则蹬府寨回来，已是未牌时分，忽报侯净藏押粮来营，甘弁忙率众将迎出营去。寒暄过后，侯净藏看着楚桑可，那眼珠子上上下下，左左右右滴溜溜转，许久才笑问："甘将军大营中几时有这美人？下官怎么不知道？"甘弁脸红起来："这……"洪通笑道："楚桑可姑娘是会山洞渠帅楚触大老爷之女，刚与甘大将军新婚未久。"

侯净藏抚掌称羡，笑道："甘将军好艳福呀！七儿将军是美人，这桑可姑娘又是大美人哩，羡杀下官了。甘将军征战不易，有美人陪在身边，无事时聊解寂寥，也是好事呀！甚么时候，甘将军也为下官找个像桑可这般的女子，下官感激不尽呢。"洪通心中暗骂道："好个不知廉耻的狗东西，这话也能说出来？"

甘弁见侯净藏如此无礼，心中不悦，可又不好发火，只有打着哈哈，笑道："这事么？随缘吧！"侯净藏又看了楚桑可一眼，笑道："是是，甘将军说得是，这事是得随缘！"

当晚，甘弁设宴为侯净藏洗尘。饭后，甘弁与楚桑可回到后帐。见楚桑可闷闷不乐，似有怒容，甘弁问道："怎么啦？"楚桑可恨道："这个侯净藏真不要脸，在宴席中他竟敢摸我屁股，我当时就想掴他一耳光！"甘弁勃然大怒："这狗官敢如此无礼，我这就去找他。"楚桑可劝道："这事得忍一忍，你是东路军主帅，可不能因这事坏了南征大计，我日后再不见他就是了。他能在这里待几天？"甘弁狠狠地在几案上拍了一掌，屁股重重地坐在椅上。

第二天起，甘弁再不搭理侯净藏，侯净藏好不没趣。这天侯净藏讪讪地对甘弁道："甘将军呀！这里山呀水呀确实怡人，我想多逗留几天呢！这样吧，我领我的军士在右面山坡上另立一营，你我方便，再不会耽误大将军军务。"甘弁微微一笑："侯大人是上使，甘弁一介武夫，怠慢之处，还望见谅。好吧，既然侯大人要另营起居，甘弁不敢拦阻。只是这荒山野地里，猛兽毒虫时常出没，就让向导官朱旷及曾孝摘将军陪侯大人吧。侯大人但有差遣，尽管宣谕，甘弁必定登营听命。"

当晚，曾孝摘听说要调他去侯净藏营里听差，当时就嚷嚷起来："甘老大不喜欢侯净藏这小子，把他赶走开去，怎么派我去服侍他？老曾可不会服侍人。"洪通笑道："侯大人想多留几天，在大将军营中事实不便，我们是在行军呀！谁听谁的？让你去保护侯大人，是大责任呢。"曾孝摘望着甘弁，见他微笑着点头，便咕哝道："甘老哥是铁了心让老曾吃苦了。好吧，谁让我老姐大人给你面子。话说在前头，服侍得不好，可别怪我老曾。"朱旷笑道："谁怪你了，差事完后，我请你吃酒。侯大人的大营已立起来啦！我们快收拾收拾，趁早过去吧！"曾孝摘瞪了朱旷一眼，再不做声。

连着一个多月，侯净藏带着万慎、朱旷、曾孝擒到周围诸洞造访串门。长田、什姆、什托、内田、大洲、加峒、喃呼等数十洞已归附东路军，见朱旷、曾孝擒陪上使登门来，诸酋自然高兴异常，盛情款待。诸洞渠帅都有珍稀宝物赍馈，侯净藏毫不客气，一概受纳。曾孝擒不肯收礼，朱旷把他拉向一旁，道："我俩既然陪着侯大人来了，大家都有礼份儿，我俩要是拒而不收，侯大人面子上下不来哩。我俩先暂且收下，然后缴回甘大将军处置，或退还给人家，或留在军中使用。"曾孝擒瞪大眼睛道："老曾自跟随我老姐大人，也学了不少规矩，再不拿人家的东西。向百姓索要财物，这可是砍头的勾当，到时我老姐大人翻了老脸，你不怕死？"朱旷笑道："我俩把财物缴公了就不会死。"曾孝擒道："你不缴我老曾会逼你缴，侯大人不缴怎办？"朱旷笑道："那是侯大人的事，让护国夫人去问他好了。"曾孝擒道："侯大人八成不会缴。我看他那鬼样子，一见财物捧出来时，眼珠子都快掉出来，十足像个贼！老曾晦气，甘老哥怎么让老曾来赶这趟子差事。人家上阵杀贼去，该有多痛快，倒让我随这官儿当叫花子来啦！大包小包的往营里搬……"朱旷连忙劝止："侯大人是上使，护国夫人时常教导要以大局为重呐，快别说了，当心让人家听了去。"

这天，侯净藏让朱旷、曾孝擒领五百军士随他上牛上岭看风景。牛上岭山峰奇秀，溪水瀌瀌，确实怡人。来至一山坡，草丛处惊起一只鹧鸪鸟，侯净藏从腰里取下弹弓，拍马赶去。那鹧鸪鸟只是附着草丛上面低飞，只见侯净藏拉开弹弓，叫声"着"，扑的一声，那弹珠打中了鹧鸪鸟，鹧鸪鸟翅膀扑打几下，便掉下草丛去了。军士去草丛中寻回鹧鸪鸟，侯净藏接在手中，笑道："好肥的鸟儿！"

曾孝擒心里道："这小子油头粉面的，想不到有这般技艺。"侯净藏看着向旷、曾孝擒笑道："下官自入宫中，常伴随圣上出郊外走马射弹，圣上见我弹发必中，称下官为神射呐。自来朱崖，繁于杂务，这技艺也荒废啦，今日一试，幸未出丑。曾将军呀！听说你是护国夫人麾下猛将，夺旗杀将无人可敌。今日我们放手在山中围猎，博一乐子可好？"朱旷、曾孝擒当然答应。

这天捕了不少獐鹿草兔、獠猪野羊之类，侯净藏甚为高兴，直到太阳快下山时，才凯旋而归。

走至山脚下林木深处，忽见一男一女结伴从前面惶急走过。侯净藏勒

马喝道："你们是甚么人，站住了!"那两人只得站住。军士把这两人带到侯净藏马前。侯净藏问道："你俩如此惊急赶路，做甚么去呀?"那男的支支吾吾，惊慌失措起来。侯净藏疑心顿起，喝道："南征军正在平贼，必要提防褚俭逆贼奸细出没。你俩身上负着包裹行囊，必是走长路的人，快快从实招来，是不是奸细?"

那男的慌忙拉那女的跪在马前，道："官爷开恩，我俩不是奸细，我名叫高远，是毛感洞尼嵴老爷的听班；她叫佤仑，是我的老婆。如今打仗了，我俩回合州老家去，刚才过山时，怕冲撞了官爷，所以惊惶，并不是奸细。"

侯净藏道："你们抬起头来我看。"高远与佤仑抬起头来。侯净藏一看到佤仑脸孔，暗吃一惊，几乎叫出声来，心道："哎呀！这世间竟有这般女子，闲常听人说，美人美目顾盼，睛光如电，追魂摄魄。我见过不少美人，哪见有这般尤物，刚才我与她目光对接时，就不知我是我啦!"

原来这叫佤仑的女子正是褚俭从交州弄来的那个妖姬佤仑。褚俭先是把这佤仑送与落金岛主张昌举。张昌举死后，褚俭又命褚品把佤仑从张昌举的王宫里接出来，随褚俭叛军来到朱崖。

那次褚俭与百官、诸酋宴饮，佤仑也出来伴席。酒酣耳热时，临振毛感洞渠帅尼嵴伸手去摸佤仑的腰，褚俭看到了，只装着不知道。当晚，褚俭在枕上对佤仑道："佤仑呀！朕明日把你送与尼嵴老爷吧!"佤仑钻入褚俭怀里，抱得紧紧的，摇着头直说不。褚俭笑道："尼嵴看上你啦！你也知道的。早时宴席中他麾麾挲挲，朕都看到啦!"佤仑道："那圣上怎不救我？怎不杀他?"褚俭笑道："你懂甚么？朕在朱崖立国，非常不易，尼嵴功不可没呀。古时楚庄王有绝缨大会之故典，不成朕不及他了?"佤仑依旧把褚俭抱得紧紧的："我不！当初圣上在交州把我与依若讨回来，就知道服侍圣上。谁知圣上把我姐妹俩送人，如今好不容易与圣上相聚了，又要把我送人。"褚俭低声笑道："等朕灭了南征军，再接你回来，从此再不分离。"

尼嵴带佤仑回到府寨，数日不出来理事会客。佤仑天生淫娃荡妇，把尼嵴弄得死去活来，欲罢不能。尼嵴毕竟是六十多年纪的人了，怎禁得佤仑日夜攻伐，两月之后，便感体虚不堪，再不敢来佤仑房中相聚。

尼嵴的仆从高远是个会事的人，二十七八年纪，生得风流俊秀，能说

会道，因此尼崂出门办事，总把他带在身边。一次尼崂往乐罗呆论洞赴会饮宴，呆论洞渠帅太拉见了高远，表示愿以十个使女换高远，尼崂也不答应，笑道："衣不如新，人不如故呀！高远随我十多年了，怎肯轻易送人。"其恩宠如此。

这天，佤仑被风吹了，只叫脑子胀疼。尼崂正在会客，便让高远给佤仑送药，吩咐道："这瓶药是在广州时，在一番僧那里购得，治伤风甚是效验。"

高远把药送入佤仑屋里，刚要退出，只听得佤仑呻吟一声，道："是高远么?"丫环道："是高远爷。"佤仑道："高远先别出去，我有话与你说。"高远便不敢离开，只站在那里看丫环服侍佤仑把药吃了。佤仑躺在金竹躺椅上，道："服了药，感觉好了许多，只觉得身子骨酸痛得紧。高远呀，老爷往常说你会捶骨，手艺好得不行。也与我捶捶吧。"

高远支吾道："这……"但又不敢不从，只好走近佤仑身旁。那丫环道："奴婢弄些稀粥来。"说着出房去了。

高远小心翼翼地把手放到佤仑肩上，轻轻揉捏。才一会儿工夫，佤仑便迷迷怔怔，口里发出哼哼声来。忽然，佤仑捉住高远的手，慢慢往下拉，直拉到短褂儿下那肚腰里去。高远气促声嘘，哪里再忍受得了，一把搂住佤仑狂吻起来……

自此，佤仑有事没事都把高远往屋里叫。两人聚头多了，高远不免担忧，这天他对佤仑道："老爷待我恩宠有加，我本不该与你有这事，时日久了，难保让人发觉。你既有心于我，不如我俩逃跑吧。我老家本在合州，这些年，我也有了积蓄，我与你逃回家乡去好好过日。"

高远与佤仑寻机逃离了毛感地，如漏网之鱼，如惊弓之鸟，仓皇北去，不想今日在牛上岭被侯净藏截住了。

侯净藏喝道："你说你不是奸细，还说这女子是你老婆，分明是放屁！看着就不是那回事。不消说，定是你从哪儿拐来的良家妇女，意欲潜逃，才会如此惊慌失措。这样吧，今日本官高兴，就放你一条生路，逃命去吧！这女子呢，本官留下，待审问得明白了，该怎么发落，本官自会区处。"

高远又惊又急又气，无奈有案在身，怎敢分辩，只能眼睁睁地看着佤仑易手于人。高远跺了跺脚，随即三步一回头地望北去了。侯净藏一抖缰绳，道："把这女子押回营里去，本官亲自审问。"曾孝摘待要张口，朱旷

忙使眼色止住。

一回到大营，侯净藏即命把佤仑带到他的大帐里。

次日一大早，甘弁便过营来见侯净藏。侯净藏与佤仑在后帐还未起来，听得甘弁来了，侯净藏只好起身，暗骂道："定是哪个多口的管这闲事。"侯净藏匆匆盥漱毕，即出来见甘弁。侯净藏笑道："甘大将军一早便过营来，可有甚么要事？"甘弁道："听说侯大人昨日在牛上岭山脚下带回一名女子，可有这事？"

侯净藏笑道："是有这事。甘大将军莫非要责怪下官？"甘弁顿了顿，看着侯净藏，道："甘弁不敢有此心呀！只是如今正逢争战之时，得事事留意，时时小心呵！这女子不知来路，留在军中，这……"侯净藏打了个哈欠，粘糊着眼睛，许久才道："下官承教诲。是了，甘将军军中时刻调兵遣将，大将军领朱旷、曾孝摛回去吧，反正我营中用不着。"甘弁怔了怔，笑道："还是留在侯大人身边好吧？"侯净藏笑道："我营中自有一千军马，足可保护下官啦！"甘弁笑了笑，告辞去了。

曾孝摛与朱旷回到东路军大营。曾孝摛嚷道："侯净藏这小子八成是恨我透他的老底，便不要老曾碍眼。老曾早不想跟他现眼，随处向老酋要财物，脸也不红。如今搞起小娘来了，路边破货也要，像个饿鬼一样哩！"洪通皱眉道："这公子爷也真是，把那女子押回营去，让百姓看到了，还不说我们南征军强抢民女，这事确实不妥呐！"曾孝摛道："要不我去劝小猴子把这女子放了。"洪通笑道："你去劝他？甘将军都劝不动呢。"甘弁沉吟一会，道："看来我得给夫人去书，夫人的话他不敢不听。"

当夜四更尽时，甘弁睡得正浓，忽报郑道培有要事禀报。甘弁一骨碌翻起，出到前帐。郑道培喘气道："禀报大将军，今夜卑将领军士巡营时，才发现侯大人已拔营走了。"甘弁愣了愣神，嘀咕道："怎么招呼也不打就走。快备纸笔，我得报告夫人知道。"

冼夫人率中路军进扎在乌石新赛。连着两个多月，新赛、牛斩、霖田、什况、罗反等数十洞阴雨连绵，从未断滴。新赛洞渠帅扎反见冼夫人营帐满地泥浆，连站脚的地方也没有，便请冼夫人搬入他寨府住下。数天前冼夫人已命阿秀、七儿、白承权领军士发粮赈灾，听说至今尚未发粮到百姓手中，冼夫人大为恼火，把阿秀狠狠训了一顿。这夜丑尽时分，冼夫人与张融、扎反尚在庾堂议着赈灾之事。扎反道："夫人呀！自去年四月

以来，新赛方圆近百里闹旱灾，百姓是不堪其苦，家家户户早已食尽。幸夫人率义师降临，及时发粮救了大急，百姓感恩不尽呀！如今夫人军中已无粮，所用的都是湾岭洞木牙俐老爷，水央洞金路格老爷，加章洞石白老爷筹来的粮食呀！这数洞本是遭灾之地，这粮食不易筹措呐，夫人若再将这粮赈灾，不唯军中众将不肯，老酋也不肯呐！”张融道：“扎反老爷所说确是实情。军中不能一日无粮，岛北诸地灾后未复，筹粮困难，我看……”冼夫人打断道：“这两天我到几个村寨走了，看着村民脸黄肌瘦的样儿，我再无颜面对呀！不必说了，先把粮食发出，我估摸合州的援粮最迟应在这数日可到。先发粮给百姓，若再拖着，当心我发火。”张融、扎反再不敢则声。

仆从入报夜膳已备好。冼夫人摆手道：“我不饿，吃多了会发胖，你们去吃吧。泰次，你再传令下去，明日开始，军中再减粮，让将士们紧着肚子，到合州援粮到来再说。”张融连忙答应，与扎反刚要退出时，陈三官手里拿着一封书信入来了，禀道：“夫人，是东路军来的书信。”冼夫人折封阅了，顿时脸色铁青：“胡闹！”

张融与扎反站住了。冼夫人道：“侯大人押粮往东路军大营，竟然长住下来，连着向当地渠帅索要财物，这还不算，又在野外带回一个女子，留宿在营里哩！甘弁劝告几句，他竟不辞而别，连夜拔营走了。”张融道：“这个公子爷，怎敢相信他便是朝廷使者哪！这般丑事也做出来，真真该死！日后百姓怎么看我们？南征军的脸都让他抹黑啦！斯文败类．斯文败类喽！”

冼夫人怒道：“修己而安人。这般人日后怎能在朱崖立足，遑论取信于民了。说不得，我即修书给州尊，无论如何让侯大人带那女子回来谢民！”

忽听得窗外有人发话道：“冼夫人！我今夜特来杀你。见你行事却不是坏人，我不能下手。我是盘阶，后会有期！”陈三官拔步赶出时，早不见踪影。

紫贝井下投毒计不逞，德羌懊悔得心痛。这天，他约了宓子川又来见褚俭。褚俭在元始园召见两人，并命伍尚礼陪见。德羌行过君臣礼，道：“前番紫贝计误，实属冼夫人命大，谁料到是她养的老虎救了。如今臣又寻得一计，特来奏报圣上。五指岭有一占山为王的豪杰，名叫盘阶。盘阶

二十三四岁年纪，使一柄六十九斤重的三股托天叉，骑一头扶南双角大白犀牛，身上所披甲胄均为犀牛皮所造，悍鸷无匹，有万夫不挡之勇。且这人练得飞檐走壁之术，随身五支毒镖，百发百中，见血封喉。更有奇者，这人不知哪里学得异术，竟能役使毒虫蛇蝎。如今盘肸在五指岭聚结有近三千人马，诸酋从不敢去招惹他。两月前，臣经人引荐，携重金得以结识为友。”宓子川道：“如此人物，大人何不引荐来为我朝所用？”

德羌道：“这人只是贪黄白之物，却无意为官。”宓子川道：“既不能为我所用，结识他有何好处？”德羌道：“宓大人且听下官细言，下官结识盘肸，欲让他行刺冼夫人。盘肸身怀绝技，命他在月黑风高之时，潜入冼夫人居所，轻而易举便可除去冼夫人。”伍尚礼道：“我朝不乏能征惯战之将，足可抗敌南征军，何必用此下作之策。”

褚俭笑道：“相爷所言差矣！兵不厌诈呐，甚么下作不下作的，能斩关杀将才是至要。昔日荆卿刺秦之计若成，六国焉能亡了？只要这个盘肸有能耐，多给他银子，他要多少你就给多少。德可感义夫，恩可劝死士呀！”即命德羌提库银去见盘肸。

听得刺客自报姓名，扎反大惊失色，道：“盘肸是五指岭大魔头呀！我们怎么惹上他了？他今日来行刺夫人，莫非是受褚俭所使？”张融道：“听他口气，这人早入屋里来了，我们竟毫无察觉，好诡秘的人物。”扎反道：“夫人此路南下，必要经过盘肸辖地，千万不可托大。”冼夫人笑道：“这盘肸有意思，做刺客还留名字哩。”

绍泰元年二月七日，冼夫人率中路军挺进五指岭，在北麓姥赈坡扎下大营。次日辰牌时分，冼夫人领军马过岭。走至沉鹰涧，只见四面尽是峭壁，抬头向上望去，屼峰直冲云天。冼夫人叹道：“似此峥嵘之岭，实为少见。”白承权道：“五指岭为朱崖众山之首，以险峻奇崛称于世，万全河、陵水、乐安水皆在此岭分水。”

前面是一衮地。树木茂密处突然鼓角声震天响起，随即涌出大队人马来。为头一大汉，脸色赤褐，身披着犀牛甲，却没有头盔，只盘一紫金大钳箍，长发披散至肩背上。这大汉雄赳赳手提一柄三股托天叉，气昂昂身骑一头双角白犀牛，身后四员将佐，皆生得凶悍捷猛，各执兵器骑在大水牛上。只听得那大汉喝道：“冼夫人，你终于来了！知道盘肸大名，你还敢在五指岭经过？”

冼夫人勒马笑道："噢！原来你就是盘肸呀！你要行刺我，又留下名来，不怕我捉你？"盘肸大笑道："怕你捉我？怕你没有这本事哩。褚俭皇帝送我大批银子，请我杀你，那次下不了手，是你命未该绝。今日来到这里，可不能怪我。"冼夫人笑道："我也听得你的名头，却未见你的真本领。"盘肸怒道："我这四位兄弟，名艾吪、旻鑫、孺虓、梓胾，都是有真本领的汉子，你若赢得他们，便放你过岭去。"

冼夫人笑道："这地里窄小，是不宜斗兵斗阵，那好，就依你说的斗将吧。"话音未落，盘肸身后艾吪、旻鑫、孺虓、梓胾四将哇哇大叫，依次执钻天矛、开山斧、拨风刀、分水锤诸般兵器拍牛冲出。冼夫人对陈三官道："三官呀，你敢与他们比拼么？"陈三官应了一声，早飞马跃出，挥铁扁担横扫过来。艾吪、旻鑫、孺虓、梓胾四将和陈三官立时杀成一团。两军阵中大声鼓噪喝彩。盘肸见陈三官独力敌他四将，不禁大怒，拍犀牛挺托天叉杀出，直取陈三官。

冼夫人笑道："祝戬去战盘肸！"祝戬持枪应声而出，闪电般杀到盘肸面前。盘肸怒喝道："冼夫人，你敢命女娘与我厮杀？"说话时，祝戬的大铁枪已抖向盘肸脸门，盘肸暗吃一惊，喝道："这女娘好枪法哪！"大铁叉用劲一拨，枪叉交击，轰当作响。两将战有三十余合，不分胜负。冼夫人赞道："盘肸能敌祝戬，确实不凡呀！"

陈三官大展神威，吼声连起，渐渐杀得艾吪、旻鑫、孺虓、梓胾四将手忙脚乱。盘肸见状大惊，虚砸一叉，提犀牛跃向陈三官。只见盘肸随手一扬，一镖飞出，正射在陈三官右肩胛上。廖明叫声"不好"，对冼夫人道："盘肸飞镖有毒，快让他们退回来！"

冼夫人传令后军做前军，向后退去。盘肸见南征军败退，即挥军随后赶杀。廖明、祝戬、阿秀、七儿四将断后，且战且退。盘肸见南征军虽败不乱，也不敢十分追逼。

南征军直退到五里地的永水坡才立住脚跟。廖明忙为陈三官看了伤口，道："扎反老爷说得不差，这飞镖果然有毒。"即为陈三官清洗了伤口，然后又取药内服外敷。冼夫人刚要传命立营，忽然探哨飞报："盘肸不知施了甚么魔法，毒虫蛇蝎也不知有多少，正铺天盖地地向我们袭来，离这里已不足一里地了。"冼夫人闻报大惊。七儿道："毒虫蛇蝎有甚么可怕的，放火烧它不就完了。"冼夫人道："使不得，这里方圆数十里都是树

木草丛，火一旦烧起，我们还有命么？快传令撤退，退回姥哌坡，那里有流溪阻隔，蛇虫不容易追来。”

南征军退至姥哌坡扎下大营。张融见冼夫人一直沉思不语，便道：“这盘肸确实顽劣，我刚才与白承权议了议，是否可另寻途径，绕道过五指岭？”七儿道：“论武艺盘肸是个里手，那也只是这般了，按理抗击不了我们。最头痛的是盘肸的魔法，怎么竟驱赶起毒虫蛇来了？这事我往常只是听说，今日却见着啦。”

次日晌午，新赛洞渠帅扎反、霖田洞渠帅冶仳、上状洞渠帅偈匝赶来中路军大营。扎反关切道：“听得夫人在五指岭受阻，我们便赶来了。没有甚么伤损吧？”冼夫人笑道：“没多大伤损，这盘肸真是个怪人哩。”便把经过述了。扎反感叹道：“这大魔头最怕人的便是毒镖及驱蛇术。”七儿道：“盘肸施魔法时，这毒蛇虫漫山遍野的，为啥就不咬五指岭的人马呢？”阿秀笑道：“咬自家人还算甚么魔法？”扎反道：“盘肸确是怪人，我也听得说，蛇虫一经他驱使，只伤敌人，从不伤害自家人，这怕是灵气的缘故吧。”

忽有军士报入：“俐门国运粮食军资来营。”冼夫人惊喜不已，忙与大伙迎出辕门。冼夫人老远就叫道：“哎呀！果真是卢老爷到啦！我在想呐，俐门国是谁押粮来呢？我猜定是卢老爷，可不，让我猜中啦！”

石头城北接冈阜，不是很险峻。侯安都浑身披挂，执大铁枪引军来至城下。数名军士把侯安都抬起来，一齐发力投上女墙，众军士随即接踵登城。（见第二十章）

大家说笑时，那鸽子又振翅飞起，在大营顶空盘旋一周，又直向这边飞来，竟慢慢地落在冼夫人脚下草地上。冼奉敏蹲下身，双手去捧它，这鸽子竟不躲不避，一点也不怕生。（见第二十章）

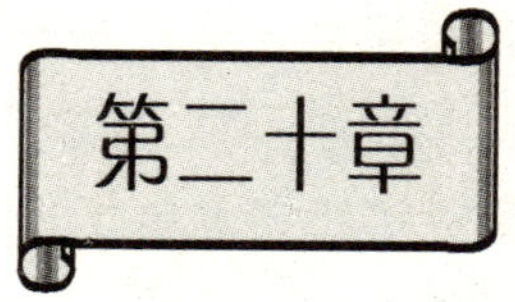

第二十章

建康会战成霸业　绝境扶危触悲情

这卢老爷是俐门国禁卫总管卢恭宣。大同五年，冼夫人与赵媚娘首次赴俐门国庆，在俍扶园观看李殿与一俐门国禁宫武师拼武艺，那武师就是卢恭宣。卢恭宣本是静州人氏，年少时流落在俐门国，因武艺高强，选征入宫内为禁卫。冼夫人直到太清三年又赴俐门国庆才与卢恭宣结识，这时卢恭宣已拔至禁卫总管。俐门国女王召里从九真郡太守裴伋那里知悉冼夫人领南征军入朱崖的消息，即遣卢恭宣率五百军士押粮来援冼夫人。

众人入帐落座后，冼夫人笑道："卢老爷，自太清三年一会，至今不觉又早六年过去，卢老爷脸色红润，更觉朗健啦！"卢恭宣忙着谦谢点首。冼夫人又问："召里女王近来可还喜欢骑射玩乐？"卢恭宣道："去年八月中女王召会群臣，说自己年事已高，准备让三公主继位呐。其实女王身体很是强健，众臣都劝止，无奈女王主意已定，怕是这两年便要退位呢！"

冼夫人命设席为卢恭宣洗尘。冼夫人笑道："卢老爷呀，不瞒你说，近来我军都是素食，将士们想吃块肉亦不能够。你今日来得巧了，扎反、冶仳、僇匜诸老爷刚好送来上百口猪羊，还有好酒。卢老爷将就吧，我定陪卢老爷吃几盏酒，我也好解解馋。"卢恭宣叹道："想不到夫人军中如此清苦呀！我虽为武夫，却未曾经历征战之苦，说来真真惭愧。"冼夫人笑道："征战不是好事，到甚么时候止息了战乱，老百姓才能过安稳日子呐！"

坐谈时，酒宴已备好。冼夫人邀众宾客刚要入席，又接得报告："祝戬将军义父仇碁，石州里山庄李殿及朱崖盘柳宗来到营中。"冼夫人看着

众人笑道："我说呢，今日起早我的眼盖儿跳个不停，却原来是老朋友聚会之喜呐！快迎众老爷！"

冼夫人与众人还未走出帐门，仇晷已与李殿、盘柳宗朗笑着走了进来。冼夫人忙着拱手笑迎："仇老爷、李老爷、盘老爷呀！想不到你们会来，百合没有迎出营外，罪莫大焉！"仇晷笑道："夫人呀！我们几个老头儿倚老卖老，未等通报，便直闯大营，按律应斩呀！"众人听了都笑。祝戬走上前去，叫声"阿爸"。仇晷看着祝戬，笑道："你在夫人军中可有出息，不要污了我的老脸呵！"七儿笑道："够出息啦！每番厮杀都让人当成女孩子，戬儿也不会生气。"仇晷笑道："戬儿自小就腼腆害羞，见着生人就不敢说话。怎么？这毛病现在还未改过来？"张融笑道："这是甚么毛病呐？祝将军虽然年纪轻轻，可处事慎重，从不弄虚，夫人常赞他是难得的将才呢。"仇晷道："这就好！这就好！我也好放心。他父亲泉下有知，也好安心啦！"

冼夫人看着李殿、盘柳宗笑道："李老爷、盘老爷，今天要不是与仇老爷子一起，我是绝对认不出是您俩呐。"冼夫人忙又请众人入席。坐定后，冼夫人依次介绍众宾客，介绍至卢恭宣时，冼夫人忽然笑将起来："李老爷、盘老爷、卢老爷呀，我还为你们三位引见呐，其实你们早已是老熟人啦！卢老爷呀！这位李殿老爷，便是当年在俍扶园与你夺彩的对手呐！十六年啦，怕是认不出来了吧？"

卢恭宣听了，赶忙又站起，拱手不已："老英雄呀！亏你当年手下留情。若非夫人说起，在下真的认不出来啦！"李殿也忙着回礼不迭，笑道："惭愧，老头儿老眼昏花，是认不出大总管大人了。还称老头儿老英雄呐，卢大人今天不亦是老英雄了？卢大人的须发也花白了喽！不是老头儿妄自菲薄，我武艺确实不及总管大人，当年若不是你相让，我这把老骨头怕是早散架了。哎，总管大人，还有我这位老朋友盘老五老爷子，他是朱崖苟中潭陆洞人氏，当年便是他伴我往俐门国王宫里盗婆韦子，结果让夫人击败，差些儿当场被俘哩。"众人又大笑起来。

大伙一边吃酒，一边说笑。李殿夹起一块大肥肉往口里送，咀嚼着，道："哎！这猪肉挺香哪！一月前，仇老爷子来到石州找我，说要来朱崖看望戬儿，约我同行，刚好盘老五老爷子也在我庄里，便一起来了朱崖。我有一个徒儿姓车名孟，在龙滚万绍积老爷那里做事，因此先赶去那里会

了一面……”冼夫人问道：“万绍积老爷家将车孟是李老爷徒儿？怪不得拳掌如此了得。”李殿问道：“夫人见过车孟？”冼夫人笑道：“在会山洞楚触老爷府中认识他，也是朋友了。”

李殿点头道：“车孟是简阳郡人，年少时随我学艺，后来随人来了朱崖，便跟了万绍积。我们听万绍积说，夫人领主军由中路南下。我们一路打听，知道夫人已到了五指岭。盘老五很是担忧，五指岭有个占山为王的魔头，很是缠人，怕会阻碍夫人南下，这家伙叫做盘肸，便是盘老五的儿子……”话音未落，七儿惊道：“哎呀！这盘肸竟是盘老爷的儿子？确是缠人，竟敢独个儿来行刺我们夫人，我们已在五指岭交过手啦！”

盘柳宗急问：“没有伤着夫人吧？”七儿道：“夫人是甚么样人，能让伤了？”又指着陈三官道：“只是伤着三官儿啦，阵上中了他一支毒镖，幸好让廖将军治好了。”盘柳宗看了看陈三官，叹道：“幸好都没事，我也放心了。”

卢恭宣吓然道：“听你们这般说，这个盘肸，莫非是我的徒儿盘肸？可是二十三四岁年纪，赤褐色的脸膛，左额角上一粒大黑痣？”七儿大叫起来：“正是此人？卢老爷是他的师傅？”卢恭宣点了点头：“这般说时，这个盘肸确是我的徒儿了，起先还以为是同姓名者哪。”七儿又问道：“放毒镖这手也是卢老爷所授吧？”卢恭宣看着七儿，摇摇头，笑道：“我只是教他拳脚，再就是几般兵器，放毒镖我可不会。”七儿道：“那使魔法驱赶蛇蝎这玩意呢？”卢恭宣吃惊道：“他还会这套？那我真是不知了。”

盘柳宗道：“我儿子今年二十四岁。他生来真有些怪，生下第二天，竟发现他襁褓里藏着两条小蛇，当时我们惊懵了，以为小孩子惹了邪，便请神司祭巫，都不能破解。后来我与他老娘知道了奥秘，但凡这孩子哭的时候，那些毒蛇蝎就会来到他的身边，不哭的时候就没这事出现。当时我们纳闷，怎么这蛇蝎不会伤害他呢，倒像是来保护他的。他从小到大，浑身上下长着鳞片，经常脱落了又长。他能役使蛇蝎毒虫，生来如此，并非别人所授。至于那毒镖嘛，我也不知他如何学成。”

卢恭宣道：“盘肸十七岁那年到了交州，四处交游。明州有一颜姓豪右为富不仁，专事勾结官府、欺诈百姓为能事。那年明州遭了水灾，百姓颗粒无收，因此交不了捐税。一名叫来贞的乡民交不起捐税，被颜姓大户捕去，折磨而死。盘肸知道了，那夜他独闯颜府，杀了颜姓豪右，然后与

好友艾叱逃来俐门国避祸。一次我下朝回府，路上被人挡道，车子走不了。这挡道人便是盘肸，他喝得烂醉如泥，横躺在大街上起不来了。我家丁要抬开他，他却不依，大叫大嚷：‘这大街又不是谁家里的，凭甚么要老爷让道，只准官儿过道，就不许老爷睡觉么?’我见盘肸胆气够壮的，便命人把他弄回府里去。盘肸原来是要与我比武艺，被我赢了，他倒拜地上不肯起来，非要我收他为徒不可，因此有了师徒名分。盘肸与艾叱随我学艺三年吧，记得是二十岁那年便辞我而去。我见他学艺精熟，想荐他入宫里役职，可他不愿意，说当官的都是害民贼，我也拿他没法儿。盘肸不认字，自别后再无音讯，却不知他在五指岭安了家。”

盘柳宗笑道：“卢老爷授他武艺，老头子这里谢过了。老头子拳脚上不成气候，也没甚么可教儿子，只在十多岁前教他些爬墙上屋，腾挪跳跃小玩意。后来他不肯学了，说这是做贼的本领，见不得人。虽然我儿子性子怪，可孝顺他老娘却是邻里闻名。肸儿头顶上只有一个姐姐。肸儿自出生起至十五六岁时都与他老娘同睡一床榻，不管我怎么赶他，这习性儿就是不改。老娘亦宠顺着他，说肸儿自小起身上好痒痕，夜里不帮他摩挲，儿子睡不着觉。肸儿从外面玩耍回来，只会问他老娘，从不问我。凡有甚么好食物，必要兜回一些给老娘。肸儿好胜斗强，若在外面与别人打架争角，再没人劝得住，只要他老娘赶到，即可分解，乖乖就回家去。后来他离家在外，时常托人来家看视老娘，每次都带好些衣裳首饰之类呢。我虽是朱崖人氏，但极少在朱崖，长年流浪在外，四海为家呐。儿子在外学艺的事我一概不知，就是他在五指岭落草，我也是去年才听来的消息呐。惭愧呀！老子做贼，儿子呢，本不想做贼，结果还是继了祖业。”大伙听了，不觉大笑。

李殿高兴，多吃了几盏，已有醺意，挥着手大声道：“盘老五，你不争气，生的儿子也不争气，竟敢抗拒夫人天兵。你明日便去五指岭把那小子捆绑来叩拜夫人，你不会管教儿子，就请夫人调教！”盘柳宗连忙站起，笑道：“我是求之不得呐！只怕是我一厢情愿，痴心妄想呢，夫人怎会要他?”

冼夫人也立身起来，手捧酒盏，笑道：“众老爷都在这里，百合先谢过了!”说罢一饮而尽。

次日过午时分，盘柳宗、卢恭宣领着盘肸及其艾叱、旻鑫、孺虤、梓

鹹四将回到中路军大营，冼夫人已和仇晷、李殿、扎反、冶仳、僇匜及众将迎在营门。盘胕与艾叱、旻鑫、糯虠、梓鹹均脱膊捆绑着，齐刷刷地朝冼夫人跪下。冼夫人忙上前为他们解了绳索，逐一扶起。冼夫人看着盘胕，笑问："怎么捆绑了来见我？"盘胕道："是我阿爸，说我行刺夫人，天打雷劈呢。"盘胕看见陈三官，忙上前问道："你中了我的毒镖，竟然没事？"陈三官笑道："廖明将军为我疗治过了。"盘胕眨巴着眼睛，摇头道："有这般事，我这镖毒竟可破解？"廖明笑道："你这毒是交州来的吧？"盘胕吃惊道："你怎么知道？你就是廖明将军？"盘柳宗喝道："不知高低进退的东西，还敢多嘴？可知天外有天？护国夫人奉天命来安抚朱崖百姓，征讨褚俭反贼，麾下能人战将如云，你这小混蛋算得甚么。夫人若要斩你，你早已身首异处啦！几条小虫蛇就能抗阻么？"

李殿笑道："夫人为国平叛，军中正要用人，盘胕今日随了夫人，正是他的福分。盘老五一生行窃，也弄不出甚么名堂来，你儿子比你胜多啦！"盘胕朝艾叱道："使人把褚俭的银子退回去，我们从此再不做强盗了。"盘柳宗骂道："傻小子呀！亏你习得一身武艺，脑子就不灵转？你还将银子退给褚俭？老子还嫌少呢！夫人军中正缺银子粮草，都弄过来献与夫人，当进见之礼也好，当赎罪之金也好！"

仇晷捋着胡子，朝盘胕微笑道："贤侄呀！老朽说句不中听的话，贤侄用飞镖便好，日后不要在镖里浸泡甚么毒了。习武人应是一枪一刀见功夫，可不兴用阴。"盘柳宗喝道："听到了么？"盘胕答道："知道了。从前的毒镖都不要了，我再重造飞镖，再不泡毒。"

七儿笑道："胕儿，你那驱使虫蛇的招儿可神了，是怎么弄的？"盘胕道："我也不知道，只是我哭喊声起，虫蛇都来了。"七儿笑道："你现在就试试看。"阿秀笑骂道："七儿该死了，这也好随便试的？"盘胕道："也不是时时都灵验的，没蛇虫的地方，哭破嗓子也没用。不试了吧，我哭叫起来，就像鬼叫，不好听。今日我才跟随夫人，也不兴哭呢。"众人都笑了。

五天后，仇晷、李殿、盘柳宗、卢恭宣辞了冼夫人，各自去了。

这日傍晚时分，冼夫人接得冯宝急信，说二月十三日，沈炯突然率原荆州官员及所部三千军马渡海离了崖州。冼夫人惊得手足无措，半晌说不出话来。张融在几案上取书信看了，点了点头，道："沈炯处事严谨，并

非儿戏之人，这时突然率部离去，必是朝廷出了大事。我们且待数日，必有消息。”冼夫人沉呼一口气，道：“侯景虽灭，江南依然龙战不休，甚么事都可发生呀！沈烔回去，或许已得了确切消息。褚俭未平，崖州忽然没了州尊，于南征不利呀！”

冼夫人连夜给冯宝去信，让他速率蒋子定、西门昌、方鼎、孟苟、高达、公孙承、崔简、赵公党、李则、文伟、董状、司马臣、马子腾、杨本忠、尉迟无忌、辛纠等遗吏暂理崖州事，务必小心谨慎，稳住局面为要，至朝廷之命下来止。又，沈烔离去一事不宜对外声扬，万不得已，只称沈烔诸官员南下抚军安民。又，即调祝戬率三千军马回州府助防。

张融道：“祝戬率三千军马回州治，只怕中路军营中空虚了。”冼夫人道：“事出猝然，只能权宜了。我起先还准备让盘肸遣散五指岭的人马，现在只能借这三千人马来用啦！”

绍泰元年二月十七日，北齐立贞阳侯萧渊明为梁主，遣派上党王高涣领军护送他回建康，并让徐陵、湛海珍等人随之南归。早在太清元年八月时，梁武帝为援助东魏叛将侯景，命兄子豫州刺史、贞阳侯萧渊明领三十万大军讨伐东魏，在寒山被东魏大将军慕容绍宗一举击败，萧渊明因此做了俘虏。虽然后来北齐代了东魏，但萧渊明一直都未能回国。徐陵本是梁通直散骑常侍，在太清二年五月与建康令谢挺出使东魏，为东魏所拘，而梁朝又有侯景之乱，所以徐陵一直留在北地。湛海珍呢，本是梁仁州刺史，在太清三年连人带辖土一齐投降了东魏，做了叛国之臣。

西魏立萧督为梁主，得了不少好处。北齐自然不甘落后，也立萧渊明为梁主。萧渊明在北地整整八年，做梦也不敢想回国，听说北齐要立他为梁朝皇帝，当时就喜极而泣，感激流涕。

北齐皇帝高洋派殿中尚书邢子才传书建康给王僧辩：“嗣主冲藐，未堪负荷。彼贞阳侯，梁武犹子，长沙之胤，以年以望，堪保金陵，故置为梁主，纳于彼国。卿宜部分舟舰，迎接今主，并心一力，善建良图。”萧渊明跟着也给王僧辩去书，请王僧辩迎他回去。王僧辩没有答应，复书道：“嗣主体自宸极，受于文祖。明公倘能入朝，同奖王室，伊、吕之任，佥曰仰归，意在主盟，不敢闻命。”

高洋见王僧辩不买账，十分恼火，即命上党王高涣领军一举攻克谯郡，给他点颜色看看。萧渊明接着又去书王僧辩，王僧辩还是不从。

三月初，萧渊明举兵至东关，梁散骑常侍裴之横领军抗击。北齐军司尉瑾、仪同三司萧轨等举兵攻皖城，梁晋州刺史萧惠见北齐军势大难敌，当即开城投降。北齐改晋熙为江州，命尉瑾为刺史。三月十四日，北齐军又攻克东关，斩杀裴之横，俘虏梁军数千人。王僧辩这才知道害怕，即出军屯扎姑孰，准备接纳萧渊明。

五月初，王僧辩遣使带书启去见萧渊明，定君臣之礼。又另派使者奉表于北齐，并把儿子王显及王显母亲刘氏送到萧渊明那里为质，然后才派遣左民尚书周弘正到历阳奉迎萧渊明南归。王僧辩请萧渊明让晋安王萧方智为皇太子，萧渊明也答应了。萧渊明提出要带三千卫士回来，王僧辩答应他只能带一千卫士。当月二十日，王僧辩派遣龙舟法驾奉迎萧渊明。萧渊明和北齐上党王高涣在江北誓盟，表示自今以后梁齐和睦，互不侵犯，然后才从采石渡江南归。

王僧辩到底不放心北齐军，命其战船都停在中流，不准靠近西岸。北齐侍中裴英起亲自护送萧渊明到江宁与王僧辩会面。二十三日，萧渊明进入建康城，一看到朱雀门，萧渊明当即放声大哭，前来迎接的文武百官也相对而哭。二十六日，萧渊明即皇帝位，改元天成。立晋安王萧方智为皇太子，擢王僧辩为大司马，陈霸先为侍中。

起初，王僧辩和陈霸先共灭侯景，两人情好甚笃。王僧辩让小儿王頠讨陈霸先的女儿为妻，只是刚巧遇上王僧辩丧母，因而未能成婚。王僧辩镇守石头城时，陈霸先驻军京口，王僧辩推心置腹，善待陈霸先。大儿王觊屡番告诫父亲王僧辩要提防陈霸先，但王僧辩都不以为意。王僧辩准备接纳萧渊明南归时，陈霸先曾先后四次派徐度为使和王僧辩苦苦争辩，劝告王僧辩不要接纳萧渊明，王僧辩就是不听从。陈霸先暗自叹息，对心腹诸将道："武帝子孙甚多，唯独孝元帝能剪灭侯景，复仇雪耻。他的儿子有什么罪呀？而忽然之间就把他来废了。我和王僧辩都是托孤之臣，王僧辩一旦改变了态度，从此依托戎狄，不尊祖制，立了不该立的人，唉！我真不知他到底想干什么呀！"

陈霸先一连数天闭门不出。这日，忽然侯安都入来，看着陈霸先道："主公好自在呀！你躲着不理事，可知大新闻么？沈炯一班崖州官员全都跑回建康来啦！"陈霸先正在伏案书写，听到这一消息，惊得那支笔掉在案上，张口问："何时回来的？何事回来？"侯安都道："回来四五天了。

何事回来？我打听打听，原是有人透了江陵败亡的消息，沈炯等辈唯恐又成亡国遗吏，就赶紧跑回来啦，也好及时安插一个位置呐。”陈霸先透了口气，道：“原来是这样。”随即站起身来，背手踱了数步，摇头恨道：“这班败家子喽！国家在朱崖置州，复领颓废，讨伐反叛，何等大事呀！冼夫人在前方苦苦征战，为国家修复尊严，重振天威。而他们呢，只顾个人小利，视国家大利如草芥。天还未塌下来呢！”

侯安都笑道：“主公切勿以君子之心去度小人之腹呀！沈炯之辈甚么东西，十万铁钱而已，要他跟谁就会跟谁。”

陈霸先命人把潘如复找来，吩咐道：“有恩公十日内为我备下锦袍五千袭及锦綵金银诸物，我自有用处。此事无须外传，办妥后报我知道。”潘如复应命去了。

一个月后，陈霸先接得冼夫人来书及上表奏疏。陈霸先铁青着脸，大骂道：“败类喽！”即召部属商议。韦放甚为不安，道：“沈炯率崖州官员走了，于南征不利呀！冼夫人如何对外解说？”杜僧明哼了一声，道：“火急火燎把老杜找来，原是这事？也没甚解说的，沈炯走了，夫人独力挑这担子，无须看这个，问那个，更利南征。沈炯这帮人迟早都要走路，他们肯在朱崖扎脚？征服朱崖，还得靠冼家军。”周文育笑笑，道：“外放官员多数如此，像那个侯净藏，公子哥儿一个，早走早好，留在朱崖，只能添乱呀。他吃了饭，还得别人给他洗碗呢。”沈定从道：“话虽如此，沈炯辈毕竟是朝廷派去官员，他们走了，我怕冼夫人胆气不壮，心存焦虑呐。”徐度道：“这个无须担忧，冼夫人自是宣义绥安护征将军，征讨复疆，正是其任。目下朝廷恐怕很难顾及此事，再调官员赴崖州，当非一朝一夕可行。”陈霸先道：“我即去书冼夫人，朱崖之事，大小自任，首要讨贼，余不足虑。”

九月十一日，王僧辩接得报告，北齐军大举进兵，已到寿春，看势头将要入侵。王僧辩大为吃惊，忙派遣记室江旰来京口，通知陈霸先早做准备御敌。

江旰一到京口，陈霸先就把他拘禁起来，随即准备举兵袭击王僧辩。十三日，陈霸先急召部将侯安都、周文育、杜僧明、徐度、杜稜等人密谋除王僧辩之计。陈霸先愤慨激昂，道：“王僧辩身列首辅鼎臣，拥一国之军，虽肝脑涂地也难报如此巍巍圣德、浩浩皇恩呀！不期魏虏悍然犯境，

至是国土蹂躏，万民涂炭。我皇孝元泣血求告王僧辩入援江陵，王僧辩闻君征命，当星驰电赴，投袂勤王，这才是为臣子之本分。而王僧辩竟包藏祸心，坐视不救，致令江陵覆没，我皇蒙难，奇耻铸成。王僧辩罪不容诛呀！晋安王本是孝元之后，只有贤名，并无恶迹，王僧辩凭甚么把他来废了。又擅自迎回叛王，躬屈敌国，试问这是忠臣所为么？霸先誓保嗣王，拒迎贞阳。王僧辩恨我抗他篡国之计，遂引齐军来犯，意欲谋害忠良，以图己计。霸先岂能做俎上肉，任人宰割么？霸先今日决计为国除奸，望诸公助我！"

杜稜浑身冒汗，惊道："王僧辩误国，谁都知晓，只是他权倾朝野，又握有重兵，万一事有不周，画虎不成，我们就大祸临头了。"陈霸先怒道："君随我多时，尚有二心呐？"杜稜再要说时，陈霸先喝道："你现在就有大祸！诃儿在哪里？"声音未落，只见萧摩诃持一条毛巾入来，猛地套在杜稜脖子上一勒，杜稜当即闷绝在地上。在座众人大惊失色。陈霸先道："诸公无须惊恐，我怕杜稜泄密，只好委屈他一时。放心吧，我不会杀他。"随即命将杜稜关闭在密室里。

陈霸先把准备好的金帛财物分发给在座将官。命侄儿著作郎陈昙朗镇守京口，知留府事；命侯安都、徐度率水军袭取石头城，陈霸先自率马步军在江乘罗落桥与之会军。当夜，众军待发，陈霸先又带杜稜同行。陈霸先笑问："恨我么？"杜稜道："别问啦，死就死吧，闷脖子不好受哩。"

知道陈霸先所图者，只有侯安都、周文育、杜僧明、徐度、杜稜五位将领，其余人都以为是江旰征调军马去抗御北齐军，所以见军马连夜调动，都不以为怪。

次日，侯安都与徐度的水军已至罗落桥畔，陈霸先的马步军也已赶至。侯安都率水军就要奔袭石头城，见陈霸先控马不前，似有退缩的迹象，侯安都不禁大惊失色，他拍马来到陈霸先面前，大骂道："今日做贼，是生是死都要了断啦！事势已到这地步，你在后面驻马不前，到底想干什么？今日若是败了，说不得，我们都得死，你走在后面，就躲避得了斩头之罪么？"

陈霸先踌躇不前，原是在观察侯安都的举动，见侯安都责备他，便涎脸笑道："侯安都这小子冲我发脾气啦！"杜僧明嚷道："也不见有当主帅的缩头缩尾的。大伙儿为你拼命，你倒做这鬼样子！"陈霸先挥起手中马

鞭，连抽杜僧明两鞭，瞪眼骂道："你再多嘴，我先砍了你的狗头!"这才策马引军前进。

这夜三更尽时，侯安都水军淹至石头城北，侯安都命弃舟登岸。石头城北接冈阜，不是很险峻。侯安都浑身披挂，执大铁枪引军来至城下。数名军士把侯安都抬起来，一齐发力投上女墙，众军士随即接踵登城。侯安都率军突入王僧辩府里，直奔其寝室。陈霸先引军从南门攻入，顿时城内大乱。王僧辩这时还在书房批拟文案，忽报有军马攻入城中，还未及问，侯安都已率军士从后室涌出。王僧辩惊得逃离书案，提脚就往门外蹿，正遇着儿子王頠，便一齐逃出书阁外来。王僧辩率左右亲兵上百人在听事厅前苦苦抗御，终是不敌，只好逃出府去。这时陈霸先已挥军赶杀过来，王僧辩无路可逃，与儿子率数十残兵奔逃上南门楼来。陈霸先命军马把城楼包围了。只听得王僧辩在城楼上大叫道："陈霸先为何造反?"陈霸先大声答道："王僧辩反国叛君，十恶不赦，倒来问我呐?"即命纵火烧楼。王僧辩再无别法，只好与儿子走下楼来，都被缚了。陈霸先骂道："我有甚么罪?你竟引齐军来攻袭我?"王僧辩不答。陈霸先又问："你为何全没防备呐?"王僧辩冷笑道："我接报齐军已到寿春，即让你驻军京口，怎么说没防备?"

当夜，陈霸先下令缢死王僧辩父子。侯安都报告陈霸先："石头城内外查个遍，并无齐军影子。"陈霸先怔了怔，没有做声。

一个月前，王僧辩一次游同泰寺，住持未了禅师把他迎入僧堂敬茶。未了抬眼望着王僧辩，失惊道："王领军富贵若此，怎能有此凶相?"王僧辩笑道："我佛指点。"未了又细细相了王僧辩一番，道："罪过!施主额上凶气已现，务必小心在意。"数天后，王僧辩巡察北郊，有刺客伏在道旁，突出行刺王僧辩，被甲士制服，审是侯景亲信死士。部属道："老僧说王领军有血光之灾，莫非应在这里?"王僧辩从此再不挂怀，未几即为陈霸先所诛。

前青州刺史程灵洗听说王僧辩迎纳萧渊明，叹道："王领军祸不远矣!陈霸先鹰视狼顾，岂是居人下者也!王领军若遵循祖制，谨小慎微，或许可与陈霸先相安事主。如今立了贞阳侯，名不正而言不顺呀!而奸雄正得因以为资。失哉王领军!"及闻得陈霸先攻袭王僧辩，程灵洗即引军来救，与侯安都军战于石头城西门。陈霸先为其义所感，即派沈定从去劝降，还

让程灵洗为兰陵太守，助防京口。

九月十八日，陈霸先发檄布告中外，列举王僧辩十大罪状，而且明告道："资斧所指，唯王僧辩父子兄弟，其余亲党，一无所问。"

九月二十日，才做了半年皇帝的贞阳侯萧渊明便告逊位，迁出宫外居住。陈霸先率百官上表，劝晋安王萧方智继续大统。十月十一日，晋安王萧方智即皇帝位，是为梁敬帝，大赦，改元绍泰。梁敬帝通使北齐，说王僧辩阴谋篡逆，所以杀了他。并表示仍然愿向北齐称臣，永远为藩国云云。事已至此，北齐一时也无可奈何，只好命行台司马恭和梁盟于历阳。

梁敬帝加陈霸先为尚书令、都督中外诸军事、车骑将军、扬南徐二州刺史。以宜丰侯萧循为太保；建安公萧渊明为太傅；曲阳侯萧勃为太尉；王琳为车骑将军，开府仪同三司，给鼓吹一部。又，以原高州刺史钱生畏为崖州刺史、楼船将军、紫贝侯，邑一千户；以原高凉太守冯宝为高州刺史，原罈都食邑加至一千三百户，兼领高凉太守。崖州下置珠崖郡，郡治附廓。以原南巴郡守权昰谞为珠崖郡守；以石龙郡守苏绶为南巴郡守；以高兴太守石京为罗州刺史，兼领高兴太守；以石龙郡郡尉、承化副将赵章逵为石龙郡太守。

王僧辩死后，原先追随王僧辩的将官纷纷拥兵自立，抗拒陈霸先。

吴兴太守杜龛是王僧辩的女婿，他恃着王僧辩的势力，素来不把陈霸先放在眼里，在吴兴陈霸先的故乡，杜龛动不动就以法律为名欺压陈霸先的族人，因此陈霸先恨死了杜龛。陈霸先准备袭击王僧辩时，先秘密派遣兄子陈蒨与韦放、赵媚娘夫妇，寿儿、子正夫妇，还有吴子度，袁玠、袁珂、袁珞兄弟等回吴兴长城县，筑立寨栅防备杜龛。王僧辩一死，杜龛就据吴兴抗拒陈霸先。义兴太守谢岐也举城响应杜龛。吴郡太守王僧智是王僧辩的弟弟，也据城拒守。

陈蒨、韦放等刚回到长城县，便有一持大砍刀的眇目将军领数百军士来迎，韦放见了，失口赞道："好个壮士！"

这个眇目壮士姓章名昭达，字伯通，三十八岁年纪，会稽诸暨人氏。章昭达自少任侠倜傥，轻财尚气，一相士曾对他道："你容貌长得很好，但必要有些破相伤损，才能大富贵。"大同中，章昭达一次醉酒坠马，鬓角跌破一道口子，章昭达高兴得直蹦："这回我该大富贵啦！"便又去找那相士，谁知那相士摇头道："还不行。"到侯景乱起，章昭达率乡中精壮数

百人赴援台城，乱军中被流矢射中右眼睛，成了“独眼将军”，那相士这才点首道：“唔，你的相貌已经好得了不得，不日即大富贵呐！”台城沦陷后，章昭达回到故里，经人介绍，和陈蒨结为深交。侯景平后，陈蒨为吴兴太守，委章昭达为将帅之任，宠信有加。

陈蒨在长城坚守寨栅拒敌。杜龛部将杜泰领精兵五千人淹至。陈蒨见敌军势大，惊得手足无措。韦放道：“无须惊慌，杜泰攻不破寨栅。”见韦放谈笑风生，指挥若定，陈蒨才略为安心。杜泰率军马来到陈蒨寨栅前，破口大骂：“陈蒨小子，捉住你生吞活剥，为王领军报仇雪恨！”陈蒨、韦放、赵媚娘在栅内指挥拒敌，听到杜泰叫骂声，赵媚娘怒起，引弓一箭射去，正中杜泰右胸脯上。杜泰军见主将受伤，即时大乱。杜泰自己拔出箭来，大叫道：“小小箭矢能奈我何！将士们攻入寨栅去，活捉陈蒨，为王领军报仇！”杜泰军复又鼓噪攻来，刚冲至寨栅前，只听呼啦啦一阵轰响，冲在前面的军马都落入陷坑去了。寨栅内鼓声大起，箭如雨发，杜泰左臂又中一箭。吴子度持大铁枪，袁玠挥单铁鞭，袁珂执长矛，袁珞挺大刀领军杀出栅门，杜泰哪里再能抵敌，惊慌中拍马掉头逃走。杜泰连续一月余挥军攻击，始终无法打败陈蒨守军，只好引军退去。

陈霸先命周文育攻取义兴。义兴属县军马本来都是陈霸先旧部，善于用弩。谢岐挑选数十弓弩手，用长铁链把他们锁着，再派亲兵监押，让他们射击周文育军，并且下了死命令：“十射不两中者杀无赦！”因此这数十弓弩手每发弩箭必射死一人，周文育军也不敢十分向前。谢岐在城外据水立寨栅，与周文育军相持月余，各有损伤。杜龛从弟杜北叟领军攻周文育军，不能克，杜北叟领军马投附了谢岐。陈霸先听得周文育攻义兴失利，即上表东征，留侯安都、杜稜防卫台省，亲率大军到了义兴。第三天，陈霸先挥军一举攻拔谢岐水寨。

谯、秦二州刺史徐嗣徽从弟徐嗣先，是王僧辩的外甥，王僧辩死后，徐嗣先即逃到徐嗣徽那里去避祸。徐嗣徽投降了北齐，乘陈霸先东征义兴之机，秘密结连南豫州刺史任约，共举精兵五千乘虚攻袭建康。任约、徐嗣徽联军袭取了石头城后，当日徐嗣徽乘胜率骑军攻至台城阙下。侯安都偃旗息鼓，紧闭城门，示弱不敌，并命城中军民：“若有登城垛看望敌军者必斩！”徐嗣徽见这模样，不敢贸然攻城，当夜率军马撤回石头城去了。侯安都抓紧时间备战，筑固了城垣。天将亮时，徐嗣徽引军又至，侯安都

与萧摩诃率三百甲兵开东、西掖门出战，大败徐嗣徽军。徐嗣徽引军退回石头城，再也不敢进逼台城了。

陈霸先纳殷外臣之计，命太学博士谢峤修书劝兄长谢岐归附，结果谢岐与杜北叟都投降了。陈霸先加以抚慰，厚待他们，即任谢峤为义兴郎，又让谢岐跟在自己左右，随时与之谋议军政之务。陈霸先闻得石头城失陷，便命周文育继续征讨杜龛，救长城，自率军马赶回建康。

黄他攻吴郡王僧智，不能克，陈霸先命宁远将军裴忌助黄他攻敌。裴忌挑选所部精兵倍道轻行，自钱塘直袭吴郡。当夜，裴忌军来到吴郡城下，王僧智闻得城外鼓噪大作，以为敌人大军杀到，惊皇驾舟连夜逃奔吴兴。裴忌入据吴郡，陈霸先即命裴忌为吴郡太守。

北齐见梁朝内乱又起，乘机从中取事。绍泰元年十一月初，北齐调五千精兵渡江占据姑孰，以应徐嗣徽、任约军。陈霸先命兰陵太守徐度在冶城立寨栅拒敌。十一月十一日，北齐又调遣安州刺史翟子崇、楚州刺史刘士荣、淮州刺史柳达摩等领万余军马，从胡墅船运三万石粮食及千余匹战马入石头。陈霸先问计于谢岐，谢岐道："齐军如若分兵先行占据三吴之通道，攻取东路境土，则时事去矣！我们现在应马上在淮南就侯景故垒筑城，保证东路输运畅通，然后分兵力截断齐军粮道。"陈霸先听从谢岐的谋略，遣谢岐、杜稜在大航就侯景故垒筑修营城固守。接着，侯安都夜袭胡墅，烧毁北齐军船只千余艘；仁威将军周铁虎又断了北齐军运粮道，生擒北齐北徐州刺史张领州。

北齐军在仓门、秦淮水之南筑立两座大营城与梁军相拒。十一月二十三日，北齐大都督萧轨又领大军屯扎在江北。

徐嗣徽知得北齐军压境，胆气陡壮，即举军攻梁冶城寨栅，陈霸先亲率精锐甲兵从西明门出击，徐嗣徽大败。徐嗣徽留柳达摩等坚守石头城，他亲自往采石接应北齐军入援。

梁敬帝纳陈霸先建言，任郢州刺史、宜丰侯萧循为太保，任广州刺史、曲阳侯萧勃为司空，一并调入朝中。萧循受了太保之职，但坚辞入朝；萧勃也不受命入朝。陈霸先心中气恼："好呀！都和我较劲呐。"

十二月初，侯安都、张偲进袭秦郡，破徐嗣徽营垒，俘敌数千人。侯安都在徐嗣徽家中搜得一把古琵琶及数只珍禽异鸟，侯安都知道这是徐嗣徽的爱物，便使人给徐嗣徽送去，说："昨天到老弟家里得到此物件，今

日完璧归赵。”徐嗣徽惊得目瞪口呆。

陈霸先在冶城连舟为桥，把军队尽数渡过岸去，随即攻拔秦淮水南边两座敌营。柳达摩渡秦淮水迎敌。陈霸先督军速击柳达摩军，杜僧明、萧摩诃率部放火焚毁了柳达摩的营寨，北齐军大败，纷纷争抢舟船逃跑，落水溺死者达数千人，呼哭声震天动地。徐嗣徽欲和任约领北齐军退回石头城，陈霸先命杜僧明部直指江宁，占据险要所在，拦截徐嗣徽军去路，徐嗣徽等水步军不能前进，只好停扎在江宁浦口。陈霸先又命侯安都领水军突袭徐嗣徽军，大破之，只徐嗣徽与任约驾一艘战船逃脱，其军资器械尽被侯安都所获。

十二月十六日，陈霸先下令各路军四面攻击石头城。石头城中水尽，一升水竟值一匹绢布。十二月二十一日，柳达摩自知再难坚守石头城，便派使者向陈霸先求和，并请陈霸先送子为质。当时建康人乏物缺，粮运又继续不上，众朝臣都想与北齐议和，纷纷请求陈霸先答应送从子陈昙朗为质。陈霸先道：“今日众大臣都想向齐请和，我若违了众议呢，大伙便会说我只爱惜昙朗，不体恤国家啦！好吧！我今日决意派昙朗为质和齐，让他留在齐国。齐人素来不守信用，以为我朝弱小，迟早必定背盟，到那时，若齐军来犯，诸君必要随我拼命抗敌护国呵！”于是陈霸先派陈昙朗、永嘉王萧庄、丹杨尹王冲之子王珉为质，与北齐誓盟于石头城郊。双方将士，愿意留在梁的则留下，愿意北归的则北归。

十二月二十五日，陈霸先陈兵在石头南门，送北齐军北返。徐嗣徽、任约都回北齐去。陈霸先收获北齐军留下的马仗船只、军资粮米不计其数。

陈蒨、韦放、赵媚娘、周文育合军攻吴兴杜龛。杜龛勇而无谋，又嗜酒如命，常常烂醉如泥，不能理事。部将杜泰已暗中和陈蒨交往，杜泰劝杜龛投降，杜龛是同意了，可妻子王氏道：“我们与陈霸先的仇怨已深，能求和么?”王氏取出私房钱招募勇士，突然出击陈蒨，竟侥幸胜了一阵。那夜，杜泰打开城门，迎陈蒨军马杀入城中，杜龛还在醉乡未醒，陈蒨命章昭达把杜龛背到项王寺前斩了。王僧智和弟王僧愔见杜龛败亡，失了呼应，于是都投北齐去了。

东扬州刺史张彪素来为王僧辩所厚重，也不肯附陈霸先。太平元年二月初六日，陈蒨、周文育率军袭会稽，张彪军败，逃入若邪山中，陈蒨遣章昭达、袁玠、袁珂、袁珞率军追而斩之。

江州刺史侯瑱本是王僧辩心腹大将，亦拥军据守豫章、江州、不肯服从陈霸先。陈霸先即命周文育为南豫州刺史，与杜僧明领军赶赴溢城征讨侯瑱。随后又命侯安都、周铁虎领水军在梁山立营，全面防备侯瑱。

太平元年三月十六日，北齐遣仪同三司萧轨与库狄伏连、尧难宗、东方老、任约、徐嗣徽合军十万攻梁。北齐军兵发栅口，直指梁山。陈霸先命定州刺史沈泰等协助侯安都据守梁山抗敌。周文育、杜僧明领军攻溢城未克，陈霸先即把他们召回抗击北齐军。

四月中，陈霸先亲往梁山巡抚诸路抗齐大军，三军备受鼓舞，斗志昂扬。侯安都亲率轻骑突袭历阳，大败北齐行台司马恭，俘敌近万人。

五月初四日，北齐向梁提出要取回建安公萧渊明，还称接回萧渊明后即时退军。陈霸先答应了，立即派船把萧渊明送去。萧渊明刚回到北齐军中即发背疽而死。次日，北齐军从芜湖起军，十三日攻入丹杨县。十九日又攻至秣稜故治。陈霸先忙调遣周文育、杜僧明扎军方山，徐度扎军马牧，杜稜扎军大航抵御。

二十四日，北齐军在淮水立桥，一夜之间，北齐军赶至方山。当夜徐嗣徽等在青墩率水军大举推进，直取七矶，断绝周文育、杜僧明归路。周、杜部置于绝地。周文育挥军鼓噪击敌，徐嗣徽等军抵敌不住，连连受挫。天亮时，周文育尽起军马向徐嗣徽等军发起反攻。徐嗣徽麾下骁将鲍砰勇猛无匹，独个儿驾小战船殿后抵御，周文育大怒，也乘驾一艘小舴艋战船领军飞赶而来，离鲍砰战船将及两丈远近时，只见周文育手持宝剑，大喝一声，纵身跃上鲍砰的小战船，还未等鲍砰回过神来，周文育手起剑落，斩杀了鲍砰。徐嗣徽等北齐将士都被周文育的神威惊得目瞪口呆，手足无措。

杜僧明乘机挥军淹杀，北齐军大败，损失战船四百多艘，伤亡将士三千多人。

徐嗣徽命把舟舰都丢弃在芜湖，三军由陆路奔袭丹杨。陈霸先忙命侯安都、张偲、徐度火速率梁山诸路军赶回建康抗敌。

二十六日，北齐大军从方山进入倪塘。倪塘就在台城东门外，北齐骑军竟突至台城下耀武扬威，建康举城震恐。梁敬帝亲率禁卫羽林军屯扎在长乐寺御敌，京城内外进入戒严状态。陈霸先领军马在白城抗敌，北齐军

连番攻击，陈霸先眼看抵敌不住，刚好周文育部及时赶到，陈霸先大喜，即令周文育率部冲击北齐军。突然风向起了变化，梁军处于逆风劣势。陈霸先惊道："兵不逆风，不能击敌，快退回来！"周文育奋然道："事急万分，怎能拘泥古法呢？"说罢执长矛策马率先突入敌阵，大呼"杀贼——"。旋即风又转向，三军无不奋勇向前。这一战，周文育部斩敌上千，北齐军战败退去。

侯安都部与徐嗣徽等军在耕坛展开激战。侯安都亲率十二铁骑突入敌阵，左冲右突，如入无人之境，把北齐军阵冲得一塌糊涂，三军大乱。梁军乘势淹杀，斩敌无数，且生擒北齐仪同三司乞伏无劳。

陈霸先悄然撤调本部三千精兵协助沈泰部渡江，奔袭屯扎在瓜步的北齐行台赵彦深部，大破之，缴获其战舰百余艘，粮食上万斛。

六月初二，北齐军秘密潜至钟山，前锋王敬宝与扎在龙尾的侯安都部接战，战况空前惨烈，梁将张偲不幸阵亡。侯安都搂着张偲的尸体痛哭失声："我的好兄弟呀……我与你一同举义，誓同生死富贵，想不到功业未成，你先离我而去呀……"萧摩诃手执张偲的虎头卷云刀，流着眼泪道："张将军落马时，一齐将欲抢去张将军的兵器，被我打杀这员齐将，又夺了回来。"侯安都见了张偲的大刀，不禁又嚎啕大哭，众将士无不落泪。

初六，北齐军淹进幕府山，陈霸先命杜僧明领水军出江乘，突袭北齐军粮运通道，全数缴获其粮食船只。北齐军没了粮食，十分恐慌，只能宰杀马匹充饥。初九日，北齐军越过钟山，陈霸先即命各路军分头屯兵在乐游苑东及覆舟山北诸地，把北齐军的通道要冲都截断了。十一日，北齐军被逼突至玄武湖西北角，妄图据北郊坛抵抗，陈霸先喜不自胜，道："北奴已是穷途末路啦！"即命诸路军自覆舟山移扎在北郊坛，重重包围了北齐军。

遇上连日大雨滂沱，平地水深丈余，北齐军昼夜坐立在泥泞地里，脚趾都腐烂了，这还不算，由于营帐里雨水漫浸，再也不能生火做饭，真真苦不堪言。

梁军屯扎在台城及潮沟北端，这里都没有积水，将士们得以轮流替换休歇，境况似乎较为好些。可是梁军粮尽了。当时四方战乱连起，生产遭受极大破坏，梁军本来就面临着粮食紧缺的重大问题，加上各处通道隔绝，纵有援粮，一时也运不进来，且建康城人口流失严重，陈霸先想尽办

法也莫想征到粮食。看着饿得头晕眼花、有气无力的三军将士，陈霸先唯有摇头叹气，欷歔不已。

至十三日晚，还是弄不到粮食，陈霸先几乎绝望时，忽然陈蒨、韦放、赵媚娘、寿儿、子正、吴子度、袁玠、袁珂、袁珞领军来援，还运来大米三千斛，大肥鸭一千头。陈霸先高兴得几乎蹦起来，问："这粮食从何而得?"陈蒨笑道："这都是韦将军的功德呢。我们征讨会稽时，得到一本土巨商援助。这巨商姓章名采，为人仗义豪杰，他听说韦将军曾到过南越，十分惊异，与韦将军谈得甚为投机。说话中，才知道这章采当年与几个伴伙到朱崖做买卖，在海中遇上大风，那船也翻覆了，几个伴伙不知生死下落，章采有幸被人救起，逃过一命，现在经商得道，早已成为会稽巨富，遐迩闻名。说来真是巧，章采当年在朱崖失散的伴伙中，有一人名叫甘弁，在海难中也遇人救起，便是高凉山兜大堡护国夫人麾下名将甘弁。那年在海中遇难，章采本以为别的伴伙都死了，两年后，章采回到诸暨乡中，才知道甘弁还活着，且之前甘弁已托人回乡中报信，还给各伴伙家中捎去银子。章采虽然知道甘弁活着，却不知道甘弁现在何方，如今知道甘弁在山兜大堡时，惊喜不已，说甚么时候，一定要让韦将军与他一起前往高凉去寻甘弁哪！这粮食、肥鸭等物都是章采所赠。"陈蒨指着身旁的章昭达道："这便是章采之子章昭达，侄儿还在乡中时便结交为友了。讨吴兴、会稽，多赖其力，张彪就是他斩杀的。"陈霸先笑容满面，看着章昭达道："霸先代朝廷谢了，你父子都是英雄豪杰呐!"陈霸先喜极而叹，朝韦放道："甘弁确实也是个人物，是冼夫人的爱将呢，谁知他的身世竟也如此坎坷呵！韦将军呀，你又救了霸先一命喽!"陈霸先当即命令宰鸭煮大米饭，三军将士吃着用荷叶盛着的香喷喷的鸭肉盖米饭大餐，赞不绝口，欢声四起。

次日，天气转晴，陈霸先又命三军将士饱餐一顿，随即出军莫府山，突然向北齐军发起猛烈攻击。两军陷入混战，忽见冲锋中的侯安都坠下马来，北齐军像饿狼一般围了上去，千钧一发之际，只见萧摩诃舞双铁锤大声疾呼，单骑突入北齐军中，双锤也不知打死多少敌军。北齐军将士见他骁勇无匹，纷纷躲避不迭，侯安都终被萧摩诃救上马背，得免一死。

陈霸先和吴明彻、沈泰等诸路军首尾并举，纵军大战，侯安都又从白下领军横袭北齐军，北齐军哪里经受得住四面攻击，早已溃不成军，被斩

杀的将士达数千人，相互踩踏而死者不计其数。徐嗣徽及其弟徐嗣宗率败军落荒而逃，被侯安都、萧摩诃率部追至临沂，斩杀于乱军之中。

江乘、摄山、钟山等诸路梁军先后报捷，生擒北齐萧轨、东方老、王敬宝、裴英起、李希光等将帅四十六人。北齐败军逃窜至长江，下水溺死者达数万人，唯有任约、王僧愔侥幸逃脱。陈霸先即下令斩杀萧轨等北齐将帅，北齐知道了，亦斩了在北齐为质的陈昙朗。

建康保卫战中侯安都功劳最大，陈霸先即授其为南徐州刺史，以赏其功。

侯瑱起初不肯顺从陈霸先，以为陈霸先已陷入四面楚歌之境地，到陈霸先先后击败讨平各路反军，又大破北齐入侵大军时，才感叹道："陈霸先是个人物，天命所归呀！"部将焦僧度劝侯瑱投北齐去，侯瑱彷徨无计时，刚好陈霸先命记室蔡景历自建康来溢城说侯瑱投降，侯瑱开始一言不发，既不表示肯，亦不表示不肯。蔡景历知道侯瑱的心思，笑道："兴国公诛王领军时，曾言'资斧所指，唯王僧辩父子兄弟，其余亲党，一无所问。'这话全天下都知道，明公何必心存疑虑？且兴国公素向宽宏大量，岂有不容公之理。"侯瑱于是打定主意，随蔡景历回建康请罪，陈霸先果然不罪他，且复其官职爵位。

起军与陈霸先抗衡的王僧辩旧部，还有趁火打劫的北齐军，都被陈霸先讨平。还有部分诸侯虽未表示顺从陈霸先，但也不公然表示对抗，因此陈霸先未便举兵相向，只是做好应变准备而已。如今最令陈霸先担心的便是远在岭南的广州刺史、曲阳侯萧勃了。

萧勃早有异心，还在侯景之乱时，他就着手养蓄军力，图谋待机而动。太清三年，萧绎承制征兵平叛，萧勃就按兵不动。起初，萧勃欲笼络陈霸先，结之为已用，无奈陈霸先不为所制，萧勃引为憾事。到陈霸先举军援台北伐，萧勃即署兵阻之。萧绎一直不放心萧勃，萧勃自己也心知肚明，所以承圣元年萧绎继统登极后，萧勃即请求入朝侍君，梁元帝萧绎正中下怀，马上答复萧勃所求，任他为晋州刺史，让王琳去替代他广州刺史之职。萧勃请求入朝不过是试探罢了，哪里便是真心实意呢？见梁元帝真的同意他入朝时，才知道朝廷对他确实持有戒备，不怀好意，自然不会自投罗网。萧勃屡番抗旨，出尔反尔，连王僧辩都看出他图谋不轨，迎纳萧渊明为梁帝后，王僧辩曾命其弟王僧愔与侯瑱率军准备讨伐萧勃，只因陈

霸先袭杀了王僧辩，朝廷内乱又起，这事才不了了之。绍泰元年，梁敬帝继统，又先后授萧勃为太尉、司空，命他入京赴职，萧勃照样拒绝。

萧勃为图谋反之计，深结东衡州刺史欧阳頠、衡州刺史王怀明。萧勃并且许诺将女儿配给欧阳頠的儿子为妻。一日，王怀明来见欧阳頠，道："恩可解仇呀！靖世兄受萧广州莫大恩德，不可忘记兴国公之重托哟！"欧阳頠笑道："念宗兄失言矣！不可忘君国之托呐。萧广州乃宗室血脉，其广州之职，可是当日兴国公与君之苦心经营所得呐。念宗兄是始作俑者，怎么今日劝告起我来了？"王怀明笑道："今非昔比，萧广州决非知足之人，何时伸手，实未可知呢！"欧阳頠苦笑道："当今乱世，群雄争锋，孰公孰私，由时而变，岂有一定者。兴国公委我等居留此是非之处，四面受风，怎能不摇摆？我事实不堪其苦，奈未有机缘抽身罢了。"

当时萧绎风闻欧阳頠与萧勃交往日深，甚为担忧，意欲将其调离始兴，削弱萧勃势力。侯景一平，萧绎向群臣道："今天下始定，亟须良才治国，你们把所知的人才都荐举上来吧！"群臣还未答应，萧绎即笑道："我已想到一个人啦！"侍中王褒问道："这人是谁呢？"萧绎笑道："这人便是东衡州欧阳頠。欧阳頠为人公正，有匡济之大才，征调来朝，正当其用，只恐曲阳侯不肯放他走呢！"于是即授欧阳頠为武州刺史，未久又授为郢州刺史，令其出大庾岭北上赴任。果然萧勃坚留欧阳頠，不让他受命。

萧勃兵强位重，反迹愈来愈彰显。承圣三年五月，萧绎遣王琳为广州刺史，替代萧勃。当时王琳率军马已到小桂岭，命副将孙玚领军先行进据番禺。这时萧勃便欲举事，封亭茂力劝，道："朝廷已知主公所图，势必已有准备，主公这时起事，正落其彀中。且王琳是能征惯战之夫，手下多忠勇死士，连朝廷也忌他三分，所以才让他来岭南。我估计王琳未必愿来岭南赴职，迫于无奈也未可知。他在小桂岭迟延不南下，便是侥幸朝廷改变主意之所为。主公应避王琳之兵锋，切勿与之相接。只要主公未动兵刃，王琳绝不敢威逼主公。"萧勃道："王琳前军已入岭南，我该怎么办？"封亭茂道："让孙玚先据番禺好了，主公应即尽率所部至始兴扎下，王琳不进入岭南，我亦不动，以待时局之变。"

萧勃率部北进，衡州刺史王怀明据城不纳。萧勃惊怪，命钟休悦入城去见王怀明，责备他不恭之罪。王怀明笑道："怀明何罪之有？朝廷授曲

阳侯为晋州之职，授王琳为广州之职，命状俱已行达，南来北往，各行其道，怎么怪起我来了。”钟休悦道：“念宗公与侯爷如同一体，当知侯爷难处，朝廷虽有命状，然王琳未入岭南，侯爷也暂不宜离开广州呀！”王怀明道：“这倒奇了，难道侯爷抗拒朝命？若是这样时，侯爷拥大兵来衡州，意欲何为？”钟休悦再不能言，只好回报萧勃。

萧勃大怒，骂道：“我还不致是丧家之犬哪！王怀明敢如此无礼？”萧勃即命世子萧孜、部将傅泰领军攻打衡州，只一日便破城，生擒王怀明。萧勃按着王怀明的脖子，用屁股坐了上去，骂道：“你这反贼敢小看我？我早知你与陈霸先结为死党，随时图我。今日被擒，还有何话可说？”王怀明挣扎不脱，大骂道：“陈都督知你必反，故命我镇守衡州，防你这狗贼……”萧勃命斩了王怀明。徐应道：“欧阳頠与王怀明都是陈霸先私党，欧阳頠与王怀明必串通一气抗拒主公。王怀明已伏法，主公应乘欧阳頠未备之机，速举兵取始兴，以免节外生枝。”

萧勃率军马至始兴城南郊扎下，命人给欧阳頠送去书信。欧阳頠知道萧勃杀了王怀明，伤感不已。长史司马竟平道：“曲阳侯倾所部来始兴，志在必得呀！王衡州已亡，我们孤军无援，只怕是守不住了。”欧阳頠摇头道：“想不到萧勃真反了。兴国公呀！你害苦我啦！”欧阳頠的儿子欧阳纥，时年只有十七岁，颇有才智干略，劝父亲道：“萧勃向来已存不轨之心，累年苦心经营，招军买马，罗网亲党，进则欲与诸王争霸，退则欲为南越之王，势不会屈于朝廷者，奈时机未到，装聋作哑罢了。陈都督委父亲牧守东衡州，便是制约萧勃，此用心，无人不知。如今朝廷已察觉萧勃反心，故命王琳来代之。萧勃何等精明之人，既不会入朝事君，自投虎口，又不肯与王琳前军触锋，逼王琳引大军南下。王琳兵强将勇，与萧勃正是对手，双方交战起来，萧勃无必胜之把握，徒耗钱粮财物，动摇其争霸之根本，萧勃必不敢为。萧勃目下未便北去，更不肯随便丢了岭南，只能在始兴立脚待机。始兴乃进出岭南之咽喉项领，故萧勃必争之。父亲目今之力不能与萧勃抗衡，战则必败，降则可保。朝廷知父亲难处，断不会深责。”

欧阳頠率军马撤出始兴城，另据子城，只是紧闭城门，并不拒战，也不去拜谒萧勃。萧勃嘿嘿冷笑：“欧阳頠也敢抗我呐！”即命梁化太守、忠义将军兰敳领军攻袭欧阳頠，欧阳頠不作抵抗，兰敳兵不血刃便攻入子

城，俘了欧阳頠。

萧勃要杀欧阳頠，曾文举劝道："欧阳頠不能杀！欧阳頠素有贤名，杀之恐绝众望。主公驻军始兴，欧阳頠纳之则为背朝廷，拒之则为负宗室，欧阳頠不纳不拒，正是其机敏之处。我主图举大事，应揽天下英才为我用。"萧勃笑道："欧阳頠是有其过人之处，若不杀他，该如何处置呐？"曾文举道："智者因时而变，仁者随遇而安，未闻有一成不变者。"于是萧勃把欧阳頠留在身边。

江陵沦陷后，王琳部将孙玚放弃广州，引军北还，萧勃又复据广州。绍泰元年二月，萧勃与欧阳頠结盟，留其子欧阳纥在番禺为质，然后让欧阳頠回始兴。从此欧阳頠专事萧勃。

冼夫人在朱崖节节胜利，萧勃坐立不安，甚为烦躁。绍泰元年十二月中，徐应进计道："沈炯一班崖州官员均是王僧辩之党徒，自然与冼夫人不能同心。前者主公馈以重金，间疏沈炯与冼夫人之关系，本为上策。湘东王败亡后，沈炯之辈卷铺盖抬腿走了，表面看来，似乎削弱了南征军之力，哪料到倒是助了冼夫人。沈炯在崖州，冼夫人尚存畏惧之心，凡事须与沈炯商讨。沈炯行权，姑不论其长短，冼夫人或多或少受其掣肘，行事须瞻前顾后。沈炯等辈一走，陈霸先即让钱生畏入主崖州，这样一来，冼夫人犹离缰之马，出笼之龙，任其驰骋，雷厉风行，故能席卷崖岛，无往而不利。主公如神龙蛰伏岭南，十年生聚，十年教训，忍辱负重，待机而起，如今佳期渐近，我主奋飞之日已在眼前。为图万全之策，冼夫人挡车之力亦不可不虑。她虽引大军出征朱崖，仅此咫尺之遥，我主义师一举，恐其闻风而动，拖我后腿，此诚为后顾之忧呐！我主应扶助褚俭在崖州立住阵脚，既不让冼夫人肆虐进取，也不让冼夫人抽身离岛。这样一来，我主则可一鸣惊人，一飞冲天，勇往直前，直捣北出，响陈霸先一记惊雷，开千秋之大业！"

顾道不以为然，摇头道："徐中实扶褚俭之言不妥，褚俭本为乱臣贼子，我主宗室皇枝，岂可与之合流？这事传闻开去，陈霸先等奸雄正中下怀呀！授人把柄之事，我主必不能做！"曾文举笑道："顾奉德之言差矣！徐中实之策实为良谋。褚俭虽为乱臣贼子，然此一时，彼一时也。如今国柄掌在奸雄之手，以致国无定主，群雄争战又起，所以我主才举发义师，讨伐无道，复我家邦。君不见，岳阳王诸王本是武皇帝之子孙，为争夺神

器，相继愿为齐、魏之附庸属国，何曾以认贼作父为耻，何曾以亡国亡君父之仇而痛？成大事者，必随天时而通变，岂能拘泥而不化？今日我主屈尊与褚俭结盟，化敌为友，乃通古今之变，至成大业之道。褚俭若能为我主所用，将来便是中兴之臣，叛逆之名夫复何存？”

太平元年一月，萧勃命徐应押粮六十万石，还有难以数计的军资物品，取海路送到褚俭叛军中去。

沈炯一班崖州官员匆匆渡海北去，冼夫人随即与冯宝上书奏报朝廷，并给陈霸先去书，不久即接到陈霸先回书，此期间，冼夫人命各路军原地待命，专等朝廷消息。绍泰元年十月底，冼夫人接到陈霸先来书及朝廷所行命状。十一月十九日，钱生畏率权昰谓诸官员至崖州。冼夫人与冯宝率众遗吏、诸渠帅及众将属迎出州城东郊。冼夫人笑道：“州尊终于来啦！若再不来，南征军没了主心骨，欲进不能呐！”钱生畏笑道：“夫人请朝廷差遣生畏来崖州，怕是误举呢，我一接到命状，连日来不能安宁交睫。”冼夫人笑道：“哎，州尊埋怨百合了。此番高、崖二州职吏变动，可是朝廷铨叙而定。”钱生畏笑道：“能来崖州追随夫人，生畏求之不得，只怕我才疏识浅，误了国家大事。”冼夫人道：“这也无须太担忧，我初入崖州，事实也不知从何下手，但存爱民之心，心系国家之念而已。”冼夫人指着身旁诸遗吏、诸渠帅道：“州尊若人手不够，我可帮州尊荐举才贤，到时你量才而用吧。”钱生畏忙答应了。

太平元年一月，钱生畏拟报公孙承为崖州长史，董状为崖州司马，赵公党为崖州别驾，司马臣为崖州内史，蒋子定为治中，李则为记室，杨本忠为谘议参军事，崔简为主簿，西门昌为录事参军事，文伟为兵曹从事，扶丹为集曹参军事，光南为兵曹参军事，力龙为骑兵参军事，楚触为珠崖郡尉丞，木牙俐为珠崖郡主簿。余诸功曹尽述列册中请报。

冼夫人请合州刺史段岿调三千军马来崖州府城助防。

二月二十六日，冯宝由合州刺史段岿与水尾洞渠帅贯征、翁田洞渠帅杨汤、周矩洞渠帅冷水金、万全洞渠帅滚宾等陪同回高州去。临行，冼夫人对冯宝道：“南征尚未奏功，我时刻离不开崖州。你此番回去，有王望如等人助你，我也放心。所不放心的便是你的身子，我不在你身边，诸事自己留意，廖明的药回去务必按时服用。若药无效验，即遣人来崖州告知，千万记得了。”冼夫人说着话时，眼眶不禁红了。冯宝笑道：“夫人与

别人说话时，谈笑风生，与我说话，总是涩涩滞滞，我不爱听。”冼夫人道：“不爱听也得听。你现在的模样难道自己不知？我看着就心酸，回去让婆婆看到了，还不心痛死？准诅咒我呢，为何娶了这般媳妇呐？”冯宝笑道：“不说啦！我回高凉打点打点，随后又来。钱生畏说了，我不来崖州，他不安然呢。”冼夫人道：“你回去让仆儿抄写《大学》二十遍，你来时带过来我看。”冯宝笑道：“仆儿才有多大，你让他读这个？甚么明明德、亲民、止于至善、格物、致知、诚意、正心、修身、齐家、治国平天下，说起来似是而非，这东西我都感头痛。”冼夫人笑道：“所以你把这东西放一边去，整日与偓佺胡说八道。哎！我也并非就要仆儿懂这书义，我这是看看仆儿写的字可有长进。严光文的字写得最好，你请他帮仆儿端正端正。”

三天后，冼夫人率张融、廖明、祝戬、陈三官及原从中路军调来的三千军马回五指岭大营。

自沈炯一班官员北归，冼夫人在五指岭、州府两地来回奔忙，盘胗在五指岭带来的三千喽啰军都由阿秀与七儿调教操练。起初，这三千喽啰不把操军当一回事，晨练号角吹响大半天了，还蒙头呼呼大睡，只有盘胗与艾叱、旻鑫、孺虤、梓龇五人懒懒散散，挠着眼睛起来。七儿气得大骂：“你们这帮大睡虫，像这模样，要是敌军袭来，一个也别想活！”

艾叱打着哈欠，眯着惺忪的双眼道：“好姐姐，又不是打仗，就让我们睡一觉吧。”七儿大声道：“不行！敌人会让你睡足了才与你厮杀么？我们冼家军战无不克，攻无不取，就是平日训练有素，放倒头就能睡，抬起脚就能走。你们既然愿意投冼家军，就得服从这军纪。”

盘胗去营帐里大吼一声：“老子要发银两啦！”只听哗啦啦一阵大乱声响，三千喽啰有裤没衫，乱哄哄赶奔出来，站满一地。阿秀忍不住大笑起来，那大群喽啰傻傻地呆立着不知何事。七儿点着头，道：“都看看，这像啥回事？号角响了，你们呼呼大睡，一听说发饷银，都起来啦！你们这队人要是见到财物，那仗也不打啦，包管便去争抢财物，非让敌人杀个精光不可。我真替你们脸红呀！”她指指身旁的冼奉敏，道：“敏儿才有多大，就随在军中，每日天不亮就与我们一起操练。我们夫人是三军主帅，该是多大的官儿，一样和我们将士起早操练，十多年来未曾间断。冼家军北伐援台平贼，从未打过败仗，名声传扬天下，被陈霸先誉为神旅。好

啦！你们投了冼家军，就得像冼家军的样子，随我操练演军。不然我报告夫人知道，把你们都遣回去。知道么?”那大队喽啰齐声道：“知道了，七儿姐姐!”七儿大声道：“不许称姐姐，得称七儿将军!”那大队喽啰又一齐应道：“知道了，七儿将军!”

从此，盘肸每日率这三千喽啰军随阿秀、七儿操练演习，令行禁止，风雨无阻。

阿秀暗地里对七儿道：“这队喽啰平日都闲散惯了，我怕你管得太严，他们真的走了。”七儿道：“走了！既然来了，就得把他们管住，我管不住他们，盘肸还管不住他们?我就不信，武哥这死丫头能练成娘子军，我就练不成喽啰军。”阿秀笑道：“喽啰们说你是凶神恶煞呢!”七儿问：“盘肸怎么说?”阿秀笑道：“盘肸说，再不听七儿将军令者，小心夫人怪罪下来，若带累了他，每人打三百军棍。”七儿笑道：“这不得了，贼有贼的规矩哩。”

练兵时，盘肸原喽啰军跳跃腾挪功夫特强，尤其上树登崖之术，敏捷凌厉无匹。阿秀对七儿道：“七儿，你还别说，在大战阵中，冼家军令行禁止，进而不躁，退而不乱，章法纯熟，得宜有度，这早就有了名的。可是说到这腾挪跳跃功夫，却不及五指岭喽啰军呢。凭着他们喽啰军原有的根底，再加以调教，攻战据守高处之敌时，无往而不利呀！我见喽啰当中好些人可原地蹦起三四尺高，你若导之马上搏杀战法，依我看呀，就这步军即可制敌之骑军。”七儿赞道：“好主意，亏你说了。”即传令找盘肸过来。

一会，只见盘肸与艾叱从操场那边小跑过来。七儿问道：“肸儿，你这喽啰军蹦跳之术好极，平时是怎么练的?”盘肸挠挠脑袋，道：“报告七儿将军，也没怎么练，可能是整日上山下岭惯了吧，走着山路也似平地一般。”艾叱道：“也与寨主平日行赏银饷财物有关。”阿秀笑问：“这话怎么说?”艾叱道：“寨主发银两时，有时银两不够，就把银子装成一小包一小包的，然后放置在悬崖顶上，让兄弟们上去领取。起先，很多兄弟上不去，拿不到银子，背地里责怪寨主。寨主说：‘我不想克扣兄弟们的银饷，你若没本事上去拿银子，这是天意，也怪不得我。’后来，兄弟们拼命在山上习练攀崖之术，慢慢大伙儿都能登上悬崖领银了。寨主很不高兴，道：‘这招不灵了，我可没这许多银子，今后改为上大树领银饷吧……’”

七儿忍不住哈哈大笑，道："好肸儿呀！谁说你木讷老实了，你鬼点子还真多呢，要照你这法儿练军，你这队喽啰迟早钻上天去哩。"

冼夫人与张融、廖明、祝戬、陈三官率军马回到五指岭大营，七儿、阿秀、白承权、冼奉敏、盘肸、艾叱、旻鑫、孺虣、梓鰔率军马列队在大营前迎接。

冼夫人下马，在队列前走了一遍，回头对七儿笑道："我都看不出军中哪是高凉军，哪是五指岭军啦！"七儿笑道："都一年了，我要不把五指岭军练成冼家军，我再也不敢见夫人啦！"只听盘肸大吼道："原五指岭军出列！"随着盘肸吼声，五千人的队列中间隔着跑出三千军士，雄赳赳，气昂昂，整齐有序，眨眼间又列成一队。

冼夫人问："你们还想回五指岭去么？"三千军士脚板一跺，齐声答道："愿随夫人平贼定乱！"其声铿锵激昂，山坡下一片回响。

张融笑对廖明道："七儿真有一套，强盗也能脱胎换骨呀！这个盘肸，贼气比郑道培退得都快呀，他可是个野气十足的大魔头呢。"廖明笑道："所谓潜移默化，琢玉染蓝呀！"

忽听得冼奉敏叫道："姑姑快看，那边一只大老鹰追一只鸽儿过来了！"大伙随冼奉敏的手望去，果见西南向空中一只大苍鹰尾追一只鸽子过来。那大苍鹰居高追赶，看看赶上，忽见那只鸽子猛地振翅高仰，向上飞起，那鹰虽凶猛，突然仰飞却难，眨眼间被鸽子甩在老远。大伙正在惊叫时，那大苍鹰闪电般又要追上鸽子，鸽子拼尽全力，直朝大营前俯冲下来。冼奉敏大声惊叫："七儿姑姑，快救那鸽子！"七儿张弓一箭向那大苍鹰射去，众人惊呼声中，只见那大苍鹰翻跟头跌下前面山坡上。

龙大石与几个军士跑去捡回那只大苍鹰，大伙看了，这鹰从头至尾，足有三尺长大，那支箭却好射中胸脯上。盘肸叹道："七儿将军好箭法！我不会射箭，你教我吧！"七儿笑道："我算甚么，说到射箭，还没有人能赶上我们夫人。你已会用飞镖，还学射箭做甚么？艺多不精呢！"冼夫人笑道："七儿近来学会编话啦。艺多不精？不通不通！盘肸呀，你就跟七儿学，看她敢不教你！"

那只鸽儿死里逃生，飞落在营帐顶上，翅膀耷拉，浑身发抖。阿秀笑道："那鸽子吓破胆啦！它也真会求救，幸好遇上我们七儿大将军。"

大家说笑时，那鸽子又振翅飞起，在大营顶空盘旋一周，又直向这边

飞来，竟慢慢地落在冼夫人脚下草地上。冼奉敏蹲下身，双手去捧它，这鸽子竟不躲不避，一点儿也不怕生。七儿凑近看了，用手去摸摸这鸽子，眨巴着眼，恍然想起什么，惊诧道："夫人呀！这鸽子今日定是寻你来的，不早不晚，你一回营，这鸽子就来了。你看这鸽子身上长的花斑，竟与花儿一般模样，遮莫是花儿转世为鸽子啦！"阿秀望了望冼夫人，狠瞪七儿一眼。冼奉敏双手托着那鸽子，问："你是花儿么?"七儿吃惊道："呀！快看！它点头了，一定是花儿！"盘肸一脸疑惑，歪着头看了众人一眼，嘀咕道："花儿？花儿是谁？七儿将军你别愚弄大伙了，这鸽儿，你不问它，它也点头呐。"

冼奉敏朝冼夫人道："姑姑，让我养这鸽子吧?"冼夫人没有出声，只是点了点头。冼奉敏问："姑姑，你哭了？你在想花儿了吧?"冼夫人眼泪夺眶而出，强笑道："敏儿胡说，姑姑的眼让山风吹了啦！"阿秀狠狠地在七儿的屁股上拧了一把。

绍泰元年十月底，褚俭在柴头、陀类、响水、万丁、报白、牙迫、南碎、空布、南打、毛道、番茅、番慢、牙南、毛天、合口、南旦、提蒙、光坡诸洞横向连线，筑成八百六十二座营栅，共扎军四万余人，抗击南征军。褚俭命三子儋耳王褚眷为西道都督，命抱由洞渠帅、大司马、镇卫大将军德羌为副都督，与尚书令、征南将军何杳，陀兴洞渠帅、安东将军、乐州刺史班月，金紫光禄大夫、征北将军丁椿，板桥洞渠帅、平南将军、板桥太守则元，度支尚书束盖，叉河洞渠帅、翊左将军荣打炳，都官尚书、中护将军孟泽，南山洞渠帅、安南将军、玳瑁侯、南州刺史樊贾，太常卿、镇东将军孟泓，志仲洞渠帅、翊后将军丁刚，冲峨洞渠帅、龙骑将军黎玡，野龙洞渠帅、爪牙将军、令章太守菊敉等领军一万两千拒敌。命次子临振王褚省为中道都督，尚书左仆射、元始大将军、乐罗侯伍尚礼为副都督，与左光禄开府仪同三司、征东将军庾季籍，左光禄大夫、征西将军李绩，中书监鲍举晖，特进、领军将军夏侯孺，毛感洞渠帅、安西将军、领苟中太守尼崂，乙洞渠帅、五纪将军、九龙太守元牙，国子祭酒、镇南将军孟滔，毛卓洞渠帅、平西将军区景，南圣洞渠帅、翊右将军过氿，毛阳洞渠帅、山南太守玖弥，番阳洞渠帅、武臣将军蒙腾，三母洞渠帅、卫尉卿、镇兵将军、临水太守古媲，抱旺洞渠帅、忠武将军、龙浩太守卫佬等，领军一万六千拒敌。命四子九龙王褚看为东道都督，隆广洞渠

帅、太府卿、镇北将军、陵州刺史抱艮为副都督，与太保、车骑大将军曹重，太尉徐恬，太子詹事毛臣，响水洞渠帅、紫贝太守日信，三道洞渠帅、瞫都令罗泉，三才洞渠帅、散骑常侍、翊前将军压并，左户尚书、中抚将军孟汤，什玲洞渠帅、军师将军李真，宗正、镇西将军孟洛，海棠湾洞渠帅、云麾将军苏明，六弓洞渠帅、宣惠将军裴青，田独洞渠帅、平北将军、湾艾太守赵咎，文门洞渠帅、宣毅将军刁权等领军一万三千拒敌。

太平元年一月，褚俭接得萧勃大量粮食军资，甚是欢喜，萧勃所列条款，褚俭咸概应允。徐应对褚俭道："应入朱崖，略有知闻。王抗冼氏军，不宜用持久计以静制动呀！王在朱崖立国之初，朱崖归服王化者十之八九。冼氏军渡海时，拥之者仅十之一二，不过儋耳、苟中、瞫都、颜卢、玳瑁地罢了。冼氏军赖此立足，作长久之计，不急于进取，而重在收取民心。冼氏军所到之处，施恩于民众，执礼于豪右，驱士卒开渠凿井，访贫于山间，送医于穷幽。此行作，看似平淡无奇，实为致胜之道呢！冼氏军在朱崖已有三年之久，军资几乎都是本土捐筹，再无须外州给养，因而根基已固，王欲待其粮尽兵疲而退军，或待其丧失民心而溃败，怕是守株待兔，机会微之又微。沈炯在朱崖，与冼氏军同床异梦，相互并无融洽。冼氏图报朝廷之恩，上使纵逆，唯有顺受，故行军掠地，每有掣肘之苦，未得尽意施展筹略呐！冼氏唯恐遭致物议，行事慎之又慎。冼家军入朱崖时，是一万六千军马，至今已据有多半个岛国，依旧是一万六千军马，不盈不损。何故？恐沈炯行报朝廷，招致谗言所伤呀！自古以来，未见谗言生于庙堂，而征将能制胜于外者。冼氏深谙此道，故不得不慎之，不得不防之。沈炯等辈一走，代之为高州钱生畏。冼氏与钱生畏之关系，王亦清清楚楚。钱生畏入主朱崖，于冼氏来说，真真是如虎添翼，如龙助风呐！打这起，冼氏军必定军力大扩，进军陡速，王若不加防备，冼氏军长驱直进之日不远矣！冼氏军初入朱崖时，王已应尽全力扑灭之，不应让其扎根发芽，然此机已失，悔亦无益。故王应即日起主动挥军出击，抗冼氏军于外围，破其蚕食之策。民谚云：坐吃山空，做吃不穷。动则机变，坐则待毙呀！"

宓子川道："与其死守，不如攻敌。先生所论甚是。南征军以钳势进逼，先生以为当以何策破之？"徐应笑道："冼夫人善读阃外春秋，文史经哲无不涉猎，纵横韬略古今皆通。听说陈霸先称其为允明允哲，克文克武

之玄圣。说起来事实惭愧，当初冼氏崛起岭南，曲阳侯还以为是冼来山之力，冼挺之功呢，哪知全是冼夫人一个弱质女流所致。冼夫人建功策勋于江右，立威扬名于岭南，王英明神武，早已亲身体会，应亦无须再说。”徐应取出一册《广交越桂十三州地图会辑》，然后翻至朱崖辑，指点着上面的图本道：“朱崖四面环海，中部高凸，山脉多而险奇，四面沿海低缓，江河密布，看上去仿如一只神龟呐。诚如宓大人所说，南征军取钳势南进，左中右三路军，相互成倚角呼应。冼夫人统中路军犹一头猛虎，其左右二翼，便是一双虎爪。王何不攻其一翼，虎爪既伤，王师即可袭其虎背，猛虎还敢肆意南下么?”伍尚礼道：“此计我王其实用过，先是儋耳侯与罗带令英天大老爷率军乔装南征军，取海路奇袭岛西沿海红坎、高山诸地。后是遣精干人等潜回颜卢、玳瑁、紫贝播谣，俱因处事不周而告败。”接着，宓子川将经过细述一遍。

徐应微笑道：“此计虽奇，然确有不周之处。成了固然有事半功倍之妙，然败则贻祸无穷呀！王损兵折将就不说了，倒帮了冼夫人的大忙，这两件事之后，冼夫人在朱崖民众中威望陡增，王则落得民众莫大之怨恨。此计虽奇，病在邪毒太过啦！朱崖渠帅拥戴冼夫人，无非逼于势而已。王立国初，众酋亦归顺王土之下。然岛北之境，王唯虚封其职，渠帅事实未获实惠，口虽拥王，心实摇摆不定。比及南征军一至，恩威并施之下，诸酋自然归服冼氏。王在岛南，无法控总，由其分化离析，唯叹鞭长莫及呐！王今之计，当以精锐之师，重挫南征军一翼，军威一立，诸叛酋自然心旌动摇，不望其反戈一击，只要诸酋按兵自立，不助冼氏军，我敢说，以王目今之军势，冼氏欲势如破竹，讨服岛南，怕未可如意！”

宓子川叹道：“先生确是大才，远在千里之遥，朱崖之事竟了如指掌。”徐应笑道：“宓大人过誉了，应实不敢当。不是应妄自夸口，宗室诸王侯中，未有可及曲阳侯者。曲阳侯刚柔允中，权变由然，处事安闲若定，临变挥洒如神。别看中原龙战不休，国主更替无常，而曲阳侯似乎不为所动，甘愿守土一隅。其实天下英雄，已尽入曲阳侯彀中，不过待时罢了。如今陈霸先谋篡国柄，挟天子以令诸侯，而诸侯不服，争端又起，曲阳侯整装待发，正其时也。将来主天下者，必是曲阳侯。”

宓子川笑道：“只怕曲阳侯成事后，不能容我国朝。”徐应笑道：“曲阳侯既与王立盟，岂有违约之理。南北朝尚可隔江而治，独不容一岛而存

乎?”伍尚礼道：“宓大人所虑并非无理，未忘曲阳侯驱大军征讨朱崖，事犹在目呐!”徐应正色道：“此为曲阳侯驱羊入虎口之计也。能阻曲阳侯成大事者，唯大堡冼氏。曲阳侯彼时未宜显山露水，大举而讨冼氏，唯有借王之手屠之。曲阳侯本以为冼挺一死，从此冼氏灰飞烟灭，岂知祸首原是冼夫人。曲阳侯折大本，只是伤了大堡冼氏之枝叶，根本竟未动摇呐！为此事，曲阳侯隐痛在心，至今未能释怀呐！若曲阳侯不容王，何必助之军资粮食，冒结连反贼谋叛之罪名?”宓子川再不言语。

褚俭从徐应之计，命褚看、抱艮即行起军攻敌。毛感洞渠帅、安西将军、领苟中太守尼崂来找抱艮，请缨随抱艮攻讨南征军东路军。尼崂恨道：“我已命人查实，佤仑正是让南征军东路军掳去。国恨家仇，如若不报，我尼崂也枉在世上为人了。”抱艮早听说尼崂宠伎佤仑失踪的事，现在知道是东路军掳去，当即大怒道：“好呀！南征军专事强抢民女的勾当，还抚民义师呐!”

尼崂宠伎佤仑在牛上岭被掳，尼崂不敢隐瞒，也如实向褚俭报告了。这次尼崂请命攻打南征军，褚俭却不同意。褚俭笑道：“南征军在朱崖残暴恶行，非止一端。我听说会山洞楚触的女儿，本是抱艮早定的子媳妇，却让南征军主帅甘弁夺去了。佤仑被劫，朕亦心痛。朕惜你年事已高，不加深责。攻伐南征军，朕已有足够军马，你就不用去啦!”尼崂不乐，道：“皇帝是说我年岁大了，没用啦?”褚俭道：“年岁不饶人呀！征讨攻战，何等艰辛劳苦，还是由少壮去吧!”尼崂怒道：“我虽年近七十，还不到连路也走不动之地步。夺妻之仇，不共戴天，我若不见甘弁授首，再也没脸来见圣上。”说完大踏步去了。

尼崂非要参与攻打东路军不可，抱艮也同意了。海棠湾洞渠帅苏明对抱艮道：“尼崂老爷为报夺妻之仇，必要请缨攻打敌东路军，可是皇帝不允，说他年事已高，抱艮老爷怎么答应了?”抱艮笑道：“目今局势于我不利，皇帝恨不得人人上阵抗敌呢，怎么会阻拦尼崂老爷请战？这是皇帝使用激将法呢，难道你看不出来?”苏明这才点头不语。

时甘弁率东路军扎在大尖岭。太平元年三月十一日，九龙王褚看，隆广洞渠帅、太府卿、镇北将军、陵州刺史抱艮，车骑大将军曹重，太尉徐恬，太子詹事毛臣，响水洞渠帅、紫贝太守日信，三道洞渠帅、覃都令罗泉，三才洞渠帅、散骑常侍、翊前将军压并，左户尚书、中抚将军孟汤，

毛感洞渠帅、安西将军、苟中太守尼崂，宗正、镇西将军孟洛，什玲洞渠帅、军师将军李真，海棠湾洞渠帅、云麾将军苏明，六弓洞渠帅、宣惠将军裴青，田独洞渠帅、平北将军、湾艾太守赵咎，文门洞渠帅、宣毅将军刁权等领一万六千军马出提蒙洞，直逼大尖岭。

夫辛叫声："得罪了！"探身伸手一把扯下那乡民的斗笠，随即惊叫道："贵儿！啊，果然是你！"（见第二十一章）

祝戬脸红起来，忙除下左耳垂那只金环儿，过来递到抱艮手中。抱艮看了这只耳环，顿时脸色大变，失声叫道：“元一儿！哎呀！果是我的元一儿呀！”（见第二十一章）

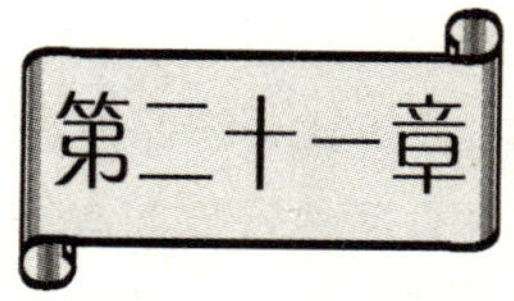

第二十一章

故人邂逅迷马寨　宗义相逢秧青荒

甘弁探得褚看大军北进，便弃大尖岭撤至高龙。褚看大军继进，甘弁率军又退至牛上岭。南桥、莲花、高龙、内田、牛漏、大坡等十数洞渠帅见南征军连连败退，心里惊慌，便又纷纷归顺褚看。褚看大为得意，笑道：“徐应斩虎爪之计果然奇妙！依这态势，不消半年，所失土地大半又归我朝。”

数天内，甘弁连着退却，众将俱显不满。曾孝摛大嚷道：“甘老哥，你不会把军马退回高凉去吧？老曾再不退啦！你要怕贼军势大，你逃走好了，我领军打他娘的狗杂种！”又对冼奉义道：“老侄兄弟，你们可敢跟老叔破贼？”冼奉义道：“征战之事，本有进退法则。可是我们不宜再退了，听说南桥诸洞又归了反贼，我怕牵动全局呢！”甘弁没有出声。洪通道：“甘将军退却自有其道理，褚看部贼军一万多人众，我们只有五千号人马，硬战必是不敌……”曾孝摛吼道：“你懂个屁！贼军多是寨兵，虽多又有屁用，我冼家军一跺脚，包管惊得他屁滚尿流！甘老哥，战他一场，要是不成我们再走！”

楚桑可知道将士们心里有气，很是不安，便对甘弁道：“冼将军所说，你是该三思，若诸洞相继复归褚俭，我们再也无立足之地啦！必要打一仗，如曾将军所说，贼军虽众，又怎能与冼家军相比。”

两天后，褚看、抱艮挥军进扎牛上岭，即日在见牛坡列阵搦战，甘弁尽领五千军马迎敌。叛军帅旗下抱艮与尼崂拍马出列。只听得尼崂破口大骂道：“抢夺人妻的贼子！快与我出来说话！谁是主帅？可是叫甚么甘

弁么?”

甘弁拍马出列，身旁是曾孝摘一骑相随。甘弁道：“南征军东路主帅甘弁在此。”尼崂怒喝道：“你便是主帅甘弁？那好，我且问你，你们南征军打着宣义安抚的旗号，且南征檄文说甚么我等都是华夏之子民，随褚俭背国叛君，裂土分疆，犹儿离母之怀抱，儿不知悲，母何堪受？这话说得多好听呵！我们听了亦几乎受惑。去年正月，就在这牛上岭，你们南征军截劫一女子，可有这事?”甘弁顿时脸红耳赤，无法回答。

尼崂大声喝道：“怎不答言？可是心虚了?”曾孝摘大叫道：“是有这事。那是别人干的，与甘大将军无干!”尼崂喝道：“你叫甚名字?”曾孝摘大叫道：“老曾叫曾孝摘！怎么样?”尼崂怒道：“好呀！你叫曾孝摘么，我查得当地乡民说，截劫女子时有个叫曾孝摘的大眼贼亦在场，现在你已认了，还说与甘弁无关么？甚会蛊惑人心哟，朝廷是父母，我们是儿女，今天老子抢起儿媳妇来啦!”尼崂把嗓门尽死劲抬高：“众将士听了——被截劫的女子名叫佤仑——乃元始帝赐与我的老婆——尼崂对天发誓——并无虚言——且看南征军如何爱民如子啊——”

曾孝摘大叫道：“好呀！当日侯净藏抢了这个女子回来，甘大将军劝告无效，愁得饭都吃不下去，说做了对不住百姓的事啦！现在好啦，原来这妖女，是褚俭反贼送与你的老婆，侯净藏抢得好呀！你这老不死的，还有多少这般妖女，老曾也要抢几个使用!”甘弁掉转头来道：“曾家兄弟，你怎么说这般……”甘弁话未说完，只见抱艮宝刀一挥，大呼道：“将士们冲呀!”一万多军马随着震天动地的鼓角声，呐喊着铺天盖地杀来。南征军如何抵挡得住，听得甘弁传命撤退，纷纷掉头败走。

南征军众将早已冲散，只有楚桑可与洪通两骑跟在甘弁马后。看着败退的军马，甘弁叫苦不迭：“我怎么如此糊涂，打起这仗来呐?”楚桑可叫道：“不必担心，我们冼家军非同一般，败是败了，却不见有多大伤亡，我们且退去再作打算。”

忽见抱艮的三儿子抱贤仓引着“九牛兄弟”的二牛三眉太，四牛闪道，五牛里沙姆，六牛加傩拍马追了上来。只听得抱贤仓大叫道：“甘弁休走，还我妻来!”甘弁怒起，把大戟一摆，迎战抱贤仓及四牛。楚桑可怕甘弁有失，提长矛大叫道：“抱贤仓欺人太甚!”一矛直向抱贤仓刺到，抱贤仓见楚桑可拼命的模样，也自吃惊，不敢大意，执长枪与楚桑可厮杀

起来。

甘弁独力接战四牛兄弟，眼看不敌，忽见冼奉义、冼奉超飞马赶到，杀散数个围着洪通的寨兵。甘弁大喜，叫道："贤侄快来救我！"冼奉义大喝一声，跃马一刀砍中二牛三眉太的右臂，三眉太大叫一声，坠下马来，冼奉超举枪刺下，当即结果了三眉太的性命。甘弁精神大振，一戟又刺死六牛加傩。抱贤仓见两牛相继丧命，惊得手忙脚乱，险被楚桑可刺中脸门，他再不敢恋战，只好与四牛闪道、五牛里沙姆勒转马头逃去。

甘弁众人回头看洪通时，手臂上已带伤，虽然还骑在马上，可原先执着的宝剑却没有了。洪通喘息道："好险哪，若非奉义、奉超兄弟及时来救，我怕是没命啦！"甘弁叹道："遭此大败，我怎么向夫人交代喽！我们快退吧，也不知前面怎么样了？"

南征军被冲散后，曾孝摛单刀独马随军退走，也不知他砍杀多少敌军，浑身上下已全是血迹。叛军见他勇猛，再不敢与他接战，只顾往前赶杀。曾孝摛随乱军来到大坡，遇上冼奉捷、冼奉达、冼奉民三兄弟，曾孝摛问道："刚才我护着朱参军退走，眨眼间却不见了，不知是死是活？"冼奉捷道："你只顾砍杀，谁跟得上你。放心吧，刚才我见着朱参军啦，他与郑将军在一块儿。"曾孝摛道："这贼军也真够缠人，我们都退去上十里了，还是死追不放呐！"

忽听得后面喊杀声大起，回头看时，却是一小股南征军被大队叛军追赶过来。这大队叛军都是马军，凶悍异常，这小股南征军多是步军，因而无法逃脱，眼看将被吞没，十分危急。曾孝摛大吼一声："杀回去！"冼奉捷、冼奉达、冼奉民提马随曾孝摛赶来。刚让过溃逃的南征军，势如骤风暴雨的马蹄声中，大队叛军呐喊压来。帅旗下抱艮挥宝刀大呼，两翼却是"九牛兄弟"中的大牛角扎，三牛广孔、七牛黑佛赤、八牛葛贡中、九牛田兰风拱卫冲杀。曾孝摛大叫道："好呀！反贼头儿在这里哪，让老曾砍了你吧！"大吼声中，曾孝摛跃马挥刀朝抱艮迎头冲去。八牛、九牛挺兵器来截，只听得霹雳一声大吼，寒光闪处，曾孝摛一刀把九牛田兰风劈下马来。大牛角扎惊叫道："九弟呀！"舞刀直取曾孝摛。三牛广孔、七牛黑佛赤、八牛葛贡中一齐来抢曾孝摛，早被冼奉捷挥双铁鞭，冼奉达执长枪，冼奉民挺大刀迎头截住，即时大杀起来。

忽听得曾孝摛震天一声大吼，那把大刀直朝大牛角扎的天灵盖劈去，

角扎大惊，呀的一声急闪避时，曾孝摘那马已跃到抱艮的马前，曾孝摘闪电般伸臂探身，一把抓到抱艮的腰带，连人带刀把抱艮提过鞍来。角扎大叫："快救大老爷！"广孔、黑佛赤、葛贡中见抱艮被曾孝摘擒去，忙撤下冼奉捷、冼奉达、冼奉民兄弟，飞马齐齐来救。曾孝摘跃马奔出，大叫道："奉捷老侄快来接人！"随着叫声，曾孝摘已把抱艮塞到冼奉捷的坐鞍上。曾孝摘大叫道："你兄弟仨带这老贼先走，我来断后！"冼奉捷答应一声，驮着抱艮，与冼奉达、冼奉民拍马朝北向飞奔而去。角扎急得大叫大嚷："众兄弟快赶上，救回大老爷呀！"

曾孝摘挥刀大笑道："救不回来啦！有老曾在这里挡着。"十数骑叛军卑将不知死活，挺兵器来赶曾孝摘，将要赶上时，猛听得曾孝摘大吼一声，翻转马头挥刀疾砍，惨叫声里，七八员卑将相继落马，余下的惊得慌忙退开。曾孝摘哈哈大笑，骂道："你们这班死猪！"拍马望北驰去。

将近黄昏时，甘弁率南征军逃至三更罗洞境才稳住脚跟。甘弁校点军马，损失近八百人马，洪通、朱旷、冼奉义、冼奉超四人也受了轻伤，且曾孝摘、冼奉捷、冼奉达、冼奉民还未见归队。冼奉义道："听得逃回的军士说，曾孝摘与奉捷、奉达、奉民三弟冒死拦截追上来的叛军骑兵精锐，恐怕……"甘弁听这般说时，心情更为沉重了。

大营刚立起时，会山洞渠帅楚触与牛路洞渠帅吉斗，山牛田洞渠帅拔温，闪罗洞渠帅麦永领三千军马赶到营地。楚触对甘弁道："见到你俩，我就放心了。探得东路军失利的消息，我忙引军来援，谁知还是赶不上。唉！伤亡不大吧？"甘弁重重呼口气，点头道："南下以来第一大败呀！军士伤亡近八百人，曾孝摘及奉捷、奉达、奉民三侄不知存亡呐！我已派奉义侄儿、郑道培领军寻他们去了，至今还未回来……"话音未落，军士入来报道："曾将军他们回来啦！还抓到抱艮啦……"甘弁大喜过望，腾地立起，与楚触三脚并作两步冲出帐门。只听得曾孝摘大声笑道："我们迷了路，摸到这时才回来。"甘弁一把抓住曾孝摘，道："你们回来就好，担忧死甘弁啦！奉捷、奉达、奉民贤侄，你们都没事吧？"冼奉捷笑道："没事，天黑啦，若没有遇上大哥及郑将军，我们又不知闯到哪去呢！"

曾孝摘笑道："甘老大，老曾虽然打了败仗，却捉得抱艮老贼，功罪相抵了吧？"甘弁道："这事日后再说，快把抱艮押上来！"

甘弁与楚触、吉斗、拔温、麦永坐在大帐里，看抱艮被推入来。甘弁

道："你就是隆广洞渠帅抱艮？"抱艮环视众人一眼，既不说话，也不肯跪。曾孝摛从旁笑道："这老贼在马上被老曾抓过来时，手里还执着刀，还要挣扎砍老曾，臭硬得很哩。"拔温道："抱艮老爷，你财雄势大，素来又为人刚直，不该屈从褚俭反贼，招致天怨人怒呐！"抱艮嘿嘿冷笑："你们投降了朝廷，做了鹰犬，还有脸来说我呐？"楚触道："楚触一向敬仰抱艮大老爷，虽然平日没有来往，然神驰日久。我事实为你可惜，你怎么说，亦不该为虎作伥，弄得朱崖百姓深受兵灾之苦。"抱艮瞪眼道："说得好呀！你们南征军滚出朱崖去，百姓就不会受兵灾之苦了。楚触老爷，过去我也听得你的好名头，谁知你为了讨好朝廷，连女儿也搭上去啦，真是尽心尽意呐！"楚触大儿楚傣比勃然大怒，一把抽出宝刀，骂道："老贼如今做了阶下囚，尚且如此嚣张，可知平日何等专横！我妹子大婚那日，你老贼竟怂恿贼儿子闯入我家大闹，此仇还未报呐，今日怎能放过你！"抱艮呵呵大笑："我受元始帝浩荡皇恩，誓必以死相报！来吧，快杀了我，抱艮虽死犹荣！"

抱艮狂妄至极，众酋大怒，纷纷劝甘弁斩了他。楚触对甘弁道："看你的意思，不想杀抱艮？"甘弁道："抱艮兵强将勇，深为褚俭倚重，若这时杀了他，南地渠帅即时绝望，唯死心塌地追随褚俭叛逆啦！杀之无益，不如放他回去！"

甘弁放了抱艮，随即给冼夫人去书，细述兵败经过，请冼夫人论过责罚。冼夫人阅了甘弁来书，笑道："甘弁何罪之有，功莫大焉！"七儿道："以五千军抗一万多贼军，损失数百号人马，不算甚么大过，且捉了贼首抱艮，功过两抵，也说得过去啦！只是好不容易捉了抱艮，怎么又放啦？"张融笑道："这正是甘将军之功呢，南地诸洞都在褚俭势力范围之内，自然不敢公然与褚俭为敌，若有不恭，褚俭一日之内即可起军攻之，所以唯有死心塌地，服叛逆所役使。甘将军若杀抱艮，于褚俭来说，如损九牛一毛，于南征军来说，则有百害而无一利，抱艮一死，南地诸酋仇恨益深，随叛逆之心益坚，正是褚俭反贼所盼望者。"

冼夫人道："褚俭反贼欲举重兵击我东翼，东路若败，则牵动我全局。如今褚俭必乘胜向东路调军，这样一来，西路必虚，可令武哥急进。中路山地险峻，易守难攻，贼必未敢北靠。我即与祝戬领两千军马助甘弁攻敌，廖明、阿秀、陈三官领两千军马去助武哥，白向导、七儿、盘眕、艾

吡、旻鑫、孺虪、梓颹、奉敏都随张泰次守营，若敌不犯，无须攻伐。”

武哥西路军扎在大田洞境。廖明、阿秀、陈三官领军一到，武哥即令起军攻击响水。太平元年四月九日，西路军攻克响水四十五座营栅，斩杀何杳及叉河洞渠帅荣打炳、志仲洞渠帅丁刚等人。征轨道：“褚俭妄图集精锐军马击溃我东路，再移师攻我西路。如今我西路出其不意，攻克响水，看褚俭还坐得住么？”果然次日才过午，褚俭三子儋耳王褚眷和抱由洞渠帅、大司马、镇卫大将军德羌领一万五千军马聚集玉龙岭，抗击西路军。武哥领军马乘夜悄然离响水而走，第三天又突然攻克牙迫三十多座营栅，斩敌近千人。比及褚眷、德羌领军马赶来牙迫，西路军又走得无影无踪。看着被毁焚的营栅，褚眷叹气道：“南征军像贼一样出没无常呀！”褚俭给褚眷、德羌来书道：“敌东路新败，西路势不敢深入腹地，徒张声势耳。宜待敌，不宜追敌奔命，受其所制也。响水重地，还当引师据之。”于是褚眷、德羌又修复响水营栅，分军扎守。

褚俭知得南征军放回抱艮的消息，忙把伍尚礼、宓子川等人召来商议。宓子川道：“不必再商，即命夺其军马，拘禁抱艮审查。抱艮是何等人物，冼氏军能轻易就把他放了？两军交战之时，不能掉以轻心。”伍尚礼没有出声，褚俭道：“丞相呀！你近来似乎精神欠佳呐。得留神呵，甚么关口啦！”伍尚礼打个哈欠，道：“臣老朽无能。抱艮被俘被释一事，臣以为，这时不宜深究，恐逼之生变呀！抱艮在朱崖势力极大，威望极广呀！”宓子川道：“敌东路军为何放了抱艮，抱艮自己也支支吾吾，说不清楚呐，此人不可不防。朱崖人向来反复不定，随风摇摆，万一他真的降了南征军，麻烦可大啦！”

褚俭道：“起初集精锐攻敌东路，实为上策呀！敌东路一溃败，冼夫人必调军来援，我便可乘机西厢进军，令冼夫人措手不及，首尾难顾。然出我之意料呀！敌西路一直步步为营，这些天突然肆意袭击响水、牙迫近百座营栅，德羌报来，敌西路军不下八千人马。果如徐应所言，钱生畏替代沈炯，冼夫人必定军力大扩，进军陡速呐！”

伍尚礼道：“敌西路军主帅，便是冼夫人身边第一丫环武哥，能征惯战，长于用谋，听说她收留数百名本土妇女，练成一支娘子军，让其中一个叫甚么庄牙的女子充当首领。据说这个庄牙使一口大板刀，由冼夫人手下凶猛无匹的女将军夫辛亲授武艺呐。两月前，孟泽、孟泓领一千军押粮

援九龙南在洞景皮，便是让这队娘子军把援粮截去了，孟泽折了百多军士，自己还被那个庄牙砍了一刀呐!”褚俭发狠道：“冼夫人草木俱可为兵呀！传命西道将士，有捉得南征军主帅武哥者，封万户侯，斩得首级者封千户侯!”

武哥扎军崀囵。廖明进计道：“褚眷，德羌虽集重军在响水一带，却并不知晓我军动向，军主可由我率两千军马绕至柴头、新龙击敌，军主再由洪水进军，敌必疲于奔命，我再寻其弱势击之。”

武哥即命廖明、孟娘、时元、征轨、冼奉展、冼奉焦领四千军马取新龙，武哥自与龚自明、陈三官、三彩儿、阿秀、夫辛、庄牙领四千军马出洪水。

陈三官与夫辛为先锋，领两千军马先进，一路竟无叛军阻挡，次日，顺利进入望云停境。这里四面全是崇山峻岭，岭上飞瀑响泉，目不暇接。夫辛道：“怪不得这里没有叛军扎守，原是这等险要地势。”陈三官勒住马头道：“这路确实难走，快派军士找着乡民查问路径……”

话未说完，忽地一阵鼓声震天响起，前面峡谷处杀出一队军马来，打头一将官高声大叫道：“我是南州刺史、玳瑁侯、安南将军樊贾麾下大将黎邗，率大军在这里等候你们多时。你们不知死活，敢闯入这里来，便是末路了!”夫辛大怒，喝道：“你这狗贼说了一大通废话，却原来是一无名小卒，你姑奶奶也不知斩了多少名将，似你敢挡道?”说罢跃马挥刀，杀了过来。黎邗没有接战，回马领军逃去。夫辛引军赶过一道深谷，早不见叛军的影子。陈三官整军又要行进时，忽地西山谷地里响起一阵鼓声，众将士回头望去，树丛里旗帜掩映下又涌出一队军马来，为头一将官大笑道：“我是安南将军樊贾麾下爪牙将军、令章太守菊敉。你们该死了，怎么走入这里来!”夫辛大喝道：“似你们这般喽啰，便是十面埋伏，又有何用!”挺刀挥军又攻了过来。可是菊敉也不接战，回马领军又逃去。夫辛追了一程，转过山壑看时，早又不见叛军踪影。陈三官赶上夫辛，道：“我们别再追敌了，叛军是用计引逗我们。”

陈三官、夫辛哪里知道，他们已陷入著名的迷马坡。这迷马坡山重水复，峦层嶂叠，烟封云锁，奇幻无穷。东汉伏波将军马援在建武十九年率军平朱崖时，因追击渠帅觇炟误入此地，被困近一个月之久，后虽逃得性命，然所领八千军马只剩下不足两千人，迷马坡因而得名。迷马坡中以马

援故典为名的群岭众峰、壑溪石洞不胜枚举，如马望峰、回马顶、伏波洞、驻马溪、饮马泉等最为著名。

陈三官、夫辛派军士寻路出去，折腾了半天，毫无结果。夫辛焦躁起来，骂道："甚么鬼地方，莫非我们困在这里了？"太阳将要西沉的时候，将士们吃了些干粮，又弄些山溪水吃了。陈三官对夫辛道："我们得在天黑前闯出去，困在这里，饿也得饿死！"说罢命军马朝西向摸索行进。来到一草木深处，突然前面有惨叫声传来，原来是走在前面的军士触了窝弓，被射死了数人，惊慌中又有十数名军士连人带马落入陷阱，陷阱下竖满削得尖利的竹片，那十数名军士及坐骑当时丧命。夫辛大叫道："将士们都下马来，不要乱走！"

无计可施时，忽然山坡上走来一个乡民。这乡民头戴一顶大竹笠，几乎遮过了整个头脸，老远就叫道："你们是南征军吧？你们陷入死地啦！这里是有名的迷马坡，不熟悉路径的人，入得来出不去呀！快跟我走，我带你们出去。"陈三官问道："你是谁？"那乡民来到陈三官面前，道："我叫南旺恩，是本土寨民，见你们陷入这里，必是不识路径，若再胡乱行走，非死光不可！你们快跟我走。"陈三官看着夫辛，夫辛沉吟片刻，朝陈三官努努嘴，丢个眼色，道："好，你带我们出去吧！"

陈三官徒步紧跟着这个乡民，后面夫辛领军马跟随着，沿山路弯来拐去的行走，不到半个时辰，走出迷马坡。来至一开阔平坦地，那乡民道："好了，终于走出险地，你们留神寻路，别再闯入去啦！我走了。"说着提脚便要走。夫辛笑道："老乡且慢，多谢老乡引路了。"便让军士赏他一些银两。那乡民连声谢绝，急着又要走。夫辛笑道："老乡可否除下竹笠，让我们一睹尊容，好记住你的大恩大德！"那乡民道："举手之劳，哪敢言恩，小的是乡野百姓，再寻常不过，贵人也无须记住我。"说完拱了拱手，提脚要走。夫辛叫声："得罪了！"探身伸手一把扯下那乡民的斗笠，随即惊叫道："贵儿！啊，果然是你！"

原来这乡民正是当年大堡冼氏的账房管家贵儿。十六年前，贵儿因贪墨大堡公银及险致死人命罪被冼来山驱逐。贵儿离开大堡后，被好些人引荐到大户里去，但这些大户大多与冼来山相识，因而贵儿都拒绝了。一年后，贵儿随一帮商贾来到朱崖，认识了迷马洞大渠帅关砮，这关砮为人正直，历多识广，见贵儿生得一表人才，且又会写算，倒看重了他，好说歹

说，让贵儿做了他的管家，还把女儿关莰琯配给贵儿为妻，至今贵儿已有一男二女。贵儿既为关砮卖力，又知道体恤穷苦寨民，每逢青黄不接之时，贵儿都会送衣物钱粮给困苦寨民救急，因而迷马洞上上下下，内内外外的人都敬重贵儿。褚俭在朱崖立国，封关砮为迷马郡太守、安北将军，关砮不肯受封，褚俭大怒，命南山洞渠帅、南州刺史、玳瑁侯、安南将军樊贾起兵征讨关砮。樊贾惧关砮财雄兵强，且平素又相互来往，因此只装模作样一番，并未有兵刃相向。后樊贾又多次劝谏褚俭，说关砮是个硬汉，不宜武力相逼，只要假以时日，国家稳固了，不愁关砮不归服，褚俭为笼络诸酋，只好作罢。

关砮有三个儿子，老大关信谨，老二关碧宕，老三关丙厘，都是桀骜不驯、善通武事之辈，手下统有近四千军马，这次也被樊贾征为防军，都扎在迷马坡中。贵儿自知得冼夫人领军征讨朱崖，不禁惊喜交集，但他始终不敢与关砮透露实情。这天听得南征军陷入迷马坡，贵儿大吃一惊："啊呀！怎么闯入这地方来了，我不去救时，夫人定是没命了。"因此冒险乔装入到迷马坡，把夫辛、陈三官等两千将士带出绝地。

贵儿见夫辛已认出了自己，只好把来朱崖的始末说了。夫辛道："贵儿呀！我见你戴着大斗笠，盖过头脸，又闪闪避避，不敢与我正视的模样儿，我就起了疑心。虽然十多年不见面，你又蓄了胡须，但你声音未变，我还是认出你来。贵儿呀！你怎么不肯认我？"贵儿叹道："其实我早认出你是夫辛姑娘了，你虽然发福了许多，可音容笑貌依旧不改呀！还有你右耳垂下那粒痣儿，怎会认不出来呢！只是……只是贵儿当年是个犯下死罪的人，再也无颜面见故人呀！"

夫辛道："都过去这么多年了，贵儿还谈起这事做甚么？其实老爷在你走后，次月就后悔赶走你，屡番唉声叹气，念叨不休呢。姑娘虽把你治了罪，却不愿赶你走，老爷大发雷霆赶你时，姑娘怎么劝也无济于事呀！贵儿呀，这么多年了，你还怪老爷、姑娘么？"贵儿鼻子一酸，喉咙发涩，道："本是贵儿该死，怎敢怪老爷、夫人……老爷身子骨还硬朗么？还有众大爷可好？"夫辛声音发沉，道："老爷在八年前故去啦！大爷、二爷、三爷、五爷在承圣元年随广州军征讨朱崖，在海上不幸遇了台风，全都为国殉难啦！"贵儿大张着口，眼睛发直，许久才哎出一声，随即双膝跪地，捶胸嚎哭道："老爷呀……大爷……二爷……三爷……五爷呀……贵儿只

有一死……只有一死……才能谢罪呀……”

夫辛劝说了好一番，贵儿才慢慢止住哭声。又叙了好一会话，夫辛道：“贵儿呀！既然寻着你了，你就随我去见姑娘吧！”贵儿抹了一把眼泪，摇了摇头，道：“贵儿从此再没脸见姑娘了，冼氏大恩，来世再报吧！”说完从地上拿起斗笠，转身便走。夫辛问道：“你这就回去，不愿留下？”贵儿回头苦笑道：“我现在已是关峉的下人了。老婆子女都在这里，只能回去。夫辛姑娘，千万不要与姑娘她们说起见到我了。”贵儿头戴斗笠去了，夫辛不由一阵心酸。

转眼天黑，夫辛命军马就地扎营，又派人去报武哥，说先锋军在迷马坡受阻。武哥次日清晨率军来到夫辛大营。夫辛详细述了在迷马坡的经过，又把遇见贵儿的事说了。武哥道：“你怎么不把贵儿留下来？老太爷、姑娘早原谅他了。”夫辛道：“我当然也要留他，可贵儿的老婆子女都在这里，他怎么能丢下呐？只有等打破了寨子，再找贵儿吧！”武哥笑道：“贵儿羞见姑娘，我怕他回去携老小搬了地方，怎么找他去？”三彩儿道：“武哥大将军放心吧，既然这个甚么关峉大渠帅都招贵儿为婿了，贵儿还会跑哪儿去？我包管找到他就是了。”

众人正在说话时，两个军士带三个乡民匆匆来见。为头一乡民喘息道：“你们就是南征军吧？贵儿大管家让菊敉大老爷捉去啦！说他把南征军带出迷马坡，定好了是通敌叛国罪，要在今日午时斩头示众哩，你们快去救他吧！”众人大吃一惊。夫辛急问：“可是真的？你要是说谎，我砍了你的脑袋！”一乡民道：“我叫豹得，不敢说谎话。贵儿大管家时常接济我们，知他遭此大难，便来报知，你们要不信，我可为你们引路。”武哥笑道：“好，你就带我们去救贵儿大管家吧！你们这一大早过来报信，肯定没有吃早饭呐，先去吃饭，我再找你们商量。”

看那三个乡民随军士去吃饭了，武哥即召众将入大帐议事。夫辛道：“不用再商了，即起军去救贵儿。”龚自明道：“救贵儿当然要紧，但我怕这是诈呢，武哥大将军不得不防。”阿秀道：“我们紧紧盯住这三个乡民，千万别让他们走失。只要进入寨子里去，就是诈我们也不怕。宁信其有，不信其无，若救不了贵儿，我们可都是罪人了。”

贵儿带南征军走出迷马坡时，被野龙洞渠帅菊敉看得一清二楚，菊敉阴笑道：“怪乎关峉老贼清高作态，不愿受元始帝所封职官，原来与南征

军私通勾结呐。我捉了贵儿大管家，看你还有何话说。”贵儿别了夫辛回来，才到半路，便被菊敉逮住了。贵儿抵赖不过，只有招了。菊敉命人飞报樊贾，樊贾大怒，命菊敉即把贵儿斩首示众。菊敉族人乘机报仇，要拷打贵儿，菊敉阻住了，阴笑道：“绝不给他用刑，打昏迷了，你杀他也不知道。必要让贵儿清清醒醒，斩首时用刀慢慢割他，听着他的惨叫声，我方能解恨呐！”关砮听说贵儿被抓，大为吃惊：“贵儿怎么如此糊涂，竟为官军引路了。我关砮既不愿为褚俭之臣，也不愿与南征军结交，只老老实实做人，贵儿怎么去招惹这闲事呀！”老大关信谨道：“贵儿见南征军陷入迷马坡，可能一时不忍做了此事，这事麻烦大了，父亲只好救他云。”关砮摇头道：“怎么救？两军对敌，通敌者斩，这是古来之规矩呐。”

关砮硬着头皮找菊敉。菊敉是樊贾的妹夫，平日为人刻毒，因父辈与关砮有仇怨，所以菊敉念念不忘，总想寻机报复，只是忌惮关砮兵强马壮，始终未敢轻举妄动。自从讨了樊贾的妹子，菊敉就撺掇樊贾吞并关砮，无奈樊贾与关砮素有来往，也未便轻易发难。樊贾劝菊敉：“你与关砮寨子近在咫尺，你就让让他，关砮未必敢乱来，他也得给我一些面子吧！过去你父辈与关砮结仇，我多少也知道一些，说起来，你先父也有不是之处。关砮这人性子奇怪，是个软硬不吃的家伙，很有一些人敬重他呐！”褚俭授关砮为迷马郡太守之职，关砮断然拒绝。樊贾曾笑问：“关砮老爷不愿受元始帝之封，现在南征军人朱崖了，莫非关砮老爷要附南征军？”关砮冷笑道：“关砮不愿做别人的走狗！我只想好好过安生日子！”弄得樊贾脸红耳赤。菊敉当时就对樊贾怒道：“只这句话，就可办关砮谋反之罪！”樊贾笑道：“早哩！”

菊敉好不容易逮着关砮痛脚，如今办了贵儿通敌之罪，绑在军营大柱上示众，只等次日午时三刻便要斩首。菊敉见关砮来为贵儿讨情，心中大怒，拒而不见，只传话道：“家有家规，国有国法，通敌者斩！”

关砮心急如焚，搓手道：“贵儿偏偏落在这贼子手里，看来只有去求樊贾了。”关砮连夜来洪水大营见樊贾。樊贾见关砮低声下气，心中大为得意：“关砮老家伙也知道怕了？”樊贾脸上浮起笑容，道：“关砮老爷素来刚直不阿，谁人不敬？可惜呀！如今大管家惹下通天大案，怕是要连累关砮老爷喽！”关砮张目道：“贵儿自是关砮管家，但也犯不到连累不连累，樊贾老爷不必拿话吓我。”樊贾看着关砮，眼睛慢慢眯上，道：“贵儿

是关砮老爷的大管家，这是一层。贵儿又是关砮老爷的女婿，这又是一层吧！贵儿如今犯下通敌之罪，关砮老爷再说自己毫无干系，这恐怕说不过去喽。”关砮道：“你打算怎么办，真不肯放贵儿？”樊贾笑道：“贵儿若是犯下别的罪，不消说，凭着关砮大老爷面子，一句话我就放了，可是这事，我不说，关砮老爷也清楚，事关国家安危，该是什么样的罪？”关砮道：“在你的眼里，褚俭便是国家，可在南征军的眼里，褚俭是什么？乱臣贼子哩！你我无须拿官腔。”

樊贾厉声道：“关砮大老爷！你说这话可得考虑后果，别说老朋友不提醒你！”关砮也怒：“樊贾大老爷吓不倒关砮，我只问你一句，你到底放不放贵儿？”樊贾一甩手背过身去：“樊贾不敢拿国法当儿戏！”关砮大怒道：“那好！关砮就此别过！”说罢转身便走。樊贾低喝道：“关砮老爷奔波劳苦，就请在营中留一宿。”关砮怒问道：“你敢拘我？”樊贾沉着黑脸，并不答话，帐外入来数名侍卫，当即绑了关砮。

樊贾拘禁关砮，即调三千军马连夜赶至迷马坡，与野龙洞渠帅菊敉、冲峨洞渠帅黎邗、九龙报英洞渠帅旱赪合军八千，扎在迷马坡，准备攻袭关砮寨子。菊敉惊喜不已，道：“我家宿仇至此可报啦！”黎邗道：“关砮不过四千人马，我们也无须如临大敌，动用八千军马吧，南征军已在鼻子底下，是否分一半军马防南征军？”菊敉阴笑道：“南征军近期内断不敢再闯迷马坡。明日要把贵儿斩首示众，关砮老贼又被刺史捉了，关砮那几个贼儿子必然拼命，刺史英明，故调大军来威慑迷马寨，以防万一。等我斩了贵儿，再挥大军灭迷马寨，国恨家仇一齐报！”

菊敉亲当监斩官。迷马坡军营前围着近两千百姓，看着绑在大木桩上的贵儿，很多寨民伤心落泪。一个年近七十的老婆婆道：“贵儿大管家是好人呀！怎么会通敌呢，求官爷饶了他吧！”一边说着，一边跪地磕头不已。菊敉高坐在监斩台的大椅上，厉声道：“元始帝在朱崖开基立国，应天顺人。从此朱崖民众普淋天恩，承泽皇德，千秋百世，祚丕亨隆。南征军逆天而行，强占我国，必定自取灭亡。彼贵儿本为关砮府中娇客，贵为管家，本应报君忠国，共抗来敌，保我王土。孰料狼子野心，吃里扒外，私通寇仇，危我社稷。不杀不能谢天地，不杀不能安民心，不杀不能整朝纲，不杀不能肃三军……”一个寨民道：“我听说南征军不同以往官军，所到之处，爱民如子，对百姓秋毫无犯……”菊敉大喝道：“你是甚么人？

竟敢在法场上煽言惑众，快给我拿了！”数名寨兵随声涌上，当即把这寨民捉了。

众百姓顿时躁动起来，菊敉连声弹压不住。忽然法场外数骑飞奔而来，大声报道：“迷马寨反啦！关砮三子关信谨、关碧宕、关丙厘率数千军马及寨民杀将来啦！”菊敉大惊，大叫道：“速斩贵儿，再平叛贼！”一名刽子道：“大老爷，现在才是巳初时分，还未到午时三刻呐！”菊敉骂道：“放屁，迷马寨都反啦！还等午时三刻！”说罢拔刀奔来，要斩贵儿。忽听得人群中一大汉大叫道：“贵儿在迷马寨无人不敬，我来救你！”早见身影腾空而起，眨眼间跃至贵儿身前，那两个刽子吓得连忙闪避开去。菊敉持刀望那大汉兜头砍下，那大汉大喝一声，一掌击中菊敉左胸，菊敉平地里横飞出去，重重跌在数丈开外地里，那刀丢在一边。那大汉上前扯开贵儿身上的绳索，大叫道：“恩人快随我逃出去！”

法场一片大乱，众寨民呼爹叫娘，四散乱窜。菊敉这时已被众寨兵扶上马背，只听得他在马上大呼大叫：“快捉住贵儿——封死路口，别让他逃了——”折腾好半天，寨兵也不知贵儿在哪里，只一个劲随着菊敉大叫大嚷：“捉住贵儿——别让他逃了——”忽然东北角椰林里一阵混乱的惊呼声传来。菊敉在马上看时，原是冲峨洞渠帅黎邗率败军退下来了。菊敉迎上前去，惊问道：“黎邗老爷领有六千军马，抵不住迷马寨？”黎邗勒马叫道：“关砮三子率军与众寨民汹涌而来，也不知有多少人马！”正在惊慌时，迷马寨军马已追杀过来，喊杀声中，关信谨执长矛一马当先，大叫道：“贵儿在哪里——”菊敉拍马舞大刀大喝道：“贵儿已就地正法，我斩你这叛贼！”关信谨听说贵儿被杀，惊得大叫一声，一时呆在马上。菊敉挥大刀朝关信谨砍下，忽地一声大吼，关丙厘飞马举刀架住，菊敉收刀又砍，关丙厘怒吼一声，那大刀闪电般劈在菊敉右臂上，菊敉的右臂整个硬生生被切了下来。关信谨大叫道：“三弟先不要杀他，父亲还在樊贾老贼手中！”关丙厘应声探身，一把抓住菊敉腰带，提了过来，狠狠掷在地上，吼道：“给我绑了这狗贼！”立时数名寨兵上前绑了菊敉。

黎邗所引军马早已被杀得七零八落，见菊敉被擒，黎邗哪敢再抵抗，惶急中率残军拼死逃去。关信谨众兄弟来到法场，见大木桩上垂挂着一根绳索，却不见贵儿的尸首。关信谨沉吟一会，回身道：“押菊敉狗贼过来！”菊敉虽然上药扎了伤口，也像死人一般了，被寨兵扛抬着过来。关

信谨沉下脸，道："贵儿哪去了？你要不说实话，我现在就砍了你的狗头！"菊敉痛得脸如白纸，冷汗直冒，几乎说不出话来。关碧宕一抖手中钢叉，怒目喝道："快说！"菊敉吃力地张开嘴唇："贵……贵儿，被……被一个乡民救……救走了……"

关信谨众兄弟听了，惊疑不已。忽然有寨兵来报："南征军攻进来了！"关信谨大声道："传令！迷马寨军马都不要动！"

关信谨把迷马寨军民集合起来时，南征军已开了过来。关碧宕在马上惊叫道："大哥快看，走在南征军队前的不是贵儿么？"

贵儿与武哥并辔走在队前。只听得贵儿招手大叫道："大哥、二哥、三哥快来迎接南征军！"关信谨大为吃惊，暗道："贵儿果然与南征军有瓜葛哩！"便与关碧宕、关丙厘下马来，拱手迎在道旁。武哥也与贵儿微笑着下鞍，来到关信谨兄弟面前。武哥打量一番关信谨兄弟三人，笑道："你们兄弟果然是英雄豪杰，若非你们及时营救，贵儿最终逃不过这劫呢！"关信谨忙道："贵儿福人天相，早让你们救走，其实信谨兄弟来迟了。"武哥回首笑道："在法场救贵儿的另有其人呐。伐沆兄弟，你是贵儿的救命恩人，过来与少寨主叙叙话吧。"

在法场救贵儿的那条大汉名叫伐沆，二十一岁年纪，是迷马洞人氏。伐沆少年丧父，只与母亲相依度日，伐沆十三岁那年，母亲因贫病交加，躺倒床上起不了身，小伐沆只能守在母亲床前痛哭。贵儿知道后，亲自来到伐沆家里，送上粮米钱银，使其母子得以渡过难关。母亲常对小伐沆道："贵儿老爷救了我们娘儿俩，这大恩大德，你一世也不能忘了。"后来经贵儿介绍，伐沆随一商贾外出做买卖，常常是一两年才回家一趟，贵儿不时使人去看望伐沆母亲，关怀备至。这次伐沆回家，才知母亲已在半年前病故，丧事花费全是贵儿打点。伐沆躲在家里哭了数日，才要登门拜谢贵儿去，却听得乡民说贵儿私通南征军被抓了，即日便要斩首示众。伐沆在法场上救下贵儿，乘乱往北走时，正好南征军攻进迷马寨。伐沆遇着报英洞渠帅旱赪溃退的寨军，乘乱抢了一匹马让贵儿骑了，又捡一柄大刀，徒步护着贵儿奔走。乱军中只见陈三官飞马赶奔而来，贵儿刚要发话，伐沆不知陈三官是谁，见他来势凶猛，忙一刀板拍在贵儿坐骑腿股上，看那马驮着贵儿飞跑开去，才提刀来战陈三官。陈三官望伐沆一铁扁担猛劈下来，伐沆腾地闪在一旁，陈三官铁扁担落空，看着伐沆道："好身手！"又

把铁扁担回扫过来，伐沆又跃过一边。陈三官大怒，大吼一声，又一铁扁担照伐沆天灵盖劈下，只听得贵儿大叫："将军不可！"陈三官一怔，连忙缩回铁扁担。贵儿已回马奔到面前，摆手道："将军，这壮士是自家人哩！"陈三官才朝伐沆笑道："得罪了，我还以为你是劫持贵儿呢！"

陈三官即带贵儿、伐沆来见武哥。听说伐沆步战陈三官，武哥大为吃惊，她上下打量伐沆一番，笑道："你叫伐沆呀！果然长得奇特，你能敌陈将军，真真好武艺呀！贵儿遭此大难，幸让你救下来了……"伐沆道："我与阿妈当年差点饿死，就是贵儿大管家救了我们。后又蒙贵儿大管家百般照料，还让我跟随别人出门闯荡，这些年便一直跟着交州九德郡进邦庄阮几老爷听差。这次回来，没想到贵儿大管家遭此大祸，幸让我撞上了，是天意吧！"武哥忙问："你说的九德郡进邦庄阮几大老爷，与九德郡进邦庄阮文通大老爷是甚么关系？"伐沆眼睛张大，道："阮几老爷便是阮文通的儿子哩！大人如何认识阮文通老太爷？"

武哥笑道："却原来我们是半个故人了！我虽然没有见过阮文通大老爷，可是闻名已久啦！当年我家老太爷曾与阮文通老爷，还有莲花庄黎世威老爷，一起帮郎昆复国，这是我家老太爷所说，因此知道。"伐沆吃惊道："哎呀！这样说时，大人是冼家大堡的人了？你可是冼夫人？"武哥笑道："我便是冼夫人随班小丫环武哥……"夫辛接嘴道："也便是冼来山之女，高州刺史兼高凉太守冯宝之妻，封保护侯夫人、护国夫人，如今朝廷册封宣义绥安护征将军、崖州助防，领南征军征剿反贼褚俭的冼百合麾下第一大先锋武哥大将军。"武哥看着夫辛笑道："都是夫人之德，我武哥算甚么呀！也将我卖弄起来。"三彩儿摇首笑道："不是卖弄。皇恩浩荡，且讨贼平叛，安民守土任重而道远，不能儿戏！"

伐沆倒头便拜，道："只听说朝廷举大军来朱崖平叛，却不知竟是冼家军哩。大堡冼家的功德，远近传扬，我们家老太爷、老爷每次提及，无不赞叹！听阮几老爷说，太清三年俐门国庆之日，阮几老爷曾有幸与护国夫人会了一面。太老爷因大同五年重病在床，没有参加那年俐门国庆，后来听说是冼老爷之女代父赴宴，他甚为惊奇，懊悔没能见着夫人呐！阮文通太老爷及黎世威太老爷已先后故去。我多次想来大堡投冼家军，阮几老爷及黎世威老太爷之子黎甫老爷，数番为我写了荐书，始终因故不能如愿，谁知今日竟让我遇着了。"

武哥赶忙扶起伐沉，笑道："你要投冼家军，好呀！虽然夫人不在这里，我权且代夫人答应你好啦！"武哥指着身旁的贵儿，又道："伐沉呀！你与贵儿大管家已成生死之交，你可知道，贵儿大管家本来就是我们冼家大堡的大管家呢！"伐沉"哎呀"一声："有这事？我从来不知呐！"

关信谨直到今日，才知贵儿原来是高凉冼家大堡的人，摇头道："你怎么从不提及？"贵儿叹道："贵儿本是罪人，能在迷马坡安身立命，全是泰山老爷的恩德，我不敢提及往事，是怕为大堡抹黑呀！"……

太平元年五月十六日，武哥率西路军攻克洪水大营，歼敌三千，生擒樊贾，救出关砮。消息传来，褚俭大惊："原来以为西厢易守，因而我重军俱出东厢。如今洪水失守，西厢怕是再难拒敌啦！"褚庥道："迷马坡本为天险所在，南征军纵是天兵天将，也难度越，没想到关砮叛反，竟成了南征军内应。"褚俭恨道："当初关砮不肯归附我朝，已知其不轨，当日我便要除他，都是樊贾无谋，致为今日之患呀！关砮这人，平日水波不兴，今日有如此举动，可知其涵养之深呢，原来他早与南征军交通啦！"宓子川道："洪水失守，国都北门洞开。我皇不宜再留乐罗，应东向迁都，乘东厢南征军新败之机，鼓涌北进。如今南征军尽结岛南，岛北空虚无备，若我军进至敌之后方，冼夫人势必手忙脚乱，敌一回师时，岛南之急立解。我军素来长于流动之战，能战则战，不能战则退，如此一来，南征军受我牵引，疲于奔命，不用半年，必又落于劣势。"褚俭颔首，道："你将这话与相爷说说吧，看他是何看法。"

伍尚礼起初受命为中道副都督，佐临振王褚省拒南征军，未至毛道防署便感了风寒，忙致书褚俭告假。褚俭冷笑道："相爷怎么啦！往日驰骋疆场，勇不可挡，近来老是无精打采，动辄即病。"只好准他回台城养病，别命乙洞渠帅、五纪将军、九龙太守元牙代为副督。

宓子川这日来到相府见伍尚礼，把劝褚俭迁都的事说了。伍尚礼沉默良久，笑道："我怕国祚不永喽！"宓子川道："相爷近来深居简出，皇帝多番问起，我也不知如何回答呐！"伍尚礼摇了摇头，叹口气道："去年入冬以来，我就觉浑身乏力，心神不爽，药是吃了不少，也不见有起色，怕是老喽！"伍尚礼长儿伍算槐从旁道："父亲自去年始觉身子不适，从此就在府里将养，众大人前来问候，父亲都不出见……"宓子川担心道："相国是我朝栋梁，倾斜不得呢！"伍尚礼扶起拐杖，苦笑道："这屋子怪闷

的，你陪我到园子走走吧！”

伍算槐与宓子川随伍尚礼来到万竹园。万竹园有十亩地大小，亭台水榭，自不必说，只那片片竹林，东南风吹过之处，翠叶轻摆，清气囚人。伍尚礼叹道：“我当了大半世海贼，事奉张氏两代，今日不想来到朱崖，回想起来，依然是贼呀！这园子是依落金岛我家吉瀛园样式所造，基围倒是大了许多。我记得，你还未有来过呐！”宓子川连忙点头。

伍尚礼又道：“现在能说话的，只有你了，若朱崖了结，你打算怎样？”宓子川一哆嗦，浑身不自在，只能默不作声。站了片刻，宓子川只觉寒气逼人，自忖道：“这大热天气，怎么这园子如此阴冷？”忙作一揖，道：“午后我还得理一些事务，再来听教！”说罢匆匆出园去了。

看着宓子川出去，伍尚礼仰天叹道：“我也该回去了！”忽见前面悔心斋有两人走过，伍尚礼问：“是谁呀？怎不来见我？”伍算槐愕然道：“父亲问谁？”伍尚礼指着前面悔心斋道：“兀的不是有两人走过去么？”伍算槐道：“没有人呀！想是父亲眼花了吧！”伍尚礼搓了搓眼睛，一阵寒意袭上心头。

这夜伍尚礼发冷发热，水米不进，简瑞子等数个太医进进出出，忙得满头大汗。伍算槐问简瑞子：“竟是怎样？”简瑞子道：“怕是不好，只在这数日内。”

伍算槐、伍算傣兄弟通宵守着父亲，不敢离开。伍尚礼时而昏迷，时而苏醒。至次日巳时，伍尚礼忽然清醒许多，对伍算槐兄弟道：“人之……福禄……乃天所授呀……强争不来……乃父争强斗胜，做了……一辈子盗贼，自以为……享尽荣华富贵，如今……在哪……若事不谐……轻重自变……朝中……宫中，俱……俱不可信……南征军……南征军呐……倘能不记前仇，或可……或可相机保身……”伍尚礼又转昏迷，只见张昌举兄弟与许践、祝冲等走进房里来，伍尚礼惊道：“你们已是死人了，来这里做甚么？”张昌举笑道：“大将军劳碌不易，随我去吧！”说着便来榻上拽伍尚礼，伍尚礼拼命挣扎，大叫道：“大王呀！你与祝冲是褚俭所害，我迫不得已呀！”忽见张昌举与祝冲等化成厉鬼，一齐扑了上来，伍尚礼吓得魂飞魄散，大叫一声，猛然惊醒，迷糊中睁眼看时，却是褚俭与宓子川等站立在榻前。

伍尚礼复又闭上眼睛，喘着粗气，再不说话。褚俭阴笑道：“老相国

累啦！好好侍着吧！”说完与宓子川等转身出去。

第五日寅初时分，伍尚礼吐血数升，挣扎死去。

至太平元年五月二十二日，廖明连克新龙、陀类、陀兴、板桥诸洞境。武哥又克报英、土眉。褚眷、德羌领军退保马眉。褚俭诏令迁都，二十六日，三宫禁院、百揆职掌上下近两千人众，由太子褚督统领九千铁卫禁军护跸东行，二十八日至山南隆广洞，行都置设在抱艮寨府。上百嫔妃与文武百官拥在一起，起居不便，褚俭命台司以下官员全都在寨外立帐而居，于是众官无不叫苦怨叹。褚俭安慰道：“南征军正在猖獗之时，国朝迁都为长远之计。萧勃不日即可举兵起事，国朝为之呼应，将与南征军周旋迂回。听说南征军所筑崖州城府甚为雄奇壮伟，安知非为我所备者。等我大军淹进岛北，都让诸君在崖州坐衙如何？”

六月六日，临振王褚省领中道一万四千军马赶到隆广，随褚俭东进。褚俭连下三道诏书命抱艮进军。抱艮忙把三个儿子找来商议。大儿抱曲查道：“父亲被南征军放回，褚俭自然起了疑心，父亲不得不防。”次儿抱大颃道：“褚看近日常背着父亲与罗泉、尼崂、李真等议事。如今褚俭又坐镇我们家，明摆着不相信父亲了，逼我们与南征军死战呢。”三儿抱贤仓激愤道：“若是这样时，我们投南征军去！”抱艮道：“我忠心元始帝，本以为一生不二啦！谁知出了这桩事，让南征军抓去，又让放回来了，这事越说越糊涂，谁会信我呐？我一生最恨反复无常，言而无信的人，若元始帝再不用我，我亦不会投南征军，让人戳脊梁骨，这日子不好过。好在我们一家子都在军中，如有风吹草动，我们投林邑国去。”

抱艮素与林邑国贵酋汶莱泯有交情，长期有买卖往来。抱艮被南征军放回后，自知百口难辩，已有渡海外逃的打算，不日即把合家眷属从隆广接到牛上岭军中，还秘密让家将宬恶、噶怀在分界洲备下五十多艘大战船候用。抱艮合口接来军中，诸渠帅均疑惑不已，海棠湾洞渠帅苏明问响水洞渠帅日信：“你说我们正与南征军决战，三军将士上上下下，可说是朝不保夕呀！抱艮老爷倒是把家口都接来了。甚么意思？”日信与抱艮最为亲密，但也答不出所以然来：“抱艮老爷在岛南享有厚望，处事从不苟且，他今日把家口带在身旁，自有其道理，我们也不要问啦！”褚看听说抱艮合口来营一事，即召尼崂来问。尼崂道：“朝廷早应捉拿抱艮审查，我敢说抱艮必是通敌了，抱艮是朝廷重臣，手中握有大军，南征军怎么能说放

就放了？这里面定有蹊跷。抱良做贼心虚，怕朝廷办他的罪，拘禁他的家口呀！”褚看道：“这事非同小可，只有先报朝廷知道，再行定夺。”

这天，褚看又把尼崂召来，道：“朝廷已迁都隆广，天子直命抱良进军攻敌。朝廷之意是破敌东路军，长驱北进。尼崂大老爷，我估摸着，可能由你代抱良呐！”尼崂大喜过望，跪地叩头不迭，连道：“朝廷如此厚待尼崂，虽肝脑涂地，无以为报呀！”褚看点头道：“冼夫人已在甘弁营中，又探得会山、龙滚、山根、嘉积、双滩、万全、三乐塘数十洞均领军运粮来援甘弁东路军，恶战在即呀！尼崂老爷好好用心吧，若能破敌突围，尼崂老爷便是第一功！”

太平元年六月十七日，褚看尽起大军压入三更罗。褚看命抱良率本部四千军马为前军攻南征军，褚看领一万大军后继。抱曲查恨道：“褚看这是往死里逼我们啦。父亲本是主帅，怎么当先锋啦？”抱良道：“褚俭这次必不放过我，昨夜行军途中，日信老爷已让我提防，说尼崂可能受了密诏要取代我呐。哼！我这才知道，褚俭已放弃岛南，率众文武跟在我们屁股后了，不消说是想突围北窜呢！按我吩咐的去做，老三护好合家老小，混战之时，寻机逃命去吧！”

次日辰时，南征军与叛军在袂青荒俱列成阵势，野地里黄尘滚滚，战旗如云。抱良率部在叛军最前沿，他回头望了所部一眼，然后拍马出阵前，朝南征军阵上大叫道：“我是抱良，听说护国夫人就在军中，可让我见上一面么？”南征军阵中跑出龙滚洞渠帅万绍积、嘉积洞渠帅史泉、万全洞渠帅滚宾、古调洞渠帅乎来什、紫贝龙江洞渠帅生冠五骑来。只听得万绍积大叫道：“抱良老爷，你平素为人正直，说起你的名字，我们没有不敬服的，你怎么做了褚俭反贼的爪牙了？南征军不杀你，你怎么恩将仇报，今日又当起急先锋啦？我们都为你害羞呢，还有面目见护国夫人么？”

抱良张口还要说时，忽然叛军阵中褚看大叫道：“抱良果然通敌！”只听得褚看一声令下，背后箭矢并发，抱良军马倒下一大片。抱良回马指向褚看大骂道：“我抱良死心塌地追随褚俭，想不到真在背后挨枪了。我瞎了眼呀！”嘉积洞渠帅史泉大叫道：“抱良老爷，你还不率队过来？”抱良未及答话，褚看已挥军从背后淹杀过来，刹那间，南征军与叛军已成混战。抱良率本部往东边突去，正遇着尼崂率队杀到。只听得尼崂大喝道：“抱良跑哪里去？我早知你通敌了！九牛兄弟怎么还不动手？”声音未落，

跟随抱艮的“九牛兄弟”之大牛角扎、三牛广孔、四牛闪道、五牛里沙姆、七牛黑佛赤、八牛葛贡中突然举兵器，跃马逼向抱艮父子。抱艮大惊道：“你们反啦？”抱贤仓气得大骂：“九牛兄弟怎敢背主？”大牛角扎大叫道：“我九牛兄弟投了你，有甚好处？我已为你家失了三位兄弟。如今九龙王许我众兄弟大将军之职，有享不尽的荣华富贵，因此反了！”抱曲查挥起大刀，大叫道：“贼性不改的狗强盗呀！看我把你们都斩了！”叫骂声中，抱艮父子与九牛兄弟大战起来。抱艮见尼崂挥军围住己方家眷不放，不由心慌，猛砍大牛角扎一刀，大吼道：“老三不可恋战，你先护老小东走呀！”

抱贤仓答应一声，撇下五牛、七牛，挺枪向尼崂杀来。尼崂哪是抱贤仓对手，正在手忙脚乱时，幸得家将兆民、郜硕两人挥大刀、挺长矛抵住抱贤仓厮杀。抱贤仓不敢恋战，护着眷属且战且走。忽然抱着老二抱大颃小儿子的丫环坠下马来，尼崂见了，跃马挥刀便砍。在这危急之际，忽见一将闪电般驰到眼前，只听得大喝一声，那把大刀早把尼崂挥为两段。眨眼间又见这将一探身，从地上抄起抱着抱大颃小儿的丫头，应手放回那匹空坐骑去。抱贤仓惊问：“你是……”这将笑道：“我就是曾孝摛，我知你是抱贤仓。快随老曾走，我老姐大人让我率队来救你们。”说罢，曾孝摛挥军把抱艮众眷属向北赶去。

抱艮与儿子抱曲查、抱大颃苦战六牛，片刻功夫便抵敌不住，大牛角扎那把大刀望抱艮盖顶砍下，抱曲查惊叫起来，抱大颃举枪来救，已然不及。突见银光一闪，一将挺枪刺死角扎。抱艮死里逃生，惊道：“你是……”这将却是祝戬，笑道：“护国夫人命我率军来救你们！随我走吧！”猛地探身伸臂，早将抱艮提过马来。抱曲查、抱大颃见父亲被祝戬捉去，惊得撇下九牛兄弟，大叫道：“阿爸！”拍马随后赶来。九牛兄弟哪肯放过，发喊声里，也挺兵器随后赶杀。祝戬一手按住抱艮，一手提枪杀敌，挡在他马前的叛军将佐顷刻间被刺倒十数人。只听得祝戬大叫道：“龙大石，你率队在前面开路！”龙大石答应一声，领百十马军呐喊声中勇往直前，斩敌开路。

乱军中万绍积、史泉撞着苏明军马，万绍积大叫道：“苏明老爷，你是甚么人物，怎能投靠叛贼呀！抱艮老爷忠心侍候褚俭，也遭此下场，令人心寒呀！护国夫人既往不咎，抱艮老爷已投了南征军，你不过来，等待

何时?”苏明略一迟疑，刚要答话时，毛臣引军杀到，大喝道：“苏明你亦敢反叛么？看我斩了你!”跃马挥刀照头砍来。万绍积家将车孟从旁大喝道：“反贼休得猖狂!”跃马抡刀来战毛臣。毛臣哪是车孟对手，只十合便勒转马头逃去。苏明大叫道：“好，万绍积老爷，苏明就听你的，随你投南征军去吧!”远处日信听得苏明投了南征军，本待也驱军过来归降，却被落金七蛟之孟汤、孟洛引军拦住。孟汤大喝道：“你也要反叛么?”举断金刀便砍，日信只好挺枪接战，斗有十余合，日信终是不敌，忙引军望西逃去。

叛军兵力减半，即时处于劣势，由进攻变为退却了。褚看忙命退军。南征军随后淹杀，叛军四散溃窜，直逃至喃呼才立住阵脚。

这一役，南征军歼敌近四千人，斩杀敌将曹重、徐恬，缴获军资车仗无数。

冼夫人与众将及诸酋都聚在中军大帐里。只见隆广洞抱艮、抱曲查、抱大颁、抱贤仓父子，还有海棠湾洞苏明等都被绑押进来。冼夫人忙笑着走下来，亲手为抱艮等人解了绳索。抱艮搓揉着手腕，惊奇地看着冼夫人问：“你就是护国夫人?”冼夫人点头笑答：“我就是冼百合。”抱艮长叹一声，道：“抱艮不幸受了褚俭职官，自知罪孽深重。两番被擒，抱艮愿意服罪，就请夫人发落吧!”冼夫人笑道：“我是让人请抱艮大老爷一家来营的。大老爷来去自便，百合决不会强留!”抱艮摇头苦笑道：“抱艮今番无家可归啦！就是夫人不杀我，抱艮也无颜再走出南征军大营去。若不是夫人相救，抱艮一家合口今日怕是难逃灭顶之劫呀!”说着早跪了下去，抱艮三子及苏明等人也随着齐齐跪下。冼夫人忙上前扶起抱艮、苏明等人，即命设酒宴为抱艮、苏明等人压惊。

席间，抱艮不停地拿眼去看祝戬，只看得祝戬也不好意思起来，把头来低了。抱艮朝冼夫人笑问：“请问夫人，今日捉我的将军尊姓大名?”冼夫人笑看着祝戬道：“便是祝戬。你别看他像个女孩子，可是一员猛将哩!”抱艮笑道：“呵！失敬了！不知祝将军是何方人氏?”冼夫人笑道：“便也是我们高凉人。”抱艮站了起来，看着祝戬笑问道：“抱艮斗胆冒犯，可否让抱艮一观将军所佩耳环?”祝戬脸红起来，忙除下左耳垂那只金环儿，过来递到抱艮手中。抱艮看了这只耳环，顿时脸色大变，失声叫道：“元一儿！哎呀！果是我的元一儿呀!”

此言一出，满座尽皆愕然。抱艮眼睛张大，样子很是怕人，他双手抱着祝戬的肩膀，颤抖道："原来我的元一儿还在世间。元一儿，我就是你的父亲呀！"祝戬惊慌失措，不知所以。冼夫人连忙站起："抱艮老爷，你这……"抱艮忘情失态，激动异常："夫人呀！抱艮也惊懵啦！且由我从头说来，二十一年前，山荆产下一双孪生子，极为相像，我怕弄乱了，便给哥儿耳环上铸了'元一'二字。当年我兄长长年居住广州为商，虽娶有妻妾，却不能生养。在元一儿一岁三个月时，我把他过继与兄长为嗣。那年我命仆从婆子带元一儿随商队取海路往广州，谁知商队遭了大劫，五艘大船，近三百人全数失踪，从此杳无音讯。山荆痛失爱儿，终日以泪洗面，一年后含悲故去。自失爱儿元一，老酋这些年来没小宽怀，常在梦里惊醒呐。老酋今日在阵上被九牛兄弟所困，几乎合家性命不保，幸得夫人遣军援救，才逃出劫难呀！我乍一见祝将军，心口猛就鹿撞一下，险将他看作是贤仓啦！现在看了祝戬将军所配耳环，果有'元一'二字，才知道祝戬将军，原来正是我失散多年的元一儿呀！没想到我的元一儿还在世间呀！贤仓快过来，这便是你元一哥！"

抱贤仓惊喜交集，赶忙站到祝戬身边。众人看了祝戬、抱贤仓两人，无不惊叹连声，都说祝戬与抱贤仓长得如一个模子出来的，像得无法再辨认。旁席龙大石一直在听着抱艮说话，这时走到冼夫人身旁，附耳低言一番。冼夫人顿时欢喜不已，笑道："让龙大石说几句话吧！"众人目光齐落在龙大石身上。龙大石笑道："我本是落金岛海盗。二十年前，我随我家老爷祝冲，与落金七蛟截劫了行在海上的五艘大商船，把船上的商客、卫队全都杀了，只留下一个一岁多的小男孩。我家老爷祝冲因没有子女，便把这小男孩收为养子，这小男孩便是今日的祝戬将军。这事，我家老爷祝冲一直不让人外传，所以祝戬将军始终未知自己的真实身世。还有老英雄仇暑也知此事始末。刚才听抱艮大老爷所说，可知祝戬将军确是抱艮大老爷之子无疑。"

座中吁声大起，众人全都站了起来。抱艮又道："这位龙将军这样说时，我才知道元一儿当年遇难的经过，可怜他娘死去了……元一儿呀！你小时左臂长有一搭朱砂色的胎痣，有杯口般大小，不知你自己知道否？"众人不禁哄笑起来。

楚桑可大笑道："祝戬兄弟，你臂上可有这朱砂痣？"祝戬脸红耳赤，

许久才喃道：“我……我不知道……”众人又大笑。曾孝摘大叫道：“你们都不会办事，只知道笑话祝戬兄弟。祝戬兄弟，老曾与你入后帐去，脱下裤子一看，全都明了。”说着上来一把拉着祝戬就往后帐去。

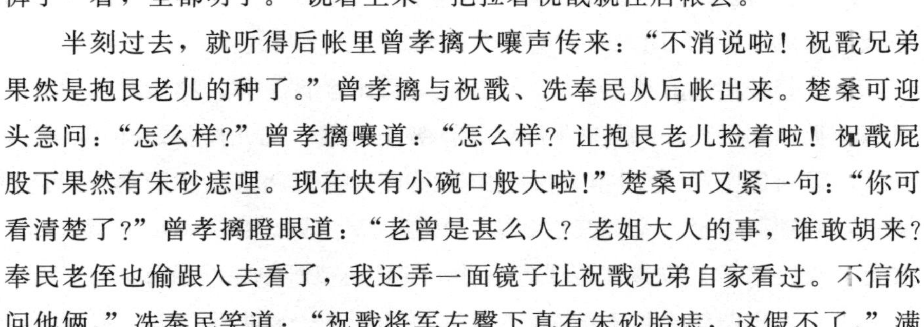

半刻过去，就听得后帐里曾孝摘大嚷声传来：“不消说啦！祝戬兄弟果然是抱艮老儿的种了。”曾孝摘与祝戬、冼奉民从后帐出来。楚桑可迎头急问：“怎么样？”曾孝摘嚷道：“怎么样？让抱艮老儿捡着啦！祝戬屁股下果然有朱砂痣哩。现在快有小碗口般大啦！”楚桑可又紧一句：“你可看清楚了？”曾孝摘瞪眼道：“老曾是甚么人？老姐大人的事，谁敢胡来？奉民老侄也偷跟入去看了，我还弄一面镜子让祝戬兄弟自家看过。不信你问他俩。”冼奉民笑道：“祝戬将军左臀下真有朱砂胎痣，这假不了。”满帐上上下下一齐欢呼起来。

冼夫人惊喜异常，笑道：“祝戬还不过去叩拜父亲？”祝戬听了，赶紧上前朝抱艮倒头便拜。抱艮把祝戬扶起，不禁眼泪奔滚而出，仰头哑声呼唤道：“孩子他娘，元一找回来啦……”祝戬又与抱曲查、抱大颀、抱贤仓重又互拜相认，哥呀弟的叫个不休。

曾孝摘一把揪住抱艮的胸襟，喝道：“抱艮老儿，你父子失散多年，今日若不是我老姐大人，你怎能认回你这宝贝儿子甚么元一儿？这大恩大德你打算如何报呐？”抱艮忙点头道：“护国夫人使我父子团聚，恩比天大，恩比海深呀！”曾孝摘道：“你知道就好！谅你也不敢忘恩负义……”楚桑可笑道：“孝摘兄弟，快放手吧……”曾孝摘回转头来，眼睛瞪得圆大：“还不能放手，我还有话问他。”又紧盯抱艮道：“你今日父子合家团聚，自然乐得见牙不见眼，我看我老姐大人也为你家快乐得了不得。可老曾却不快活，祝戬是老曾的兄弟，今日让你认了去，老曾可不答应！”抱艮赶忙点头道：“哎呀！曾将军，从今以后，抱艮一家追随护国夫人身边，再不分离，我怎么会带元一儿走呢？”曾孝摘道：“那好，老曾记下了。还有，日后你要叫唤甚么元一儿，你爷儿躲在角落里背人处叫去，当着我们可不兴叫元一，得叫祝戬，知道不？祝戬虽是你的亲生儿子，却是祝冲养大的，屎呀尿的这功劳可不小，你可不能忘恩负义，如今将儿子抢回来了，这个祝姓却不能改，每年还得让祝戬去给祝冲上坟烧香，不然祝冲老儿会不高兴，老曾也不高兴！”抱艮连着点头：“都依，都依……”曾孝摘道：“谅你也不敢不依！”

曾孝摘一松手，抱艮随即喝道："曲查、大颀、元一……不，祝戬、贤仓，快随我跪下!"父子五人重又朝着冼夫人跪了下去。抱艮声色俱厉："从今以后，抱艮一家追随夫人身边，夫人但有用着抱艮之处，抱艮以死相报，永无二心!"冼夫人忙又笑着扶起抱艮。

朱旷轻拉洪通衣襟，道："丹其兄，目睹今日一幕，感慨良多呀！当日《南征檄》书曰：'须知背反朝廷，裂土分疆，犹儿离母之怀抱，儿不知悲，母何堪受?'今日抱艮父子团聚一事，诚为此语之注脚矣！明道而为圣，融理而为贤。帝尧其仁如天，乃尔天下大同。夫人启明开哲，知民缓急，爱民如子，朱崖百姓呼为圣母，唯是众望所归呢！烛辉一室，日照周天呀！朱崖归统之日不远矣!"又见抱艮父子捧酒走到楚触、甘弁、楚桑可面前，不消说是致歉谢罪，其情亦真，其意亦切。只听得笑声纷起，自然恩仇顿泯。

曾孝擒顿时咆哮如雷，挥剑扑向前来。却好被祝戬追到，从后背双手死命抱住曾孝擒的腰，大叫道："曾将军不可，且听我说！"（见第二十二章）

大秤取来了，数名军士上前按倒欧阳颇，另拿一根大绳系绑在欧阳颇腰上，然后两名军士将一木棍穿着秤耳绳圈，两端扛在肩头上，把秤钩往欧阳颇腰绳里一钩，一军士右手排住秤砣，一齐挺腰用力，把欧阳颇扛离地面过秤。（见第二十二章）

第二十二章

万世功成朱崖岛　一朝云涌南越天

太平元年六月二十三日，冼夫人挥大军扎进内田境，一连数日，内田、莲花、高龙、南桥等十数洞渠帅又相继来营叩见冼夫人，自责反复之过，冼夫人深加抚慰，一律不咎，诸酋遂安。莲花洞渠帅苟幺欲与楚触搭讪，楚触恨其随风摇摆，不能自持，于是心存厌恶，倨不为礼，弄得苟幺脸上发烫，不能下台。嘉积洞渠帅史泉私下对万全洞渠帅滚宾笑道："楚触平日甚能容物，何今日没气量了？"滚宾笑道："其实也难怪楚触呀，起初褚看、抱艮大军压来，逼得甘弁东路军连连退避，不止三舍之遥啦。而苟幺诸洞又纷纷复附叛逆，娇客性命攸关，楚触能不肉痛？"

探得日信逃到加洞，抱艮即与苏明派人带书去见日信。次日，日信便率一千三百军马来内田南征军大营投诚。冼夫人诚心抚慰，善待日信。

七月三日，褚俭亲率中道大军在喃呼与褚看东道军会合，五天之内，连续向南征军发起二十一番攻击，虽然南征军岿然不动，可是折损了近三千军马，双滩洞渠帅官举、万全洞渠帅滚宾次子滚余蠡、山根洞渠帅篙芾等不幸阵亡。

冼夫人伤感不已。乘敌退去之间隙，冼夫人即召诸渠帅及众将急议。冼夫人道："内田之战，是南征军入崖州以来最为惨烈的恶战。我们虽斩敌八千之数，然我军亦损失惨重呀！褚贼倾巢东突，其意必是弃贼巢而北进。一旦被褚贼脱逃，流入岛北，为游战之局，祸害无穷呀！那时欲一举而扑灭之怕是不能，必要将褚贼堵截在此地而歼之。"甘弁道："夫人之见甚是英明。褚俭已将中道军全数调来攻突东路，图谋北进之计暴露无遗。

从这数日战况来看，贼军力倍于我军呐，还请万绍积、史泉众老爷速向诸洞调军来援，绝不让褚俭这鱼儿流入大海。”万绍积、史泉当即答应。甘弁看着冼夫人，又道：“敌中道已空，不若将我中路军调来应急如何？”冼夫人沉吟片刻，点头道：“我即给张泰次去书。”

冼夫人命从速修立营栅御敌。一连六天皆无战事，张融与白承权、七儿、盘阶、艾叱、旻鑫、孺彪、梓馘、冼奉敏领中路四千军马，万绍积、史泉领诸洞五千军马先后来到内田大营。

这日卯中时分，探哨报来，褚俭叛军已乘夜拔营而走，不知去向。冼夫人惊疑不已，即命探马分路追踪查探。冼夫人暗道：“北去之道都有哨军守把，褚俭叛军不可能悄无声息飞越过去。褚俭不会南退，必是西逃了。”

褚俭叛军果然西逃。褚俭起初集结大军，猛烈攻击南征军营栅，企望一鼓作气击溃南征军，即可鼓涌北进。不料数日来连番攻杀俱无战果，褚俭这才发怵：“我军倍于敌，竟不能取胜，冼夫人呀冼夫人，我不得不服了！”随之又道：“冼夫人既然来镇东路，中路必定空虚，我军可绕中路北上，何必与南征军硬拼。”褚俭命合中道、东道军西行，宓子川劝道：“圣上可领东道军扎守喃呼，据牛上岭、大尖岭而拒南征军。别由子川随中道军西进。南征军见圣上镇守东道，必不料我分军西进。南征军中路已空防，我引大军转而长驱北进，直捣南征军岛北巢穴。冼夫人闻岛北危急，必回师往救，圣上乘机挥军淹杀，冼夫人首尾不能相顾，必为我擒矣！又，诸酋田宅老小俱在岛南，必不愿随圣上离土远征，唯恐南征军踏入岛南，故里土瓦不存，家小不保呐。圣上强其离土远征，诸酋必定心存顾虑，各有打算，难保同心同德，奋力北进呀！”褚俭不纳。

这夜叛军拔营西遁。诸酋知道褚俭北上游战，果然都恐慌不已，踌躇不前。褚俭大怒，道：“大丈夫所谋者国，岂是三餐稻粱而足乎？攻入岛北，朕让你们为公侯，享不尽的荣华富贵，还愁田宅美妇不成！”即命孟汤、伍算槐为督军，若有妄言退缩者斩无赦。诸酋纵有怨气，亦不敢吭声了。

褚俭后宫嫔妃及众官眷属，如何经受得住夜行颠簸劳苦，骑了半夜马，早已叫苦不堪。褚俭只好命军士用担架抬着众嫔妃走。道路崎岖不平，扛抬明妃的军士走得脚软了，不慎将明妃颠下地来，明妃连声哭屈，

褚俭闻报大怒，命人狠抽那两个军士三十鞭。一受刑军士是番阳洞渠帅蒙腾的寨兵，蒙腾见自己的寨兵无端受罚，十分不满，道："这黑夜里，又是山路，空着手也难走，何况抬着人，吃了败仗也不能拿小军出气吧？"这话让人报知了褚俭，褚俭当即把蒙腾传去，当众抽打五十鞭。褚俭怒气不息："你竟敢蔑视朝廷，乱我军心呐，若不是行军之中，朕定斩了你的狗头。"在前军的宓子川知道了这事，连忙赶来，劝谏道："圣上不该重责蒙腾呀！蒙腾在诸酋中甚有威望，目今国朝举军游战远征，军中帅长俱为岛南人，都不愿丢弃田宅家小，离乡征战呐。贵长纵有怨言，圣上亦当和而容之，责之太过，恐生异心呀！"宓子川又来营中看望蒙腾，安慰道："军纪禁令，圣上是不得已之所为。天下没有不是的君父，你就忍了吧，军至岛北，我即保你为台司。"

蒙腾与伍算槐最为友善，私下常有往来。蒙腾受罚，伍算槐也来探望过，两人相对无言，唯长吁短叹而已。次日下起暴雨来，山路更为难走。褚俭不让军马休歇，促令冒雨兼行，于是三军将士莫不怨言。当晚，大军宿营崩岭。大雨一直下个不停，二更时，蒙腾浑身湿淋淋过伍算槐营来。伍算槐忙把蒙腾让入帐中，道："兄长有伤在身，怎么淋雨啦！有甚吩咐，可使人来传算槐即可！"蒙腾道："日间行军，人多眼杂，有话亦不敢与兄弟说。如今不说不行，我欲与你率军马投南征军去……"伍算槐大惊："兄长可要当心，这话不能乱说……"蒙腾恨道："说了怎么样？我已决意投冼家军去，也劝你一起走吧！褚俭成不了气候，迟早必为南征军所擒。"伍算槐沉吟道："依这态势来看，国祚不久矣！只是……只是朝廷待我家恩宠有加，我又怎能此时背之而去呢？"蒙腾跌足道："啊呀！你还说恩宠有加呐！我早听得说，褚俭本是齐安太守，素不安分，心怀叵测，利用落金岛张昌举之军力作乱岭南，后又寻机杀了张昌举，胁迫你父亲拥他为主，才率军进入朱崖。褚俭来朱崖前，曾许你家世袭丞相之职，可如今怎样，褚俭倒是让其弟褚麻据了相位。老丞相尸骨未寒呀！怎么就说话不算话啦？还有老丞相之爱姬，本是褚俭所赐，可是老丞相甫一西去，褚俭即将之接回宫中，这事，满朝文武议论不已呀！汉人都胡说我们朱崖人蒙顽不化，兄死，则弟以嫂妻。可如今怎样，子死，则父以媳妻啦，丢不丢人？褚俭还算君父么？"伍算槐脸红起来，道："兄长所说不无道理。只是我们本为南征军之敌，如今贸然相投，若南征军不容，追起前咎来，岂非

自投罗网？那时才真是悔恨无及呐。”

蒙腾道：“这事我看无须担忧，我还听得说抱艮与南征军不唯公敌，且有私仇呐，抱艮父子曾立誓与南征军不共戴天，可抱艮在阵中被南征军擒获，南征军不仅不杀他，倒把他放回来。褚俭从此再不信任抱艮，让尼崂代其为督，袂青荒之战，褚俭往死里逼抱艮，欲杀其父子合口。抱艮合口走投无路时，又让南征军救了去。这事，诸洞老爷俱皆目击，却不是我乱说的。你想，抱艮这般人，南征军都能既往不咎，我们还有甚么可以担心的。”

当夜四更尽时，蒙腾、过氿、古媲诸渠帅与伍算槐、伍算傣兄弟合口共率所部军马八千余人，乘大雨拔营投南征军去了，褚俭竟无丝毫察觉。

冼夫人已探得褚俭叛军往西向遁逃，即命甘弁领原东路军继续南进，自率原中路军取道加洞、乘坡桥、什马，赶在褚俭前头，阻其北上之路。抱艮不解，问甘弁道：“褚俭尽率叛军西逃，夫人为何不尽率大军乘机尾随追杀？”甘弁微笑道：“夫人用兵如神，这正是奇妙之处呢。知得褚俭举军西逃时，夫人道：‘褚俭即将败亡了。’褚俭举军西去，这是取死之道呐。若褚俭坐镇喃呼，只守不攻，我军事实未能轻易南下；若褚俭另遣一军绕中道取岛北，使我军有后顾之忧，都可谓上乘之策。如今褚俭举军西去，可知褚俭虽然是奸猾之徒，却不善于攻伐进退之略呢。更有一要紧之处，褚俭亦忽略不顾了，褚俭西去之军虽然貌似雄盛，而实际从落金岛带来之军力只有数千之众，其余都是本土之人。诸酋留恋家小田宅，又怎会安心随其征战远去呢。时日一久，军心必变。夫人不起大军尽情赶杀，只在前头拦截叛军北去之路，便是等待叛军自己分崩离析，那时敌我军力转变，歼灭褚俭反贼则指日可待。夫人遣甘弁领东路军南下，其利有二。可与武哥大将军所领西路军腹背夹攻岛南西道叛军，这是其一。其二，纵不能全歼岛南叛军，亦可阻其北上与褚俭会合呼应，使褚俭陷于孤军无援之境地。”抱艮诚服，叹道：“夫人圣若天人，岂是人力可以抗拒呐！”

抱艮、苏明、日信请缨随东路军南下，楚触、万绍积、史泉、滚宾、者敫、吉斗、拔温、麦永、乎来什、生冠、苟幺等数十洞渠帅请缨随中路军西进，冼夫人都欣然答允了。

曾孝摘听得冼夫人率中路军围堵褚俭逃军，即来向甘弁辞行，要到中路军去。甘弁听了一怔，笑问：“曾老弟一直在东路军，好好地为何要

走？”楚桑可忙问：“是甘大哥甚么地方得罪曾将军了？”曾孝摛连连摇头：“不是不是！哪儿也不得罪。”甘弁笑道：“那你又要走？不愿与我共事了？”曾孝摛着急道：“老曾要跟老姐大人去捉褚俭，可不想随你们老夫嫩妻去闲逛了。”甘弁哑然失笑：“我们东路军下岛南，也是去打仗，怎么是闲逛了？”曾孝摛睁起眼睛：“褚俭全部家当都在这里，岛南几个毛贼哪够武哥一顿，现在廖明、三官儿又去助她，岛南的贼呀，怕是绝种断根啦！还用甘老哥去捡剩饭呐？我老姐大人派你率军下岛南，是让你避开去，现在七儿来了，搅在一起，万一与桑可打起来了，甘老哥护哪一个？”楚桑可看着甘弁，甘弁转过脸去：“乱弹琴！”曾孝摛嚷起来：“甘老哥答不答应？不答应时，老曾找老姐大人说去，非要去中路军不可！”

忽然帐外传入说笑声，只听得道：“孝摛要去中路军跟我呐？”原来是冼夫人与张融、洪通进来了。甘弁与楚桑可忙上前迎接。冼夫人笑道：“孝摛呀！别和甘将军软磨硬缠啦，想去中路军，快准备准备，明天就得起程。”曾孝摛一声答应，回头对甘弁笑道：“还是我老姐大人爽快，就知道老曾的脾性，不似甘老大说话没气力！”说罢飞奔出帐去了。

洪通叹道：“早时，曾将军撺掇奉义兄弟都去中路军随夫人，说要活捉褚俭，开膛掏心，为大爷、二爷、三爷、五爷报仇雪恨哩，这话我都听到了。别看曾将军有时粗鲁无理，却是血性男儿呢！承圣二年六月，还在崖州府时，曾将军就与祝戬、三官、奉义众兄弟备供品，出郊外炷香焚纸，跪地朝东叩拜，哭祭大爷、二爷、三爷、五爷亡魂呐，真难为他。现在知道褚俭向西逃窜，他怎肯放过呵！”

抱良刚认回儿子祝戬，自然欢喜不尽。冼夫人欲让祝戬随抱良南下，抱良不敢答应，道：“祝戬原在夫人身边，开始便编在中路军中，自是夫人熟虑之计，岂能因他是我的儿子，就轻易改变呐。”日信私下对抱良道：“夫人让你父子团聚，并肩征战，你怎么不领情？”抱良道：“我几乎家破人亡，是夫人所救才得以幸免，夫人不记前仇，不究往罪，这大恩大德，抱良万世都难以报答啦！又怎知我失散二十年的儿子，竟能在今日重逢呵，这又是冼夫人大恩大德所致呀！祝戬是我的儿子，我怎么不想他在我身边？可是抱良不敢呀！若因抱良一己之私，而误了夫人南征之计，抱良还是人么？君不见，楚触的女儿、女婿就在东路军，楚触不肉痛？他也不敢以私废公呀，他也不敢随女儿、女婿呀！楚触为人忠正，素有贤名，我

虽然不敢比他，然今日有幸归在夫人麾下，亦当见贤思齐喽！不然，怕是夫人看不起我，怕是元一儿也不肯认我这父亲呢！”

七月十九日午中，冼夫人率中路军赶至什马，就地立营。忽报蒙腾、伍算槐、伍算傣、过沩、古媿率队来降，冼夫人即与众将诸酋出辕门迎接。蒙腾、伍算槐等人一见冼夫人，随即一齐双膝跪地，齐道：“我们今日率队来降南征军，愿服夫人发落！”冼夫人笑容满脸，依次扶起蒙腾、伍算槐等人，抚慰一番。蒙腾看着伍算槐笑道：“我都说护国夫人圣母之怀，今日如何？”

冼夫人设宴款待蒙腾、伍算槐众人。逢祝戬、曾孝摛率队巡山查哨回营，听说伍尚礼之子来投，曾孝摛勃然大怒，大叫道：“好呀！祝戬，你杀父仇人的杂种来啦！让老曾砍了他狗杂种的头，为你老爹报仇雪恨！”说罢，早拔出腰中宝剑，扑往大帐来，祝戬只说得一句“曾将军且慢”，随后飞步追赶。

冼夫人与众将诸酋正在大帐里吃酒说话，猛见曾孝摛旋风般提宝剑闯人，众人不由一愣。曾孝摛怒目大叫道：“都别吃酒，谁是伍尚礼老贼的儿子啦？”伍算槐闻声立起：“罪人便是，你是……”曾孝摛顿时咆哮如雷，挥剑扑向前来。却好被祝戬追到，从后背双手死命抱住曾孝摛的腰，大叫道：“曾将军不可，且听我说！”曾孝摛用力挣扎，叫道：“祝戬放手，你杀父仇人的狗儿子在这里，老曾定要砍了他狗杂种的头，报仇雪恨！”

伍算槐、伍算傣兄弟早已跪倒在地。伍算槐流着眼泪道：“祝将军，你就让他杀了我们兄弟吧！我父亲当年害死你父亲，父债子还……天公地道……”

祝戬抱住曾孝摛，泪下如雨，看着伍算槐，凄切道：“当年在落金岛……你……你父与褚俭贼子狼狈为奸……杀害张昌举与我父亲……自那时起……自那时起我就立下誓言呀……定要报仇雪恨……本来仇人相见……怎能放过……可是杀我父亲……杀我父亲的原是你的父亲……事实与你们兄弟无干……今日你们兄弟既然来投南征军……便是……便是知罪了……我若杀了你们……也是冤枉……你们……你们兄弟起来吧……杀父之仇……从此了结……我父亲若要怪时……怪我好了……”

祝戬痛哭抽泣，惹得座中众人无不落泪。楚触对万绍积道：“难为这孩子啦！”万绍积抹了一把眼泪，道：“祝将军义感天地，祝冲老儿不会怪他的……”七儿朝冼夫人哭道：“夫人快劝祝戬兄弟吧……”冼夫人双眼噙着泪水，心里道：“贤哉祝戬！壮哉祝戬！”走了过去，轻轻取下曾孝摛手中宝剑，伸手拍着祝戬的肩膊：“好样的……”

直到次日凌晨，褚俭才知蒙腾、伍算槐等人率队背逃的消息，褚俭气得暴跳如雷，咬牙切齿。饭后，褚俭传令继续西进。晌午时分，军马来至什坡，一阵大暴雨又倾盘而下。众将诸酋请求歇脚避雨，褚俭不允，大骂道：“征战沙场，死且不惧，还能怕雨不成？我们避雨歇脚，南征军可不避雨歇脚呐，朕已接得探报，冼夫人已率部冒雨追来。诸君须拼力前行呀！等走过五指岭，将南征军甩在屁股老远时，我们再歇马未迟。”

雨越下越大，军马沿着泥泞的山道，深一脚浅一脚地走着，许多军士与马匹因看不清路径，失足滑下山坑，粉身碎骨，惨叫声沿路不断。来至大狗山，这里树木茂密，山势陡崛，更为崎岖难走。过山腰时，忽听得隆隆震响声自山顶传来，有军士惊叫道：“啊！是山崩……”原来山洪引发山腰断层滑坡，只见漫无边际的泥土巨石和着洪水，发出惊人的巨响，顺山势飞滚而下，众将士惊叫声中，毛阳洞渠帅、山南太守玖弥，三才洞渠帅、散骑常侍、翊前将军压并与所率三千多人马全数被活埋在土石之中。

三道洞渠帅、瞫都令罗泉，抱旺洞渠帅、龙浩太守卫佬目睹这惨烈之状，凄厉大呼，命众将士挖土救人。孟汤闻讯赶来，骂道：“叫甚么叫，嚎甚么嚎？征战打天下是玩命的营生，哪能不死人？别白费气力啦，救不了啦，人早死了，挖出来又有甚么用？”随即挥鞭道：“快整队行走，不然圣上怪罪下来，谁担当得起。”众将士只好扛抬着重伤的军士继续西行，勉强走得动的伤兵扶着木棍，苦苦呻吟，一路痛哭声不绝于野。

近黄昏时，雨才慢慢停了。前面便是送云岭，褚俭刚要传命扎营休歇，忽见孟汤赶来报道：“后军区景、李真、赵咎已乘雨率军逃去。”褚俭大惊，骂道：“你这督军做什么的？人都走了，你才知道呀？”随即又道：“朱崖人本无信义，不能寄托大事呢，走就走吧，有甚么值得惊怪的。”

诸酋相继领军离褚俭而去，宓子川惊恐不已，这夜来见褚俭，道：“数日来，伤亡及叛逃将士已有一万六千之众，现存军马不足八千了，除去元牙、罗泉、裴青、刁权、卫佬五洞所率三千多众，原老营将二只有四千余人。”褚俭叹道：“兵败如山倒呀！想不到我数万雄师，只数日之间便分崩离析。朕失策矣，悔不当初呀！如今只有你可为我分忧，其余人等都

是无谋之辈。”

宓子川道：“目今我军兵力锐减，还要护卫后宫及诸官家眷，可战之军事实不足。圣上可召令新赛、上状、什仍、南安诸酋前来协力，方可走出五指岭恶地。”褚俭道：“好！即召诸洞贵长来见。”

次日晌午时分，前往各洞的诏使回报，诸洞渠帅不肯受诏。褚俭大怒，命起军征讨，宓子川谏道：“这五指岭地方圆，原是冼夫人中路军营盘所在，诸酋莫不诚附。如今诸酋见我军疲奔至此，自然倨傲不恭。圣上切宜忍一时之气，不可与之纷争，若让其联袂缠住，阻我西去之计就不妥了。”褚俭怒不可遏：“因其归附冼夫人，更应征讨。等朕荡平这数洞反叛，其余洞寨还不望风归降，护朕北进？”

申牌时分，褚俭亲统军马淹进上状。新赛、南安、上状、什仍、罗反诸洞早作准备，公推新赛渠帅扎反为帅，共起四千寨军集结在上状，抗击褚俭叛军。阵上扎反指着褚俭大骂道：“你这遭天瘟的逆贼，自窜来朱崖，妖言惑众，弄得天怒人怨。今日兵败至此，尚敢作恶逞凶么？快快自己绑缚了，随我往南征军中服罪去吧！”褚俭大怒，鞭梢一指，数千军马淹杀过来。扎反寨军抵挡不住，乱哄哄望后败退。褚俭挥军赶杀，直追至新赛境。扎反等诸洞寨兵已溃不成军，四散逃窜。忽然一阵鼓角声冲天而起，喊杀声中，只见祝戬、曾孝摛、盘肸、艾吪、旻鑫、孺虩、梓黬等猛将率三千前锋军杀到。南征军让过扎反等寨军，直向叛军淹杀过去，盘肸大呼：“贼军怎敢在我五指岭下撒野——”挥军迎着叛军猛烈冲杀。褚俭见南征军忽然杀到，势不可挡，大惊之下，即命军马退去。祝戬追截住曾孝摛、盘肸，道：“贼军已退去，天色将晚，我们不可再追，只要救下扎反诸老爷即可，夫人大军随后就到，还怕褚俭老贼飞天上去。”

叛军溃退时，元牙、罗泉、裴青、刁权乘乱率部投降南征军去了。褚俭气得七窍生烟，指着卫佬大骂道：“朱崖蛮夷反复无常，随风使舵，原不足信呀！元牙、罗泉、裴青、刁权都引军投南征军去啦，你现在已一卒无存，留你何用？”卫佬待要分辩时，褚俭早拔出宝剑，当胸将其刺死。宓子川拦阻不及，暗暗叫苦：“大事去矣！”

当夜，褚俭率残军逃上五指岭指誓崖，计点军马时，连后宫、百官眷属不足四千八百人。

指誓崖上面便是盘肸过去的山寨，寨里计有大小房屋一百三十七所，

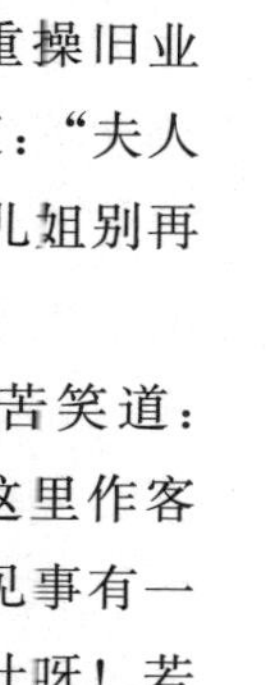

厅堂庑舍竟也应有尽有，都是盘肸在五指岭为山贼时所建造。当时盘肸率三千喽啰投南征军，便要放火焚毁山寨，以示永不为寇，从此死心塌地追随冼夫人。冼夫人不允，道："干么要烧这房子呢，这房屋可没有罪哪！留着吧，那些药农、樵子、猎户还可在这里遮风避雨，歇脚过夜呢。"七儿笑道："肸儿呀！投冼家军可不比做强盗自在，规矩多着哪，别今日高兴，说不定哪天吃不了苦，后悔了，你即可领你的喽啰回这里重操旧业呢。到时可别说，干么好好的把这房子烧了，岂不冤死？"盘肸道："夫人说留下就留下吧，就不烧啦，但我是死也不回这里做强盗啦，七儿姐别再笑话我。"

山风习习，秋月皎皎，褚俭看着眼前的五指岭山寨，摇头苦笑道："这就是那个甚么盘肸的山寨吧？如今人去寨空，想不到我们来这里作客呐。盘肸在这里占山为王时，大概也想不到会投了冼家军呢，可见事有一定，理数无常呀！今日奈何？"褚麻道："圣上移驾此地，非为善计呀！若让南征军围了五指岭，我们无路可走啦！"褚俭叹道："难道朕不知么？这是权宜之计呀，众酋叛去，又遇新败，可战之士所剩无几，要护后宫百官突围怕是不能了。我们暂据此险地守敌，即遣人往岛南征调儋耳王及德羌速引大军北来勤王，方能解困呀！"

太平元年七月二十八日，冼夫人率大军来到五指岭下，即命祝戬、曾孝摛与伍算槐、伍算傣、乌石南安洞渠帅雷赤、上状洞渠帅儸匝、乌石罗反洞渠帅乙盆、乌石什仍洞渠帅云曾、乙洞渠帅元牙、三道洞渠帅罗泉、文门洞渠帅刁权、毛卓洞渠帅区景等率军在五指岭东山口扎营。命白承权、盘肸、新赛洞渠帅扎反、番阳洞渠帅蒙腾、南圣洞渠帅过氿、三母洞渠帅古媲、六弓洞渠帅裴青、什玲洞渠帅李真、田独洞渠帅赵呇、艾吪、旻鑫、孺虓、梓selected等率军在五指岭西山口扎营。冼夫人自与张融、楚触、万绍积、史泉、滚宾、者敫、吉斗、拔温、麦永、乎来什、生冠、苟幺、七儿、冼奉敏等率军在五指岭北山口扎营，东北西三面围了五指岭。

当晚饭后，冼夫人召张融、楚触、万绍积、史泉、滚宾、者敫等乘夜色在山脚下信步。楚触道："褚俭之害，今日可止。夫人呀！万世之功，只在一步之遥了。"冼夫人笑道："行百里者半于九十呐。看似一步之遥，其实不好走呢。褚俭这路军虽说是土崩瓦解，穷途末路了，但岛南褚眷所领叛军，尚未扑灭呀！"史泉道："武哥大将军领西路军正面连连破敌，又

有甘大将军领东路军背部攻之，褚眷腹背受敌，眼见是没法作为了。岛南捷报必在下月中。”张融笑道：“军中瞬间万变，有时很难预料呐。褚俭逃入五指岭，虽说军马所剩无几，可五指岭奇险无匹，真是一夫当关，万夫莫开之地呀，褚俭必已急调岛南叛军北上。武哥、甘弁两军若能聚歼叛军，固然是好，万一叛军突围北进，与褚俭会军一处，在岛中周旋起来，我们要荡平余贼，恐怕还得一段时日。我们必要及时擒获褚俭贼首，令岛南叛军绝望，再难作困兽犹斗之想。”

大伙沿山脚往东走了近半个时辰，忽见冼奉敏与数名军士急赶过来，只听冼奉敏喘气道：“刚才盘肸大哥家里来人报丧，说盘肸阿妈故去了。七儿姑姑陪那人去西营找盘肸大哥，让我来报知姑姑呐。”冼夫人哦了一声，随即道：“盘肸是个大孝子，我们快赶过西营去吧！”

知得褚俭领叛军逃入五指岭，盘肸咆哮如雷，大骂道：“好反贼呀，我五指岭营盘倒让你占据啦！等夫人一声令下，看我杀上去捉住你时，剥下你这狗贼的皮来不能解恨！”掌灯时分，盘肸在营帐里吃酒解闷，略有酒意时，盘肸又破口大骂。白承权劝道：“盘将军吃些酒消消气即可，可不能多吃呀！说不定明天要恶战呢。”扎反众人都劝。盘肸道：“好啦，好啦，再让我吃两碗，我肚子都气炸啦！”

忽报七儿来营，白承权笑道：“盘将军别吃了吧，七儿将军来查营啦！”盘肸赶紧放下酒碗。刚要迎出时，七儿已与一年约四十上下的汉子入来。盘肸见了，随即大叫道：“大哥，你来啦？”盘肸向众人笑道：“这是我伯父的儿子，名叫盘杆。这些年来，我一直不在家，多亏伯父一家照顾我老娘呐。我在五指岭落草，大哥前年便来过一回。”盘杆道：“我不知兄弟已投了冼家军。我来到这里天已黑了，让巡营的将爷捉住，这位七儿将军问得明白，知我不是奸细时，这才带我来见兄弟。”盘肸大喜道：“我如今已不再做强盗啦！大哥，我老娘可硬朗？可还吃两碗饭？”盘杆还未答声，七儿看着盘肸道：“肸儿你得撑着，千万别太伤心，你老娘两天前突然故去啦！”盘肸啊了一声，眼睛瞪得像灯笼，注视着盘杆，见盘杆点了点头，盘肸顿时脸色青白，浑身上下抽搦颤抖起来。七儿红着眼睛，道：“肸儿，别憋着，你要哭就哭吧！”盘肸哇的一声，当即捶胸顿足，放声大哭：“我的老娘呵……”白承权、扎反等人要劝时，哪里劝得住。盘肸这一哭，直哭得满营将士上上下下胆凄心酸，也不知陪了多少眼泪。

众人劝了半天，盘肸才慢慢止住哭声，依然抽泣不已。扎反心里道："想不到这大恶魔竟真是孝子心肠呐！"这时，冼夫人与张融、楚触、万绍积、史泉、滚宾、者敫、冼奉敏已入至营帐。冼夫人好生劝慰盘肸一番，又坐了一会，才与张融等回北营来。

次日辰时，冼夫人命东、北、西三营共起八千军马从东北西三方攻五指岭。冼夫人与万绍积、史泉、滚宾、者敫、拔温、乎来什、苟幺、七儿率两千军士登上断云崖。见这里山势险恶，却无叛军把守，冼夫人甚为疑惑，道："如若此地置军防守，我们怎能上得来呐？"万绍积笑道："褚俭奸猾是奸猾了，只是不会用兵呢！"众人正在议论时，忽然前面军士叫道："这里有叛军尸体！"冼夫人与诸酋帅赶去看时，果见大青石旁草丛里横卧着一具叛军尸体。大伙蹲身细看，这具尸体并无刀枪之伤，只是浑身紫黑，面目狰狞可怖。史泉翻起尸体的手掌看了，笑道："哦！原来这人是让毒蛇咬死的，手掌上留有三点小孔儿，黑血渗出，正是毒蛇的牙痕印呐。"忽然前面众军士又惊叫声起："这里又有上百具叛军尸体！"冼夫人大为吃惊，急与诸酋帅赶来，只见树丛遮掩的草地里，横七竖八躺着一大片叛军尸体。冼夫人命众军士检查一遍，竟全是毒蛇所伤，或咬着手，或咬着腿脚，或咬着头脸，有的甚至多处咬伤。看着地上狼藉的食物、水袋等物，冼夫人点头道："这里有叛军把守呀！眼见是叛军在此露宿，却不知怎么都让毒蛇咬死啦！看这情形，褚俭还未知晓呢。"

冼夫人命将士们继续上岭。一刻功夫，东营报来，称上五指岭沿途关隘险地都发现叛军尸体，经查实全是毒蛇所伤。七儿失惊道："啊呀！夫人呀！我想起来了，昨夜盘将军听到老娘故去，失声痛哭，定是惊动了五指岭的蛇虫，攻袭了叛军啦！"滚宾笑道："哪有这事？"七儿道："滚宾老爷不知，肸儿生就驱赶毒蛇之异术，只要他哭喊起来，毒蛇即倾巢而出，群起攻敌呢。去年我们中路军在五指岭与盘肸相遇时，直被盘肸驱蛇虫赶了十数里呐。"滚宾、万绍积、史泉等惊疑地看着冼夫人，冼夫人摇摇头，道："现在很难说，我们赶快挥军上岭吧！"

一路俱无叛军抗阻，只是沿途山道都发现叛军尸体，不消说，都是让毒蛇咬死的。冼夫人心口扑通直跳，率军上到卷云峰时，听到前面传来阵阵欢呼声。冼夫人领军赶过指誓崖，早见漫山遍野都是南征军军马，喧豗异常，原来东西两营都攻上来了。忽见人海里俚匝、乙盆奔跑过来，朝冼

夫人大叫道："夫人呀，褚俭逆贼全军覆灭啦！"七儿急问："捉到褚俭啦？"锣匝笑道："捉到啦！不过是死的。想不到呀，褚俭所部反贼数千人马，都让毒蛇咬得一个不留呐！祝戬大将军与伍算槐兄弟，还有蒙腾、过氿、古媲、罗泉诸老爷，都在验认褚俭等贼首的尸体呢，我们来报告夫人时，已找到褚俭、宓子川、孟汤三个。"冼夫人道："快带我过去看看。"

冼夫人与众酋来到五指岭山寨。映入眼帘的景象使人不寒而栗：满地都是叛军的尸体，或横卧的，或蜷曲的，不拘男女老少，均是浑身黑紫，脸容痛苦不堪。还有满地的死蛇，大大小小，或身首异处，分成几段；或身首虽全，然蛇首已被踩成扁状，紧贴在地里。一具叛军尸体曲卧在墙角边，依然左手紧握着蛇首一截，右手握着蛇身一截，看情形便知这军士与毒蛇恶战时，生生把这扑上来的毒蛇扯为两段。再看屋舍堂厅所有案几、椅凳、坛瓶之类俱各翻倒在地，一片狼藉，可知夜来五指岭山寨人蛇大战的情景是何等惨烈惊人了。

冼夫人脸色凝重，许久没有出声。众酋激动不已，相互贺喜。乙洞渠帅元牙问白承权："大伙都说盘将军会巫术，都说是盘将军驱赶蛇虫袭杀了褚俭所部叛军，真有这等事？"白承权笑道："我也是听说的，也不知是真是假呢。"三道洞渠帅罗泉咂舌道："盘将军若真会这巫术，那可真怕人的，他到底是人还是神怪么？"文门洞渠帅刁权笑道："管他是怪是魔，能治死褚俭反贼便是好怪魔，有甚么可怕的。"

扎反对盘肸笑道："盘将军呀！这次你可是建了大功啦！白向导都说了，盘肸一声哭，胜似十万军呢。"众酋都围着盘肸问长问短，盘肸不耐烦了，红着脸嚷道："别问啦！也不定便关我事。我老娘死了，我哭我的，他死他的。褚俭反国叛君，十恶不赦，是上天要灭他。今日不被毒蛇咬死，说不定明日死得更难看哩！"万绍积对冼夫人道："褚俭作乱朱崖，天怒人怨，致有今日之结局。"冼夫人感叹一声，道："褚俭该死，可其余的本不该死呢！"转身问祝戬道："确认出褚俭的尸体了么？"祝戬道："确认了。"冼夫人道："好！只把褚俭的尸体留下，其余全都寻地方埋葬了吧！"祝戬连忙应命。

太平元年八月六日，冼夫人命张融、楚触、万绍积、白承权领军押褚俭尸体回州治，自率祝戬、七儿、曾孝摛、盘肸、艾叱、旻鑫、孺虤、梓齸、伍算槐、伍算傣、冼奉敏诸将，与史泉、滚宾、者敫、雷赤、锣匝、

乙盆、云曾、元牙、罗泉、刁权、区景、扎反、蒙腾、过氿、古踋、裴青、吉斗、拔温、麦永、乎来什、生冠、苟幺、李真、赵咎诸渠帅，领二万三千大军浩浩荡荡，出五指岭，直指岛南。八月十四日，大军刚至红沟，便接得甘弁、武哥传来的捷报：八月九日，南征军东路军、西路军合围聚歼西道叛军于郎益。褚俭三子儋耳王褚眷中流矢死，孟泽、孟泓在混战中被斩杀，抱由洞渠帅德羌与诸酋率部归降。

诸酋纷纷相贺。史泉道："朱崖从此定矣！"七儿喜不自胜，朝冼夫人道："夫人呀！成大功啦！"冼夫人心花怒放，笑道："算是了吧，甘弁、武哥比我能呀！"

太平元年九月三日，朱崖洲一千三百六十六洞渠帅聚会州府，公推抱艮、德羌、楚触为首，向冼夫人跪呈归附书。冼夫人接了，又呈给钱生畏。接着，抱艮等一千三百六十六洞渠帅伏地长跪，柴燎告天，歃血奠地，以示万世服化。

太平元年七月，陈霸先因讨平各路叛军及大败北齐入侵大军之功，拔擢中书监、司徒、扬州刺史、长城公。九月，梁敬帝又进陈霸先为丞相、录尚书事、镇卫大将军、扬州牧、义兴公。

同月，接得西魏安定文公宇文泰病死，世子宇文觉继位的消息。右仆射王通对陈霸先道："宇文泰死去，世子虽只十五岁，不久必替魏。"陈霸先问："何以知之？"王通笑道："宇文觉幼不经事，重臣扶其上墙呐。主荣奴贵，谁没有这个打算呢？"陈霸先即奏表梁敬帝，遣使臣前往西魏吊丧通悼。

十月七日，崖州传来定叛文呈及褚俭首级。庙堂上，梁敬帝捧着《朱崖洲一千三百六十六洞服化书》，笑道："自汉罢珠崖，朱崖洲孤悬海外，凡六百有四年了呀！朱崖洲久乱不统，不能一日相聚以存，今日终归于我朝。冼氏女荣立万世之功呐！可惜冼氏女不是男儿身呀，不然定请丞相召至朝廷中来。"

陈霸先道："冼氏女克文克武，允明允哲，功追卫霍，德比舜尧呀。臣在赣石时，曾与冼氏女共事，其爱民体国之心，臣感同身受，至今未有忘怀。冼氏女之德才，臣事实难及之万一。如今我朝四面受敌，边关未靖。岭南曲阳侯屡不听调，不轨之心逐日彰显。库部报告，广州应缴赕税累年拖欠，其用心何在？以臣度之，曲阳侯若不北出，定是南立。百越地

险势危，易守难攻，倘若曲阳侯效赵佗之故事，正需要冼氏女牵而制之。如今朱崖虽定，然百废待举，朝廷应多予方便，助其服治呐。”

侍中、车骑将军侯瑱道：“冼氏女霸气十足，虽有定朱崖之功，亦不宜付权太过。江陵祸变，沈礼明自朱崖逃归，虽有罪责，亦非得已！冼氏女专横独断，故呈己能，处处挤兑沈礼明诸官员，如此怎能共事治州？我还听得说，冼氏女部将兵器上铸有‘二马并驾驰，敢为天下先，铁肩担道义，柔怀纳众川’字样，其意不恭吧？”

梁敬帝问：“沈礼明，可有这事？”御史中承沈炯忙走出班中：“是实。”

陈霸先心里暗骂：“这侯瑱眼见是听了儿子侯净藏及沈炯一面之词了，怀恨在心，才如此中伤诋毁冼夫人。”便笑道：“这几句话又有甚么？昔日孝元皇帝诏命援台平叛，霸先远在岭南，当即排除万难，奋然率军北上讨伐逆贼侯景，此举被孝元皇帝嘉为理直气壮，胆雄无惧。为什么呐？便是铁肩担道义，敢为天下先。这难道错了？大丈夫不能忧国，不能忧民，不忠不孝，是大丈夫么？冼氏女居家时，助夫理政，开诚布公，德之以功，罪之以过，弘道宣教，感化黎民，深为士民拥戴。冯宝治高凉之功，皆冼氏女之力呐，故武皇帝册封‘护国夫人’。侯景乱起，群雄争霸，无不为己之私，置国家利益而不顾。冼氏女以天纵英明，定叛乱于高州，斩凶顽于赣石，数年来支助霸先讨侯景之粮资，难以算计。平贼之庆，冼氏女功不可没呀！于是孝元皇帝又册封‘保护侯夫人’。试问诸公，似冼氏女之行为胆略，古有之无？今有之无？朱崖洲自古为赤县之土，朱崖民自古为华夏子民，前朝有近利之失策，无远见之雄略，朱崖财富砍伐殆尽，赤子民心弃之如仇，致令海洲荒废，皇纲失衡。冼氏女洞圣通贤，高瞻远瞩，铁肩担道义，敢为天下先，数百年来首向朝廷请命于朱崖置州，戮灭逆叛，归我皇土，其胆亦雄，其理亦壮呢。冼氏女在《领朱崖洲表》有云：‘自归冯宝，益知国家要义在于安民，既为官眷，戚戚然于终日，如临深渊，如履薄冰，唯恐伤民众而损王德也，唯恐羡浮名而招民怨也。’冼氏女负圣命安朱崖之民，情怀热血，全为朱崖之民呐，岂容狡诈谋私之徒损王德、伤国威呐？冼氏女布王德于民众，扬国威于朱崖，乃我辈忠义志士效法之典范，正应光大显昭，张启播扬。”

陈霸先一番激昂之词陈毕，朝堂上下为之肃然，侯瑱纵然有气，也只能腹诽而已。

朝会后，左民尚书沈众来到王通府中闲谈。沈众道："冼夫人是丞相敬重之人，侯大人事实言重了。幸丞相申长幼之敬，礼前代旧臣，不然，我怕侯大人下不了台。"王通笑道："冼夫人征讨朱崖，自然是丞相做的保人。沈炯原是王僧辩的人，因才故，便为孝元皇帝所用。侯大人公子侯净藏，又是孝元皇帝所爱之人。这些人都有所倚，哪会把百越俚人放在眼里，自然与冼夫人相互抵逆龃龉。侯大人事实不该护短，沈礼明一班人半途而废跑了回来，不管怎么说，始终有辱圣命呢。"沈众笑道："崖州选衙址，冼夫人令沈礼明难堪，侯净藏私夺民女，又给冼夫人添了麻烦。哎！我真的不得不服陆法和，这两件事都让他说中了。我听陆缮说，当日南征军启程时，张士苗问陆法和，平朱崖之事如何？陆法和答曰必成，还说了一句甚么'奇风迁大屋，猴子摘仙桃'，你看看，这两桩不都应验了么？听陆缮说，他在侯净藏府中饮宴时，曾见过那个交州女子，真真是奇物噢。"王通笑道："这侯净藏真是敢作敢为呢。侯大人早期是王僧辩旧部，丞相何等宽宏，且委之重职，他事实不该在冼夫人身上挑毛病，为帅不易呢。说句公道话，若非冼夫人，再没第二个人敢领命讨朱崖。数百年了呀，物故人非，朱崖早又坠鸿蒙荒梗之境，吏者每经一事，得搜索枯肠，亦经亦权，方能举步呢。数百年的经验，朱崖易征难服呀！侯大人是老粗，这也罢了，沈礼明是甚么人？少有隽才，熟读百家，下笔为文，莫有逮者。如此聪明的人，怎么也假装糊涂了，说起瞎话来？到现在，还不肯为冼夫人说句公道话，在朱崖时有何建树，可想而知。侯大人当着满朝公卿，骂冼夫人霸气十足，听着听着，确实不妥。"沈众笑问："有何不妥？"王通正色道："不说了吧。"

沈众突然欠身过来，眼灼灼地注着王通："该演唐虞、宋齐之故事了吧？"王通大惊，忙起身掩了窗扉，吓然道："仲师兄何作此言，你要杀了我么？"沈众笑道："亦无须如此作态吧，朝堂上下，哪个不知？"王通道："既如此说，独何问我？"沈众笑道："公为相佐，舍尔乃谁？"王通笑道："你若有胆气，该去问刘师知、蔡景历，不该来问我。"沈众摇首道："公达公不要往别人身上推，我今日造访，无非讨个口信儿，也好讨份差使养家罢了。"王通道："你其实知道了，何必又问？"沈众笑问："今日朝堂上丞相如此激动，便是为侯瑱霸气十足一词吧？"王通道："王僧辩与丞相都是讨侯景之大勋臣，然王僧辩迎回贞阳侯，实为大失，以致身败名裂呀！

王僧辩一死，我朝无复有比肩丞相者。王僧辩旧僚，逆者已平之，顺者已安之，尘埃落定，名分早成。”王通压低声音：“丞相若是践祚，顺理成章，比前朝故事恐怕还要堂而皇之呀！诸藩王败亡的败亡，能与丞相抗衡者如今仅剩一二，岳阳王背宗叛国，虽据地称帝，亦是行尸走肉，无所作为矣！王琳非宗室血脉，更无名与丞相争锋，唯独岭南曲阳侯，蛰伏待机，不动声色，诚为勍敌。丞相虑及于此，因此水波未兴呐，所谓挟天子而令诸侯者。揆情度理，只怕岭南定后，才有仲师兄所言之典呢。”沈众点头笑道：“公达公果有见地。”

冼夫人在来书中揭发萧勃助褚俭抗南征军，此事陈霸先秘而不宣，只有梁敬帝一人知晓。梁敬帝甚为担忧，对陈霸先道：“曲阳侯在岭南屯军买马，屡不听调，反心由来已久，这番竟至丧心病狂，勾结朱崖反贼褚俭作乱，丞相可起兵问罪了吧？”陈霸先道：“曲阳侯反意昭彰，早该征讨，然我朝多故，边敌未靖，齐军刚退，王琳未服，岳阳王虎视在侧，朝廷都要驱重兵备而防之呀！只要曲阳侯一日未有北进，朝廷应忍而不宣，待我绥靖边敌，再图曲阳侯未迟。”梁敬帝道：“我朝四面受敌，军力自然不足，丞相暂缓南征，是因抽不出军马吧？”陈霸先道：“陛下英明，臣正为此而忧呐。”梁敬帝笑道：“丞相何不用崖州军？冼夫人足敌曲阳侯。”陈霸先叹道：“冼夫人是可敌曲阳侯，然崖州甫定，万民思治，百废待兴，冼夫人时刻不能离开崖州呀！说句实话，欲治崖州，非冼夫人不可，此诚不可替代呢，这是其一。其二，曲阳侯虽资助褚俭，只是暗中行事，并无大举声张，此时兴师问罪，曲阳侯万一矢口否认，朝廷反落捕风捉影，伐罪无名之不是了。”梁敬帝连连称善。

十一月三日，朝廷旌表冼夫人定朱崖功绩，册封柔惠夫人，赏赐芮芮国乌貂裘一袭，中天竺国金皮罽三幅，波斯锦五十段，东园秘器若干，朝服一具。

太平二年正月，宇文觉替西魏，即天王位，国号周。

太平二年二月十四日，萧勃在广州起兵，檄曰：“侯景乱起，乾坤逆施，国柄失掌，宗室操戈，祚运日微。伪言承制者云起，矫托天命者蜂生，神州蹂践，生民倒悬，四方绝户，草木无遗，是为国朝危难之时。彼陈贼霸先者，本为长城无赖，岭南小吏，素向不驻本分，天生鲸腹枭念。图窥神器，乘乱起兵，名托勤王平叛，事实包藏祸心。志诚君子多受所

惑，忠臣义士咸为所役，蒙上而得位，欺世而盗名。其势成矣！其翼丰矣！诛功臣、灭异己之起始，贪天功、纳近信之继后。我主无助而囹圄，臣子执迷而盲从。太阳阙照，乾道久愓，奸莽坐高榻，暴卓乱宸宫，陈贼瓜代之期近在咫尺，焚之眉睫。曲阳侯勃，宗室血脉，帝家连枝，为皇戍土，饮露南疆。交趾平贲，番禺戡元，征刀常砺，缰马不休。丧乱起焉，勃公忠体国，孔怀兄弟，未忍耗国而龙战，未忍亲痛而交兵。夷敌易除，家贼难驱，陈贼霸先猖獗日盛，变天在即，是可忍者，孰不可忍？勃以兹于斯，提狼旅虎贲之师，率忠义死节之士，纛旌蔽日，鼓角撼天，自南江举军北伐，殊死还帝赤县无缺，六合和鸣。”

萧勃命平越将军顾道、给事中徐应、镇府司马欧阳纥、记室李宝藏等护小儿怀安侯萧任留守番禺；命世子萧孜、东衡州刺史欧阳頠、讨虏将军傅泰领一万三千军马为前军；自率长史封亭茂，别驾任英其，治中纪弼，行军司马胡匠，主簿曾文举，直閤将军、助防副将汪应川，石州刺史鲍吾仁，成州刺史石信，新州刺史沈开昌，双州刺史董封，静州刺史全达，义安郡太守狄采异，衡州刺史谭世远，德州刺史、英信将军陈法武，梁化太守、忠义将军兰豰，建州刺史、贞威将军夏侯明彻等谋士战将数百员，领六万大军渡大庾岭，北出南康。

才三日，南江州刺史余孝顷举兵响应萧勃。消息传来，建康朝野震恐。太平二年二月二十一日，丞相陈霸先命南豫州刺史、寿昌县公、平西将军周文育，南兖州刺史、永康侯、明威将军杜僧明，北徐州刺史、会稽侯、信武将军韦放，散骑常侍、严威将军周铁虎率四万大军征讨萧勃。

黄门侍郎蔡景历对中书舍人刘师知道：“丞相此番用兵，除周铁虎外，全是旧部呀！”刘师知笑道：“侯伯玉在庙堂上失言，责指高凉冼氏女霸气太过。不消说，丞相心中不快，此番调将正是针锋相对呢。”蔡景历问道：“萧勃叛反，丞相何不让冼氏女领崖州军征讨呢？”刘师知笑道：“丞相多疑善变，非你我所能猜度。萧勃打的旗号是清君侧而来，直骂丞相诛功臣、灭异己、贪天功呐。王僧辩旧僚闻此言语，能不触动旧痛，怀念故主人么？因而凡是王僧辩旧部，丞相一概不能用呀！萧勃既反，当然可命冼氏女起军讨伐，只是冼氏女平定朱崖后，其身价大非昔日哩，已淹有高凉、朱崖大片土地啦！冼氏女功高震主喽！你敢保证丞相没一丝儿疑虑？若命冼氏女讨勃，必定是一鼓荡平，然斯时以何辞送客呐？若真让冼氏女

据有岭南整土，便是国土一半呢。楚汉之情夫复存乎？”蔡景历笑道：“侯伯玉之言不唯触伤丞相呐，依这样说时，似乎还警醒了丞相呢。”刘师知正色道：“佳期日近，吾等备受丞相倚重，恩深难报呀，唯有克尽所能，追随听教便是了。”

朝廷下诏征讨萧勃当日，韦放又喜得一子，取名洸。自陈霸先辅定梁敬帝后，韦放深居简出，也不允赵媚娘再抛头露面，过去随陈霸先起家的将官，时有造访韦放府中，或笑谈起赵媚娘时，韦放都推以头痛眼热，不让赵媚娘出来会客，唯独杜僧明、萧摩诃来访，赵媚娘必出来见。陈霸先进丞相位后，夫人章氏曾六次召见赵媚娘。陈霸先先是娶同郡钱仲方的女儿为妻，不幸死得早，才继娶章氏。章氏是吴兴乌程人，小字要儿，自小聪明贤惠，容貌姣好，能诵《诗》及《楚辞》名篇，时人莫不称羡。还在陈霸先征交趾李贲时，就已命中兵参军沈恪送章氏取海道回故乡长城，直到平定侯景后，才把章氏接出建康。章氏与赵媚娘甚为相得投契，每次见面，必要坐谈终日，方让赵媚娘回去。陈霸先笑问章氏：“与赵夫人谈些什么呢？”章氏笑道：“自听老爷说过高凉冼夫人后，我便对冼夫人钦佩不已，赵夫人与冼夫人情同姐妹，我缠着赵夫人说冼夫人故事呢。”陈霸先笑道：“终日就谈冼夫人？”章氏笑道：“还能谈甚么，老爷可不兴我谈政事。”陈霸先笑道：“冼夫人扶夫参政，你谈冼夫人，还不是议政了？”章氏笑道：“由此及彼，强词夺理。”

讨平各路叛军及北齐军后，陈霸先论功行赏，众将多得荣升。陈霸先对韦放提起，也给寿儿挂个职位，韦放力辞，道：“寿儿本是先父之仆，后才随我。虽然寿儿生性忠直，但并无分毫之功，若给之职务，不仅寿儿不安，放亦不安呀！”陈霸先听了，一笑罢之，即命人在建康郊外购得田宅赠给寿儿，并厚资以财物，算是安置了寿儿一家。太平元年八月，子正又生一子，取名籍。寿儿高兴得只是傻笑，道：“自离了大堡后，我想你再不能生育了，谁知隔了这么多年，你还能生呢。征杜龛时，你挺着大肚子，我就心疼，我怕……哪知我们的孩子不怕颠簸……”子正笑道：“这有什么？我是穷苦人家出身，穷苦人家的孩子从不禁忌。”孩子刚满月，寿儿开了一家布行，由于为人老实憨直，商客多愿与之交易，竟也经营得道，生意日趋红火。

这日，赵媚娘问韦放：“朝廷军力本就不足，这番征讨萧勃，丞相为

何不起用夫人冼家军，舍近而求远？”韦放看着在床上睡得香甜的小洸儿，怜爱地伸手去摩挲他的小脸蛋，笑道：“萧勃兵强马壮，汹涌南来，朝廷自然得倾力征讨了。夫人刚克定朱崖，战后之墟，百废待举，夫人又怎能抽身离去呢？”赵媚娘道：“我忽然觉得，自夫人定朱崖捷报传来，丞相大喜之下，别有一番心思呢。”韦放大惊，伸手去掩赵媚娘的嘴巴，道：“这话你也敢说。媚娘呀！我不让你会客，便是怕你多口失言，日后再不让你进相府去啦！”赵媚娘道：“你胆子愈来愈小，说一句话呢，竟怕成这样。”韦放道：“胆子小点好，千万记得，这类话日后再莫提起。近来我在想，我确实不宜为官事政，确实力不从心呢，等这番讨定萧勃回来，便向朝廷请求退休。”赵媚娘格格大笑：“哎呀！你甚么年纪了，就称老了，我可不干，好好的将军夫人、侯爷夫人就不要了，亏你想得出来。”

韦放看着赵媚娘，呼了口气，道：“媚娘，不是玩笑话，我想与你过安稳日子，就像寿儿、子正一般，开个甚么铺口，饿不了肚子的。”赵媚娘忍住笑：“开甚么铺口呢，你想好了没有？”韦放道：“做甚么不行？比如开个酒肆客栈的也可以。”赵媚娘靠过身来，注视着韦放，点头道：“你打量我过去在冼家岭开过酒店不是？还让我掌柜，让我跑堂？好呀！韦放！你讨了我，本以为从此过些安生日子，今日好不容易熬出了头，你倒想出这好主意来，堂堂一个将军，一个侯爷，去站堂卖酒，丢不丢人？”韦放笑道：“这有甚么？昔日司马相如夫妇不也卖过酒么？”赵媚娘道：“我可没这厚脸皮。告诉你，你要真做这光彩的事，我就领孩子们回大堡去。”

韦放见赵媚娘较真起来，这才笑道：“你别急，也不一定就卖酒，还可做别的嘛！”赵媚娘坐过韦放身边，倚肩叹口气道：“你心里有些话不好说，我也看出来了，甚么时候，确实不行，我都听你的好么？”见韦放点头，赵媚娘又道：“唉！要不是撞着生了洸儿，这番我一定随你南下，顺便去大堡看望韩儿。”韦放轻抚赵媚娘发丝，叹一口气：“以后再说吧！”

太平二年二月二十八日吉时，周文育、杜僧明、韦放、周铁虎、萧摩诃等率部南征，梁敬帝、丞相陈霸先率百官在南郊饯行壮色。

周文育南征军逆江而来，只五日便至江州。南江州刺史余孝顷命其弟余孝劢镇守豫章，自率军据扎石头渚。封亭茂向萧勃进计道：“余孝顷响应我军，这是天助主公呀！现在我北伐军马近九万之多，投鞭即可断流，然缺少舟楫可用。余孝顷乃江右豪雄，素治水军，自然战船如云，我主可

倚而用之。应速遣世子进军与余孝顷会师，前军即进扎险津要隘之地，与余孝顷呼应倚角。”萧勃善其言，依计行事。两天后，萧孜率军赶至豫章，欧阳頠领军屯扎苦竹滩，傅泰则据墌口城。

周文育扎军建昌。见叛军都据险署兵，周文育再不敢贸然进军，便问计于韦放。韦放道：“我军船只不多，暂不宜水战。叛军停泊在上牢的舴艋战船就有四百余艘，都督何不夺之来用。”说罢，韦放又与周文育耳语一番。

当夜，周文育命萧摩诃、杜稜、徐度率一万军马大举攻袭墌口。余孝顷闻报大惊：“墌口是我军屯粮之所，傅泰只有五千军马扎防，我不去救时，墌口便休了。”即起八千马步军奔墌口而来。刚至管子冈，忽地一声炮响，杜稜、徐度率伏军杀出，命军士一齐大喊：“我们已烧毁墌口粮草啦——”余孝顷惊怒交加，令军马强突过去时，五停已去了一停。余孝顷率军直奔墌口，及至大营，方知粮草安然无恙。傅泰奇道：“这里并无敌军来犯呀！刺史怎么引大军赶来啦！”余孝顷猛省，大叫一声不好：“我得领军回上牢！”余孝顷率军回到白英时，野地里又一声炮响，火把齐明，原来是萧摩诃率军马埋伏在这里。只听得一片声大喊道：“余孝顷已中计，还不下马受死——”余孝顷惊得屁滚尿流，不知所措。只见火光中萧摩诃跃马挥双锤杀至，余孝顷不知底细，气怒之下，挥刀便砍。萧摩诃大吼一声，一锤砸飞余孝顷的大刀。余孝顷惊得魂飞魄散，空着手勒转马头便逃，突出重围时，军马又去了两停。

余孝顷引军救墌口时，杜僧明与吴子度、袁玠、袁珂、袁珞率五千军马突袭上牢水寨。上牢水寨只有一千守军，怎禁得住杜僧明五千军马冲杀，只半刻功夫，叛军便伤亡大半。杜僧明军斩杀余孝顷部将刘丕、荀知、章克良等，余下不足三百军士都投降了。杜僧明即命把上牢水寨四百多艘战船尽数缴获回大营。

周文育即率军在豫章立栅寨。这日，周文育召众将商议，道：“本以为一鼓即可击败岭南叛军，没料到余孝顷助萧勃谋反，在豫章先据了险地，进退皆宜。我军虽首战告捷，夺得数百敌船，可是未有撼动叛军根基呀。我军在此若不能进展，延宕了时日，粮草将要用尽，我实在担忧呀！”周铁虎主张退军，杜稜也有同议。周文育脸色难看，朝韦放投去征询的目光。韦放道：“绝不能退军。朝廷可用之军，都督这里已是三分占一，如

若不能克敌，望谁来救呢？叛军主力都在这里，我们阵脚一动，敌必乘虚追击，我们逃哪去呀！又，萧勃以王侯叛反，宗室之乱，极具诱惑之力。我朝纲纪初定，奸歹之徒贪欲未绝，见萧勃举兵，必是坐观成败，从中取事。我军南下平叛，江右诸州郡装聋作哑，毫无反应，诸君不感觉奇怪么？我军这时如若退去，万一蠢蠢欲动之徒，摇摆不定之徒乘机拥萧勃而反，后果不堪设想呐。"

徐度道："韦将军所见极是。别的不说，就说临川周迪，他兵精粮足，近在咫尺，不也不闻不问，装聋作哑么？"忽然长史陆山才笑道："哎呀！说起周迪，我倒想起来了，他与我是故旧呢，不若让我去找他吧，不怕他不借粮。"

周迪是临川南城人，世居山谷之中，天生膂力过人，能开强弓，自少壮起就以射猎为业。周迪性豪爽，邻近庄寨渠帅都愿与他交友来往。侯景之乱时，周迪族人周续在临川起兵，始兴王萧毅大力扶助，还把临川郡让给了他。周迪召募乡中子弟追随周续讨伐侯景，周迪勇冠三军，每战必胜，深为周续倚重。周续部属多是郡中渠帅豪雄，不惯礼节拘束，周续经常指责其过。众渠帅满怀怨恨，突然率军袭杀周续，公推周迪为帅，于是周迪据有临川之地。侯景平后，周迪因功被授为壮武将军，封临汝县侯。绍泰二年又授为衡州刺史、信威将军，领临川内史。萧勃在岭南举兵，曾遣使致书周迪，欲煽惑他共反，周迪不为所动，萧勃大怒："先斩周迪，后取建康。"徐应劝道："周迪本为临川土著豪雄，其衡州刺史，虽是虚职，然事实势众财雄，我主不宜与之结仇，周迪横阻北上之道，我军徒增周折呐。"所以萧孜前军至临川时，也不敢去招惹周迪，只求个相安无事便了。

周迪早年在山中射猎，一次不慎滑下悬崖，掉落深溪中，早已昏死过去，幸得吴郡人陆山才路过救起，逃得一命。今日听说救命恩人陆山才来见，周迪大喜过望，重礼迎接陆山才。周迪道："自与恩人一别，不觉十多年啦！你一向在哪？为何一直不来见我？"陆山才笑道："自与贤弟别过，一直流落他乡，至今一事无成，只好回家乡来。辗转听说贤弟如今富贵了，便要来寻贤弟求个差使养家。"周迪大笑道："当初若非兄长相救，小弟怎有今日。好呀！你今日来了，我也不会放你走啦！可惜你不会舞弄刀枪，不能带兵了，就让你当个长史如何？"陆山才笑道："愚兄这里先谢

过。”忽然脸色一变，道：“贤弟呀！你祸不远矣！”周迪吃惊道：“兄长何出此言？”陆山才按周迪坐下，道：“贤弟先听我说。我来临川途中，才知朝廷遣大军征讨萧勃，周文育大军就屯扎在豫章呀！”周迪笑道：“这事全天下都知道了，与我有何相干？”陆山才跌足道：“哎呀！怎不相干呀！你是朝廷命官，如今朝廷遣大军征讨萧勃，你近在眼皮底下，请问你可曾与周都督接洽知会？”

周迪笑道：“接洽知会，倒是没有。我还不想呐！兄长呀！你不在仕中，也难怪你不谙此道。我告诉你吧，如今朝廷多故，陈霸先专权，弄得人心惶惶，众心不定呢。陈霸先诛杀王僧辩后，挟天子以令诸侯。如今曲阳侯萧勃领岭南之军北伐，清君侧，诛罪臣，致书要我附他，我还不肯，又怎么能与周文育交接呢？我既不帮萧勃，又不助周文育，所谓坐观其变，从中取事呐。”陆山才道：“贤弟差矣！丞相陈霸先与王僧辩本为讨侯景之勋臣，然王僧辩以一己之私，废嗣君，立叛王萧渊明，欲迎齐军犯境，此等乱臣贼子，人人得而诛之呀！丞相陈霸先公忠体国，一举歼灭王僧辩乱臣，扶嗣君还膺宝历，重履宸宫，帝祚得以继续，国运赖以恒昌，丞相陈霸先之功德，虽伊、吕不可以同语也。彼曲阳侯萧勃虽是宗室中人，然独揽南疆，素怀不轨之志，侯景乱起，朝廷征兵勤王，萧勃不唯坐视不顾，且丧尽天良，千方百计抗阻丞相陈霸先北进平叛，其狼子野心由来已久。朝廷早察其阴谋，碍在宗室连枝，故屡番宽而待之。然萧勃吞日之心无稍遏减，且日见猖獗，昨日助朱崖反叛，今天挟岭南作乱，其罪十恶不赦，其名遗臭万年呐。今日朝廷大军已下，试问犯上作乱者能蹦跳几时？”

周迪冷汗直冒，道：“小弟失策啦，兄长有见识之人，还请教我，尚能补救么？”陆山才道：“贤弟虽一时糊涂，然不附萧勃作乱，纵没有功，也不为过呀！现在周都督大军扎在豫章，贤弟何不资之粮草，补己之过失呢？”周迪道：“现在才去见周文育，我怕迟了。我与周文育素无来往，又无熟人故旧在他军中，万一周文育翻脸，岂不是自讨苦吃？”陆山才道：“贤弟既然愿去见周都督，我为贤弟引荐如何？”周迪道：“你认识周文育？”陆山才起身一揖：“刺史大人，不瞒你说，我如今便是周文育将军府长史之职呐！”

周迪大吃一惊：“哎呀！怪不得呢！我听着听着，我兄长非仕宦中人，

怎么打起官腔来啦？竟如《讨萧勃檄》一般呢。”陆山才笑道：“山才依周都督未久，蒙周都督错爱，委以长史之任，将军府书疏，皆出自山才之手，如刺史所言，今番《讨萧勃檄》，便是山才之笔。”周迪大笑道：“好兄长呀！今日竟来蒙小弟哩！”陆山才笑道：“攻灭萧勃自然不在话下，只是周都督屯兵日久，粮草已尽，食君之禄，分君之忧，我不能坐视不救吧，我知道刺史兵力强盛，粮草丰足，因此找你来了。其实说起来，我来蒙你，也是救你。试想，你若不助南征军，日后朝廷怪罪下来，怕你这刺史做不成呢，今日幸大错未铸，还立了大功呐。”

周迪点头不已，忙命置酒相待。陆山才笑道：“刺史大人莫忙，山才还有一事相告呢，周都督说刺史与他同宗，愿结为兄弟呐。”说罢掏出一封书信，呈与周迪。周迪虽不认字，接了周文育的书信，也喜得手舞足蹈：“过去别的官员都讥我为蛮夷之族，不愿与我交往。今日如何？丞相臂手周文育都愿和我结为兄弟，余不足道，余不足道矣！”

周迪资助南征军大量粮草军资，周文育纳韦放之计，对此事秘而不宣。太平二年三月十九日黄昏，周文育下令，挑选出三百多艘破旧战船，在船上遍立上万草人，都穿着军士衣服，然后命杜稜、徐度率一千多老弱残军，分乘这三百多艘破旧战船沿江直下。船一驶动，周文育即下令烧毁豫章水寨，佯装逃跑的模样。

余孝顷接报，大笑道：“南征军粮尽矣，再不退走，坐着等死么？”欧阳頠遣人送书给余孝顷，云：“韦放、周文育奸猾之徒，须提防其诈。”余孝顷笑道：“诈甚么诈，此时豫章水寨大火冲天，南征军分明是粮尽退去。大江上南征军顺流直下，仓皇逃去，连影子也见不着了。就算是诈，我不追他，诈将安出？”于是再不防备。

周文育调兵遣将毕，自率两万大军衔枚捷道兼行，秘密潜至芋韶，乘夜筑成土城，立好栅寨。芋韶上游是欧阳頠、萧孜军营寨，下游是傅泰、余孝顷军营寨，周文育则在其中游立营。次日清晨，欧阳頠接得报告，说南征军在芋韶筑城立寨，壁垒森严。欧阳頠大惊，道：“一夜之间筑成土城，莫非神助？”正在惊疑时，探马又报：周文育、韦放众将与数万军士在土城、营栅内大吹大擂，奏乐吃酒，旁若无人。欧阳頠益发惊恐：“南征军已粮尽，纵不退去，也不可能如此大张旗鼓吃喝吧？周文育哪来的粮草？若非成竹在胸，怎敢据我军包围之中立营呐，不合情理，无章可循

呀！”萧孜也自惊异不已，问欧阳頠道：“依刺史之见，我军当以何策对之？”欧阳頠道：“余孝顷无谋之辈，安知战事艰难。周文育素来奸猾，能征惯战，前番用了声东击西之术，夺了上牢战船，今番又烧毁水寨，佯装退军，这是明修栈道，暗度陈仓之计呀。乘着我们大意不备之机，连夜移营深入腹地，置我军于死局。如今周文育军占据芋韶，在我下游，若另遣一军自我上游攻下，我军腹背受敌，夫可活乎？周文育瞒天过海，骗得了余孝顷，休想骗得了我。唯是南征军粮草事实已尽，今日所食何处而来呐？事实令人百思而不得其解。这也罢了，为今之计，我军应即速移营进入泥溪，摆脱南征军之围再作打算。”萧孜深以为善，道：“刺史所见独到，小将唯命是从。”

欧阳頠下令丢弃水寨，三军尽数上岸奔往泥溪。走有十里地，忽听一声炮响，前面密林里伏兵四起，鼓噪声中汹涌杀来。欧阳頠大惊道：“怎么这里也有南征军？”惊慌失措时，只见一将领军杀至，在马上舞大刀喝道：“欧阳頠休走，我便是周迪！”萧孜喜道：“原来是周刺史来救我们！”周迪呵呵大笑，喝道：“你娘的小贼还在做梦哩，老子是来捉你们的！”萧孜惊道：“这样说时，周刺史背叛了？”周迪大骂道：“放屁！老子背叛谁啦？老子本是朝廷命官，堂堂衡州刺史。如今朝廷遣我大哥周文育领军来捉你们这班反贼，我在这里埋伏已久，还不快快下马受死，更待何时？”说话时，手中那大刀早向萧孜砍来，萧孜挺长枪招架，哪里是周迪对手，不到三合，只好勒马就逃。周迪哪肯放过，驱马赶去，一箭射中萧孜后肩，萧孜扑在马背上，乱军中拼死逃去。

欧阳頠随乱军朝南奔逃，看看摆脱后面周迪追军，刚松一口气时，突然又一声炮响，右山腰洼凹处又杀出一队伏军来，领军的正是杜僧明、吴子度、袁玠、袁珂、袁珞诸将。只听得杜僧明大叫道：“欧阳頠叛贼逃哪里去，杜僧明等你半天啦！”欧阳頠惊得几乎落马，大叫道：“今番欧阳頠必死了！”勒转马头刚要逃时，杜僧明已飞马赶到，寒光起处，早砍翻数名侍卫亲兵。杜僧明大喝声中，已一把将欧阳頠提过鞍来。欧阳頠道：“杜爷你要杀我？”杜僧明瞪眼道：“没得商量，你要再动一动，老杜拧下你的狗头！”

还在欧阳頠领军奔逃泥溪时，周文育即与韦放、徐度、周铁虎、杜稜、萧摩诃诸将，率大军乘战船，顺流攻至墉口城下。周文育一声令下，

上百艘满载焰硝、硫黄、油膏、稻草等引火之物的大小船只突然起火，直向余孝顷、傅泰的水寨扑去，船借水力，风助火势，直把叛军水寨大小五百多艘战船烧得火光冲天，化为灰烬。叛军烧死的、下水溺死的近一万五千人。火海中，余孝顷、傅泰乘小船逃突，周文育部将丁法洪一箭把傅泰射落水里，杜稜命军士捉了傅泰，只有余孝顷领亲兵护卫冒火逃脱。

周文育命把欧阳頠推上大帐来。欧阳頠五花大绑，头低着不敢看诸将。周文育笑道："靖世兄，怎么不看看我们这班老朋友呐？"欧阳頠没有吭声。只听周文育大喝道："取大秤来！"大秤取来了，数名军士上前按倒欧阳頠，另拿一根大绳系绑在欧阳頠腰上，然后两名军士将一木棍穿着秤耳绳圈，两端扛在肩头上，把秤钩往欧阳頠腰绳里一钩，一军士右手排住秤砣，一齐挺腰用力，把欧阳頠扛离地面过秤。

众将官看这场面，尽皆愕然。杜僧明笑道："欧阳大人不同别人，秤过再砍头哩。不是每人都分一块肥肉吧？"欧阳頠脸容紫胀，挣扎道："欧阳頠但求一死，不愿受此大辱！"周文育并不搭理，阴沉着脸看军士秤了欧阳頠。

原来周文育领命南征时，陈霸先独自嘱周文育道："我要生的欧阳頠，如若擒捉了，即速送京，欧阳頠若少了一两，我与你说话！"周文育秤了欧阳頠，录下斤两，立据为凭，即命杜僧明、杜稜次日率八百军士，将其与傅泰等人一道押送回京缴命。

杜僧明、杜稜只三天就赶回建康，即刻把欧阳頠押入相府。陈霸先听得擒了欧阳頠，不禁大喜，忙迎出大厅，老远就大叫道："靖世兄呀！你终于来了，想死霸先啦！"欧阳頠把脸别过去，默然不语。陈霸先笑道："好了。杜爷，你与杜雄盛休歇去吧，这里没你们的事了。"杜僧明道："好，相爷取大秤来，秤过欧阳頠我们就走。"陈霸先不解，问："你说甚么？要用大秤秤欧阳大人？"杜僧明道："装甚么糊涂，不是你交代了周文育，要秤过欧阳頠的斤两才能交差么？我送欧阳頠来前，周文育都秤过了，来这里当然也得秤。"陈霸先恍然大悟，哑然笑道："是，是这回事！杜爷走吧，这里不用秤了。"杜僧明红着脸，嚷道："一定得秤。周文育给我立了字据，路上欧阳頠若是少了一两，我得吃军法哩。口说无凭，我不拿着实数回去，那时周文育翻起脸来，老杜可吃不消。况你又是个说话不算数的人，到时我找谁说理去？"陈霸先黑起脸，喝道："放肆！我甚么时

候说话不算数啦！好啦！好啦！秤吧，秤吧，好个杜僧明，倒赖起我来啦！”

陈霸先命人取过大秤，当着众人又秤了欧阳頠。只这四天，欧阳頠竟胖了一斤九两。杜僧明讨了字据，吃吃笑着，才与杜稜出相府去了。

陈霸先忙为欧阳頠解了绳索，安慰道：“靖世兄受苦啦！”欧阳頠松揉松揉手脚，冷笑道：“你也不用猫哭耗子，我这次来了，也不打算活着。”陈霸先笑道：“这气话嘛，靖世兄也无须多说啦！说多了起鸡皮疙瘩，不舒坦哩。你不服气也不行，治政治民你是有一手，可是行兵打仗你事实外行，怎能及我噢！靖世兄呀！你到底丢了始兴呐！”

欧阳頠哼了一声：“我早说过，丢了始兴你不要怪我，如今可好，杜僧明骂你说话不算数，看来没有冤你。”陈霸先讪讪笑着：“我不会怪你呀！当日我们都知道萧勃必反，只差时日罢了。你也算对得起我，儿子都舍得做了人质，你事实也无可奈何呀！”欧阳頠苦笑道：“我只有一个儿子，如今落在萧勃手里，我怕是绝了香火喽！”陈霸先笑道：“这个靖世兄倒不必担心，你这个儿子贼精得很，一点也不像你呀！要不要听听你儿子的能耐？”

大宝二年二月，陈霸先北伐军还在赣石时，欧阳頠的儿子欧阳纥才十四岁，与萧摩诃年龄相仿，因而两人十分相得投合。一次，欧阳纥与萧摩诃在陈霸先大帐里玩耍，因玩得高兴，欧阳纥不慎把案上的笔洗摔落地上，变为一堆碎瓦片。这笔洗可是陈霸先在交州征李贲时所得的珍物，平日爱不释手。萧摩诃惊呆了，道：“不好啦！你打碎了这笔洗，我义父必定怪罪，这是他的宝贝呢！”欧阳纥竟满不在乎，毫无惧色，笑道：“不就是一个笔洗么，就怕成这样。都督查问起来，你就说是你打烂的不就得了。”萧摩诃道：“不行，义父定会拿马鞭子抽我。”欧阳纥笑道：“都督必定不会打你，你放心吧。”萧摩诃问：“你怎知义父不会打我？”欧阳纥笑道：“怎不知道，都督既收你为子了，就不会因一个笔洗打你啦！你想，都督要是打你，别人就会说，到底不是亲生儿子呀！还比不上一个笔洗呢！都督要敢打你，日后谁还会来投靠他呢？”当时陈霸先刚好回到大帐门外，欧阳纥和萧摩诃说的话他都听到了，不由心里暗骂道：“欧阳頠怎么生出这般儿子来，才多大的年纪，便有如此心机，长大后那还了得？日后得小心点，别让他带坏了诃儿。”

陈霸先说了这个故事，见欧阳頠脸有愧色，便不无揶揄道："如何？你放心好了，这小子，处变不乱，虽身在虎穴，我敢说，他定能自救保身。"

欧阳頠呼了口气，道："但愿如此。说老实话，丞相大人，我这次回来，你打算如何发落我？"陈霸先眯眼注着欧阳頠，许久才笑道："你猜会怎样？"欧阳頠点点头，脸上毫无表情，道："我事实猜不着。几年不见，丞相又长进许多呢，頠不敢相认啦！现在頠心下怦然不安，往日的都督今日已是百揆之首，时过境迁呀！说实话，我自被擒就怕得要死。"陈霸先嘿嘿笑道："好个欧阳頠，怪不得别人都称你为贤。你怕死？只短短三四天，你就胖了一斤九两，叫什么呢，这叫心宽体胖吧？"欧阳頠道："心宽体胖？哼！被擒那天我过完秤，杜僧明就逼我吃东西，你说我能吃得下去么？杜僧明不知喂了我甚么东西，我昏睡床上一概不知，由得他们强喂我吃喝，也不知每日吃了多少。在路上，我听军士说了才知道，我睡着时吃的东西比醒时多出几倍。边吃边睡，能不胖么？"

杜僧明给欧阳頠喂的就是"醉丹"。自进建康城后，杜僧明的夫人莫氏就患了失眠的症候，每日烦躁，日见消瘦。杜僧明与赵媚娘说起这事时，赵媚娘连说不妨事，便取醉丹让杜僧明带回给莫氏服用，莫氏从此夜夜睡得安稳，饭量也逐日增加，不到一个月，养得白胖起来，把杜僧明喜得见牙不见眼，连称这是神丹妙药。这番征讨萧勃，吴子度为流矢所中，痛得叫苦连天。杜僧明知道醉丹还有止痛功效，便也让吴子度服了一些，即时止痛，安安稳稳地任由郎中开刀施治，竟无任何痛苦。军中医官甚为惊奇："这是甚么东西，将爷从何得来？"杜僧明狡黠地笑道："这是仙家之物，并非人间所有呀！"欧阳頠被擒捉后，抵死不肯吃饭，周文育也慌了："欧阳頠这是拒食寻死呢，如何是好！"杜僧明笑道："不用担心，老杜自有妙计。"杜僧明命军士给欧阳頠喂了醉丹，死沉沉地躺在床板上，杜僧明又命军士取饭食来，看着一口一口地喂，欧阳頠竟连吃三碗米饭。杜僧明喜得蹦跳："这个死贪官，死叛贼，真能吃呀！吃得比老杜还多呐！"欧阳頠只知道杜僧明弄了手脚，却不知是甚么醉丹。

太平二年三月二十八日，谭世远、陈法武率军突然围了南康。谭世远在北门楼下大叫道：“请侯爷说话！”（见第二十三章）

那老者拉盘肸站起来，拍着他的肩膀，笑眯眯道：“好了，年轻人呀，谢你啦！老头儿也泡够了，这就要走啦！”说着慢腾腾地爬上那头水牛，也不管浑身上下衣服湿淋淋的，自上涧朝南去了。（见第二十三章）

第二十三章

人在虎窝未知险　身登高处不胜寒

屯军南康的萧勃接得欧阳頠等军败消息，顿时惊呆了。好半晌，才吼道：“即命陈法武、谭世远率部赴豫章，增援余孝顷！”

当年萧勃命谭世远为曲江令，助蔡路养抗击陈霸先北伐军。陈霸先在南野大破蔡路养，谭世远于乱军中率残部逃回广州，萧勃不加深责，仍让他回镇曲江。承圣三年，萧勃袭杀衡州刺史王怀明后，便让谭世远领衡州刺史之职。萧勃诸路叛军中，以德州刺史、英信将军陈法武，梁化太守、忠义将军兰敳军力最雄。萧勃进据南康后，便命陈法武与谭世远率本部二万二千军马扎在鱼梁，命兰敳与建州刺史、贞威将军夏侯明彻率本部一万九千军马扎在陂阳，与南康成倚角之势，只等欧阳頠前军克捷，即大举挥师北上。

长史封亭茂道：“主公起始就不该命欧阳頠为前军，欧阳頠原是陈霸先之爪牙，不得已才归附主公。如今陈霸先位居朝端，掌控了朝廷枢纽，篡位是早晚的事，欧阳頠怎会真心抗击故主呐！”萧勃不以为然，道：“周文育是陈霸先第一猛将，欧阳頠败在他手里，本也不是甚么奇怪之事。你也不能用老眼光看人喽，兰敳可是兰裕的兄弟、元景仲的亲信呢，你能说兰敳对我不尽心么？可知假以时日，诚心待之，就是顽如铁石，亦可化之。”

兰敳原是前高州刺史兰裕的族弟。太清三年，兰裕随广州刺史元景仲谋反时，兰敳在梁化郡为主簿，力劝郡守孔忌道：“元景仲造反，那是自寻死路。曲阳侯是宗室血脉，必代元景仲。郡守切勿为元景仲所惑，宜据

守本邑，等待时局变化。”萧勃灭元景仲后，继发军占据各州郡，尽换元景仲旧部僚属，先后斩杀元党上百人。孔忌、兰敳亦被拘执待诛。孔忌大骂兰敳道：“兰敳没见识的混蛋，害死我啦！当日我若从元景仲谋反，未必就死。都是你这馊主意，不让我反，才有今日之祸呀！”萧勃知道了，即赦孔忌、兰敳两人不死。顾道道：“兰敳是兰裕族弟，应杀之以绝后患呀！”萧勃笑道：“本来该杀。可他事前劝孔忌附我，凭这句话，免他一死吧！”于是让兰敳复任原职，不久又擢兰敳为梁化郡太守，加忠义冷军。

封亭茂又道：“兰敳怎么能与欧阳頠相比哟！兰敳只是条狗，主公给他一块骨头，即能摇尾俯首。欧阳頠是老虎，是猛兽呀！怎能驯化呢？欲壑难填呀，翻头就可咬人呐！”萧勃不耐烦了，道：“你咬着这事不放，是责怪我用人不明啦！谁都知道你迟早必为相佐，何如此不能容物？欧阳頠军败，我虽心痛，但决不会罪他。你喋喋不休，意欲何为？如今征讨之中，用人不疑呀！被众将听了你这番话，还不人人自危，还怎么打仗喽！再说啦，欧阳頠的儿子在我手中，他怎敢背我？军中胜败，本就无常呐。”封亭茂摇了摇头，嘀咕道：“欧阳頠的儿子，更不可信呐。我就不能明白，过去常听说欧阳纥机敏过人，处事老到，怎么一入质就成了痴呆，不可信，不可信呀！”

承圣三年，萧勃起军袭杀衡州刺史王怀明，擒获东衡州刺史欧阳頠后，萧勃命欧阳頠仍旧回镇始兴，让其儿子欧阳纥入广州服职，还答应将女儿配给欧阳纥为妻。欧阳頠遣幕僚萧引、岑之敬、公孙挺随欧阳纥入广州。欧阳頠初为衡州监事时，就以言行笃信著称岭表，远近所谓俊彦之士都愿意来投他，欧阳頠也一概纳之不拒。如萧引字叔休，聪敏博学，本为著作佑郎、西昌侯府主簿。侯景之乱时，荆州刺史萧绎承制奉诏命征兵平叛，朝中许多职官都前去投奔依附。萧引道：“诸王争权夺位，祸患刚刚开始呀，恐怕还不是选择君王的时候呢，还是逃命要紧呀！目今江南战火纷起，只有逃到岭南才能保一家老小。”于是与弟萧彤带宗族百多人逃来岭表，听得欧阳頠贤名，便登门自荐。又如幕僚袁敬字子恭，本是陈郡阳夏人，早年在朝廷历任秘书郎、太子舍人、洗马、中舍人之职。江陵沦陷后，袁敬流寓岭表，闻欧阳頠之贤名，便前来相投。投在欧阳頠门下的还有令狐夏实、岑之敬、祖以迈、公孙挺、卢贞灼、张见持等人，俱为京都旧职故吏、江南英杰俊彦。

欧阳纥入质广州，萧勃让他住进故广州刺史元景仲府邸。自萧勃入主广州后，元景仲故府再没人住，早已破败不堪，杂草丛生，阴冷萧条。欧阳纥恨道："萧勃老贼欺人太甚，让我住鬼宅呐！"岑之敬劝慰道："公子何必沮丧，这正是保身之所呐。公子欲早离此地，怕得要把往日之风采收敛收敛喽。"欧阳頠与番禺豪右陈道绚、增城豪右冼瞻、新会豪右李娄匠、宝安豪右谢公素等最为交密，诸豪右知得欧阳纥在番禺，都使人致书问安。萧引亲自登门造访诸豪右，言欧阳頠受萧勃所制，入子为质情非得已，萧勃反期日近，为保公子免遭不测，不宜相互往来为妥，若有相求，必当以告。

萧勃多次派人去看望欧阳纥，去的人回来都说，欧阳纥每日招一班墨士，与众美姬吃酒耍乐为事。与之交谈，答非所问，常常闹出笑话。萧勃不信，道："欧阳頠之贤名隆盖岭南，怎会有这样的儿子？"封亭茂笑道："不用说，这分明是装出来的，身为质子，如入虎窝呀！欧阳纥为保平安，故意做成胸无大志、碌碌度日的样子来。"萧勃摇头道："大可不必！欧阳頠是个人物，今既为我用，何加害之有，其子即我子也。"

这日晌午时分，萧勃突然去见欧阳纥。萧勃在便厅里等有半个时辰，才见欧阳纥眼迷鬅鬆、衣冠不整地从内室出来。萧勃细看时，欧阳纥脸上脂痕赫然。萧勃顿生厌恶之情，冷笑道："甚么时候了，世侄尚做高唐之梦呐，看来老夫来得不是时候喽！"欧阳纥甚是惊恐，无言以对，耷拉着脑袋待在那里。看着欧阳纥猥琐颓废的样子，萧勃暗骂道："原来是这般下流混账东西，我女儿怎能托付终身！"甩袖转身而去。

一次萧勃出巡至始兴，见了欧阳頠时，萧勃脸露不满，道："靖世公为人诚信公允，士民无不拥戴，堪称济世之大才、治政之楷模，众皆钦叹莫及。然政务之余，亦应拨冗管管儿子喽！公能经国而独不能齐家？任由如此下去，秦晋之好，老夫不敢企望呀！"欧阳頠瞿然，刚要开口问时，旁边袁敬忙使眼色，欧阳頠恍然会意，转作忧愁状，道："逆子素来做事离经叛道，不愿读书，尽结些不三不四的狐朋狗党为乐，我虽多番劝告，苦无改过呐。"萧勃哼了一声："若能交些朋友呢，不分优劣，倒还是好事。整日沉溺酒色，弄得神魂颠倒，颓废下流，难道靖世公竟不知晓？"欧阳頠满脸通红，答不出话来。

欧阳頠前军败绩的消息传来，广州震恐。欧阳纥忙与萧引诸人商议。

欧阳纥道："父亲若是被俘，陈霸先必不会杀他。父亲若降，萧勃必不会留我。事在紧急，请诸公教我！"公孙挺道："不论刺史降与不降，陈霸先决不会为难刺史。刺史刚而不逆，柔而不媚，处事允中，左右通达，故陈霸先当日寄以厚望，委托始兴之守。王怀明忠则忠矣，拼以身死，城复存乎？刺史则不然，以其直死，何如曲全？故始兴旗号虽异，而始兴依然为朝廷所有呀！今日刺史为萧勃所制，随军出岭，身不由己呀！陈霸先若不能体谅刺史之苦，也不是陈霸先啦！只是公子身在囹圄之中，若被萧勃挟持军前，再图脱身，恐非易事呀！现在公子就得寻便抽身，或逃往陈霸先军中，或暂避诸渠帅府内，才是稳妥！"萧引、岑之敬两人皆同此说。欧阳纥笑道："诸公要我逃走避祸？我看暂时不至于吧。萧勃素来自诩宽怀待人，他如今刚刚起事，怎会轻易就丢弃这美名呐，不到山穷水尽，萧勃是不会拿我怎样的。当然喽，萧勃就算未杀我，若让他看守住了，我却不能施展手脚呢，真要这样时，明日我父亲还不怪我毫无作为，坐看叛逆猖獗。"

岑之敬吃惊道："公子打算怎样，不是要起军攻袭萧勃吧？"

欧阳纥笑道："反国叛君者，人人得而诛之，何况欧阳纥乎？我是要擒杀萧勃立功，望诸公助我。"萧引道："公子讨贼平叛，没说的，我等无不拥护，只是我们手中军马全无，如何讨勃？"欧阳纥看着萧引笑道："君手中便有军马，何谓无之？"萧引一脸懵然："公子此话怎讲？"欧阳纥笑道："我接得探报，萧勃闻得前军败绩，即命陈法武、谭世远挥军北上。叔休公可仿我父手迹，致书谭世远，命其攻袭萧勃，不论谭世远成败如何，叛军内乱一起，我即可从中取事。另，岑仰贤即往新会、增城，找诸渠帅老爷起兵助我。"岑之敬道："公子莫非要袭取番禺？"欧阳纥笑道："我现在暂不会攻取番禺。番禺现存军马虽然不多，取之并不难，但一旦打起来，萧勃得到消息，肯定尽率军马赶回，我不成了瓮中之鳖，任其宰杀？那时，萧勃若遣军据守始兴、大庾岭，朝廷大军势不能入，如何讨勃呐？我岂不成了千古罪人了？我出其不意引军据了始兴，萧勃军中乱起，彼其时进不能往北，退不能南回，还不束手就擒？"萧引等人惊喜不已，赞道："公子大才，古今罕有，国之利器，民之福祉呀！"

萧引随即执毫，仿欧阳頠之语气笔迹修书。萧引素善属文，且善隶书，为时人所重。欧阳頠亦工隶书，见萧引斗方尺牍，自愧不如，叹道：

“此字笔势翩翩，似鸟之欲飞。”萧引一挥而就，欧阳纥取来看了，摇首笑道：“几可乱真呀！便是我也休想辨得出来，更不要说别人了。好！即给谭世远送去。”

谭世远为曲江令时，与欧阳頠过从甚密。谭世远曾对欧阳頠道：“自从南野败回，曲阳侯虽不加责，我亦落索无味了。”王怀明死后，欧阳頠向萧勃荐举谭世远补衡州之缺，萧勃竟一口答应。当时封亭茂曾劝阻道：“始兴乃岭南门户，项领去处，不应让欧阳頠与谭世远亲近太过。”萧勃道：“谭世远虽有过失，然南野之败，实不由他。谭世远通晓军旅，让他镇衡州，才当其职呐。”谭世远感欧阳頠之恩，特馈与钟繇墨宝三方以酬。

谭世远与陈法武率军到了白口，再也按兵不动。谭世远对陈法武道：“主公不会用军。既然起事，当尽倾全力，鼓涌而进，何吞吞吐吐，停滞不前？前军已败，周文育军威大振，张网以待呐，我与你干什么去哟。”陈法武道：“源永公呀！主公不宜问鼎，只宜做南越王。你看今天这架势，我军自出大庾岭，便赖在南康不走了，主公的意思明摆着，前军若得利，便向前推，若势头不对，又缩回岭南去。将士们都摸透主公心思，还怎么向前呢？这仗呀，打得窝心呐。”谭世远嘿嘿笑着：“亦文兄，这样说时，我俩也乘乘凉！”

忽报有人致密书至。谭世远接过密书，当着陈法武及帐下众将的面拆封阅了。谭世远满脸惊喜，即邀陈法武来共阅。陈法武阅完书信，吃惊道：“此书是欧阳頠写与你的，怎么让我看了？”谭世远笑道：“我与亦文兄若奉命北去，便是双双赴死呢，既然同死了，还有甚么可瞒的？这书子你都看啦，欧阳頠已降了陈霸先，备受优待。他不忘故旧，要我袭杀萧勃，便可赎畴昔之罪，你意下如何？”陈法武道：“我现在你帐中，敢不从命么？反亦死，不反亦死呀！”谭世远变脸道：“萧勃才是反贼，我与公何反之有？”陈法武见谭世远声色俱厉，心中惊慌不已，连道：“愿听将令。”谭世远紧注着陈法武：“这事关系身家性命，非同小可，必要与你跪告天地，我才信你！”随即命人焚香置酒，谭世远拉陈法武跪倒地下，歃血誓盟。忽然一人闯了入来，大喝道：“你俩人要反？”众人大吃一惊。原来这人便是萧勃从子萧竺，随谭世远、陈法武部北上，实为监军之职。萧竺听得有外人来到谭世远帐中，即赶来查询，却好遇着谭陈二人在跪地盟誓。萧竺惊问：“谭源永，你怎敢背叛主公？”谭世远还未答话，陈法武一蹦而

起，拔剑刺死萧竺。谭世远大惊，指着陈法武道："你杀了监军，奈何？"陈法武跺脚道："你拉我下水，如今还问奈何？"谭世远当即传令三军，杀回南康去。

太平二年三月二十八日，谭世远、陈法武率军突然围了南康。谭世远在北门楼下大叫道："请侯爷说话！"城楼上萧勃大声道："谭源永为何谋反？昔日你在南野败绩，按律该革职查办，我既往不咎，依然请你回镇曲江。你本是区区一曲江令，我又破格抬举你领衡州。似此飞黄腾达，别人连做梦也不敢想的大好事，你都得偿所愿，本该感恩图报，以死效忠，谁知你这禽兽不如的狗贼，天良丧尽，竟昧心背我，还有面目来见么？"谭世远大骂道："萧勃老贼听了，你本非皇室正出，广州刺史之职，亦非朝廷所授，乃丞相陈霸先权宜所赐，个中原委，普天皆知。你老贼得此非分之职，本应以死报效朝廷。谁知你这狼心狗肺的老贼，竟连结逆贼侯景，妄图阻遏丞相义师北伐，先令反贼李迁仕抗丞相义师于前，又连结蔡路养反贼抗丞相义师于后，幸好神灵护正，天必佑仁，老贼吞日之计，概不如愿。老贼助纣为虐，反国叛君，早就不应偷生人世，早就该了决残生，以谢世人。谁知你这老贼，占着岭南犹自不足，今日竟冒天下之大不韪，丧心病狂，居然举朝廷之军来反朝廷，试问你这不君不国、不忠不义之徒，尚有何面目留在世间？老贼死在眼前，有面目去见三帝乎？谭世远悬崖勒马，迷途知返，今日奉朝廷之命，讨伐无道逆贼，并非贪甚么功名富贵，只为明示世人，谭世远既为朝廷臣子，必当报效朝廷，岂能容你这等乱臣贼子作祸国家，贻害生民。萧勃老贼，若知天命有定，速速开城自缚，或许能保一条生路，如若不然，城子一破，老贼是必身首异处！"

萧勃气得浑身颤抖，哽着咽喉说不出一句话来。谭世远号命斩杀萧勃者封侯，三军将士无不卖命，奋勇攻城。萧勃在南康虽有近两万军马防护，怎禁得住谭世远、陈法武连番攻击，成州刺史石信、义安郡太守狄采异等先后战死，城内箭矢、檑木炮石都已用尽，眼看着不守。萧勃哭对封亭茂道："当日恨不听你之言，致有今日之祸。"封亭茂道："北伐大计不济矣！主公应速调虔化兰敳、夏侯明彻部回援平叛，如有不虞，即可退回始兴，另做打算。"萧勃即遣敢死护书使突围出城，飞奔虔化告急。

当日未尽时分，谭世远、陈法武攻破南康北门，斩杀石州刺史鲍吾仁、静州刺史全达，军马鼓涌而入。陈法武部乘机大肆掳掠民众，南康城

顿时一片大乱。萧勃与众官率军马从南门逃离南康城，一直朝南向退走。曾文举谏道："主公宜北进，不宜南逃呀！兰歆、夏侯明彻接得主公急报，势必已引军南来，主公迎头北上，即可与彼会合。如今主公南去，距援军愈来愈远矣！谭世远追军从后赶杀，主公如何脱身呵！"萧勃恨道："书生误我！"忙命军马转而北逃。封亭茂见军马忽然掉头北逃，急赶过来，寻着萧勃，谏道："主公呀！怎么又往北走啦？这不是自投罗网么？"萧勃骂道："往北往南，皆不由我呐！"

忽然北面鼓噪声大起，叛军惊慌失措，四散乱窜。原来是谭世远、陈法武部迎头杀至，早将萧勃叛军冲得四分五裂，溃不成军。萧勃已与众官走散，只由部将东方锐、郭卯济率近卫亲兵八百多人护着向南奔逃。前面喊杀声大起，却是陈法武率军拦住萧勃去路，只见陈法武仗剑大呼："生擒萧勃封万户侯！"东方锐引弓搭箭，把陈法武射下马来。萧勃大叫道："东方将军，护我逃离绝境，我封你万户侯！"忽听得惊叫声起，原来持枪冲杀的郭卯济亦中流矢落马。东方锐大叫道："叛军猖獗，主公控好坐骑，随我身后杀出！"

前面喊杀声又起，原是谭世远部将邬申嶷引军杀至，东方锐挺刀大喝："狗叛贼让路！"邬申嶷举枪刺来，东方锐躲闪不及，被刺倒马下。萧勃见两将相继死去，尾随亲兵已一个不剩，惊得魂飞魄散，勒缰朝右面树林奔去。邬申嶷随后赶来，大叫道："勃贼逃哪去？"萧勃逃入林中，躲在一棵大树后，朝邬申嶷道："将军若放过我，我这金鞍送与你。"邬申嶷大笑道："我斩了你，便是万户侯。"说罢举枪跃马，刺倒萧勃。随即下马，斩萧勃首级而去。

谭世远大破萧勃军，据了南康，当即传令宰牛杀羊，犒劳三军。当晚谭世远醉倒榻上，如死猪一般呼呼大睡。至四更尽时，突然轰天一声炮响，喊杀声震天动地般传来，谭世远从梦中惊醒，还未整好衣裳，外面邬申嶷惊惶闯入，大叫道："不好啦！兰歆与夏侯明彻引大军攻城啦！"谭世远大惊道："兰歆是何时到的，怎么我们一点消息都没有？"邬申嶷道："兰歆大军乘夜赶至，到我们知道时，彼军已在城下了。"谭世远顿足道："这是我的不是啦！昨晚攻下南康时，我就该想到兰歆必定来援萧勃。早应修葺残破堞垣，严阵待敌。唉！我与你快赶上城楼去吧！"谭世远拔剑与邬申嶷飞奔出去，上马朝北门城楼赶来。

兰歆、夏侯明彻所部一万九千军马全都披麻戴孝，白旗上大书“报仇雪恨，誓杀反贼”字样。谭世远部由于丝毫没有防备，不足半个时辰，兰歆、夏侯明彻所部分别攻破北门、东门，军马像潮水一般涌入。谭世远及部将邬申嶷、邓则等都死于乱军之中，所部死的死，逃的逃，余下不足三千人马全都弃械投降。

兰歆寻到萧勃首级，即命在南康南郊军营设灵堂祭奠告灵。兰歆、夏侯明彻与三军将士都穿着缞绖，在萧勃首级灵位前供上谭世远、陈法武的首级。兰歆率先放声大哭，跪地叩首不已。突然身旁夏侯明彻猛地从身上抽出宝剑，朝着跪地痛哭的兰歆砍下，兰歆当即身首异处。三军骇然惊叫，顿时骚乱起来。夏侯明彻提着兰歆首级，跃上灵台，扯下身上的缞绖丧服，厉声大叫道：“都别乱动！不论兰歆或明徹之部属，俱为朝廷将士，且听我说话。萧勃作乱反叛，朝廷举大军征讨，邪不胜正，萧勃今番纵然不死，迟早必为朝廷歼灭。谭世远本为正人君子，受朝廷之诏，反戈一击，攻杀了萧勃，立下不世之功，该为我等忠臣志士之楷模，万世流芳。兰歆以一己之私，认贼作父，竟然杀害功臣，意欲与朝廷对抗，此等不忠不义、无君无国之徒，我等还为其卖命逆叛么？汝等都有父母兄弟，都是大忠大义之血性男儿，何不随我持萧勃之首，投周文育南征军去！”兰歆部将左伯堂、刘默等还要挣扎抗争时，早被夏侯明彻近卫制服。三军将士即时振臂大呼：“愿听夏侯将军将令！”

太平二年四月五日，在豫章的周文育接得萧勃首级，次日即向据守石头渚的萧孜、余孝顷叛军发起猛攻，萧孜知得父亲已死，大势已去，终于向南征军投降。余孝顷不愿屈服，领部众乘乱逃回新吴去了。至此，萧勃北上叛军全部土崩瓦解，以失败告终。

丞相陈霸先召欧阳頠入相府议事。陈霸先笑道：“靖世兄，破萧勃，原来令公子功居第一呀！你那小子真有一手，仿你的手笔给谭世远去信，谭世远不辨真假，起军袭杀了萧勃，引起内乱，叛军狗咬狗，以致分崩离析。唉！可惜谭世远死了，确实也是人才呐。哦，你看看吧，这是令公子给周文育的书信，里面说得一清二楚。”欧阳頠接过书信，放置几上，笑道：“萧勃叛军已灭，你不命人进据广州，萧勃余孽尚存，星星之火，也可燎原呢。”陈霸先笑道：“今天找你来，便为这事，只好麻烦老兄啦！”欧阳頠缩身正色道：“这事免谈，由别人去。”陈霸先敛起笑容：“我不会

与你开玩笑，自家人打开天窗说亮话吧，我现在刚稳住局势，四处都要用人，捉襟见肘呀！最能为我分忧的，只有随我北来之旧部，然能镇广州的，唯周文育而已。可他抽不开身呀！王琳这小子，不肯听调为湘、郢二州刺史，已在大举修造战船，要来找我的麻烦。这事我已接得确切消息了，不日即命周文育与侯安都领军征讨。说不得，广州由你看守吧。”

欧阳頠站起身来：“恕难从命！我自回建康，便打定主意再不外放，只跟在你身旁，这才安稳，费事将来又调来调去，我行将老矣，经不住折腾。”陈霸先失笑道：“我还不知道你欧阳頠，这事再别争了，我让你老死广州不成？”欧阳頠眼光逼紧陈霸先：“我只有一个儿子，我死了可没人送终！”陈霸先也立身起来，挥手道：“得得，我不要你儿子来陪我。你儿子心黑手辣，留在我身边，我吃饭也不安生。就让你们父子都老死岭南吧。”

欧阳頠道：“丞相打算以何职让我南下？”陈霸先笑道：“当然是广州之主。”欧阳頠道：“这不行，即便是丞相你心里话，在朝廷上怕是通不过吧。不管怎么说，我当日事实是附了萧勃，今日是丞相阶下囚呢，别人会怎么看？这样吧，既然你非要赶我走，就让我戴罪立功好了，别的日后再说，能不能进入广州，现在还不好说呢。”陈霸先笑道：“好！就按你说的。”

太平二年四月二十一日，丞相陈霸先授欧阳頠持节、通直散骑常侍、都督衡州诸军事、安南将军、衡州刺史、始兴县侯，率军征讨岭南。

《欧阳頠致谭世远》那封伪书甫一送出，欧阳纥即与萧引、岑之敬、公孙挺、番禺豪右陈道绚、新会豪右李娄匠、宝安豪右谢公素、增城豪右冼瞻等引九千军马，秘密北上至始兴。当日萧勃叛军出岭北时，欧阳頠命袁敬、卢贞灼、令狐夏实、萧彤、祖以迈、张见持等留下，率一千军马镇守始兴。今日听说公子欧阳纥领军来到，袁敬、卢贞灼、令狐夏实等自然大开城门，迎进欧阳纥。袁敬问：“公子怎么能来到这里，他们不阻你？”欧阳纥笑道：“他们阻我，我就走不了啦？”卢贞灼道：“萧广州出岭北时，我们便打算去接公子回来，但又怕事有不周，反而不美，因此踌躇未定，想不到公子能脱身前来。”欧阳纥笑道：“诸公过虑了，我虽在虎口，却安如泰山，萧勃这老贼又能奈我何？只在这两天，我就要让诸公看新闻，坐看萧勃老贼窝里斗呢。”令狐夏实不解，疑惑道：“窝里斗？”岑之敬便把欧阳纥修伪书之事详细说了一遍。袁敬拍手赞道：“公子真是天人呐！此

计大妙，必能骗过谭世远，若能这样时，刺史之冤不辩自解，公子便是平叛第一功。”欧阳纥得意道：“我现在据了始兴，进可攻，退可守，萧勃叛军再想退回岭南，万万不能啦！”即命三军将士修葺城池堞垣，秣马厉兵，以待局变。

十天刚过，即接得探马报回，南康叛军内乱，谭世远袭杀萧勃，兰敳又与谭世远交兵，谭世远、兰敳等先后死去，夏侯明彻持萧勃首级投降周文育去了。欧阳纥对众僚及诸酋笑道：“大事偕矣！萧勃北出叛军一平，朝廷必遣我父南平广州。”卢贞灼道：“只怕朝廷怪刺史日前附萧勃呐！”欧阳纥笑道：“没有的事。当日陈霸先让我父亲与王怀明回镇衡州、始兴，王怀明愚忠不化，丢了衡州，我父亲的始兴却安然无恙。所谓降了萧勃，诈耳！就算降了萧勃，也不算背负朝廷。萧勃当日还是宗室中人，他还没有声言反叛呢，父亲何罪之有？再，陈霸先自袭杀了王僧辩，便有登帝位之想，这事普天下都知道。说起来，萧督这人本有名分即皇帝位，只是这家伙不争气，去做了敌国的奴臣，背祖叛君，这生再不要想啦！宗室中人，可争鼎者唯萧勃一人耳。陈霸先至今未即帝位，就是碍着萧勃。如今萧勃完结，不出半年，陈霸先必定践祚。广州甚么去处，陈霸先怎会轻易托付他人？朝廷旧臣，同床异梦者多，陈霸先当然不放心，所以必要在昔日北伐旧部中择而用之。诸公请想，北伐旧部中谁能比肩我父亲？我父亲在岭南经年日久，贤名远近扬播，士民无不拥戴，放着父亲不用，陈霸先还能用谁呢？”众人听了无不诚服。

太平二年五月二十三日，欧阳頠率军来到始兴，才知儿子欧阳纥早据有此地。欧阳頠向众僚属及诸酋谢道：“赖诸公忠效朝廷，頠才得入岭南。”宝安豪右谢公素笑道：“刺史大老爷呀！都是公子英雄神武，处事通变如神呀！萧勃叛军不攻自破，便是公子之玄机妙策呢，可喜可贺呀！刺史大人回镇广州，岭南从此安定了。”众人俱皆称羡不已，欧阳頠只能唯唯诺诺，谦谢一通。

欧阳頠私下把儿子找来，上上下下看了好一会，才道：“你向来放荡不羁，慧秀于外，惹得沸沸扬扬，你这坏脾气何时能改？做人呢，不兴要太多小聪明，迟早吃亏。日后多读些书，少出去串门，知道么？”欧阳纥脸红耳赤，听父亲说完了，刚要退出，欧阳頠又把他叫住，问：“这些日，高凉方面有甚么消息么？”欧阳纥想了想，答道：“从未听说。孩儿自来始

兴后，更是不知了。”欧阳頠点了点头，才挥手让儿子出去。欧阳頠随即修书两封，一是给冼夫人的，一是给钱生畏的，称朝廷不咎自己过往之罪，因此死里逃生，洗心革面，奉命征讨萧勃余党，平定岭南云云。欧阳頠措辞极为谦恭委婉，封好即遣人送往崖州去。

太平二年六月十三日，欧阳頠命儿子欧阳纥率一万三千军马为前军征讨广州。

自萧勃军败身亡消息传来，广州举城震恐。记室李宝藏、平越将军顾道等，拥立萧勃的小儿子怀安侯萧任占据了广州。徐应叹息道：“没用了!”欧阳纥一封假书破萧勃的事，也已传遍广州城，一些好事者添油加醋，把欧阳纥吹得神乎其神，简直是天上仅有，人间绝无的奇才。顾道恨道：“可惜当日侯爷不听封亭茂之言，让欧阳纥这小子骗了。世子前军虽败于豫章，然我军根基并未动摇，都是欧阳纥奸猾之徒弄了手脚，才有今日这塌天之灾呀！更可恨者，欧阳纥又抢先据了始兴，岭南之屏障落之彼手，我们无险可据啦!”徐应忧心忡忡，从此躲在家里不出，终日就是一句话：“何结局如此？何结局如此？”

只两天，欧阳纥举军攻破广州。属下诸州郡闻风而降，纷纷遣使致书广州，欧阳頠均深加抚慰，既往不咎。岭南重又安定。

冼夫人自太平元年九月平定朱崖后，命甘弁、冼奉义、冼奉达、冼奉焦率四千军马回戍西巩，命祝戬、冼奉捷、冼奉超、冼奉民、冼奉展率四千军马回戍齐安。三天后，两路军马同时起程回高凉去了。十月四日开始，冼夫人与钱生畏率崖州众官员、众渠帅一千六百七十九人巡遍整个朱崖，所到之处，百姓万民无不夹道欢迎，焚香跪接。众百姓为见冼夫人一面，不怕摆长龙候等，还手提着食品礼物，定要冼夫人收下方才罢休。一听说圣母到了，不拘在田野耕作，或在家里纺织的，无不辍耕停梭，奔涌来迎。湾岭洞渠帅、珠崖郡主簿木牙俐每见此激动场面，总是感叹不已，念叨不休：“自古曾见如此官民融洽者无？朱崖历代百姓骂官府为贼，今日万民称夫人为圣母，何由而致，何由而致呀？”

一个半月后，冼夫人、钱生畏才率队回到州府。这日，冼夫人对钱生畏道：“崖州军事已完，政事自有州尊施理。现在趁着高州军还在这里，我欲领军士在崖州修几座水库，以解其地旱灾之苦。”钱生畏道：“这是大工程哩，夫人打算在哪修筑呢？”冼夫人道：“崖州宜修水库之处颇多，也

不能一时就四面开花，我想先在紫贝北部锦山、翁田等地先造筑一座如何？”钱生畏道：“再好不过，夫人打算何时动工？”冼夫人笑道：“我的意思，即可动工。我听说温绍熙、严敬宗都精于计算土方之道，就请州尊请调过来吧。”

太平元年十二月中，温典言、严光文带着十数名随班书佐来到崖州，冼夫人与钱生畏忙把他们迎入衙中，即设酒宴洗尘接风。席间，冼夫人笑问严光文：“严大人这番来，我家里可好？”严光文听冼夫人这样问时，顿时脸色沉重起来。冼夫人大吃一惊：“怎么啦？严大人快说！”严光文赶紧道：“夫人别急，老寿堂仙去啦！”冼夫人腾地立身起来：“甚么时候的事？”严光文道：“便是十月二十三日。我奉命来时，刺史也已扶太夫人灵柩回新会下葬去了。”冼夫人呆立着，不禁泪下，许久才摇首道：“百合哟！何如此不孝呐？翁姑先后谢世，都竟不在家中……”众人见冼夫人悲苦万分，忙起身劝慰。钱生畏道：“生死命定，夫人不必过于伤感。夫人大忠大孝，早已功表天地，感化万民啦！”严光文自责道：“刺史大人本不允我告知夫人，也怪光文处事不周，一时惶恐不及才说了出来。”

严光文又取过随身招文袋，从里面拿出一卷书稿来，道：“这是小公子的功课，我也捎来啦！不是光文夸口，谁会信是小公子所书写的呢？”众人接来看了，无不啧啧连声，惊叹不已。冼夫人抹着眼泪道：“我已嘱仆儿跟严大人习字，未知听教否？”严光文连道：“小公子聪慧过人，只怕光文才不及心，误了小公子。”

严光文又从招文袋里取出一封书札，双手呈给冼夫人，道：“这是小公子写给夫人的书信，光文亦带来了。”

冼夫人忙接过启阅：“闻父言，儿未及二龄便诵《千字》，唯顺口耳，不知字义，不知文意，然认字始焉。四龄时，略知字义，仍未解文意。六龄时，读书凡四百万言，认字近八千。父言未可辍学，始读《太史公书》，苦无全，父致书王太守使索，于今未得。前者母命儿抄《大学》二十遍，积三月余有百十遍，选其自善者托严太守奉母。父曰：‘字未善，阿母笞汝！’儿惶恐，幸母勿钦！昔孔融四岁，称让梨之义，黄香九龄时，便颂温席之孝，儿今八龄，能不思齐？儿与母聚少离多。儿在家中，母在赣石剿贼；儿在家中，母在朱崖抚民。昔人言，母慈多败儿。母有父严，父有母慈，母虽不在堂，然父母之爱，儿实兼而有之，何其幸矣！祖母乘鹤西

去，儿与姐随父守灵，代母行孝，益思母矣！母思儿否？儿不能知，儿思母时，唯有读书。思之愈切，用功愈真，唯其如此，方解思母之困……”

冼夫人眼泪本还未干，读至此，早已浑身抖动，不禁又哭将起来：“我的儿，痛杀为娘啦！”钱生畏等人忙凑近前来。冼夫人一边哭，一边将书信递与钱生畏：“这是仆儿写给我的书信，你也看看……”钱生畏忙与温典言、严光文一起阅了，立时赞叹声又起。钱生畏甚为激动，道：“有子如此，夫复何求？父母大忠大义，儿亦大仁大志呐！”

冼夫人问温典言、严光文：“广州有甚消息否？”严光文道：“我来崖州之前，都未有甚消息，恐怕曲阳侯未必敢北出呢。”钱生畏道：“曲阳侯敢公然援助褚俭抗南征军，反心早已昭然若揭，必定北出，只是时日问题，所以夫人才及时调军回防。按丞相来书可知，朝廷早作准备，如有征遣，我们随时候命。”

太平二年正月十六日，冯宝、甘弁、祝戬报来，广州秘密调大军集结始兴。冼夫人道：“萧勃反了！”钱生畏吃惊不已，搓手道：“丧心病狂呀！我们应该如何应对？”冼夫人沉吟片刻，道：“沉着冷静。这消息切勿传出去。”二月十九日，冯宝、甘弁、祝戬又火速报来：二月十四日，萧勃举八万大军叛反，前军已出大庾岭。冼夫人即回书告诫甘弁、祝戬，驻西巩、齐安军马原地待命，不能轻举妄动，随时掌握叛军动向，一有变化，立即报告。钱生畏道：“现在萧勃叛反，夫人时刻用兵平叛，修筑水库一事怕得搁下了。”冼夫人笑道：“萧勃反心由来已久，朝廷必已早有准备，萧勃乱不了天下。水库照修不误，刺史放心好了。”

太平二年三月五日，冼夫人与钱生畏、温典言、严光文、抱艮、博臣、张融、白承权、武哥、阿秀、夫辛、七儿、三彩儿、孟娘、陈三官、冼奉敏等一行往紫贝来。

冼奉敏马鞍上挂悬着一个精致的鸽笼，里面装着一只灰白色的鸽子。这鸽子便是去年在五指岭南征军大营上空，让老鹰追得走逃无路的那只鸽子，幸好被七儿引弓射死老鹰，救了下来。当时七儿说这鸽子像死去的猛虎花儿，勾起冼夫人的回忆，伤心不已。后来冼夫人说，既然敏儿喜欢这只鸽子，那就收养了吧。既然七儿说这只鸽子像花儿，今后就称它花儿好了。于是这鸽子“花儿”的名称就叫了开来。

路途中下起毛毛雨，冼奉敏忙取出一块苫布，蒙在鸽笼上遮雨。一会

儿雨停了，冼奉敏又把苫布收起。夫辛笑道：“敏儿呀！你一刻也离不开花儿呢，看你一路忙个不休，对花儿照顾周到，当心人家骂你是公子王孙，整日斗鸟走狗的。”阿秀笑道：“这花儿谁都喜欢，善通人性呢，敏儿要它飞就飞，要它回来就回来。数十里外生僻之处还能认路回来哩，你说奇不奇?”武哥笑道：“敏儿，若在这地方放飞花儿，我们继续赶路，它还能飞回你身边么?”冼奉敏笑道：“能，我现在就试给你看。”冼奉敏说着，在马鞍上取下那只鸽笼，提起把笼门打开，那花儿当即跃出笼门，扑打着翅膀向空中飞去，一忽儿功夫连影儿都不见了。七儿笑道：“敏儿逞强，不比在家里笼子里放飞，它能认路回来。这人生地不熟的，花儿要是飞不回来，可不许哭鼻子!”

傍晚时分，冼夫人一行到了翁田洞境。三彩儿笑对冼奉敏道：“敏儿呀，花儿该回来了吧，这天都快黑啦，花儿怕是认不了路啦!”冼奉敏笑道：“好，我就让花儿回来吧。”只见冼奉敏从衣兜里取出一方红绸令旗来，举在手上飘摆。只半刻功夫，就听得孟娘惊叫道：“大家快看！西北角那个是不是花儿？正朝我们这里飞过来呢。”大伙抬头望去，果见一只鸽儿朝这方飞来。眨眼功夫，这鸽儿已飞到头顶上空，大伙儿惊叫道：“真是花儿呢!”声音未落，花儿已稳稳当当地停落冼奉敏手上。

冼奉敏随即从衣兜里掏出一些稻谷，就在手掌里让花儿啄吃了。冼奉敏抚了抚花儿，又让它进笼子里去，才关了笼门，挂回马鞍上。有伦洞渠帅博臣惊讶不已，拍马过来，问道：“小公子这是玩的甚么巫术?”又伸手来取那面红绸旗儿细细看了，疑惑道：“真是奇啊，就这旗儿，鸽子大老远就能听你的?”

七儿得意道：“这旗儿是敏儿让我做的。”三彩儿笑道：“啊呀！就知道是你做的，别人也做不出这好样儿来。你还敢说呢，让人家知道了还不笑掉大牙!”七儿红着脸道：“我们这班姐妹，若说针线活，谁也别说谁，你的手艺也好不到哪去。你帮你家爷们缝补衣袖，你那爷的手无论如何也穿不进袖里，一看才知袖子缝死了。”大伙听了，哄然大笑。

冼夫人道：“敏儿呀！你好好调教花儿，看数百里甚至上千里以外异地能认路不，若能，花儿可有用啦，可传书通信呢，这可了不得!”冼奉敏道：“我看能行，这数月来，我都在不同地方试过多番。我再逐步拉大距离调教即可!”张融笑道：“昔日苏武出使匈奴，匈奴把他拘住了，劝他

投降，苏武忠心汉朝，拒死不肯投降。匈奴单于便让苏武在北海牧羊，整整十九年过去，苏武宁愿受苦，不愿失节。后来汉使者去对匈奴单于说，汉天子在上林射下一只大雁，大雁的脚上还拴绑一封书信，是苏武亲笔所书，证明苏武还在人世，希望匈奴放回苏武。匈奴单于无法抵赖，只好让苏武回国。可知这鸟儿传书的事也是有的。”

钱生畏道：“这飞雁要不是碰巧落在上林，苏武传书也是白忙。怎及敏儿的花儿呵！见着红绸旗则落，无旗则不落，决不会乱撞乱飞。如夫人所说，若调教成传书通信之技，比走马传书省时省力多啦，甚么八百里加急，望尘莫及呢！”

众人说着话时，已来到翁田洞杨汤寨庄。杨汤及锦山洞渠帅永必、昌洒洞渠帅周显、周矩洞渠帅冷水金、抱罗洞渠帅教敦、潭牛洞渠帅扶丹等早在寨外迎候多时。众人寒暄过，杨汤对冼夫人笑道：“大伙儿听说要在翁田这里修造水库，都高兴得不行，早两天都过我庄里来了，专候夫人呐。”扶丹笑道：“在翁田修筑水库，日后得益的是杨汤老爷，还不该请我们吃碗酒？”冼夫人笑道：“这水库若修筑起来，得益的不只是翁田呢，周矩、龙马、抱罗、锦山、唐教等地都可受益，水库水居高而下，凡低洼地都可灌溉呐。我助丞相陈霸先当年北上平叛时，见江州地到处布满江河，水源丰足呐，因而江右农耕几乎年年顺意，岁岁丰稔。至今别说崖州，就是我们高凉诸地，由于缺水源，常受旱灾困挠呢，农户种不保收，苦不堪言呀！兴修水利，我们都是头一回做的事，毫无经验可言。因而州尊特从高州调来电白郡守温大人、阳春郡守严大人。二位大人精于勘察丈量，工于水平土方计算之事，该在甚么地方垒坝，该在甚么地方筑堰，大伙都听二位大人的，二位大人需要多少人手，诸老爷尽力提供候用。温、严二位大人说了，先得在这里视察考究一段时日，然后绘出图纸，到甚么时候可以动工啦，我再把将士们调来。好啦，修筑水库这事，我事实外行，说多了反而不好，大伙儿都听二位大人的即可。”

吃过晚饭后，众人都在翁田杨汤寨府住下。

次日，冼夫人与众人绕翁田北部踩踏观察地势，傍午在南逢休歇。用过午饭，冼夫人带着武哥、陈三官、七儿、阿秀、三彩儿、孟娘、夫辛、冼奉敏等人朝抱虎岭走来。刚至岭腰时，武哥拉过阿秀，低声道：“糟了，我们都忘记啦，这是清明时节，夫人既然到了这里，必要上抱虎岭去看花

儿呢。”阿秀急得跺脚：“真该死！我也忘啦！都三年啦，夫人还是头一次来呢。香烛都没备着呐，你说如何是好？”冼夫人回过头来，道：“你们磨磨蹭蹭的，要干什么？走快两步，都跟上来。”武哥与阿秀再不敢做声，只好忐忑不安地跟在后面走着。

忽然听得岭顶上面传来说话声，冼夫人与众人赶上去看时，原来花儿的坟地里早站满了人，且坟地周围已修整一新，杂草野棘一根无存。那些人已陆续在拜池上设置好牺牲等诸般供品，见冼夫人众人来了，都作揖打拱相迎。冼夫人笑问道：“你们……”一个四十来岁的汉子道：“夫人呀！小的便是翁田杨汤老爷的管家季广，奉主人之命，已领众人在此先设好供品，候夫人过来，一齐祭拜护民神虎花儿呀！”冼夫人点了点头。

忽然一个庄兵指着山腰下面道：“杨汤老爷他们也到了。”众人朝山下面望去，果见数十人正从山腰上登上来。走在前面的是钱生畏、温典言、严光文，后面跟着张融、抱艮、白承权、博臣、杨汤、扶丹、永必、周显、教敦、冷水金等人及随从寨兵。

一会儿工夫，众人都满头大汗地上到花儿坟前。杨汤朝冼夫人笑道：“众老爷知道夫人定会上抱虎岭，但又不敢动问夫人，所以只好先预上供品香烛，候等夫人吩咐。我们见夫人走抱虎岭来，才跟在后面，夫人幸勿见罪。”扶丹笑道：“今年我们早就拜祭了花儿，方圆数十洞百姓携男带女接踵而来，连续十数天，每天计有数百人来呢。昨天我们才告知百姓，说夫人可能今天会来，才让寨兵把他们都挡在山下了。”冷水金道：“我与诸老爷商量了，准备择日为花儿筑一灰土大坟地，等禀过州尊再行动土。”冼夫人道：“千万不要鼓动百姓来祭拜花儿，这可不好。你们众老爷开了声，百姓敢不来么？”杨汤忙道：“三年来，我们从没鼓动百姓乡民呢，他们要来，我们也不好阻拦呐。”冼夫人道：“这样才好。如若百姓自发而来，顺其自然吧。至于筑灰土大坟地，我看就免了吧，更不要立碑，像现在这个样子好，花儿既然逝去，就让它安息吧，不必折腾惊动它了。”

武哥点燃三炷大香，呈给冼夫人，冼夫人接了，插到花儿坟前。钱生畏忙与众官员、众渠帅整肃衣冠，随着冼夫人一齐跪了下去。

三天后，冼夫人别过温典言、严光文、杨汤、永必、周显、冷水金、教敦、扶丹等人，与钱生畏、张融、抱艮、博臣、白承权、武哥、阿秀、夫辛、七儿、三彩儿、孟娘、陈三官、冼奉敏等一行回到州治。

当晚吃过饭后，冼夫人与钱生畏、张融、洪通、时元、龚自明、廖明、白承权、抱良还在说着闲话，忽报贵儿、盘肸、艾叱、旻鑫、孺虪、梓醎等人回来了。

去年八月，冼夫人率部在郎益与甘弁东路军、武哥西路军会师时见了贵儿，便让他随军回州治。关砮知道后，自然高兴不已，对贵儿道："你本是大堡的人，如今夫人不咎前过，原谅了你，你就该随夫人去听差，将功赎罪吧。至于茨琯母子们，你暂时无须带去，就留在我身边，我自然会照管。"贵儿在朱崖十几年之久，熟悉本土民情风俗，钱生畏、权昰谞每遇决策，多找他参议。权昰谞向冼夫人提议，让贵儿在郡衙供职，冼夫人笑道："日后再说吧。做官这事，恐怕非贵儿所长。"竟是不答应。

贵儿与盘肸等人入到厅堂复命。盘肸朝冼夫人道："盘肸拜母回来了。"冼夫人笑道："肸儿是大孝之人，清明祭母，本该如此，回来就好。你们先去歇着吧。"贵儿笑道："报告夫人知道，盘将军这番回乡拜祭老母山坟，竟有一奇遇呢，与生俱来的驱虫赶蛇术丢失啦！"众人听了，不由一怔。冼夫人笑道："肸儿，有何奇遇？说来听听。"

早在十天前，盘肸向冼夫人告假，回苟中潭陆洞乡中拜扫母坟。冼夫人让贵儿、艾叱、旻鑫、孺虪、梓醎领五十军士随盘肸回乡，另备赙赗诸物祭祀其母。

盘肸与贵儿等人回到家里，次日即与叔伯家人备齐祭品，上百人一齐往毛苔岭来。才走有三里地，前面迎头遇上潭陆洞渠帅卫槐一行数十人。卫槐滚鞍下马，上前拱手道："盘将军昨天回到乡中，又没通知卫槐，幸好卫槐耳目灵通，知道盘将军今日上母坟，卫槐特备赙赗祭品赶来，幸好未迟。将军不会怪罪吧？"盘肸道："我自拜祭老娘，又不是你老娘，怪甚么怪？你既然来了，就一同走吧。"卫槐赶忙谢了。

一队人马行至报溪涧边，见一老者约有八十上下年纪，正骑着一头水牛过涧。这涧中满是石头，每块石间隔有两三尺距离，看去倒像是人工铺设的，鳞次栉比，涧水在石缝间流淌，荡得水花四溅，煞是美妙。那头水牛驮着老者，在石上跳跃而过，不料一个失蹄，连牛带人跌落涧中，样子甚为狼狈。盘肸跃下犀牛，飞赶下涧中去，大声问道："老人家，不碍事吧？"那老者跌坐在水里，回头朝盘肸嘿嘿笑道："跳石牛骨碌，好笑，好笑哪！"盘肸伸手要去扶曳那老者起来，冷不防被那老者一把扯坐下涧水

中，那涧水刚好浸到脖颈上。老者笑道：“年轻人呐，你的心好是好了，只是火气太躁啦！这水凉爽得很，你也泡一泡才好呢！”盘肸挣扎着要起来，那老者强按盘肸的头没入水中，道：“泡泡吧，泡泡吧，好了．从头到脚，浑身上下都泡透了，这就去火气了。”

那老者拉盘肸站起来，拍着他的肩膀，笑眯眯道：“好了，年轻人呀，谢你啦！老头儿也泡够了，这就要走啦！”说着慢腾腾地爬上那头水牛，也不管浑身上下衣服湿淋淋的，自上涧朝南去了。

盘肸立在涧中，痴痴地望着那老者去得没了影儿，才与众人上路。

又走有半个时辰，才来到乇苔岭，寻到盘肸老母山坟。盘肸朝着母坟双膝跪倒，当即放声大哭，再不管别人拔草培土、置设祭品。贵儿悄悄对艾叱道：“我听说盘将军一哭起来，便会引来虫蛇，这怎么办呐？”艾叱望了望四周，道：“这乇苔岭怕有不少虫蛇呢，盘大哥要哭，我们也不敢劝阻呀！”

可是盘肸哭了半天，尽管哭得撕心裂肺，哭得天昏地暗，众人也陪了不少眼泪，却莫想见到一条蛇儿。众人无不惊怪，相互对视：“怎么今日这法儿不灵啦！”

听盘肸说了经过，冼夫人等人也疑惑不已。盘肸道：“我也自觉奇怪，我打小时起就有瘙痒的症候，夜夜必痒，也不知请多少人治过，从不见好。廖将军也为我疗治过了，也没有效验。可自那天后，我积年的痒症竟然好啦！也再不掉皮屑啦！”廖明听了，忙起身过来，掀开盘肸的衣服，细细看了身体，惊讶道：“真的痊愈啦！怎会有这般事？”钱生畏点头道：“不消说了，盘肸是奇遇了，那个老者有来历呀！”白承权笑道：“只有此说，再无他解。盘将军能摆脱多年皮肤瘙痒之困扰，自是一喜，与生俱来的怪异驱蛇术旦间无影无踪，我看更是大喜。夫人呀！我想起且灵老爷那句话，护国夫人是天使她在朱崖降福者。”

太平二年五月十五日，南征军五千将士，瞫都美朗洞苏石一千寨兵，玳瑁云龙洞应周一千寨兵，玳瑁三江洞过不及一千寨兵，玳瑁三门坡洞祖民崇一千寨兵，紫贝潭牛洞扶丹一千寨兵，紫贝抱罗洞教敦一千寨兵，紫贝锦山洞永必一千寨兵，紫贝周矩洞冷水金一千寨兵，紫贝昌洒洞周显一千寨兵，紫贝翁田洞杨汤一千寨兵，共计一万五千人汇集翁日鹌忞修筑水库。各部将士分设营地住宿，整个鹌忞四野铺天盖地变为人海，一时人声

鼎沸、热火朝天。扶丹对苏石笑道："苏石大老爷怎么也来了?"苏石笑道："不来不行呀！杨汤老爷造反，我奉命来镇压定乱呐!"众人哄然大笑。过不及笑道："共一万五千大军呀！褚俭作乱崖州，何等猖獗，夫人南征大军不过一万五千人马即可平定。你杨汤比褚俭还有能耐呢，竟惹来这许多军马。老实告诉你杨汤，我们大伙好不容易才讨了这份差使，今日来了，你得管吃饭，我吃不饱，没气力挑泥掘土，误了将令，你得为我挨板子。"大伙又大笑。

教敦笑道："刚才我见到伍算槐、伍算傣兄弟俩，还有丁椿、束盖、薛子宗、符来、唐达等从落金岛来的伪职人员，都来修筑水库呢。"扶丹道："这帮褚俭叛党，本都是该死的人。丁椿、束盖等人被武哥大将军所获，逃过一劫。伍家兄弟更是走运，及早离开褚俭，不然定在五指岭被盘肸这小子哭死啦！这班褚俭同党，要是落在别的钦差手里，定斩不赦，死十回啦。夫人慈悲为怀，网开一面，让他们洗心革面，重新做人，八辈子捡着呐，现在还不趁这机会将功赎罪么。"

忽见冼夫人、钱生畏、温典言、严光文、张融等领着十数人过来了，扶丹忙与诸渠帅迎上去。冼夫人笑道："诸老爷都在这里，甚么事谈得如此开心呢?"扶丹笑道："就谈修水库一事呢。诸老爷说，剿褚俭时夫人不让我们出力，个个心中有愧，这番修水库，定要各尽所能，全力以赴。平叛我们没有流血，修水库我们定要流汗，不然不敢见人啦!"大伙听了哈哈大笑。

冼夫人笑道："听扶丹老爷这句话，我就知道水库定能修好。好！我再为诸老爷介绍介绍，这便是梁舍仲老伯，这便是石西大叔，还有这位便是厚罗大哥，他们都是来参加修筑水库的，你们东道老爷都得照顾好。"

这梁舍仲老伯便是瞫都梁沙洞的那个寨民，大前年瞫都建学校期间，冯宝与蒋子定、西门昌下各庄寨走访招学生时，曾与他坐谈半日。梁舍仲老人两个孙儿梁吉达、梁有金都入在瞫都学校念书，由于刻苦用功，甚为先生赞赏。为此，梁舍仲抱两只鸡去瞫都学校谢师，蒋子定、西门昌开始不肯收纳，无奈梁舍仲老人情恳意切，只好收了。听得冼夫人要在紫贝翁田修筑水库的消息，梁舍仲老人跑去求梁沙洞渠帅毕巩，必要让他参与修水库。毕巩忍不住笑，道："啊呀！舍仲老东西，你今年多大年纪啦，还去修水库呐，这可不行，万一有个差池，毕巩岂不罪过？这事免谈!"梁

舍仲老人道："挑泥掘土我是不行，编织箩筐畚箕，不是老头儿吹，远近上百里还没人赶上我。修水库要用无数箩筐挑土，正用得着老头儿这手艺，箩筐破损了，还要修补呐。只要老爷答应了，我即可带庄寨数十人去。"毕巩摇头道："不行，这玩笑开不起。"梁舍仲老人急了："我求你不成，我求护国夫人去。"毕巩道："你非要参加？"梁舍仲老人颔首道："非要参加。"

毕巩笑道："哪见这般犟的老头，好好，答应你。也不知夫人答不答应呢。"梁舍仲笑道："还有寨里石西，他也要参加修水库呐，他那石工真是没说的。石西太祖爷曾被征往合州建造府衙，他这手艺是祖传的。修筑水库必要打夯土坝，就让他领人凿造夯石吧！"毕巩道："好好，都听你的。看不出来，你还挺在行呢，我必要向夫人举荐你们。这次夫人不让梁沙洞参与修水库，我不服气，现在有你这班能工巧匠，庶几也可为我争口气。"

厚罗母亲自被冼夫人认为干娘后，就有人提议让厚罗在州下供个职，冼夫人不答应。上月中，冼夫人率武哥、三彩儿、孟娘、七儿、阿秀、夫辛、冼奉敏来峨蔓洞探望厚罗一家。峨蔓洞渠帅郎奇听到消息，赶忙率人备办礼品诸物来到厚罗家里。冼夫人笑道："郎奇老爷，我因一直在军中，少有空闲，不能常来探望干娘，这几年，多亏你照顾干娘一家呢，百合这里谢了。今天来看看干娘便回，本不打算惊动郎奇老爷，郎奇老爷不会怪罪百合吧？"郎奇忙道："夫人说哪里话来，郎奇怎敢？不知道便罢，知道夫人来了，郎奇哪有不来恭候之理。"

厚罗母亲对冼夫人道："好女儿呀！我听说你要在紫贝修水库，不久便要动工，你就让厚罗也去吧，在家里也没甚可做。人家知道我干女儿是大统制，号令大队人马去修水库，厚罗却闲在家里，不是笑话呵！"厚罗听了，忙道："阿妈说的是。让我去吧，粗重活我能行。"冼夫人想了想，道："好吧，既然阿妈这般说了，我答应啦！"

听了冼夫人对梁舍仲、石西、厚罗等人的介绍，杨汤诸渠帅忙不迭答应。

太平二年六月四日，钱生畏接到欧阳颜的书信，忙命人往紫贝翁田请冼夫人回州治来。钱生畏一见冼夫人，即迫不及待道："萧勃败亡啦！"冼夫人看过欧阳颜书信，笑道："欧阳颜被周文育擒去，接着萧勃内乱又起，

怎能不败？好！丞相既往不咎，复起用欧阳頠入广州，确是明智之举。欧阳頠长期经营岭南，素有贤名，收复广州，非他莫属。”钱生畏叹道：“想不到萧勃苦心经营多年，如此强盛家业一旦化为乌有，竟不堪一击呢。”冼夫人笑道：“萧勃善于治政，却不善于治军。从当年遣李迁仕在大皋抗拒陈丞相北伐军，到起大军取海路征讨朱崖，无不显其外行者。今番谋叛作乱，背祖离宗，致使天怒人怨，便是能行军用师者，也不免玩火自焚的下场，何况是萧勃呢。”

钱生畏道：“欧阳頠现在是以衡州刺史身份入广州。夫人以为，广州平后，欧阳頠会不会为广州之主？”冼夫人道：“我看很有可能。然朝廷的意图亦不好猜测呀。”钱生畏道：“欧阳頠当日随陈丞相北伐，与夫人曾并肩作战，如若回镇广州，真是求之不得呢。”冼夫人点点头，道：“同为国家出力，本不该分彼此。既然朝廷已遣欧阳頠进入广州，若有必要，我们应随时候命朝廷调军之用。”钱生畏笑道：“从来书可知，欧阳頠处事谨慎，非贪功托大之辈，字里行间，隐约有望夫人助力之意呢。”冼夫人笑道：“朝廷若有调军之命，我随时可率军助欧阳頠。现在江南多故，岭南稳定事关大局呀！翁田水库那边已如期顺利进展，可谓军民团结，万众一心，如火如荼呢。我也真不知道温绍熙、严敬宗有治水之能，这番算找着人了，你看他俩每日指挥千军万马，有条不紊地运作，真是移山都太岁，治水大元戎呢。”

王琳不肯听调为湘、郢二州刺史，且已造好大批战舰，准备大举攻伐陈霸先。五月中，探报连番传来王琳调军的消息，陈霸先焦躁不安，连着数日食不甘味，夜不成眠。这天，陈霸先请刘师知代笔致书崖州冼夫人。刘师知书就呈文，陈霸先阅过不悦。又命人把给事黄门侍郎、秘书监徐陵找来，让他领差重写。徐陵再拜道：“冼氏女领统朱崖，功德丕隆，无人不知，然陵新近才在北地逃归，枝叶细节，其实一无所知。相爷身持帝王之柄，手握天下之图，言出如雷，虫草蛰惊，卑职怎敢妄自代笔呐！”陈霸先赞道：“好个身持帝王之柄，手握天下之图呀！虽然霸先离此尚远，然亦应当仁不让。甚么时候车同轨、书同文才是霸先所望，国朝之庆呢！”陈霸先又取出刘师知所作书稿，道：“这是刘师知之作，你可拿回去参考参考。”徐陵还要推辞时，陈霸先笑道：“你别再和我客气啦！你是天生的圣贤，宝志上人称你为‘天上石麒麟’，惠云法师又称你为‘颜回’，这是乱说的？你为简文皇帝《长春殿义记》撰的序文，天下无人可及，我也有幸拜读了，真是天上的文章呀！”徐陵不可再推，领命去了。

徐陵在自家书斋里细细阅了刘师知的书稿，眼睛停留在这几行字里：“夫人绥征不易，时日繁费，战后善兴，崖州自始服化，俱赖夫人之功。崖州土风荒梗，易征难服，唯夫人通贤洞圣，大规融于俗约，王化普为玉霖，崖州之治当不远矣！”徐陵反复咀嚼，摇头自语道：“不妥不妥，刘师知误矣！刘师知犯忌矣！这不是把冼氏女捧上天去了么？相爷之志，难道刘师知还不知道么？恐怕是朝野上下，尽人皆知啦！相爷昔日与冼氏有交情，那只是昔日。今非昔比喽！没有狮吼之威，百兽怎能臣服呐？相爷更有深意，从刘师知所作来看，并未触及呢！”

徐陵沉吟良久，执毫一挥而就，又修改数遍，然后誊抄完稿，即亲呈相府中来。

当晚陈霸先启阅，其书曰：

夫否终斯泰，屯极则亨，若日月之回环，犹阴阳之报复。近者数钟九厄，王室中微，圣主钦明，还承宝运，即是高祖武皇帝之孙，世祖孝皇帝之子，重光累圣，胤国承家，天下生民，孰不归德？贼勃不涯疏戚，希纂帝图，信是奸凶，阶兹祸乱，自王官再沦于丑逆，虏马四饮于江淹，社稷阽危，銮舆幽辱。勃身居列岳，自御强兵，高视赵趄，坐观成败。既而天维重缀，劝步还康，翻画凶图，更谋神鼎。且其兵马之任，资于长昆，方牧之权，由于承圣，操兄戈而斩侄，藉国宠而弑君，不忠不义，莫斯为甚。比春初，便遣大都督欧阳頠、塘城主傅泰等、凶徒数十，遂到临川。吾奉承朝算，指画戎略，樊滕耿贾，戮力争驱，天地灵忏，水陆开道，获傅泰不劳于一箭，擒欧阳无待于尺兵，伪党皆俘，连城尽拔，所收军资，不可称算。去月十六日，德州刺史陈法武等，愿愤回戈，仍枭凶竖，一夫挺剑，传首上京，万里澄清，人神庆跃，彼豪门着姓，典牧方州，拘隔天朝，亟离寒暑，公私愤叹，岂可为怀。今王道平夷，理增欢忭，朱明戒节，比复何如？军主平安，境内清谧。吾以庸薄，叨秉国钧，恒务牵缠，诸有劳弊，自天数云否，朝祸荐臻，东首崩腾，西京荡覆，身惟许国，任在勤王，宣力皇家，靡有宁岁，一还京师，保持鸿业，四驱夷狄，

夺得江左。始则杜龛元恶，张彪不恭，据有泰稽，连踪巨震，随机讨掩，触向平夷。叛臣任约徐嗣徽等屡引齐虏，前年末，既践京师，江畔边城，皆为戎戍，赖貔貅骋力，卫霍同心，歼厥胡夷，不日清殄。去年将夏，倾国大来，铁骑八千许四，甲士二十余万，胡尘飞于北阙，虏鼓震于南宫，躬率偏裨，聊与挑战，虏便土崩瓦解，投险赴坑，大小皆擒，鲸鲵尽戮，三江之上，寒水无流，千里之间，伏尸相枕，生获大都督萧轨，裴英起，东方老、李希光、王敬宝等，虏中骁将，唯此数人，屡破关西之兵，频取淮右之地，一朝俘斩，无复孑遗，远迩敬欣，华夷怖慑，如闻彼虏，稍是危亡，寻命熊罴，欲就征讨，方可以雷行赵魏，电埽幽并，混一车书，势在朝暮，而侯瑱跋扈江州，公私阻绝，即平北贼，仍事南征，肉袒面缚，归首阙庭，即为申闻，优其礼秩，台仪不贬，位遇兼常。今所擒欧阳頠傅泰等，莫不弘宥，政尔授其兵马，处以荣禄，坦然游狎，无介怀抱。年号武平，国即清晏，君之闻此，宁不欣跃？但昔缘王事，游践贵乡，日想山川，依然旧识。吾既忝荷明私，位逾台衮，身持帝王之柄，手握天下之图，故乡如此，诚为衣绣，故人不见，还同宵锦，天涯藐藐，地角悠悠，言面无由，但以情企。今者王猷帝载，化被无垠，浮海梯山，罔不咸格，投竿负鼎，驰步苍龙，崖穴丘园，争趋金马；君之才具，信美登朝，如恋本乡，不能游宦，门中子弟，望遣来仪，当为申闻，各处荣禄，深加将保，念嗣音邮，今遣某甲等使彼，指此不多，陈讳白。

阅毕，陈霸先点头不已："这个徐陵真是可以。"随即上封，另加一封《与裴促书》，一并交由心腹送往崖州、交州去。

太平二年六月十一日，陈霸先命开府仪同三司侯安都为西道都督，周文育为南道都督，各领两万水军在武昌会合，讨伐王琳。太平二年六月二十五日，诏命欧阳頠弟欧阳盛为交州刺史，次弟欧阳邃为成州刺史，原九真郡太守裴促为德州刺史。太平二年八月九日，陈霸先由丞相进位为太傅，加黄钺，殊礼，赞拜不名。九月十五日，陈霸先又进为相国，总百揆，封为陈公，备九锡，陈国置百司。

自征讨萧勃回来，韦放深居简出，也不许赵媚娘轻易会客。赵媚娘是

个好动之人，耐不得寂寞，见韦放整日不是长吁短叹，便是埋头看书，忍不住埋怨道："你怎么了？近日来，我见你老是打坐，莫非想出家入桑门？这番又立功回来啦，竟没一丝儿高兴的样子。"韦放笑道："哎，出家入桑门，倒是好主意呐！"赵媚娘连连打住："呸！呸！想都莫想，我可不为你守活寡。我看你早有心事，一会儿要退休，一会儿要开甚么铺口做买卖，这会儿又要入桑门呢，是不是撞邪了？"韦放看着赵媚娘，肃然道："媚娘，我与你说实话，这回我真是要退休啦！"赵媚娘吃惊道："出甚么事啦？"韦放按赵媚娘坐下，道："媚娘你别急，且听我说。我本是戴罪之臣，当年万般无奈之下，才投大堡安身立命。虽蒙大堡上下恩顾，可我身在大堡，而心在朝廷呀！后蒙相国怜悯，让我随师北上，勤王平叛。自那时起，我便打定主意，为国效忠，以赎己过。平侯景后，相国权威日重，其功无人可比，其职无可复加，极至矣！我这句话你听了便可，切勿说了出去。我是担心，相国已有图篆之志，只是早晚的事。媚娘你想呀！我若助其代取，便是不忠。我是梁朝臣子，怎能背君呵？我要是做了此事，便是死了，亦无颜去见我的父亲呀。我若不助之代取，便是不义呀！相国昔日于我有恩，别人会怎么看我？因此左右为难，不知舍取呐！"

赵媚娘眼睛瞪得老大，道："这事，其实我也早看出来了，该怎么办呐？"韦放道："时日逼近，也不容我再犹豫了，我想，现在即向相国请求悬车，也许相国不会多心。"赵媚娘叹了口气，道："既然这样了，你就相机行事吧，我不会再拦你，也拦不住你。"

陈霸先接到韦放的书子，甚为奇怪："这韦放怎么啦，征讨萧勃时还好好的，怎么回来就病倒啦？既然是病了，养好身子即可做事，也不至于就辞官么，才多大的年纪，就告老了。"连日不见韦放的面，陈霸先放心不下，命人让太医去为韦放诊治。太医蒲惑回来报告陈霸先，说韦放躺在榻上，称头昏脑涨，一直彻夜不眠。把了脉象，事实很乱，一时竟不知是何症候。陈霸先骂道："庸医！"

太平二年十月三日，陈霸先又进位为王。同月二十四日，梁敬帝下诏，宣颂陈霸先二十二款大功德毕，禅位于陈。

梁自天监元年代齐，历四帝：梁武帝萧衍，梁简文帝萧纲，梁元帝萧绎，梁敬帝萧方智。共五十六年而亡。

陈霸先命中书舍人刘师知带宣猛将军沈恪领军入宫，护送梁敬帝萧方

智迁出宫外居住。沈恪接得这差事，甚为不安，当晚悄悄从侧门入来见陈霸先，还未说话，先跪地上叩头不已。陈霸先问："甚么事呐，你竟惊成这样？"沈恪道："沈恪一直忠效于萧家，今日实在不忍见这事呀！就算你杀了我，决不敢奉命。"陈霸先心中骂道："又一个韦放！"然而脸上浮出笑容来，连连赞许沈恪是忠直之臣，表示不会逼他做这差使。于是陈霸先另寻人代这脚色。

十月二十八日，陈霸先在南郊柴燎祭天，即皇帝位，便是陈武帝。还宫，大赦天下，改太平二年为永定元年。奉梁敬帝为江阴王，梁太后为太妃，皇后为妃。擢给事黄门侍郎蔡景历为秘书监，兼中书通事舍人。陈霸先受禅后，国家政务都由中书省主枢，中书省置中书舍人五人，分掌二十一局，各当尚书诸曹，总理国家机要，而尚书唯听受而已。蔡景历字茂世，济阳考城人。蔡景历自小孝行著称于乡里，善尺牍，尤工草隶，虽然家世寒苦，依然好学不辍。蔡景历始为诸王府僚佐，继出为海阳县令。平侯景后，陈霸先镇驻朱方，听得蔡景历贤名政声，便招而揽之。蔡景历早知陈霸先有图篆之志，预先攀龙附凤，所以成为缔构之臣，与刘师知、谢岐一般为中书省五个中书舍人之一，权倾朝野，可知为陈霸先委寄之重。

陈霸先追尊皇考父赞为景皇帝，庙号太祖，皇妣董氏为安皇后，追立前夫人钱氏为昭皇后。立章氏为皇后。立兄子陈蒨为临川王，陈顼为始兴王，弟子陈昙朗为南康王。陈昙朗已为北齐诛杀，但陈霸先还未知道。

以侯安都为西道都督，周文育为南道都督征讨王琳的大军已会聚武昌，王琳部将樊猛见敌军势大，还未接战即弃城逃走。这时侯安都刚好接得陈霸先即皇帝位的消息，对众部属叹道："相国不该在这时登帝位呀！"程灵洗笑道："这是迟早的事，有甚么可惊怪的。"侯安都连连摇首："我等今日必败无疑，战之无名呀！"周铁虎、徐敬成等部将都忙问何故。侯安都看了他们一眼，苦笑道："我们与王琳过去都是萧氏臣子，王琳不听朝廷诏调，我们丞相可以起军讨之，无往而不利，说白了，是挟天子以令诸侯。现在呢，既然丞相受了梁禅，则王琳罪名无存，我们以何名讨他呢？"

当时侯安都、周文育二位将帅各统一路军马同讨王琳，步调不能一致，而侯、周部属又互不相让，致令军中小摩擦时有发生。侯安都甚为不满，道："周将军用军如神，即便如此，亦该管管手下人喽，照这般下去，

怎么与王琳打仗呐，须知王琳可是块难啃的骨头。”有人把这话传到周文育耳里，周文育只是笑笑，并不与侯安都理论长短。部属不服气，大骂侯安都恃功欺人。周文育笑道：“别去惹侯爷吧，他如今心里有气，看人都不顺眼，大伙儿忍忍就好。”

侯、周大军来到郢州，距城池还有一里多地时，据守郢州的王琳部将潘纯陀就命城上将士用强弩远射侯、周大军。侯安都大怒，扯嗓子骂道：“还未见老子的脸儿，就胡乱射一通呐。”当即下令进军包围郢州。可是还未攻下城池，接报王琳已率大军赶到弇口，侯安都吼道：“停止攻击郢州！擒贼要擒王，都随我捉拿王琳这小子去！”侯安都于是放弃郢州，命沈泰一军守汉曲，然后率大军移至沌口扎下。

陈永定元年十二月六日，侯安都挥师直扑王琳大军而来，刚好遇上逆风，船队不能前进，没奈何只好在弇水西岸扎营。王琳也据东岸安营。

双方对峙相持七日后，展开大会战，侯安都、周文育军大败。侯安都、周文育及部将徐敬成、周铁虎、程灵洗等都被王琳擒获。守汉曲的沈泰闻讯大惊，疾忙引军逃奔回去了。

王琳命把侯安都、周文育、徐敬成、周铁虎、程灵洗等人带来见面说话。王琳甚为得意，逐个将侯安都、周文育等人自上而下瞧了一遍，才笑道：“侯将军、周将军都是陈丞相所倚重之人，高不可攀，平日要谒见一面也不容易呀！今日怎么来见我了？”侯安都、周文育都不作声。周铁虎大骂道：“反贼侥幸取胜，卖甚么乖巧！”王琳点着头，笑道：“噢，反贼？好呀！好呀！骂得好呀！陈丞相是梁朝臣子，他如今废君自立，是陈丞相反呢还是我反呐？”

王琳下令斩了周铁虎，然后又命将侯安都、周文育、徐敬成、程灵洗等人用一条长绳一总绑缚在一起，囚在自己乘坐的大帅舰舱底下，让亲信宦官王子晋负责看守。

十二月底，王琳乘胜把湘州军府移到郢城，又命部将樊猛袭取了江州。

侯安都、周文育军败消息传来，京都建康举城震恐。

永定二年正月，王琳发檄天下，举十万大军东下讨陈。军至湓城，王琳命大军扎屯在白水浦，然后命人带任状去见北江州刺史鲁悉达，说其共讨陈霸先。

鲁悉达字志通，是扶风郿地人，自幼起便以孝行闻名遐迩，起家为梁南平嗣王府中兵参军。侯景之乱时，鲁悉达纠集乡人据新蔡守土。鲁悉达激励百姓勤耕积粮，以应战乱。当时兵荒马乱，京都及上川等地百姓饿死者达十之八九，幸存者都扶老携幼来投奔鲁悉达。鲁悉达概不拒绝，都发粮食救济，安顿逃难百姓在新蔡居留下来。于是各地百姓无不奔集来附，晋熙等五郡也愿意受其统制，一时声威大振。王僧辩领军讨侯景时，鲁悉达命其弟鲁广达率军随征。侯景平后，梁元帝授鲁悉达持节、仁威将军、散骑常侍、北江州刺史等职。

王琳据有长江上游，鲁悉达据有长江中游，王琳东下讨陈霸先，又怕被鲁悉达所制，演为大患，三番思虑，于是行命状授鲁悉达为镇北将军。陈霸先知道了，也派赵知礼带命状授鲁悉达为征西将军、江州刺史。鲁悉达先后收下王琳、陈霸先所赠鼓吹女乐，但却按兵不动，既不附王琳，也不附陈霸先，只是迁延观望，毫无动作。陈霸先十分恼怒："这个鲁悉达左右逢源，吃两盅酒呐。"即命安西将军沈泰秘密起军袭击鲁悉达，但不能克。

陈永定二年二月中，陈霸先任开府仪同三司侯瑱为司空，衡州刺史欧阳頠为都督广、交、越、成、定、明、新、高、合、罗、爱、建、德、宜、黄、利、安、石、双等十九州诸军事，广州刺史。

侯瑱、徐度、杜僧明、殷外臣等人请命征讨王琳，陈霸先一概不准，道："侯安都、周文育败绩，生死不明，你这几个都是朕之臂膊，国之柱梁，未到万不得已，不会把你们往虎口上送。"侯瑱道："陛下重臣如此，复何言说，但求战死沙场，以报陛下呀！目今王琳军容鼎盛，甲兵十万，乘胜东下，若不遏而制之，随其肆虐，其患无穷呀！"陈霸先笑道："我虽未能克王琳，然王琳亦未能遂愿东下，是怕鲁悉达这倔强的家伙哩。鲁悉达素有贤名，晋熙五郡尽为其地，士民百姓皆乐为效命，他虽暂时对朝廷有成见，也不会归附王琳。王琳即便气势汹汹，决不能东来呐！"

鲁悉达控制住中游要地，王琳果然不能前进。王琳万般无奈，又派使者去跟鲁悉达陈说利害，可是口水说干了，鲁悉达始终不从。三月十一日，王琳派遣记室宗虩去向北齐求援，表示愿接纳在北齐为质的梁永嘉王萧庄为梁室继承人。

萧庄是梁元帝之孙，萧方等之子。江陵沦陷时，萧庄才七岁，被尼法

慕匿藏起来才得以幸免。后来王琳寻着萧庄，把他送回建康。绍泰元年，梁与北齐言和，陈霸先送从子陈昙朗及丹杨尹王冲之子王珉随萧庄入北齐为质，因此萧庄一直留在北齐。把萧庄接回，是宗虢向王琳出的主意："将军东下击陈霸先，苦于鲁悉达所阻，此困不解，诚为我之大患呐。鲁悉达纵然不阻我东下，可我倾尽军力东去，江州已虚，那时鲁悉达举军乘机而取，将军如何顾及？陈霸先乃世之奸雄，早为武皇帝所察。彼借讨侯景起家，袭杀王僧辩后，朝野尽为所指，因此得以计逞，偷天换日，强据宸宫。鲁悉达本为梁朝臣子，他不肯附陈，这是他的骨气可嘉。他未肯附将军呢，是因将军讨陈有理，所托无依呀！陈霸先能击灭王僧辩，便是扶晋安王主梁之故。晋安王是元帝之子，立之天公地道。王僧辩之败，便是立了贞阳侯，名不正言不顺，故奸雄陈霸先得以为资。我为将军计，不若接回在齐为质的永嘉王，须知永嘉王是元帝之孙，梁室血脉呐，将军立之，天下军马即为将军所指，无往而不利呀！其时鲁悉达之辈尚敢抗逆么？"

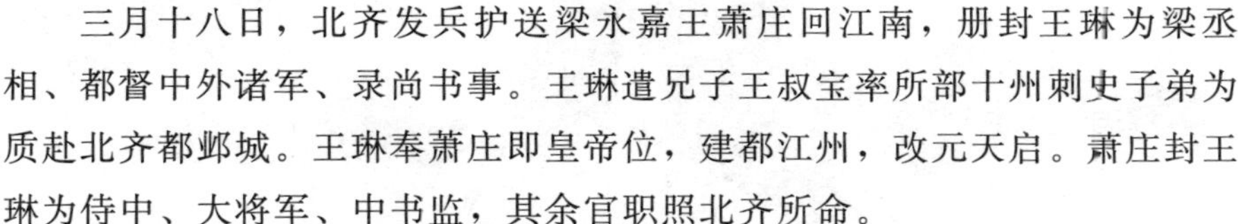

三月十八日，北齐发兵护送梁永嘉王萧庄回江南，册封王琳为梁丞相、都督中外诸军、录尚书事。王琳遣兄子王叔宝率所部十州刺史子弟为质赴北齐都邺城。王琳奉萧庄即皇帝位，建都江州，改元天启。萧庄封王琳为侍中、大将军、中书监，其余官职照北齐所命。

六月初六日，陈霸先诏命司空侯瑱和领军将军徐度率水军为前军，征讨王琳。接着，陈霸先遣吏部尚书谢哲去见王琳，陈说利害，劝他及早归顺朝廷，才有出路云云。八月十一日，陈霸先诏命临川王陈蒨西讨王琳，五万水军齐从建康开拔，陈霸先亲到冶城寺送行。

八月十三日，中书舍人蔡景历奏报：广州刺史欧阳頠表称，州江南岸出现白龙，长数十丈，大约八九围。白龙经州城西道，入天井岗而没，州中军民目击者达数千人。又有五位仙人，身骑五只大羊，降临罗浮山寺小石楼。五只大羊口衔谷穗，五位仙人通身洁白，衣服楚丽云云。陈霸先闻奏不悦。八月二十七日，又接广州讣报：高州刺史冯宝病逝。陈霸先吃惊道："冯宝死了？"

陈霸先冷笑道："不自在吗？跪着就不自在了，一会更有不自在的呢。"说着把头一摆，吼道："来人！去把朕的马鞭拿来喽！"杜僧明暗道："这家伙真的铁了心不认人啦！"内侍呈上马鞭，陈霸先右手拿了，拍着左手心道："说吧！"（见第二十四章）

陈霸先热血沸腾，激动万分，竟双手抱起冯仆，往脖项上一放，把冯仆托骑在头顶上。百官见这情形，无不吃惊。（见第二十四章）

第二十四章

借棋劝帝开妙局　遣子朝天释疑云

冯宝患的是痨症，起先只是干咳，冯宝并不以为意，入崖州期间，繁于公务，费心伤神，不能休息将养，加之不服水土，因而病情日趋严重。回镇高州后，军政诸务兼顾，四方奔忙，又逢母亲故去，百感交集，永定元年十一月初，冯宝再也支撑不住，终于病倒，咯血不止。高州属下诸郡官员都领名医来诊治，竟毫无起色。及至冼夫人闻讯率张融、时元、洪通、龚自明、廖明、陈三官、曾孝摘、武哥、三彩儿、孟娘、阿秀、夫辛、七儿、郑道培、冼奉敏、贵儿等从崖州急赶回来时，冯宝已是躺在榻上八日了。冼夫人看着冯宝的模样，心如刀割，哭道："你都病成这样了，怎不告知我呢……"诸郡官员都摇头叹息不已。王望如道："刺史大人说过了，谁要把他患病的消息传崖州去，就割席断交。"冼夫人又看着冯仆道："仆儿呀！你都八岁啦，还不懂事呀！父亲病成这样，怎不告知为娘知道？看我打你！"冯仆哇的一声大哭起来，跪倒地上。若砚等仆从也慌忙跪下。

廖明为冯宝细细把了脉，然后又服侍冯宝服过药，这才把冼夫人及众官请出外屋，道："廖明该死，老爷怕是不好……"冼夫人站立不稳，跌坐地上。冯仆与典儿、细儿、韩儿、永儿、云儿一齐跪下去搂抱着冼夫人，放声大哭。冯仆摇晃着母亲，哭道："娘呀！你怎么啦……"冼夫人脸色惨白，手抚着冯仆，强笑道："娘没事，你阿爹也不会有事……不会有事……"

经廖明调治，至年底，冯宝的病情似有好转，也能起床行走，众人无

不欣喜。冼夫人接得钱生畏来书，备述鹌惎水库修筑顺利，最迟两年可望竣工。冼夫人甚为欣慰，把这书子也让冯宝看了。冯宝叹道："大禹治水，天下遂安；李冰作都江堰，造福万民。南越有史以来，未有水库，夫人超古迈今，创此利民之事，亦将流芳百世呢。唉！可惜冯宝不争气，有这恶病缠身，始终未能尽一点力呐，我这官白做啦！"冼夫人笑道："崖州该修水库的地方有的是，等你病好了，由你为都匠，率头去修水库吧。"冯宝摇了摇头，叹道："我知我这病不能好了！"冼夫人掩着冯宝的口，道："不许说这样的话，你现在不是好了许多么？廖明乃有名神医，这病算得了甚么？"

冼夫人修了书信，让张融、时元代她往崖州去了一趟。永定二年三月，冼夫人接得广州刺史欧阳頠来书，说岭南诸事已定，请冼夫人及冯宝拨冗来州一叙。冼夫人复书相贺，言及冯宝染疾之事。欧阳頠即遣儿子欧阳纥，带医者赶来高凉，为冯宝诊治。欧阳纥见了冼夫人，样子极尽恭谦之意，道："遥想当年在江右，夫人败李迁仕、刘蔼、蔡路养群丑，谈笑风生，只在弹指一挥间，彼时纥虽然幼小无知，然夫人风采英姿，如今记忆犹新呀！自赣石一别，早不觉七八年过去啦，夫人风姿依然呐。父亲每常谈起夫人，必露羡色，颂赞不已。常教导我说，要想在岭南立足，必要效法夫人。夫人洞圣达明，有如天人，纥就想效法，只恐无从学步喽！夫人呀！我这番奉父命来高凉，人至齐安，见到祝将军所部，真真人如虎，马如龙呀！有如此强盛大军镇驻齐安，广州无忧矣！"欧阳纥一连气说了一大通，别人休想插得进嘴，冼夫人微笑着听他说话，只有唯唯诺诺而已。

冼夫人设宴招待欧阳纥，冯宝没有作陪。席中欧阳纥酒到杯空，大肆吹嘘他如何智破萧勃之故事，接着又论起朝廷中诸官长短来，尤其论到周文育、杜僧明、侯安都时，欧阳纥道："杜僧明诚然是一员惯战能征之将，志向是够大的，然而斗大的字不认识几个，没见识的莽夫，又能做得了甚么大事？他这人只知道抚恤士卒下人，却不知尊权附贵，所谓狎下而骄于尊，这等人不足论。周文育呢，矜其功而不收其拙，比杜僧明好不了多少。周文育滥交朋友，不管朋友真心与否，即推心置腹，身在危险之中，而又从不设防，也不是精明之人呀！侯安都似比杜、周稍胜，然为人傲慢太过，处事轻佻而忘形。这三人呀，为人处世都不是全身之道呢……"欧

阳纥口若悬河，旁若无人，眉飞色舞，尽情挥洒。冼夫人始终不做声，只是微笑着静听。

饭后，龚自明对张融道："我过去听得夫人说，欧阳頠敦厚允中，处事谦恭，怎么儿子一点不像老子呐？"时元笑道："欧阳纥这人，喜扬己之长，挖别人之短，些小疵瑕，稍不放过，不是好事呀！所谓聪明深察而近于死者，好议人者也；博辩广大危其身者，发人之恶者也。不知欧阳頠曾警之否，此子非保家之人呢！"张融笑道："欧阳纥少年得意，说话爽快了点，事实是有能耐呀！我们不必见怪。欧阳頠镇广州，从此岭南安定啦！"

欧阳纥一走，冼夫人即命祝戬把齐安四千驻军撤回州治。

五月中，冯宝病情又转恶化，大量咯血，卧床不起，水米不进。恩铭居上上下下，慌做一团，廖明绞尽脑汁，组方调药，日夜护理。冯宝日见衰竭，形骸尽变，后来连药汤也灌不进去了。

冯宝病重期间，钱生畏连续三次遣人回来探望。七月十八日，钱生畏与权昱谞赶回高州，疾忙来恩铭居看望冯宝。冯宝听说钱生畏来了，在榻上艰难地睁开眼睛，笑道："止之兄，你来了……你能回来看我一面，很好……这段日子，我想得你苦……"钱生畏攥着冯宝的手，强忍悲伤，道："孟怀公，生畏也想你呀！不如这样吧，等你养好病，我向朝廷上表，调回高州，不拘做甚么，便可常在一起了。"冯宝笑道："止之兄……说哪里话来，你……你德才双馨，是匡世大才……在崖州正可展生平所学……怎能放弃崖州呢，再说了，你便想回来，恐怕朝廷也不会放呢……"钱生畏道："那我可悬车而退呢。"冯宝喘了一会，又道："止之兄……不能退休呀！就是朝廷恩准了，崖州百姓也不会让你走呐……崖州百姓……正要你这样的好官呀！止之兄呀！我是说……从此崖州归统朝廷，百废待兴……人们都说，百无一用是书生……不知你听了，会不会生气……冯宝是无用之人，领民治州，事实不堪其任，唯尽心尽力而已。如今有止之兄治崖州，我……我心里欣慰呀，所牵挂的便是瞫都学校，可还好吧？不怕你笑话，冯宝之才唯此而已……读书教学，本是我一生所好……以后不能了……"钱生畏笑道："孟怀公放心吧，瞫都学校很好。至今崖州很多地方，都传颂孟怀公劝学之故事呢，百姓每谈及这事，无不感叹。等你病好后，我一定陪你回崖州走走。"冯宝累得再没力气说话，只是点了点头。

钱生畏与冼夫人等人出到外面，钱生畏再也忍不住心中凄苦，眼泪顺

脸颊而下。众人无不悲伤。钱生畏对廖明道："再没办法了么?"廖明含着眼泪，重重呼一口气："怕在这几天了……"钱生畏浑身颤抖："怎么会这样呀……"冼夫人哭道："这都怪我呀……冯宝身子素来就弱……受不得劳累的……而我……而我又不在他身边……"

永定二年七月二十六日寅时，冯宝奄然逝世，享年三十八岁。

神司择五七三十五日问山出殡。冯宝讣告三日后报出，广、交、越、崖、成、定、明、新、高、合、罗、爱、建、德、宜、黄、利、安、石、双等州郡官员，前来高凉吊丧祭奠。广州刺史欧阳頠厚备赙赗，遣儿子欧阳纥来高凉致哀吊祭。

冯宝坟地择在永宁郡浮山南麓狮子岭。众官商议择坟地时，钱生畏道："昔日我们随孟怀公游浮山时，浮山南麓平地广袤无边，琅水缠绕环抱，蕉竹荔木成林，孟怀公大叹为灵气宝地，说将来退休后，当在此结庐读书，就如他夙愿吧!"王望如也大为赞同，道："此地往昔一直没有名称，自那番游浮山后，孟怀公曾说如此佳地不能无名，就提议以浮山霞洞之奇冠之以名，打那以后，永宁、电白一带百姓便称此地为霞洞坡了。"见众官如此说时，冼夫人只好听从。

出山那天，广、交、越、崖、成、定、明、新、高、合、罗、爱、建、德、宜、黄、利、安、石、双等州郡，计有官员七百六十八人送殡。崖州前来送殡队伍最为盛大，钱生畏率权昰谞等众官员、众遗吏、众渠帅计一千七百三十六人，领厚罗等崖州百姓六千八百人，还有瞫都学校学童三百六十七人，皆身服缞绖，大发悲声。儋耳水尾洞渠帅贯征道："崖州百姓知得噩耗，无不悲伤落泪，都要来高凉吊丧送灵，我们不知费了多少周折，才阻住他们。"

送殡队伍出州城后，朝西望永宁而来。幡幢漫漫，鼓乐飘飘，车马连绵，一望无际，高凉郡百姓近三万人，带食物徒步随送，一时送殡队伍首尾竟达三十余里。从高凉郡至永宁郡，沿途诸郡百姓，无不携男带女夹道路祭，纸钱翻飞，哭声震天。途中，欧阳纥对萧引道："想不到冼氏得民心若此，虽说冯宝死了，殡礼如此风光无边，在岭南怕是再没人及尘了。"

次日巳初时分，冯宝灵柩来至浮山狮子岭，送殡官民漫山遍野，白茫茫一片，有如雪山银海一般。午时将尽，冯宝灵柩下葬时，忽见对面山冈上立着一白衣人，朝这里望来，口里歌道："南天苍黄南海碧，南海潮平

连天际……”说来也奇，那山冈离这里虽有近二里地，但众人听来却声调清晰，字字入耳，不由都呆了。严光文吃惊道：“这人是谁？怎么也会唱孟怀公的《姊妹歌》？且这歌调听来，与昔日游浮山时所见伐薪老汉无异呀！会不会就是那伐薪老汉呢？”王望如道：“三官，你快赶过去看看是谁，不拘是谁，请他过来吧！”

陈三官答应一声，飞步赶去。那白衣人已歌至：“可怜人间不平事，如今翻作闲笑评。田园叟，南巴生，有酒无？意未足，可知山石斑驳处，便是姊妹血泪凝！”戛然而止。陈三官还未赶到，那白衣人慢慢转身走入林木中，倏忽间，隐然消失。

众人正在惊奇时，陈三官回来了。钱生畏问道：“是昔日所遇老者么？”陈三官道：“离他还有数十步时，见他转入树林中去，再也找不着人影。我看他像数年前那老汉，细想一下又不像。”众人听陈三官这样说时，更为惊疑了……

冯宝葬仪毕，诸州郡官员再三劝慰冼夫人，随之各自辞去。三天后，钱生畏也与崖州众官员、众遗吏、众渠帅领百姓回崖州。临行时，冼夫人对钱生畏道：“冯宝谢世，家里乱纷纷的，我一时离不开，崖州一切，全在刺史身上。”钱生畏连连点头：“夫人但请放心。生畏必竭尽全力，若遇难事，随时报告夫人。”

九月十六日，朝廷诏调钱生畏为龙州刺史，封马平侯，邑一千户；除通直散骑侍郎梁伯会为崖州刺史；侯净藏为高州刺史，封齐安侯，邑一千二百户，兼领高凉郡太守职务。诏命行达，顿时高州、崖州都震动了。

潘肃会聚高、罗二州及属郡官长在杜陵会议。潘肃神情激动，愤慨道：“诸公，今日这会议，我背着夫人私下把你们召来，高、罗二州，除电白、宋康外，全都齐了。朝廷变动高、崖二州职官，大出情理之料，悖逆天道之常，事在紧急，我再不能客气啦，你们说这事该如何应对？”南巴郡守苏绥道：“这事太突然了，我无论如何也不相信朝廷会做这般安排。”阳春郡守何子哲道：“哼！我在这里说一句，护国夫人功盖南天，冯刺史虽然仙去，护国夫人就该领高州。”潘肃冷笑道：“你还做梦呐，难道你还看不出来，朝廷便是因护国夫人统领了崖州，功高震主，不放心呀！因此乘着冯刺史故去，高州空缺之机而换血脉呐。不消说，是欲削弱夫人在岭南的威望呢！”连江郡守资骆道：“这真真是天字第一号的冤枉啦！别

人不知道夫人的胸襟，皇帝也不知道么？从交州平叛，到北伐勤王，冼氏可是一如既往支持他呐！”潘肃笑道：“正因为此呐。上太了解冼氏啦！冼氏大堡在岭南所立功勋无法估量，当朝无人可比。目前天下未定，叛逆纷起，上忧夫人振臂一挥，即可撼动大地呢。”海昌郡守皮诩道：“以小人之心度君子之腹呐，护国夫人超凡至圣，是谁如此玷污她？”潘肃道：“永公老请说。”王望如脸色凝重，道：“我乍听这消息，也自吃惊不小。不管怎么说，兹事体大，诸公先自沉着，切勿一时冲动而胡来。”潘肃奋然道：“若再沉着，新任一到，我怕控不住局面。”罗州刺史石京道：“没有护国夫人，岭南必乱，那时我怕朝廷也控总不了。别议说了，我现在就提议，集各州郡，联名推举护国夫人为高州之主，让钱生畏留任崖州。”除王望如父子外，诸郡守纷纷赞同。潘肃对王望如冷笑道：“难道永公老还犹豫不决么？夫人对你父子俩可是仁至义尽。岭南大难当头，你敢装聋作哑，我第一个与你拼命！”潘肃说这话时，声色俱厉。王望如脸色青紫，须发飘动，颤抖道：“望如虽然无能，岂是贪生怕死、背义之人！联名状我必要署名，然这事必要报请夫人知晓。如若朝廷不改初衷，一意孤行，望如拼着身家性命，与诸公誓死捍卫护国夫人！”

高州、罗州诸官长联名署状，遣使快马赶往合、崖、越、交、双、建、新、成、德、爱、定、明等州，各索了名状。合州刺史段岿给越州刺史东方嵬去书道：“冼氏诚乃南天一柱，涨海围堤，此柱若折，此堤若溃，则天之将倾，岭南漫没。”崖州公孙承、崔简、赵公党等遗吏，及抱艮、德羌、楚触、木牙俐、贯征、扶丹、力龙、杨汤等一千多洞渠帅率一万多百姓西渡至交州，向交州刺史欧阳盛呈了万名状，保冼夫人为高州之主，钱生畏为崖州之主。欧阳盛是欧阳頠弟，还有次弟欧阳邃时任衡州刺史，领始兴内史，都督东西二衡州诸军事。欧阳盛见崖州举岛渠帅群情激愤，也自震恐，忙好言相劝，谦词应对。扶丹道：“护国夫人功盖南天，不拘是谁，只要不是聋子、瞎子，也该知晓。我听说当今皇帝圣明，怎么听信谗臣蛊惑，搬弄是非，无祸自乱呐。”欧阳盛赔笑道：“护国夫人之功无人可比，不说岭南，便是朝野上下无不知晓。高州刺史冯公不幸谢世，朝廷也自惋惜。国不可一日无君，州不可一日无主呀！高州空出，自当补缺，这也是古来之常理，诸公切勿附会存疑。”力龙道：“冯刺史故去，就应由护国夫人继之为高州之主。”欧阳盛笑道：“以护国夫人之功，便是授之为

大州刺史亦未为过，奈何夫人是巾帼之身呐！”扶丹怒道：“大人这话不通，女儿身就不能为官啦？我听说女娲氏就是女儿身，难道你敢不敬重她不成？”欧阳盛笑道：“女子为官，未见祖制呀！”扶丹啐了一口：“这是甚么祖制，都是糊弄人的借口罢了。你说护国夫人是女儿身，钱生畏该是男儿身吧？钱生畏自为崖州刺史，万民拥戴，屡得护国夫人赞赏，实为天下难寻的好官，怎么也把他换啦？”欧阳盛一时语塞。扶丹追问道：“大人怎么不吭声啦？违天不可活，顺民则可生。你千万别老是欺负我们小民百姓，朝廷这番做作，连小孩也糊弄不了。难听的话今日暂且不说，填空补缺，择贤而用，梁伯会、侯净藏是好官么？呸！这都是残害百姓的贼子，我们崖州百姓早就领教过啦！我敢说，这贼子若敢踏入崖州一步，百姓不把他剥皮了便是奇事。”欧阳盛沉脸道：“扶丹老爷这话不妥，你这是威逼朝廷呢，要是传了出去，大伙都担不起呐！”贯征冷笑道：“刺史老爷说反啦，正是你威逼崖州百姓呐。我告诉你吧，崖州百姓知道朝廷行状后无不愤慨，举岛倾出，欲往各州请愿告求，若非好言稳住，我怕今天来州府的就不止是万多人喽！”

崔简道：“刺史大人，众老爷所说并非危言耸听。老夫亦活了一大把年纪，亦经了一些事。自古至今，未有人可以比肩护国夫人者，任何赞誉都不为过。能得百姓如此爱戴，实非投机取巧、强权豪威之术便能致用呀！州主合门显贵，名扬南土，当主持公道，据理说话，报请朝廷收回成命，若州主不答允，恐怕百姓万民还得上广州告请呢。”

欧阳盛额头冒汗，做声不得。

崖州百姓万多人往交州请愿，钱生畏拦阻不住，惶恐之下，即刻修书，遣人飞舟快马往高凉报冼夫人。

朝廷诏命补替高、崖二州职官的事，之前冼夫人也知道了。这段时日，冼夫人一直躲在恩铭居，闭门不出。这日接得钱生畏急书，冼夫人大惊，忙请高州属下诸郡来会。王望如见诸郡官员皆不吭声，便道：“夫人不必惊怪，不唯崖州鼎沸，我们高州，还有罗州，也有动作啦，卑职等都联名署了告请，向各州郡征索建案报广州去啦！”冼夫人呀的一声，几乎跌坐地上：“天呀！你们这是干什么？你们要杀百合是么？”众官慌忙跪倒。冼夫人浑身战抖，指着王望如道：“你……你……多大的年纪了，也会糊涂若此？这么大的事，竟敢背着我做去啦！”王望如不敢看冼夫人，

低着头道："我要是不署名，要是敢告知夫人，不唯众大人要杀望如，事实望如也该羞愧而死。"何子哲道："夫人呀！这事我们都有份的，我等只是为岭南着想，并无私心，朝廷自会依理明察。"

冼夫人请众官起来，叹道："我们惹大祸啦！诸公想我成千古罪人喽！"

忽报齐安郡三万多百姓，托万名状上广州告请。冼夫人跌足道："王拙，你做得大好事哩。你现在就上广州把百姓领回，出了乱子，我先把你斩喽！"王拙连忙去了。

冼夫人对众官道："你们是不让百合安生了。现在事态危急，我暂时也不与你们论说。我得赶往崖州，崖州刚定，若处之不当，极易生乱，要真是这样时，不要说朝廷调走钱生畏，我与他钱大人先就该跳海赎罪呐。"

广州刺史欧阳頠率众官出迎齐安百姓，受了告状，随即满口答应，然后好言劝众百姓回郡去了。欧阳頠摇首笑道："仅仅齐安，便有男女老少，三万多百姓来为冼夫人请愿呀！冼夫人之威竟至于此喽！"

三天后，欧阳纥调六千军马扎在齐安郡界。欧阳頠知道了，即把儿子找来，冷笑道："我听说你调军马屯扎齐安郡界，是谁给你这权力啦？"欧阳纥红着脸道："高州作乱，父亲不得不防，所以孩儿情急之下，未及禀报父亲，先调兵防御不测！"欧阳頠大吼道："谁作乱啦？胡说八道！好没见识的混账东西。你是说冼夫人反了是么？冼夫人若真反了，凭你这几千人马就能挡住？冼夫人是甚么人？万民拥戴，岭南归心呐！她真要反了，那是溃堤之洪，塌天之灾，你挡得了么？我说你不读书，怎长见识？贼叛可御，民反无敌呐！你先去把齐安境军马都撤回来，再面壁思过！"欧阳纥再不敢言，应允去了。

萧引问欧阳頠："刺史以为，冼夫人会不会乘此机起事？"欧阳頠笑道："你说这话就是罪过呀！冼夫人怎么会反，连你也问了。无聊之极，无稽之谈呀！"萧引道："可朝廷的意思，谁也看得出是削冼夫人之威呢！"岑之敬笑道："你这样说时，我也奇怪，上智以绥物，武以宁乱，英谋独运，人皆莫及，故能征伐四克，静难夷凶，怎么出此策略呢？"萧引道："冯宝世代袭领爵位，他今死去，朝廷何不授其子以职继之，则可安冼氏之心呢。再者，普天下都知道钱生畏是冼氏所扶立，现在将之调往他处，岂不是在冼氏伤口处加了把盐？冼氏何可承受者？这明摆着是一窝端，连根拔啦！更有甚者，填任高州、崖州人选，要是别人倒也罢了，偏偏是侯

净藏、梁伯会，我听得说，这两人可是冼氏死对头呀！谁也难咽这口气呢，况是冼氏乎？现在冼氏已据有高州、崖州两地，旁州如越州、合州、罗州，事实亦附冼氏啦，可谓步调一致哩。引大胆一言，朝廷此举事实失策矣！”广州镇府长史司马竟平道：“上虽英明天纵，然若佞臣在侧，那就难说了。历来外藩易反，促其反者，一是自身，一是朝廷呢。冼氏已有高州，如今又统了崖州，功亦高矣！势大招疑呀。”

欧阳颜心中沉重，点头道：“这奏表呀确实不好写喽！”

十月二十八日，陈霸先接得广州、交州报来，高、罗、合、越、崖等十多州百姓不满朝廷诏命高州、崖州职官交替，纷纷上州请愿告求。陈霸先甚为吃惊，道：“朕所担心之事，眼看就要来了。”即召会百官廷议。通直散骑常侍、御史中丞沈炯道：“冯宝死去，朝廷只是常例补缺，便引发岭南大乱，这还了得，可知冼氏真有不轨之心啦！依臣之愚见，朝廷刻不容缓，即应起军讨伐高凉，不让其坐大猖獗。”散骑常侍、太府卿赵知礼道：“冼氏贪欲亦太大啦，朝廷屡番嘉奖，尤嫌不足？”沈炯道：“冼氏自立之心由来已久，天生沽名钓誉、标新立异为能事，借着征讨褚俭之机，网罗亲党，故纵逆忤，收买人心，为立己权威，不惜践踏朝廷之犯禁。昔日炯等外放崖州，慎正公允，一心为国，岂料每每为冼氏借机所戏，致令威风扫地，尊严全无，复能行命治州么？炯等弃崖州而归，自知罪责难逃，事实为冼氏所逼，再难在崖州立足呐。”

刘师知道：“岭南之乱，缘由或许不致如此。冼氏爱民，民则拥之，民众只是请愿告求而已，并无刀兵之举呢。按欧阳颜奏表来看，高州、崖州诸地之乱，无非保冼氏、钱生畏为彼地之主罢了，说到反嘛，似为子虚乌有，大可不必作杯弓蛇影之惊怪。”

蔡景历道：“由冼氏往昔所为来看，或许不应叛反，然而时过境迁，今非昔比。冼氏当今势力，已远非当日大堡之境况，手执数万军马，身据数州之地，所谓人在霄汉，飘飘然矣！冼氏能讨灭褚俭，足见其雷霆之力，崖州归其所治，足见民心所向，诚为王者之风范呀！依欧阳颜奏表来看，数州民众、职官上表请愿，围州告求之事，并不为冼氏所知，这就更令人担忧呀！彼地职官、民众视冼氏为神明，愿为之舍命，甚么‘冼氏诚乃南天一柱、涨海围堤，此柱若折，此堤若溃，则天之将倾，岭南漫没’。这不是威逼朝廷么？冼氏纵然不反，朝廷如何安置她呐？似这般权霸岭

南，力抵国朝之枭雄，外放官员怎敢临境赴任呢，就算去了，还不是偶人一个，形同虚设?”

陈霸先愈听愈焦躁，半天也理不出一个头绪来，只好暂时罢议。尚书右丞谢岐奏报道：“西道都督侯安都，南道都督周文育等已归京都，自投有司听办。”陈霸先听了，轻哼一声。

周文育、侯安都领军讨伐王琳，战败被俘，一直被王琳关押在帅船里。王琳大军在白水浦时，周文育、侯安都、徐敬成得便许诺厚赂王子晋，让王子晋释放他们。王子晋贪得银两，竟然答应了。那天王子晋乘着小舟，装做钓鱼的模样，慢慢靠近关押周文育、侯安都等人的那艘大帅舰。当夜，王子晋把周文育、侯安都等人载上岸去。周文育等人乘夜潜入深草丛中，徒步寻投到陈军营寨。侯瑱接着他们，冷然道：“二位大将军及诸将军都回营来了，打算怎么样呐?”周文育道：“现在我们是有罪之人，大将军遣人押送我们回京都服罪吧。”侯瑱道：“好吧!”于是命人遣送周文育、侯安都等回建康，交割有司完事。

刘师知私下问赵知礼：“周文育、侯安都军败逃回，你以为上会怎样处置他们?”赵知礼笑道：“无恙!”刘师知又问：“何以见得?”赵知礼道：“周文育、侯安都为世之名将，若诛之，则无人可用矣!”果如赵知礼所说，陈霸先召见周文育、侯安都等人，不治罪不算，还复了他们的官职。

一个多月过去，梁伯会、侯净藏不敢往岭南赴任，两人哭着求告陈霸先。陈霸先看着两人的狼狈相，心中忍不住骂道：“就你们这般没用的东西，你就想去，我还不答应呢，真让你们去了，还不笑死冼夫人?还道我陈霸先真的无人可用啦!”

讨不讨伐高凉，朝臣各持己见，争论不休，真让陈霸先伤透了脑筋，这事在京城已传得沸沸扬扬，几乎无人不知。侯瑱遣人上书，奏犊必要征讨高凉。周文育也求见陈霸先，力保冼夫人决不会反。陈霸先看着周文育，冷笑道：“你凭甚么担保冼夫人不反?你怎么不去担保王琳不反呢?我说周文育，你战败被俘，有幸逃得一命，也该躲回家中好好思过吧。”

陈霸先烦躁不已，连日不上朝，只在后宫躲着。章皇后小心服侍，尽挑有趣的逸闻说笑，陈霸先却心不在焉，索然无味。章皇后唯有暗暗叹息。这日，章皇后对陈霸先笑道：“陛下自承微接乱，光膺天历，可谓日理万机，少有休歇之时，难得这数日空闲，还在这屋子里闷坐终日，怪没

意思的，臣妾伴陛下往后园子走走好么？”陈霸先显得无可无不可，章皇后笑着拉他起来：“走吧！我平日在屋里坐久了，也要到后园走走呢，不然身子骨都懒了。”

陈霸先与章皇后进入思园，顿感芬芳袭人。才走有数百步，陈霸先笑道：“朕吸了园子里的清气，整个舒坦多啦！”章皇后笑道：“可知哩，臣妾这主意本不错吧？”又转过子昭亭，见那数株芭蕉树下，却是单贵妃、安贵嫔二人席地对弈，毛贵姬与数个宫女则在旁边观棋。陈霸先笑道：“好景致呀！这要是遇上那些骚人，还不乐死，可惜朕不读书，不知这道理。”

陈霸先代禅后，以朴素称扬朝野，故后宫员位多阙如。赵知礼劝谏道：“周礼，王者立后，六宫，三夫人，九嫔，二十七世妇，八十一御妻，以听天下之内治。受命继体之主，不唯外相助佐，还应有内德之助呀！”陈霸先笑道：“国家大事朕都忙不过来呢，还要理这事呀？自找麻烦，免了吧！”竟是不允。后来章皇后劝谏多次，陈霸先才让置贵妃、贵嫔、贵姬三人，别的再不答应。

陈霸先对章皇后道：“朕与皇后观棋去。”来至芭蕉下，竟似无人察觉。陈霸先咳了一声，道：“朕观棋来了！”单贵妃执黑子，正处困局，头也不抬，挥手道：“来就来了，别嚷嚷，快输棋了。”毛贵姬赶忙站起，笑道：“陛下驾至，奴婢跪接。”说着跪下。陈霸先挥手道：“不必，观棋吧。”说着也猫下身来。单贵妃已被杀得手忙脚乱，口里连叫：“败了，败了！”众宫女也随声连称：“是败了！”陈霸先笑道：“甚么败了，看我的。”说着伸手在棋盂里拈起一粒黑子儿，往棋盘上一放，口里道：“还未知谁败呢！”才十数粒子过，安贵嫔立败。安贵嫔手推棋枰，不满道：“此局不算，眼见是我赢了，陛下做了帮拳，不能算数！”陈霸先哈哈大笑。

安贵嫔站起身来，伸伸腰肢，然后又弯下身去，四脚搭地，道：“小妮子过来骑吧，骑完再战，日落方休！”单贵妃好不得意，走过来腾身骑在安贵嫔背上，笑道：“骑马喽！”众人拍手欢呼。陈霸先惊讶道：“输了让人骑？真有趣！”单贵妃骑过安贵嫔，下来道：“好啦，既然你不服，安排再战！”安贵嫔笑道：“好！谁怕谁，不过这回陛下再不能助拳，看我如何收拾你。”

陈霸先笑对安贵嫔道：“你棋下得是好，这样吧，这局朕与你对弈如

何？”安贵嫔道：“我不，陛下向来惯耍赖，输棋不让我骑咋办？”章皇后笑道：“陛下既然要与你对阵，你就答应呗，我在这里守着，陛下怎么会耍赖。”单贵妃与毛贵姬亦笑道：“是呀！我们都在这里看着呢，陛下能逃哪里去？”见众人都这样说了，安贵嫔才颔首道：“这样说时，我方好放心。”陈霸先这才挪近身，盘坐下，口里嘀咕道：“看你得意样，倒像朕真的要输与你哩，等下杀败你，骑得你哇哇叫！”

两人对弈起来。近三十着后，慢慢只见陈霸先神色凝重，举棋不定。安贵嫔翻眼瞅着陈霸先，道：“下呀！陛下怎么不下呀！”陈霸先只顾看着棋盘，口里道：“催甚么催？还让不让人思虑思虑？”安贵嫔道：“还未思虑好呀！黄瓜菜都凉啦。”陈霸先紧盯棋盘，道：“下棋是下棋，别顾着吃饭。”说完好不容易下了一子。岂知立处劣势，单贵妃惊叫一声：“陛下败了！”陈霸先伸手欲要捡那棋子回来，安贵嫔举手一拍：“老实，刚说好的，怎么就要赖啦！”单贵妃道：“陛下老实，不能悔棋！”陈霸先缩回手来：“不悔就不悔，也不见得你便赢了。”安贵嫔随即下了一子，笑道：“小心了，我要杀你啦！”陈霸先手忙脚乱起来，十数下刚过，便成绝杀，陈霸先输了。

大伙一齐看着陈霸先而笑。陈霸先傻笑道：“我输是输了，如何？”单贵妃笑道：“也不如何，趴地上吧！”陈霸先道：“真的要骑？”安贵嫔笑道：“还会有假呐，愿赌服输，皇帝还能说话不算数么？”陈霸先朝四下里张望，道：“好好！来骑吧！”便转身手脚着地，趴在那里。安贵嫔过来腾身骑上，顿时笑得前仰后合，浑身发软，直不起腰来。单贵妃拍手笑道：“真好玩，我也要骑！”章皇后笑得合不拢嘴，道：“好了，下来吧，看累着陛下了。”安贵嫔这才下地来，与单贵妃、毛贵姬一齐扶起陈霸先，兀自笑个不停。

与章皇后用晚膳时，陈霸先还念念不忘与安贵嫔对弈之事。陈霸先笑道：“安贵嫔骑在朕身上时，朕大有胯下之辱的味儿呐。”章皇后笑道：“活该你逞强，让人骑在头上不受用吧？平日都是你骑她们，今日也让人家骑骑嘛，一个女孩子家，在园子里闹着玩，也算不了甚么。”陈霸先哎了一声，道：“今日这棋输得冤了，后来朕细细想来，朕和安贵嫔所下这盘棋，与单贵妃和安贵嫔所下那盘棋，套路完全一样，那盘朕赢了，怎么这盘却输了呢？”章皇后道：“臣妾也不明白，可能起先那盘陛下只是观

棋，后来那盘陛下执子的缘故呢，所谓旁观者清，当局者迷吧，反正臣妾也说不清楚。”陈霸先心里一凛，眯眼望着章皇后黠笑道：“旁观者清，当局者迷。这般说来，我现在还未跳出套中哪！今日这棋局不消说是皇后所安排了。”章皇后笑道：“陛下太抬举臣妾啦，臣妾可不懂甚么棋局，陛下知道臣妾向来不会下棋。”

陈霸先笑道：“你也不用与我装糊涂，朕早看出来了，你是劝我不要讨伐高凉吧？”章皇后笑道：“陛下想哪里去了，臣妾见陛下连日来闷闷不乐，只是想让陛下散散心罢了。讨不讨高凉，那是国家大事，臣妾哪有过问的份儿，臣妾可不是吕雉。”陈霸先嘿嘿笑道：“还瞒我呀！那天我听说赵媚娘又来找你啦！”章皇后笑道：“赵媚娘与高凉之事有甚相干？”陈霸先哎呀一声，道：“好皇后，别打哑谜了吧，朕的心思瞒不了你，我确为这事犯难，真的举棋不定呢，你教我吧。”章皇后笑道：“这可是从来没有的事，臣妾要是说了，岂不是干预朝政了。”陈霸先瞪着眼道：“就这一次，下不为例。”

章皇后敛起笑容：“我虽未见过高凉冼夫人，但臣妾从她的故事知道，她决不会反。”陈霸先问：“就这一句？”章皇后点点头：“就这一句。”陈霸先摇首道：“当年随朕北上讨侯景的旧部，都作如是说，可拿甚么做保证哪？侯瑱、沈炯等辈指控冼氏必反，且言之凿凿。持此见者尚有蔡景历之辈哩，蔡景历向来老成持重，轻易怎敢出此言。”章皇后道：“陛下何须犯愁如此，本来嘛，外藩有不臣之举，朝廷即可征讨。既然侯瑱大将军等口口声声咬定冼夫人谋反，那好呀！就让他领军征讨高凉去。”陈霸先苦笑道：“皇后这是气话呀！冼夫人真要反了，要调出军马来应付，还真不是易事呀！王琳这家伙，就够朕头痛啦。我是担心呀，若真是高凉冼夫人反呀！派谁去征讨呢？这可是勍敌呵！”章皇后道：“这好办，谁说冼夫人反了，就派谁去。取彼谮人，投畀豺虎。”陈霸先笑道：“你就坚信冼夫人不反？”章皇后笑道：“说冼夫人不反嘛，陛下不相信，因拿不出凭据。说冼夫人反嘛，怎么陛下就信呢，同样没有证据呀。臣妾听说陛下曾有这样一句论说：‘翻大庾山时，我在山脚下，抬头仰望大庾山顶，山再高，天还是在其上面。上到山顶最高峰，放眼远处，倒感觉天在山脚底下。’陛下还记得这话么，说得真是好呐。”陈霸先心中颤了一下，再不言语。

韦放自向陈霸先上了悬车辞呈，就一直称在家养病，再不见任何人。

这次朝野上下传扬征讨高凉一事，韦放也知道了，愁得吃不下饭，睡不安席，脸容憔悴，倒真像一个病人了。这几天，寿儿与子正也来府中打听消息，韦放安慰寿儿夫妇，说冼夫人绝不会反，这都是谗佞小人搬弄出来的是非，朝廷自会明察澄清。寿儿道："现在能为大堡说话的，只有少主人你啦，唉！可惜你又辞了官，朝廷上的事，你一概不知，也插不上嘴啦。"韦放道："不能这样说，当年随皇上北上平叛的将士，如周文育、杜僧明等，都会以公评说，据理力争。"子正道："周文育、杜僧明与大堡有旧，且又是正直之人，可是时过境迁呀！他们还会记得当日的情谊么？"韦放道："周、杜二人岂是忘恩负义、见风转舵之人，在这紧急关头，必会挺身而出，扶持正义。你们想，朝廷至今尚未宣布征讨高凉，可知上面于此事抗争不下呐，持反对征讨高凉者，必周杜呢。"

韦放三次求见陈霸先，陈霸先知韦放之意，都拒而不见。陈霸先冷笑道："我的事，你可充耳不闻，装聋作哑，且推病辞职，躲得干干净净，老子还没空与你算账呐。如今一听说要征讨高凉，你就坐寝不安啦！我自问待你不薄，你怎么一点也不领情呢。"

赵媚娘对韦放道："这时的陈霸先，不是过去的陈霸先呀！他已当了皇帝啦！这时的高凉冼氏，也不是过去的高凉冼氏呀！事实据有岭南啦！岭南可是我朝一半国土呐。夫人若真是像他们所说的，真是反了，举兵相向的话，试问我朝有谁是她的对手？陈霸先深知夫人的德才，能不担心么？依我说，仅是你去求见陈霸先，这个门你是进不去了。你应该去找杜爷杜僧明，他可是并肩王的人物呢，朝廷上上下下，谁不让他三分。他虽然粗鲁，却是个明事理、敢说话的人。还应该找萧摩诃一起去，只要皇帝肯见你，或许能有用。"

探得这天陈霸先在明园散心，韦放与杜僧明、萧摩诃直闯明园。把门的吏员刚要劝止，杜僧明瞪眼问："你不认得我？"门吏忙赔笑道："小的怎么不认得杜爷。"杜僧明吼道："既然认得老杜，怎么还拦阻我？"门吏笑道："不行呀！皇上在园里呢，任是谁也不见呢。"杜僧明道："皇帝不见别人，还能不见我老杜？闪开，老杜要进去啦！"门吏死命拉住杜僧明，道："杜爷你要进去了，便是杀小的。"杜僧明大喝道："老杜也不杀你，放手！"门吏跪地下，抱住杜僧明的腿脚，哭丧着脸道："杜爷便打杀小的，小的也不让杜爷入园去。"杜僧明大怒，一巴掌狠打在那门吏脸上，

那门吏眼冒金星，把那手来松了。数名禁卫奔来拦阻杜僧明时，被杜僧明三拳两脚，全都打倒地上。站在园门里面的禁卫见不是头，刚要掩门关上，被杜僧明赶去一脚踹开，那门板也破了，数个禁卫也倒在地上。

杜僧明与韦放、萧摩诃直奔入园里来，后面十数名禁卫随后追赶，一面大叫："杜爷砸烂园门，要见皇上！"

陈霸先独自一人在池边站着看鱼。杜僧明、韦放、萧摩诃急赶过来，喘着粗气，朝陈霸先扑倒头跪下。陈霸先黑着脸，道："朕身体不适，早告了假，在家里休息几天，这也不行么？"杜僧明抬头望着陈霸先，笑道："老杜知道皇帝心里不快，便进来陪皇帝散心。"陈霸先狠哼一声，吼道："杜僧明，你好大的胆子呀！给你鼻梁，你就敢往上攀呐。这叫什么？是冒死闯宫吗？"杜僧明咧嘴笑道："皇帝，能不能让老杜起来说话，这样跪着，确实不自在呀！"

陈霸先冷笑道："不自在吗？跪着就不自在了，一会更有不自在的呢。"说着把头一摆，吼道："来人！去把朕的马鞭拿来喽！"杜僧明暗道："这家伙真的铁了心不认人啦！"内侍呈上马鞭，陈霸先右手拿了，拍着左手心道："说吧！"杜僧明道："老杜今天来，也不为别的，听说圣上听了奸人的坏话，迟早要征讨高凉冼氏。这太不公道啦，冼氏犯了王法了？出师无名，不能服人……"陈霸先举手狠狠地抽了杜僧明一鞭。杜僧明眨巴一下眼睛，仰头问道："怎么不说话就给一鞭？"陈霸先又抽两鞭。杜僧明摇着头道："好，好，只管打！反正鞭子在你手里，你喜欢就是。但老杜还得说，冼夫人不会背反你。当初不是她助你出岭北，你不会那么安生便在江右站稳脚。岭南一出事儿，她二话不说就领军回去，并不想封甚么侯，抢多少土地，她只怕岭南乱了，于你不利。"陈霸先又抽了两鞭。杜僧明道："怎么又打？这是大实情，岭南乱了，哪去弄粮草来喂你这群兵马？若说冼夫人要造反，她那时就可造反，天下乱得像一锅粥，岭南谁能阻得了她？李迁仕这狗娘养的，夫人打个喷嚏就打败了他。那个甚么褚俭要在朱崖捣乱，还不是夫人请命于朝，统归了朱崖回来的？也不见她自称甚么王来着。我记得当日冼夫人请命于朝，去打褚俭，还是你在梁帝面前帮冼夫人的忙呢，怎么今日自己得了天下，又不信冼夫人啦？老杜明白了啦，过去是别人的天下，谁爱抢谁抢去，与你无关，今天是你的天下啦，心痛不是？"陈霸先又狠命连打五鞭，还是不出声。杜僧明嚷道："说得对

也打，不对也打，干脆一总打了吧！”陈霸先挥鞭又打，旁边萧摩诃挡在杜僧明背上受了一鞭，痛得龇牙咧嘴。萧摩诃道：“来保冼夫人，也有儿臣的份儿，让儿臣也挨鞭吧！”

陈霸先奇怪，杜僧明受了上十鞭，眉头也不皱一下，怎么萧摩诃只一鞭便难挨了？陈霸先弯腰掀起杜僧明的衣袍，却原来里面着了护甲，因而不会痛。陈霸先大怒，吼道：“揭了他的鳞甲喽！”杜僧明站起身来，道：“不用别人来，我自己揭。”三两下除了衣袍护甲，光着上身，道：“我自打跟你打天下，从来就不打算有好果子吃。砍头老杜都不怕，还怕你这鞭子么？来！瞧这里狠狠打，只要不去为难冼夫人，打死了老杜也乐意。”

陈霸先却不打了，看一眼还跪在地里的韦放，转头出园去。杜僧明跟了上来，涎着脸笑道：“不打高凉了？不打老杜了？”陈霸先回转身来，指着杜僧明骂道：“你打伤了人，砸烂了园子，没王法啦？朕先记了这笔账，回头再与你慢慢算，你先去拿银子来赔伤，修整园子！”说完大步去了。杜僧明嘿嘿笑道：“只要不打高凉，老杜赔命也值。”

下午，陈霸先接得报告，说谢哲回到建康。陈霸先忙召见谢哲，问：“情况怎么样了？”谢哲道：“王琳愿意罢兵了，条件只有一个，让他回湘州去。”陈霸先松了口气，瞄刘师知一眼。刘师知道：“王琳乃虎狼之徒，殊难蓄养，一有时机，便为祸害，昔日王僧辩也知其不可制，曾借机除之。陛下恩泽如海，彼尚不知足，诚为可恨呀！无奈周侯新败，士气已泄，就是侯伯玉大将军往征，亦难保必胜。王琳乘胜求和，皆因鲁悉达制其中流呐。故陛下还应使人安抚鲁悉达，暂不究其逆忤之罪。以臣之见，眼下国家多故，既然王琳主动罢兵，朝廷便答复他所请，也好借机将息养兵，以周急务。”陈霸先眯着眼睛，道：“准了吧。”即诏命追回诸路讨王大军。

当晚，陈霸先幸紫霞宫。章皇后见陈霸先略有轻松，心里不免一丝欣慰。陈霸先自言道：“王琳罢兵啦！”见章皇后不答，陈霸先又道：“你说，高凉方面怎么一点风声都没有呢？沉寂可怖呢。”章皇后笑道：“听说陛下今天见了韦放。”陈霸先道：“见了。他夫妻连番上阵呐。这个韦放，今天拉了杜僧明、萧摩诃做伴呐，一齐担保高凉冼氏。”章皇后道：“陛下准了？”陈霸先躺倒榻上，右手握拳轻轻捶着额头，道：“准了？那谁准我呢？数万百姓围了州衙告请，这场面，我想起来就不由发怵，还说冼氏并

不知情，这更为可怕呀！冼氏得民心如此，就算她没有异志，若身旁亲近之徒蛊而惑之，将会怎样？又，高、崖等州之乱，朝廷都知道了，至今快两个月了吧，依然未见冼氏只字片言分辩，明摆着是不怕朝廷举兵讨之呐！”

章皇后坐近榻前，为陈霸先揉捏着额头，笑道：“臣妾听说，陛下当日曾有理直气壮、胆雄无惧之誉。冼氏素来公忠体国，坦荡胸襟，这番高、崖等州百姓，自发上州请愿一事，事实与冼氏无关，冼氏自认无过，又何必耿介于怀，上书分辩呢？陛下是英明之主，天下归心呀！连王琳这般狡诈之徒亦知天命，不可与陛下抗衡者。冼氏知朝廷必定能明察秋毫，鉴别真伪，假之时日，忠奸自分。睡吧，睡吧……”

陈霸先虽躺在床上，翻来覆去依然不能入眠，至四更尽时，内侍宦官韩郃在外庾禀报道：“故高州刺史冯宝之妻冼氏，遣子冯仆，率岭南诸酋长渠帅入朝，已迎入承明门万国馆舍歇下。”陈霸先啊呀一声，掀开被子，一骨碌从榻上翻起。章皇后赶忙取大氅为陈霸先披上，笑道：“小心着凉。”陈霸先夺步走出外庾，訇然道：“传朕口谕，着周文育、杜僧明持符，调三千铁衣羽林禁卫，即速围了万国馆舍，日夜护卫，任何人等不准进入，违者斩立讫！”韩郃领旨匆匆去了。

陈霸先奔回寝室，兴高采烈，大叫道：“皇后取酒来，朕要吃酒！”章皇后笑逐颜开，迎了上来，陈霸先一把抱住，在章皇后脸上亲个不休。章皇后娇嗔道：“陛下快松手了，臣妾一把年纪了，经不住折腾。陛下高兴，让单、安、毛几个丫头来服侍如何？”陈霸先连连摇头，道：“不要，都不要，朕今晚就要你服役。”

冼夫人领张融、祝戬、陈三官、阿秀、孟娘到了崖州，即与钱生畏、权昰谞、温典言、严光文等官员马不停蹄走了崖、交、合、越、罗等州郡，安谕了百姓。一回到高凉，冼夫人即向众官员宣布，遣儿子冯仆入建康朝见陈霸先。此言一出，钱生畏众官惊得呆了。会后，潘肃与高州属下诸郡官长来找钱生畏，商议劝阻冼夫人遣子进京一事。钱生畏沮丧道：“夫人这时遣子入京，这是万万不可行之事呀！孟怀公只有一子，且年方九岁呀！”严光文道：“朝廷调换高、崖二州吏员，眼见是对夫人存有戒备之心，岭南百姓群起请愿告求，惊动了朝廷，更是风声鹤唳，疑心陡增呀！现在夫人为大局计，入子为质，亦是万般无奈之举呐。皇帝已非昔日

之陈都督，人心唯危，不可揣测。如若皇帝体夫人一片苦心，于此释疑，让小公子回来，固然是好。若小公子不能回来，我们便是以死谢罪，亦无颜面去见孟怀公呐！”众官无不戚然。温典言对王望如道：“永公老年长一辈，你去劝说夫人，或许有效。”王望如苦笑道：“无用了。夫人是甚么人，一旦语出，复能收回？况夫人此举，乃深思熟虑之为，轻易就能转变么？”王拙道：“夫人在岭南之威望，无人可及，短见之徒早已耿介于怀，之前齐安百姓上广州请见州尊，呈交保夫人之状，如此而已，不意广州如临大敌，听说是欧阳纥私下调数千军马，扎在齐安郡界，其用意不喻而明呀！后来听说是欧阳頠责令儿子即速撤了驻军。”潘肃道：“幸好是欧阳頠镇广州，若是换了别人，我看岭南就要乱啦！别有用心之徒唯恐天下不乱，或颠倒黑白，或夸大其词，极危言耸听之能事，扭曲事实，隐瞒真相，亵渎夫人，误导朝廷猜测生疑。朝廷疑团一日不去，岭南莫想一日安宁。夫人虑于此，唯有遣子入质，才能化解疑团呀！”南巴郡守苏绶道：“朝廷调征诏命下来已久，新任职官迟迟不到任，可知朝廷乱纷纷啦！那些官员呐，哼，还敢来这虎狼之邦么？”

钱生畏来找张融商议。钱生畏道：“泰次兄呀，昔日揪心的事，今日终于来了。夫人要遣子入质，你亦应该知道了。无论如何要劝止夫人呀！不然就算生畏死了，也无颜面去见孟怀公呀！”

太平二年七月，陈霸先让徐陵代笔所致冼夫人书，当时当着冼夫人的面，钱生畏与张融都阅了，两人相互对视一下，忽然脸浮笑容，点头不已，大赞陈霸先为乱世第一良臣，接着又大赞陈霸先一洗历代朝廷歧视百越俚人的污浊眼光。从冼夫人书屋出来，钱生畏又来见张融。钱生畏问道：“泰次兄，你对这封书子怎么看？”张融笑道：“客气多了，诚意少了。”钱生畏道：“诚然。往昔相爷与夫人往来书札，生畏也曾见来。你说这书子不是相爷之笔？”张融笑道：“不是相爷之笔，却是相爷之意呢。”钱生畏脸色凝重，道：“读着这封书子，我心里有一丝寒意，恐怕是朝廷谗言生了。”张融点点头，吐口气道：“是呀！‘门中子弟，望遣来仪’，直接开口要人呢。相爷因时而变啦！祸生于心呀！夫人统领了朱崖，开国朝第一功，名至实归。相爷深知夫人德能，如何不疑？”钱生畏顿足道：“相爷是何等人，怎么疑起夫人了！”张融摇摇头，笑道：“这封书子，陈霸先先是罗列自己的武事功德，所谓‘远迩敬欣，华夷怖慑’，继而喧扬自己

天宽地阔之容，‘今所擒欧阳頠傅泰等，莫不弘宥，政尔授其兵马，处以荣禄，坦然游狎，无介怀抱’，即所说呢！”钱生畏点头道：“是‘非至公无以主天下，非博爱无以临四海’注脚矣！”张融笑道：“岭南自古为是非之地，昔有赵佗，今又有萧勃，致为众矢之的，朝廷心病呐。相爷这封书子，其实是心虚的表现，故作此敲山震虎之态罢了。君子坦荡荡，小人长戚戚。夫人公心无所畏，假以时日，夫人报国之心益明，天地可鉴，朝廷疑心自解。”

刚好那几天冼夫人因淋雨伤风，卧床将养，张融便代冼夫人回书陈霸先。

冼夫人让儿子冯仆进京的想法，其实张融早就知道了，他也曾苦劝，终究无效，只能暗自伤感。见钱生畏焦急万分的模样，张融叹道：“夫人既定之事，众大人都无法变改了，融又怎能劝得了呵！仆儿入质，风险自不必说，然揆情度理，朝廷亦未必会太难为仆儿，昔日共夫人北伐众职吏尚在，这个陈霸先么，又似是性情中人，虽今日位登至尊，也不至于荡涤得恩义无存吧。”

十天后，崖州抱艮、德羌、楚触、博臣、贯征、力龙、木牙俐、扶丹、利丑、且灵等三百五十六名渠帅来至高凉。还有新州土龙冈冯起文、阳春郡君圣庄霍廷昭、梁化乌狗山邓成锦、成州三魁庄石道民、新会安定庄梁显、新会天同庄冯安保、电白天龙庄季再安、苍梧北望寨陈坦、罗州光寿庄庞靖、石州里山庄李殿、九德郡进邦庄阮几、九德郡莲花庄黎甫、九真郡柁漖庄裴化等三十七名渠帅也先后来到高凉。

新会天同庄冯安保，是冯宝本家族人，与冯宝是本支之分而已。宋文帝元嘉十三年，冯业率族人三百余口浮海归宋，选定新会安居。冯业为罗州刺史，其从弟冯刚率族人置田亩务农。冯业至冯融三代为罗州刺史。冯刚之玄孙冯鹤鸣曾来罗州寻冯融，试图为长子冯荟谋一官半职。冯融没有答应，道：“我们祖上虽曾贵为天子，然现在沦落为平民喽！这个罗州刺史，也是南朝恩赐而已。我从不敢有所炫耀，更不敢再举荐族人进仕，恐怕举荐也没用呀！其实做官有什么好的，徒增辛苦罢了。还是务农为好，轻松自得。”冯鹤鸣恚恨而去，自此与冯融再无来往。冯鹤鸣对冯荟道：“我早说过，贫贱者多寿，富贵者折福，再也不会错的。冯融如何？四代单传呐！有甚么好羡的？”冯宝成婚时，袁夫人三番劝说，冯融才报知新

会族里。冯鹤鸣冷笑道：“何必请我？我一个种田人，有辱其斯文呀！”冯鹤鸣思来想去，最后才让三子冯芥来高凉，例行敷衍了事。

冯鹤鸣去世后，长子冯荟随邑人梁显经商，数年下来，竟致巨富。冯荟购田置业，为一方酋帅。但他从不与冯宝来往，并告诫儿子冯安保等不要往高凉攀亲。梁显对冯安保道：“你父辈有怨气，你却大可不必，冯宝不是冯融呐。冯宝之忠正，尽人皆知。其夫人冼氏之贤哲，更是无人可及。将来真正光大你冯家大族的，必从冯宝开始。”冯荟死后，冯安保继为天同庄渠帅，常听梁显谈说冯宝妻冼夫人智袭李迁仕，助陈霸先讨侯景之故事，敬仰不已。冼夫人讨落金岛时，冯安保也资助军资物用，却不让梁显声张，故而冼夫人、冯宝都不知晓。冼夫人统军入朱崖，冯安保又助军资，梁显欲告知冼夫人，冯安保不让，笑道：“冼夫人领朱崖，天大之事呀！你就让我出点力吧！我怕冯宝知道了，万一拒绝，我得丢脸。”直到冯宝去世前，冯安保才随梁显来见。冯宝笑对冯安保道：“我们并非君子之交，事实是本家兄弟呢。父亲当年不愿荐举家人，不应怪他。父亲有生之年，虽未做过甚么大好事，但也未做过甚么大恶事呀……”

季再安是电白郡天龙庄故渠帅季臣长子。

苍梧北望寨老渠帅陈践余已故，终年六十七岁。陈践余长子陈本，承圣三年被钱生畏保举为桂阳郡助防参将。次子陈全，同年被段肖保举为韶阳郡都尉。陈坦是三子，只在乡中守业。

九真郡柁潡庄渠帅裴化，是德州刺史裴伋之弟。

众渠帅纷纷劝阻冼夫人遣子入京，冼夫人正色道：“我把诸老爷请来，不是让你们来劝阻我，是让你们陪仆儿进京呀！仆儿入京，事关大局，诸老爷再不必劝了。”

冼夫人这晚回恩铭居来。冯仆与典儿、细儿、韩儿、永儿、云儿围在冼夫人面前。典儿问道：“阿妈！你真要把仆儿送去京城么?”冼夫人点了点头。典儿哇的一声哭了起来，众妹与冯仆一齐大哭。冯仆哭道：“仆儿不要离开娘……仆儿去后……再见不着娘了……”冼夫人泪下如雨，抽泣道：“仆儿胡说……京都繁华无比……别人想去都去不了呢……仆儿……仆儿到那里游览一番……也好开眼界……长见识……”冯仆哭道：“娘骗人……仆儿这番去京城……不是去玩儿……是去做人质……一去就回不来啦……再也见不到娘啦……”冼夫人问：“谁说的?”冯仆道：“是七舅舅

说的……七舅舅怎么会说假话……”冯仆说的七舅舅便是曾孝摘。

冼夫人道：“没有的事，这是七舅舅与你闹着玩的。”见典儿还在哭，冼夫人道：“典儿，姐妹中你最大，怎么不懂事，先带头哭了。”典儿慌忙止住哭声，道：“听说母亲要送仆儿入京城，典儿忍不住心里酸苦。”冼夫人道：“平日让你们读书，晓得事理，怎么愈读愈不懂事啦？仆儿也不小了，都九岁啦。甘罗十二岁就能理国事，仆儿比他小得了多少？还有，让你进京你就害怕，这是大丈夫么？回不来了？要整日跟着娘么？好没出息。昔日苏武出使匈奴，被困在北海牧羊，十九年后才回国来，始终不改其节，从不叫苦。就算你进京吃点苦又有何妨？再哭就不是娘的孩子。”

这日巳时，冼夫人与众官在商议冯仆入京行程事宜。严光文道：“我提议，高州属郡职官都陪小公子入京。”何子哲接口道：“同意，一同进京。”众官都纷纷附和。冼夫人笑道：“一齐进京，去示威呀？诸大人的心意，百合都明白，然此举万万不可。仆儿就由众渠帅陪行，朝廷所授职官一概不能随行。”

忽然陈三官大步流星闯入听事厅，冼夫人见他脸色大变，忙问：“出甚么事了？”陈三官喘着粗气道：“夫人，刚接到因里来报，仆儿不见啦！”众人如闻炸雷，均失声惊叫起来。冼夫人道：“诸大人不必惊慌。三官，去把因里叫进来，我有话问她。”陈三官答应一声，急赶出去。

一会因里随陈三官入到听事厅，众人看时，因里因惊吓太过，早已浑身冷汗，脸无血色。冼夫人道：“因里先不要急，我问你，今日可有甚么人来过恩铭居？”因里颤抖着答道：“并……并没甚么生人来过呀……因里要死啦……”冼夫人道：“别急，慢慢想想，没有生人，那熟人有么？”因里道：“熟人么……只是曾将军来过了……”冼夫人松了口气，笑道：“这就是了。因里不要难过，仆儿是曾将军带走啦。”众官暗称惭愧。温典言道：“若真是曾将军时，那敢情好。咳，几乎让他吓杀！”

冯仆是让曾孝摘带走的。起初，众将听得冼夫人要将冯仆送入京去，顿时如炸了蜂窝，乱纷纷一齐来见冼夫人，可是冼夫人声言无容变改。众将又来找张融，张融摊开两手，道：“诸位将军都劝不动夫人，我又有甚么办法哟？钱刺史众官都劝过多番啦，无奈夫人就是不听呀！”曾孝摘骂道：“你们这班家伙都是没用的东西，不能指望你们，老曾只有寻四哥去。”

这天，曾孝摘寻机只身快马，才一个时辰过，便到了西巩防地，径直来见冼操。

之前朝廷诏命侯净藏、梁伯会分别替补高、崖二州刺史，冼操甫一听到这消息，先是惊讶不已，继而暴跳如雷，大骂道："陈霸先竟是个忘恩负义，过桥抽板的卑鄙小人呀！冯宝刚死，他就敢做这嘴脸？"即时便要给陈霸先上书，好不容易才让甘弁劝住，至今犹自恨声不绝。及听到曾孝摘说冼夫人要让冯仆入京，冼操惊得跳起身来："这还了得，妹子疯了吧！"曾孝摘鼓起眼睛，道："绝不能让仆儿入京，所有人都说是往虎口里送羔羊呐！这事不能再商量，就看四哥啦！"冼操背手踱步，唉唉连声。曾孝摘嚷道："你倒是说呀！像母鸡转谷箩的干么？"冼操握拳往额头上一拍，道："就这般定了！甘将军及奉义他们在漠阳水练水军，七弟无须去见。你马上就走，先去将仆儿带回大堡去，我随即赶回大堡，看谁敢送仆儿入京。"

当晚曾孝摘从西巩回到高凉郡城，径直来衙署馆舍找廖明。廖明不在，只有医佐罗方一人在屋子里制丸药，见曾孝摘来了，忙起身让座。曾孝摘左右张望一下，问："廖明在么？"罗方笑道："我师傅出去了。"曾孝摘嘀咕道："不在更好。"罗方笑道："曾将军说甚么呢？"曾孝摘忙道："没甚么，我过来看看廖明，顺手讨些醉丹。"罗方笑道："曾将军要用醉丹呐？"曾孝摘道："唉！是这样，知道老姐大人要送仆儿入京，老曾心里烦哪，夜里不能睡觉，想取些醉丹服用。"罗方道："可不，知得小公子要进京，我师傅整日都唉声叹气，也气闷呀，可有甚么办法呢？既然曾将军睡不着，就让罗方给将军配些药服用吧。"曾孝摘嚷道："谁耐烦吃你的药，又苦又酸，别搞，给些醉丹就好。"罗方皱眉道："醉丹是好用，但不能乱给呢。"

曾孝摘睁起双眼："给老曾也是乱给么？老曾睡不着觉，这责任谁担当？"说着一把揪住罗方："给还是不给？若不给时，惹火了我，老曾把你这铜锣、铁锣给砸啦！"罗方忙赔笑道："曾将军别急，我这就取来。"曾孝摘把手松开，笑道："算你识趣。"罗方在药架上取一指儿大的小瓶儿，盛了些醉丹，递给曾孝摘，笑着叮嘱："每晚睡前，只吃指甲儿那么丁点即可，千万别吃多啦！"曾孝摘一手取过醉丹，骂道："还用你教老曾呀？老曾也不知吃几箩筐啦！"一边说一边急步去了。

这天辰中时分，曾孝摘过恩铭居来，廊道里迎头遇着因里，曾孝摘问："我老姐大人在么?"因里笑道："是七舅舅呀！你来的不是时候，夫人早上衙里去啦。"曾孝摘笑道："老姐大人不在，我看看仆儿也好。"因里笑道："仆儿自个在书房里做功课，不许别人吵闹呢，七舅舅自己找他去，我也刚好有些事，要去幸雎屋里一会才回来。"曾孝摘笑道："你去吧，我找仆儿说话。"

曾孝摘来到上屋，见四周静悄悄的，自言道："这人都哪去啦?"走至西厢书斋，曾孝摘见门掩着，便问道："仆儿在么？七舅舅看你来了。"里面应道："是七舅舅呀，仆儿来啦!"急促的脚步声响处，门打开了，冯仆笑盈盈地拉曾孝摘入房去。

让曾孝摘坐下后，冯仆又伏在案上做功课。曾孝摘问："仆儿，就你一人在做功课呐，你典儿、细儿姐她们呢?"冯仆道："都上幸雎姐姐屋里学绣花去啦，那里很热闹呢。"曾孝摘问："那你怎么不去?"冯仆道："前天我也曾去来，典儿、细儿、韩儿、永儿、云儿都在，好不热闹，让我娘知道了，骂我男子汉没出息，说绣花是女孩子的事，再不让我去啦，只允我在书屋里读书做功课。"

知道冯仆不日便要进京，如人、温弈倡议为冯仆做几件衣裳，好让他在路上穿着，众丫环一致响应，便从市上扯回上等衣料，在幸雎房中忙乎开来。众女孩儿中，数幸雎、申雉、阳芯、恩敬的女红最佳。做衣服的事，自然由这几个丫环主剪，其余如人、温弈、冀儿、因里等人只在旁边观看，却帮不上手。众丫环约定了，衣裳做好之前，对谁都不许说起，所以冼夫人并不知道这帮女孩子在为冯仆做衣裳，她只是管着冯仆读书，不让他随这帮女孩子胡掺和。

曾孝摘听了冯仆的说话，心里非常不满，暗道："我老姐大人也真是，也不知她的心是铁铸的哩，都说要把儿子送入京城去啦，就这几天时间，也不让仆儿玩耍轻松呐，还让他死啃书呢。读书有甚么用？仆儿进京后就不能回来了，想起来心里就烦。好你个陈霸先，日后千万别让老曾遇着你，有你的好看。"

曾孝摘从身上摸出一荷叶包包来，笑道："仆儿，你看老舅给你带甚么来啦?"冯仆赶忙接过，打开荷叶一看，惊喜道："是猫屎糖哩!"抓起一块就往口里塞。

这“猫屎糖”即如软饴糖之类。其制作方法：先是用蔗糖加水，加猪油，加秘制香料，煮熬至胶状，倒在案板上冷却，压薄后切成带状备用。然后将精炒的花生仁、芝麻，还有用蔗糖腌制的，像筷子般大小的条状上好熟猪肥肉，一起裹卷在里面，搓滚成拇指般大小的条状物。吃用时，用剪刀随意剪切成节块，入口又甜又香又黏。因其外状似猫的粪便，所以本土人谓之“猫屎糖”。

冯仆最喜吃“猫屎糖”，平常冼夫人又不大让冯仆出大街去，十分想吃了，就让仆从在外面买回。曾孝摛知道冯仆喜吃“猫屎糖”，凡来看望冯仆，都会带些。

曾孝摛见冯仆一块接一块，吃得津津有味，便道：“仆儿呀，读书是辛苦事哩，像七舅舅就不愿读书。不要尽听你娘的话，想玩儿就玩儿去。”冯仆咂巴着嘴道：“读书不辛苦，不是娘逼我的，我自己喜欢。”忽然冯仆眼睛乜斜迷离起来，喃道：“七舅舅，仆儿困了，想睡哩……”曾孝摛伸手扶着冯仆的肩膀，道：“仆儿读书困了，想睡就睡吧，想睡就睡吧……”

曾孝摛在“猫屎糖”里下了醉丹，因此冯仆沉沉睡去。曾孝摛让冯仆靠在自己的胸脯里，然后从身上取出一只大布袋来，匆匆把冯仆装进去，然后捆了袋口，夹抄在左腋下，出书屋直来到后园。曾孝摛四面张望一下，压低声音道：“仆儿不要怕，老舅不是害你，是救你，现在老舅就与仆儿回大堡去，看谁还能送你进京。”说着，猛一发力，夹抄冯仆跃上后墙逃去。

下午申初时分，冼夫人与祝戬、陈三官、武哥、七儿、孟娘、三彩儿、阿秀、夫辛率三十名军士回到山兜大堡。守在楼门的庄兵，老远一见冼夫人，即飞快闪入堡里去。武哥苦笑道：“姑娘呀，看来你不受欢迎喽！若是平时，姑娘回来了，那看门的军士，还不乐得大叫大嚷。你看今天，大不一样呀，一见到姑娘，就像鼠儿见着老猫哩，逃入报信去啦！”冼夫人默不做声。

冼夫人在堂厅里见了冼操。兴儿、亚三、三才等仆从上来向冼夫人请安，神情极不自然，笑像哭一样。冼夫人笑问道：“四哥怎么回大堡了，几时回来的，怎么小妹不知？”冼操坐在椅上，冷然道：“大堡是我的家，不管走到哪里，我心里都念叨着，只要有空，我都会回来看看。”冼夫人讪讪笑着，道：“小妹也是呀！所以也回来了。”冼操冷笑道：“是么？那

敢情是好！我还以为有些人做了官后，光顾着国就忘记家了，六亲不认啦！这样的官，你便做到天上去，又有何用!”冼夫人道：“四哥责备的是，妹子因忙于公务，确实是少回大堡，有时想起来，也自不安!”冼操道：“知道不安吗？还知道不安就好！别的不说，你都为人母了，翁姑先后谢世，你都不在家中。虽说忠孝不能两全，可这事论起来呀！大堡的人都觉心中有愧呀！对不住冯宝喽！再，仆儿可是你的儿子，年纪还那么小，你便征战在外，你在仆儿身边的日子到底有多少？连我也替你脸红，这是做母亲的样儿么?”冼夫人听着冼操责骂，心里隐隐作痛，不由双眼发红。冼操不去看她，只自顾说着：“今日我回了大堡，你也回了大堡，用不着装糊涂，大家都明了。我先说了，不管你甚么宣义绥安护征将军，在大堡里我说了算，你今天欲接走仆儿，你就死了这条心，门儿都没有!”

曾孝摛在廊庑下探头探脑，被夫辛看到了，笑骂道：“好你个小贼儿，还敢露脸呐，还不快滚过来叩头谢罪?”曾孝摛只好过来，装做什么事都不知道的模样。夫辛笑道：“你盗走仆儿，几乎没把大伙儿吓死。”曾孝摛叫起屈来：“这从哪里说起？仆儿不是我盗走的呀！仆儿哪去了？走失了？我们快找去。”夫辛笑骂道：“你这贼儿还不认哩，四爷都说啦!”冼操腾地蹦起，一掌重拍在案上，吼道：“不关七弟的事，这都是我让他做的，若是有罪了，冼操一人承担!”

冼夫人朝冼操跪了下来，眼泪夺眶而出。冼操背转身去，道：“我家世代忠良，也不知为国家出了多少力。交州平叛，高州袭贼，赣石追敌，落金歼盗，助陈霸先北伐平叛，运出援粮军资足可垒成一座大山呀！至朱崖平叛，我大哥、二哥、三哥、五弟命丧海域，五千高凉子弟无一生还，这是为什么？还不是为了这个国家么!”冼操浑身战抖，脸色青紫，泪水在眼眶里滚动：“好好一个冯宝，便是因操劳过度，疲惫而死呀！妹子……妹子自小便有大志，以护国保民为己任，再难再苦亦和身而上，在所不辞，百姓赞誉你，朝廷旌表你，大堡上下无不为你欣慰。别人都赞你为大圣大贤，可是妹子你知道么？狡兔死，走狗烹，飞鸟尽，良弓藏，这是至理之言，万劫不破呀！兄长虽不读书，也知这个道理。现在高凉安定了，崖州复统了，你这功臣还有甚么用呐。你功愈大，望愈重，朝廷愈是忌你。我万万想不到的，以贤明著称的陈霸先，如今也不信大堡，不信你了。不信便罢，大堡一片赤诚，忠心报国，天地可鉴。我更万万想不到的，是妹子

竟糊涂到这地步，你怎能把仆儿送入京去，须知这是往虎口里塞肉呀！冯家数代单传，仆儿又是一根独苗，年仅九岁呀！你就忍心舍弃他了，你还算是一个母亲么……”

冼夫人跪在地下，放声大哭。祝戬、陈三官、武哥、三彩儿、孟娘、七儿、阿秀、夫辛、曾孝摘先后也跪倒地上，伤心落泪……

永定二年十二月三日辰时，冯仆率新州冯起文，阳春霍廷昭，梁化邓成锦，成州石道民，新会梁显、冯安保，电白季再安，苍梧陈坦，罗州庞靖，石州李殿，九德郡阮儿、黎甫，九真郡裴化及崖州抱艮、德羌、楚触、博臣、贯征、力龙、木牙俐、扶丹、利丑、且灵等三百九十三名渠帅赴京，韦放女韩儿，寿儿女永儿、云儿随行，另有精选一千二百名马军护送。

朔风凛冽，寒流阵阵，高凉百姓近四万人，涌至北郊五牛沟送行。钱生畏、冼操与送行众官、众将只有眼里含泪，默默无言。呜——呜——呜——连续三声吹角鸣过，进京人马启辔徐徐起行。冯仆身着皮袄大氅，骑在马上，不断回头来望。武哥大声道：“天气寒冷，记得为公子添衣呀——”典儿、细儿搂着冼夫人立在地里，虽然流泪，却不敢哭出声来。恩铭居众丫环眼望着冯仆北去的身影，相拥而泣。曾孝摘追跑着大呼：“仆儿不要怕，大胆去吧——陈霸先敢欺负你，老舅即刻领军马杀进京去——”眨眼工夫，随着北风呼啸声，人马早去得无影无踪。

永定二年十二月二十三日，陈霸先召会百官，在紫极殿接见冯仆及岭南百酋。陈霸先神采奕奕，满脸春风，等冯仆率百酋朝拜礼毕，早已按捺不住，飞步走下殿堂来。陈霸先双眼放光，注视着冯仆上看下看，左看右看，油然赞叹道：“好个冯仆，如金之镂，如玉之琢呀！”冯仆献上扶南犀杖，道：“这是扶南犀杖，是仆母进献我皇！”陈霸先双手接过扶南犀杖，细细端详一番，脱口道：“扶南，扶南，好个扶南呀！”陈霸先点首不已：“朕如今是南朝之主，天膺历任。众官听了，扶南，扶南，这是岭南百姓的心声呀！往日对护国夫人亵渎之心、猜测之心今可止矣！”百官齐呼：“皇上英明丕德，天下归心——”

陈霸先热血沸腾，激动万分，竟双手抱起冯仆，往脖项上一放，把冯仆托骑在头顶上。百官见这情形，无不吃惊。陈霸先托着冯仆，在朝堂上打圈走着，一边仰头问道：“仆儿，你今年多大啦？”冯仆道：“九岁了。”

陈霸先问："平时读甚么书？"冯仆道："岭南困苦，便要读书，也难弄到书籍，阿母说，让仆儿请皇上讨些善本习读。"陈霸先连声答应。转走了数圈，陈霸先累得气喘吁吁，又问道："仆儿，你骑在朕头顶上好玩不？"冯仆道："一点也不好玩。"陈霸先仰首急问："这还不好玩呀？"冯仆道："我皇是天子，我骑在天子头上，岂不是骑天了？仆儿不要骑天，仆儿要做撑天的柱子！"此言一出，满堂皆惊，随即欢呼声轰然而起。陈霸先把冯仆放了下来，弯腰双手按住冯仆两肩，注视着道："好仆儿，快快长大呵！你，你真是朕南天一柱呀！"

陈霸先设国宴款待冯仆及随行百酋。

朝会散后，陈霸先在光昭堂单独召见交州九真郡渠帅裴化。陈霸先笑道："裴二爷，朕不想今日能见到你。要能见到裴大爷，那就更好啦！"裴化笑道："大哥本要来的，奈何护国夫人不准，说凡是朝廷职官都不许来。"陈霸先笑问道："这是护国夫人说的？"裴化笑道："正是。"陈霸先点首道："护国夫人，虽古今圣贤无与伦比呀！"陈霸先又笑道："你我是老朋友了，在这里说句笑话不妨，我若留下冯仆，将会怎样？"裴化笑道："陛下不会。"陈霸先道："哎！你先答我，我若留下冯仆，将会怎样？"裴化笑道："小民不敢说。"陈霸先笑道："这样说时，我若留下冯仆，二爷要与我拼命喽！"裴化笑道："小民不敢说。"……

陈霸先直与裴化谈了近一个时辰，才让他退出。

刘师知过赵知礼府中造访。赵知礼笑道："相爷来取彩礼吧，知礼输了。"刘师知笑道："高凉冼氏不反，我虽侥幸猜中，然亦未意冼夫人敢遣子入质呐。你说上会怎样安排？"赵知礼笑道："还用说吗？在朝堂上，皇上已与冼氏对话了嘛！一问一答，言简意赅，惟妙惟肖呀！"刘师知笑着颔首。

当晚，韦放、赵媚娘、寿儿、子正来到周文育府中，刚好杜僧明亦在。周文育笑道："云开雾散啦，韦侯爷可安睡无忧矣！"杜僧明笑道："我与周爷今晚也可安心了。皇上说，章皇后把仆儿、韩儿、永儿、云儿一齐带入后宫说故事儿去啦！你们要见孩子们，恐怕得多等些时日。"赵媚娘笑道："只要皇帝不讨高凉，这孩子么，留在宫中好了。"杜僧明笑道："谁也不留，等说完了故事儿，都得撵出来，小孩儿又哭又笑的，有甚么好玩的，皇帝心黑手辣，经不住烦。"子正笑道："皇帝烦才好，就怕他与孩子们玩厮熟了，舍不得孩子离开呢！”

周文育笑道：“你们放心好了。照今日朝堂上来看，估计皇上不会留下仆儿。”韦放哦了一声，道：“请周爷说说。”周文育把经过复述一遍。赵媚娘高兴得跳起来：“这样说时，皇帝真的不留下仆儿呢？皇帝说仆儿是南天一柱，不回岭南去，又怎能撑南天呢。哎呀！好个仆儿，才九岁呀！就敢与皇帝当面论说，不愧是夫人的孩子，出乎其母拔乎其母啦！”杜僧明道：“甚么拔不拔的，仆儿这话肯定是冼夫人教导出来的，我听赵知礼说，他也自赞叹不已，说岭南出圣贤了。这样说来，冼夫人是大圣，冯仆便是小圣了。不过话说回来，你们也别高兴得太早，这会子老杜也敢说，皇上是不会打高凉了。可是放不放仆儿回去，还是先别高兴为好，皇帝这人的脾性，老杜是摸了个透，说话不算数，翻脸不认人是常有的事。”

章皇后见了冯仆、韩儿、永儿、云儿姐弟，喜欢得了不得，抱了这个，又搂那个，宝贝心肝儿似的。一连三天，章皇后与单贵妃、安贵嫔、毛贵姬领着冯仆姐弟在后宫、御园进进出出，到处游耍。又命羽林监韩郃率禁卫，护冯仆姐弟逛了整座建康城，游得尽兴方休。陈霸先笑对章皇后道：“皇后如此喜欢这几个孩子，我说呀，干脆留在宫里伴皇后吧。”章皇后笑道：“这几个孩子，个个如宝似玉的，谁都喜欢，别说臣妾想留在身边，皇上不想呀？”陈霸先嘿嘿笑着，摇头道：“朕便是想，恐怕不能够呵！我见了交州来的长酋裴化，与他谈了，仆儿万万留不得呀！”章皇后问道：“裴化是谁？”陈霸先道：“裴化与其兄裴伋原是交趾渠帅，九真郡柁潋庄人，为人豪杰仗义。早年朕讨交趾李贲时，被叛军追入温臯喳沼泽地，来去无路，若非裴伋兄弟引洞兵相救，便怕是朕的大限了。后我与裴伋、裴化兄弟结为深交，誓同生死。平了李贲，我荐举裴伋为九真郡太守之职，裴伋这人也真不负朕之所望，在治上颇有官声，深为百姓拥戴，因而太平二年六月又拔为德州刺史之职。我当年北上讨侯景，裴伋筹措了三四百万两援银助我。你想呀！交州穷困之地，小小一个太守能筹如许军资，艰难自不必说。”说到这里，陈霸先顿了顿，又笑道：“裴伋这援银运至高凉落金岛时，却让海盗截劫去了，幸遇上冼夫人率军攻破落金岛，这援银一文不少又取回来，因这上头，冼夫人又与裴伋成了朋友啦！”章皇后听着，不断点首。

陈霸先又道：“朝廷这番调换高州、崖州官员时，崖州竟有一万多百

姓西渡交州，请愿保冼夫人、钱生畏。交州刺史欧阳盛也被困住了，后来冼夫人赶至交州，只一句话，万多百姓即时撤回崖州，可知冼夫人雷霆之力哩。日前朝廷议高凉之事，朕开始事实是有征讨之念头，现在想来犹有后怕呀！”章皇后笑道：“臣妾深信，陛下不会征讨高凉，现在不已证明，陛下确是英明之主么？”

陈霸先笑道：“这番冼夫人遣儿子入京，岭南陪行渠帅长酋，竟达四百人之多呐，连裴化也来了。明摆着，裴化是保冯仆来的。朕若留下冯仆，看光景，裴化也决不会回去，到时岂不是麻烦更大。”章皇后笑道：“仆儿姐弟如此可爱，本来臣妾是想把他们留在宫中，既然皇上这样说时，臣妾只好以国家利益为重，只好把私心放过一边，忍痛割爱啦。”陈霸先心里打个寒战，暗道：“好个章皇后呀！”

这晚，陈霸先、章皇后与冯仆姐弟几个一同用膳。陈霸先笑道：“仆儿，你来京城几天了？”冯仆道：“九天了。”陈霸先道：“想娘了吧？”冯仆道：“想。”陈霸先道：“哪个孩子不想娘呀！仆儿，京都虽好，是不如家呀！仆儿，你来京都，朕很高兴，你也看过京都景色，朕再不留你，这两天就让你回去，你娘在家里，亦肯定想你啦！仆儿呀！你要的书籍，朕亦为你备齐，你回去后够你读的，要好好用功哟，做撑天大柱，可不是轻松的事，朕相信你定能做到。仆儿，你这番来，也不能空手回去，那不是白走一趟啦！这么着吧，凡朕这里所有，不拘是甚么，只要仆儿喜欢都可拿走，你想要什么，尽管开口。”

永儿道：“园子里那对石狮子好玩，仆儿搬回去吧！”冯仆摇了摇头。陈霸先笑道：“这石狮子太笨重啦，要费多大的气力才能搬回去呢。”云儿道：“那就搬那根大柱子吧，上面雕着许多怪龙，很好玩呢。”章皇后笑道：“亦太重啦，还是不能搬哩。”冯仆只管摇头。陈霸先笑道：“仆儿想要甚么，还未想好？”冯仆看着陈霸先道：“皇上这里甚么仆儿都不要，仆儿只要韩儿，皇上让仆儿带韩儿回去吧。”陈霸先与章皇后一愣，随即哈哈大笑。陈霸先笑道：“仆儿只要韩儿是么？好！好！朕答应你，就让韩儿跟你回去。”章皇后笑得流出眼泪：“这孩子，真让人心疼呢！”

次日晌午时分，陈霸先召韦放、赵媚娘、寿儿、子正入宫，带召周文育、杜僧明作陪。陈霸先、章皇后赐宴紫霞宫款待众人。陈霸先谈笑风生，笑道：“韦将军呀！朕今日把你们找来，是让你们把永儿、云儿接回

家去。”杜僧明对周文育笑道：“我早说皇帝耐不得吵闹，这几个猴儿，只数天闹过便会赶走的。”赵媚娘笑道：“怎么接永儿、云儿走呢，留在宫中，与仆儿、韩儿在一起岂不更好。”子正忙笑道：“是呀是呀！”陈霸先虎着脸道：“不行，你指望朕每日帮你们看管孩子呀！仆儿这两天便得回高凉去。”韦放心里有如敲鼓，然不动声色，问道：“陛下让仆儿回去？”陈霸先点点头：“唔，仆儿必须回去，他不回去，谁帮朕撑南天呐。”子正拍掌道：“皇上英明，皇上英明！”陈霸先注视着韦放道：“仆儿回高凉去，韩儿也得回高凉去。”众人不解。章皇后笑着把冯仆要求带走韩儿的经过说了。韦放红着脸道：“这……小孩子说的话……”陈霸先笑道：“这媒朕保定啦，难道韦将军不答应？”赵媚娘连道：“答应答应，一万个答应！皇上保的媒，我们夫妇做牛做马报答还来不及呢。”陈霸先道：“你们答应就好，冼夫人那里我修书子与她说。”

陈霸先忽然又阴沉着脸道：“朕不安心，你们休想安心。天子含诟，自古而然。这些天，朕做尽了恶人，只有你们才是好人呀！若非冼夫人遣子进京，朕这恶人之名，一生背定啦！有些人呐，看自己忠直，看别人都是奸邪，弄得别人不快，自己也未必好受。霸先别无德能，举之则使升天，按之则使入地，唯此耳。”

韦放脸红耳赤，只低着头。陈霸先扫了韦放一眼，笑道：“仆儿这几个孩子来京，不消说，你们都紧张，人心肉做，众皆如此。这样吧，仆儿与韩儿这两天就得动身回高凉，你们想接回家中怕是不方便啦，你们要见仆儿、韩儿，就在宫里见吧，有话尽管说，尽兴儿说，却不许把他们带外面去，冯仆可是一根独苗，朕不容有丝毫闪失，他悲悲戚戚而来，朕要让他高高兴兴回去。”

韦放等人听了，慌忙离席跪倒地上。

永定三年正月初四日，陈霸先诏赠冯宝为崖州刺史，至来公，赙物六百段，谥曰文表。诏复钱生畏原崖州诸职务。诏命冯仆为阳春郡守，袭父瞫都侯食邑。册冼夫人为高、崖二州助防，都督高、崖二州诸军事。调原阳春郡守何子哲为高凉郡守。诏冼操为昭义将军，都督西巩防务。诏冼奉义袭父冼挺职为南梁州刺史，加明义将军。赐冼夫人朝服一具，高丽貂皮大氅一袭，盘盘国象牙佛像一尊，西域大宛国宝马三匹，玉如意三双及东园秘器若干。章皇后另赐冼夫人九彩团云银丝宴服一袭，西域进金镂玉托

妆奁二具，各类首饰若干。随冯仆进京的三百九十三名岭南渠帅俱授将军之职，不能一一尽述。

永定三年正月初九日，冯仆偕韩儿率百酋离建康返高凉，陈霸先领百官送至南郊。

《冼夫人》中册后记

谈谈《冼夫人》中册一些历史问题的处理。

一、关于冼夫人的“甘、盘、陈、廖、祝”五大将军

《三国演义》里刘备封“关羽、张飞、赵云、马超、黄忠”为五虎大将。《水浒传》里宋江也封“关胜、林冲、秦明、呼延灼、董平”为五虎大将。这两部文学作品把这些人物形象均写得各具特色，真正虎虎生威，至今仍深受广大读者的喜欢。

冼夫人几乎一生都在战争中磨炼，她率领冼家军征战沙场，叱咤风云，为维护岭南乃至国家的稳定建立了不朽的功勋。《隋书》《北史》《资治通鉴》等史籍记载冼夫人一生中各个时期领军作战的历史：梁大宝元年（公元550年）六月，冼夫人领军智袭勾结侯景叛乱的高州刺史李迁仕，继而援助陈霸先北上平叛；陈太建元年（公元569年）十月，广州刺史欧阳纥反，冼夫人遣军拒境，亲率岭南诸酋长迎接朝廷平叛大军进入岭南，最后讨平欧阳纥叛乱；隋开皇十年（公元590年）十一月，番禺王仲宣反，冼夫人命孙儿冯盎起军讨平。冼夫人一生参与的战事当然远不止这些，史籍只不过择其要者而载之罢了。

冼夫人既然掌握如此强大的军队，其中能征惯战之将领自然应有很多。那么都是谁呢？非常遗憾，《隋书》里没有记载下来，《北史》及《资治通鉴》也没有这方面的记录。好在方志里记下来了，如清光绪年间重修的《高州府志》载：“冼夫人部下复有甘、盘、陈、廖、祝五将，虽勋名

未附于青史，而传闻必颂其丹诚。”又如清道光《电白县志》载：“隋冼夫人开府置官属，史惟载长史张融，不知何县人。相传有甘、盘、廖、祝四将，甚有智勇，佐成其功。今庙中塑四将军像者是也。又有一将姓陈，三桥人，毅勇刚直，屡著奇功，今霞洞夫人庙犹塑其像，乡人称为陈三官。”

《高州府志》记下的冼夫人五个部将，只有姓，没有名。《电白县志》较为特别，记下“甘、盘、廖、祝”四位将军后，又记陈姓将军，且指出这陈姓将军的名字叫作“三官”，且指出这陈三官是三桥（今广东省茂名市茂港区羊角镇三桥村）人，且指出霞洞（今广东省电白县霞洞镇）冼夫人庙就有陈三官的塑像。

《高州府志》直言不讳，关于冼夫人部属“甘、盘、陈、廖、祝”五大将军的说法是根据民间传说而来。连这五大将军的名字都弄不明白，更别说五大将军是何许人了。《电白县志》虽说不清楚“甘、盘、廖、祝”四位将军的名字、籍贯，但对陈三官这位将军的来龙去脉都明白记载。且言之凿凿指定他是“三桥”人，够为具体了。那么，《电白县志》关于陈三官的记载是不是也仅由传说而来？还有没有其他的依据呢？令人高兴的是，陈三官的坟墓至今犹存，就在今广东省茂名市茂港区羊角镇三桥村三甲岭，当地老百姓至今仍传颂着陈三官如何辅助冼夫人的动人故事。可知《电白县志》编纂关于陈三官的记载不是凭空捏造。冼夫人部将陈三官不但有方志记载，且有坟墓为见证，且有民间传说为佐证。总而言之，冼夫人手下拥有能征惯战部将这个问题算是有了一个交代。尽管按方志编纂者的口气来看，这个冼夫人部属“甘、盘、陈、廖、祝”五大将军的说法基本上还是从民间流传故事中得来，但既然郑重其事地记入方志中去了，庶几也可算是“史料”了吧。

非常有趣，方志中记录的“甘、盘、陈、廖、祝”五大将军，与《三国演义》《水浒传》的五虎大将十分相像，这就为我创作长篇历史小说《冼夫人》拓展了空间。方志说“甘、盘、陈、廖、祝”五大将军“甚有智勇”，自然这五大将军都是大将之才了。我在《冼夫人》中不光大笔用墨写他们的智勇，且大笔用墨写他们各自独有的“专长”。下面按这五大将军在《冼夫人》中的出场先后、次第简单谈谈他们各自的“特色”。

（一）甘弁，会稽（今浙江省会稽市）人，用的兵器是方天画戟。甘弁出身寒苦，早年随人贩马做买卖，走南闯北，见多识广，通军旅之事，

尤善相马。甘弁在西巩（今广东省阳春市）冼家岭“落草为寇”时，被冼来山（冼夫人之父）所俘，自此加入冼家军。承圣元年（公元552年）十一月，冼夫人奉诏统领朱崖（海南岛），甘弁为冼夫人南征军之左路军主帅。

（二）廖明，海昌郡放鸡冲（今广东省电白县麻岗镇石苟村）人，用的兵器是长枪。廖明原是本乡神医“猴药张”的高足，精通医道，在大同二年（公元536年）投了冼家军。

（三）陈三官，永宁三桥（今广东省茂名市茂港区羊角镇三桥村）人，还在婴孩时就被老虎叼去哺养，是为“虎娃”。“虎娃”被一樵夫从虎穴里抱回抚养，继被一道长带去浮山（今广东省电白县霞洞镇浮山）。陈三官十六岁艺成下山，投了冼家军，随身兵器是一根铁扁担。

（四）祝戬，齐安郡落金岛（今广东省台山市川岛镇）人，海盗出身，自小练就观察天气的本领，用的兵器是长枪。大宝二年（公元551年），冼夫人破落金岛，祝戬投了冼家军。

（五）盘肸，朱崖潭陆（今海南省定安县潭陆）人，用的兵器是三股托天叉，坐骑是扶南产双角大白犀牛，会驱使毒虫蛇蝎，在冼夫人南征朱崖时加入冼家军。

我把冼夫人手下这五大将军作这样的安排，目的无非是：

（1）五大将军中，有的是冼夫人“本土”高凉人，如廖明、陈三官、祝戬。有的是“外乡人”，如甘弁、盘肸。有的是岭南人，如廖明、陈三官、祝戬、盘肸。有的是江南人，如甘弁。相对岭南来说，甘弁算是“北方人”了。这是地域方面。从五大将军所属民族来看，甘弁是汉族，而廖明、陈三官、祝戬、盘肸四人都是百越俚僚人。这五个来自不同地方，不同民族的英雄豪杰汇聚在一起，无疑是冼夫人致力于各民族和谐团结思想的高度体现。

（2）五大将军中，甘弁会相马，廖明精通医术，祝戬深谙气象知识。这几方面的技能，不要说在古代，就在我们今天现代化的军队中也是必不可少的。通过上述冼夫人部将拥有的技能，充分肯定冼夫人领导下的这支冼家军能百战百胜的事实。

（3）五大将军中，陈三官是“虎娃”，盘肸会驱使蛇蝎。这两人神奇、诡异的经历及能力，充满野气，极能表现古代百越民族贴近大自然，融洽

大自然的纯真朴实之天性。

我在长篇历史小说《冼夫人》中塑造很多冼夫人的部将，除“甘、盘、陈、廖、祝”外，还有诸如“曾孝摛”“伐沆”等人，都是斩旗杀将、勇冠三军的将领，因“史料”里没有他们的记载，在这里只能略而不谈。

二、《武皇帝作相时与岭南酋豪书》是写给冼夫人的吗

《文苑英华》里有一篇《武皇帝作相时与岭南酋豪书》。

《文苑英华》是北宋四大部书之一，属文学类书。时宋太宗赵炅命李昉、徐铉、宋白、苏易简等二十余人编纂。全书一千卷，上继《文选》，起自萧梁，下讫晚唐五代，选录作家两千多人，文章近两万篇，分为赋、诗、歌行、杂文、翰林制诰、中书制诰等三十九类。这篇《武皇帝作相时与岭南酋豪书》名为陈武帝陈霸先所作，其实是时为梁给事黄门侍郎、秘书监的徐陵代笔。

徐陵这人自小就很聪明，八岁就能属文，被当时的贤士异人誉为“天上石麒麟”“颜回”。徐陵起家为梁尚书度支郎，外放上虞县令，后逐级升至湘东王府中记室参军，兼通直散骑常侍等职。梁太清二年（公元548年），梁武帝萧衍派徐陵与建康令谢挺出使东魏，一直被东魏留下，不能回国。北齐代东魏后，出于政治目的，于梁绍泰元年（公元555年）立梁贞阳侯萧渊明为梁主，徐陵因此随之归梁。

萧渊明是梁武帝萧衍亡兄萧懿的儿子，封为贞阳侯，任南豫州刺史之职。梁太清元年（公元547年），梁武帝命萧渊明率大军伐东魏，结果被东魏大将慕容绍宗击败，做了东魏的俘虏。萧渊明事实投降了东魏，再没资格做梁室继承人，北齐要立他为梁帝，当然遭到梁朝端之臣王僧辩的拒绝。萧渊明厚颜无耻，写书信告求王僧辩务必立他为梁朝之主。而这封书子便是徐陵代笔，也收在《文苑英华》里，题为《为梁贞阳侯与王太尉僧辩书》。

徐陵所作书信，收在《文苑英华》里的有十六篇之多，其中为人代笔的就有六篇，如《为陈武帝与周冢宰宇文护论边境事书》《为陈武帝与周宰相书》《武皇帝作相时与北齐广陵城主书》《武皇帝作相时与岭南酋豪书》、《为梁贞阳侯与陈司空书》、《为梁贞阳侯与王太尉僧辩书》。

《武皇帝作相时与岭南酋豪书》在《陈书·高祖本纪》里没有辑录，

在《陈书·徐陵传》里也没有辑录，只有《文苑英华》收人去了。之后明黄佐编纂的《广东通志》，清阮元编纂的《广东通志》，都把徐陵代陈霸先写的这封书信记录了下来，为我们留下了珍贵的历史资料，起码对研究南北朝时期岭南百越与中央政权的关系起了重大的作用。

那么，徐陵代笔的《武皇帝作相时与岭南酋豪书》是写给谁的呢？史料都没有这方面的说明。我在长篇历史小说《冼夫人》里大胆地认为是写给冼夫人的。想法有如下几点：

（一）《隋书·谯国夫人》载："夫人总兵与长城侯陈霸先会于赣石。还，谓宝曰：'陈都督大可畏，极得众心，我观此人，必能平贼，君宜厚资之。'"这里明确记录陈霸先举军北伐侯景时，不仅得到了冼夫人的军事援助，且得到冼夫人的经济援助。近人范文澜在其著作《中国通史》里指出："陈霸先起兵讨伐侯景，得冼夫人援助，冼夫人成为陈朝在岭南的重要支柱。"从史料来看，作为岭南酋豪，在军事上和经济上，如此有计划、大规模援助陈霸先，除了冼夫人外，再找不出第二人。冼夫人对陈霸先北伐平叛的支持，既奠定了冼夫人后来在岭南政治地位的基础，也奠定了冼夫人与陈霸先战友般深厚感情的基础。所以，《武皇帝作相时与岭南酋豪书》应该是写给冼夫人的。

（二）《隋书·谯国夫人》载："及宝卒，岭表大乱。夫人怀集百越，数州晏然。至陈永定二年（公元558年），其子仆年九岁，遣帅诸首领，朝于丹阳。"岭南出现大乱时，冼夫人登高一呼，万山回应，数州帖服，彰显她无与伦比的群众基础及领袖魅力。又，广州刺史欧阳纥叛反，朝廷遣章昭达率大军入岭南平叛，冼夫人"帅百越酋长迎章昭达"进入岭南，最终平定叛乱，这都在《隋书·谯国夫人》里面记录下来。"帅百越酋长迎章昭达"，再一次印证了冼夫人在岭南百越的领导地位及其影响力。所以，陈霸先给岭南酋豪的书信，非冼夫人莫属。

（三）从《武皇帝作相时与岭南酋豪书》的内容及行文语气来看，此书亦应该是写给冼夫人的。

（1）陈霸先袭杀王僧辩后，扶梁武帝的孙子晋安王萧方智继了皇位，陈霸先自己也因功身居相位。王僧辩原先的部属及亲党不服从陈霸先，纷纷举兵反抗。陈霸先处于"四面楚歌"之时，虎视眈眈的北齐又遣军大举侵梁。在如此恶劣的环境下，好在陈霸先确实是出类拔萃的人物，处变不

惊，应付自如，先后将“内乱”及“外患”都逐个解决。陈霸先刚喘过气来，在岭南的广州刺史、曲阳侯萧勃又乘机起军反叛，最后也被陈霸先遣军平定。陈霸先“静难夷凶，武以宁乱，英谋独运”，使危机重重、摇摇欲坠的梁政权得以延续，自己当然飘飘然陶然自得，以“救世主”自居，慢慢萌发了“禅代”的欲望。这时的陈霸先，对远在岭南，拥有重兵，极有威望的冼夫人真的那么放心么？于是给冼夫人去信，罗列自己的武事功德，所谓“远迩敬欣，华夷怖慑”，继而宣扬自己天宽地阔之容：“今所擒欧阳頠、傅泰等，莫不弘宥，政尔授其兵马，处以荣禄，坦然游狎，无介怀抱。”陈霸先自诩“吾既忝荷明私，位逾台衮，身持帝王之柄，手握天下之图”，无非炫耀自己现在政治力量及军事力量的强大，天下再没人可与他争锋了，当然也包括冼夫人在内。这是陈霸先给冼夫人去信的第一个目的。

（2）陈霸先在书信中最重要一点，便是直接向冼夫人要人为质，这也是陈霸先写这封信给冼夫人的终极目的。

在封建社会里，各政治集团为稳定自己的政治地位，国与国之间，中央政权与地方政权之间达成一种国与国互不侵犯，地方绝对服从中央的遵循方式，除了有严谨的文字约定，还要以人为质，来约束及保证承诺的诚实稳固，始终如一。人质必须是政治集团首脑的至亲之人来充当，一般都是子侄之类，故称为质子。一般情况下，基本上是“强方”向“弱方”，“上级”向“下级”索要人质，所以本来就无“公平”可言，只不过是“弱方”“下级”无奈地授人以刀柄罢了。

战国时期秦国王孙异人，就是后来的秦庄襄王，亦即秦始皇的父亲，起先就是送在赵国为人质的，是历史上著名的人质了。南北朝时期，战争频仍，国与国之间互派人质的事更是屡见不鲜。如梁绍泰元年（公元555年）三月，梁王僧辩与北齐达成和约，王僧辩遣儿子王显到北齐为质；梁绍泰元年（公元555年）十二月，梁陈霸先与北齐达成和约，陈霸先遣侄儿陈昙朗随梁永嘉王萧庄，丹杨尹王冲之子王珉往北齐为质；陈永定二年（公元558年）二月，王琳为求得北齐的援助，派遣兄子王叔宝率所部十州刺史子弟赴北齐为质。那么地方政权，或握有兵权而镇守在外的官员于中央政权又是怎样呢？概不能外，一律都得送质子。如梁承圣元年（公元552年）九月，陈霸先派儿子陈昌及兄子陈顼入朝为质。时陈霸先与王僧

辩都是梁元帝萧绎讨伐侯景的主将，手下握有重兵，萧绎如何不疑？所以陈霸先一样得遣子人质。还有后来的广州刺史马靖，由于兵强马壮，陈宣帝陈顼对他不放心，同样命他遣子人质。

作为质子，身在虎穴之中，一有风吹草动，灾难即刻降临。陈霸先的侄儿陈昙朗在北齐为质，北齐就因陈霸先抗逆的缘故，即把陈昙朗杀了。

陈霸先有禅代梁朝为帝的倾向，惧怕冼夫人会拥岭南抗击他，自然心虚。只有让冼夫人遣子人质，陈霸先才能放心。但冼夫人并未“叛反”，陈霸先也不便就忘却过去与冼夫人的交情，一下子就变脸，于是在这封书信中先“客气”地和冼夫人拉家常：“昔缘王事，游践贵乡，日想山川，依然旧识……故乡如此，诚为衣绣，故人不见，还同宵锦，天涯藐藐，地角悠悠，言面无由，但以情企。”继而慢慢转入主题，向冼夫人伸手要人质：“君之才具，信美登朝，如恋本乡，不能游宦，门中子弟，望遣来仪。”终于露出真面目来。

冼夫人这时深知自己在岭南地位显赫，远非昔日可比；陈霸先也已不是当年北伐侯景时区区的高要太守、西江督护了，而是一个堂堂的丞相。为了国家的安定，为了岭南百姓免受兵灾之苦，冼夫人摒弃一应私心，最终毅然送唯一的、年仅九岁的儿子冯仆进京。陈霸先毕竟是个“贤明”的人，冯仆一进京，他便深信冼夫人不会“割地称王”，不会“反”了，疑团顿解。陈霸先高兴之余，不仅把冯仆放了回去，还加官晋爵，让年仅九岁的冯仆当阳春郡太守。

下面谈一些题外的话。可能个别同志会问：你说这封书是陈霸先写给冼夫人的，为何这封书子里陈霸先称冼夫人为“君”呢？冼夫人可是女性呐。我提出这个问题，许多同志不禁要笑，如此显浅的问题，怎么也提出来了？不论男女，均可称“君”。谁不知道毛泽东同志在答李淑一那首词里，起首一句不就是“我失娇杨君失柳”吗？确实是，不论男女，均可称君。如《徐自华祭秋瑾女士文并序》：“去岁仲春，余始识君。”如《蔡元培悼夫人王昭文》：“君有洁癖，坐席、食器、衣巾之属，非与同癖者或触之，则懊憾欲死。”如《汪宜秋女士挽女友》“入梦想从君，鹤背恐嫌凡骨重。”如《于右任挽杨虎城夫人罗培兰》：“有灵为我促杨虎；多难思君吊木兰。”不胜枚举。

为何要提一提这个问题呢？我写出《冼夫人》上册后，曾有同志问

我，你写冼夫人办学兴教，好是好了，只是怎么把冼夫人办学校的“学校”直接写成“学校”呢，应是“学堂”才对呀！古时怎么可能称学校为“学校”呢？我首先感谢这位同志对我创作的关心，然后告诉他，古时不仅称学校为“学堂”，亦称学校为“学校”呀！《孟子·滕文公上》：“设为庠、序、学、校以教之。庠者，养也。校者，教也。序者，射也。夏曰校，殷曰序，周曰庠，学则三代共之。”学校之称本源于此。《三国志·吴·薛综传》便有“建立学校，导之经义”的记载。《资治通鉴》卷一百七十八文帝开皇十七年也有“开设学校，华、夷感化焉”的记载。还有“革命”一词，也不是现在才有的，古时亦有了，义亦相同。如《易·革》：“汤武革命”；如《三国志·吴主传》：“朕以不德，承运革命，君临万国”等，不一而足。

蔡运桂先生为拙作《冼夫人》作序时指出，《冼夫人》文本中“那些几乎纯粹运用古文的写法，其长处是增强文本的历史感，但对古文基础差的读者会造成阅读障碍。”这是准确的批评，我必须虚心接受，并加以注意。欧洲某国有一个现代故事，说老师绞尽脑汁也不能为学生说明顺时针、逆时针的问题，是因为所有学生都戴着电子显字表。何尝不是。我们现在要对一些少年儿童说明古代的所谓枪，恐怕得花费一番功夫，是因冷兵器时代的“枪”与今天热兵器时代的枪已完全走样了。

写作时最易犯的毛病就是：以为自己知道的，别人一定也知道，自己不知道的，别人一定也不知道。我经常有意无意之间犯这个错误。如何把握这个度确实很难，因为不是一句该详则详，该略则略就能解决问题的。

不论读或写古代的故事，我们现代的人都难免会遇到一些困难和问题。如上面谈及的便是这些问题的一方面，下面再谈谈这些问题的另一方面。

过去林汉达先生编写的少年读本《春秋故事》出版后，一些少年读者读了《管鲍之交》，提意见说：“管仲当兵打仗，向前冲锋时总落在后面，向后退时总跑在头里。这本是贪生怕死的行为，本应受到指责的，但他的好朋友鲍叔牙却替他辩白，说他家有老母，如果他打仗死了，便没有人赡养。这种行为应当批判。”最后还建议把这章节修改。

古时候人的道德观念与现代人不完全相同。古代的所谓“美德”，在现在看来可能是“失德”，如上面提及的管仲打仗时的表现。同样，古代

的所谓“失德”，某些在现在看来可能不算“失德”，如《汉书·贾捐之传》载的：“骆越之人父子同川而浴，……与禽兽无异。”父子在一条河里一起洗澡，在封建社会礼仪之邦的中国，被视为不文明的行为。我们祖宗的这种观念，今天看来很是滑稽可笑，而在当时却是至高无上的道德准则之一。

上面谈及的一些琐碎问题，就是我们现代人读或写古代故事时遇到的困难和问题之一。写小说时首先要考虑作品能否普及，也就是能否符合最广大读者的需求。如果弄到读者觉得难读难懂就太不应该了。按照小说叙事的习惯，一些需要解释的问题，若在正文里表述，我只能用小说所反映的历史时期固有的认知程度去解释。一些问题不是很适宜在正文里解释的。就如“学校”一词，如果在正文里这样说：“南北朝时期，学校不光可以称为学堂，也可以称为学校，和我们现代一样。”这样的说明，并不理想。

这些问题，其实不难解决，到什么时候，《冼夫人》全书写完了，我再在文本后对一些问题进行必要注解即可。

关于《武皇帝作相时与岭南酋豪书》是写给冼夫人的问题，就谈这些，难免有自圆其说之嫌，这仅局限于我创作长篇历史小说《冼夫人》时的一些猜想，如若作史料研究，则另当别论。

三、为何冯宝一死，岭南就大乱

《隋书·谯国夫人》里载：“及宝卒，岭表大乱。”为什么冯宝一死，岭南就大乱？带着这个问题，我翻遍我能看到的古今关于冼夫人的研究资料，可是结果令我失望，所有专家学者对这个问题都阙如，概不问津。

我以为，如果能解决这个疑问，不仅于我创作长篇历史小说《冼夫人》有莫大的帮助，且对“冼学”研究极为重要。于是我继续搜寻资料，苦苦思索。

思索一：“及宝卒，岭表大乱。”这次岭南大乱和萧勃叛乱有没有关系？

（一）弄清冯宝死于何年何月，是解决这个问题的关键。可惜的是，《隋书·谯国夫人》没有留下冯宝逝世时间的记录。关于冯宝的卒年，历代史家、学者众说纷纭，莫衷一是。宋司马光主编的《资治通鉴》卷一百

六十七陈永定二年（公元558年）十二月壬午下记有这样一段话："高凉太守冯宝卒，海隅扰乱。宝妻冼氏怀集部落，数州晏然。其子仆，生九年，是岁，遣仆帅诸酋长入朝。"明正德年间所编《琼州志·郡邑沿革表》载："梁末，宝卒，岭南大乱。"清人谭应祥撰有《冼夫人全书》，该书称："敬帝改元年太平。元年（公元556年），冯宝卒，夫人怀集（百越），数州晏然。"

《冼夫人全书》只说冯宝死于梁太平元年（公元556年），却不知在哪个月。《琼州志》只说冯宝死于梁末，连哪一年都说不清楚，更为笼统。《资治通鉴》说冯宝死的这段话，看似有年有月，其实也不明确。若按这段话在陈永定二年（公元558年）十二月壬午之后的次序来看，冯宝应是在陈永定二年（公元558年）十二月死的。但若按"其子仆，生九年，是岁，遣仆帅诸酋长入朝"这句话来看，则又不然。因为这句话只是说明陈永定二年（公元558年）十二月冯仆率诸酋长入朝，所谓"是岁"，即指陈永定二年（公元558年）。至于冯宝在此年何月死，却没有明确的说明。《资治通鉴》这样记述冯宝的死及冯仆率诸酋入京，显然是依据《隋书·谯国夫人》所谓的"及宝卒，岭表大乱。夫人怀集百越，数州晏然。至陈永定二年（公元558年），其子仆年九岁，遣帅诸首领，朝于丹阳"来敷演的。《资治通鉴》把冯仆进京的时间精确到陈永定二年（公元558年）十二月，而冯宝逝世的具体时间，却不能确定。关于冯宝卒年的记述，三说各不相同。

《资治通鉴》《琼州志》《冼夫人全书》虽不能有力说明冯宝的卒年，但有一个共同点：既不指明冯宝死于萧勃叛乱期间，也不指明这次岭南之乱是由萧勃引起，而都遵循《隋书》所载冯宝死，岭南即大乱的事实。

（二）从同是"正史"的《梁书》《陈书》关于萧勃叛反时间的记述来看，《隋书·谯国夫人》记载的"及宝卒，岭表大乱"这"公案"可能与萧勃无关。

《梁书·敬帝本纪》载："太平二年（公元557年，亦即陈永定元年）二月庚午，广州刺史萧勃举兵反，遣伪帅欧阳頠、傅泰、勃从子孜为前军，南江州刺史余孝顷以兵会之。三月庚子，文育前军丁法洪于蹠口生俘傅泰。甲寅，德州刺史陈法武、前衡州刺史谭世远于始兴攻杀萧勃。夏四月癸酉，曲赦江、广、衡三州；并督内为贼所拘逼者，并皆不问。"《陈

书》与《梁书》记载一致，也说明萧勃是在太平二年（公元557年）二月开始叛反，同年四月即被陈霸先彻底平定。《资治通鉴》也因袭此说。

如果认为《资治通鉴》记述冯宝的卒年较《琼州志》《冼夫人全书》接近“事实”，较为“可信”的话，那么《资治通鉴》把冯宝死一节放到陈永定二年（公元558年）十二月中来，其意自然是指冯宝死于陈永定二年（公元558年）十二月，或更前一些，但绝不会前到陈永定元年（公元557年）去。就算《资治通鉴》之意可把冯宝的逝世时间往前移到陈永定二年（公元558年）一月，与梁太平二年（公元557年）四月萧勃叛反被平定也相距九个月时间了，何况这是不大可能的事。可见“及宝卒，岭表大乱”与萧勃叛反之乱风马牛不相及。

（三）从《隋书·谯国夫人》“及宝卒，岭表大乱”的记述程式来看，也说明这次岭南大乱与萧勃无关。如果这次岭南大乱是因萧勃叛反而引发的，而冯宝又刚在这时死去，那么史料中该不该这样记述：“勃反，遇宝卒，岭表大乱”？或者“及宝卒，遇勃反，岭表大乱”？

综上所述，“及宝卒，岭表大乱”与萧勃叛乱无关。

思索二：陈霸先对冼夫人的疑心才是引发这次岭南大乱的原因。

这个问题必要与“《武皇帝作相时与岭南酋豪书》是写给冼夫人的吗”的问题共起来谈。我的看法，此问题与彼问题有必然的联系。

（一）冯宝一死，岭南就大乱。仅仅是因为冯宝在岭南的地位至关重要，冯宝一死，别人再无法控制岭南的恶劣环境、紧张局面，岭南又坠入无政府状态而出现混乱吗？显然不是。冯宝再重要，也比不上冼夫人。“自业及融，三世为守牧，他乡羁旅，号令不行。至是夫人诫约本宗，使从民礼，每共宝参决辞讼，首领有犯法者，虽是亲族，无所舍纵。自此政令有序，人莫敢违。”《隋书·谯国夫人》里这段话交代得清清楚楚，冯宝祖上三代在岭南为官都可说是政绩不佳的。好在冯宝与冼夫人结为夫妻后，冼夫人这个贤内助起了重大的、决定性的作用，自此冯氏才可能在岭南真正立稳脚跟，逐步赢得百姓的拥戴。应该说，冯宝在岭南能施展抱负，治政治民，所取得的一切成就均与冼夫人分不开。冯宝死了，岭南百姓眷恋这个好官，怀念这个好官，极度悲伤不奇怪。可又怎么能引起大乱呢？这种毫无说服力的因果关系自然不能成立。况且冯宝虽死，冼夫人见在。冯宝在生活上是冼夫人的“老公”，可在治政治民方面，只能算是冼

夫人的学生。如果没有冼夫人从旁帮助，导以爱民为宗旨的治政方略，冯宝再有能耐，也可能重踏祖上“号令不行”之覆辙。如果说冯宝死后，冼夫人便控制不了岭南局势，那将是很滑稽的事。

（二）为什么说陈霸先对冼夫人的疑心是引发这次岭南大乱的原因？我做这么大胆的推测，有如下理由：

（1）冼夫人在岭南的群众基础及政治地位使陈霸先生疑。

高凉郡（治址在今广东省阳江市西白沙镇）居岭南两粤要冲，所谓“项领”去处，所以梁中央政府决定在高凉郡立州，“敕仍以为高州（州治在今广东省阳江市安宁旧州村），以西江都护孙冏为刺史”（《南史·萧励传》）。

明黄佐编《广东通志》载，梁代的高州刺史，孙冏为第一任，随后继任次第为兰裕，李迁仕，侯安都。根据《梁书》、《陈书》等“正史”记载，这四任高州长官，只有前三位确实在高州任职，侯安都这个高州刺史之职是挂名而已，并不到任。《陈书·侯安都传》没有侯安都出任岭南高州刺史的记载，但在《陈书·高祖本纪》里却有这方面的记录：“［高祖（陈霸先）］留高州刺史侯安都、石州刺史杜稜宿卫台省。”《资治通鉴》敬帝绍泰元年（公元555年）也记录下这句话。正史虽有侯安都为高州刺史一说，但却没有记录侯安都到岭南高州任职之事。从《陈书》侯安都整个传记来看，侯安都自随陈霸先北上讨伐侯景后，就再也没有离开陈霸先左右，一直在战场上冲杀，哪有分身之术回岭南高州任职呢？

侯安都虽然没有回到岭南高州任刺史之职，但朝廷事实已颁发诏命，《广东通志》将其归入高州刺史一栏本也没什么大碍。可是《广东通志》中将徐嗣徽这人记入梁代岭南罗州（今广东省化州市）刺史一栏便有可能是错误的。《梁书·王僧辩传》载：“世祖（梁元帝萧绎）乃命罗州刺史徐嗣徽、武州刺史杜崱并会僧辩于巴陵。”《资治通鉴》简文帝大宝二年（公元551年）也因袭这个记录，且文下有胡三省音注曰：“《五代志》：湘阴县，梁置罗州及岳阳郡。湘阴，隋属巴陵郡。”《梁书》没有说明这个罗州在哪里，而《五代志》却注明在湘阴县（今湖南省湘阴县）。如果《五代志》不误的话，那么梁代当有“南”“北”两个罗州。自然徐嗣徽此湘阴罗州与彼岭南罗州不同一个地方了。因为关于岭南罗州（今广东省化州市），《五代志》也有记载：“高凉郡石龙县（今广东省化州市）旧置罗

州。”照这样说来，明黄佐所编《广东通志》关于岭南罗州刺史徐嗣徽的记载很有可能是错误了，至于是如何错的，我们姑且阙疑。

不唯“罗州”在梁代有南北两个，且“高州”也有南北两个。《五代志》一云：“梁大通中，割番州合浦县立高州，在隋海康县界。”《五代志》又云：“高凉郡，梁置高州。”在《梁书》《陈书》《南史》《隋书》《资治通鉴》等史书中记述的孙冏、兰裕、李迁仕、侯安都都是这个岭南高州的刺史。这是“南”高州。

“北”高州呢?《陈书·黄法氍传》载：“太平元年（公元556年），割江州四郡置高州，以法氍为使持节，散骑常侍，都督高州诸军事，信武将军，高州刺史，镇于巴山。”这江州四郡是哪“四郡”呢?《陈书》没有指明，《资治通鉴》敬帝太平元年（公元556年）中也只说：“诏分江州四郡置高州。”倒是文下胡三省注云：“四郡，盖临川、安成、豫章、巴山，以其地在南江之西，负山面水，据高临深，因名高州。”这临川、安成、豫章、巴山四郡在梁代时属江州辖地（见《中国历史地图集》），都在今江西省境内。胡三省之说出自何典，究有何据，我们姑且不去管他，既然《陈书》说明这四郡在江州辖下，便与岭南广州所辖的高州无关。也就是说，黄法氍所任的这个高州刺史，还有后来那个纪机所任的高州刺史，都是江西的“北”高州刺史，并非岭南的“南”高州刺史。

说到这里，有读者不免会问。侯安都所任的高州刺史会不会就是江西的“北”高州刺史呢?不会的。因为《陈书·高祖本纪》写得明白，侯安都这个高州刺史的记载是在梁绍泰元年（公元555年）十月间的事，可知侯安都任高州刺史之职时是在梁绍泰元年（公元555年）十月或更前的时间。江西这个“北”高州的设置，据《陈书·黄法氍传》记载，是在梁太平元年（公元556年），《资治通鉴》说得更为具体，是在梁太平元年（公元556年）十一月的事。

我们弄清楚南北高州、罗州的设置及其历任官员后，得出一个惊人的结论：岭南高州刺史李迁仕自被冼夫人赶走后，继任侯安都又没赴任上班，高州刺史之职一直阙如。

冼夫人爱国爱民，因而赢得岭南各族人民的拥戴，实际掌领了高州军政大权，继而又统领了朱崖洲（海南岛），从此据有岭南近一半的境土。萧勃被消灭后，岭南事实再没有人可与冼夫人抗衡，陈霸先怎能不担

心呢？

（2）由于彼此身份地位的变化，陈霸先已将冼夫人这个过去与自己并肩作战，共讨侯景时的亲密战友升格为角争最高政治权力的强劲对手了。

梁太清三年（公元549年）十月，陈霸先在岭南率部应诏北伐侯景。这时的陈霸先，职务只是振远将军，西江督护，高要太守，督七郡诸军事，实际权力相当一个中级州刺史，在岭南算是中层官员。由于得到冼夫人军事上及经济上的大力援助，陈霸先先后击败了蔡路养，刘蔼、李迁仕等诸路叛军，较为顺利地在江州（今江西）建立了根据地，队伍迅速壮大，和王僧辩一样成为湘东王萧绎讨伐侯景的两支生力军之一。梁承圣元年（公元552年）三月，陈霸先部在建康（今南京市）大破侯景军，侯景在逃亡中被部将斩杀，为害达四年之久的“侯景之乱”终于平定。陈霸先因功一路升至持节、散骑常侍、都督南徐州诸军事、征北大将军、开府仪同三司、南徐州刺史、司空等职务。袭杀王僧辩后，陈霸先扶梁武帝萧衍之孙，梁元帝萧绎之子萧方智继皇位，陈霸先因功晋升为侍中、大都督中外诸军事、车骑将军、扬·南徐二州刺史。平定王僧辩旧部反叛及击败北齐入侵之军后，陈霸先进位丞相、录尚书事、镇卫大将军，进封为义兴郡公。梁太平二年（公元557年，亦即陈永定元年）四月，陈霸先举军讨平岭南的萧勃叛乱，陈霸先因功“进为太傅，加黄钺，剑履上殿，入朝不趋，赞拜不名”。陈霸先至此已位极人臣，于是在梁太平二年（公元557年）十月取代梁朝，建立陈朝，做了皇帝。

陈霸先起初在岭南起军北伐时，与冼夫人的宗旨都是一样的：保家卫国，讨灭反叛。因而这时的陈霸先和冼夫人建立了深厚而纯洁的战斗友谊，彼此信任，共赴国难。陈霸先被历史推上统治阶级的金字塔顶后，其政治抱负起了质的变化。陈霸先原来致力维护国家安定的雄心壮志已演变成致力维护他陈家天下的迫切愿望。这迫切愿望驱使陈霸先生派出种种离奇古怪的猜想：陈朝刚刚建立，北齐、北周会不会来犯？那个拥有重兵而又不肯屈服的王琳会不会来找他的麻烦？岭南的冼夫人尤其令陈霸先揪心：过去陈霸先与冼夫人一同讨伐侯景，保卫梁朝，固然是同一条战壕的战友。现在陈霸先取代了梁朝，自己做了皇帝，冼夫人还会支持他吗？现在的冼夫人已不是过去的冼夫人，已由一个区区的高凉郡太守夫人成长为拥有千军万马的三军统帅，须知冼夫人已经据有高、崖等州一大片土地，

而岭南百姓又那么拥戴冼夫人。陈霸先深知冼夫人的德能，如果冼夫人举兵向他问罪，或者拥兵自立的话，将是令陈霸先深感头痛的事，陈霸先怎能不担心呢？

（3）《武皇帝作相时与岭南酋豪书》是陈霸先对冼夫人怀疑的重要标志。

李迁仕被歼灭后，高州刺史之职便空缺出来，梁朝廷当时正处于侯景之乱中，无暇顾及远在岭南的高州刺史之职，冯宝这个高凉郡太守自然而然“兼”了高州刺史。

陈霸先扶萧方智继了帝位，他自己也当了丞相，掌控了军国大权，所谓“身持帝王之柄，手握天下之图（《武皇帝作相时与岭南酋豪书》）”。应该说，这时的陈霸先已有“践祚”的准备了。消灭萧勃后，打了一辈子仗的陈霸先一喘过气来，便意识到将来能威胁他“皇权”地位的只有岭南的冼夫人了。《武皇帝作相时与岭南酋豪书》虽然表面不乏“客气”的口吻，但实质上是陈霸先煞费心机警醒冼夫人：不要和他陈霸先争天下，或者搞独立。另就是要求冼夫人遣子入质。可以这样说，《武皇帝作相时与岭南酋豪书》，是陈霸先向冼夫人发出不信任信号的重要标志。

陈霸先起初任侯安都为高州刺史，杜稜为石州（今广西藤县）刺史（《陈书·高祖本纪》），便是不信任冼夫人的思想已经开始萌芽。后来任欧阳頠为广州刺史，欧阳盛为交州刺史，欧阳邃为衡州刺史，这欧阳一门三杰，分别镇驻岭南的东、西、北三方，是不是为了控制冼夫人在岭南的势力呢？如果是的话，这便是怀疑及制约冼夫人的继续了。

冯宝尚在，陈霸先不便撕破脸皮派官员强行取代冯宝。冯宝死了，陈霸先以为机会来了，再不能错过，当即派官员赴任高州。可想而知，岭南百姓拥戴冼夫人，共同心声便是：冯宝死了，朝廷何不让冼夫人或其儿子继为高州之主？这是其一。其二，冯冼氏在岭南治政有方，老百姓得以安居乐业。现在朝廷派新官员来，这新官员能有冯冼氏那么爱护百姓么？如若来的是贪残的官吏，老百姓怎么过活？如果往不客气方面来说，冯宝、冼夫人所守之土原是梁朝领土，如今陈霸先夺了梁朝的天下，岭南老百姓拥戴冼夫人捍卫梁朝领土，不让陈霸先派新朝官员入岭南也是理直气壮的。因此，冯宝一死，岭南百姓不满陈霸先派官员取代冯冼氏之举，以致引起骚乱，也是情理之中的事了，即“正史”所说的“及宝卒，岭表大

乱”的缘故。

当然，冼夫人从来都没有图王争霸的打算，而是始终以维护国家安定统一，民族和谐团结为己任，摒弃一切私心，“怀集百越”，向百姓晓以国家、民族之大义，终使“数州晏然”，岭南又归于稳定。

冼夫人知道陈霸先对她起了疑心，深思熟虑之后，毅然派遣唯一的、年仅九岁的儿子冯仆率领岭南众酋长入京朝见陈霸先。冼夫人敢遣子入京，表明不会“反”陈霸先了，陈霸先疑云顿释，高兴之下，封冼夫人年仅九岁的儿子冯仆为阳春郡太守。按我国封建帝制的惯例，女子是不能为官的，所谓“祖制”。陈霸先不给冼夫人行政职务，而让冯仆当阳春郡太守，彼此心照，一个九岁的孩童能行政治民么？还不是由其母亲冼夫人扶政主宰。

（4）从陈霸先封冯仆为阳春郡太守后，陈朝廷不再派官员任高州刺史的史料记载来看，也可作为这次“岭表大乱”是陈霸先不信任冼夫人所引发的佐证。

《陈书·欧阳頠传》载，陈永定二年（公元558年）正月，陈霸先授欧阳頠“都督广、交、越、成、定、明、新、高、合、罗、爱、建、德、宜、黄、利、安、石、双十九州诸军事，镇南将军，平越中郎将，广州刺史”职务。这岭南十九个州，有“高州”在内，这是发生在冯仆进京［冯仆于陈永定二年（公元558年）十二月进京］前的事。可是到陈太建元年（公元569年）一月，陈宣帝陈顼诏命沈恪为广州刺史时，却是“都督广、衡、东衡、交、越、成、定、新、合、罗、爱、德、宜、黄、利、安、石、双十八州诸军事”（《陈书·宣帝本纪》《陈书·沈恪传》）。这个“高州”跑到哪去了呢？无独有偶，陈太建四年（公元572年），陈宣帝把沈恪调为领军将军，由陈方泰代为广州刺史，“都督广、衡、交、越、成、定、明、新、合、罗、德、宜、黄、利、安、建、石、崖十九州诸军事”（《陈书·南康愍王昙朗传》）。明明写着是十九个州，但按数点来只有十八州。这个问题，《广东通志·前事略》也注意到了：“谨按：沈恪征为领军，即以方泰为刺史。所督之十九州，传备列之，只十八州，其一州不知为何州也。”对于这个问题，就是《陈书·南康愍王昙朗传》的“校勘记”也疑惑不解：“都督广……崖十九州诸军事，按数之只十八州，疑脱一州，或‘九’当作‘八’。”

奇怪吗？其实也不奇怪。这个所“脱”之州，会不会便是“高州”呢？因为自梁至陈，岭南高州（州治在今广东省阳江市安宁旧州村）从未撤置（见《中国历史地图集》），为何广州所辖的高州在这里没有反映？这真是一个有趣的问题。我们可否大胆地推测：陈霸先证实冼夫人不会“反”后，干脆再不派官员去岭南任高州刺史之职，就让冼夫人行使高州刺史之权好了，亦即让冼夫人自治高州，所以从此陈朝廷任命广州刺史之职时，在其管辖的州下故意“隐”去高州之名。或者魏征这个贤相确实有“良史之材”，在审定“梁陈齐周隋”五史时，考虑到陈霸先的“特殊身份”，还考虑到陈霸先与冼夫人的“特殊关系”，隐去这里的“高州”之名，其目的就像隐去“及宝卒”，便“岭表大乱”的真正成因一样也未可知，所谓“史家曲笔”，意味深长，用心良苦。一句话，九岁的冯仆被封为阳春郡守后，陈霸先同时默许冼夫人为无行政头衔的高州之主。

明吴国伦赞冼夫人诗曰：将号万人敌，兼长久所难。高州女刺史，奋颜何桓桓。一代叛臣谋，反侧旋自安。十人故有妇，岂必皆巍冠。

吴国伦在这首诗里便称冼夫人为高州女刺史。

又如清屈大均赞冼夫人诗曰：三朝绣幰自天来，百战金戈向日开，保障谁知女刺史，功名能冠越王台。

屈大均也称冼夫人为女刺史。所以，我们说陈霸先让冼夫人掌管高州军政大权，也不是毫无道理的。

四、冯宝的墓葬在哪里

冼夫人死后，葬在自己的出生地（今广东省电白县山兜丁村），至今墓园尚存。冼夫人的故里及墓葬地，我们今天所能看到的历代方志都有记载。明黄佐《广东通志》载：“兹编电白列女，惟以谯国夫人始。”清道光《广东通志》载：“电白县，谯国夫人故里，在城北十里丁村。”明万历《高州府志》载：“山兜娘娘庙，即夫人所生之地。”清乾隆《高州府志》载：“山兜娘娘庙，在丁村，即谯国夫人故里。”清道光《电白县志》载：“谯国夫人故里在城北十里山兜丁村。”这是关于冼夫人故里的记载。关于冼夫人的墓葬所在地，清乾隆《高州府志》载：“电白县，隋谯国夫人冼氏墓在县北十五里山兜娘娘庙后，土名鬼子城，茔基横直俱四十四丈五尺，碑佚，鉴石赑屃犹存，离坟一十八丈，嘉庆二十四年知县特克星阿、

电茂场大使张炳修。”明嘉靖黄佐编《广东通志》载：“隋谯国夫人冼氏墓，在电白县境。”清《广东考古辑要》载：“隋谯国夫人冼氏墓，电白县，北山遗址犹存。《寰宇记》云：‘电白县冼氏墓，高凉人，乳长七尺。’”清道光《广东通志》载：“隋谯国夫人冼氏墓，在电白县境。县北山兜娘娘庙后有冼夫人墓，去城十里，遗址犹存，碑失，嘉庆二十四年，知县特克星阿重立碑。”清光绪《高州府志》载：“隋谯国夫人冼氏墓，在电白县境。县北山兜娘娘庙后有冼夫人墓，去城十里，遗址犹存，碑失，嘉庆二十四年，知县特克星阿重立碑。”清《重修电白县志》载：“谯国夫人冼氏墓，在县北十里山兜娘娘庙后，土茔，周围数丈，碑佚，赑屃犹存，嘉庆二十四年，知县特克星阿、电茂场大使张炳重立碑，曰：隋谯国夫人冼氏墓。”

冼夫人故里及其归葬地都在今广东省电白县山兜丁村，历代方志已反反复复，交代得清清楚楚。这些方志记载的史料，便是广东省文化厅（广东省文化厅粤文物字［2000］142号文《关于电白冼夫人故里文物遗址维修事的批复》）认定冼夫人故里及其归葬地都在今广东省电白县的重要依据之一。基于此，广东省茂名市委办公室也行文（茂委办［2005］62号文）确定：“电白是冼夫人娘家，即是冼夫人的故里。”二零零八年十月十四日，中央电视台第四套《走遍中国》专栏“冼夫人故里”解说词中指出：“根据《隋书》记载，冼夫人于隋朝仁寿初年去世，按照俚人的习俗，葬在了自己的出生地电白县山兜丁村，考古学家们在这里准确找到了地宫的位置。”

冯宝的墓葬在哪里呢？迄今为止，我们仍然没有发现。

关于冯宝的墓葬地，“正史”没有记载，我们现在所能看到的方志也没有记载，这确实是一件憾事。不过，明黄佐《广州人物志·南梁刺史冯公融》给我们留下一条重要的线索：“自融以上坟墓皆在新会，宝以后乃居高之良德焉。”

冯融是冯宝的父亲，是北燕国苗裔。北燕开国皇帝冯跋本是个有作为的人，可是传至昭成帝冯弘时，国力日下，在宋文帝元嘉十三年（公元436年），被北魏所灭。昭成帝冯弘逃奔高丽国以求庇护，命族人冯业率三百人浮海归宋。冯业率族人乘船南渡，在广州新会定居下来。冯氏自冯业至冯融，历事南朝宋、齐、梁，三世为守牧方伯（见《隋书·谯国夫

人》、《资治通鉴》)。

冯氏在广州新会开枝,《广州人物志·南梁刺史冯公融》记载冯氏从冯融以上先人死后葬在新会,非常可信。可是《广州人物志·南梁刺史冯公融》指出冯氏自冯宝以下的墓葬都在“高之良德”,有没有依据呢?

“高之良德”,即是高州良德县。《旧唐书·冯盎传》载:“冯盎,高州良德人也。”这个冯盎就是冯宝和冼夫人的孙子,冯仆的儿子(见《隋书·谯国夫人》)。冯盎很有才干,继承祖母冼夫人“爱国爱民,团结统一”的思想,始终以维护岭南乃至国家的安定团结为己任。隋末天下大乱,冯盎当时已拥有“五岭二十余州”,势比南越王赵佗,有人劝冯盎自立称王,遭到冯盎的拒绝:“吾居南越,于兹五代,本州牧伯,唯我一门,子女玉帛,吾之有也。人生富贵,如我殆难,常恐弗克负荷,以坠先业。本州衣锦便足,余复何求?越王之号非所闻也。”入唐后,朝廷授冯盎为上柱国、高罗总管,先后封吴国公、越国公、耿国公(见《旧唐书·冯盎传》)。

《旧唐书·冯盎传》只说冯盎是“高州良德人”,再具体就说不出来了。好在清乾隆《高州府志》载:“冯盎为夫人之孙,唐时家于良德,即霞洞堡地。”清道光《电白县志》载:“越国公(冯盎)故里在县西七十里霞洞堡。据《唐书》列传,冯盎良德人。今城西七十里下博乡霞洞堡,即旧良德地。”

下博乡霞洞堡在唐代属良德县境。清《电白县志》载:“良德县故址在下博乡一都,离今县城西七十里。旧相志(即电白知县相斗南编《电白县志》)里图云:‘霞洞、木院、亭子、那夏、三桥、谭乍、那井、茶山、谭白,自县西下博乡一都五十里至七十里地,梁、陈、隋、唐俱属良德县。’”“霞洞、木院、亭子、那夏、三桥、谭乍、那井、茶山、谭白,自县西下博乡一都五十里至七十里地”,在梁、陈、隋、唐时属良德县境,在清代时属电白县境,也就是今电白县的霞洞镇、林头镇及茂港区的羊角镇境。这个“下博乡霞洞堡”便在今之电白县霞洞镇西村、大村、马路头、旧圩一带,亦即著名的“冯家村遗址”所在地。

方志不仅记载冯盎家在古良德今广东省电白县霞洞镇,且记载冯盎及其孙儿冯君衡的墓葬也可能在古良德今广东省电白县境。如清道光《广东通志》载:“电白县,唐越国公冯盎墓在旧良德县东南十五里,有碑曰:

冯府君之墓。赠持节广东大都督冯君衡墓在县境。”

冯盎家族是哪一代起在电白霞洞定居的？还有冯盎、冯君衡墓地有可能在电白境内的什么地方？都有待考证。

可喜的是，一九八三年和一九八七年，在电白县霞洞镇狮子岭南麓，诚敬夫人庙（冼夫人庙）后面山坡上先后抢救发掘出冼夫人、冯宝第四代孙媳许夫人（唐中书令许敬宗之女）墓和第六代孙夫妇合葬墓。这一发现，证明明清方志关于冼夫人和冯宝的后代墓葬地在电白境内之记载的可信，同时也证明明《广州人物志·南梁刺史冯公融》所载冯氏墓葬“宝以后乃居高之良德焉”有一定的依据。

冯宝、冯盎、冯君衡的墓葬是否就在电白县霞洞镇狮子岭南麓山坡中？如果是，那么这狮子岭南麓山坡就是“宝以后”冯氏家族墓葬群所在了。

于是，我在长篇历史小说《冼夫人》里作这样的处理：冯宝死后，就葬在霞洞狮子岭南麓山坡上。可能冯宝生前就看中了这块“风水宝地”。至于冯氏后人在冯宝墓葬地附近择地而居，发展繁衍成后来著名的“冯家村”，起先很有可能便是出于为冯宝守坟的目的。当然，这只是我一家之言罢了。

崔伟栋

2009年12月16日

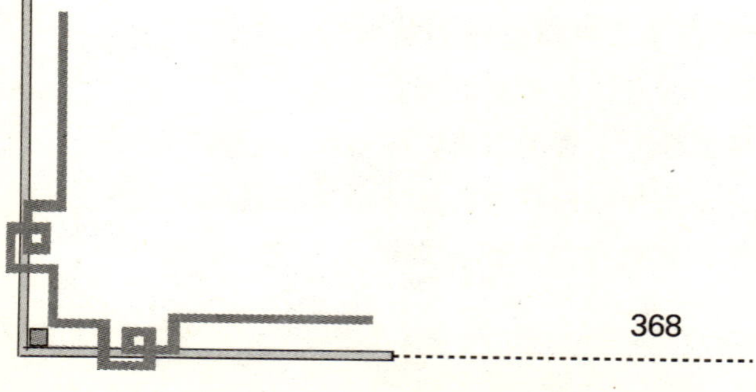